D1700454

acabus

Heinz-Joachim Simon

Der Palast der unsterblichen Dichter

Das größte Abenteuer seit Dumas' Monte Christo

Historischer Roman

Simon, Heinz-Joachim: Der Palast der unsterblichen Dichter.
Hamburg, acabus Verlag 2019

2. Auflage
ISBN: 978-3-86282-641-4

Dieses Buch ist auch als eBook erhältlich und kann über den Handel oder den Verlag bezogen werden.
ePub-eBook: ISBN 978-3-86282-643-8
PDF-eBook: ISBN 978-3-86282-642-1

Lektorat: Larissa Jäger, SE, acabus Verlag
Cover: © Annelie Lamers, acabus Verlag
Covermotiv: © pixabay.com / #seville-187928_1920

Bibliografische Information der Deutschen Nationalbibliothek:
Die Deutsche Nationalbibliothek verzeichnet diese Publikation in der Deutschen Nationalbibliografie; detaillierte bibliografische Daten sind im Internet über http://dnb.d-nb.de abrufbar.

Der acabus Verlag ist ein Imprint der Bedey Media GmbH,
Hermannstal 119k, 22119 Hamburg.

---

http://www.acabus-verlag.de
Printed in Europe

VON WORT UND SCHRIFT.

IHR WERDET BLIND SEIN UND
BALD TAUB.
Ihr erkennt nichts mehr,
versteht nicht mehr die Schrift …
Fremd ist euch geworden, was Homer einst sang.
Ihr wisst nichts von den Taten des Gilgamesch …
Von Hamurabi habt ihr nie gehört …
IHR WERDET BLIND SEIN UND
BALD TAUB!
Wertlos ist euch das,
was am Anfang stand
und zu Ur und Theben in Stein gehauen wurde.
IHR WERDET BLIND SEIN UND
BALD TAUB!
Ihr merkt nicht, wie nackt ihr seid,
weil ihr die Schrift missachtet und das Buch …
IHR WERDET BLIND SEIN UND
BALD TAUB!
Doch noch ist der Ton da,
graben wir noch einmal Homers Worte hinein:
Sage mir, Muse, die Taten des vielgewanderten Mannes,
welcher so weit geirrt, nach des heiligen Troja Zerstörung …
Noch sind die Worte nicht verschwunden, noch die Schrift …
NOCH NICHT – DOCH BALD?

H.-J. S.

Prolog

1 – Die Einladung

Fantasie an die Macht. So stand es im Mai 1968 an den Hauswänden des Boulevard St. Michel zu Paris. In den Straßen brannten die Autos. Das Pflaster der Boulevards war aufgebrochen. Graue Steine fielen blutbefleckt zu Boden. Eine Eliteeinheit der Polizei bekämpfte die Protestierenden mit Tränengas, Wasserwerfern und Knüppeln. Barrikaden standen am Boulevard St. Germain. Alles schien möglich. Eine Gesellschaft ohne Repressionen. Im Laufschritt ging es durch die Straßen. Die alte Losung bekam wieder Bedeutung: Freiheit – Gleichheit – Brüderlichkeit. 1848 war gestern und 1789 nicht vergessen. Kommune war kein Schimpfwort mehr. Pausenlos tagte man in der Sorbonne.

Oh ja, es floss schon Blut. So war es also, Revolution zu machen. Mädchen schwenkten auf den Schultern ihrer Freunde rote Fahnen. Jede eine Jeanne d'Arc. Eine Zeitenwende. Der Funke sprang über, wie schon 1789, 1835 und 1848. In Berlin tagte der SDS. Untergehakt stürmte man über den Kurfürstendamm: »Ho-ho-ho Chi Minh« und »Venceremos, Genossen!«.

Verwegene Träume. Gefährliche Fantasien, schrieben die Zeitungen. Der Staatsapparat schlug zurück. Das Bürgertum ließ sich nicht anstecken. Was wollen die Chaoten? Wir leben doch in den besten aller Zeiten! In Berlin rief man »Zwei, drei, viele Vietnam!« und schwenkte das Bild von Che.

Gewiss, vieles war schief, vieles Karneval, vieles einfach Blödsinn. In der Bonner Republik ein Aufbegehren gegen den dumpfen braunen Mief. Hast du gemordet, Vater? Die Flamme urde erstickt. Die garstigen Lieder verstummten. Ruhe kehrte ein. Man ging wieder studieren.

Von all dem war im 16. Arrondissement nichts zu spüren. Gastons Eltern waren erst kürzlich von Aix-en-Provence nach Paris gezogen. Er vermisste die lange Platanenallee vom Cours Mirabeau. Sein Vater hatte jetzt hier in der Avenue Bugeaud sein Anwaltsbüro aufgemacht. Er hoffte, in diesem Viertel der Reichen ein besseres Auskommen zu haben und es ließ sich gut an. Er, Gaston, vermochte Aix nicht zu vergessen. Es war für ihn nicht die Stadt Mirabeaus, sondern die seines Lieblingsmalers Cézanne, und wenn er an Aix dachte, sah er immer den Springbrunnen mit der großen Fontäne am Ende des Boulevards. Er spürte dann die Sonne auf seinem Gesicht.

Er war fünfzehn Jahre alt und noch gefangen in kindlichen Träumen, die von Alexandre Dumas und Victor Hugo genährt wurden. In seiner Fantasie ritt er mit D'Artagnan, litt mit Edmond Dantes im Chateau d'If, war Balsamo am Hof des Königs und bereitete die große Revolution vor. Sein Vater sorgte sich wegen seiner Träumereien.

»Er hat die Eierschalen immer noch nicht abgeworfen!«

»Lass ihm seine Jugend!«, verteidigte ihn die Mutter.

Seine Zukunft verbarg sich hinter einem Nebel. Homer hätte gemurmelt, dass die Götter sich noch uneins waren, was sie aus ihm machen wollten. Er besuchte eine Vorbereitungsschule zur Grande Ecole. Er fiel dort nicht durch Leistungen auf, sondern durch sein romantisches Aussehen: ein schmales Gesicht mit schulterlangen blonden Haaren und warmen braunen Augen.

»Hoffentlich will er nicht Maler werden oder gar Schriftsteller«, sorgte sich der Vater, wenn der Sohn dicke Wälzer aus der Bibliothek anschleppte. Bücher von Autoren, die er nicht kannte, wie Jack London, Mark Twain, Melville oder Edgar Allan Poe. Die Franzosen wie Flaubert und Zola ließ er noch gelten.

»Ich weiß, er hat Großes in sich«, setzte die Mutter seinen Bedenken entgegen.

Eine zarte, schmale Frau, so flüchtig wie eine Eisblume, sagten die Nachbarn, die Sartre und Camus las und ihren Mann mit zärtlicher Nachsicht wie ein großes Kind behandelte. Sie besuchte literarische Clubs und diskutierte dort bis in die Nacht über Verlaine, Rimbaud und Pound, dieses arme verrückte Genie.

Gaston wurde zwischen den unterschiedlichen Neigungen und Anforderungen seiner Eltern hin- und hergerissen, wobei er eindeutig der Mutter zuneigte, die ihn ein Wunderkind nannte, nur weil er infolge seines fabelhaften Gedächtnisses seitenweise Homer zitieren konnte. Auch Alexander der Große vermochte dies, pflegte sie bedeutungsvoll zu sagen. Der Vater schätzte diese Fähigkeit gering und hoffte, dass sie sich auswachsen würde.

Es geschah an einem der letzten Maitage. In der Avenue Bugeaud, dem Haus der Eltern gegenüber, lag ein schlossähnliches Anwesen aus der Belle Epoque mit einem vorgelagerten Park, in dessen Mitte ein Springbrunnen die Fontänen tanzen ließ. Von seinem Zimmer im dritten Stock hatte er einen guten Blick hinüber zum Palais. Links und rechts hatte es kleine turmartige Anbauten, die jedoch keinen sehr wehrhaften Eindruck machten, sondern nur beide Seiten des Gebäudes abschlossen. Dort, am Fenster des linken Turms, gewahrte er sie. Die Sonne verlieh ihr eine goldene Aureole. Er holte sein Fernglas von der Anrichte, stellte sorgsam das Okular ein und atmete tief aus. Er sah sie nun ganz deutlich.

Nie, so glaubte er, hatte er ein schöneres Gesicht gesehen. Etwas Helles, Reines ging von dem Mädchen aus. Sie erinnerte ihn an eine Fee, an die Geschichten, die ihm einst seine Großmutter erzählt hatte, eine Provenzalin. Tarascon war ihm ein Zauberwort. Er musste lächeln. Wenn er später an das Mädchen dachte, dann fiel ihm immer ihr Anblick am Fenster ein, wo eine goldene Aureole sie wie ein Traumbild aussehen ließ.

Das Mädchen hatte ihn bald entdeckt, verschwand und kam mit einem Fernglas wieder. Erschrocken zog er den Kopf zurück. Doch seine Neugier ließ ihn wieder hinübersehen. Sie winkte. Was mochte sie von ihm denken? Es war ihm peinlich. Durch die Ferngläser waren sie sich nun ganz nah. Minutenlang sahen sie sich an. Schließlich senkte sie das Fernglas, winkte noch einmal und verschwand. Er wartete. Aber sie kam nicht wieder. Er seufzte. Er spürte einen Verlust, denn er ahnte, dass etwas Außerordentliches passiert war, aber er hätte es nicht benennen können. Nun blieben ihm nur noch die Mathematikaufgaben. Über die verflixten Zahlen gebeugt, versuchte er, das Gesicht zu vergessen. Aber es gelang ihm nur sehr unvollkommen. Gibt es vielleicht doch Feen?, fragte er sich.

Zwei Tage später begegneten sie sich wieder. Er kam von der Ecole, als er sie erblickte. Er blieb vor dem schmiedeeisernen Tor am Eingang zum Park stehen. Sie saß in einem Rollstuhl vor dem Haus und lächelte ihm zu. Vorsichtig sah er um sich, stieß das Tor auf, betrat den Park und ging zu ihr. Sie erhob sich aus dem Rollstuhl. Er sah, dass ihr rechtes Bein in einer Schiene steckte. Er streckte ihr die Hand entgegen.

»Ich heiße Gaston Cartouche«, stellte er sich vor, ernsthaft, ganz gefangen von diesem zarten Gesicht mit den blauen Adern an der Schläfe.

»Cartouche, der Bandit?«, fragte sie lächelnd.

Wie weich ihre Hand ist, dachte er. Und wieder dieses Lächeln, das ihm die Kehle zuschnürte.

»Nein. Kein Bandit. Ich komme aus Aix«, sagte er unbeholfen. »Ich besuche eine Vorbereitungsschule zur Grande Ecole.«

»Eine gute Voraussetzung, um es im Leben voranzubringen.« Es klang etwas altklug, ihr Lächeln milderte dies jedoch.

»Sagt mein Vater auch. Aber ich langweile mich auf der Schule.«

»Was würdest du gern werden?«

Gaston zuckte mit den Achseln.

»Ich weiß nicht. Meine Mutter meint, dass irgendetwas mit Kunst für mich das Gegebene wäre. Mein Vater will, dass ich Anwalt werde wie er.«

Sie machte vorsichtig ein paar Schritte zurück und setzte sich wieder in den Rollstuhl.

»Entschuldige. Ich habe mich gar nicht vorgestellt. Ich heiße Michelle James. Wir sind aus England. Meine Mutter ist jedoch Französin. Sie hat großen Wert darauf gelegt, dass ich so gut Französisch spreche wie Englisch. Wir sind eigentlich aus Torquay in Devon, haben aber in letzter Zeit in London gelebt, gegenüber dem Palast der Königinmutter.«

Im Schoß hatte Michelle ein Buch. Gefesselt von ihrem Gesicht hatte er es bisher nicht bemerkt. Interessiert beugte er sich vor.

»*Eine Geschichte aus zwei Städten*«, las er laut vor. »Von Dickens. Ich kenne von ihm Oliver Twist und David Copperfield.«

»Du kennst Dickens?«, rief sie erfreut. »Dieses Buch spielt während der Französischen Revolution. Hör mal zu!«

Eifrig schlug sie das Buch auf: »Schon der Anfang ist großartig.«

Sie befeuchtete ihre Lippen und hob die Hand, so andeutend, dass sie etwas Wichtiges vortrug: »*Es war die beste, es war die schlechteste aller Zeiten. Es war das Zeitalter der Weisheit, es war das der Torheit, es war die Epoche des Glaubens, es war die des Unglaubens, es waren die Tage des Lichts, es waren die der Finsternis. Es war der Lenz der Hoffnung, es war der Winter der Verzweiflung.*« Sie ließ das Buch sinken. »Ist das nicht großartig?«

»Er ist auf gleicher Höhe mit Balzac«, sagte Gaston beeindruckt.

»Du kennst dich mit Büchern aus?«

»Meine Mutter sagt immer, dass man mit Büchern ein zweites Leben lebt. Ich liebe Balzac, Hugo, Zola und all die anderen Schriftsteller des 19. Jahrhunderts.«

»Warum ausgerechnet Balzac und Zola?«

»Weil sie sich eine eigene Welt erschufen, mit hunderten von Figuren, die so wirklich sind wie das Leben.«

»Du liest also viel«, stellte sie befriedigt fest.

»Ja. Mein Vater nennt es Zeitverschwendung. Aber ich gehe nie ohne ein Buch aus dem Haus.«

Er zerrte an seiner Aktentasche, öffnete sie und hielt ihr ein Buch entgegen.

»*Die Menschliche Komödie.* Gobseck, Vater Goriot, Oberst Chabert. Und alle in einem Band. Wunderbar. Die gehören auch zu meinen Lieblingsbüchern«, sagte sie aufgeregt. »Ich lese auch gern Zola. Die Rougon-Marquart-Bücher, die das Leben der Pariser Gesellschaft im Zweiten Kaiserreich schildern.«

»Und welches Buch von ihm hat dir am besten gefallen?«

»*Germinal*, *Nana* – *Das Werk*. Und *Der Bauch von Paris*. Also fast alles von ihm«, erwiderte sie glücklich lachend.

»Ja. Er war ein ganz Großer«, gestand er mit rotem Kopf.

»So wie Balzac. Die großen Schriftsteller sind alle besessen«, erwiderte sie bestimmt.

»Du liest also auch gern«, stellte er unnötigerweise fest, nur um diese Gemeinsamkeit herauszustreichen. Sie nickte eifrig.

»Aber nicht nur die Klassiker, sondern auch Sartre, Camus, Malraux. Camus vor allem. Hast du *Mensch in der Revolte* gelesen?«

Er schüttelte den Kopf.

»Ein ganz wichtiges Buch. Du solltest es lesen. Es könnte dein Leben beeinflussen. Wenn es die Studenten vom Boul' Mich sorgsam lesen würden, hätten sie eine Chance zu begreifen, dass ihre Absolutheit auf sie selbst zurückfällt.«

»Ich werde es mir kaufen.«

»Nein. Ich werde es dir leihen. Schiebst du mich an den Eingang?«

Er stellte sich hinter den Rollstuhl und schob sie vorsichtig an die Treppe heran. Michelle erhob sich und humpelte, sich am Geländer festhaltend, die Treppe hoch.

»Warte. Ich bin gleich wieder da.«

Die Tür wurde geöffnet. Ein schwarz befrackter Diener nahm den Rollstuhl in Empfang. Gaston wartete. Er war ganz benommen und stand unter dem Eindruck, dass der Tag heller geworden war, die Vögel im Gebüsch aufgeregter lärmten und eine Lerche sich jubelnd in den azurblauen Himmel schraubte. Das Mädchen kam wieder und reichte ihm das Buch.

»Camus«, sagte sie knapp. »Du kannst es behalten. Wir haben es doppelt.«

»Sehen wir uns wieder?«, fragte er schüchtern, dabei wieder rot werdend.

»Aber ja doch. Du wohnst doch gegenüber. Wenn du mich sehen willst, stellst du ein Buch auf deine Fensterbank. Wir treffen uns dann am nächsten Tag um die gleiche Zeit wie heute im Park.«

Der schwarz gewandete Diener, mit einem weißen Haarkranz um die spiegelnde Glatze, erschien erneut.

»Gnädiges Fräulein, Ihr Vater erwartet Sie.«

Michelle nickte hoheitsvoll.

»Ist gut, Vater Goriot. Abgemacht?«, wandte sie sich Julien zu. »Er heißt natürlich anders. Aber ich nenne ihn so – nach der Romangestalt von Honoré de Balzac. Es ist also abgemacht?«

»Abgemacht!«, bestätigte er und fragte sich, was das war, was ihn warm durchströmte. Er wusste noch nicht, dass so die Liebe anfängt.

Von dem Tag an trafen sie sich wieder und wieder und erzählten einander von den Büchern, die sie gerade lasen und die der andere unbedingt lesen sollte.

Es war ein später Freitagnachmittag, der gerade in einen goldenen Abend überging, als sie unter dem Zedernbaum saßen und sie sagte: »Ich glaube, jetzt sind wir soweit. Du wirst zu den Eingeweihten gehören.«

»Zu wem?«, fragte er erstaunt.

»Du bist würdig, den Palast der unsterblichen Dichter kennenzulernen. Ich werde dich einführen. Komm heute Nacht kurz vor zwölf an unsere Tür. Ich werde dich erwarten und dir eine Welt zeigen, die dich für immer glücklich machen wird.«

Wieder spürte er dieses warme Gefühl in sich hochsteigen. Er staunte über sich selbst, als er sich sagen hörte: »Seit ich dich kenne, bin ich glücklich, Michelle.«

Sie beugte sich zu ihm, legte ihre Arme um seinen Hals und ihre Lippen berührten ihn so sanft wie die Berührung durch einen Schmetterlingsflügel.

»Werde ein Dichter, Gaston. In allen anderen Berufen wirst du unglücklich werden.«

»Dazu muss man Talent haben.«

»Das hast du. Fantasie und Träume. Was du heute Nacht erleben wirst, wird dich davon überzeugen, dass du zu den Eingeweihten gehörst und in deinem Kopf bereits all das ist, was du hörst. Es muss nur noch in dir befreit werden.«

Der Greis in seinem altertümlichen Frack erschien und verbeugte sich. »Mademoiselle, Ihr Vater möchte, dass Sie ins Haus kommen. Es wird kühler und Sie dürfen sich nicht erkälten.«

»Gut, Vater Goriot. Bringen Sie mich ins Haus.«

Sie zwinkerte Gaston zu und dieser zwinkerte zurück. Der Alte hieß zwar nicht Goriot, aber er sah aus als wäre er aus dem Roman von Balzac entstiegen.

Er ging aus dem Park und wandte sich am Tor noch einmal um. Der alte Diener trug Michelle gerade die Treppe hoch.

»Du kommst doch wie abgemacht?«, rief sie ihm zu.

Er nickte heftig und ging über die Straße zu dem Haus seiner Eltern, das neben dem Eingang ein kupfernes Schild aufwies: Albert Cartouche, Rechtsanwalt und Notar stand dort in Versalbuchstaben.

Nach dem Essen bat ihn der Vater zu einem ernsthaften Gespräch in sein Büro. Wenn er ihn in sein Heiligtum bat, ging es immer um etwas sehr Unerfreuliches.

»Ich habe heute einen sehr beängstigenden Anruf von Maître Lagrange von der Ecole erhalten. Er sagte mir, dass es mit deinen Leistungen weiter bergab geht. Wenn nicht bald eine Besserung eintritt, wird man dich von der Schule werfen. Du bist dabei, dein Leben zu vergeuden!«

»Dann wird er eben etwas anderes werden als eine Bürokraft«, verteidigte ihn die Mutter, die herbeigeeilt war, um ihrem Sohn beizustehen.

»Setz ihm noch mehr solche Flausen in den Kopf und er wird ein Clochard unter den Brücken«, schnaubte der Vater. »Ich gebe ihm die Möglichkeit, an einer Grande Ecole zu studieren und als Dank verhunzt ihr beide seine Zukunft!«

»Ich weiß, dass aus ihm etwas Besonderes wird«, erwiderte die Mutter im Brustton der Überzeugung und warf ihrem Sohn einen verschwörerischen Blick zu.

Gaston saß unglücklich zwischen den beiden. Er liebte seinen Vater trotz dessen Vorhaltungen, diesen stets korrekt gekleideten Mann mit der bleichen Haut, den traurigen Augen, dem leidenden Zug um den Mund, der stets nach Lavendelwasser roch. Mit den grauen Schläfen und dem sorgfältig gestutzten Oberlippenbart sah er aus wie eine Figur aus den Erzählungen von Maupassant. Der Vater seufzte und sah niedergeschlagen zu den in rotes Leder gebundenen Gesetzesbüchern hinüber.

»Hör nicht auf die Einflüsterungen deiner Mutter. Sie ist eine Träumerin. Das ist als Frau sehr charmant, aber von uns Männern verlangt das Leben, dass wir zupacken und uns das Können, in welchem Beruf auch immer, hart erarbeiten.«

Gaston nickte, war aber bereits mit den Gedanken bei dem, was ihm Michelle in dieser Nacht eröffnen wollte. Er sah auf die Uhr.

»Hast du heute noch etwas vor?«, fragte der Vater missbilligend.

»Ich habe noch eine Verabredung«, gestand Gaston freimütig.

»Was? Zu dieser Zeit? Mit wem?«

»Du kennst sie nicht.«

»Also mit einem Mädchen? Verstehe. Ist das der Grund, warum du immer schlechter in der Schule wirst? Kommt gar nicht infrage. Mädchen und Rendezvous sind viel zu früh für dich.«

»Er ist fünfzehn. Du solltest bedenken, dass die Jugend heute früher erwachsen wird«, trat die Mutter für ihn ein.

»So lange er die Beine unter meinen Tisch stellt, richtet er sich nach meinen Anweisungen. Du bist schuld, wenn er zu einem Filou wird!«, fauchte der Vater.

Sie haben sich doch einmal geliebt, dachte Gaston. Was war mit den beiden passiert, dass sie sich so gleichgültig waren und manchmal sogar hassten?

»Wer ist das Mädchen?«, bohrte der Vater. »Eines der Flittchen aus den Jazzkellern des Quartier Latin?«

»Du bist hoffnungslos altmodisch, Albert. Bei den jungen Leuten ist Beat angesagt. Oder hast du noch nichts von den Beatles gehört?«

»Diese Pilzköpfe aus England? O tempora, o mores. Wohin steuert die Welt? Also, was ist das für ein Mädchen?«

»Es ist Michelle James, aus dem Palais gegenüber«, gestand er mürrisch. Er hatte dabei das Gefühl, Michelle zu verraten.

»Diese Engländer?«, staunte der Vater. »Na immerhin, es scheinen mir ordentliche Leute zu sein.«

»Na klar, weil sie ein Palais haben«, kommentierte die Mutter ironisch.

»Es lässt jedenfalls darauf schließen, dass es eine honorige Familie ist. Also meinetwegen. Aber pass auf. Für etwas Ernstes bist du noch viel zu jung. Nicht, dass du eine ernste Verbindung eingehen musst.«

»Albert, du wirst geschmacklos«, mahnte die Mutter.

»Er würde sich seine ganze Zukunft verbauen«, fuhr Albert Cartouche unbeirrt fort. »Habt ihr schon …? Du weißt, was ich meine.«

»Nein. Haben wir nicht«, antwortete Gaston verlegen.

Er hatte noch nie mit einer Frau geschlafen. Bisher begnügte er sich mit dem Playboy als Vorlage für gewisse körperliche Vergnügungen.

»So ganz hast du deinen Verstand also noch nicht verloren. Was interessiert dich denn an dem Mädchen? Oder besser, was interessiert ein Mädchen, das in einem Palast wohnt, an Gaston Cartouche?«

»Wir reden viel über Bücher. Sie ist ungeheuer belesen.«

»Ein Blaustrumpf!«, höhnte der Vater. »Aber andererseits vielleicht doch ganz gut, dass ihr keine anderen Interessen habt.«

»Bravo, mein Sohn«, freute sich die Mutter.

Er war froh, dass er sich mit der Bemerkung, noch lernen zu müssen, nach oben auf sein Zimmer verdrücken konnte. Statt sein Pensum zu studieren, vertiefte er sich in Stendhals ›Kartause von Parma‹. Der Roman spielte in einer Zeit, in der noch Kronen in der Gosse lagen, wie Napoleon es einst formuliert hatte.

Um halb elf wurde es unten ruhig, die Eltern gingen früh zu Bett. Als es kurz nach halb zwölf war und er sich sicher sein konnte, dass seine Eltern schliefen, schlich er die Treppe hinunter und öffnete behutsam die Haustür. Er zuckte zusammen, als sie laut quietschte. Er stand wie gebannt und horchte. Nein, die Eltern waren nicht wach geworden. Er trat hinaus und sah die Straße hinunter. Niemand war zu sehen. Er lief zum schmiedeeisernen Tor des Palais. Es war nicht verschlossen. Gaston ging über den Kiesweg auf das Palais zu. Unter seinen Füßen knirschten die Steine. Die Tür vor ihm öffnete sich, kaum dass er die Treppe erreicht hatte. Michelle stand im Eingang. Sie machte einen Knicks und wies hinter sich.

»Willkommen im Palast der unsterblichen Dichter.«

Er griff nach ihrer Hand und ihre Finger verschränkten sich mit seinen. Hand in Hand gingen sie in die große Empfangshalle, die meterhohe rotbraune Bücherregale aufwies. Er ging betont langsam, nahm Rücksicht auf ihre Behinderung. Sie schüttelte den Kopf. Lächelte. »Es geht schon.«

Sie stiegen eine Treppe hoch und betraten eine weitere holzgetäfelte Halle, in der ein Kamin brannte. Michelle legte den Finger auf den Mund und wies auf den großen Tisch, an dem sechs Männer und eine Frau saßen. Gaston kannte sie alle. In der Mitte des Tisches lag ein Totenkopf. Vor den Männern standen gläserne Pokale, in denen es golden schimmerte. Über ihnen brannte ein wagenradgroßer Lüster.

»Das kann doch nicht möglich sein«, entfuhr es ihm.

Die Herrschaften um den Tisch beachteten sie nicht, schienen sie nicht einmal zu sehen. »Du siehst nur das, was in deinem Kopf ist«, flüsterte Michelle. »Es sind Balzac, Zola, Hugo und Dumas. Der mit dem mächtigen Bart ist Flaubert. Die schöne Frau ist George Sand. Der Dürre mit den karierten Hosen ist Dickens aus England.«

»Ja. Ich erkenne sie alle«, bestätigte er flüsternd. »Manche hat Daumier gezeichnet.«

»Du kannst ruhig lauter sprechen. Wir gehören nicht zu ihrer Welt.«

»Sie sind … Geister?«

»Und doch sind sie unsterblich und bleiben für uns lebendig. Sie sind deinem Kopf entstiegen. Aber nun wollen wir ihnen zuhören. Es wird eine aufregende Nacht. Setzen wir uns etwas abseits neben den Kamin.«

»Wie fangen wir es an?« George Sand sah fordernd in die Runde. »Wo habt ihr nur den scheußlichen Totenkopf her?«, setzte sie hinzu und kräuselte indigniert die Nase.

»Das ist der Schädel des großen François Villon, der treffliche Sänger und Vagant, der uns manch schönen derben Vers geschenkt hat«, erklärte Balzac mit dem ihm eigenen Pathos.

»Das beantwortet nicht meine Frage.«

»Ich habe ihn bei dem Trödler Archantes entdeckt. Er versichert mir mit Expertise, dass es der Originalschädel des großen Villon ist.«

»Hauptsache, du glaubst daran«, gab George Sand schnippisch zurück. »Schlepp aber nicht mehr von dem Zeug an.«

»Er wird eines Tages noch mit dem Jochbein des großen Homer auftauchen«, lästerte Dumas grinsend.

»Hört auf! Fangen wir endlich an. Ich denke, die Geschichte sollte mit meinem Tod enden«, schlug Zola vor.

Bis auf Flaubert nickten alle traurig.

»Nein. Wir sollten das nicht gleich am Anfang festlegen. Lassen wir die Geschichte sich entwickeln.«

»Wir sollten gleich stürmisch in die Geschichte einsteigen«, schlug Balzac vor. »Ich hätte zur Anfeuerung meiner Fantasie gern noch einen Mokka.«

Daraufhin tauchte ein Diener auf und stellte den Mokka vor ihn hin.

»Das ist doch Vater Goriot aus meinem gleichnamigen Roman!«, staunte Balzac.

»Wir sind im Palast der Unsterblichkeit, mein Guter«, erwiderte George Sand mit maliziösem Lächeln.

»Wir sollten endlich anfangen«, drängte Flaubert.

»Du meinst, wir sollten mit den Tagen der Kommune beginnen?«, fragte Hugo.

»Ja, mein Lieber. Um zu erklären, warum man Zola umbrachte, müssen wir zu den Tagen der Schande und Ehre zurückgehen«, pflichtete George Sand bei.

»Zu den Tagen, als die Elenden gegen ihr Unglück aufbegehrten? Da bin ich dabei«, stimmte auch Zola zu.

Balzac zupfte sich die Kutte zurecht und nahm einen Schluck Mokka. »Ganz vorzüglich! Die richtige Stärke«, stellte er fest.

»Wie machen wir es?«, drängte die Sand.

»Ich denke mir das so«, sagte Dumas nachdenklich. »Jeder erzählt ein Kapitel. Der nächste muss dann die Geschichte fortführen. Ich denke, Dickens sollte anfangen. Er hat über Kinder ein paar hervorragende Sachen geschrieben. Ich bewundere dich für deinen Oliver Twist und den … Dings Copperfield. Gute Literatur!«

»David Copperfield«, korrigierte Dickens indigniert.

»Schon gut, alter Freund. Ich lege danach mit dem nächsten Kapitel los und dann greift Zola den Faden auf und so weiter. Bei den Eiern des François Villon, wir, die Unsterblichen, basteln eine Geschichte unserer Geschichten zusammen. Das wird ein Spaß!« Balzacs Gesicht glühte vor Begeisterung.

»Wir werden die Gestalten aus unseren Büchern mitspielen lassen. Wir werden die Schwierigkeit haben, die unterschiedlichen Stile zu einer Einheit zu verschmelzen.«

»Ach was, George Sand kann alles mitschreiben. Sie wird schon darauf achten, dass wir die Kapitel nicht zu unterschiedlich erzählen«, schlug Dumas vor.

»Du hast wohl mit Porthos zu viel Wein gebechert? Ich bin eine genauso gute Erzählerin wie ihr. Nein, ich bin nicht eure Schreibmadame.«

»Wir werden Vater Goriot bitten, alles aufzuschreiben. Er liebt auch gute Geschichten«, schlug Flaubert beschwichtigend vor.

»Warum eine Gestalt von Balzac?«, protestierte Dumas. »Immer steht Balzac im Mittelpunkt.«

»Bleibt friedlich!«, mahnte Flaubert. »Habt ihr alle verstanden, wie die Regeln sind?«

»Klar doch«, winkte Hugo ab. »Jeder muss mit seiner Erzählung an die vorherige anschließen und dann den Stab weitergeben.«

»Richtig. Aber es muss glaubwürdig abschließen. Nur so wird ein Buch draus, das ein guter Verlag veröffentlichen wird.«

»Wir müssen in die Figuren hineinkriechen, damit der Erzählstil nicht zu unterschiedlich wird.«

»Ich finde, wir haben genug geredet, wir sollten beginnen«, drängte Dumas. »Unser Epos endet mit dem Verbrechen an Zola und mit der Aufdeckung, wer das Verbrechen begangen hat. Genau so dramatisch würde ich gleich einsteigen.«

»Du hast die Trommel laut genug geschlagen. Dickens, fang endlich an!«, sagte die Sand und stieß Rauchkringel aus, die sich langsam auf Dumas zubewegten. »Sonst wird er uns gleich wieder daran erinnern, dass seine Bücher weltweit die größte Verbreitung gefunden haben.«

»Stimmt das etwa nicht?«, fauchte Dumas. »Vor mir liegt auflagenmäßig nur die Bibel.«

»Gib nicht so an«, grollte Balzac. »Du hast eine Menge Schinken für kleine Dienstmädchen und gelangweilte Bürgersfrauen verzapft. Große Literatur ist was anderes.«

»Große Literatur? Was ist das?«, brauste Dumas auf. »Meine Bücher liest man in Amerika und in Argentinien. Selbst im fernen Australien kennt man den Namen Alexandre Dumas. Der große Garibaldi war ein Verehrer von mir. Es gibt wohl kein Buch, das häufiger verlegt wurde als ›Die drei Musketiere‹. Da kommt ihr alle nicht mit. Selbst wenn ihr eure Auflagen zusammenlegt.«

»Angeber! Du bist mal wieder unerträglich«, fauchte Balzac.

»Hört auf zu streiten!«, fuhr die Sand dazwischen. »Ihr benehmt euch wie kleine Jungs. Also, wir sind uns einig, dass Dickens beginnt. Er ist der Gast und ihm gebührt die Ehre anzufangen. ›Oliver Twist‹ ist wirklich ein feines Buch. Und mit Revolutionen kennt er sich aus, was sein Roman ›Die zwei Städte‹ beweist.«

»Also los! Genug geredet. Fangen wir an«, sagte Hugo ungeduldig.

»Wieso genug geredet? Es geht doch ums Reden«, sagte Dumas mit selbstgefälligem Blinzeln.

»Ja, Englishman, lass deine Pickwickier aufmarschieren.«

»He, unsere Geschichte spielt in Paris«, meldete sich Zola.

»Wir haben Azincourt vergeben und vergessen. Erzähl es so authentisch wie möglich«, forderte Dumas.

»Hör auf!«, blaffte Balzac. »Schon seit der Eroberung von Orléans durch die Heilige Jungfrau Jeanne d'Arc ist diese Schmach getilgt.«

»Die die Engländer verbrannt haben«, keilte Dumas zurück.

»Es waren Franzosen, die sie verurteilten«, erinnerte Zola.

»Ja. Bei uns gibt es immer wieder mal ein paar vortreffliche Kanaillen«, gab Flaubert zu.

»Ich stelle es mir so vor: Julien Morgon steht auf den Champs Elysées und sieht zu, wie die Armee vorbeidefiliert. Und das Volk schreit begeistert: ›Krieg!‹. Nie hatten die Regimenter des Kaiserreiches prächtiger ausgesehen …«

1. Buch

Das alte schöne Lied von Freiheit, Gleichheit
und Brüderlichkeit.

2 – Der Kaiser mit der falschen Frau

(Charles Dickens erzählt)

Julien Morgon stand im hellen Sommerlicht auf den Champs Elysées und sah den stolz vorbeimarschierenden Regimentern zu. Nie hatte eine Armee prächtiger ausgesehen. Die Sonne schien heiß auf die Truppen und viele wähnten, dass es die Sonne von Austerlitz war. Julien Morgon stand inmitten des jubelnden Publikums und schrie mit den tausenden von Zuschauern: »Hoch lebe der Kaiser!«

Gewiss, die Soldaten sahen prächtig aus. Die Säbel blitzten, die Brustharnische der Kürassiere glänzten, die roten Federn an den Helmen hüpften im Takt der Marschmusik. Man war überzeugt, dass man bald durch das Brandenburger Tor marschieren würde.

»Verhaut die Preußen! Verhaut die Preußen!«, stieg es aus tausendfachen Kehlen in den Himmel.

Julien Morgon war an einer Laterne hochgeklettert, so dass er einen guten Blick auf die marschierenden Truppen hatte. Die Adlerstandarten glänzten golden, die Kaiserfahne blähte sich im Wind. Dumpf dröhnten die Stiefel auf dem Kopfsteinpflaster des Boulevards.

»Hat man je so prächtige Truppen gesehen?«, rief unter ihm ein wohlbeleibter Kleinbürger in einem speckigen Rock und mit einem Zylinder auf dem Kopf, der auch nicht viel besser aussah. Beifall heischend sah er um sich. Ein Hagestolz neben ihm, mit ausgezehrtem Gesicht und einer Hakennase und langen Koteletten, nickte bestätigend.

»Jawohl, General MacMahon hat versichert, dass in unseren Truppen der gleiche Siegeswille herrscht wie bei der glorreichen Armee, die bei Arcole, Jena und Borodino siegte. Die Preußen werden ein Desaster erleben.«

Der Wohlbeleibte neben ihm riss den Zylinder vom Kopf und schrie: »Hurra! Keine Gnade für die Preußen. Hoch lebe die Armee!«

»Hoch lebe der Kaiser!«, setzte der Hagere hinzu.

Es gab keinen Zweifel, Paris vertraute den Soldaten und dem Genie des Kaisers. Sie wussten nicht, dass Eugenie, die Frau des Kaisers, Napoleon III. zu diesem Abenteuer getrieben hatte.

Julien Morgon stutzte. Er sah eine Gruppe Jungen in seinem Alter herankommen. Keiner war älter als siebzehn Jahre. Er kannte sie. Sie waren aus seiner Klasse. Nun bemerkte er, dass sie ein überirdisches Wesen begleitete, das der Kaiserin gleichkam. Im Gegensatz zu dieser war sie blond. Ihre Haare fielen ihr reich auf den Rücken. Er hasste die jungen Männer um sie herum. Nicht, weil sie die Schönheit begleiteten, sondern weil sie ihn verachteten, auf ihn herabsahen, ihn nicht für würdig erachteten, eines Tages eine Grande Ecole absolvieren zu dürfen. Was hatte der Sohn eines Druckers und Papierhändlers neben den Söhnen der Väter zu suchen, die sich zur Elite des Kaiserreiches zählten.

Ihr Anführer war Auguste Mercier, sein Vater war Minister im Kabinett des Kaisers. Ein schwarzhaariger Junge mit einem scharfen Gesicht, mit dem Spitznamen ›der Husar‹, weil er unbedenklich jeden Streich anführte. Sein Vater sorgte schon dafür, dass sie keine ernsten Konsequenzen hatten. Neben ihm ging Hubert Henry, dessen Vater – ursprünglich ein Großbauer – sich durch glückliche Spekulationen einen Namen gemacht und dem Sohn die Gabe mitgegeben hatte, mit Zahlen jonglieren zu können. Er stimmte Auguste servil in allem zu, achtete aber darauf, dass er sich nicht zu sehr exponierte. Der dritte in der Gruppe war der schöne Charles-Ferdinand Esterhazy, der wie ein griechischer Gott aussah und der Schwarm aller Mädchen war und sich darauf eine Menge einbildete. Sein Vater war im Generalstab, sein Großvater General bei den Österreichern gewesen. Aufgrund mysteriöser Verdienste war er nach dem Wiener Kongress von den Franzosen ausgezeichnet und schließlich französischer

Baron geworden. Der vierte war Jean Sandherr. Sein Vater war Textilfabrikant. Er hatte die Uniformen geliefert, in denen die Truppen paradierten. Insgeheim verachteten ihn die anderen, da er ein notorischer Schummler war und ständig von den anderen abschrieb. Dazu stieß manchmal Armand du Paty de Clam, dessen Arroganz selbst Auguste auf die Nerven ging. Aber man akzeptierte den stets elegant gekleideten Jüngling, da er einem der vornehmsten Adelsgeschlechter angehörte. Sie nannten sich die glorreichen Fünf. Sie wussten, dass auch sie eines Tages zur Elite gehören würden und ausersehen waren, eine herausragende Stellung im Kaiserreich einzunehmen.

Julien dagegen konnte nur durch das Stipendium des Baron Edmond de Savigny die Vorbereitungsschule zur Grande Ecole besuchen. Der gute Baron, wie man ihn in der Familie nannte, wohnte auch in der Avenue Bugeaud. Julien war ihm durch seinen Eifer und sein fröhliches Wesen aufgefallen, als er ihm voller Enthusiasmus im Papiergeschäft die verschiedenen Papiersorten für seine Geschäftsausstattung vorgestellt und die unterschiedliche Qualität erklärt hatte. Julien wusste über Edmond Savigny, dass er ein überzeugter Bonapartist war und sich den Spruch des großen Bonaparte zu eigen gemacht hatte, dass jeder einen Marschallstab im Tornister habe. Man munkelte, dass der Kaiser auf ihn höre und er mehr Macht habe als ein Minister. Sein Einfluss, so hieß es, sei in letzter Zeit zurückgegangen, da er sich nicht mit der Kaiserin verstünde. Trotzdem sah man ihn in den Tuilerien ein- und ausgehen.

Juliens Vater war stolz darauf, den guten Baron nicht nur als Kunden, sondern auch als Förderer seines Sohnes bezeichnen zu können. Der gute Baron schien Julien ins Herz geschlossen zu haben und in ihm jemand zu sehen, der es auch ohne entsprechenden Familienhintergrund zu etwas bringen könne.

Nun hatten auch die glorreichen Fünf Julien entdeckt.

»Seht mal, da ist doch der Papierhändler!«, schrie Auguste und wies auf Julien, der sich oben an der Laterne festhielt.

»Wie frech er dort oben auf uns herabblickt. Dieser Niemand nimmt sich heraus, unseren tapferen Soldaten zuzujubeln. Kommt, bringen wir dem Kerl Demut bei.«

Er nahm Pferdeäpfel auf, die seit dem Vorbeiritt der Kürassiere reichlich auf der Straße lagen und schleuderte sie zur Laterne hoch. Schon taten es ihm die anderen nach und Julien wurde mit Pferdeäpfeln eingedeckt. Doch diese trafen nicht nur ihn, sondern auch die am Straßenrand jubelnden Zuschauer.

»Nichtsnutzige Bengel!«, empörten sie sich.

»Ihr seid unfair«, rief das überirdische Wesen. Ihr Blick traf Julien tief ins Herz. Für diese Parteinahme hätte er noch ganz andere Beschwernisse in Kauf genommen.

»Hört auf! Ihr seid so feige«, erregte sich das Mädchen in dem weißen Kleid und schlug mit ihrem zierlichen Sonnenschirm Armand auf die Hand, sodass diesem das Wurfgeschoss entfiel.

»Was ist denn mit dir los, Mercedes?«, empörte sich Armand. »Das ist doch nur der Papierfatzke.«

»Er hat euch doch nichts getan. Also hört auf damit. Die guten Leute hier sind zurecht empört. Ihr stört ihre Freude am Anblick unserer tapferen Armee.«

»Auch ich bin ein Gefolgsmann des Kaisers«, rief Julien – obwohl ihm dieser bisher herzlich gleichgültig gewesen war – nur um dem Mädchen zu gefallen. Er rutschte von der Laterne hinunter, drängte sich durch die Zuschauer, lief auf den Boulevard und marschierte im Takt der Trommeln im Gleichschritt neben dem Fahnenträger mit.

»Es lebe die glorreiche Armee des Kaisers!«, rief Julien.

Die Menge am Straßenrand klatschte Beifall. Der Fahnenträger zog die Rose, die man ihm aus der Menge zugeworfen hatte, vom Revers und gab sie Julien.

»Bewahre sie gut auf. Sie wird dich an den Tag erinnern, an dem die große Armee auszog, um die Preußen zu besiegen.«

Julien schwenkte die Rose und ließ die Armee hochleben und die Menge am Straßenrand nahm seinen Ruf auf. Einen winzigen Augenblick lang war Julien ein Held auf den Champs Elysées. Jauchzend lief er zum Straßenrand und drängte sich durch die Menge. So mancher gab ihm einen gutmütigen Klaps auf den Kopf. An der Laterne angelangt, traf er nur noch das Mädchen an.

»Wo sind Auguste und die anderen?«, fragte er erstaunt.

»Ach, den guten Leuten hier wurde ihr Treiben zu bunt und sie haben sie vertrieben.«

»Darf ich dir die Rose der Grande Armée übergeben?«, sagte Julien mit einer Verbeugung, die auch Napoleons Hofmarschall nicht besser hinbekommen hätte.

»Für mich?«, fragte das Mädchen überflüssigerweise, knickste und nahm die Blume.

»Eine Rose für eine Rose«, gab Julien zurück und staunte über sich selbst. Nie hätte er angenommen, sich in solch einer Situation so weltgewandt ausdrücken zu können.

»Sieh mal an, dabei erzählte mir Armand, dass du nur ein kleiner Ladenschwengel bist.«

»Du weißt, wer ich bin«, sagte er unzufrieden.

Es stimmte. Sie kannten sich. Auch sie wohnte in der Rue Bugeaud. Doch bisher hatte sie ihn nicht beachtet oder so getan, als wäre er Luft. Denn sie wohnte im Gegensatz zu ihm in einem Palais auf der anderen Straßenseite.

»Deine Freunde mögen mich nicht. Sie sind der Meinung, dass ich nichts auf einer Grande Ecole zu suchen habe. Mein Vater, wie du weißt, hat nur die kleine Druckerei und den Papierhandel in der Rue Bugeaud.«

»Ach, tatsächlich. Du bist der Junge aus dem Papiergeschäft«, sagte sie, legte die zierliche behandschuhte Hand auf das Kinn und sah ihn nachdenklich an.

»Du hast mich doch schon gesehen«, erinnerte er sie unwillig an ihre kurzen Begegnungen.

»Ach, ich achte nicht so darauf, wer mich ansieht«, erwiderte sie hochmütig.

Sie ist ganz schön schwierig, dachte er ernüchtert. Sie bemerkte seine Enttäuschung und legte ihm die Hand leicht auf den Arm.

»Aber mir ist egal, von wem jemand abstammt. Mein Vater war einst auch nur ein einfacher Weinbergbesitzer bei Amboise, ehe ihn der Kaiser zum Baron ernannte. Ich heiße Mercedes Montaigne, du kannst mich aber Mercedes nennen.«

»Aus der Gegend, wo man Krammetsvögel isst und die Könige ihre schönsten Schlösser gebaut haben«, sagte er beeindruckt.

»Bist du ein Royalist?«, fragte sie stirnrunzelnd. »Meine Familie ist streng bonapartistisch.«

»Meine Familie ist fürs Volk. Mein Vater hält es mit der Republik.«

»Das will ich gelten lassen. Aus der Republik wurde schließlich das Kaiserreich. Der Kaiser vollendet den Willen des Volkes«, fügte sie altklug hinzu.

»Darf ich dich nach Hause begleiten?«

»Wir haben ja denselben Weg«, willigte sie ein. »Mein Vater kauft auch sein Briefpapier bei euch. Auch ich war schon öfter in dem hübschen kleinen Laden, in dem es so angenehm nach Papier riecht. Aber an dich erinnere ich mich nicht.«

»Ich bin auch nicht jeden Tag im Geschäft, sondern helfe nur hin und wieder aus. Lange wohnst du noch nicht in unserer Straße, nicht wahr?«

»Richtig. Wir sind erst seit zwei Monaten hier. Vater sagte, dass man in Paris präsent sein muss, wenn man mit der Heeresverwaltung Geschäfte machen will. Der Wein, den die Offiziere des Heeres trinken, stammt von unseren Weinbergen.«

»Dann muss es ein guter Wein sein.«

»Man lobt ihn allgemein«, sagte sie leichthin. Sie kam ins Stolpern, fiel gegen ihn und er stützte sie ab, hielt sie länger, als dies nötig war und sie ließ es zu. Eine feine Röte überzog ihr Gesicht.

»Wie hast du die glorreichen Fünf kennengelernt?«, fragte er und gab sich Mühe, seiner Stimme nicht anmerken zu lassen, dass ihm diese Bekanntschaft Sorgen machte.

»Ach, Augustes Vater hat meinem Vater beim Heeresamt geholfen. Als Minister hat er natürlich erheblichen Einfluss. Wir waren heute in dessen Haus in der Rue Rivoli zu Gast und Auguste fragte mich, ob ich mitkommen will. Natürlich wollte ich die Parade der Armee nicht versäumen. Seine fürchterlichen Kameraden stießen erst später dazu. Feine Kavaliere sind das! Sie haben sich von einem alten Hagestolz vertreiben lassen, als dieser mit dem Spazierstock auf sie einprügelte.«

Mittlerweile waren sie am Eingang zur Rue Bugeaud angelangt. Viel zu kurz war ihm die Wegstrecke vorgekommen.

»Darf ich dich wiedersehen?«

»Warum nicht?«, fragte sie lachend. »Ich werde morgen mit meiner Freundin Diane du Plessis den Jardin du Luxembourg besuchen. Vielleicht treffen wir uns dort rein zufällig?«

Sie lachte kokett, drehte den Sonnenschirm in ihrer Hand und zwinkerte ihm zu. Er hätte sie lieber allein getroffen, wagte aber keinen Einwand und antwortete, dass er sich freuen würde, sie wiederzusehen. Sie verabredeten sich zur Zeit des Mittagskonzerts. Er versuchte es beim Abschied mit einem Handkuss, aber sie entzog sich diesem.

»Aber nein. Du musst nicht galant sein. Bleib so, wie du bist.«

»Danke noch einmal, dass du mir beigesprungen bist.«

»Das war doch selbstverständlich. Fünf gegen einen ist einfach nicht anständig. Auguste ist manchmal ein Flegel.«

Sie nickte ihm zu und ging in den Hof des Palais. Er sah ihr nach, bis sie das Haus betreten hatte. Frohgemut ging er zum Papiergeschäft seines Vaters, der wie oft an Feiertagen vor der Tür stand und sich die Abendsonne ins Gesicht scheinen ließ.

»Was sehe ich? Mein Sohn in Begleitung der vornehmen Demoiselle de Montaigne«, empfing er ihn schmunzelnd.

»Ich habe sie bei der Parade auf den Champs Elysées getroffen. Und da wir den gleichen Weg haben …«

»Lässt sich eine Montaigne von einem einfach Morgon nach Haus begleiten. Sie sind wohl eine republikanische Familie?«

»Nein. Sie sind Bonapartisten.«

»Na, wenigstens keine Bourbonenanhänger.«

Sein Vater war ein sich gebückt haltender Mann in den Fünfzigern mit langen grauen Koteletten. Stets trug er eine blaue Schürze. Er sah älter aus, als er tatsächlich war. Arbeit und Sorgen hatten tiefe Falten in sein Gesicht gegraben. Die kräftige Nase, die allen Morgons zu eigen war, erinnerte daran, dass er aus der Gascogne stammte. Schon der Großvater war während der großen Revolution nach Paris gezogen und hatte den Jakobinern angehangen und sich stets gerühmt, mit Robespierre im *Procope* gegessen zu haben. Unter dem Konsul Bonaparte hatte er dem mosaischen Glauben abgeschworen. Von diesem Familiengeheimnis zeugte nur noch ein siebenarmiger Leuchter. Julien hatte den Verdacht, dass sein Vater nur einen Gott hatte: das Volk von Paris.

»Hast du dich für die neuen Prüfungen ordentlich vorbereitet?«, fragte der Vater, der stolz darauf war, dass sein Sohn eine Grande Ecole besuchen würde.

»Aber ja doch. Keine Schwierigkeiten.«

Das war keine Beschwichtigung. Julien fiel das Lernen leicht, weil er ein Gedächtnis hatte, das die Lehrer die Köpfe zusammenstecken ließ. Er brauchte nur etwas zu überfliegen und schon hatte er es im Kopf gespeichert und konnte es mühelos, selbst nach Wochen oder Monaten, abrufen.

»Setz dich ruhig noch einmal hin und lies alles durch. Unsereiner muss doppelt so gut sein wie die Abkömmlinge aus den großen Familien. Wir können dem guten Baron wirklich dankbar sein, dass er sich für dich beim Direktorium eingesetzt hat. Du darfst Monsieur Savigny keine Schande machen, hörst du? Und noch etwas: Lass nie verlauten, dass du eine jüdische Großmutter hattest. Der Baron, dies habe ich aus einigen Bemerkungen entnommen, ist kein Freund der Juden. Wo Licht ist, ist auch Schatten.« Er seufzte.

»Aber ja doch, Vater«, murmelte Julien gelangweilt. »Ich weiß doch, dass es genug Franzosen gibt, die einen seltsamen

Hass auf die Juden haben. Warum eigentlich? Die Juden, die ich kenne, sind wie du und ich.«

»Woher kennst du Juden?«, fragte der Vater erstaunt.

»Ach, die Weißenburgs sind auch Juden. Lambert, der Sohn des Antiquitätenhändlers, ist mein Freund.«

»Du solltest dir lieber Freunde unter deinen Schulkameraden suchen.«

»Ach, Vater, für die bin ich doch nur der Ladenschwengel, der eigentlich nicht auf eine Grande Ecole gehört. Sie schneiden mich wie einen Aussätzigen.«

»Das tut mir leid. Vielleicht haben wir eines Tages wieder eine Republik und alle sind gleich.«

»Das wird so schnell nicht passieren. Schon gar nicht, wenn der Kaiser siegreich aus dem Krieg zurückkommt. Ich habe die Soldaten gesehen. Es sind die besten der Welt.«

»Da bin ich mir nicht so sicher. Mit den Deutschen muss man immer rechnen. Doch nun geh hinein. Mutter wartet schon auf dich.«

»Junge, wo bist du so lange gewesen?«, empfing ihn die kleine rundliche Frau mit dem rosigen Gesicht einer Bäuerin.

Eine Schönheit war sie selbst in ihrer Jugend nicht gewesen. Aber dies machte sie mit einer gütigen Art wieder wett, so dass sie in der ganzen Nachbarschaft beliebt war. Ihre elsässische Herkunft war nicht nur an ihrer Aussprache zu erkennen, sondern auch an der deftigen Küche, zu der sie gern einlud. Julien war ihr einziges Kind und sie begluckte ihn gern und hingebungsvoll.

»Ich habe dir ein paar schöne Fleischklößchen gemacht. Iss, damit du gut lernst. Wer dem Körper nicht gibt, was er braucht, wird durch schlechtes Lernen bestraft.«

Nach dem Essen ging er auf sein Zimmer unter dem Dach. Der Vater hatte die Mansarde daneben, um zusätzliche Einkünfte zu erschließen, an einen Abbé vermietet, einen kräftigen Mann in mittleren Jahren, der in der naheliegenden Kirche als Aushilfspfarrer sein Brot verdiente. Nicht nur, weil er durch seine Größe und seinen mächtigen Körperbau so gar nicht einem Geistlichen glich, auch weil er – wie Julien bald erfuhr – eine ganz eigene Auslegung des christlichen Glaubens predigte, wurde er im Arrondissement mit scheelen Blicken bedacht. Seine wahre Leidenschaft konnte man mit dem Glauben an die Phrygische Mütze umschreiben. Er war also in vielem sehr jakobinisch und immer schnell dabei, das Paradies im Diesseits zu fordern.

Die Wohnung des Abbé Leon Flamboyant war vollgestopft mit Büchern, die Freiheit, Gleichheit und Brüderlichkeit forderten. Voltaire, Diderot, Rousseau waren die Autoren, doch auch Feuerbach, Bakunin und … Marx. Alles was er erzählte, lief darauf hinaus, die Gesellschaft umzustürzen, um nach einem Weltenbrand zu einer Gesellschaft zu kommen, wo der Löwe friedlich neben dem Lamm lagert. Julien war gern mit ihm zusammen, nicht weil er dessen Gedanken teilte, sondern weil Flamboyant ihm beibrachte, nach dem Grund aller Dinge zu fragen. Was bewegt die Welt? Was bedeutet Freiheit? Warum sind auch bei Gleichheit nicht alle gleich? Ist auch der Kaiser unser Bruder? Er mochte den Abbé und der Abbé mochte ihn. Julien war durchaus bewusst, dass dessen Zuneigung daraus resultierte, in ihm einen Samen zu pflanzen. Dagegen hatte Julien nichts einzuwenden, denn die Ausführungen des guten Abbés blieben doch sehr im Theoretischen.

Als er die Tür zu seinem Zimmer öffnete, kam der Abbé aus seiner Wohnung, als hätte er die ganze Zeit auf ihn gewartet. Julien kannte dies längst und akzeptierte es.

»Du warst also bei der Parade«, stellte der Abbé fest.

Wie immer trug er die fleckige Soutane, die ihm an den Ärmeln viel zu kurz war. Wenn er durch die Straßen ging, sah man ihm hinterher, weil er die Menschen meist um mehr als eine Kopflänge überragte. Ein länglicher Kopf mit Pferdezähnen, die ihm ein wildes Aussehen gaben – zumal er sie bei Zorn oder Wut fletschte –, machten ihn zu einem Gesprächsthema im Viertel.

Da er oft zornig war, auf die Bonapartisten, auf die Bourbonen, floss dies mit gewagten Gleichnissen in seine Predigten ein, über die man sich oft beschwerte, so dass man ihm schließlich nur noch die Frühmessen zuteilte. Allein die Republikaner ließ er gelten, zumal wenn sie aus dem Faubourg St. Antoine kamen und an die glorreichen Tage von 1789 erinnerten.

»Was für ein grandioser Anblick! Auf den Champs Elysées marschierte die stolzeste Armee der Welt.«

»Alles Todgeweihte. Dieser sogenannte Kaiser schickt sie ins Verderben. Wie kann man nur so dumm sein, auf die Provokationen der Preußen hereinzufallen. Nun, auch gut. Er wird seine Herrschaft ruinieren und dann schlägt die Stunde der Wahrheit und aus den Vorstädten werden die Erniedrigten hervorbrechen und die Tuilerien besetzen. Dem Volk wird die Macht gehören. Die Reichtümer Frankreichs werden gleichmäßig verteilt werden.«

Julien wusste, dass Flamboyant, wenn er erst einmal in Fahrt gekommen war, seine Tiraden stundenlang ausweiten konnte und so versuchte er, das Gespräch mit dem Hinweis abzukürzen, dass er noch zu lernen habe.

»Was musst du pauken?«, fragte der Abbé eifrig.

»Latein. Den gallischen Krieg. Ich muss Cäsars Eigenlob wenigstens mal überflogen haben.«

»Eigenlob? Einverstanden. Aber er war wenigstens kein Blender. *Veni, vidi, vici* ist unserem Kaiserdarsteller nicht gegeben. Ich werde dich abhören.«

»Na gut«, gab sich Julien geschlagen. Es war nicht so einfach, den Abbé abzuschütteln.

Sie gingen zusammen in die Mansarde, von deren Decke ein Segelschiff hing. Er hatte sich mit dem Sohn eines Seineschiffers angefreundet, der die beiden Jungen gern mitnahm, wenn er auf der Seine fischte. Von ihm hatte er nicht nur das Segelschiff bekommen, sondern auch Segeln gelernt und manch anderes über das Meer, denn der Fischer hatte einst, wie er nicht müde wurde zu betonen, die Weltmeere befahren und den Äquator überquert, was sich bei ihm nach einer bedeutenden Sache anhörte.

An der Wand über dem Bett hing ein Säbel, den ihm sein Freund Lambert Weißenburg geschenkt hatte, der ihn unter dem unverkäuflichen Gerümpel seines Vaters fand. Angeblich hatte er einst Danton gehört. Doch die Jakobiner waren in kaiserlichen Zeiten nicht sehr en vogue. Der Säbel Napoleons dagegen hätte ein Vermögen gebracht.

Sie setzten sich an den kleinen Tisch, der Abbé nahm das Lateinlexikon und begann, nachdem Julien eine Weile das *Bellum Gallicum* überflogen hatte, ihn abzufragen. Zu des Abbés Verdrusses vermochte Julien jede Frage zu beantworten. Nachdem sie eine Weile gearbeitet hatten, hielt der Abbé die Lehrerrolle nicht mehr durch.

»Wusstest du, dass Marc Anton dem verflixten Octavian das Leben gerettet hat?«

Julien sah hoch. Was sollte das denn wieder?

»Octavian, der spätere Augustus, hat doch Marc Anton bei Actium besiegt.«

»Die Lebensrettung passierte vorher, als sie sich noch als Triumvirat verstanden und gegen die Republikaner einig waren. Der dumme Bengel Marc Anton bewahrte Octavian vor dem Zorn des Volkes, das ihn wegen der schlechten Lebensmittellage in den Tiber werfen wollte. Marc Anton war ein naiver Schlagetot, Octavian dagegen eine Schlange. Seine Gemeinheit verbarg er hinter seinem Jünglingsgesicht.«

»Aber er wurde doch später der vielgeliebte Augustus.«

»Ja. Ein Heuchler durch und durch. Wusstest du, dass er in Perugia dreißigtausend Menschen umbringen ließ?«

»Auf was willst du hinaus?«, fragte Julien ratlos.

»Merke dir: Die Welt ist nie so, wie sie scheint. Was siehst du in mir? Einen kleinen Abbé, der sich mühsam durchschlagen muss, von den Kirchenoberen verächtlich behandelt, von den

Kirchgängern belächelt. Doch ich sage dir, ich bin ein Teil der Macht, die darauf drängt, die Menschheit vom Kopf auf die Füße zu stellen. Man wird noch von mir hören.«

Julien hatte Mühe, ein Lächeln zu unterdrücken. Immer wieder kam der Abbé mit so seltsamen Bemerkungen, dass er, der so armselig, fast abgerissen wirkte, in Wirklichkeit jemand von Bedeutung sei. Irgendwie bekam er immer die Kurve, darauf hinzuweisen.

»Also, Augustus war ein Schleimer, Heuchler und Intrigant«, stöhnte Julien. »Und was nun?«

»Und ein Mörder«, ergänzte der Abbé. »Aber der Kerl mit dem Unschuldsgesicht wusste, was er wollte und er tat alles für seine Machterhaltung. Alles, Julien. Er war genauso, wie sich Macchiavelli einen Fürsten wünscht. Wenn man ein Omelett haben will, muss man die Eier zerschlagen.«

»Und?«, fragte Julien ratlos.

»Du musst so werden wie er«, sagte der Abbé mit Aplomb.

»Ha? Ich habe keine Lust, ein Schleimer, Heuchler und Mörder zu werden«, protestierte Julien.

»Junge, du hast viele großartige Anlagen. Du kennst nur das Leben noch nicht. Aber wir Phrygier von der Loge des höchsten Wesens wissen, warum Danton die Verantwortung für die Septembermorde auf sich nahm.«

»Er hat dafür mit der Guillotine bezahlt.«

»Nicht dafür. Er war schwach geworden und kungelte mit der Bourgeoisie. Der große Robespierre und Saint Just taten recht ihn zu verurteilen.«

»Leon, für einen Geistlichen bist du ganz schön blutrünstig.«

»Ich sagte doch schon: Ich bin nicht der, der ich zu sein scheine.«

»Und wer bist du? Ich habe außer von dir nie von den Phrygiern oder von der Loge des höchsten Wesens gehört.«

»Wir sind wie die Freimaurer, Templer, Rosenkreuzer und Illuminaten, nur auf der anderen Seite der Barrikade.«

»Als Abbé bist du eine Fehlbesetzung«, erwiderte Julien lachend, der dessen Gerede schon lange nicht mehr ernst nahm.

»Warte ab, Julien, warte nur ab. Wenn die Soldaten des Kaisers geschlagen aus dem Krieg zurückkommen, wenn sie begreifen, wie sehr man sie benutzt hat, wie verlogen das Gerede vom Vaterland ist, schlägt unsere Stunde. Wir Phrygier werden aus dem Dunkel ins Licht treten und es wird sein wie beim Jüngsten Gericht. Wir werden die herrschende Klasse das Fürchten lehren. Die Aristokraten, die Geschäftemacher, die Bankiers und ihre Spekulanten werden der gerechten Strafe zugeführt. Monsieur Guillotine wird wieder zu Ehren kommen.«

»Du willst ein Blutbad?«, entsetzte sich Julien.

»Das Alte, das Verrottete, das Verfaulte muss weg! Wir werden einen neuen Menschen schaffen. Alle werden gleich und frei und Brüder sein, wie es Robespierre und Saint Just einst forderten. Der Menschheitstraum wird wahr werden!«

»Brüderlich kommt mir das Ganze nicht gerade vor.«

»Es ist ein steiniger Weg zum Reich der Freiheit. Von allein stellt sich die klassenlose Gesellschaft nicht ein. Je reicher jemand ist, je mehr Güter er besitzt, umso erbitterter wird sein Widerstand sein. Er wähnt sich im Recht, glaubt, dass sein Reichtum von Gott kommt und er auserwählt ist. Sie werden uns bis aufs Messer bekämpfen. Aber wir werden siegen und sie umerziehen.«

»Heiliger Franziskus. Du bist aber heute mal wieder scharf drauf, da kann einem ja angst und bange werden. Ich glaube, ich muss noch einmal an die frische Luft.«

Julien sprang auf, denn er wusste, dass der Abbé sonst noch stundenlang bei seinem Lieblingsthema verweilen würde.

»Na gut, geh nur. Aber wisse, ich werde meine Hand über dich halten, wenn die großen Tage kommen, und dafür einstehen, dass man dich bei den Phrygiern aufnimmt und erst zufrieden sein, wenn du der Loge des höchsten Wesens angehörst. Tod der Bourgeoisie! Tod allen Aristokraten, Bonapartisten und Royalisten!«

»Ja doch, Abbé Leon. Tod allen Gegnern der Freiheit!«, erwiderte Julien genervt und schob den Abbé aus dem Zimmer. Er sammelte die Bücher ein und steckte sie für den nächsten Tag in den Tornister. Pfeifend verließ er das Zimmer.

Mittlerweile war es draußen dunkel geworden. Eine schöne helle Mondnacht. Er ging die Avenue Bugeaud hinunter. Es war nicht die Luft, nach der er Verlangen hatte, sondern die blauen Augen, das blonde Haar, das so reich auf die Schultern fiel. Er ging bis zum Ende der Straße und sah sehnsuchtsvoll zu den hell erleuchteten Fenstern des Palais hinüber. In welchem Zimmer mochte sich Mercedes aufhalten? Dachte sie an ihn? Er wünschte es sich sehr. Er sah nur einen Schemen. Sein Herz schlug schneller. Grüßend hob er die Hand. Dann war der Schatten fort. Vielleicht hatte er nur das gesehen, was er hatte sehen wollen.

»Hat sich der Ladenschwengel etwa in Mercedes Montaigne verknallt?«, riss ihn eine höhnische Stimme brutal aus seinen Wunschträumen.

Auguste stand breitbeinig nur wenige Schritte von ihm entfernt. Hinter ihm grinsten Hubert, Armand, Charles und Jean.

»Was macht ihr denn hier?«

»Wir haben uns nur erkundigt, ob die schöne Mercedes gut nach Hause gekommen ist. Und was hören wir? Der Ladenschwengel maßte sich an, sie zu begleiten. Und als wir uns gerade nach Hause verdrücken wollen, was sehen wir da? Der Streber schmachtet vor ihrer Tür.«

»Ich habe nur das getan, was sich gehört, nachdem ihr euch verdrückt habt.«

»Verdrückt?«, empörte sich Auguste. »Wir wollten nur keinen Skandal verursachen, während unsere stolze Armee vorbeimarschierte. Deswegen haben wir uns zurückgezogen, nachdem du die Zuschauer gegen uns aufgehetzt hattest.«

»Unsinn. Die Menge war nur wütend, weil eure Pferdeäpfel nicht nur mich, sondern mehr noch die vielen Zuschauer getroffen hatten. Ihr habt Angst bekommen und Mercedes im Stich gelassen.«

»Du vergisst, wer du bist«, wütete Auguste. »Mercedes ist eine Montaigne und du bist ein Niemand. Was maßt du dir an, einer Dame das Geleit zu geben?«

Julien hatte vom Vater genug gascognisches Blut mitbekommen, um vor einer Übermacht nicht zu kapitulieren. Aber er war auch klug genug, die glorreichen Fünf nicht weiter zu provozieren.

»Was wollt ihr von mir? Ich will keinen Streit mit euch. Ich wohne hier und habe alles Recht, in dieser Straße spazieren zu gehen.«

»Er versucht eine Poussiererei mit Mercedes«, hetzte Hubert. »Auguste, lass dir das nicht gefallen.«

»Der Sohn eines Papierhändlers, der sich nur durch Protektion auf die Grande Ecole vorbereiten kann, will sich mit unsereinem vergleichen«, stimmte der schöne Charles ein.

»Mercedes scheint aber etwas für ihn übrig zu haben. Immerhin versuchte sie, uns davon abzuhalten, ihn mit Pferdeäpfeln zu bewerfen«, fügte Jean hinzu, blickte gespannt auf Auguste und wartete darauf, welche Reaktion diese Bemerkung auslösen würde.

»Stimmt. Sie war auf seiner und nicht auf unserer Seite«, stimmte Armand mit verschwörerischem Blick zu.

»Ich werde ihm austreiben, sich an Mercedes ranzuschmeißen!«, brüllte Auguste. »Auf ihn, Kameraden! Es lebe das Kaiserreich!«

Was seine Eifersucht mit dem Kaiserreich zu tun hatte, erschloss sich niemandem, aber alle fünf stürzten sich nun auf Julien. Auguste vermochte er noch zurückzustoßen, aber dann warfen ihn die anderen zu Boden und prügelten auf ihn ein. Er versuchte den Kopf abzudecken, aber es half ihm nicht viel. Sie traktierten ihn obendrein mit Füßen. Julien brüllte seine Wut und seine Scham heraus. Seine Widersacher lachten höhnisch.

»Dir wird die Lust vergehen, den Blick auf eine Demoiselle von Stand zu werfen«, kreischte Auguste.

»Was geht hier vor?«, meldete sich eine Stimme aus der Dunkelheit.

Leon Flamboyant fuchtelte mit seinem Spazierstock und widerstrebend ließen die Jungen von Julien ab.

»Macht, dass ihr fortkommt, ihr Pack, sonst …!«, rief der Abbé.

»Wer ist denn der Kerl? Ein Bettlerabbé?«, höhnte Auguste. »Wisse, dass mein Vater Minister im Kabinett des Kaisers ist.«

»Ach so! Auch einer dieser Lumpen, die Frankreich ins Verderben führen. So einer gehört auf die Guillotine«, erwiderte Flamboyant mit bösem Lächeln.

Auguste erstarrte. Fassungslos drehte er sich zu seinen Freunden um, hatte er doch noch gehört, wie sein Vater geschmäht wird.

»Lump nennt er meinen Vater? Habt ihr gehört, dieser seltsame Abbé spricht von der Guillotine? Das dürfen wir nicht zulassen, dass man die Obrigkeit schmäht. Diesem Kerl müssen wir es geben, was, Freunde?«

Aber die Freunde hatten nicht viel Lust, sich mit einem ausgewachsenen Mann, der zudem sehr energisch aussah und einen Stock hatte, auseinanderzusetzen.

»Lass es gut sein, Auguste. Julien hat sein Fett abbekommen«, sagte Jean.

»Feiglinge!«, keuchte Auguste. »Wenn ihr kneift, dann werde ich dem Abbé eben allein eine Tracht Prügel verabreichen.«

Er bückte sich schnell, hob einen Stein auf und wollte das wiederholen, was er auf den Champs Elysées mit den Pferdeäpfeln vorgeführt hatte. Doch der Abbé zog einen Degen aus dem Stock.

»Komm, Bürschchen, komm nur, Herrenjüngelchen!«, sagte Leon Flamboyant und hielt Auguste den blitzenden Stahl entgegen. Auch im Funzellicht der Gaslaterne blinkte dieser gefährlich und unheilverkündend. Auguste machte ein paar Schritte zurück.

»Auguste, nichts wie weg!«, kreischte der schöne Charles.

Dieser sah ein, dass seine Aussichten, unverletzt davonzukommen, nun nicht mehr sehr erfolgversprechend waren und nickte. Die Jungen gaben Fersengeld, liefen aus der Straße hinaus und verschwanden im Dunkel.

Julien rappelte sich hoch.

»Wie geht's, mein Junge?«, fragte der Abbé und zog Julien hoch.

»Mir tun alle Rippen weh.«

»Ist doch gut, dass ich plötzlich Lust verspürte, noch ein wenig frische Luft zu schnappen. Was war denn das für eine Aristokratenbande? Es waren doch Aristokraten, nicht wahr?«

Julien zuckte mit den Achseln.

»Sie gehen mit mir auf die Ecole. Ihre Eltern sind wichtige Leute.«

»Da siehst du, wie recht ich habe, dass wir eine Veränderung herbeiführen müssen.«

»Ach, Abbé, sie sind unermesslich reich und mächtig. Dagegen vermag niemand etwas.«

»Du irrst. Der Wunsch nach Freiheit und Gleichheit vermag alles.«

Gemeinsam gingen sie zu ihrem Haus zurück.

An diesem Abend war Julien Morgon dem Abbé dankbar und hoffte mit ihm, dass sich bald alles ändern würde, wenn er auch nicht ganz so blutrünstig dachte wie Leon Flamboyant. Hoffentlich habe ich kein blaues Auge, wenn ich morgen Mercedes treffe, dachte er besorgt. Dies beschäftigte ihn viel mehr als der Tag, der das Oberste zuunterst kehren würde.

3 – Die schönen Tage im Jardin du Luxembourg

(Honoré de Balzac erzählt)

Sie trafen sich regelmäßig im Jardin du Luxembourg, spazierten artig um das große Bassin, sahen zu, wie Kinder ihre Segelboote zu Wasser ließen und mit jeder Begegnung wurden ihre Blicke zärtlicher. Julien störte nur, dass ständig ihre Freundin du Plessis dabei war, die Tochter des kaiserlichen Hofmarschalls, die Mercedes an Schönheit in nichts nachstand. Trotzdem hatte Julien nur Augen für Mercedes und der Blick aus ihren blauen seelenvollen Augen ließ ihm Schauer über den Rücken laufen. Diane hätte durchaus seine Aufmerksamkeit verdient gehabt, aber ihre Schönheit berührte ihn nicht. Beide Frauen hätten kaum unterschiedlicher sein können. Mercedes war lebendiger und befand sich ständig in einem Erregungszustand, zeigte ihre blitzenden weißen Zähne und lachte ein helles glückliches Lachen. Sie heischte nach Aufmerksamkeit und Bewunderung und genoss die Blicke der Männer. Diane dagegen war ernster, das himmelhoch Jauchzende ging ihr ab. Sie musterte Julien mit kritischem Blick, obwohl er ihr nicht unsympathisch war. Sie verurteilte jedoch sein unverhülltes Drängen auf Erfüllung seiner leidenschaftlichen Gefühle, die sie für nicht standesgemäß hielt. Insgeheim hoffte sie auf eine Abkühlung, entweder von Julien, mehr noch von Mercedes, die in ihrem Gefühlsleben, wie sie aus Erfahrung wusste, unstet sein konnte. Sie war guter Hoffnung, dass Mercedes' Gefühle noch umschlagen und sich bald auf andere Schwärmereien konzentrieren würden.

Doch erst einmal trat keine Veränderung ein. Wenn Diane darauf hinwies, welche Vorzüge Auguste auszeichneten, der zudem von Stand war, wehrte sie dies ab und nannte den Sohn des Ministers einen dummdreisten Jungen, während Julien von der Freundschaft zwischen Heloise und Abelard zu erzählen wusste oder von Cagliostro am Hofe Ludwigs XVI, von den Memoiren des Giacomo Casanovas ganz zu schweigen.

»Auguste dagegen kennt sich nur mit Pferden, Geld und Soldaten aus, was auf die Dauer sehr ernüchternd ist.«

Und wenn Julien von den beiden Schwestern erzählte, die Casanova verführte, gingen die beiden gebückt etwas schneller, pressten ihre Taschen gegen die Körpermitte und atmeten heftig. Ihre Gesichter zeigten eine rote Farbe.

Oh ja, Julien kannte seltsame Geschichten, die er teilweise von Abbé Flamboyant gehört hatte, von den Geheimnissen der Carbonari, vom Siegeswillen des Garibaldi und von jenem Rastignac, der nach Paris kam, um sein Glück zu machen und es, obwohl aus einfachen Verhältnissen, bis ganz nach oben schaffte. Er verschwieg ihnen auch nicht die geheimnisvollen Phrygier und die Loge des höchsten Wesens, die die Welt auf den Kopf stellen wollten, indem sie Freiheit, Gleichheit und Brüderlichkeit anstrebten, sowie ein Ende der Armut auf Erden.

Je öfter sie sich trafen, je mehr er von Liebespaaren erzählte, die trotz aller Widerstände nicht voneinander lassen konnten, desto inniger hing Mercedes an seinen Lippen. Und schließlich begann auch Diane zu begreifen, dass es Mercedes diesmal wirklich erwischt hatte und es nicht nur eine vorübergehende Schwärmerei war. Wie Julien glaubte nun auch Mercedes, dass alle trennenden Schranken dazu gemacht waren, übersprungen zu werden und Standesdünkel einer vergangenen Epoche angehörten. Wenn Julien rief »Holen wir uns den Himmel auf Erden«, wusste sie, was er insgeheim meinte und immer öfter fanden ihre Hände zueinander. Und schließlich, unter einer Platane im Jardin du Luxembourg, als Diane von einem Bekannten abgelenkt wurde und sie sich erst nur aus Schabernack versteckt hatten, fanden sich ihre Lippen zum Kuss. Wie sie es sich erträumt hatten, war der Himmel ihrem Glück so nah. Doch die Süße wurde schon bald durch bittere Gedanken gestört.

»Meine Eltern werden unsere Liebe nie zulassen. Nie. Nie«, klagte sie verzweifelt, wenn sie einmal Diane abgeschüttelt hatten, was ihnen immer öfter ein Bedürfnis war.

»Ich werde dich entführen«, antwortete er dann. »Wir werden heiraten und sie vor vollendete Tatsachen stellen.«

»Aber wovon sollen wir leben? Wir sind doch noch so jung«, flüsterte sie entgegen ihrem Wunsch, seine Worte Wirklichkeit werden zu lassen.

»Liebe überwindet alle Hindernisse«, sagte er in dem trotzigen Glauben eines jungen Menschen, der zu viele Romane gelesen hatte. Er glaubte zu wissen, wer ihm helfen konnte, ihre Träume Wirklichkeit werden zu lassen.

»Abbé Leon Flamboyant wird uns helfen.«

»Ein Priester?«, fragte sie erstaunt.

»Oh ja, aber er ist anders als alle anderen Priester. Abbé Leon ist dafür, dass alle Menschen frei und gleich und einander Brüder sind. Er wird für unsere Liebe Verständnis haben.«

»Und wenn nicht? Woher nimmst du nur diese Gewissheit, diese Festigkeit, dass alles gut werden wird. Ich habe Angst, Julien.«

Er drückte sie an sich, versenkte sein Gesicht in ihrem Haar, atmete den Duft ihres Körpers ein, streichelte sie und flüsterte: »Ich liebe dich so sehr. Noch heute Abend rede ich mit dem Abbé.«

Als Diane das beseligte Gesicht ihrer Freundin erblickte, ahnte sie, dass die beiden in ihrer Verliebtheit eine neue Phase erreicht hatten und dass nun Dummheiten drohten. Diane hörte nicht auf, sie zu fragen: »Wie will er deine Kleider bezahlen? Wie und wo wollt ihr ohne Geld leben?«

Aber Mercedes hauchte immer nur: »Ich liebe ihn doch. Du weißt nicht, wie das ist. Hast du jemals geliebt, jemals so heiß und innig geliebt?«

»Nein. So töricht bin ich nicht. Du wirst dich ins Unglück stürzen.«

»Nein. Julien findet einen Weg und wir werden glücklich sein. Man muss es nur wagen. Julien ist jemand, der alles für seine Liebe in die Waagschale wirft.«

Diane überlegte sich sehr wohl, ob sie den Eltern einen Wink geben sollte, aber eine Verräterin wollte sie dann doch nicht sein und ließ sie den Dingen ihren Lauf.

So kam es, dass Julien eines Abends Abbé Leon die Liebe zu Mercedes gestand. Die Augen des Abbés blitzten freudig.

»Du willst eine Montaigne heiraten? Bravo! Du kümmerst dich nicht um Palais und Titel und fühlst dich mehr wert als diese Parasiten des Volkes. Ha, so liebe ich meinen Julien. Natürlich muss dir geholfen werden. Sie wird deine Hemden waschen, wie es jede Frau für ihren Mann tut. Ihr Einverständnis hast du? Sehr gut. Dann ist es sogar meine Pflicht, zwei sich liebende Menschen zusammenzutun. Du wirst sie entführen und mit ihr nach Italien fliehen. Ich habe dorthin Beziehungen.«

Dass der Abbé so schnell auf seine Wünsche einging und auch auf einen gefährlichen Weg verwies, ließ Julien doch erschrecken.

»Vielleicht geht es auch anders«, flüsterte er beklommen.

»Willst du vor ihre Eltern treten und sagen: ›Liebe Eltern, hier sind wir und verheiratet. Sie ist nun keine Montaigne mehr, sondern eine simple Morgon. Gebt ihr uns trotzdem euren Segen?‹« Der Abbé gluckste. »Was meinst du, wie groß die Chancen für den Segen sind, du Tor? Nein, Julien, so wird es nicht funktionieren. Je jünger der Adel, umso stolzer ist man darauf. Ihr werdet euch zumindest eine Zeitlang verstecken müssen, damit es den Hochwohlgeborenen nur noch wichtig ist, ihre Tochter zurückzubekommen, egal wie beschädigt ihr Kleinod ist.«

»Ich habe nicht vor, sie zu beschädigen«, protestierte Julien in schöner Naivität.

»Ach, Julien, Julien, du musst noch viel lernen. Weißt du nicht, wie die Aristokraten denken? Mercedes' Verbindung mit einem wie dir ist für einen Montaigne ein verlorenes Geschäft, ein Verlust an Chancen und Möglichkeiten. Damit ist sie beschädigte Ware, deren Wert erheblich gesunken ist. Es wird ein harter Strauß werden. Die große Liebe muss immer erkämpft werden.«

»Aber du hilfst mir doch?«

»Bei der phrygischen Mütze, natürlich muss dir geholfen werden. Ich kenne den Pfarrer in Neuilly sehr gut. Auch er ist ein Anhänger der Loge des höchsten Wesens. Er wird euch trauen.«

Beim nächsten Treffen mit Mercedes – Diane war diesmal nicht dabei –, erzählte er ihr von dem Gespräch mit dem Abbé.

»Wir lassen uns trauen und verschwinden eine Weile nach Italien und wenn für deine Eltern nur noch wichtig ist, dass du lebst, kommen wir zurück und sie werden sich damit zufriedengeben, dass du wieder da bist.«

»Mein Gott, sie werden sich die ganze Zeit ängstigen?«, hauchte sie. Tränen traten ihr bei dieser Vorstellung in die Augen.

»Das sollen sie doch auch«, erwiderte er eindringlich. »Je mehr Angst sie haben, desto eher werden sie damit zufrieden sein, dass wir am Leben sind. Aus lauter Erleichterung darüber werden sie unsere Heirat akzeptieren.«

Er war sich dessen ganz sicher. Es war viel jugendliche Naivität dabei und ohne die Hilfe des Abbé wäre dieser verwegene Plan auch nicht Wirklichkeit geworden.

Voller Bangigkeit stimmte sie zu. Sie brachte es dann doch nicht fertig, den Plan ihrer besten Freundin zu verhehlen und weihte Diane schließlich ein. Diese nannte es eine Dummheit, aber auch sie hatte viele Romane gelesen, so dass sie den Mut der beiden insgeheim bewunderte und das Vorhaben für sich behielt.

Sie trafen sich wie Duellanten zur frühen Stunde in Neuilly, kurz vor der ersten Messe. Mercedes hatte sich heimlich aus dem Palais gestohlen und wurde bereits vor der Haustür von Julien und dem Abbé in Empfang genommen. Sie trug ein Kleid, das zwar weiß war, aber nur mit viel Fantasie als Brautkleid bezeichnet werden konnte. Der Abbé und Diane fungierten als Trauzeugen. Zitternd vor Anspannung und Freude betraten sie die Kirche. Der Abbé versuchte sie zu beruhigen.

»Die Loge des höchsten Wesens vermag alles. Selbst im Register des Bürgermeisteramtes und im Kirchenverzeichnis wird die Heirat vermerkt sein. Wir mussten euch allerdings zwei Jahre älter machen.«

Er hatte zur Feier des Tages eine fleckenlose Soutane angezogen. Ein tellerartiger Hut gab ihm etwas Würdevolles. Als er vor dem Altar seine Kopfbedeckung abnahm, ließ sein unheimliches Gesicht mit der Geiernase und den eingefallenen Wangen ahnen, dass dies ein Priester war, der sich anderen Dingen geweiht fühlte.

»Und danach geht es ab nach Rom, wo ein anderer Großmeister Advokat ist«, flüsterte Abbé Leon auf dem Weg zum Altar. »Er wird euch kostenlos aufnehmen. Das Geld für die Postkutsche gebe ich euch nachher.«

Die Trauung war eine armselige Veranstaltung. Zwar spielte eine Orgel, aber der Pfarrer roch nach Branntwein und brachte die Zeremonie hektisch und ein wenig schwankend hinter sich. Aber als er das »Bis dass der Tod euch scheidet« gemurmelt hatte, fühlten sie sich dennoch beide glücklich verheiratet. Die Ringe hatte der Abbé besorgt. Sie waren aus Eisen, was die Braut zwar traurig, aber mit einem tapferen Lächeln quittierte, ihrem Gefühl von der großen romantischen Liebe jedoch keinen Abbruch tat.

Aber dann kam es doch noch zu einer Überraschung.

»Wir können heute nicht nach Rom reisen«, enthüllte Mercedes mit tränenden Augen. »Es geht nicht«, wisperte sie. »Wir werden erst nach Rom flüchten können, wenn es Mutter wieder besser geht. Sie ist vorgestern schwer erkrankt. Ein böses Brustleiden. Wenn ich sie jetzt verlasse, gibt es ein Unglück.«

»Aber du liebst mich doch?«, fragte Julien entsetzt und bestürzt darüber, dass sie dies erst jetzt offenbarte. Der Abbé glaubte seinen Ohren nicht trauen zu können.

»Natürlich, mein Lieber. Wäre ich sonst mit dir vor den Altar getreten? Bitte versteh mich. Es ist doch nur ein Aufschub. Wir können doch auch in einer Woche oder zwei nach Rom gehen.«

Es war also eine einzige Kinderei, unüberlegt und planlos, und wurde nur durch die Machenschaften des Abbés in eine Bahn gelenkt.

»Das ist nicht gut«, protestierte der Abbé vehement. »Das ist gar nicht gut. Eine Mahlzeit muss heiß gegessen werden.«

Geübt in ganz anderen Intrigen ahnte er, welche Schwierigkeiten auftreten könnten. Doch Mercedes ließ sich nicht beirren. Trotz ihrer Liebe, ihrem Vertrauen in eine glückliche Zukunft blieb sie bei ihrer Meinung, die Mutter in dem jetzigen Zustand nicht verlassen zu dürfen.

Das Hochzeitsmahl fand im *Procope* statt, das der Abbé für den richtigen Ort hielt, wenn ein kommender Revolutionär sich vermählte. Er raunte ihnen zu, dass Danton hier den mörderischen September 1792 geplant habe. Diane du Plessis, die zum Hochzeitsmahl eingeladen worden war, ging ein Schauer über den Rücken. Julien, der die Geschichte schon oft genug gehört hatte, sagte nur: »Ja doch, Leon. Wissen wir.«

Mehr dazu zu sagen, wäre nach Juliens Dafürhalten nicht höflich gewesen, denn auch die Kosten für das Hochzeitsmahl blieben am Abbé hängen, doch dieser ließ es in grandeurhafter Großzügigkeit an nichts fehlen, so erfreut war er darüber, den Aristokraten einen Streich gespielt und Julien obendrein die Macht der Loge des höchsten Wesens demonstriert zu haben.

Es gab eine riesige Fischplatte mit Hummer, Garnelen und Austern, dazu einen Weißwein aus Saumur, der trocken und klar war und die Funken auf dem Wasser der Loire in ihren Köpfen aufleuchten ließ. Als die Braut den Tisch verließ, um sich die Nase zu pudern, nutzte Diane noch einmal die Möglichkeit, Julien darauf hinzuweisen, welche Torheit diese Verbindung war.

»Es ist eine Kinderei! Wenn es nicht so traurig wäre, würde ich es eine Burleske nennen. Mercedes wird unglücklich werden.

Und dass sich ein Geistlicher dafür hergibt, ist ein Skandal. Was für eine Art Priester sind Sie eigentlich?«

»Meine Dame, was ereifern Sie sich? Wenn ich mich recht erinnere, haben Sie die Trauzeugin gespielt.«

»Weil ich dumm bin. Ich konnte Mercedes' Bitten nicht widerstehen.«

»Mach dir keine Sorgen, wir lieben uns«, erwiderte Julien und erntete von Diane einen mitleidigen Blick.

»Es wird ein Fiasko. Du magst mit wenigem zufrieden sein, weil du es nicht anders kennst. Aber Mercedes wurde bisher jeder Wunsch erfüllt. Man wird dich verfolgen und Mercedes einstweilen in ein Kloster sperren und danach mit jemandem verheiraten, der wild auf das Geld der Montaignes ist.«

»Vielleicht wird es so kommen, vielleicht auch nicht«, entgegnete der Abbé grinsend. »Doch sollte Julien das werden, was in ihm steckt, dann möchte ich kein Montaigne sein.«

»Ich wollte Mercedes nur nicht im Stich lassen«, klagte Diane unglücklich und schluchzte in ihr Taschentuch.

»Jedenfalls sind die beiden ordnungsgemäß vor Gott getraut. Die Ehe ist eine Tatsache, an der auch die Montaignes mit ihren Beziehungen nichts ändern können.«

»Und ob die was ändern können!«, widersetzte sich Diane. »Noch sind die Gesetze in diesem Land auf Seiten der Montaignes.«

»Im Standesamt und im Kirchenregister steht, dass eine Diane du Plessis Trauzeugin war«, rieb der Abbé ihr böse kichernd unter die Nase.

»Ich habe ihr tausendmal von der Ehe abgeraten.«

»Die Zeit wird es richten«, winkte der Abbé ab. »Ich höre von den Fronten schlimme Nachrichten. Wer weiß, wie noch alles kommt. Vielleicht werden die de Montaignes noch froh sein, dass ihre Tochter mit einem Anhänger der Phrygier verheiratet ist.«

»Was hast du gehört?«, fragte Julien hastig.

»Es läuft nicht gut für den Kaiser und Frankreich. Die Preußen rücken überall mit großer Geschwindigkeit vor.«

»Unser Heer wird sie zurückschlagen«, erwiderte Julien hitzig. Er hatte doch die prächtigen siegesgewissen Truppen noch vor Kurzem auf den Champs Elysées paradieren sehen. »Ich glaube an unsere tapfere Armee und mein Glück und meine Liebe zu Mercedes.«

»Eine andere Reihenfolge wäre mir lieber«, stöhnte Diane und schickte einen Blick zum Himmel, obwohl es nur die stuckverzierte Decke des *Procope* war.

Da Mercedes bei ihrer Meinung blieb, ihre Mutter vorerst nicht verlassen zu können – und dies verlangte, gegen Abend in der Avenue Bugeaud zurück zu sein –, musste für die Hochzeitsnacht ein Nachmittag reichen. Der Abbé hatte dafür ein Zimmer in einem kleinen Hotel am Place St. Germain des Près mit dem Namen *Bonaparte* bestellt. Es war keine Absteige, sondern ein gediegenes Hotel, das von Weinhändlern, Schriftstellern und Philosophen frequentiert wurde. Die Wände des Zimmers wiesen zwar Wasserflecken auf, aber die Bettwäsche war sauber und da der Abbé alle Formalitäten übernommen und im Voraus bezahlt hatte, nahm man das seltsame Brautpaar ohne Fragen auf.

»Mach sie glücklich«, sagte Diane beim Abschied.

»Genieße die erste Nacht«, setzte der Abbé grinsend hinzu. »Man sagt, sie ist die wichtigste, was ich aber nicht bestätigen kann.«

Voller Bangigkeit sahen sie sich an, als sie sich entkleideten. Beide waren ohne Erfahrung und doch trugen sie die Neugier und die Lust aufeinander in ein anderes Land. Julien bestaunte ihre Schönheit und auch ohne Kenntnis über die Praktiken der Liebe fand er sowohl die richtige Art als auch die richtigen Worte, die eine Frau erbeben lassen. Unter seinem sanften Streicheln legte sich ihr Zittern. Der Zauber ihrer Jugend, der Glaube an das gemeinsame Glück und das erste Liebeserlebnis machten diesen Nachmittag zu etwas, was Julien nie vergaß. Sie liebten sich mit einer Inbrunst, die ihrem Seelenzustand entsprach. Und es erfüllte sich ihnen, wovon die Dichter erzählen. Sie vergaßen die Umstände und die verhuschte Trauung und glaubten ihre Verbindung fest gefügt. Staunend durchwanderten sie die Täler der Lust mit ihren baumhohen Farnen und den purpurnen Flüssen. Ihre Säfte vermischten sich und es endete mit einem Schrei und ihr Ruf klang wie der eines Vogels, der sich höher und höher schraubt. Danach lagen sie Hand in Hand nebeneinander, sahen sich an und bestätigten sich immer wieder ihre Liebe.

»Ich habe Angst, Julien«, gestand sie schließlich.

»Vor der Reaktion deiner Eltern?«

»Auch das. Aber vor allem Angst davor, dass uns irgendetwas auseinanderbringen könnte.«

»Nichts wird uns trennen. Niemals«, versprach er ihr.

»Mein Vater ist ein reicher Mann mit wichtigen Beziehungen«, flüsterte sie bang.

»Nichts ist stärker als unsere Liebe.«

Es war töricht, aber hatte er nicht alles Recht dazu? Er glaubte, was er flüsterte. Hatte er doch schon so viel erreicht. Eine Montaigne war seine Frau geworden, das Betttuch zeugte von ihrer Vereinigung und sie hatte nicht vor Schmerzen, sondern vor Lust geschrien.

Am Abend trennten sie sich vor dem Palais. Ihre Augen waren voller Tränen und ihr Gesicht so bleich wie das Betttuch im Hotel am Place St. Germain des Près.

»Ich bin dein, was immer auch kommt«, flüsterte sie und ihr Gesicht verzerrte sich wie unter Schmerzen.

»Was immer auch kommt«, wiederholte er ihre Worte.

Er sah ihr nach, bis sich die Tür hinter ihr geschlossen hatte. Halbblind ging er an das andere Ende der Avenue Bugeaud.

»Was hast du? Ärger an der Ecole?«, fragte der Vater erstaunt, als er die Küche betrat. Julien schüttelte den Kopf und murmelte etwas von allgemeiner Überarbeitung, ging auf sein Zimmer, warf sich auf das Bett und betete, dass sich das erfüllen würde, was er sich mit Mercedes erträumte.

Sie hatten sich am nächsten Nachmittag auf dem Place des Vosges verabredet, weil dieser weit weg, am anderen Ende der Stadt lag. Nach der Ecole eilte er ins Marais, achtete nicht auf die Geschäfte am Weg, wo koscheres Fleisch angeboten wurde und wo siebenarmige Leuchter in den Auslagen standen. Das Marais war als Judenviertel bekannt und hatte ihnen oft als Treffpunkt gedient, weil dieser Ort eigentlich ausschloss, dass sich jemand aus der Großbourgeoisie hierher verirrte. Doch statt Mercedes traf er auf der Bank vor dem Denkmal Ludwigs XIII. Diane an. Er wusste sofort, dass etwas passiert war.

»Wo ist Mercedes?«, rief er panisch.

»Am Sterbebett ihrer Mutter. Sie hat ihnen alles erzählt. Ich komme gerade von Mercedes. Ein totaler Zusammenbruch.«

»Alles?«

»Alles. Ihr Vater hat getobt. Er wird alles daran setzen, um die Ehe zu annullieren. Er will dich als Verführer seiner Tochter ins Gefängnis werfen lassen. Er spricht von Entführung und Vergewaltigung.«

»Und Mercedes? Mein Gott, erzähl doch! Wie geht es ihr?«

»Schlecht, wie du dir denken kannst. Nur ich darf zu ihr. Das Haus zu verlassen ist ihr verboten. Die Dienstboten wurden entsprechend instruiert. Sie ist praktisch eine Gefangene. Sie sprach davon, dass sie sich umbringen will. Wenn ich ihr nicht gut zugeredet hätte, weiß Gott, was dann passiert wäre. Es ist also so gekommen, wie ich es befürchtet hatte. Ein Fiasko!«

»Ich muss zu ihr.«

»Mach es nicht noch schlimmer. Man wird dich nicht vorlassen, sondern nach der Gendarmerie rufen. Du solltest verschwinden, Julien. Nimm das mit den Drohungen ihres Vaters nicht auf die leichte Schulter.«

»Wir lieben uns und sind miteinander verheiratet«, beharrte Julien.

»Julien, nimm Vernunft an. Wem wird man glauben, einem hochgeachteten Baron mit besten Beziehungen zum Hof oder dem Sohn eines Papierhändlers?«

»Auf wessen Seite stehst du eigentlich?«, fragte Julien ungehalten.

»Auf eurer natürlich. Obwohl ich die Heirat, wie du weißt, von Anfang an für eine Dummheit gehalten habe. Pferd und Muli spannt man nicht zusammen ins Geschirr.«

»Danke für den Vergleich«, erwiderte er bissig und schlug die Hände vors Gesicht. »Was mache ich nur? Mein Gott, wie hole ich sie da raus?«

»Du musst die Zustände akzeptieren, wie sie sind. Im Kaiserreich musst du von Adel sein oder viel Geld besitzen, wenn du geachtet werden willst.«

Sie nahm ihren Worten die Kälte, indem sie ihn in die Arme schloss und an ihre Schulter drückte. Julien schluchzte und sie strich ihm über das Haar. Sie war nur wenig älter als er und trotzdem hatte sie ihm in Realismus und Weitblick einiges voraus.

»Du bist doch ein Mann. Ein verrückter junger Mann mit romantischen Träumen, die du mit der Wirklichkeit verwechselt hast. Daran ist nur dieser Abbé schuld. Ohne seine Unterstützung hättest du diese Wahnsinnsheirat nicht bewerkstelligen können.«

»Ihr Vater wird sie nicht ewig gefangen halten können.«

»Das wird er auch nicht brauchen. Er wird deine Ehe annullieren lassen und sie schleunigst mit einem ihm genehmen Ehemann verheiraten. Sieh den Tatsachen ins Auge. Du kommst gegen die Konventionen unserer Gesellschaft nicht an. Es gibt nun einmal oben und unten.«

»Abbé Leon hat recht. Das Kaiserreich ist eine ungerechte, bis ins Mark verfaulte Gesellschaft. Ich hasse den Kaiser.«

Dass er vor Kurzem noch den Kaiser hatte hochleben lassen, war vergessen.

»Geh nach Hause, beruhige dich erst einmal und besprich die Situation mit deinem Vater. Ich werde dich weiterhin informieren, was im Hause Montaigne vor sich geht. Im Moment kannst du nur hoffen, dass der Baron seine Drohung nicht wahr macht.«

Sie nahm ein Taschentuch, wischte ihm die Tränen fort und flüsterte: »Benimm dich wie ein Mann. Verschwinde eine Weile. Geh nach Rom. Von allen Ratschlägen des Abbé war dies der einzig vernünftige.«

»Ich werde sie niemals aufgeben«, stieß Julien hervor und wischte sich über das Gesicht. Er löste sich von ihr und stand auf. »Mercedes ist meine Frau«, stammelte er entschlossen.

Benommen taumelte er aus dem Park. Wie ein Blinder ging er, abgeschieden von der Welt, durch die Straßen, gewahrte nicht das Treiben um sich herum, hörte nicht die aufgeregten Rufe der Zeitungsjungen über die Schlacht um Metz. Als er endlich das Haus seines Vaters erreichte und die Stube betrat, sah ihm der Vater aufgeregt entgegen.

»Was hast du getan, Julien?«, fragte der Vater fassungslos.

Der Grund seiner Aufregung saß neben ihm. Der Gendarm erhob sich mit drohender Miene.

»Sie sind Julien Morgon? Ich habe Weisung, Sie ins Justizpräsidium zu bringen.«

»Warum? Wessen klagt man mich an?«

»Das entzieht sich meiner Kenntnis. Ich habe nur Order, Sie dem Staatsanwalt Le Feré vorzuführen. Der Anwalt des Kaisers wird Ihnen die Anklage nennen.«

»Junge, so sprich doch. Was liegt gegen dich vor?«

»Vater, ich kann dir versichern, dass ich nichts Unrechtes getan habe.«

Die Mutter kam aus der Küche, sich die Hände an der Schürze abreibend.

»Junge, was kann man gegen dich vorbringen? Das kann doch nur ein Irrtum sein.«

»Ich bin mir jedenfalls keiner Schuld bewusst.«

Aber das war nicht die Wahrheit. Er wusste, was man gegen ihn vorbringen würde. Aber er scheute sich, dies den Eltern zu sagen. Er wusste, dass sie ihn liebten, aber seine heimliche Heirat mit einer Aristokratin nicht gutheißen würden.

»Nun, Bursche, genug palavert. Du wirst schon erfahren, weswegen dich die Obrigkeit sehen will.«

Der Polizist setzte den großen Hut mit Federn auf und schob Julien aus dem Raum. Im Flur stießen sie am Treppenabsatz auf Abbé Leon.

»Man führt mich ins Justizpräsidium«, klagte Julien.

»Gewalt! Verrat am Volk!«, schrie der Abbé mit wildem Blick. »Nieder mit dem Kaiserreich!«

»Halt dein Schandmaul, Priester, sonst nehme ich dich auch noch mit. Ich will die Äußerungen mal überhört haben. Schließlich habe ich genug am Hals.«

»Keine Angst, Julien«, sagte der Abbé und drückte Juliens Arm. »Ich werde unsere Freunde benachrichtigen. Wir lassen einander nicht im Stich. Beim Rock des Robespierre, wir sind deine Brüder.«

»Genug geredet! Los, her mit den Händen«, brüllte der Gendarm, legte Julien Handeisen an und stieß ihn aus dem Haus.

Als sie am Palais Montaigne vorbeikamen, war es Julien, als bewege sich im zweiten Stock eine Gardine. Sah Mercedes, wie er abgeführt wurde? Oder ergötzte sich ihr Vater an seinem Anblick? Wie einen störrischen Esel zog der Gendarm ihn hinter sich her.

Im Justizministerium, das von außen aussah wie ein griechischer Tempel der Athene, wurde er durch lange Flure in einen Raum gebracht, dessen Kargheit schon ahnen ließ, dass hier die Strenge des Gesetzes durchgesetzt wurde.

»Setz dich dort auf den Stuhl vor dem Tisch.«

Der Gendarm ging zu der Tür an der Stirnseite, klopfte, verschwand und Julien hörte einen Wortwechsel, konnte aber nichts verstehen. Der Gendarm kam schließlich mit einem hochgewachsenen Mann zurück, dessen Koteletten bis zum Kinn reichten. Seine Rockschöße hinter sich werfend, setzte er sich. Sein Gesicht war so kalt und steinern wie die Marmorsäulen draußen.

»Ich bin Jérôme Feré, der Staatsanwalt des Kaisers«, sagte er schnarrend. Ein hageres Gesicht, stechende schwarze Augen, eine Halbglatze, ein Mund so schmal wie eine Messerklinge.

»Name, Geburtsjahr, Wohnort!«, bellte er.

Julien antwortete mit zitternder Stimme.

»Was wirft man mir vor?«, setzte er hinzu.

Der Staatsanwalt blätterte in einer Akte und nickte dazu. »Du wirst angeklagt, die ehrenwerte Demoiselle Mercedes de Montaigne entführt und vergewaltigt zu haben.«

»Mercedes ist meine Frau.«

»Wir wissen von der Komödie«, erwiderte Feré und wedelte abfällig mit der Hand. »Eine erzwungene Heirat. Sie ist natürlich ungültig.«

»Die Heirat ist ordnungsgemäß beim Bürgermeisteramt in Neuilly registriert worden. Die Trauung erfolgte in der Kirche der Gemeinde Neuilly.«

»Das hast du dir schön ausgedacht, Junge! Hier habe ich die Einlassungen der Demoiselle Mercedes, wo sie beklagt, dass sie unter Androhung ihres Lebens dazu gezwungen wurde, bei dieser Farce mitzumachen. Danach wurde sie unter Drogen gesetzt und in einem Hotel am Place Saint Germain des Près vergewaltigt.«

»Das kann … das ist doch … Das sind Lügen!«, schrie Julien und sprang auf.

»Setz dich wieder!«, brüllte der Staatsanwalt.

»Das ist ein Komplott!«

»Setz dich, sonst lasse ich deine Füße in Eisen legen.«

Julien taumelte zurück.

Feré schob das Schreiben über den Tisch. Kein Zweifel, es war Mercedes' Schrift. Das Papier war mit Flecken übersät. Tränenflecken. Für Julien gab es keinen Zweifel, dass diese Zeilen erzwungen wurden.

»Ein Komplott«, wiederholte er keuchend. »Diese Zeilen wurden unter Zwang niedergeschrieben. Sehen Sie doch nur die Tränenflecken.«

Der Staatsanwalt nahm das Schreiben, legte es in die Akte zurück und sah Julien verächtlich an.

»Nun hör mal zu, du Frechdachs. Wie konntest du dir anmaßen, die Tochter eines Baron de Montaigne zur Frau nehmen zu dürfen? Wer bist du denn? Gehst noch auf die Ecole. Hast kein Einkommen. Freiwillig würde sich doch kein Mädchen aus vornehmem Hause mit so einem Niemand einlassen. Du bist der Sohn eines Papierhändlers, richtig? Das Mädchen bestätigte ausdrücklich den Zwang und ihre Not. Dieses Bubenstück wird dich mindestens zwanzig Jahre Bagno kosten. Das kommt davon, wenn man solch Gesindel wie dich auf eine Grande Ecole schicken will. Wie kann sich das dein Vater überhaupt leisten? Wer hat für dich dort gut gesprochen?«

»Baron Savigny ist mein Förderer. Er hat mir ein Stipendium ermöglicht.«

»Da sieht man, was dabei herauskommt, wenn sich jemand aus dem Volk Wissen aneignen darf. Sofort vergisst er, wer er ist und maßt sich an, gleichberechtigt zu sein. Also, bis zur Verhandlung gehst du erst einmal ins Gewahrsam. Wir sind für die gottgewollte Ordnung zuständig und werden alles genau untersuchen. Im Kaiserreich wird Gerechtigkeit geübt. Solltest du tatsächlich unschuldig sein, so wird sich das herausstellen. Wachtmeister, führen Sie dieses Subjekt in die Conciergerie!«

»Ich sage die Wahrheit! Ich habe nichts Unrechts getan!«, schrie Julien verzweifelt. »Mercedes ist meine Frau. Es handelt sich um ein Komplott des Vaters. Warum seid ihr auf seiner Seite?«

»Nun wagt er auch noch, die Justiz eines Komplotts zu bezichtigen!«, brüllte Feré. »Raus mit dem Kerl!«

Der Gendarm wollte ihn herausführen, aber Julien hielt sich am Schreibtisch fest.

»Ich verlange Gerechtigkeit!«

Feré hob eine Glocke hoch. Das Bimmeln ließ mehrere Gendarmen hereinstürzen, die sich auf Julien warfen und ihn schließlich überwältigten.

»So einer ist das!«, kreischte Feré mit hochrotem Kopf, schrieb ein paar Zeilen und reichte das Papier dem Gendarm. »Er ist ein Gefährlicher und wird unter strengstem Gewahrsam gehalten.«

Ein Gendarm nahm das Papier und stutzte. »Dieser junge Mann ist ein Aufwiegler gegen das Kaiserreich?«, fragte er erstaunt, als er die Order gelesen hatte.

»Wenn ich es geschrieben habe, ist er das. Wer nicht an seinem Platz verharrt, wer nicht die naturgegebene Ordnung akzeptiert, ist ein Aufwiegler, ein staatsfeindliches Subjekt. Ein Schädling. Vielleicht sogar ein Jakobiner.«

Feré nickte gewichtig mit dem Kopf und wedelte mit der Hand. Man führte Julien hinaus. So machte Julien Morgon mit dem Gefängnis Bekanntschaft, welches einst auch den König und die Königin von Frankreich beherbergt hatte.

4 – Als die Sonne unterging
(Émile Zola erzählt)

Einige Wochen hielt man ihn in der Conciergerie fest, und er hoffte jeden Tag darauf, am nächsten freizukommen. Er hatte seinem Vater und Abbé Leon eine Nachricht zuschicken können, die seinen Verbleib erklärte. Aber es kam keine Nachricht zurück. Voller Verzweiflung starrte er auf die schmutzigen nassen Wände und beklagte sein Schicksal. Vor Kurzem wähnte er sich noch glücklich und nun war er wie Ikarus aus dem Himmel gestürzt. Er verlor mit den sich endlos dahinziehenden Tagen und Wochen jeden Glauben an Gott und an die Macht der Phrygier und der Loge des höchsten Wesens. Als dann doch eines Tages die Tür geöffnet wurde und der Wärter ihn anbrüllte, seinen Arsch aus der Zelle zu wälzen, flackerte die Hoffnung jäh wieder auf.

»Komme ich endlich frei?«, fragte er zaghaft, doch voller Hoffnung.

Der Wächter, ein dumpf blickender Bretone, lachte. »Wirst schon sehen, Freundchen!«

Sie führten ihn durch lange Gänge in einen Hof. Gierig atmete er die frische Luft ein. Aber viel bekam er davon nicht spendiert. Eine schwarze vergitterte Kutsche erwartete ihn. Es war ein früher Morgen. Sehnsüchtig starrte er durch die Gitterstäbe auf das Paris, das er so liebte. Die Straßen waren wie leergefegt. Schließlich kannte er die Gegend nicht mehr. Zwei Gendarmen ritten mit blanken Säbeln neben der Kutsche. Wohin brachte man ihn? Warum behandelte man ihn, dessen Verbrechen doch nur darin bestand, eine geliebte Frau heimlich geheiratet zu haben, wie einen gefährlichen Staatsfeind?

In Vincennes, dies sagte ihm ein Straßenschild, hielt die Kutsche vor einem grauen Gebäudekomplex, das von einer hohen

Mauer umgeben war. Ein eisernes Tor öffnete sich knarrend, die Kutsche fuhr in einen Hof und hielt vor dem dreistöckigen Hauptgebäude, dessen Fenster vergittert waren. Der Bretone öffnete die Tür der Kutsche.

»Willkommen in deinem endgültigen Zuhause.« Er kicherte gemein.

Sie befreiten ihn von den Fuß- und Handketten und führten ihn durch lange Flure. Es roch nach Schweiß und Urin. Man schloss eine Zelle auf und stieß ihn hinein.

»Hier kommst du so schnell nicht mehr heraus«, sagte der Bretone, seine Zähne fletschend.

»Wann findet meine Verhandlung statt? Holt Staatsanwalt Le Feré. Er wollte doch den Anschuldigungen nachgehen.«

Der Bretone grölte und schlug sich auf die Schenkel. »Feré, ausgerechnet der scharfe Hund? Morgon, du bist verloren. Finde dich damit ab.«

Der Schlüssel knirschte noch einmal im Schloss und er war wieder mit sich, seiner Verzweiflung und mit der Frage nach dem »Warum?« allein. Diese Zelle hier war noch schlimmer als die in der Conciergerie. Die Wände schwitzten Feuchtigkeit aus. Im Winter würden sie mit einer Eisschicht überzogen sein. Als Mobiliar musste er sich mit einer Pritsche, einem Hocker, einem wackligen kleinen Tisch und einem Eimer für die Notdurft zufrieden geben. Eine zweite Pritsche machte den Raum noch kleiner als er ohnehin war, aber ließ die Hoffnung zu, dass er nicht lange allein bleiben würde.

Doch Woche um Woche verging, ohne dass etwas passierte. Jeden neuen Tag dokumentierte er mit einem Strich an die Zellenwand. Das Essen bestand aus Hirsebrei, einem Stück angefaultem Brot und brackigem Wasser. Um nicht die Kraft zu verlieren, zog sich Julien immer wieder an den Gitterstäben des Fensters hoch. Trotz der schlechten Kost kräftigte dies seine Arme. Durch das Fenster konnte er auf den Hof sehen. Einmal am Tag wurden alle Zellen aufgeschlossen und er konnte mit seinen Leidensgenossen einige Runden drehen. Sprechen war dabei verboten. Wer sich nicht daran hielt, bekam von den Wärtern ein paar kräftige Hiebe mit dem Holzknüppel. Anfangs zählte er noch die Tage, aber nachdem er die Wand mit vielen Strichen verunstaltet hatte, ließ er es schließlich. Es führte ihm nur die Hoffnungslosigkeit seiner Lage vor Augen. Mehr und mehr kam er zu der Erkenntnis, dass er nicht mehr aus dem Kerker herauskommen würde. Dabei war er nicht einmal angeklagt, geschweige denn verurteilt worden.

Er versuchte, sich an Kleinigkeiten zu erfreuen. Jeden Morgen bekam er Besuch von einem kleinen Spatzen. Er belohnte ihn dafür mit Brotkrumen, die er für ihn aufsparte. Der kleine Kerl, er nannte ihn Jonas, hörte mit seitlich geneigtem Kopf zu, wenn er ihm von seiner Not erzählte.

»Wenn du doch nur sprechen könntest. Wir beide wären ein tolles Paar. Ich würde dich zu Abbé Leon schicken und du könntest ihm meine Flüche an den Kopf schleudern. Ich würde dich zu Mercedes schicken und du könntest sie fragen, warum sie den Brief geschrieben hat, der mich verleumdete.«

Er weinte dann manchmal und der Vogel sah ihm dabei zu.

Es fiel ihm eines Tages auf, dass die Wärter immer finsterer blickten und schließlich hörte er es. Kein Zweifel, das Grollen in der Ferne war kein Gewitter. Irgendetwas ging draußen vor. An einem frühen Morgen öffnete sich die Zellentür. Er erhob sich erfreut von seiner Pritsche. Man stieß einen breitschultrigen Mann in die Zelle.

»Du bekommst Gesellschaft«, sagte der Wärter und nickte Julien aufmunternd zu.

Der untersetzte Mann mit einem Gesicht, das viel erlebt hatte, machte einen bedrohlichen Eindruck. Ein übler Schmiss am Kinn verbesserte nicht gerade sein Aussehen.

»Ich bin Marc Tessier. Im Faubourg St. Antoine nennen sie mich alle Meister Messer«, stellte er sich vor.

Julien reichte ihm trotz der brutalen Visage freudig die Hand, schließlich würde er nun einen Gesprächspartner haben. Doch kaum hatte er sie ergriffen, bekam er unvermittelt einen Schlag in den Magen, der ihn gegen die Wand taumeln ließ. Ein weiterer Schlag aufs Kinn schickte ihn zu Boden.

»Was soll das?«, keuchte Julien.

»Damit wir uns gleich richtig verstehen. Ich bin der Patron und du hast zu parieren! Verstanden?«

Er hielt nun seinerseits Julien die Hand hin und dieser ergriff sie vorsichtig. Doch es folgte kein weiterer Schlag. Tessier brummte etwas, nahm ihn bei der Schulter und tätschelte ihm die Wange.

»Ha, nimm es nicht so schwer. So sind nun mal die Spielregeln. Ich wollte nur das Verhältnis zwischen uns klären. Ich bin oben und du unten, kapiert? Was hast du draußen angestellt? Für diese lausige Unterkunft bist du eigentlich zu jung.«

»Nichts. Ich habe nichts getan«, keuchte Julien, dem es schwer fiel, die Tränen zurückzuhalten.

»Quatsch nicht! Wir sind hier unter uns. Ich habe einen Offizier, der mir dumm gekommen ist, um sein gutes Aussehen gebracht. Leider passierte das mitten auf dem Bastilleplatz, dort, wo der tönerne Elefant stand. Die Gendarmen auf der anderen Straßenseite hatten dies beobachtet. Künstlerpech! Man hat mir zehn Jahre aufgebrummt, die man nicht so leicht auf der einen Pobacke absitzt. Nur die Preußen können das verhindern.«

»Wieso die Preußen?«, fragte Julien erstaunt.

Tessier schüttelte den Kopf, setzte sich auf die Pritsche und verschränkte die Arme. »Sag mal, du bist wohl total ahnungslos? Die Welt steht Kopf. Der Kaiser ist fürchterlich verprügelt worden und Gefangener der Preußen. Wir haben wieder eine Republik.«

»Und wer regiert statt des Kaisers?«

»So ein kleiner Kerl mit dem Namen Thiers. Die Preußen haben Paris umzingelt. Der Generalstab hat fürchterlich versagt. Einige wichtige Forts wurden bereits an die Preußen übergeben, die der inneren Linie durften wir behalten, denn Paris ergibt sich nicht. Es gibt jedoch eine Nationalversammlung, die überwiegend von Konservativen aus den Provinzen beherrscht wird, und die wollen Frieden um jeden Preis. Eine Schande ist das. Nicht, dass ich den Bonapartisten nachweine, aber die Thiers-Clique will Frankreich für einen Friedensvertrag verraten.«

»Die Armee? Diese wunderbare Armee ist geschlagen worden?«

»Es gibt sie nicht mehr.«

»Aber wenn die Preußen Paris umzingelt haben, warum marschieren sie dann nicht ein?«

»Das hängt mit dem Kuddelmuddel zusammen. Das Volk von Paris will nicht kapitulieren und hält Frankreichs Ehre hoch. Thiers mit seiner Nationalversammlung ist geflohen und residiert in Versailles und sammelt dort die geschlagenen Truppenteile. Die Preußen sind klug, das muss man ihnen lassen. Warum sollen sie ihre Grenadiere im Häuserkampf opfern? Das überlassen sie Thiers und seiner Bande. Sie warten ab, bis der Kerl die Hauptstadt zur Raison gebracht hat. Deswegen lassen sie sogar gefangene Regimenter wieder frei.«

»Aber wer ist dann Herr von Paris?«

»Frage lieber, wer nicht regiert. Da gibt es die Nationalgarde, die sich aus den Arbeitern der Vorstädte zusammensetzt, mit ihrem Zentralkomitee. Außerdem gibt es noch einen jakobinisch geprägten Wohlfahrtsausschuss wie damals, in den glorreichen Tagen der großen Revolution. Die Preußen halten uns im Würgegriff, aber überlassen Thiers die Drecksarbeit. So sieht's aus.«

»Das ist ja fürchterlich. Armes Frankreich.«

»Ist es nicht. Ist es nicht. Ich will dir das mal genau verklickern: Die Pariser, die den Krieg bis zum äußersten weiterführen wollen, werden eines Tages auch uns als Kämpfer brauchen. Dafür müssen wir uns in Form halten. Ich werde ein Programm aufstellen, das unsere Muskeln stärkt. Hast du schon mal einen Menschen abgemurkst?«

»Mein Gott, natürlich nicht.«

Tessier lachte roh.

»Dachte ich es mir doch, mein unschuldiger Grünschnabel. Ich werde dir zeigen, wie man sich wehrt und wie man tötet. Ich bringe dir bei, wie man mit dem Messer umgeht. Wir fangen gleich morgen damit an. Ich werde aus dir einen ›Meister Messer‹ machen.«

»Und warum willst du das tun?«

Tessier kraulte sich den Nacken. »Du stellst aber auch Fragen. Irgendetwas müssen wir doch tun. Und außerdem habe ich im Kampf lieber einen auf meiner Seite, der so gut ist wie ich.«

Julien hatte nicht vor, ein »Meister Messer« zu werden, aber er war froh, Gesellschaft zu haben, wenn diese auch etwas rustikal zu sein schien. Dafür musste er es hinnehmen, dass er von Tessier jeden Tag verprügelt wurde. Aber er lernte, wie man ein Messer im Kampf handhabte, wozu ein Löffel als Messer herhalten musste. Tessier gewöhnte ihn daran, Schläge auszuhalten und wie man aus der Verteidigung zu einem tödlichen Angriff übergeht. Sein Zellengenosse lehrte ihn vermeintliche Schwäche in Stärke umzusetzen. Nach einigen Wochen kannte er eine Menge Tricks, darunter auch ein paar schmutzige. Das tägliche Miteinander brachte sie einander näher und Tessier, mehr als zehn Jahre älter als Julien, begann in ihm so etwas wie einen jüngeren Bruder zu sehen, was dazu führte, dass Julien ihm auch die Geschichte seiner Heirat anvertraute. Er verschwieg ihm nicht die Reaktion des Montaigne, noch den Beitrag des Abbé Flamboyant und auch nicht das Gespräch mit dem Staatsanwalt Le Feré.

»Er sprach von einer Untersuchung, von Gerechtigkeit.«

»Ach, Grünschnabel, da hat man dich aber ordentlich verschaukelt. Sich mit Leuten von Stand anzulegen, verlangt schon eine erhebliche Portion Naivität. Glaubst du, die nehmen es hin, dass du ihnen die Tochter stiehlst? Und jemandem mit Geld tut man gern einen Gefallen. Montaigne wird den Staatsanwalt tüchtig geschmiert haben. Wenn uns die neuen Herren von Paris nicht brauchen, sitzt du bis zum Ende deiner Tage in Vincennes, es sei denn, man verfrachtet dich zu den Teufelsinseln, damit du dort krepierst.«

»Die Aristokraten sind also immer noch mächtig?«

»Sie halten ihr Mäntelchen nach dem Wind und geben sich jetzt sehr republikanisch. Im Moment haben sie Kreide gefressen und halten sich schön zurück. Sobald Thiers in Paris einzieht, werden sie wieder in ihre alten Stellungen einrücken. So sieht's aus, Grünschnabel. Wir können einstweilen nur hoffen, dass sich das Kuddelmuddel noch verstärkt. Doch nun komm, keine Müdigkeit vorschützen, schlag auf mich ein, damit ich dich ordentlich verprügeln kann.«

Julien bezog in diesen Tagen eine Menge Prügel. Seine bisherige Lebensgeschichte erklärte Tessier ebenfalls mit den Worten: »Ein großes Kuddelmuddel«. Es war eine beeindruckende Laufbahn vom Grobschmied zum »König der Messerhelden«.

»In den Vorstädten wagen sich nicht mal die Gendarmen an mich ran.«

Eines Tages beim Hofgang sah Tessier aufmerksam zu den Wachttürmen hoch.

»Seltsam. Beim Tripper des Kaisers, ich glaube, die Wachttürme sind nicht mehr besetzt.«

Sie bemerkten nun, dass sich auch die Wachen im Hof verdrückt hatten. Nachdem die Wächter verschwunden waren, löste sich die Disziplin auf, die sich bisher dadurch ausdrückte, dass man hintereinander im Gänsemarsch den Hof abschritt. Ratlos und diskutierend standen die Häftlinge in Gruppen herum. Nach einer Weile gingen sie freiwillig in ihre Zellen zurück. Doch es gab auch hier keine Wächter mehr, die die Türen wieder abschlossen.

Plötzlich hörten sie Rufe, die in frenetischem Jubel endeten: Freiheit – Gleichheit – Brüderlichkeit. Soldaten mit roten Schärpen stürmten durch die Gänge.

»Wer sich in die Nationalgarde einreiht, ist sofort frei!«, schrie ein baumlanger Hauptmann mit mächtigem Bauch und aufgeschwemmtem rotem Gesicht.

Tessier und Julien traten sofort auf den Gang. Tessier stutzte, lachte und umarmte den Hauptmann.

»Du bist es, Antoine Pomeron, du alter Gauner? Welcher Dummkopf hat dich denn zum Hauptmann gemacht?«

»Was? Du hier, Tessier? Meister Messer? Wie kommst du denn ins Gefängnis von Vincennes? Hab mich schon gewundert, dass ich dich seit Monaten nicht gesehen habe.«

»Du weißt doch, wie das geht. Ein Offizierchen kam mir dumm. Es bekam seiner Gesundheit nicht, aber dafür haben sie mich eingebuchtet.«

»Alter Höllenhund! So einen wie dich können wir gut gebrauchen. Komm, ich führ dich zu unserem General. Ein toller Kerl. Pole, klug und mutig und voller Feuer für die große Sache. Er wird dir gefallen. Wir brauchen Kämpfer für Neuilly. Wir stehen dort in hartem Gefecht.«

»Mein junger Freund hier kommt mit.«

»Klar doch. Wenn er dein Freund ist, gehört er dazu.«

Hauptmann Antoine Pomeron führte sie in einen Saal im Erdgeschoss. Ein schmal gewachsener Mann mit einem riesigen Schnauzer saß dort an einem Tisch und ließ sich die einzelnen Strafgefangenen vorführen.

»Das ist Jaroslaw Dombrowski, der Anführer der kampflustigsten Brigade. Ein Prachtkerl!«, lobte Pomeron noch einmal.

Sie mussten sich in eine lange Reihe eingliedern. Schließlich standen sie vor dem Tisch des Generals. Er trug eine prächtige Uniform mit goldenen Tressen, aber statt der Trikolore eine blutrote Schärpe um die Hüfte.

»Weswegen wurdest du inhaftiert?«, fragte der General den König der Messerhelden. »Ach, ich sehe hier in der Akte, dass du einen Offizier überfallen hast.«

»Ich habe einem adligen Lümmel, der mir dumm gekommen ist, die Visage verdorben. Leider haben das Gendarmen beobachtet.«

»Dumm gelaufen, was?«, fragte der General lachend, lehnte sich zurück und strich sich über den Schnurrbart, der rechts und links einen Fingerbreit abstand. »Aber meinen Offizieren wirst du parieren.«

»Klar doch. Wenn es gegen die da oben geht, bin ich immer dabei.«

Der General kniff die Augen zusammen. »Wenn du keine Disziplin hältst, lass ich dich füsilieren.«

Tessier stand stramm, was aber nicht zu einer militärischen Haltung reichte. »Disziplin hält eine Truppe zusammen«, stimmte Tessier zu. Seine Mundwinkel zuckten verdächtig.

»Mach mir keinen Ärger, Bursche! Hauptmann Pomeron, der Kerl kommt zu Ihnen.«

»Zu Befehl, General«, erwiderte dieser und nahm Haltung an, was aber bei diesem, wegen seines mächtigen Bauchs, auch nicht sehr militärisch aussah.

Julien trat an den Tisch.

»Was hast du verbrochen? So ein junger Kerl gehört auf die Ecole und nicht ins Gefängnis. Musst ja ein schönes Früchtchen sein.«

»Er gehört zu mir«, sagte Tessier beim Wegtreten.

»Ach, hast du auch einen Offizier malträtiert?«

»Nein. Ich habe eine Adelige geheiratet. Der Vater hat mich damit verleumdet, sie entführt und vergewaltigt zu haben.«

Dombrowski riss die Augen auf. »Das ist ja eine tolle Geschichte. Du bist kein Aristokrat?«

»Nein. Ich bin der Sohn des Papierhändlers in der Avenue …«

»Schon gut. Dann hast du wohl eine Riesenwut auf die Aristokraten.«

»Jawohl und auf ihre ganze beschissene Welt.«

»In Ordnung. Du kannst dich auch Hauptmann Pomeron anschließen. He, Schreiber, vermerke in der Akte, dass der junge

Mann unschuldig von den Bonapartisten eingesperrt wurde und nichts gegen ihn vorliegt.«

Der Schreiber, der hinter ihm an einem Katzentisch saß und jeden neuen Rekruten in einem Buch vermerkte, nickte eifrig.

Unterwegs zur Ecole Militaire, wo sie eingekleidet werden sollten, erklärte ihnen Hauptmann Pomeron die Lage.

»Die Versailler, also Thiers' Truppen, haben uns einige Forts abgenommen, aber in die Stadt konnten sie noch nicht eindringen. Wir haben zweihundert Kanonen in Neuilly stehen. Dort haben sich die Angriffe verstärkt. Wir wollen die Kanonen auf dem Montmartre morgen in Sicherheit bringen.«

»Warum denn das? Warum setzt ihr die Kanonen nicht ein? Man entwaffnet sich doch nicht selbst?«, fragte Tessier stirnrunzelnd.

»Es fehlt an Munition. Irgendwer muss den Versaillern verraten haben, dass dort ungenutzte Kanonen stehen. Deswegen haben sie den Druck auf Neuilly verstärkt. Wir kämpfen inmitten einer Bande von Verrätern. Das Volk steht in Waffen. Das schon. Aber das heißt natürlich nicht, dass auch die Bourgeoisie mitzieht. Sie schreien zwar ›Es lebe die Nationalgarde!‹, aber das Großbürgertum wird sofort ›Es lebe Thiers!‹ brüllen, wenn unsere Reihen wanken.«

Auf dem Weg zur Militärakademie atmete Julien tief die frische Luft ein. Die Sonne spiegelte sich in der Seine. Er hörte in den Bäumen die Vögel zwitschern und dachte an den kleinen Spatzen Jonas, der ihm so lange ein Freund gewesen war. Aber jetzt war er so frei wie ein Vogel! Er würde dem Dombrowski ein guter Soldat sein. Er hatte jeden Grund gegen die zu kämpfen, die die alte Ordnung verkörperten.

In der Militärakademie zog er die blaue Uniform der Nationalgarde an. Das Käppi verwegen seitlich auf den Kopf gedrückt, fühlte er sich wie einer der Soldaten von Valmy. Julien wäre nun am liebsten zur Avenue Bugeaud gezogen, um zu sehen, wie es dort stand. Aber einstweilen blieb ihm nichts anderes übrig, als mit Hauptmann Pomeron nach Neuilly zu marschieren. Gegen Abend langten sie dort in einem Fort an, in dessen Mitte schön aneinandergereiht Kanone an Kanone stand.

»Wenn wir doch mehr Munition hätten«, klagte der Hauptmann.

Die Truppe war ein zusammengewürfelter Haufen von Zivilisten, ehemaligen Möbeltischlern, Schmiedegesellen, kleinen Gewerbetreibenden und Arbeitern aus den Manufakturen. Die meisten von ihnen hatten bis vor Kurzem nicht gewusst, wie man ein Gewehr abfeuert. Hauptmann Pomeron brachte zwanzig neue Leute nach Neuilly. Zwei jungen Feldwebeln befahl er, den Frischlingen beizubringen, wie man mit der Waffe umgeht. Da alle ehemaligen Häftlinge eine gehörige Wut auf die alte Ordnung hatten, waren sie mit Feuereifer dabei. Sie lernten, wie man lud, zielte, dass man auf die Körpermitte des Feindes halten sollte und wie man im Nahkampf mit dem Bajonett den Gegner zu Tode bringt.

Danach wurde Julien die Mitternachtswache zugeteilt. Tessier bekam die günstigere Morgenwache.

»Holt euch vom Küchenbullen ein Stück Brot und eine Flasche Rotwein«, sagte der Korporal. »Mehr gibt's nicht. Das Brot ist knapp. Wein ist genug da. Noch.«

Julien ging mit Tessier zum Küchenbullen und sie holten sich ihre Ration ab. Die Kasematte, wo sie sich bis zu ihrer Wache ausruhen sollten, war eine große Halle, in der die Soldaten auf dem Boden lagen. Viele schliefen, einige grölten obszöne Lieder.

»Die sind alle besoffen«, brummte Tessier missmutig. »Mit solchen Kerlen wollen wir Paris verteidigen?«

Sie legten sich in eine Ecke. Julien war sofort eingeschlafen und träumte wieder einmal von Mercedes. Sie wandelten durch den Jardin du Luxembourg und Kinder ließen ihre Schiffe in dem großen Bassin schwimmen. Er fühlte, wie ihn das Glück durchströmte. Verärgert fuhr er hoch, als er geschüttelt wurde.

»Du bist dran, Julien«, sagte Tessier.

»Ich habe so schön geträumt«, erwiderte dieser, rieb sich die Augen und sprang auf. »Wo kann man sich hier waschen?«

»Ist nicht. Komm. Sei froh, dass du noch gute Träume hast.«

Ihm wurde bewusst, dass er nun Soldat der Nationalgarde war. Das war doch keine schlechte Entwicklung. Gestern war er noch ein vergessener Gefangener in Vincennes gewesen. Er biss in das Stück Brot, das er sich für das Frühstück aufbewahrt hatte und verzog das Gesicht. Es schmeckte wie Sägemehl. Nur mit einem großen Schluck Wein brachte er es herunter. Er schulterte das Gewehr und ging aus der Kasematte.

»Pass auf dich auf!«, rief ihm Tessier hinterher.

Ein kalter Nieselregen empfing ihn. Missmutig stieg er die Treppe zum Wehrgang hoch.

»Da kommst du ja endlich«, empfing ihn ein sich die Hände reibender, gebückt haltender Soldat.

»Pass auf, da hinten geht irgendetwas vor«, klärte er Julien auf. »Ich habe einmal Schatten herankommen sehen, aber sie haben sich wieder zurückgezogen. Halte dein Pulver trocken. Kann sein, dass sie wiederkommen.«

Er schlug Julien auf die Schulter und verschwand nach unten. Julien starrte über die Mauer. Es war noch dunkel. Von den Sternen war nichts zu sehen. In der Ferne sah er viele kleine Punkte. Lagerfeuer, wie er vermutete. Die Versailler dort hatten bestimmt genug zu essen und zu trinken sowie warme Decken.

Er lehnte sich gegen die Mauer und dachte an seinen Traum und an Mercedes. Wie es ihr in all den Monaten ergangen sein mochte? Lebte sie noch in der Avenue Bugeaud oder war ihr Vater mit ihr zu Thiers nach Versailles geflohen? Er musste sich darüber Gewissheit verschaffen. Er schreckte hoch. Er war eingeschlafen. Ein schmaler Lichtstreifen zeigte sich am Horizont. Er hatte davon geträumt, einen Menschen zu töten. Würde es ihm schwerfallen, wenn es dazu kam? Wut auf eine Gesellschaft, die ihm seine Frau nehmen wollte, hatte er genug. General Dombrowski hatte dies erkannt. Tessier hatte ihn gewarnt, dass das erste Mal nicht so leicht sein würde.

Nun hörte er irgendwo vor dem Wall Gänse schnattern. Ihm fiel das römische Kapitol ein, wo einst die Gänse die Römer vor den Kelten gewarnt hatten. Auf der Ecole hatten sie viel über Römer und Griechen gehört. Über diesen Gedanken drohte er wieder einzuschlafen. Er rieb sich die Wangen. Hoffentlich war seine Wache bald vorbei. Dann sah er, wie eine Eule aus den Bäumen herausflatterte. Irgendetwas passierte vor ihm. Schatten kamen heran. Julien nahm das Gewehr und entsicherte es.

»Alarm!«, rief er. »Die Versailler kommen!«

Er stieß in das Horn, das man ihm für die Wache mitgegeben hatte. Es klang schaurig, war aber so laut, dass es unten im Hof Bewegung auslöste.

Jetzt sah er die Schatten deutlicher. Hinter den Bäumen kamen sie hervor und liefen auf den Wall zu. Er schoss. Der Rückschlag riss ihm fast den Arm weg. Er hatte nicht daran gedacht, den Kolben fest an die Schulter zu pressen. Immer mehr Schatten kamen heran. Schüsse peitschten zu ihm hoch. Hinter ihm hörte er eilige Rufe. Ein Signalhorn ertönte. Um ihn herum reihten sich nun Soldaten ein. Es kam zu einem heftigen Feuergefecht. Pulverdampf zog über die Wälle. Die Schatten fluteten zurück. Doch was geschah da? Die Schatten schossen aufeinander!

»Was ist da los?«, rief Pomeron. »Junge, erkunde mal die Lage dort unten«, rief er Julien zu.

»Er ist zu unerfahren dafür«, meldete sich Tessier. »Ich gehe mit ihm.«

»Meinetwegen. Also runter mit euch!«

An Seilen hangelten sie sich von der Mauer herab. Nun zahlte sich Tessiers Training im Gefängnis aus. Gebückt liefen sie durch den Graben, der jedoch kein Wasser führte, in eine Glacis hinein und weiter bis zu den ersten Bäumen. Dort stießen sie auf mehrere tote Liniensoldaten.

»Bei denen scheint es auch ein großes Kuddelmuddel zu geben. Beim Tripper des Kaisers, überall ist Unordnung. Aber uns soll es recht sein.«

Sie liefen weiter. Auf einer Lichtung sahen sie eine Gruppe Soldaten diskutierend an einem Feuer stehen.

Sie wollten schon zurück ins Dickicht stürzen, als einer aus der Gruppe ihnen zurief: »Halt! Gut Freund, Kameraden!«

Sie stoppten.

»Was tun wir?«, flüsterte Julien.

»Wir halten die Gewehre über den Kopf und gehen langsam auf sie zu.«

»Eine Falle?«

»Nö, glaub ich nicht. Wir riskieren es!«

Vorsichtig traten sie in den Lichtschein des Feuers.

»Wir machen bei den Versaillern nicht mehr mit«, sagte ein Korporal, dessen Dialekt verriet, dass er aus der Normandie stammte. »Die ganze Kompanie hat beschlossen, zu euch überzulaufen. Wir wollen wie ihr weiter gegen die verdammten Preußen kämpfen und nicht auf Landsleute schießen.«

»Die ganze Kompanie?«, staunte Julien.

»Ja doch!«, erwiderte der Korporal. »Mein Name ist Armand Picquart. Seht ihr zur Linken die beiden Lagerfeuer dort drüben? Auch diese Männer wollen sich der Nationalgarde anschließen.«

Sie schüttelten sich die Hände. Es waren überwiegend Männer aus der Bretagne und der Normandie. Picquart reichte den beiden Freunden seine Feldflasche.

»Trinkt. Ist guter Calvados.«

Sie tranken den scharfen Schnaps und Julien verschluckte sich. Er hustete und Picquart schlug ihm gutmütig auf den Rücken.

»Viel gesoffen hast du wohl noch nicht.«

»Euch können wir gebrauchen«, lobte Tessier. »Sag denen dort Bescheid, dass sie alle mitkommen können.«

Langsam war es hell geworden. Es war ein trübes Licht.

»Haltet die Kolben eurer Gewehre nach oben, damit unsere Leute auf den Wällen wissen, dass ihr nicht kämpfen wollt. Wir marschieren in geschlossener Formation zum Fort.«

Ein Mann mit Leutnantsepauletten kam heran und salutierte schneidig.

»Ich bin Secondleutnant Demierez vom Regiment 203. Wir haben zwei Generäle gefangengenommen, unsere ehemaligen Kommandanten.«

»Bringt die ruhig mit. Unser General wird die Kollegen gern begrüßen«, brummte Tessier gleichmütig.

Der Secondleutnant wandte sich den Liniensoldaten zu. »Männer, wir marschieren in guter Ordnung auf Neuilly zu. Dass mir keiner die Nerven verliert. Die Nationalgardisten sind von nun an unsere Kameraden.«

Von den anderen Feuern kamen weitere Soldaten herangelaufen und vereinigten sich vor Julien und Tessier zu einer Marschkolonne. In der Mitte gingen die beiden Generäle in verdreckten Uniformen. Die Säbel hatte man ihnen abgenommen. Die leeren Scheiden baumelten an ihren Hüften. Hauptmann Antoine Pomeron fiel die Kinnlade herunter, als mit Tessier und Julien an der Spitze ein ganzes Regiment zum Fort zurückkam. Tessier meldete ihm in seiner luschen Art, dass sich das Linienregiment 203 dem Befehl der Nationalgarde unterstelle.

»Du dickes, dickes Ei! Das muss sofort General Dombrowski erfahren«, freute sich der Hauptmann und schickte einen Kurier los. Dann begutachtete er mit grimmigem Gesicht die beiden Generäle. »Wer seid ihr zwei Hübschen denn?«

»General Lecomte«, zischte mit hochrotem feistem Kopf der Kleinere, der nicht den Eindruck machte, besonders oft im Gefecht gestanden zu haben.

»General Clement Thomas. Artilleriegeneral«, stellte sich der andere vor, der auch ein Mathematiklehrer an der Sorbonne hätte sein können.

»Aha, die Herren waren auf unsere Kanonen scharf. Nun, daraus wird nichts. Also, wollt ihr jetzt dem Volk von Paris dienen und weiter gegen die Preußen kämpfen?«

»Niemals!«, tönten die beiden im Chor.

»Für uns seid ihr Aufrührer und Banditen!«, fügte General Thomas hinzu.

»Wenn die Armee Paris genommen hat, werdet ihr alle an die Wand gestellt«, setzte Lecomte hinzu.

Diese Ankündigung hätte er besser gelassen. Hauptmann Pomeron lächelte böse und zog den Revolver aus der Ledertasche.

»Dann sollt ihr das bekommen, was ihr uns zukommen lassen wollt!«, rief er und schoss zweimal. Die beiden Generäle waren bereits tot, als sie auf dem Boden aufschlugen.

Die Nationalgardisten riefen: »Tod allen Versaillern! Tod den feigen Regimentern! Tod! Tod!«

Julien sah Tessier verwirrt an. Er fühlte sich für den Tod der Generäle verantwortlich. Schließlich hatten er und Tessier die beiden als Gefangene mitgebracht. Erschrocken sah er zu dem Linienregiment hinüber. Wie würden die Soldaten auf den Tod der ehemaligen Befehlshaber reagieren? Aber diese riefen ebenfalls: »Tod den Versaillern!«

»Das war nicht recht!«, rief Julien seinem Freund zu.

Dieser zuckte mit den Achseln. »Es ist Krieg, Junge.«

»Trotzdem. Es war Mord.«

»Hört euch den Milchbubi an«, rief Hauptmann Pomeron verärgert. »Wenn ich noch mal so etwas höre, kannst du was erleben!«

»Er ist ein tapferer Junge«, verteidigte Tessier den Freund. »Er hat dir schließlich das Regiment gebracht. Julien hat ein weiches Herz. Sieh es ihm nach. In ein paar Tagen hat er sich an den Krieg gewöhnt.«

»Na gut. Du bürgst für den Frechdachs«, gab Pomeron nach. »Aber er soll zukünftig überlegen, ehe er den Mund aufmacht.«

»Das wird sich rächen«, flüsterte Julien ahnungsvoll Tessier zu.

»Du hast doch gehört, was die Thiers-Männer mit uns vorhaben«, erwiderte Tessier unbewegt. »So du mir, so ich dir. Darauf läuft es hinaus. Dass ein Volk selbst über sein Schicksal bestimmen will, geht nicht in die Köpfe der Versailler.«

General Dombrowski kam auf einem Schimmel in den Hof geritten. Mit zufriedener Miene ritt er die Reihen des Linienregiments ab und wandte sich dann an die Männer.

»Soldaten, ihr habt euch für das Volk und die Ehre entschieden. Wir nehmen euch in unsere Reihen auf. Ihr habt richtig entschieden. Die Versailler verraten das Vaterland. Statt weiter gegen die Preußen zu kämpfen, kollaborieren sie mit ihnen. Doch ihr habt euch für eine Welt ohne Standesunterschiede entschieden, ohne Willkür, ohne Unfreiheit. Ich bin stolz auf euch. Nun schafft die Kanonen nach Montmartre. Wenn wir wieder im Besitz von Munition sind, werden sie uns nützliche Dienste leisten.«

Er grüßte noch einmal theatralisch mit dem Hut und ritt weiter die Wälle ab.

Hauptmann Pomeron wandte sich an Tessier: »Ihr zieht nach Montmartre und stellt die Kanonen dort im Fort ab. Danach kommt ihr mit dem Regiment zurück. Ihr seid beide von nun an Korporal der Nationalgarde.«

»Das ging aber schnell«, staunte Tessier, als sie an der Spitze der Marschkolonne aus dem Fort zogen. »Siehst du, Pomeron ist nicht nachtragend. Wir beide werden noch Generäle.«

Doch Julien hatte anderes im Sinn als eine militärische Laufbahn. »Ich muss jetzt nach meinen Leuten sehen.«

Tessier nickte verständnisvoll. »Gut. Aber komm zurück, sonst bekommst du Ärger.«

Doch Julien hörte die Mahnung schon nicht mehr und machte sich auf den Weg zur Avenue Bugeaud. Sein Herz klopfte im Takte der Trommeln des weiterziehenden Regiments.

5 – Die neuen und alten Herren von Paris

(Victor Hugo erzählt)

Die Avenue Bugeaud fand er unverändert vor. Als Julien Morgon am Palast der Montaignes vorbeiging, schlug ihm das Herz bis zum Hals. Das Haus erschien ihm drohend, hochmütig und kalt und in krassem Gegensatz zu den niedrigen Bürgerhäusern auf der anderen Straßenseite. Die Fensterläden waren geschlossen. Er blieb stehen. War Mercedes noch in diesem Haus? Er wünschte sich, dass sie aus dem Haus gestürmt käme und ihm zuriefe: »Es war alles ein Irrtum, Julien.«

Er wartete darauf, dass es passierte. Vergebens. Schweren Herzens ging er weiter. Als er den Laden seines Vaters betrat, sah dieser von der Verkaufstheke hoch, auf der er kostbares Büttenpapier ausgebreitet hatte.

»Mein Gott«, stammelte der Vater und rief rückwärtsgewandt: »Mutter! Der Junge ist zurück.«

Er kam hinter der Verkaufstheke hervor und umarmte seinen Sohn. »Du lebst! Du bist zurück.« Seine Finger strichen über sein Gesicht, als müsse er sich vergewissern, dass sein Sohn kein Fantasiegebilde war.

Die Mutter eilte nun ebenfalls herbei und drückte ihn mit tränenden Augen an sich. »Junge, was haben sie dir angetan? Du bist dünn geworden. Wie kommst du zu dieser Uniform?«

»Mutter, lass ihn erst mal zu Atem kommen. Geh in die Küche und schlachte ein Hühnchen. Heute ist ein Feiertag und da gönnen wir uns ein Huhn im Topf, was ein König einst zum Regierungsprogramm erhob. Doch nun komm in die gute Stube. Erzähl! Du trägst die Uniform der Nationalgardisten?«

»Kommt lieber in die Küche. Wartet, damit ich zuhören kann«, sagte die Mutter.

Sie lief in den kleinen Garten hinter dem Haus, wo sie das letzte Huhn ergriff, das aufgeregt zu gackern anfing, als wüsste es, welches Schicksal auf es zukam. Die Mutter beendete mit einem energischen Ruck am Hals das Flügelschlagen des Huhns, kam in die Küche zurück, klemmte sich das Tier zwischen die Schenkel und begann, es zu rupfen.

Der Vater hatte eine Flasche Wein geöffnet und nun saßen sie wie in früheren Zeiten am Küchentisch und Julien erzählte von seiner Leidenszeit in der Conciergerie, von den endlosen Tagen in Vincennes und seiner vergeblichen Hoffnung, dass Staatsanwalt Le Feré oder Abbé Leon ihm helfen würden.

»Ach, Junge. Sie hatten nie vor, dich freizulassen. Ich habe mit dem Staatsanwalt gesprochen. Einmal hat er mich vorgelassen, später dann nicht mehr. Er versprach mir, alles gründlich zu prüfen, aber es lägen gewichtige Anklagen gegen dich vor. Ach, Julien, warum musstest du dich ausgerechnet in die Tochter eines Aristokraten verlieben? Du hast sie doch nicht gezwungen, dich zu heiraten?«

»Gezwungen? Sie liebte mich doch. Wir liebten uns«, beteuerte er.

Der Vater schüttelte betrübt den Kopf. »Du kannst nicht wider die Welt. Man hebt nicht den Blick zu denen da oben. Wir sind doch nur einfache Leute. Die Montaignes dagegen verkehren mit Ministern. Auch jetzt noch behandelt das Zentralkomitee einen Monsieur de Montaigne mit großer Achtung.«

»Ist er jetzt zum Anführer der Kommune geworden?«, fragte Julien bitter spottend.

»Das gerade nicht. Aber er berät die Herren im Rathaus bei der Verwaltung der Stadt. Die meisten von den Unsrigen haben doch keine Ahnung, wie man eine große Stadt regiert. Ein Wort von ihm und die Delegierten lassen dich ins Gefängnis werfen. Du bist auch in der Uniform nicht außer Gefahr.«

»General Dombrowski hat in meine Entlassungspapiere schreiben lassen, dass ich unschuldig im Gefängnis saß.«

»Ach, Dombrowski? Er ist gewiss ein Held, aber die Delegierten des Gemeinderates brauchen die alten Kräfte, um die Versorgung der Stadt zu gewährleisten. Schuster und Schneider können keine Stadt regieren. Wenn Montaigne erfährt, dass du frei bist, fürchte ich um dein Leben.«

»Ich bin jetzt Korporal bei der Nationalgarde«, trumpfte Julien auf.

»Ob das reicht? Montaigne hat das Ohr von Felix Pyat, dem Herausgeber des *Vengeur* und Mitglied des Wohlfahrtsausschusses.«

»Er sollte zu dem guten Baron gehen«, warf die Mutter ein, die dabei war, das Huhn fachgerecht auszuweiden. »Er soll auch jetzt noch großen Einfluss haben und wie zu hören war, hat er sich gegen Pyat und dessen Drohungen ausgesprochen, dass er den Versaillern nur eine niedergebrannte Stadt überlassen würde. Daran solle sich Thiers erinnern, wenn er weiter gegen die Stadt vorgeht. Ein ganz schlimmer Mensch.«

»Wo hast du das denn wieder her?«, fragte der Vater erstaunt.

»Das hört man an den Brunnen. Aber auch von den Heldentaten Dombrowskis.«

»Zum Baron zu gehen, ist eine gute Idee«, stimmte der Vater zu. »Mutter, du bist von uns immer noch die Klügste. Warum bin ich nicht darauf gekommen? Ja, Sohn, geh zum guten Baron de Savigny, du verdankst ihm so viel. Er wird dich auch jetzt nicht im Stich lassen.«

»Wenn der Montaigne doch in Paris geblieben ist, wird auch Mercedes hier sein«, mutmaßte Julien.

»Junge, schlag dir die Mercedes auf dem Kopf. Vielleicht ist sie auch längst in Versailles. Wir haben sie seit Wochen nicht mehr gesehen.«

»Sie ist hier«, stellte die Mutter richtig. »Ich habe sie erst vorgestern gesehen, wie sie in eine Kalesche stieg.«

»Ach, Mutter«, klagte der Vater.

Ich muss sie sehen, sagte sich Julien. Ich muss. Ich muss, wiederholte er immer wieder in Gedanken.

Nach dem schmackhaften Mahl – Julien hatte schon lange nicht mehr derartig Gutes gegessen – ging er zum Palais des Baron de Savigny. Es stand am anderen Ende der Avenue Bugeaud, an der Ecke zum Boulevard Bois de Boulogne hin. Ein unprätentiöses weißes Haus ohne die üblichen Verzierungen mit Götter- und Feenköpfen über den Fenstern. Ein Faktotum in schwarzem Frack öffnete ihm und führte ihn ohne Umstände in den Salon des Barons.

Baron Edmond de Savigny war ein großer, würdig aussehender Mann mit schneeweißem vollem Haar, langen Koteletten und einem birnenartigen Kopf, der ihn wie der Bürgerkönig Louis Philippe aussehen ließ. Es hieß, dass er den Freimaurern angehöre. Sein Vermögen habe er mit Spekulationen an der Börse gemacht und er könne sich mit den Rothschilds messen. Doch dies gehörte zu dem, was die Frauen tuschelten, wenn sie sich in der Boulangerie trafen. Entgegen dem Habitus des ehemaligen Königs hatte er so gar nichts Gemütliches an sich, wozu maßgeblich seine Hakennase und die grauen, streng blickenden Augen beitrugen. Sein Gesicht war gelblich verfärbt, was wohl einem Leberleiden zuzuschreiben war.

»Ach, der verlorene Sohn ist wieder aufgetaucht«, sagte der Baron und sah Julien, gestützt auf einen Stock mit silbernem Knauf, nachdenklich an. Er musterte ihn, als würde er ihn zum ersten Mal sehen.

Wieder fiel Savigny auf, dass von seinem Schützling etwas Helles ausging, etwas Alexanderhaftes, der Schwung jugendlicher Unbedenklichkeit. Das war auch der Grund gewesen, warum er den Knaben unter seine Fittiche genommen hatte. Selbst das Gefängnis hatte ihm nichts von seiner Ausstrahlung genommen, auch wenn dem Baron das Feuer in Juliens Augen etwas gedämpfter erschien. Es war dem Grandseigneur nicht unrecht. Er wird langsam ein Mann, dachte er. Wenn er so weit ist, werde ich ihn in die Stellung bringen, in der er uns gute Dienste leisten kann.

»Junge, du hast mich schwer enttäuscht«, begann er bedächtig. »Ich dachte, du hast etwas in dir, das dich zu Höherem beruft. Aber dann lässt du dich auf eine kindliche Liebschaft ein, verheiratest dich heimlich mit einem Mädchen, für das du nicht die gesellschaftliche Stellung mitbringst. Die Ecole hat dich aufgrund deines Fehlens exmatrikuliert. Die Stufen zu den höchsten Ehren müssen mit Bedacht gegangen werden. Natürlich wirst du eines Tages jemanden heiraten, der zu unseren Kreisen gehört. Aber noch bist du ein Niemand. Sieh dich doch nur an. Du trittst mir in der Uniform eines Nationalgardisten entgegen, dieser Bande, die schon bald zu den Verlierern gehören wird. Du hast dein Leben beinahe schon verpfuscht. Ein ehemaliger Sträfling wird niemals eine Grande Ecole betreten dürfen. Julien, Julien. Ich hatte so viel mit dir vor und dir ist nichts wichtiger als die hübsche Larve einer Siebzehnjährigen.«

»Aber ist die Liebe nicht etwas Heiliges, von Gott gegeben?«, trotzte Julien in naiver Unschuld und mit feierlichem Ernst. »Können Sie nicht verstehen, dass man aus Liebe alle Bedenken beiseiteschiebt, alle Hindernisse überwinden will, um glücklich zu werden?«

»Glück? Auch so eine romantische Idee, die dieser Rousseau in die Welt gesetzt hat«, rief der Baron spöttisch und stampfte mit dem Stock auf. »Wir sind nicht auf der Welt, um glücklich zu sein, sondern um unserer Bestimmung gerecht zu werden. Ich wollte dich aufs Pferd setzen, auf dem du einem großen Ziel entgegenreitest, um deinem Volk und unserer heiligen Sache zu dienen. Es gibt eine Elite von Menschen, die für die nationale Ehre eintreten. Könige und Kaiser kommen und gehen, aber die Nation bleibt. Und es gibt Männer, die über ihre Ehre wachen. Du hättest ein gutes Werkzeug in den Reihen der Blut-Frankreich-Ritter werden können und dir wären Geld und Macht von allein zugefallen. Die Idee von Freiheit, Gleichheit und Brüderlichkeit ist nur das Gestammel von neidischen Schwächlingen, die das Große, Erhabene zu sich herabziehen wollen. Gleichheit? Was für ein

Wahnwitz! Schon im alten Sparta gab es Herren und Heloten, die zu dienen hatten. Macht bedeutet herrschen und dahinter steht der Stoff, der es ermöglicht. Geld. Viel Geld. Man muss gierig nach Macht und Geld sein und alles diesem Ziel unterordnen. Wenn du Geduld gehabt hättest, wäre dir eines Tages diese kleine Montaigne ohnehin zugefallen. Aber du hast den Preis zu früh einstreichen wollen. Sieh dich doch nur an! Diese roten Litzen! Ekelhaft. Das Volk hat nicht frei zu sein, sondern zu dienen. Brüder werden wir mit dem Abschaum der Vorstädte nie sein. Der Spuk der Kommune wird bald ein Ende haben.«

Julien hatte mit Entsetzen zugehört. Was Baron Savigny ihm sagte, widersprach all dem, was er in den Werken der Großen wie Voltaire, Rousseau und Diderot gelesen hatte. Das Gute und Wahre war also nur Schwäche? Er bekam Angst. Die Welt, wie er sie sich bisher erklärt hatte, verschwand unter den Argumenten des Barons.

»Aber was ist mit Jesus?«, stammelte er. »Er hat doch die Liebe gepredigt und ist für unsere Schuld am Kreuz gestorben«, versuchte Julien seine Vorstellungen von der Welt zu retten.

Savigny lief rot an. »Jüdische Lügengeschichten! Die Juden haben die Menschheit mit den Geboten des Ägypters Moses vergiftet und damit die Menschheit geschwächt. Sie haben dafür gesorgt, dass den Menschen ihre wahren Instinkte aberzogen wurden. Jüdische Ideen haben die sogenannten Enzyklopädisten mit ihrer sogenannten Aufklärung in die Welt gesetzt. Wenn ich schon das Gefasel über das Recht des Individuums höre. Pah, alles Unsinn. Dieser Weltverschwörung der Juden setzen wir die Ehre der Nation entgegen. Ich dachte, der Umgang in der Ecole, mit den Söhnen der einflussreichen Familien, bringt dir den Stolz bei, zu den Mächtigen gehören zu wollen. Du solltest Teil der Eliten werden, und was tust du? Aber noch ist es nicht zu spät. Noch kannst du gerettet werden. Du bist intelligent. Die Lehrer sagten mir, dass du ein Phänomen bist, dass du nur etwas zu lesen brauchst und schon sitzt es fest in deinem Kopf. Du wirst mir von nun an über alle Machenschaften der Kommune berichten. Was passiert bei den Nationalgarden? Was im Wohlfahrtsausschuss? Was wird im Rathaus geredet? Willst du das tun?«

Julien, der die Welt, wie er sie verstanden hatte, unter den beißenden Worten des Barons verschwinden sah, nickte automatisch. Der Baron war doch der Gute und so viel klüger als er oder sein Vater, als alle, die er kannte. Er war sich nicht gleich bewusst, worauf er sich einließ.

Der Baron reichte ihm die Hand und Julien schlug ein.

»So ist es abgemacht. Ein neuer Pakt«, sagte Savigny und gab ihm einen leichten Schlag auf den Hinterkopf. »Enttäusch mich nicht noch einmal!«

Doch schon wälzte sich in seinem Kopf eine Frage, ein Verdacht heran. »Aber ich bin kein Spitzel! Das ist unehrenhaft.«

»Unfug!«, schnaubte der Baron. »Es gibt eine höhere Ehre: Der Dienst für die Nation, für das Vaterland, für die Glorie Frankreichs. Du hast nichts mit diesen Verrückten in der Kommune gemein. Sie werden dir nie das geben können, was ich dir geben kann. Geht das endlich in deinen plebejischen Schädel hinein? Noch einmal verzeihe ich dir nicht. Ich habe dich auserwählt, eines Tages zu denen zu gehören, die die wahre Macht im Land haben. Ordne dieser Ehre alles unter. Der Verrat an den Kommunarden bedeutet für die Ehre der Nation einzutreten.«

»Und was ist mit Mercedes?«

»Was soll mit dem dummen Ding sein?«

»Sie ist doch meine Frau«, flüsterte Julien unglücklich. »Helfen Sie mir, sie zu sehen. Ich muss wissen, warum sie mich verleumdet hat.«

Savigny lehnte sich zurück und betrachtete den jungen Mann unzufrieden, ein wenig irritiert darüber, dass sein Geschöpf sich immer noch um diese leidige verrückte Geschichte kümmerte, die von Anfang an eine Torheit und eine Chimäre gewesen war. Unwillig kaute er auf seiner Unterlippe.

»Vergiss sie«, sagte er kalt.

»Sie sind der Einzige, der mir helfen kann«, bettelte Julien in dem törichten Glauben, dass dieser mächtige Mann, der ihm eine große Zukunft voraussagte, auch diesen Wunsch erfüllen konnte.

In den Augen des Barons blitzte es auf. »Na gut. Ich werde dir helfen, dich zu heilen. Wenn ich dir den Wunsch erfülle, sie noch einmal zu sehen, wirst du mir dann uneingeschränkt dienen?«

Julien nickte heftig, nicht daran denkend, dass er sich damit dem Baron endgültig unterwarf, einen Pakt einging, der allem widersprach, woran er bisher geglaubt hatte.

»Schön, dann komm heute Abend wieder. Du wirst Mercedes sprechen können und danach wirst du klüger sein und tun, was ich dir sage.«

Julien hörte nur das, was er hören wollte. Der gute Baron ermöglichte es ihm, seine Frau zu sehen und er nickte glücklich.

Wie betäubt ging er hinaus und vertrieb sich die Zeit damit, auf die Champs Elysées zu gehen, diesem prächtigen Boulevard mit seinen Cafés hinter dem Etoile. Er staunte, dass hier von der Belagerung nichts zu spüren war. Die Cafés waren voll mit Dandys, Spekulanten, Pensionären, Anwälten, Schreibgehilfen und Schiebern. Banker saßen fettleibig in den Korbstühlen und spotteten über die Anstrengungen der Kommunarden im Rathaus. Er hörte, wie sie Thiers lobten und die Kollaboration mit den Preußen schönredeten.

Man konnte die erlesensten Delikatessen bestellen, wenn man das nötige Geld hatte, während in den Vorstädten das Volk hungerte. Längst hatte man alle Rinder und Pferde geschlachtet, alle Katzen und Hunde waren verschwunden, und es ging das Gerücht um, dass selbst Jagd auf Ratten gemacht wurde. Auch darüber wurde gespottet und man nannte es nur recht und billig, dass das gemeine Volk für den Wahnsinn der Kommune zu zahlen habe. Die Nationalgardisten, denen man vor Kurzem noch zugejubelt hatte, wurden nun mit Hohn und Spott überschüttet. Plakate an den Litfaßsäulen zeigten, wo man zum Cancan einlud.

Die Demimonde mit dicken Krawatten und hohen Zylindern nannte die Preußen halb so schlimm.

Es gab also zwei Paris, stellte er verwundert fest. Das hungernde, ehrliche und wahrhaftige und das reiche, lüsterne und gierige. Angewidert ging er bis zum Place de la Concorde, wo man einst den König und die Aristokraten guillotiniert hatte, wandte sich nach links der Rue St. Honoré zu. Auch hier boten die Geschäfte noch alles, was zu einem guten Leben gehörte. Man musste nur zu denen gehören, die Savigny als die wahren Herren Frankreichs bezeichnet hatte, die Geldmenschen. Aber war das eine Welt der Ehre? Doch der Baron tat ihm nur Gutes, hatte ihm sogar verziehen. Er wusste schließlich mehr vom Leben.

Er war sehr verwirrt, als er gegen Abend beim Baron eintraf. Der Domestik führte ihn wieder in den Salon. Neben dem Baron saß Mercedes. Sein Herz schlug so schnell, dass ihm die Luft knapp wurde. Wie schön sie war, zart, bleich, mit weit geöffneten Augen saß sie in dem Sessel.

Julien griff sich an Herz und flüsterte: »Mercedes.«

Sie sah an ihm vorbei. Ihre Lippen waren weiß und fest aufeinandergepresst. Er stürzte auf sie zu und umarmte sie. Aber sie machte sich steif wie eine Puppe. Als er sie küssen wollte, wandte sie sich ab.

»Was ist passiert, Mercedes?«, rief er erschrocken. »Ich liebe dich und du liebst mich doch auch. Zu diesem dummen Brief hat man dich doch gezwungen, nicht wahr? So sprich doch!«

»Wir haben eine Kinderei begangen«, erwiderte sie leise und löste sich aus seiner Umarmung.

»Aber du bist doch meine Frau.«

»Nicht mehr. Vater hat sich darum gekümmert, dass die Ehe aus allen Registern getilgt ist. Du hast mich ins Unglück stürzen wollen.«

»Was sagst du da? Erinnere dich an unser kleines Hotel in St. Germain. Wir haben uns ewige Liebe geschworen. Es war unsere Hochzeitsnacht.«

»Wie kannst du so etwas behaupten! Wir hatten nie eine Hochzeitsnacht. Nie. Nie!«, keuchte sie.

»Es war ein Nachmittag. Ein wunderschöner sonnendurchfluteter Nachmittag. Das Licht fiel golden in unser kleines Zimmer. Aber für uns war es die Hochzeitsnacht.«

»Hör auf damit! Ich will all das vergessen. Du hast mir mit deinen dummen Ideen nur Unglück gebracht!«

Der Baron beobachtete ihr Gespräch mit kalter Miene.

»Du wolltest mich zu dir und deinesgleichen herabziehen«, schluchzte sie. Tränen hinterließen eine nasse Spur auf ihrem schönen Gesicht.

Julien erschrak. So langsam begriff er, dass er hier eine andere Mercedes vor sich hatte. Die Montaignes hatten sie umgedreht. Sie war nicht mehr das Mädchen aus dem Jardin du Luxembourg. Aber er wollte, er konnte noch nicht aufgeben.

»Erinnerst du dich nicht mehr daran, was wir für einander waren? Erinnerst du dich nicht mehr an deine Worte? Du liebst mich wie dein Leben, hast du mir geschworen. Niemals wolltest du einem anderen gehören.«

Sie setzte sich steif im Sessel zurecht und sagte entschlossen: »Es ist aus, Julien. Akzeptiere das. Geh aus meinem Leben. Kümmere dich nicht mehr um mich. Es ist aus … aus … für immer. Wenn du noch irgendetwas für mich fühlst, dann verschwinde aus meinem Leben. Ich hasse dich für das, was du mir angetan hast. Wie viel Leid hast du mir und meiner Familie zugefügt.«

»Ich glaube, dass damit alles gesagt ist«, mischte der Baron sich ein. »Mercedes, geh in die Bibliothek. Dein Vater wartet dort auf dich. Ich werde mit Julien reden. Er wird dich nicht mehr belästigen.«

Mercedes stand steif auf und sah Julien entsetzt an, als würde ihr erst jetzt bewusst, was sie gesagt und getan hatte. Sie schlug die Hände vors Gesicht und lief schluchzend aus dem Salon.

»Du hast es gehört«, brummte Savigny und nickte gewichtig. »So läuft das nun einmal. Du gehörst noch nicht zu der Welt der

Montaignes. Aber durch mich kannst du einer von ihnen werden. Was habe ich dir gesagt? Was ist wichtig? Geld und Macht! Wenn du unserer Bruderschaft treu dienst, wirst du mächtig werden und die hochangesehenen Familien werden dir ihre Töchter andienen. Und wer weiß, vielleicht wird dann auch Mercedes dabei sein.«

»Man wird sie schnellstens verheiraten«, klagte Julien niedergeschlagen, wie betäubt von der Begegnung mit Mercedes, die so ganz anders verlaufen war, als er es sich erträumt hatte.

»Möglich. Aber sie wäre nicht die erste Frau, die sich der ersten Liebe erinnert.«

Julien war nur zu gern bereit, all das zu glauben, was ihm der Baron erzählt hatte.

»Ich werde genau beobachten, Julien, ob du es wert bist, in unseren Kreis aufgenommen zu werden. Du wirst tun, was ich von dir verlange, nicht wahr?«

Julien nickte heftig. »Ich weiß, dass Sie es immer nur gut mit mir gemeint haben«, sagte er demütig.

»So ist es recht. Hör zu, ich habe einen Auftrag für dich. Wir müssen wissen, ob die Jakobiner tatsächlich bereit sind, eher Paris anzustecken, als sich zu ergeben. Wollen sie wirklich unsere herrliche Stadt, das Symbol für Kultur und Zivilisation, in Schutt und Asche legen, wie dieser Pyat gedroht hat? Um entsprechende Maßnahmen treffen zu können, müssen wir wissen, wie ernst dies gemeint ist. Notfalls werden wir durch ein Meer von Blut die Ordnung wiederherstellen. Merke dir, im Dienst der Bruderschaft gehörst du zu den Guten. So wird es in den Geschichtsbüchern stehen. Die Kommunarden sind Pack. Abschaum. Nun geh und melde dich bei mir, wenn du etwas erfahren hast.«

Julien taumelte hinaus und ging benommen zum Haus seiner Eltern zurück. Er hatte immer noch das abweisende Gesicht von Mercedes vor Augen und das schmerzhafte Bild, wie sie seinen Küssen auswich. Er hörte immer noch die Stimme des Barons, leidenschaftslos, lakonisch und schonungslos.

»Du siehst aber wirklich nicht gut aus«, empfing ihn der Vater. »Konnte der gute Baron dir nicht helfen?«

»Doch. Er hat es versucht. Mercedes betrachtet unsere Ehe als Kinderei«, sagte er tonlos und sackte auf dem Küchenstuhl zusammen.

Der Vater atmete aus und strich über seine Hand. »Vielleicht hat sie sogar recht. Man spannt nicht Esel und Pferd ins Gespann.«

»Nun hör aber auf«, stand die Mutter Julien bei. »Wie kannst du solche Vergleiche bringen? Sie sind vor Gott zusammengegeben worden. Konnte der gute Baron dir denn gar nicht helfen?«

»Doch. Nicht was Mercedes betrifft, aber er will mich weiter unter seine Fittiche nehmen.«

»Ich wusste es«, freute sich die Mutter. »Er ist ein guter Mensch. Er weiß, was du wert bist.«

Julien erzählte nicht, dass ihn Savigny zu seinem Spion machen wollte. Stöhnend stand er auf und holte das Gewehr aus der Ecke. »Ich muss zu meinem Regiment zurück.«

»Natürlich musst du gehen«, stimmte der Vater zu. »Aber handle ehrenhaft in allem, was du tust.«

»Warte«, hielt ihn die Mutter auf. »Ich will dir noch Brot und etwas Blutwurst mitgeben, damit du nicht verhungerst. Ich habe ein kleines Bündel gerichtet.«

Schweren Herzens und mit dunklen Gedanken verließ er das Elternhaus.

In Neuilly fand er seine Truppe in einer Kirche untergebracht. Man hatte das Gotteshaus in ein Quartier für die Soldaten umfunktioniert. Das Kirchenschiff diente als Schlafsaal.

»Julien, was ist mit dir?«, fragte Tessier besorgt. »Du hast rote Augen. War das Wiedersehen so schlimm?«

Stockend erzählte er, dabei die Tränen unterdrückend, was er erlebt hatte.

»Schweinerei!«, schnaubte Tessier. »Was sind die Aristokraten doch für Halunken. Und du sollst nun dem Savigny als Zuträger dienen? Selbstverständlich wirst du das nicht tun.«

»Aber er hat nur Gutes getan und mir verziehen und will mich …«

»Was bist du doch für ein Kindskopf. Klar, er hat dir alles Mögliche versprochen. Aber begreife doch. Du sollst für ihn die Drecksarbeit erledigen. Nun komm! In St. Germain tagt der Wohlfahrtsausschuss. Ich will wissen, was gespielt wird. Delesclyze hat mit Thiers verhandelt. Bin gespannt, was dabei herausgekommen ist.«

»Wer ist dieser Delesclyze?«

»Er ist für die Kriegsverwaltung zuständig. Soll ein kluger Mann sein. Sein Vorbild ist … Robespierre.«

»Lass mich. Ich bin so müde und fühle mich wie ausgespuckt. Außerdem – wir können doch nicht einfach abhauen?«

»Siehst du hier jemanden, der über die Einhaltung der Disziplin wacht? Die Hälfte ist besoffen und Pomeron habe ich schon seit Stunden nicht mehr gesehen. Unser Besuch dort wird dich auf andere Gedanken bringen. Wir haben Zeit genug. Erst morgen früh werden wir zu den Barrikaden am Stadtrand eingeteilt. Nun komm schon.«

Der Wohlfahrtsausschuss tagte auf dem Boulevard St. Germain. Vor dem Haus wehte eine mächtige rote Fahne. Sie kamen in einen Saal, der hoffnungslos überfüllt war. Aber Tessiers grimmiges Gesicht, unterstützt durch derbe Püffe, bahnte ihnen den Weg in die erste Reihe oben auf der Galerie, von der man einen guten Überblick hatte. An einem langen Tisch saß der Wohlfahrtsausschuss. Einige der Mitglieder trugen die roten Mützen der Phrygier.

Delesclyze kam gerade zum Ende seiner Rede. Er war wie sein Vorbild Robesspierre korrekt gekleidet, trug ein altmodisches Rüschenhemd unter einem langen schlichten blauen Rock.

Sein Haar war streng nach hinten gekämmt. Aber er sah mit seinem faltigen puterähnlichen Gesicht so gar nicht wie sein großes Vorbild aus.

»Sie spielen mit uns«, resümierte Delesclyze. »Es ist eine ungeheure Farce. Sie verlangen die Entwaffnung des Volkes und die Bestrafung derjenigen, die die Generäle getötet haben. Thiers hat allen Bedingungen der Preußen zugestimmt und verzichtet auf das Elsass und Lothringen. Frankreich werden riesige Kontributionen auferlegt. Thiers verlangt, dass wir uns auf Gnade und Ungnade ergeben. Mit den Versaillern ist nicht zu reden. Sie benehmen sich den Preußen gegenüber wie Schafe, aber uns gegenüber wie Wölfe. Uns bleibt nur Sieg oder Tod.«

»Sieg oder Tod!«, schrie die Versammlung.

»Schon morgen werden die Versailler zur Großoffensive übergehen«, fuhr der Vorsitzende des Wohlfahrtsausschusses fort. »Wir werden ihnen einen heißen Empfang bereiten. General Dombrowski hat mir zugesichert, dass sie nicht durchkommen werden. Bürger, es gilt nun: Zeigen wir den Geist von Valmy! Es lebe das Volk von Paris.«

»Ça ira, ça ira!«, brüllte die Menge.

Jemand schlug Julien auf die Schulter.

»Du hier!«, brüllte Abbé Leon mit freudig glühendem Gesicht. »Ich habe meinen Augen nicht getraut, als ich dich hereinkommen sah. Du bist wieder da und trägst die Uniform der Nationalgardisten. Bravo, Julien! Dann hat meine Unterweisung doch Früchte getragen. Komm, wir gehen rüber ins *Procope*. Wir haben uns viel zu erzählen. Wir versäumen nichts. Hier redet jetzt nur noch die zweite Garde.«

»Ich bin mit meinem Freund hier«, wandte Julien ein.

»Geh nur«, sagte Tessier nach einem misstrauischen Blick auf den Abbé. »Ich höre mir noch eine Weile die Reden an und komme dann nach. So einen piekfeinen Laden wie *Le Procope* habe ich mir noch nie leisten können.«

Sie gingen über den Boulevard zu dem Restaurant, das in einer Seitengasse lag, und Julien begann zu erzählen, was ihm widerfahren war.

»Wenn nicht Tessier mein Zellengenosse geworden wäre, hätte ich mir irgendwann an der Wand den Schädel eingeschlagen. Das Schlimmste war die Ungewissheit. Kein Gerichtsverfahren, keine Nachricht von Feré, geschweige denn von meinen Eltern. Ich existierte nicht mehr.«

»Ich habe nach dir gesucht. Freunde haben für mich bei der Gendarmerie und bei Gericht nachgeforscht. Aber wir stießen auf eine Mauer des Schweigens. Wir erfuhren noch, dass du dem Untersuchungsrichter vorgeführt wurdest, aber dann nichts mehr. Du warst verschwunden. Wir wähnten dich schließlich tot. Und jetzt bist du ein Revolutionär geworden und trägst die Farben der Nationalgarde.«

»Ich weiß nicht, was ich bin«, gestand Julien freimütig.

»Du glaubst doch an das Volk und seine unveränderlichen Rechte«, entgegnete der Abbé vorwurfsvoll.

Sie betraten das *Procope*, das wie ein Salon aus der Zeit des Ancien Régime aussah. Man konnte sich gut vorstellen, wie sich die Enzyklopädisten hier getroffen und die Köpfe zusammengesteckt hatten oder der große Voltaire über die Kirche geflucht hatte: »L'infâme.«

Der Abbé bestellt eine große Fischplatte und einen Weißwein aus dem Elsass.

»Und? Hast du deine Frau wiedergesehen?«

»Ja. Sie will nicht mehr meine Frau sein«, stieß er rau aus. »Es sei alles eine Kinderei gewesen.«

»So ist das mit den Weibern der Bourgeoisie. Ein Grund mehr, die ganze Bande zum Teufel zu wünschen.«

»Savigny hat mir verziehen und will mir helfen, dass ich vorankomme. Er will sogar dafür sorgen, dass ich eines Tages bei der Bruderschaft der Blut-Frankreich-Ritter aufgenommen werde, die für die nationale Ehre Frankreichs eintritt.«

Der Abbé zuckte zurück, als wäre er geschlagen worden.

»Du, ein Mitglied der Blut-Frankreich-Ritter? Weißt du nicht, dass die schlimmer als die Jesuiten sind, schlimmer als Thiers und seine Freunde? Sie wollen, dass alles beim Alten bleibt. Sie wollen eine Oligarchie der Besten. So etwas wie Platons Staat. Letzten Endes läuft es auf die Herrschaft des Geldes hinaus. Diesem Geheimorden gehören Aristokraten, Spekulanten, Bänker und die übelsten Geschäftemacher an. Es sind die, die immer oben schwimmen. Bei der großen Revolution sind sie nach London, in die Schweiz und nach Koblenz geflohen und haben von dort intrigiert. Julien, ich würde dich lieber tot sehen wollen, als dass du einer von denen wirst. Warum kümmert sich dieser Savigny um dich? Was will er von dir?«

Julien atmete schwer. Er erkannte, dass er sich entscheiden musste. Wollte er zu den Blut-Frankreich-Rittern gehören oder für das Volk sein und für Freiheit und Gleichheit kämpfen? Er sah Mercedes wieder vor sich, sah die Kälte in ihren Augen. Natürlich war er für das Volk. Schon sein Vater war immer für die Republikaner gewesen und der Abbé hatte ihm wieder und wieder von den Rechten erzählt, die man dem Volk vorenthielt. Andererseits war die Zukunft, die ihm der gute Baron wies, gar zu verlockend. Wenn er sich auf die Seite Savignys schlug, würde er eines Tages zu den Mächtigen gehören, vielleicht sogar Mercedes wiedergewinnen und die Montaignes würden stolz sein, ihn zum Schwiegersohn zu haben. Es konnte doch zwischen Mercedes und ihm nicht zu Ende sein.

»Rede«, drängte der Abbé. »Was will der Baron von dir?«

Julien gab sich einen Ruck, hörte auf sein Herz, entschied sich und berichtete, was der Baron von ihm verlangte und verschwieg auch nicht den Verdacht Savignys, dass die Kommunarden Paris in Brand stecken wollten.

»Ha, da siehst du die Falschheit der Bourgeoisie!,« schrie der Abbé so laut auf, dass man sich im Restaurant nach ihnen umdrehte.

Leiser fügte er hinzu: »Die Blut-Frankreich-Ritter würden Vater und Mutter opfern, wenn es dabei helfen würde, die Macht zu behalten. Sie haben Angst vor uns, Angst davor, dass wir sie aus den Schlössern jagen, die Banken schließen und das Geld abschaffen. Oh ja, ob Sieg oder Niederlage, es wird ein Meer von Blut fließen. Übrigens, der Hummer ist wirklich vorzüglich. Wie schaffen es die Köche vom *Procope* nur, solche Köstlichkeiten durch die Absperrung zu bringen?«

Eingedenk dessen, was ihn Savigny gelehrt hatte, antwortete Julien knapp: »Geld schafft alles.«

Die Augen des Abbé verengten sich zu Schlitzen. »Geld verdirbt die Seele. Deswegen wollen wir es ja auch abschaffen. Wir müssen alles umgestalten und die Aristokratie und ihre Helfershelfer, die Bourgeoisie, ausbrennen. Auch wenn wir durch ein Meer von Blut waten müssen.«

Julien erschrak. Schon wieder diese Androhung von dem Meer von Blut. Hatte nicht auch der Baron von Savigny davon gesprochen? Was passierte in Frankreich? Die Geldleute hassten das Volk, durch das sie reich geworden waren, und das Volk hasste die Geldleute, weil es sich das Geld hatte abnehmen lassen. Aber wenigstens hatte das Volk gute Gründe, die da oben zu hassen.

Herz und Verstand sagten ihm, wo er hingehörte. Aber das Volk würde ihm Mercedes nicht zurückbringen.

»Du wirst es tun?«, drängte der Abbé.

»Was tun?«, fragte er überflüssigerweise. Er wusste, was der Abbé von ihm verlangen würde.

»Du sagst dem Savigny, dass nichts davon stimmt. Die Gerüchte über den Brand von Paris sind nur hohles Gerede. Niemand will in Paris Feuer legen.«

War da doch etwas dran? Dieser Gedanke kam ihm plötzlich und ließ ihn nicht mehr los. Warum war es dem Abbé so wichtig, dass er Savigny beruhigte?

»Ihr wollt doch nicht …?«, fragte er entsetzt.

»Unsinn! Das ist nur revolutionäre Großsprecherei von Leuten, die sich zu wichtig nehmen. Wir werden doch die Heimstatt unseres Volkes nicht vernichten.«

Der Abbé war lange genug Juliens Lehrer gewesen, um zu wissen, was sein Schüler verkraften konnte. Er wusste um sein romantisches Gemüt, um seine Ideale, die er ja selbst in ihn gepflanzt hatte, die aber nun auf die harte Wirklichkeit stießen. Und außerdem, war das, was Savigny Julien vorgegaukelt hatte, nicht gar zu verlockend? Natürlich würde Julien keiner der Mächtigen werden, natürlich nur ein Werkzeug bleiben, dem man immer wieder die eigenen Sehnsüchte vor Augen hielt. Also beschloss der Abbé, behutsam vorzugehen.

»Wir dürfen den Versaillern keinen Grund liefern, mit Terror gegen das Volk vorzugehen«, sagte er beschwörend. »Wenn sie glauben, das Brandgerede stimmt, werden sie uns alle erbarmungslos füsilieren.«

Julien nickte.

»Gut, Leon. Ich werde tun, was du verlangst.«

»Du wirst doch noch ein richtiger Phrygier«, lobte der Abbé. »Ich werde dich in die Loge des höchsten Wesens einführen. Doch nun muss ich zurück in den Wohlfahrtsausschuss, damit der keine unsinnigen Beschlüsse fasst.«

»Bist du so einflussreich?«

»Ich nicht. Aber die Loge des höchsten Wesens, die ich vertrete«, erwiderte er grinsend.

Der Abbé erhob sich und Julien sah ihn erstaunt an.

»Du musst doch noch zahlen.«

Der Patron kam auch schon herbeigeeilt. »Ich hoffe, Sie waren mit dem Essen und dem Wein zufrieden, Bürger Leon?«

»Oh, durchaus. Ganz vorzüglich.«

»Dann bin ich auch zufrieden. Beehren Sie uns bald wieder.«

Er verbeugte sich und lief in die Küche zurück. Keine Rechnung, staunte Julien. Sie gingen die Treppe hinunter zum Ausgang.

»Du brauchst tatsächlich nicht zu zahlen?«, insistierte Julien.

»Nein. Als Mitglied des Wohlfahrtsausschusses hat man so seine Privilegien.«

»Du bist doch gar nicht im Vorsitz.«

»Nein, aber ich bin in der Loge des höchsten Wesens.«

Das ist nicht gerecht, dachte Julien. Was war nun mit der Gleichheit? Es schienen einige noch gleicher zu sein als gleich. Der Abbé bemerkte Juliens Befremden.

»Dafür setzen wir im Kampf gegen die herrschende Ordnung auch unser Leben ein. Wir sind die Avantgarde.«

Vor der Tür erwartete sie Tessier. Mit bösem Blick auf den Abbé grollte er: »Sie wollten mich nicht einlassen. Ich war schon im Restaurant, da haben sie mich rausgeschmissen. Mann, hatten die Glück, dass ich keinen Ärger machen wollte. Am liebsten hätte ich sie aufgeschlitzt!«

»Das hätte keinen guten Eindruck gemacht«, bestätigte der Abbé ernst. »Vielleicht hätte es sogar Julien geschadet.« Väterlich legte er den Arm um seinen Schüler.

»Du meldest dich jede Woche einmal bei mir. Ich wohne jetzt in einem Seitenflügel des Palais Royal. Ich melde mich, wenn ich eine Gelegenheit sehe, dich der Loge vorzustellen. Ich weiß ja, dass du beim General Dombrowski steckst und dem Regiment 203 zugeteilt bist.«

Er klopfte auf Juliens Rücken, nickte Tessier arrogant zu und ging zum Boulevard St. Germain zurück.

»Ein Abbé, der sich als Jakobiner aufführt! Das kann doch nur ein falscher Hund sein«, schickte ihm Tessier hinterher. »Ich könnte diesem Kerl den Dolch ins Gekröse stoßen.«

»Hör auf, Marc. Ich habe heute schon genug über ein Meer von Blut gehört.«

»Hüte dich vor diesem falschen Abbé sowie vor diesem Savigny. Du kannst dich gewaltig zwischen die Stühle setzen.«

Wenn ich nicht schon gehörig zwischen den Stühlen sitze, dachte Julien bei sich. Sowohl Savigny als auch der Abbé erwarteten wöchentliche Berichte. Doch er hatte in der letzten Zeit so viel Pech gehabt, dass er glaubte, jetzt sei erst einmal wieder das Glück dran. Wir Menschen sind nun einmal so veranlagt. Wir glauben immer, dass es nicht noch schlimmer kommen kann.

6 – Liebe in Kriegszeiten

(Gustave Flaubert erzählt)

Julien und Tessier fanden sich rechtzeitig bei ihrem Regiment in Neuilly ein. Ihnen blieb nur kurze Zeit zu schlafen. Noch vor dem ersten Morgengrauen wurden sie geweckt. Jeder bekam ein Stück Brot, konnte seine Feldflasche mit Wein abfüllen und schon ging es an einem regnerischen Morgen zu den Barrikaden und Gräben vor Neuilly. General Dombrowski ritt die Reihen ab.

»Männer, heute gilt es! Überläufer haben uns berichtet, dass die Versailler angreifen werden. Jeder von euch soll sich an den zerlumpten Soldaten von 1790 ein Vorbild nehmen. Auch in euch schlägt ein heldenhaftes Herz. Blamiert mich und die rote Fahne nicht.«

»Hoch, Dombrowski!«, schrien die Männer.

Sie waren gerade in die Stellungen eingerückt, da tat sich ein Höllenofen auf. Die Kanonen und Mitrailleusen der Linientruppen ließen ein Stahlgewitter auf sie herabfahren. Die Geschütze sorgten dafür, dass Erdfontänen vor ihnen tanzten. Allen stand die Angst ins Gesicht geschrieben. Die Kugeln rissen schon bald Löcher in die Barrikaden. Körperteile flogen durch die Luft. Neben Julien knallte ein Bein in den Graben. In das Gebrüll der Geschütze mischten sich die Schreie, die Rufe nach der Mutter, Maria und Jesus. Im Kugelhagel suchte jeder Hilfe und Erbarmen beim barmherzigen Gott. Julien und Tessier pressten sich im Schützengraben an die Erde, versuchten, eins mit ihr zu werden. Feuerschleier tanzten über sie hinweg. Granatsplitter jaulten durch die Luft und töteten auf den Barrikaden und in den Gräben.

Plötzlich hörte die Kanonade auf. Das Schweigen war so dröhnend wie vorher der Lärm der Geschütze. Es musste etwas zu bedeuten haben. Man rappelte sich mit verschämten Gesichtern auf. So manche Hose zeigte die Spuren der Angst. Was würde nun kommen? Die Glieder zitterten.

»Hast du dir auch die Hosen vollgepisst?«, raunte Tessier.

»Es fehlte nicht viel.«

»Alle Achtung, du hast ein Kämpferherz.«

»Und du, Meister Messer, hattest du Angst?«

»Ich fürchte keine Menschen. Von Kanonen war nie die Rede.«

»Warum haben sie mit der Kanonade aufgehört?«

»Wir werden es gleich erfahren.«

»Noch steht die Barrikade, zwar zerrupft, aber sie steht.«

Nun bekam Julien die Antwort. Eine auseinandergezogene Reihe rotbehoster Soldaten kam heran.

»Feuert, Männer!«, hörten sie Hauptmann Antoine Pomeron brüllen.

»Sie sind doch noch zu weit weg«, murrte Tessier.

Aber sie gehorchten, drückten den Abzug durch. Das eigene Feuer machte ihnen Mut. Und selbst als die Linientruppen näher waren, fielen nicht viele um. Die Nationalgardisten waren keine gut gedrillten Soldaten und auf drei Schüsse in der Minute wie die Liniensoldaten kamen sie noch lange nicht. Die an der Barrikade waren Schneider, Schuster, Seiler, Zimmerleute und Bürogehilfen. Immer mehr Liniensoldaten fluteten heran und nichts schien sie stoppen zu können. Julien schoss, bis der Lauf so heiß war, dass er sich die Finger verbrannte. Neben ihm lag ein schmaler, schwarzbärtiger Mann, der eine erstaunliche Treffsicherheit zeigte.

»He, Courbet, bravo! Du bist mit dem Gewehr genauso gut wie mit dem Pinsel«, brüllte Pomeron herüber. »Weiter so, Farbkleckser!«

»Arschloch«, knurrte Courbet.

Schießen – ausatmen – laden – einatmen – ausatmen – schießen … Die Hagelkörner aus Blei wurden immer dichter. Dann waren die Liniensoldaten in den Gräben. Kampf Mann gegen Mann! Julien stach einem jungen Mann, nur wenig älter als er, das Bajonett in den Bauch. Erschüttert sah er, wie der Mann starb. Die erschrockenen ungläubigen Augen – er vergaß sie nie.

»Weg hier!«, brüllte Tessier neben ihm. »Es sind zu viele!«

Die Nationalgarden verließen in wilder Flucht die Gräben. Die Fahne auf der Barrikade sank herab. Eine panische Flucht nach Neuilly hinein. Hin und wieder hielten sie und schossen auf die Verfolger, um dann weiter zu hasten. Weg. Nur weg!

»Alles ist verloren! Rette sich, wer kann!«, wurde gerufen. Das schändliche Eingeständnis der Niederlage.

Sie erreichten den Ortskern von Neuilly, stellten sich in die Hauseingänge und feuerten auf die herandrängenden Versailler. Nun begann der Kampf um jedes Haus. Viele der heranstürmenden Versailler starben. Doch immer neue Wellen drängten heran. Die Nationalgardisten wurden trotz des hartnäckigen Widerstandes langsam aus der Stadt herausgedrängt. Plötzlich wogte Verstärkung heran. Mit der roten Fahne in der Linken und einem Säbel in der Rechten preschte eine Frau auf einem Schimmel an der Spitze ihres Bataillons nach Neuilly herein.

»Vorwärts, ihr Frauen der Kommune!«, schrie sie.

Tatsächlich. Ein Frauenbataillon schritt in den Kampf ein. Mit einer Entschlossenheit, einer Wut, die an urzeitliche Zentauren erinnerte, stürzten sie sich in das Gefecht. Ohne Erbarmen wüteten sie gegen die Versailler. War es die Überraschung oder die natürliche Hemmung, auf Frauen zu schießen? Die Versailler zogen sich zurück.

»Ça ira, ça ira!«, kreischten die Amazonen und die im Pulverdampf gestählten Soldaten gaben Fersengeld.

Die Nationalgardisten sammelten sich, rückten wieder vor, eroberten den Ortskern zurück und weiter ging es, aus der Stadt heraus und zu den Gräben, zurück zu den Barrikaden vor Neuilly.

»Victoria! Victoria!«, schrien die Frauen.

»Jeanne d'Arc! Jeanne d'Arc!«, antworteten die Männer und feierten die Frauen. Das Schießen hörte langsam auf. Die Linientruppen waren außer Schussweite. Die Kommune konnte einen Sieg feiern.

»Die Weiber haben uns gerettet. Genehmigen wir uns darauf einen Schluck«, sagte Courbet und reichte Julien einen silbernen Flakon.

»Wenn die Frauen nicht gekommen wären, hätten die Liniensoldaten heute Nachmittag auf den Champs Elysées feiern können«, stimmte Julien zu, trank und gab den Flakon an Tessier weiter. »Guter Cognac, Marc.« Tessier prostete Courbet zu.

»Wer ist die Frau dort auf dem Schimmel, die das Frauenbataillon angeführt hat?«, fragte Julien.

»Unsere Théroigne de Méricourt, die Prinzessin Dimitrieff«, antwortete Courbet grinsend. »Sie ist mutiger als ein Husarengeneral. Eine leidenschaftliche Jakobinerin. Der Rote Engel der Revolution. Wenn wir gesiegt haben, werde ich sie malen.«

»Du bist wirklich ein Maler?«, staunte Julien.

Pomeron, der den erstaunten Ausruf gehört hatte, kam zu ihnen und schlug Courbet auf die Schulter.

»Du kennst Courbet nicht? Einer der großen Maler Frankreichs. Er hat sich von der Kaiserclique nicht kaufen lassen.«

»Der Courbet, der das Bild ›Das Atelier‹ gemalt hat?«, staunte Julien, der auf der Ecole von dem Maler gehört hatte, dessen Bild einen Skandal bei der Kunstakademie ausgelöst hatte.

»*Der* Courbet«, bestätigte Antoine Pomeron stolz.

Tessier gab dem Maler den Flakon zurück und schlug ihm kräftig auf die Schulter.

»Ha, deine Bilder kenne ich nicht, aber ein guter Schütze bist du allemal. Ich werde in Erinnerung behalten, dass ich mit dir auf den Sieg getrunken habe. Aber, beim Tripper des Kaisers, was macht eine Prinzessin bei einem Weiberbataillon? Schaut mal, die Verrückte will vorrücken und den Schutz der Barrikaden verlassen.«

»Zum Teufel! Das närrische Weib will tatsächlich zum Angriff übergehen«, schimpfte Pomeron. »Die Frauen werden doch von den Mitrailleusen zusammengeschossen. Korporal Morgon, lauf zur Dimitrieff und sag ihr, dass ich ein weiteres Vorgehen verbiete. Marsch, lauf schnell. Du hast die jüngsten Beine von uns.«

Julien salutierte und lief zu den Barrikaden hinüber, wo die Prinzessin Dimitrieff dabei war, die Frauen für den Angriff zu ordnen.

Ihr Pferd am Zaumzeug festhaltend, rief er: »Prinzessin, ich komme von Hauptmann Antoine Pomeron. Strenger Befehl. Sie sollen die Stellung nicht verlassen. Die drüben haben genug Kanonen und Mitrailleusen, um euch alle zusammenzuschießen.«

»Ihr Männer habt keine Eier mehr«, sagte die Prinzessin abwehrend.

Sie war schlank, hielt sich gut auf dem Pferd und hatte lange schwarze Haare, die ihr bis auf die Schultern reichten. Ein schmales Gesicht mit dunklen Augen und einer langen geraden Nase wie die Athene griechischer Statuen. Die schwarze Männerkleidung verstärkte ihre geheimnisvolle Aura. Sie trug einen Hut mit einer roten Feder. Interessiert musterte sie Julien.

»Du bist ein hübscher Bengel, weißt du? Doch wer ist dieser Hauptmann mit dem bombastischen Namen, der es wagt, mir Befehle zu erteilen?«

»Der Kommandant dieses Frontabschnitts. Seinem Befehl ist unbedingt Folge zu leisten.«

»Der kann mir den Hintern tätscheln.«

Die Dimitrieff musterte Julien immer noch mit amüsiertem Blick. »Aber vielleicht ist es besser, du übernimmst das. Was ist mit dir? Hast du deine Eier noch?«, fragte sie herausfordernd.

Julien schoss die Röte ins Gesicht. »Für eine Frau eine etwas ungewöhnliche Frage«, stotterte er.

»Komm mit! Los. Bringt dem jungen Hahn ein Pferd«, rief sie ihren Frauen zu.

Diese brachten ein Pferd heran und grinsten dabei anzüglich.

»He, Dimitrieff, da hast du dir einen hübschen Bock für die Nacht reserviert«, rief eine der Frauen. Das ganze Bataillon brach in ein übermütiges Gelächter aus.

Sie riefen nun noch anderes, was Juliens Männlichkeit betraf, und dieser wünschte sich, dass Pomeron ihn nicht zu diesen wilden Weibern geschickt hätte.

»Es ist Hauptmann Pomerons strengster Befehl, dass ihr nicht angreift«, widerholte er noch einmal, obwohl er wusste, dass dies nichts nützen würde.

»Es ist mein strengster Befehl, dass wir ausrücken«, entgegnete die Prinzessin. »Los, Frauen der Kommune! Zeigen wir den Männern, dass man auch ohne Schwanz ein gutes Gefecht führen kann.« Zu Julien gewandt sagte sie mit funkelnden Augen: »Und, schöner Junge, wie heißt du?«

»Korporal Julien Morgon«, antwortete er mit scheuem Blick zu den Frauen, die sich immer noch über seine körperlichen Vorzüge unterhielten.

»Dann los, Julien Morgon, sitz auf! Wenn deine Eier noch vollzählig sind, kommst du mit.«

»Ihr solltet wenigstens von den Pferden steigen«, schlug Julien vor. »Ihr gebt ein zu leichtes Ziel ab.«

»Oho, wir haben einen Strategen bekommen.« Sie sah ihn einen Augenblick nachdenklich an und nickte schließlich. »Der Junge hat recht. Alle absitzen!«

Sie sprang vom Pferd und ihre Frauen folgten ihr. Dimitrieff zog ihren Säbel.

»Los, Frauen! Es lebe die Kommune!«

Das Bataillon nahm den Ruf auf, verließ die Barrikade und stürmte in die Glacis hinein. Als sie den Wald fast erreicht hatten, begannen die Mitrailleusen zu feuern. Tack – tack – tack – tack … Ein gleichtönendes tödliches Feuer. Viele Frauen gingen schreiend zu Boden. In die spitzen Schreie mischten sich Klagelaute. Doch die Prinzessin ließ nicht darin nach, ihre Frauen anzufeuern.

»Mädels, jetzt gilt's! Zeigen wir es den Kerlen.«

Und tatsächlich. Sie erreichten die Linien der Versailler. Julien blieb an der Seite der Prinzessin und als ein großer bärtiger Korporal die Amazone mit dem Säbel bedrängte, stieß er diesem das Bajonett in die Seite.

»Gut gemacht, Goldjunge«, rief die Prinzessin. »Ich bin dir etwas schuldig.«

Und weiter ging es. In den Wald hinein. Nun folgten die Männer der Nationalgarde den voranstürmenden Frauen, beschämt von deren Mut. Doch dann wurden vor ihnen Feueröfen aufgestoßen. Ein Gebrüll wie aus der Tiefe der Erde. Kanonen entluden ihre tödliche Ladung. Die Kugeln schlugen eine Bresche in die anstürmenden Frauen. Die Prinzessin sah ein, dass sie mit dem Fortsetzen des Sturmlaufs alle Frauen in den Tod führen würde und gab den Befehl zum Rückzug. An den Barrikaden wurden sie von General Dombrowski empfangen, der sie wütend anschrie: »Wer zum Teufel gab den Befehl zu so einem wahnsinnigen Vorstoß?«

»Ach, Generälchen, wir wollten euch Männern nur zeigen, dass die dort drüben vielleicht Schwänze, aber keine Eier haben«, rief die Prinzessin höhnisch zurück.

Sie wandte sich ab und kümmerte sich um die Verwundeten. Ein Viertel ihrer Amazonen war vor dem Wald liegengeblieben. Der General rief nach Hauptmann Pomeron. Dieser eilte herbei und stand stramm.

»Haben Sie den Blödsinn befohlen, die Frauen ins Feuer zu schicken?«

»Nein. Ich habe Korporal Morgon zu dem Frauenbataillon geschickt, mit dem Befehl, dass ein Angriff zu unterbleiben hat.«

»Der Goldjunge hat den Befehl auch ausgeführt. Morgon hat tapfer mitgekämpft. Er hat jedenfalls noch Eier«, rief Dimitrieff.

Die Frauen lachten und der General fauchte: »Aus welchem verfluchten Land bist du, Prinzessin?«

»Vom Königreich der Frauen«, erwiderte diese.

Die Frauen stimmten das Lied an, das seit dem Aufstand in den Straßen gesungen wurde:

Lustig, lustig ihr Brüder und Schwestern,
weg mit den Herren und Pfaffen,
alle Herrschaft ist von gestern,
alle Welt gehört uns als Beute,
also ist es gut und gerecht,
dass niemand ist eines anderen Knecht.
Lustig, lustig, ihr Brüder und Schwestern,
wir kämpfen gegen die Mächtigen von gestern,
knüpft auf, knüpft auf die Bösen und Reichen,
wir werden niemals wieder weichen.
Ça ira … Ça ira …

General Dombrowski musste lachen und lenkte ein.

»Hauptmann Pomeron, lassen Sie Schnaps verteilen. Aber passen Sie auf, dass die Wachen sich nicht besaufen.«

»Hat dich die verdammte Hurenprinzessin verhext?«, schimpfte Tessier. »Schwachkopf! Du hättest tot sein können. Nun lass uns zur Kirche zurückmarschieren. Dort bekommen wir vielleicht außer Schnaps noch etwas zu beißen.«

»Denk daran, Goldjunge, du hast etwas bei mir gut«, rief die Prinzessin Julien hinterher.

»Na siehst du«, brummte Tessier. »So schnell geht das. Du wirst schon bald eine Nachfolgerin für deine Mercedes haben.«

»Ach, die Weiber sind mir total verleidet«, wehrte Julien verlegen ab.

»Das ändert sich bald«, erwiderte Tessier grinsend.

Sie hatten Glück, dass sich die meisten auf den Schnapswagen gestürzt hatten. Jeder von ihnen bekam ein ganzes Baguette und mit der Blutwurst und dem Käse der Mutter hatten sie ein anständiges Mahl. Wein wurde ohnehin reichlich ausgeteilt. In den Kellern der Tuilerien und in den Stadtpalästen hatte man die erlesensten Weine requiriert. Sie tranken einen guten Bordeaux des Jahrgangs ’64 und legten sich dann in der Kirche auf die Bänke.

»Was für ein Tag«, sagte Tessier und rülpste. »Mein Kleiner ist heute ein Held geworden.«

»Hat sich was mit Held. Ich hatte Schiss«, wiegelte Julien ab.

»Haben wir doch alle. Wer keinen Schiss hat, ist ein Idiot.«

General Dombrowski stapfte herein und sah um sich. »Ist hier irgendwo der junge Korporal, der mit den verdammten Weibern die Barrikaden verlassen hat?«

»Oh je, jetzt geht's mir an den Kragen«, flüsterte Julien erschrocken.

»Das hast du dir selbst zuzuschreiben. Warum musstest du auch diese Hurenprinzessin begleiten.«

Unsicher stand Julien auf. Der General winkte ihn heran.

»Also, Schneid hast du, das muss man dir lassen. Ich habe gestern meinen Adjutanten verloren. Du nimmst seinen Platz ein und bist jetzt Leutnant. Die Epauletten wird dir Hauptmann Pomeron besorgen. Du reitest morgen früh mit mir zum Wohlfahrtsausschuss, um denen von unserem Sieg zu berichten. Sei um sechs Uhr zur Stelle. Der frühe Vogel fängt den Wurm, verstanden?«

Julien nickte verdattert und versuchte sich im Salutieren. Der General grinste über den Versuch und stapfte davon. Tessier sah seinen jungen Freund mit offenem Mund an.

»Das nennt man eine steile Karriere. Deine Unvernunft wird auch noch belohnt. Aber was für einen Sieg will der melden?«

»Vielleicht ist es schon ein Sieg, dass die Linientruppen uns nicht überrannt haben«, mutmaßte Julien.

Hauptmann Pomeron kam grinsend herein. Nach einer karikierenden Ehrenbezeugung übergab er Julien die Schulterstücke und half ihm, diese anzulegen.

»Junge, du scheinst Glück zu haben. Was sagte noch Napoleon? Meine Generäle sollen Glück haben, mehr verlange ich nicht.«

»Das hat Napoleon gesagt?«, zweifelte Tessier.

»Wie dem auch sei«, brummte Pomeron verlegen. »Der Junge ist ein Esel, aber er hat Dusel.«

»Ha«, stieß Tessier aus. »Beim Tripper des Kaisers, was ist das für eine verschissene Armee, wo Ungehorsam belohnt wird? Kommt, gehen wir zum Schnapswagen. Die Beförderung muss gefeiert werden. Was unsere Armee gut kann, das ist saufen.«

Sie gingen aus der Kirche. Betrunkene Soldaten zogen singend, ihre Schnapsflaschen schwenkend, durch die Straßen von Neuilly.

»Wenn die Versailler jetzt angreifen würden, hätten sie leichtes Spiel«, stellte Hauptmann Pomeron besorgt fest.

»Die sind sicher genauso besoffen«, mutmaßte Tessier.

»Hoffentlich. Ich schau noch einmal nach, ob die Wachen an der Barrikade nicht eingepennt sind«, brummte der Hauptmann, zwinkerte Julien zu und stiefelte zur Frontlinie hin.

»Er ist ein guter Hauptmann, obwohl er vor Kurzem noch ein kleiner Ganove im Faubourg war«, stellte Tessier fest.

Sie holten sich ihre Flasche Branntwein, stellten sich an die Kirchenwand und sahen dem Treiben in den Straßen zu. Überall standen Soldaten um die Feuer, die man mitten in Neuilly gemacht hatte. An manchen wurde gesungen. Die Bürger von Neuilly, darunter viele Frauen, hatten sich unter die Nationalgardisten gemischt und Pärchen verschwanden in dunklen Ecken.

»Das wird eine gute Nacht für Paris. Es werden Kinder gezeugt«, kommentierte Tessier lachend, nahm einen großen Schluck aus der Flasche, wischte sich den Mund ab und rülpste. »Ha, der Schnaps wärmt die Gedärme.«

Eine große Frau kam vorbei, stutzte und winkte Julien zu.

»Da bist du ja, Goldjunge. Dich habe ich gesucht. Ich muss dich doch noch belohnen«, sagte die Prinzessin.

Julien sah erschrocken Tessier an und dieser grinste. »So ist das Leben. Hol dir deine Belohnung ab. Wird Zeit, dass du merkst, dass auch andere Weiber das haben, was dir deine Mercedes jetzt verweigert.«

Er gab Julien einen Stoß und dieser folgte zögerlich der Aufforderung. Als er vor ihr stand, stieß sie einen Pfiff aus.

»Dombrowski ist doch nicht so dumm, dass er einen Kerl nicht erkennt. Du bist also Leutnant geworden.«

»Nur sein Adjutant«, stimmte Julien zu. »Er muss wenigstens einen Leutnant herumkommandieren können.«

»Wenn du eine Frau wärst, hätte ich dich in meinem Bataillon sogar zum Hauptmann befördert. Nun komm. Den Schnaps kannst du deinem Freund überlassen. Ich habe einen guten Cognac für uns.«

Julien warf seine Flasche Tessier zu, der sie geschickt auffing.

»Danke, Kleiner. Ich weiß schon. Du wirst bald Besseres trinken.«

»Bist du gesund?«, fragte die Dimitrieff.

»Natürlich.«

»Du kapierst nicht. Ist dein Schwanz sauber?«

Verdattert über die unverblümte Sprache der Schönen stammelte Julien: »Ja doch.«

»Kein Tripper oder Syph?«

»Natürlich nicht.«

»Natürlich? Nichts ist natürlicher, als in Kriegszeiten einen Tripper zu haben.«

Sie hielt vor einem prächtigen Haus mit vielen allegorischen Figuren an Tür und Fenstern. »Dieses Haus habe ich für mich requiriert. Gehört einem bretonischen Armeelieferanten. Ich habe ihm das Dienstbotenzimmer gelassen.«

Sie ging Julien voran ins Haus. Im Flur lagerten einige Frauen. In den Zimmern links und rechts ging es wüst her. Sie hatten sich Kerle geholt und schrien betrunken durcheinander. Eine Megäre röhrte: »Unser Prinzesschen hat den jungen Hengst geholt.«

Die Frauen kreischten anzüglich.

»Reit ihn gut ein und dann schick ihn zu uns herunter«, sagte ein zigeunerhaft aussehendes Mädchen, dessen Mieder offen stand.

»Saug ihm nicht das Mark aus den Knochen«, schrie die Megäre.

»Für euch wird nicht viel übrig bleiben«, erwiderte die Prinzessin, nahm Julien bei der Hand und zog ihn eine Wendeltreppe in den zweiten Stock hoch. In dem großen Salon standen Möbel, wie Julien sie genauso kostbar bisher nur bei Baron Savigny gesehen hatte.

»Die Armeelieferanten werden alle reich. Unser Schloss in Polen war nicht üppiger möbliert. Doch nun komm. Ich habe bei der Hausfrau ein Bad bestellt. Wir werden uns erstmal gründlich vom Pulverdampf befreien. Keine Angst, es wird dir gefallen. Hast du schon ein Mädchen gehabt?«

»Ich war verheiratet.«

»So. Dann weißt du ja wenigstens, wie es geht«, erwiderte sie unbeeindruckt.

Sie öffnete die Tür zu einem Zimmer, in dem eine große Zinkwanne stand. Eine Frau, offensichtlich die Frau des Hausbesitzers, goss gerade mit zitternden Händen dampfendes Wasser hinein.

»Verschwinde!«, blaffte die Dimitrieff die Frau an. »Oder willst du mitmachen?«

»Jesus Christus, ich bin doch nicht so eine«, kreischte die Frau und lief hinaus.

»Nun zieh dich aus!«, forderte die Dimitrieff, legte selbst die Weste ab und zog sich das Hemd über den Kopf.

Verlegen konzentrierte sich Julien darauf, seine Kleider abzulegen und stand schließlich nur in der Unterhose vor ihr.

»Schau mich an«, sagte sie lächelnd. Sie war nackt und schön und hatte wohlgeformte Brüste. Sie hielt ihre Zehen ins Wasser.

»Schön heiß. Nur runter mit der Hose, oder hast du einen zu kleinen Schwanz?«

Julien entledigte sich schnell des letzten Kleidungsstücks und stieg zu ihr in die große Wanne. Ihre Knie berührten sich.

»Ich werde dich erstmal waschen und du erzählst mir, warum ein so junger Kerl verheiratet war und es nicht mehr ist. Eine Kinderehe?«

Während er von seiner Liebe erzählte, von seiner Heirat und seiner Zeit im Gefängnis, wusch sie ihm mit einem Schwamm den Rücken und die Brust und schließlich kümmerte sie sich um seinen Unterleib. Schließlich stand sie auf, führte ihn in ein Schlafzimmer mit einem Himmelbett und warf ihm Handtücher zu.

»Gut abrubbeln. Und dann wollen wir mal sehen, wie gut mein kleiner Leutnant reiten kann.«

Die erfahrene Frau zeigte ihm, wie man in den Palästen von Paris und Warschau liebte. Er war jung und stark und sie lehrte ihn, wie er seine Lust unter Kontrolle halten und ihr Genuss verschaffen konnte. Wenn sie nach jubelnden Rufen ermattet nebeneinander lagen, flüsterte sie in einer ihm unbekannten Sprache und streichelte sein Gesicht.

»Mein schöner kleiner Leutnant. Dein Mädchen ist eine Närrin, auf dich zu verzichten.«

Wie gerädert erwachte er am nächsten Tag. Nervös sah er auf die Standuhr. Es war kurz vor sechs. Hastig sprang er aus dem Bett und suchte seine Kleider zusammen. Die Dimitrieff schlief noch fest, als er das Schlafzimmer verließ. Die Treppe hinunter stolpernd zog er sich den Leibrock über. Er lief, die Uniform zurechtrückend, zur Kirche hinüber. Der General stand mit der Taschenuhr in der Hand vor dem Gotteshaus. Die Turmuhr schlug.

»Ha, Junge, das hat gerade noch so geklappt. Das nächste Mal bist du fünf Minuten vor mir da. So weit kommt es noch, dass ein General auf seinen Adjutanten warten muss. Wer war sie?«

»Was meint Herr General?«

»Mit wem hast du gefickt, verdammter Dummkopf?«

»Mit einer Frau.«

»Mit wem sonst, Schwachkopf! Ein Päderast bist du sicher nicht.«

»Ich habe die Prinzessin nach Hause begleitet.«

Dombrowski lachte. »Eine elegante Beschreibung.«

Julien lief rot an und stand stramm.

»War sie gut?«

»Wir haben uns gut verstanden«, stammelte er.

»Eine gute Formulierung«, amüsierte sich der General. »So lob ich mir meine Soldaten. Sie müssen tüchtige Hähne sein. Nun, dann wollen wir mal.«

Ein Soldat brachte zwei gesattelte Pferde. Der General schwang sich auf den Schimmel. Julien zögerte.

»Was ist? Hast du heute Nacht zu viel geritten?«

»Ich habe noch nie auf einem Pferd gesessen.«

»Keine Angst. Das Tier ist lammfromm.«

Mit bangem Gefühl bestieg Julien das Pferd. Das Tier merkte wohl, dass sich sein Reiter unwohl fühlte und wurde nervös. Der General ritt an den Rotfuchs heran und tätschelte den Hals des Tieres.

»Ist ja gut, meine Lisette. Dein Reiter ist ein Guter. Er wird dich anständig behandeln. Hab Geduld mit ihm.«

Und tatsächlich. Das Tier beruhigte sich.

»Nur wir Polen können richtig mit Pferden umgehen. Nicht umsonst hatte der große Bonaparte am liebsten Polen in seiner Kavallerie.«

Sie ritten nach Paris hinein. Das Tier hielt sich dicht hinter dem Pferd des Generals. Nach einiger Zeit folgte es auch Juliens ungeschickten Weisungen mit dem Zügel. Zwar schnaubte es unwillig, hatte aber Nachsicht mit seinem Reiter. Überall in den Straßen lagen Betrunkene. Der General fluchte, wie nur ein Pole fluchen kann.

»Sieh dir das an! Was soll nur aus der Kommune werden, wenn sie im Alkohol ersäuft. Ich habe nichts dagegen, wenn man Soldaten kurz vor der Schlacht einen ordentlichen Schluck verabreicht. Das lässt sie besser die Angst aushalten. Aber dieses hemmungslose Saufen überall in der Stadt macht mich ganz krank. Das ist konterrevolutionär. Eine Schande!«

»Sie haben gestern doch selbst Schnaps austeilen lassen«, erinnerte ihn Julien und erschrak selbst über seine Kühnheit.

»Oho, mein Adjutant wagt es, seinen Kommandanten zu kritisieren. Das war eine Belohnung. Der Schnaps hat sie von den Toten abgelenkt. Merk dir, Morgon: Ein beschwipster Soldat ist ein guter Soldat. Ein besoffener Soldat ist eine Katastrophe. Er verliert die Übersicht und es kommt leicht zur Panik. Man muss das richtige Maß finden.«

»Bekommen die Versailler Truppen auch Schnaps?«

»Und ob, mein Kleiner. Sonst würden sie kaum unsere Vorwerke genommen haben. Sie haben sich wie die Verrückten ins Feuer gestürzt. Alles was recht ist, die Linientruppen werden von keinen schlechten Kommandeuren geführt.«

»Und warum haben sie dann gegen die Preußen verloren?«

»Weil der Generalstab aus Schwachköpfen bestand – aber die mittlere Befehlsebene besteht aus fähigen Männern, die kämpfen können. Und was die Dimitrieff gestern gemacht hat, war Wahnsinn. Dreißig Weiber hat sie verloren und was hat es gebracht? Nichts. Verdammtes Weibsbild! Und danach lässt sie sich von meinem Adjutanten durchficken!«

Julien hatte das Gefühl, die Frau verteidigen zu müssen, die ihn so viel Zärtlichkeit gelehrt hatte. »Sie ist eine außergewöhnliche Frau.«

»Das ist sie in der Tat.«

In der Avenue St. Germain gegenüber der Rue de l'Ancienne Comédie hielten sie vor dem Haus des Wohlfahrtsausschusses. Sie stiegen ab und banden die Pferde am Geländer neben dem Eingang fest. Der Posten neben der Tür salutierte. Der General stürmte Julien voran.

Durch einen dunklen Flur kamen sie in einen großen Raum mit Stuckverzierungen an der Decke. Von einem Schreibtisch sah ein Mann stirnrunzelnd auf. Hinter ihm hing die rote Fahne mit der Phrygischen Mütze.

Die Überraschung bestand darin, dass Julien den Mann unter dem Namen Leon Flamboyant kannte. Doch er trug keine Soutane mehr, sondern die goldbestickte Uniform des

Kriegsbevollmächtigten. Leon grinste über Juliens überraschtes Gesicht.

»Ja, Julien, ich habe dir doch immer gesagt, dass der Club des höchsten Wesens sehr mächtig ist.« Schmunzelnd sah er auf die Leutnantsepauletten. »Wie ich sehe, bist du auch kein einfacher Bürger mehr, sondern kommst voran. Gratuliere, Dombrowski, da hast du dir einen tüchtigen Mann als Adjutanten geholt.«

»Ich verstehe nicht«, brummte Dombrowski.

»Noch nicht, Bürger General. Noch nicht. Diesen jungen Mann habe ich ausgebildet. Er hat außerordentliche Fähigkeiten.«

Ratlos sah der General zu seinem Adjutanten.

»Mutig ist er zweifellos.«

»Er hat noch eine bessere Eigenschaft.«

»Ha?«

»Er ist klug.«

»Willst du ihn gleich zum General ernennen?«, fragte Dombrowski sarkastisch.

»Das kann kommen, wenn du die Versailler durchlässt«, erwiderte Flamboyant kalt.

7 – Ein dunkler Tag in Paris

(George Sand erzählt)

Auf dem Schreibtisch stand eine Büste Marats. Hinter Leon Flamboyant hing das Bild ›Die Ermordung des Marat‹ an der Wand.

»Wo hast du deine Soutane gelassen, mein lieber Abbé?«, fragte Julien staunend.

»Diese Uniform ist doch recht kleidsam«, erwiderte Flamboyant und strich selbstgefällig über seinen goldbestickten Rock. »Der Wohlfahrtsausschuss hat mich zum Kriegsbeauftragten ernannt.«

»Ich dachte, dafür ist Delesclyze zuständig«, wunderte sich Dombrowski.

»Der erledigt mehr den verwaltungstechnischen Kram. Ich bin für das Strategische zuständig.«

»Woher kennt ihr euch eigentlich?«, staunte Dombrowski.

»Ich war sein Lehrer und habe in seine Seele den Geist der Gracchen gelegt«, erwiderte Flamboyant pathetisch. »Von mir kennt er die feurigen Worte Camille Desmoulins' zur Bastille zu ziehen. Aus ihm wird noch etwas Großes.«

»Ich habe ihn zu meinem Adjutanten gemacht«, trumpfte Dombrowski eifersüchtig auf. Er wollte sich das Verdienst, Julien entdeckt und gefördert zu haben, nicht nehmen lassen. Flamboyant lächelte spöttisch.

»Er ist zu schade für einen Laufburschenrang. Ich ernenne ihn zum Hauptmann. Julien, du schnappst dir ein Regiment Nationalgardisten, marschierst mit ihnen zum Vendômeplatz, sprengst die verdammte Säule des Tyrannen in die Luft und hisst auf dem Sockel die rote Fahne.«

Dombrowski fiel die Kinnlade herunter.

»Hauptmann? Der Junge hat doch keine Ahnung, wie eine Truppe zu führen ist. Er ist noch nicht trocken hinter den Ohren, obendrein praktisch ein Zivilist. Von einem Hauptmann erwarte ich militärische Kenntnisse.«

»Das war bei den Armeen der Könige so. Aber in den großen Tagen der Revolution wurden Feldwebel zu Generälen und die machten es gut. Ich erinnere an Kléber, Rapp und Bernadotte. Und wir haben wieder eine Revolution. Julien ist mein Schüler. Ich weiß, was er kann. Er hat einen feurigen Geist, der ihn das Richtige tun lassen wird. Und jetzt zu dir, General Dombrowski. Du sorgst dafür, dass im Rathaus, in den Tuilerien, im Finanzministerium und im Hotel der Ehrenlegion Pulver eingelagert wird sowie Fässer mit Petroleum. Sollte der Feind wider Erwarten in Paris einbrechen, jagen wir ihn mit ganz Paris in die Luft. Sieg oder Tod ist die Parole.«

»Das ist doch Wahnsinn!«, keuchte der General entsetzt.

»Es ist nur eine Vorsichtsmaßnahme, falls du den Feind nicht zurückschlagen kannst. Wir haben Informationen, dass Thiers zum entscheidenden Angriff übergeht.«

»Ich habe sie in den letzten Tagen immer zurückgeschlagen. Erst gestern haben wir ihren Angriff gestoppt. Und das gelang gegen eine gewaltige Übermacht. Die Versailler können ja mittlerweile auf die Kriegsgefangenen der Preußen zurückgreifen. Wir kämpfen an allen Fronten gegen die besten Truppen der kaiserlichen Armee.«

»Ich weiß. Ich weiß«, wehrte Flamboyant ab. »Es ist ja nur eine Vorsichtsmaßnahme, sollte der Feind tatsächlich ins Herz von Paris vorstoßen.«

»Das kann alles nicht wahr sein!«, trotzte Dombrowski. »Besorgt mir lieber Munition und die Kanonen, die der Wohlfahrtsausschuss nach Montmartre schaffen ließ.«

»Wo sie einstweilen auch bleiben. Wir werden sie einsetzen, wenn es zum Äußersten kommt. Wir haben, das weißt du doch, einfach zu wenig Munition. Der Wohlfahrtsausschuss erwartet, dass du deine verdammte Pflicht tust. So wie wir nun erbarmungslos den inneren Feind bekämpfen werden, so erbarmungslos wirst du die Versailler bekämpfen. Wir haben gerade die Befehle unterschrieben, dass der Bischof von Paris und alle wichtigtuenden Pfaffen und Jesuiten eingesperrt werden. Es wird erbarmungslos durchgegriffen, wie in den Tagen des Bürgers Robespierre.«

Flamboyant hatte sich erhoben und die letzten Worte herausgeschrien, als würde er vor einer großen Menge reden. Seinen Speichel hatte er Dombrowski ins Gesicht gesprüht, so dass dieser einen Schritt zurückgetreten war.

»Mich braucht niemand an meine Pflicht erinnern«, wütete der General. »Darf ich dich daran erinnern, dass ich schon vor Tagen dem Wohlfahrtsausschuss mitgeteilt habe, dass ich mehr Männer brauche. Wenn ich hier im Zentrum die vielen besoffenen Nationalgardisten sehe, kommt mir die Galle hoch. Es grenzt an Sabotage. Wie ich hörte, ist auch General Woroblewski wegen Verstärkung bei dir vorstellig geworden. Schickt die Nichtstuer zur Porte Saint Cloud. Dort wird es zu den heftigsten Kämpfen kommen.«

»Wir werden dies im Wohlfahrtsausschuss erörtern«, sagte der einstige Abbé kühl. »Du kannst abtreten. Aber, wie gesagt, kümmere dich um die Pulvereinlagerung.«

»Diesen Befehl will ich schriftlich.«

»Wirst du bekommen. Doch nun kannst du abtreten. Julien, du bleibst.«

Der General warf Flamboyant einen hasserfüllten Blick zu, salutierte, machte eine schnelle Kehrtwende und wandte sich zur Tür. Bevor die Tür zuschlug, sagte er laut, was er dachte: »Was für einen Idioten haben sie mir nun wieder vor die Nase gesetzt.«

Flamboyant lief rot an und brüllte: »Das habe ich gehört! Was erlaubst du dir, General!«

Aber die Tür war zu und seine Schritte verhallten.

»Dombrowski denkt wohl, dass er den Bonaparte spielen kann«, zischte der ehemalige Abbé.

»Du hast ihn auch nicht gut behandelt«, stand Julien seinem Vorgesetzten bei.

»Ach was, ich kann diese Kommisshengste nun einmal nicht leiden. Er ist einer vom alten Schlag, derer wir uns nach gelungener Revolution sofort entledigen werden. Merke dir, ein Revolutionär braucht ein feuriges Herz und einen eiskalten Verstand. Nun setz dich!«

»Er ist ein guter General. Die Männer lieben ihn.«

»Die Generäle der Kommune werden bald ein anderes Format haben. Sie werden jünger sein, unbestechlich und hart. Doch nun höre: Du wirst die Geschichte auf dem Vendômeplatz erledigen. Das wird dem revolutionären Feuer den nötigen Zunder geben. Danach wird man dich feiern: der Hauptmann, der die Vendômesäule fällte.«

»Darauf kann ich gern verzichten«, wehrte Julien entschieden ab.

»Noch etwas: Wenn ich es für opportun halte, wirst du der Frauenbrigade den Befehl geben, Rathaus und Tuilerien und so weiter anzuzünden«, fuhr Flamboyant, ohne den Einwand zu beachten, entschieden fort. »Die Weiber des Frauenbataillons werden unsere ›Petroleusen‹ sein.«

»Meinst du etwa das Bataillon der Prinzessin Dimitrieff?«, fragte Julien, der über diese weitere Aufgabe schockiert war.

»Genau. Ich habe mit ihr bereits gesprochen. Sie wird die richtigen Frauen bereitstellen.«

»Das ist keine gute Sache. Da bin ich der gleichen Meinung wie General Dombrowski.«

»Was eine gute Sache ist, entscheidet der Wohlfahrtsausschuss. Es ist beschlossen. Sollten die Versailler durchbrechen, werden sie in ein brennendes Paris einmarschieren. Als guter Revolutionär wirst du die Befehle ausführen.«

Flamboyant nahm eine kupferne Glocke vom Schreibtisch und wedelte energisch mit ihr. Ein Nationalgardist trat ein und salutierte.

»Besorgen Sie dem Leutnant Morgon eine Hauptmannsuniform. Er wird im Namen des Wohlfahrtsausschusses eine wichtige Aufgabe übernehmen.«

Der Soldat warf Julien einen erstaunten Blick zu. Er fragte sich wohl, was dieser Mann geleistet hatte, dass er in so jungen Jahren zum Hauptmann befördert wurde. Aber Befehl war Befehl. Er schlug die Hacken zusammen und eilte hinaus.

»Mach dir über den Befehl des brennenden Paris keine Gedanken. Er gilt ja nur für den Fall, dass die Versailler tatsächlich in die Stadt einbrechen. Der Wohlfahrtsausschuss übernimmt die volle Verantwortung. Und im Übrigen: Wenn die Liniensoldaten in der Stadt sind, geht es ohnehin nur noch um Sieg oder Tod. Sie werden uns alle umbringen. Thiers hat entsprechende Befehle bereits ausgegeben.«

»Und die Prinzessin Dimitrieff war mit deinem Befehl einverstanden?«

Er konnte sich nicht vorstellen, dass diese Frau zu einem solchen Verbrechen fähig wäre. Vor wenigen Stunden hatte er sie noch in den Armen gehalten und sie hatten zärtliche Worte miteinander ausgetauscht

»Natürlich! Sie ist eine Revolutionärin. Sie weiß, dass man uns ohnehin alle an die Wand stellen wird, sollten wir nicht siegen. Wir werden bei einer Niederlage die Tür der Weltgeschichte mit einem gewaltigen Knall zuschlagen. Noch in hunderten von Jahren wird man vom Heldenkampf der Kommune sprechen.«

Julien zuckte mit den Achseln. Er nahm sich vor, den Befehl, sollte er denn kommen, auf jeden Fall zu ignorieren. Schon der Befehl, den Vendômeplatz zu schänden, bereitete ihm Kopfschmerzen. Gewiss, von Herostratos sprach man noch nach über zweitausend Jahren, aber besonders angesehen war dessen Name nicht gerade.

Der Soldat kam mit einer Uniformjacke wieder. Flamboyant lächelte väterlich.

»Zieh die Jacke an, mein Kleiner.«

Flamboyant half ihm in die Jacke mit den Hauptmannsepauletten. Zufrieden strich er über den Stoff. »Ein gutes Tuch. Die Uniform steht dir prächtig. Genauso muss ein Hauptmann des Volkes aussehen. Jung, stolz und mit Feuer in den Augen. Der Säbel! Wo ist der Säbel? Ein Hauptmann muss doch einen Säbel haben«, herrschte Flamboyant den Soldaten an.

Dieser stotterte, dass der Herr Kriegsbeauftragte nur eine Hauptmannsjacke verlangt habe.

»Idiot! Hol einen Säbel!« Der Soldat stürzte mit rotem Kopf hinaus.

»Lass doch. Ich kann mit dem Messer ohnehin besser umgehen.«

»Mit dem Messer?«, fragte Flamboyant irritiert.

»Ja doch. Ein Gefangener hat mir beigebracht, was man damit anstellen kann. Ein Messer kann sehr effektiv sein, weil die Waffe unterschätzt wird.«

»Räubermethoden«, knurrte Flamboyant verächtlich.

Der Soldat kam wieder und brachte einen prächtigen Säbel. Flamboyant zog ihn aus der Scheide und strich über den Stahl.

»Vorzüglich. Das ist die richtige Waffe für einen Hauptmann«, lobte er.

»Es ist ein Säbel aus der Zeit des Ersten Kaiserreiches«, bestätigte der Soldat, in der Hoffnung, damit etwas gut zu machen.

»Wer hat dich nach deiner Meinung gefragt?«

Der Soldat stand stramm und starrte unverwandt auf die Wand mit dem Bild Marats.

Feierlich übergab Flamboyant seinem Schützling die Waffe.

»Hier, Julien. Damit bist du ein Hauptmann des Volkes.«

Er beugte sich über den Schreibtisch, zog aus einer Schublade ein Dokument, unterschrieb es und reichte es Julien.

»Hier ist das Patent. Damit ist es amtlich. Erweise dich dieser Ernennung als würdig. Julien Morgon ist damit der jüngste Hauptmann der Nationalgarde. So schnell ist selbst Napoleon nicht aufgestiegen.«

Julien musste an sich halten, um nicht zu lachen. Gerade hatte ihm der Abbé – für ihn würde er immer der Abbé bleiben – den Befehl gegeben, Bonaparte auf dem Vendômeplatz vom Sockel zu stürzen und nun verglich er ihn mit Napoleon. Dessen Schatten würde Frankreich wohl nie los.

»Nun geh und erfülle deine Pflicht«, sagte Flamboyant mit strenger Miene. »Mach mir und dem Volk keine Schande.«

Benommen taumelte Julien hinaus und ging, sich das Gesicht reibend, den Boulevard hinunter. Eine Schar von Nationalgardisten schleppte sich, von der Militärakademie kommend, unter Trommelschlägen heran. Er erkannte, dass es die Kameraden vom 101. und 103. Bataillon waren. Auch Tessier und Courbet waren unter ihnen. Beide lösten sich aus der Kolonne und kamen winkend auf ihn zu.

»Was habt ihr hier zu suchen?«, fragte Julien erstaunt.

»Du weißt es noch nicht? Neuilly ist gefallen. Die Versailler sind durchgebrochen. Woroblewski hat befohlen, dass überall in den Stadtteilen Barrikaden zu errichten sind. Das Schlachtfeld verlagert sich in die Stadt hinein. Wir sollen am Boul'Mich' anfangen«, erklärte Courbet.

»Sag, was trägst du denn für eine Uniform?«, wunderte sich Tessier.

»Ich bin eben zum Hauptmann ernannt worden«, klärte Julien ihn verlegen auf. »Ich soll mich zum Place Vendôme begeben und dort die Säule Bonapartes niederlegen.«

»Beim Tripper des Kaisers! Gestern Morgen warst du noch ein Schütze Arsch, am Abend warst du Leutnant und heute bist du Hauptmann. Was kommt morgen? General und dann Konsul und schließlich Kaiser?«

»Ein Schreibtisch-Hauptmann. Ich bin an den Dienstgrad wie die Jungfrau zum Kind gekommen. Der Kriegsbeauftragte entpuppte sich als mein ehemaliger Lehrer Abbé Leon Flamboyant. Du hast ihn kennengelernt. Mit der Niederlegung der Vendômesäule will Flamboyant ein Zeichen setzen. Tod allen Tyrannen! Ich mag den Place Vendôme so wie sie ist. Aber Befehl ist Befehl.«

»Ein Scheißbefehl«, knurrte Tessier. »Weigere dich doch.«

»Das kann er wirklich nicht«, widersprach Courbet. »Seine Aufgabe ist wichtig. Der Sturz der Vendômesäule wird unsere Leute anstacheln und ihren revolutionären Elan fördern. Sieg oder Tod. Ich konnte diese Huldigung des Tyrannen auf dem Vendômeplatz ohnehin nie leiden.«

»Wir sollten uns besser darum kümmern, dass wir die Versailler aus der Stadt werfen«, gab Tessier zurück.

»Das wird ohnehin geschehen«, erwiderte Courbet optimistisch.

»Dombrowski plant im Morgengrauen eine Gegenoffensive. Nach dem Barrikadenbau marschieren wir nach Neuilly zurück. Da Julien jetzt Hauptmann ist, wird er uns mit der roten Fahne voranstürmen«, setzte Courbet grinsend hinzu.

»Das sollte er besser lassen«, brummte Tessier ungehalten.

»War nur Spaß. Ich rede mit Hauptmann Pomeron, dass ein Teil der 101. mit Julien marschiert«, schlug Courbet vor und lief der Truppe nach, die weitermarschiert war. Unterdessen erzählte Julien seinem Freund, welche Befehle er von Flamboyant erhalten hatte.

»Was? Der Idiot will Paris in Flammen aufgehen lassen? Du wirst den Befehl doch nicht an die wildgewordenen Weiber weitergeben?«

»Die Prinzessin kennt den Befehl bereits und wartet nur noch, wann sie ihn ausführen soll. Wenn ich ihn nicht gebe, wird es ein anderer tun.«

»Ich habe nichts für die Paläste der Reichen übrig. Aber unser schönes Paris in Flammen aufgehen zu lassen, geht mir gegen den Strich. Es ist ein Verbrechen, das der Kommune nur Schande bringen wird. Du darfst dir das nicht auf die Schultern laden«, sagte Tessier beschwörend. »Man kann einen Halunken umbringen, jemanden im Streit abstechen, man kann die Reichen aus der Stadt jagen, aber Paris zu zerstören, das geht wirklich nicht.«

Courbet kam an der Spitze einer kleinen Mannschaft zurück. Zackig salutierte er vor Julien.

»Wir sind zwanzig Mann. Pomeron hat vielleicht gestaunt, dass du auf einer Stufe mit ihm stehst. Aber als ich ihm sagte, dass du deine Befehle vom Kriegsbeauftragten Flamboyant bekommen hast, war er sofort einverstanden. Das ist ein harter Hund, sagte er. Wir unterstehen damit deinem Befehl«, erklärte Courbet und salutierte noch einmal so gravitätisch, wie es eigentlich nur italienische Soldaten können.

»Die Männer waren sofort begeistert, als ich ihnen die Sachlage erklärte. Eine Säule umzulegen ist doch besser als sich mit den Barrikaden abzuschinden.«

»Wir müssen dafür sorgen, dass wir nicht den ganzen Platz verschandeln«, sorgte sich Julien. »Ohne die Säule wird er schlimm genug aussehen.«

»Ich marschiere mit ein paar Mann zurück zur Militärakademie und besorge Sprengstoff, Feuerwerker und alles andere«, schlug Courbet vor.

Julien nickte zustimmend. »Beeil dich!«

»Hast du den Befehl zur Sprengung der Säule schriftlich?«, fragte Tessier, nachdem Courbet sie verlassen hatte.

»Nur mündlich.«

»Dann halt dich zurück. Überlass alles Courbet. Der ist scharf darauf, die Säule in die Luft zu sprengen.«

»Ich bin sein Hauptmann.«

»Willst du dir einen Platz in der Geschichte sichern als der Mann, der die Vendômesäule umgestürzt hat?«

»Scharf bin ich nicht darauf«, sagte Julien nachdenklich und fluchte: »So ein Scheißbefehl!«

»Na siehst du. Erst nachdenken.«

»Ich will wenigstens dafür sorgen, dass die Häuser nicht beschädigt werden.«

»Na also. Nun hast du's kapiert. Das ist deine Aufgabe.«

Sie gingen zu den Männern, die Gewehr bei Fuß auf sie warteten. Julien baute sich vor der Truppe auf. Er wusste, dass sein Alter nicht gerade förderlich dafür war, um ernst genommen zu werden. Er musste Selbstsicherheit und Entschlossenheit ausstrahlen.

»Männer, alle mal herhören! Wir marschieren jetzt zum Place Vendôme. Dort soll die Napoleonsäule niedergelegt werden. Ich bin damit beauftragt worden, die Häuser rund um den Platz vor Beschädigungen zu bewahren. Sie gehören zu Frankreichs schönstem Kulturgut. Wir werden dafür sorgen, dass einige Übereifrige keinen Unfug anstellen. Habt ihr mich verstanden?«

Erst hatte Julien unsicher gewirkt, aber seine Stimme wurde immer kräftiger, je länger er redete. Breitbeinig, mit der Überzeugung desjenigen, der wusste, was richtig ist, interpretierte er den erhaltenen Befehl um. Die Männer antworteten ihm mit einem kräftigen: »Jawohl, Herr Hauptmann!«

»In Viererreihen aufrücken.«

Die Soldaten ordneten sich zu einer kleinen Kolonne. Julien übernahm die Spitze. An dem Place Vendôme angelangt, ließ er die Rue de la Paix räumen. Besorgt sah er zur Säule hoch, auf der Napoleon in einer römischen Toga mit dem Lorbeerkranz auf dem Kopf thronte. Als aus den umstehenden Palästen immer mehr Männer kamen und sie ängstlich beobachteten, ließ er diesen mitteilen, dass er zum Schutz des Platzes abkommandiert sei und sie sich wieder in die Häuser begeben sollten.

Endlich traf Courbet mit einem Transportwagen ein und stellte Julien zwei Feuerwerker vor.

»Gut. Gut. Wie machen wir es am besten?«, fragte Julien die beiden bärtigen Männer. An ihrem Dialekt war unschwer zu erkennen, dass sie Bretonen waren. »Auf keinen Fall dürfen die Häuser beschädigt werden.«

»Bekommen wir hin. Wir befestigen Stahltaue an der Säule, so dass sie quer über den Platz fällt und die Häuser nicht beschädigen kann«, erklärte der Größere von ihnen, der dabei eine Rolle Kautabak malträtierte.

»Wir bringen die Sprengladung so an, dass die Säule in sich zusammenfällt. Macht ein bisschen Krach, aber sonst wird nichts passieren«, fügte der Kleinere hinzu, dessen mächtiger Husarenbart noch den des zweiten Kaisers übertraf.

Die beiden Männer nickten sich zu, spuckten in die Hände und machten sich an die Arbeit. Juliens Soldaten halfen die Stahlseile anzubringen und deren Ende jeweils weit von den Häusern entfernt am Boden zu befestigen. Plötzlich tauchten vier Männer mit hohen Zylinderhüten auf.

»Der Kriegsbeauftragte Flamboyant schickt uns. Wir sind von der Zeitung«, erklärte ein schmal gewachsener Mann mit einem geckenhaften Bowlerhut »Wir haben einen Fotografen mitgebracht, der das Ereignis der umgestürzten Säule fotografieren wird.«

Er wies auf einen bärtigen Mann mit Zylinder, der ein großes Stativ mit einem kastenförmigen hölzernen Apparat heranschleppte. Flamboyant denkt an alles, stellte Julien fest und unterdrückte ein paar saftige Flüche. Bedauernd sah er zur Säule hoch.

»Tut mir leid, alter Freund«, sagte er im Stillen. »Im Moment bist du nicht sehr gefragt. Aber vielleicht erinnert sich das Volk eines Tages daran, dass du einmal der feurige General und Konsul des Volkes warst, der Frankreich den Code Civil gab und errichtet dir wieder eine Säule.«

»Wir sind bereit«, rief der Größere der Feuerwerker.

»Na dann los. Den Platz räumen!«, befahl Julien. »Ich will niemand auf dem Platz sehen.«

Sie zogen sich bis zur Rue St. Honoré zurück. Auf Courbets Zeichen zündeten die Feuerwerker die Lunte und liefen schnell in die Rue de la Paix hinein und suchten dort in einem Eingang Deckung. Mit einem riesigen Knall, der die Fensterscheiben der umliegenden Paläste erbeben ließ, sank die Säule in einer riesigen Staubwolke zusammen. Als sich der Staub gelegt hatte, war nur noch der Sockel zu sehen. Courbet lief aus der Deckung zur Säule und stellte den Fuß auf die geborstene Statue des Kaisers.

»Ich melde vor dem Volk Frankreichs, dass am 16. Mai um 5.30 Uhr das Schandmal des Tyrannen gestürzt wurde«, rief er pathetisch den Männern von der Zeitung zu, die dies eifrig aufschrieben.

»Courbet ist ein liebenswerter Romantiker und Schwachkopf. Letzteres ganz sicher«, kommentierte Tessier. »Jetzt wird er als derjenige in die Geschichte eingehen, der die Napoleonsäule umgestürzt hat.«

»Es ist ein trauriger Ruhm«, erwiderte Julien.

Voller Bedauern betrachtete er den Torso des Kaisers. Der linke Arm war abgebrochen, der Kopf fast unbeschädigt. Für Julien war allein wichtig, dass die Häuser rings um den Platz unversehrt geblieben waren. Doch ohne die Säule wirkte er nicht mehr so elegant und erhaben wie vorher.

»Ich werde in meinem Bericht an Leon Flamboyant festhalten, dass ihr gute Arbeit geleistet habt«, lobte Julien die Feuerwerker.

Die Herren von der Zeitung kamen heran, drapierten die Gardisten rund um die gestürzte Säule und gesellten sich dann in herausfordernder Pose dazu. Courbet stellte sich breitbeinig in die Mitte. Es dauerte eine Weile, bis der Fotograf zufrieden war. Julien tat so, als müsse er die Front der Häuser inspizieren, so dass man vergaß, ihn dazu zu holen. Endlich war der Fotograf unter seinem schwarzen Tuch verschwunden und rief, dass alle so stehenbleiben sollten.

»Nicht bewegen!«, setzte er hinzu. Er wechselte mehrmals die Platten und wiederholte wieder und wieder die Aufnahme. Schließlich war er zufrieden, nickte seinen Leuten zu und die rieben sich die Hände.

»Das Foto wird um die Welt gehen«, versicherten sie sich gegenseitig.

Flamboyant weiß um die Wirkung der Bilder, dachte Julien bitter.

»Und alle Welt wird uns von der Kommune für Barbaren halten!«, sagte Tessier hellsichtig. »Was sind nun deine Befehle, Herr Hauptmann?« Die Männer sahen ihn erwartungsvoll an. Er war es noch nicht gewohnt, im Mittelpunkt zu stehen. Diese Männer waren von ihm abhängig. Er straffte sich und reckte sein Kinn vor.

»Du führst die Truppe zurück auf die Avenue de Neuilly, wo General Dombrowski wieder nach Neuilly durchstoßen will. Er wird jeden Mann gebrauchen können.«

»Gut gemacht«, flüsterte Tessier. »Und was machst du?«

»Bis zum Etoile komme ich noch mit. Danach schau ich bei meinen Eltern vorbei. Bis es dunkel wird, bin ich wieder bei euch.«

»Schön und gut. Aber deine Männer haben Kohldampf.«

»Ich weiß, aber woher soll ich …?«

»Hier in den Ministerien sollen die Beamten Lebensmittel gehortet haben. Die Sesselfurzer denken alle zuerst einmal an sich selbst.«

»Von wem weißt du das mit den Lebensmitteln?«

»Das weiß doch jeder. Ich weiß es von Pomeron.«

»Gut. Verstehe. Dann schauen wir mal bei ihnen nach«, stimmte Julien zu.

»Die Truppe unters Bajonett«, schrie er den Soldaten zu. Die Männer sammelten sich und Julien führte sie im Gleichschritt zum Eingang des Finanzministeriums. Tessier öffnete das Gatter. Die Tür dahinter war verschlossen.

»Aufbrechen!«, befahl Julien.

Ein paar Tritte ersetzten die Schlüssel. Sie marschierten in einen langen marmornen Flur. Einige Beamte kamen ihnen händeringend entgegen. Ein schmaler Mann mit einem wohlgestutzten Backenbart gab sich als verantwortlicher Sekretär des Ministers aus. Sein Gesicht war hochrot. Am Knopfloch seines Revers trug er die Rosette der Ehrenlegion.

»Was geht hier vor, Herr … Hauptmann?«, schrie er mit sich überschlagender Stimme. »Ich werde mich beim Zentralkomitee der Nationalgarde über diesen Auftritt beschweren.«

»Tun Sie das. Ich habe gehört, dass Sie Lebensmittel in den Amtsräumen gehortet haben. Sie wissen, dass dies strengstens verboten ist.«

»Das sind böswillige Verleumdungen«, krächzte der Backenbärtige. »Verlassen Sie sofort unsere Amtsräume.«

»Sie haben sicher nichts dagegen, dass wir uns von dem Wahrheitsgehalt Ihrer Worte überzeugen. Los, Männer, durchsucht das Gebäude.«

»Ich protestiere! Das ist Willkür«, schrie der Beamte und wies auf seine Rosette. »Ich bin Mitglied …«

»Ja doch. Deswegen sollten Sie mich unterstützen«, erwiderte Julien kalt.

»Ich verbitte mir die Missachtung unseres Ministeriums.«

»Schnauze!«, schrie Courbet.

Die Soldaten polterten durch die Amtsstuben. Graugesichtige Männer sahen sie feindselig an, was die Nationalgardisten mit höhnischen Witzen quittierten. Im Keller wurden sie fündig. Hier hingen so viele Schinken und Würste von der Decke, als sei es das Depot der Markthallen.

»Männer, bedient euch«, rief Julien. »Nehmt so viel ihr tragen könnt.« Die Männer schrien voller Begeisterung und stopften ihre Tornister voll. Einige waren so überwältigt, dass sie sofort in die Würste bissen.

»Ladet draußen den Karren voll, der uns das Pulver gebracht hat. Die Kameraden des 101. wollen wir nicht vergessen«, befahl der frischgebackene Hauptmann der Nationalgarde. »General Dombrowskis Männer haben schon seit Langem nichts ordentliches mehr zwischen die Zähne bekommen.«

»Das ist mal ein Offizier, der an seine Männer denkt«, lobten ihn die Nationalgardisten. »Das wird Folgen haben«, kreischte der Backenbärtige, als sie abzogen.

Tessier drehte sich noch einmal zu ihm um. »Halt den Mund! Wir könnten dich wegen unerlaubter Hortung dringend benötigter Lebensmittel gleich hier erschießen lassen.«

Der würdige Sekretär des Ministers wollte sein Unrecht nicht einsehen. »Ich muss doch dafür sorgen, dass meine Leute bei Kräften bleiben, um für den Staat arbeiten zu können.«

»Das Herz von Paris schlägt immer noch für die alten Machthaber. Zünden wir die Paläste an!«, rief Courbet.

»Sag das noch einmal und ich lasse dich erschießen«, rief ihm Julien halb im Spaß zu. Aber es war ihm ernst damit, den Platz zu schützen.

»So spricht ein Hauptmann«, rief Tessier Courbet zu.

»Habe verstanden«, gab sich Courbet geschlagen.

Schwer bepackt mit Schinken vor den Bäuchen sahen manche Männer wie Schwangere aus. Singend verließ man den Place Vendôme. Hinter dem Etoile trennte sich Julien von ihnen und lief eilig zur Avenue Bugeaud. Als er am Palais der Montaigne vorbeikam, blieb er stehen in der Hoffnung, dass ihn Mercedes in der Uniform eines Hauptmanns sehen konnte. Aber hinter den verschlossenen Fensterläden war keine Bewegung zu erkennen. Seine Eltern empfingen ihn voller Erleichterung.

»Gott sei dank. Dir ist nichts passiert«, sagte der Vater. »Wir hörten von heftigen Kämpfen in Neuilly.«

»Ich kann dir kein schönes Essen bereiten, mein Einziger«, klagte die Mutter. »Wir leben von Brennnesseln, die ich zu Spinat verarbeite.«

»Dem kann ich abhelfen«, sagte Julien und holte aus dem Tornister Würste und Schinken hervor.

»Das bringt euch über die nächsten Wochen.«

»Ein Wunder«, staunte der Vater und rieb sich die Hände. »Woher hast du diese Schätze?«

Er erzählte ihm von der Schatzsuche im Finanzministerium.

»Oh ja, die Bourgeoisie hungert nicht, aber das Volk frisst mittlerweile Ratten. Nach Hunden und Katzen ist man nun dabei, diese Viecher auszurotten.«

»Unser Sohn sieht schmuck aus«, sagte die Mutter, während sie den Schinken aufschnitt.

»Nicht so viel, Mutter«, mahnte der Vater. »Wir müssen damit die nächsten Wochen auskommen. Tatsächlich, Junge, das ist doch die Uniform eines Hauptmanns. Man wird dich wegen dieser Anmaßung bestrafen.«

»Alles in Ordnung, Vater. Ich bin vom Wohlfahrtsausschuss zum Hauptmann ernannt worden. Unser alter Mieter Abbé Leon ist Kriegsbeauftragter geworden. Ich muss aufpassen, dass er mich nicht bald zum General ernennt«, schob er lachend nach.

»Eine verrückte Welt«, stellte der Vater kopfschüttelnd fest.

»Unser Julien ein Hauptmann«, rief die Mutter bewundernd und schlug die Hände zusammen, um sich dann gleich wieder zu sorgen. »Wenn das nur gut geht.«

»Wenn die Versailler gewinnen, wird man auf alle Offiziere der Nationalgarde Jagd machen«, stimmte der Vater düster zu. »Sicher, es ist eine Ehre, für das Volk zu kämpfen, aber was wird aus uns, wenn die Kommune verliert?«

Juliens Blick fiel auf die Straße. Er sah Mercedes' Vater vorbeilaufen. Warum hatte es Montaigne so eilig?

»So, ein schöner Schinkenteller. Wie heißt es noch? In der Not schmeckt das Fleisch auch ohne Brot. Greift zu«, forderte die Mutter auf und wies auf die dicken roten Schinkenscheiben.

»Dazu ein hervorragender Bordeaux, den mir der gute Baron mal geschickt hat«, sagte der Vater, öffnete die Flasche und goss drei Gläser ein.

»Ach, der Baron ist wirklich gut zu uns«, sagte die Mutter und seufzte.

Schweigend aßen sie eine Weile und hingen ihren Gedanken nach. Es klopfte an der Tür.

»Nanu, sollte es ein Kunde sein? Das Geschäft ist ganz zum Erliegen gekommen.«

Der Vater sprang auf, lief hinaus und kam mit Baron de Savigny wieder.

»Seht mal, wer hier ist. Gerade haben wir vom guten Baron gesprochen.«

»Ach, Julien, lässt du dich mal wieder in der Avenue Bugeaud sehen«, sagte der Grandseigneur wohlwollend. »Und was sehe ich? Man glaubt es kaum. Du bist Hauptmann? Das nenne ich einen steilen Aufstieg. Willst du ein Napoleon werden? Wenn man tüchtig ist, hat man in schwierigen Zeiten den Marschallstab im Tornister. Du weißt, ich habe immer viel von dir gehalten.«

»Unser Abbé ist im Wohlfahrtsausschuss ein großer Mann. Er hat mir den Hauptmannsrock verpasst. Ich bin nur ein Schreibtisch- und Grüß-Hauptmann.«

»Ja, ja, der geheimnisvolle Abbé, der sich Leon Flamboyant nennen lässt. Mir war der nie ganz geheuer. Unter der Soutane hatte sich ein schlimmer Sansculotte versteckt. Doch nun muss ich Julien mal unter vier Augen sprechen.«

»Ich gehe in die Küche«, flüsterte die Mutter aufgeregt, die jedes Mal nervös wurde, wenn sie auf eine ihrer Meinung nach höher gestellte Person traf. Ein Baroooon, sagte sie immer voller Ehrfurcht. Der Vater brummte, dass er noch im Papierlager zu tun habe. Als sie allein waren, sah der Baron amüsiert auf den aufgeschnittenen Schinken.

»Sieh mal an. Du weißt es zu nutzen, wenn man zu denen aufgestiegen ist, die das Sagen haben.«

Julien wurde hochrot und erzählte, wo er den Schinken requiriert hatte.

»Diese ehemaligen Beamten des Kaisers spüren nichts vom Mangel, den das Volk leidet.«

»Ich will dich nicht kritisieren. Nein, im Gegenteil. Es spricht für dich, dass du an die Deinen denkst. Doch nun, Junge, heraus mit der Sprache. Du weißt, was ich wissen muss. Was hast du über die Pläne des Wohlfahrtsausschusses erfahren?«

Julien schossen hunderte Gedanken durch den Kopf. Wie sollte er sich verhalten? War es richtig, Savigny zu erzählen, was Leon ihm befohlen hatte? Julien hatte auf dem Lyzeum gelernt, dass Paris die Glorie der Nation verkörperte. Es mochten die falschen Leute in den Palästen wohnen, so gehörten doch der

Louvre, die Tuilerien, das Rathaus, das Palais der Ehrenlegion zum Kulturerbe des Volkes. So wie er sich um den Place Vendôme gesorgt hatte, sorgte er sich, dass sein Paris, die Hauptstadt der Zivilisation, in Flammen aufgehen könnte. Er entschied sich für Paris und gegen Leon Flamboyant. Zögernd nickte er.

»Nun rede endlich«, wurde der Baron energisch. »Du hast mir ein Versprechen gegeben.«

Mit dürren Worten erzählte Julien, was General Jaroslaw Dombrowski befohlen worden war.

»Das muss verhindert werden«, schloss er mit einem Seufzer.

Der Baron lächelte. Zu Juliens Erstaunen schüttelte er den Kopf.

»Nein. Lass sie ruhig das Verbrechen begehen. Damit diskreditiert sich die Kommune für alle Zeiten. Man wird es eine Schreckensherrschaft nennen. Lass sie ruhig brandschatzen und morden, das gibt uns das Recht, mit ihnen abzurechnen. Was Besseres kann Thiers nicht passieren.«

»Sie wollen es nicht verhindert sehen?«, fragte Julien fassungslos.

»Richtig. Der Kommunismus ist dann für eine gute Weile bei uns Franzosen unten durch.«

»Ich verstehe Sie nicht. Es geht doch um Paris. Um unser Paris.«

»Das ist Politik, mein Sohn. Ach, noch ein Rat: Du solltest möglichst bald diese Uniform ausziehen. Montaigne war gerade bei mir. Die Versailler sind endlich durch die Porte Saint Cloud in die Stadt eingebrochen. Jeder Offizier wird auf der Stelle erschossen. Die Zeit des Pardons ist vorbei. Nun werden andere Saiten aufgezogen. Du hast dich rechtzeitig für uns entschieden. Braver Junge.«

Julien schwieg. Was ist richtig? Die Versailler waren nicht die Guten, aber die Kommune auch nicht mehr. Aber dann dachte er an Tessier, Courbet, an Antoine Pomeron. Er gehörte zu ihnen.

Am besten, man ist seine eigene Partei, sagte er sich.

8 – Die letzte Barrikade am Quai Voltaire
(Émile Zola erzählt)

Man hatte Dombrowskis Befehle befolgt. Überall in den einzelnen Arrondissements erhoben sich Barrikaden aus Sandsäcken, Möbeln, Kutschwagen und Pflastersteinen. Meterhoch türmten sich die Wälle des Volkes. Angst stand in den Gesichtern, aber auch Trotz, Verzweiflung und Mut. Man nahm es demütig an, dass man zum letzten Gefecht antrat. So jedenfalls dachte das Volk aus den Vorstädten. Noch einmal gellten die großen Worte in den Straßen: Freiheit – Gleichheit – Brüderlichkeit. Denen, die sich mit den Preußen gemein gemacht hatten, zeigte man ein anderes, das wahre Frankreich. In den Palästen fieberte man dem Ende der Kommune entgegen. Alles sollte wieder so werden, wie es war, nur eben ohne Kaiser, in einer Republik des Bürgertums und der Reichen. Thiers war ihre Hoffnung.

In der Stadt herrschte ein heilloses Chaos. Bereits auf den Champs Elysées wurde Julien von flüchtenden Truppen hinunter zum Place Concorde mitgerissen. Rauch, dem Nebel gleich, ließ alles unwirklich, wie in einem bösen Traum erscheinen. Er, Julien, wusste, was dies bedeutete. Der Wohlfahrtsausschuss hatte zum letzten Mittel gegriffen. Die Tuilerien brannten. Paris sollte mit der Kommune untergehen. Die Petroleusen waren an der Arbeit. Aber nicht nur die kaiserliche Residenz brannte, überall in den Arrondissements gab es Brandstellen. Er wurde von den in Panik geratenen Massen zur Rue de Rivoli getrieben. Dort traf er auf das Frauenbataillon der Prinzessin Dimitrieff. Als diese Julien erkannte, ließ sie halten und winkte ihn energisch heran. Auch ohne Pferd wirkte sie nicht weniger kriegerisch. Ihr Gesicht war rauchgeschwärzt. War dies noch die Frau, die in jener Nacht so zärtlich zu ihm gewesen war? Sie stank nach Petroleum und sah aus wie der Hölle entstiegen.

»Na, mein Hübscher, dies ist der Totentanz von Paris. Wie gefällt dir unser Cancan?«

»Was treibt ihr Wahnsinnigen?«, fragte er, obwohl er es wusste.

»Thiers wird in diesem Paris nicht glücklich werden.« Ihre weißen Zähne blitzten in dem rußigen Gesicht. »Wir haben gerade das Palais der Ehrenlegion zur Fackel gemacht. Das Paris der Reichen verglüht!«

»Mein Gott, es ist unser Paris. Wie konntet ihr nur?« Erregt sah er um sich. Gab es denn niemanden, der dem Wahnsinn Einhalt gebot?

»Wer gab den Befehl dazu?«, fragte er, sich daran erinnernd, was Flamboyant ihm aufgetragen hatte.

»Du jedenfalls nicht«, erwiderte Dimitrieff spöttisch. »Deinen Auftrag hat Citoyen Flamboyant persönlich übernommen. Nun, mein Hübscher, jetzt lernst du die richtige Revolution kennen. Wir werden auf allen Stadtpalästen den roten Hahn krähen lassen.«

»Ich verbiete dir das!«, schrie Julien aus Verzweiflung und Zorn und doch in dem Bewusstsein, ohnmächtig zu sein.

»Dein neuer Rang ist dir wohl zu Kopf gestiegen. Niemand hat der Prinzessin Dimitrieff Befehle zu erteilen.«

»Und doch befolgst du die Befehle von Flamboyant?«

»Er verdient meine Achtung. Er ist Meister der Loge des höchsten Wesens. Was sorgst du dich um die Paläste der Reichen und Mächtigen? Morgen sind wir alle tot. Glaubst du, dass man dich verschonen wird? Aber wenigstens hast du noch einmal mit einer richtigen Frau gefickt, mein Goldstück.« Sie gab ihm einen Kuss auf die Wange, strich ihm über das Haar und wandte sich ab.

»Wo willst du hin?«, schrie er ihr nach.

»Zum Finanzministerium«, rief Dimitrieff. Die Frauen hinter ihr sangen wie Betrunkene und viele waren es auch:

Lustig, lustig, Brüder und Schwestern,
weg mit den Meistern und Pfaffen…

Die Tuilerien brannten wie eine riesige Kerze. Die Feuer färbten die Wolken rot. Der Widerschein ließ das Wasser der Seine blutrot erscheinen.

Dimitrieff drehte sich noch einmal zu ihm um und sah einen Augenblick traurig zu ihm herüber. »Adieu, meine letzte Liebe!« Sie winkte und zog mit ihren Frauen singend weiter.

Benommen taumelte Julien über die Brücke und drängte sich zum Quai Voltaire durch. Auch hier roch es nach Rauch und Petroleum. An der Ecke Rue des Saints Pères stieß er auf eine Barrikade, auf deren Spitze Courbet stand.

»Da kommt unser Hauptmann«, brüllte er.

Tatsächlich, sein Regiment war hierher gespült worden und hatte diese Barrikade errichtet. Er kletterte über die Trümmer. Tessier empfing ihn und drückte ihn an sich.

»Ich hatte schon Angst, dass wir ohne unseren Hauptmann das letzte Gefecht führen müssen.«

»Was ist passiert?«

Tessier zuckte mit den Achseln. »Wir hatten uns alle zum Marsch nach Neuilly versammelt, als plötzlich aus den Seitenstraßen Liniensoldaten auftauchten. Nicht nur ein paar hundert, sondern tausende, was weiß ich. Ein riesiges Durcheinander entstand. Schließlich kam der Befehl, sich auf die Barrikaden in der Stadtmitte zurückzuziehen.«

»Und das da?«, fragte Julien und deutete auf die brennenden Tuilerien.

»Da haben sich Dimitrieffs Weiber wohl selbstständig gemacht.«

»Warum tut keiner was?«

»Wie ich gesehen habe, tun sich in den einzelnen Stadtteilen Bürger zusammen und bilden Wasserketten. Aber die Tuilerien sind nicht mehr zu retten. Die Petroleusen haben ganze Arbeit geleistet. Wir von der Nationalgarde sind nicht die Feuerwehr. Wir kämpfen nur noch um unser Leben.«

»Es ist eine Schande«, stöhnte Julien.

»Kümmere dich jetzt lieber um unsere Leute. Schließlich bist du Hauptmann. Es ist nur eine Frage der Zeit, da werden die Versailler auftauchen. Wie zu hören ist, erschießen sie alle, die mit einem Gewehr angetroffen werden.«

Julien inspizierte die Truppe. Es waren noch dreißig Mann von der 101. Der Rest hatte wohl das Weite gesucht. Zu seiner Überraschung drängten auch viele Zivilisten zur Barrikade. Wie erstaunt war er, als er unter ihnen Auguste, Hubert, Armand, Charles und Jean entdeckte, seine Kameraden vom Lyzeum. Erfreut ging er auf sie zu.

»Euch hätte ich hier nun wirklich nicht erwartet.«

»Wieso? Auch wir sind gegen die, die sich mit den Preußen eingelassen haben und ihnen Frankreich für das Linsengericht des Friedens übereignen«, trompetete Auguste.

»Wir treten für die Ehre Frankreichs ein«, rief Hubert pathetisch und Charles, Armand und Jean pflichteten ihm bei. Sie alle trugen Jagdgewehre.

»Gut. Ich bin froh, dass wir jetzt alle Pariser sind. Das Trennende muss in diesen Stunden vergessen sein.«

»Bilde dir nur nichts ein, Ladenschwengel! Trotz deiner Hauptmannsuniform besteht zwischen dir und uns immer noch ein riesengroßer Unterschied«, giftete Auguste.

»Wie bist du denn zu einem so hohen Rang gekommen?«, staunte Charles. »Bei wem hast du dich eingeschleimt?«

»Ich habe dem Volk gedient«, erwiderte Julien schlicht.

Die Fünf lachten hämisch.

»Lassen wir das. Ihr könnt hinter uns den Eingang zur Rue St. Pères absichern«, schlug Julien vor, die Boshaftigkeit missachtend. »In der Not müssen wir zusammenstehen. Errichtet dort eine Barrikade. Sollten die Liniensoldaten auftauchen, versucht sie so lange aufzuhalten, bis wir euch zu Hilfe eilen können.«

»Sagt wer?«, höhnte Auguste.

»Jungs! Wir stehen hier kurz vor einem Gefecht. Damit herrscht jetzt Kriegsrecht«, brüllte Tessier den Fünfen zu. »Wer einem Hauptmann nicht gehorcht, wird sofort füsiliert. Für Zickerei ist hier nicht der richtige Ort. Entweder ihr pariert jetzt oder Hauptmann Morgon stellt ein Peloton zusammen.«

Der drohende Blick des ehemaligen Zuchthäuslers brachte die Zöglinge des Lyzeums zur Besinnung und sie verzogen sich zur Rue St. Pères hin.

»Ich traue ihnen nicht«, brummte Tessier. »Wir werden sie im Auge behalten. Wer sind die Strolche?«

»Meine Mitschüler.«

»Ach? Und die sind nun, wo unsere Sache schlecht steht, plötzlich auf unserer Seite? Da ist doch etwas faul!«

»Vielleicht haben sie begriffen, dass die Versailler uns an die Preußen verkaufen, wenn sie siegen.«

»Nee, Junge, ich traue dem Braten nicht«, murrte Tessier. »Verlass dich nicht auf die Burschen.«

Sie warteten. Die Stadt stöhnte, ein schriller Ton, als leide sie Schmerzen. Die Glocken aller Kirchen läuteten. Immer noch wogten Menschenmassen in den Straßen hin und her. Auf dem rechten Seineufer flackerten neue Feuer hoch.

»Die reinste Bartholomäusnacht«, sagte Julien erschüttert.

»Was für eine Nacht?«, wunderte sich Tessier.

Julien erklärte es ihm.

»Katholiken gegen Hugenotten? Nun, hier kämpft das Volk gegen die Bourgeoisie, gegen die Aristokraten und Reichen. Scheiße daran ist nur, dass wir wieder einmal verlieren werden.«

Julien widersprach nicht. Nun, wo die Versailler in die Stadt eingebrochen waren, wurde ein Sieg immer unwahrscheinlicher. Das wussten alle, die an den Barrikaden standen. Da die Liniensoldaten kein Pardon gaben, blieb ihnen nichts anderes übrig, als sich zu wehren, ehe sie abgeschlachtet wurden. Sie warteten. Darüber wurde es Nacht und Morgen. Im Grau des anbrechenden Tages kamen sie heran. Eine dunkle Masse. Die Bajonette blitzten. Trommelschlag begleitete ihren Vormarsch. Dann kam das erste Feuer.

»Hiss unsere Fahne!«, rief Julien Courbet zu. »Wir erwidern das Feuer auf fünfzig Schritt. Keine Munition vergeuden. Auf die Körpermitte zielen.«

Die Liniensoldaten kamen schießend näher.

»Und jetzt Salve!«, brüllte Julien.

Die erste Linie der Versailler hatte sofort viele Ausfälle. Ihr Vormarsch stockte. Die Nationalgardisten verstärkten das Feuer. Die Versailler fluteten zurück.

»Die erste Runde geht an uns«, kommentierte Tessier.

»Leider ist es nicht die letzte.«

»Nein, Julien. Das eben war erst der Anfang.«

Sie sahen, dass Mitrailleusen und eine Feldkanone in Stellung gebracht wurden. Tessier sah gebannt hinüber.

»Jetzt wird es ernst, Männer. Legt euch flach auf den Boden, wenn ich das Zeichen gebe«, rief er den Kameraden zu.

»Warum das?«, zischte Julien.

»So bieten wir die geringste Angriffsfläche. Deckt den Kopf mit den Händen ab«, fügte er hinzu.

Die Mitrailleusen begannen zu tackern. Zischend jagten die Kugeln als Querschläger vom Seinekai über die Straße. Dann tat sich der Feuerofen auf. Sie kannten dies von Neuilly. Die Barrikade wurde hochgeworfen. Holz- und Steinsplitter überschütteten die Nationalgardisten. Aber die Barrikade stand noch. Courbet erhob sich und schwenkte die rote Fahne. Die Linientruppen wogten mit Gebrüll heran.

»Los, an die Barrikaden!«, befahl Julien.

Die Männer rappelten sich hoch, überprüften die Gewehre, traten an die arg gerupfte Barrikade und legten an. Wieder ließen sie die Soldaten herankommen und wieder brachte man die Versailler zum Stehen. Schießend zogen sie sich zurück. Viele blieben liegen. Gellende Schreie. Nach Mutter, Maria und Jesus.

Nach einer Verwundung werden alle Soldaten fromm. Eine Zeitlang tat sich gar nichts.

»Was haben sie vor?«, fragte Julien seinen Freund ratlos.

»Keine Ahnung. Nur eins ist gewiss, sie werden wiederkommen.«

Julien wollte seinen Augen nicht trauen. Drüben schwenkte jemand eine weiße Fahne. Ein Offizier kam mit dem Fahnenträger nun betont langsam auf die Barrikade zu.

»Sie wollen verhandeln«, staunte Julien.

»Na und? Wenigstens leben wir dann ein paar Stunden länger.«

Die beiden Parlamentäre blieben dreißig Meter vor der Barrikade stehen.

»Wir wollen ein Gespräch mit dem befehlshabenden Offizier der Barrikade«, schrie der Offizier herüber.

»Er trägt weiße Handschuhe«, stellte Tessier fest.

»Hören wir uns an, was sie zu sagen haben. Sollten die uns niederschießen oder abführen, eröffnet das Feuer. Nehmt keine Rücksicht!«, rief Julien Courbet zu.

»So ist es recht«, knurrte Tessier.

Sie stiegen über die Barrikade und gingen zu den Parlamentären. Der Offizier war ein schneidig aussehender schmaler Mann mit einem Louis-Napoleon-Bart und grauen kalten Augen. Sein Fahnenträger hatte ein stumpfes breites Gesicht, das nicht allzu viel Intelligenz verriet. Geringschätzig musterte der Offizier Julien.

»Werden jetzt bei den Nationalgarden sogar grüne Bengel zum Hauptmann?«

»Ob grün oder nicht, ihr habt um ein Gespräch gebeten«, erwiderte Julien so kühl, wie er es vermochte.

»Wir übermitteln die Bedingungen unseres Oberst Chabrol. Ergebt euch, dann werdet ihr trotz eures Widerstandes nicht standrechtlich erschossen. Sonst fahren wir mit der Kanonade fort, bis eure Barrikade zu Staub zerfällt.«

»Sag mal, Marc, kommen wir mit der weißen Fahne zur Verhandlung oder die Verräter aus Versailles?«, wandte sich Julien betont arrogant an seinen Gefährten.

»Ich dachte auch, die wollten sich ergeben. Wir dagegen können es noch tagelang aushalten.«

»Habt ihr nicht zugehört?«, schnauzte der Versailler. »Ihr werdet alle erschossen, wenn ihr nicht sofort die Waffen niederlegt.«

»Er ist unhöflich«, sagte Tessier zu Julien. »Er hat sich nicht einmal vorgestellt. Keine Manieren, der Kerl.«

»Wundert dich das? Preußenfreunde haben keine Manieren«, erwiderte Julien maliziös lächelnd. Der Versailler wurde bleich.

»Mein Name ist Hauptmann Gerard de Beauregard, damit Sie ihn flüstern können, wenn Sie zur Hölle fahren. Ihren Namen brauche ich nicht zu wissen, denn Sie sind ein Nichts.«

»Dann wird euch Nichts auch weiterhin aufhalten«, sagte Julien.

»Ihre Antwort?«, stieß Beauregard mühsam hervor.

»Haben wir die nicht schon deutlich gemacht? Geht zur Hölle, wo ihr herkommt.«

»Dann werdet ihr alle sterben.«

»Auch du kommst darum nicht herum. Vielleicht ist deine letzte Stunde bereits angebrochen«, höhnte Tessier.

Der Offizier nickte seinem Fahnenträger zu, drehte sich mit militärischem Schwung um und ging bewusst langsam und gravitätisch zu seiner Linie zurück.

»So ein Arschloch«, kommentierte Tessier.

»Was gab es?«, fragte Courbet, als sie wieder in der Deckung der Barrikade waren.

Sie erzählten es ihm.

»Sie lassen uns leben, wenn wir uns ergeben. Klingt nicht sehr glaubwürdig, wenn man bedenkt, dass sie bis jetzt alle Nationalgardisten erschossen haben, die sich wehrten.«

Hinter ihnen hörten sie Pferde herankommen. General Dombrowski erschien mit einer Gruppe von Offizieren.

»Wie sieht es aus, Kinder? Könnt ihr die Barrikade halten?«

»Auf die Dauer sicher nicht«, schilderte Julien die Lage. »Wir haben die Versailler zwei Mal zurückgeschlagen, aber ihr seht ja, wie unsere Befestigungen aussehen. Vor dem letzten Angriff war die Barrikade zwei Meter hoch. Eine erneute Kanonade wird sie endgültig zerbröseln.«

»Versucht, so lange wie möglich die Stellung zu halten. Wir beginnen gerade die versprengten Nationalgardisten zu sammeln und am Boul'Mich' bis zum Luxembourg eine neue Verteidigungslinie aufzubauen. Wenn ihr sie nicht mehr aufhalten könnt, zieht euch über die Rue St. Pères nach St. Germain zurück. Ich will sehen, dass ich euch Verstärkung schicken kann. Übrigens, Hauptmann Morgon, Sie machen sich besser, als ich erwartet habe. Chapeau!«

Julien wollte anführen, dass dies nicht nur sein Verdienst war, aber der General hatte sein Pferd bereits gewendet und ritt davon.

»Der hat uns einen Todesauftrag gegeben«, schimpfte Tessier. »So lange wie möglich halten? Wie lange ist so lange? Die sollten die Kanonen von Montmartre hierher bringen. Warum denkt keiner an die Kanonen?«

»Fehlende Munition«, erinnerte Julien.

»Hach, ein bisschen was findet sich immer. Wir brauchen nur eine kleine Kanone und die dort drüben geben Fersengeld.«

Gespannt sahen sie zur anderen Frontlinie hinüber, als Courbet einen Warnruf ausstieß.

»Oho! Die haben ein zweites Geschütz in Stellung gebracht. Nun wird es wirklich ernst«, kommentierte Tessier.

Und das wurde es. Ein Feuerschlund tat sich auf und warf die Barrikade hoch. Steine regneten auf sie herab. Die Kanonade hörte nicht mehr auf. Schließlich war von der Barrikade nicht viel mehr übrig als vereinzelte Steinhaufen, hinter denen seine Männer mühsam Deckung suchten. Die Liniensoldaten wagten nun einen weiteren Vorstoß. Mit Siegesgebrüll kamen sie heran.

»Wenn die gegen die Preußen auch so gefochten hätten, wäre Frankreich nicht so in der Scheiße!«, fluchte Tessier.

Wieder versuchten die Nationalgardisten, die Versailler mit gezieltem Feuer aufzuhalten. Aber diesmal waren es zu viele. Mühelos überwanden die Liniensoldaten die Barrikadenreste. Aber Juliens Männer, die den sicheren Tod vor Augen hatten, zeigten nun im Bajonettkampf einen Furor, den die Linientruppen nicht erwartet hatten. Sie wähnten sich schon als Sieger und wurden von der Heftigkeit der Gegenwehr überrascht. Die Straßen waren schnell voller Toter. Es starben viele von Juliens Leuten, aber wesentlich mehr Versailler. Julien sah Beauregard gestikulieren.

»Zurück, Männer! Die brauchen noch einmal Prügel durch die Kanonen.«

Julien wollte sich auf ihn stürzen, aber Tessier hielt ihn zurück.

»Lass den Quatsch! Er ist es nicht wert, dass du dein Leben riskierst.«

Julien musste über diese Warnung lachen.

»Was riskieren wir denn hier, wenn nicht unser Leben.«

Es gelang ihnen ein weiteres Mal, die Versailler zurückzutreiben. Als sich die Linientruppen verzogen hatten, inspizierte er seine geschrumpfte Truppe. Die Hälfte war tot, die meisten hatten Verletzungen, einige von ihnen so schwer, dass sie nicht mehr kampffähig waren.

»Noch ein Angriff und es ist aus«, stellte Julien verzweifelt fest.

Aus den Häusern kamen Frauen heraus und kümmerten sich um die Verletzten. Es waren gut gekleidete Bürgerfrauen. Julien war dies ein Trost. Nicht alle hatten Mitleid und Empathie vergessen. Den Kampfgefährten befahl er, die Steine wieder aufzutürmen. Aber viel brachte es nicht, da die meisten zu kleinen Brocken zerschossen waren. Ein furchterregendes Bollwerk wurde die Barrikade nicht mehr. Plötzlich hörten sie hinter sich Gesang.

Lustig, lustig, ihr Brüder und Schwestern,
weg mit den Meistern und Pfaffen …

Prinzessin Dimitrieff kam mit ihren Frauen heran. Ihr Gesicht war immer noch rußgeschwärzt. Ihren Hut hatte sie verloren. Das Haar hing ihr offen bis auf den Rücken. Doch ihre Augen zeigten weder Angst noch Verzweiflung.

»Hallo, mein Hübscher. Wie ich sehe, ist es bei euch heiß hergegangen. General Dombrowski hat mir gesagt, dass wir euch helfen sollen.«

»Die fehlt uns noch«, murrte Tessier.

Doch Julien war froh über die Verstärkung. Er hatte ja erlebt, dass diese Frauen tapfere Kämpfer waren. »Wie viele Frauen seid ihr noch?«

»Dreißig, die ein Gewehr haben.«

»Wir haben kaum noch Deckung«, sagte Julien bekümmert.

Die Prinzessin drehte sich zu ihren Frauen um. »Geht in die Häuser ringsum und requiriert alles, was eine Deckung abgeben kann: Tische, Schränke, alles, was Fläche hat.«

Die Frauen folgten dem Befehl und stürzten in die Häuser.

»Hast du deine Brandschatzung beendet?«, fragte Julien erbittert.

»Ach, mein Hübscher, reg dich nicht so auf. Wir haben einiges angesteckt, aber die bourgeoise Bande hat viele Brände längst wieder gelöscht. Wenn es um ihre Häuser ging, waren sie sehr wohl in der Lage, beim Löschen zu helfen. Flamboyant wird mit uns nicht gerade zufrieden sein. Aber wenigstens die Wohnung des Kaisers gibt es nicht mehr. Nun sei mir wieder gut. Wir werden morgen sterben. Wir könnten uns in eins der Häuser begeben und ein bisschen vergnügen, ehe die Linientruppen erneut angreifen.«

»Ich muss mich um meine Männer kümmern«, fauchte Julien empört.

»Genieße das Leben, solange du lebst. Und jetzt lebst du noch.«

Julien winkte ab. Aber auch die Amazone musste sich wieder um ihre Frauen kümmern. Diese schleppten alle möglichen Gegenstände heran und schon bald stand ein Hindernis, das wieder etwas Ähnlichkeit mit einer Barrikade hatte. Julien wusste, dass sie gegen die Kanonen keinen großen Schutz bieten würde, doch sie machte den Kämpfern Mut. Die Kanonen zerlegten bald auch dieses Hindernis. Die Versailler lernten abermals das Fürchten. Die Frauen zeigten sich als wildentschlossene Kämpferinnen und Juliens Männer wollten ihnen nicht nachstehen. Ein wilder, verzweifelter Kampf. Die Soldaten übersprangen in großer Zahl die zerschossene Barrikade, wurden jedoch von der Heftigkeit der Gegenwehr der Amazonen überrascht. Als die Linientruppen abzogen, lagen sich Frauen und Männer in den Armen und stimmten die Marseillaise an.

»Noch einmal haben wir die Versailler zurückgeschlagen! Das soll uns mal einer nachmachen!«, triumphierte Courbet.

»Sie werden wiederkommen«, dämpfte Tessier dessen Freude.

Und sie kamen wieder. Auch wieder nach einer Kanonade. Diesmal kamen sie nicht nur von vorn. Plötzlich wurde Juliens Truppe auch von hinten angegriffen. Aus der Rue St. Pères strömten Liniensoldaten heran. Julien gewahrte unter den anstürmenden Liniensoldaten auch seine Kameraden vom Lyzeum.

»Verrat!«, schrie er. Deswegen hatten sie sich ihm zur Verfügung gestellt und er war auf sie hereingefallen.

»Verrat!«, schrie auch Tessier. »Diese Hundesöhne! Verräterpack!«

Sie warfen sich noch einmal den Versaillern entgegen. Tessier wütete in den Reihen wie ein griechischer Rachegott. Julien sah Mann um Mann fallen. Dieser Übermacht von zwei Seiten konnten sie nichts entgegensetzen. Die Prinzessin focht mit dem Säbel wie die Göttin Athene höchstpersönlich. Sie fiel mit dem Schrei ›Es lebe die Kommune!‹. Julien hatte es plötzlich mit Hauptmann Beauregard zu tun.

»Überlasst den Kerl mir!«, schrie dieser seinen Männern zu. »Habe ich dich endlich, Jakobiner-Hauptmann!«

Schon kreuzten sich die Säbel. Julien merkte sofort, dass er dem Aristokraten nicht lange gewachsen sein würde. Sein Gegenüber war ein erfahrener Fechter. Julien hatte den Säbel bisher nur wie einen Stock benutzt. Er sah nun Tessier, von mehreren Bajonettstichen verwundet, brüllend zu Boden gehen. Mein armer Freund, dachte er. Beauregard spielte mit ihm, verletzte ihn am Arm. Es war hoffnungslos. Er schleuderte den Säbel dem Offizier entgegen und dieser schlug ihn lachend zur Seite. Nun besann sich Julien auf das, was ihm der Freund beigebracht hatte. Er zog das Messer von der Hüfte und wiegte die Klinge in der Hand. Beauregard lachte verächtlich. Julien warf und die Klinge steckte in Beauregards Kehle. Gurgelnd ging dieser zu Boden. Im nächsten Augenblick bekam Julien einen Schlag auf den Kopf. Ihm wurde schwarz vor Augen.

9 – Die milde Art der Bourgeoisie
(Victor Hugo erzählt)

Als er die Augen aufschlug, lag er an der Mauer des Seinekais. Die Sonne schien ihm direkt ins Gesicht. Nach ihrem Stand musste es hoher Mittag sein. Der Kopf tat ihm weh. Er sah alles verschwommen. Vor ihm stand eine Gruppe von Männern. Erst sah er nur die Hosenbeine. Er drehte sich zur Seite. Tatsächlich. Es war Auguste mit seinen Freunden.

»Er ist aufgewacht«, stellte Hubert fest.

»Sie hatten keine echte Chance gegen uns. Wie kann man solche Bürschlein wie Julien zum Hauptmann machen!«, entrüstete sich Armand.

»Unser Revolutionsheld ist aus der Traumwelt zurückgekehrt«, bemerkte Charles wiehernd.

»Wird nur ein kurzes Intermezzo sein«, freute sich Jean.

Julien blinzelte. Langsam wurde das Bild klarer. Wenn ihn nur der Kopf nicht so schmerzen würde. Er fühlte, dass das Blut auf der Stirn bereits zu trocknen begann. Wo sind die anderen? Er blickte nach rechts und links. An der Kaimauer lagen andere Verwundete. Nun stellte er fest, dass seine Hände wie bei den anderen Verletzten vor dem Bauch zusammengebunden waren. Auguste bemerkte seinen Blick und grinste.

»Dir habe ich persönlich die Hände zusammengebunden.«

Julien blickte über die Straße. Vor der Barrikade war nichts mehr zu sehen als Schutt. Überall lagen Leichen. Soldaten waren dabei, sie am Straßenrand abzulegen. Wo war Tessier? Lebte sein Freund noch?

Ein Offizier kam heran. Ein wohlbeleibter Oberst mit einem Froschgesicht, wulstigen Lippen und Hängebacken.

»Gut gemacht, Jungs«, lobte er Auguste und seine Kameraden.

»Ohne euch wären unsere Verluste noch höher ausgefallen. Die verdammten Flintenweiber haben gekämpft wie die Harpyien.«

»Was wird mit diesem Schweinehund passieren, diesem Hauptmann dort?«, fragte Auguste.

Der Oberst grinste sardonisch. »Das ist ja der Kerl, der Hauptmann Beauregard, einen prächtigen Soldaten und Kameraden, feige mit einem Messer ermordet hat. Was wohl? Wir schicken ihn zum Friedhof auf Montmartre, wo die Exekutionen stattfinden werden. Ich bekam gerade die Nachricht. Auch dort ist der letzte Widerstand zusammengebrochen. Man hat bereits mit den Erschießungen begonnen. Alle Soldaten, die nachweislich am Kampf teilgenommen haben, werden erschossen.«

»Und die Weiber?«, fragte der schöne Charles grinsend.

»Jede, die nach Petroleum stinkt, wird ebenfalls erschossen. Für die Kinder gilt das gleiche. Unter den Brandstiftern waren Dutzende von Kindern. Es gibt ein großes Reinemachen. Paris ist unser. Macht's gut, Jungs! Ihr seid die Saat, die in einem neuen Frankreich aufgehen und bald das Land regieren wird. Noch mehr von euch und mir ist vor den Kommunisten nicht bange.«

Er grüßte militärisch und stolzierte davon. Auguste sah seine Freunde stolz an.

»Ihr habt es gehört. Ich habe euch gesagt, dass wir uns Verdienste erwerben, wenn wir den Linientruppen helfen, den Quai Voltaire zu erobern. Vater wird dafür sorgen, dass dies nicht vergessen wird.« Selbstgefällig sah er auf Julien herab.

»Na, Ladenschwengel, wie fühlst du dich jetzt, wo du weißt, dass man dich zum Montmartre bringen und vor ein Peloton stellen wird?«

»Jedenfalls fühle ich mich nicht als Verräter«, krächzte Julien. Seine Lippen waren trocken und aufgeplatzt. Er schmeckte Blut.

»Wir sind keine Verräter«, schrie Auguste mit hochrotem Kopf. »Wir sind Patrioten, Feinde der Kommune. Alle wohlanständigen Leute von Paris waren eure Geiseln. Es war unser gutes Recht, sogar unsere Pflicht, als Anhänger des gewählten Parlamentes gegen euch zu kämpfen.«

»Ihr habt euch angeboten, gegen die Versailler zu kämpfen und ich habe euch vertraut. Es war meine Dummheit, dass die Barrikade vorzeitig fiel. Nicht die Liniensoldaten haben uns besiegt, sondern euer Verrat.«

»Wie konntest du nur glauben, dass wir uns mit dem Pack der Kommune gemein machen.«

Soldaten schleppten weitere Verwundete heran und legten sie an der Kaimauer ab. Ein freudiger Schreck durchfuhr Julien. Einer der Verletzten war Marc Tessier. Er hatte die Augen geschlossen. Sein Kopf war blutverschmiert. Ihm fehlte ein Ohr.

»Also, wer von den Gefangenen gehen kann, nimmt an der Parade durch Paris teil. Die, die nicht laufen können, werden auf der Stelle erschossen«, rief ein Leutnant der Linientruppen hämisch lachend.

Warum hassen sie uns so?, dachte Julien. Wir sind doch alle Franzosen.

»Na, Morgon, kannst du noch laufen?«, höhnte Auguste. Mühsam richtete sich Julien auf.

»Das nützt dir gar nichts. Dann wirst du eben auf Montmartre erschossen.«

»Los, Jungs. Wenn ihr an den Erschießungen teilnehmen wollt, verzieht euch nach Montmartre«, forderte ein Korporal.

»Und ob wir daran teilnehmen wollen«, bekräftigte Auguste. »Den Spaß lassen wir uns nicht entgehen.«

Julien bemerkte, dass sich Tessier regte. Er taumelte zu ihm und versuchte, ihn hochzuziehen. Tessier öffnete die Augen und blinzelte. Sich an Julien festhaltend, erhob sich der ehemalige Zuchthäusler.

»Na, Julien, da sind wir ganz schön in die Scheiße geraten«, krächzte er.

Unter den Kolbenstößen der Soldaten formierten sich die Gefangenen zu einem langen Zug.

»Wir werden nachher auf Montmartre dabei sein«, rief Auguste mit bösem Lächeln. »Übrigens, damit du es weißt. Mein Vater und Mercedes' Eltern sind übereingekommen, dass wir demnächst heiraten. Du bist ein Verlierer, Ladenschwengel!«

»Sie ist immer noch meine Frau«, stöhnte Julien, der wie unter Schlägen taumelte.

»Die Ehe ist bereits annulliert. Sie war nie rechtskräftig«, brüllte Auguste heftig erregt.

Tessier winkte ab. »Julien, reg dich nicht auf. Der Kerl bekommt nur das, was du schon gehabt hast.«

»Ihr seid des Todes!«, geiferte Auguste und legte das Gewehr an.

»Halt, Junge! Nimm das Gewehr herunter«, schnauzte der Korporal. »Wir brauchen die Überlebenden für die Parade. Geh zum Montmartre, wenn du blutrünstig bist.«

Zögernd legte Auguste das Gewehr ab. »Morgon, du entkommst mir nicht!«, kreischte er.

Der Zug setzte sich in Bewegung. Sie wurden über den Pont de la Concorde an den ausgebrannten Tuilerien vorbei auf die Champs Elysées geführt. Aus den Ruinen stieg immer noch Rauch hoch. Vorweg marschierten die Linientruppen in Paradeuniform, dahinter ritten die Kürassiere mit blitzendem Brustharnisch, in der Mitte taumelten die Gefangenen. Den Abschluss bildeten die Fremdenlegionäre. Es sollte eine Siegesparade sein und war doch nur ein schändliches Beispiel für die Niedertracht der Versailler. An den Seiten des Prachtboulevards standen die guten Bürger von Paris, johlten und pfiffen und bespuckten die Gefangenen. Vor wenigen Wochen hatten sie noch den Nationalgardisten zugejubelt. Doch hin und wieder sah man auch Menschen, die sich verstohlen Tränen aus den Augen wischten. Ein Traum war zu Ende. Der Traum eines anderen Frankreichs, das gerechter und brüderlicher war. Diese Menschen trugen keine Zylinder, keinen Gehrock, sondern Mützen und geflickte Jacken und Hosen. Es war ein Sieg der Bourgeoisie über das eigene Volk.

»Was für ein erbärmliches Schauspiel«, stöhnte Julien.

»Wir können wenigstens sagen, dass wir versucht haben, ein anderes Frankreich zu schaffen«, quetschte Tessier heraus. Je länger der Marsch dauerte, umso sicherer wurde sein Schritt. Schon bald brauchte ihn Julien nicht mehr zu stützen.

»Was macht dein Ohr?«, fragte er mitfühlend.

»Ich war auch mit zwei Ohren keine Schönheit.«

»Was ist mit der Brustwunde?«

»Halb so wild. Ein glatter Durchschuss an der Seite. Ohnmächtig wurde ich durch den Säbelhieb auf meine linke Kopfseite. Das verdammte Rauschen im Kopf wird sicher aufhören, wenn wir vor dem Peloton stehen. Du siehst, alles nicht so schlimm.«

»Hast du gesehen, was mit der Prinzessin passiert ist?«

»Sie wurde von mehreren Bajonetten durchbohrt. Sicher ist sie tot. Vielleicht ist sie mit deinem Bild vor Augen gestorben.«

»Der Typ war sie nicht.«

»Nein. Du hast sie nicht geliebt, oder?«

»Sie war eine außergewöhnliche Frau.«

»Eine feine Frau«, stimmte Tessier zu.

Sie waren nun unterhalb von Montmartre angelangt. Tausende ehemaliger Nationalgardisten hatte man hier zusammengetrieben. In Fünfziger-Gruppen wurden sie hinauf zum Friedhof Père Lachaise geführt. Die Salven waren schon unten zu hören. Sie wurden in einen Kordon der Linientruppen hineingetrieben. Die Soldaten hatten wohl reichlich Branntwein bekommen und wirkten angetrunken. Ihre Haltung, ihre obszönen Rufe verrieten, dass die militärische Disziplin verlorengegangen war. Hinter den Soldaten standen Schaulustige, die unflätige Beschimpfungen herüberriefen. Geschwächt von den Strapazen und bei vielen auch vom Blutverlust setzten sich die Gefangenen auf den Boden und warteten dumpf auf ihr Schicksal.

Plötzlich stieg aus den Reihen der Gefangenen ein Lied auf. Es handelte von einem Feiertag in Paris, an dem alle fröhlich sind. Hier war jedoch niemand fröhlich. Die einen starrten niedergeschlagen und blickten in die Ferne, die anderen warteten in dumpfer Gleichgültigkeit auf das Unvermeidliche. Die Sieger waren betrunken, die Zuschauer blutdurstig. Es ging auf den Abend zu. Aber die Sonne war immer noch da. Immer wieder wurden fünfzig Mann aus den Wartenden herausselektiert und dann zum Friedhof getrieben.

»Noch eine halbe Stunde, dann sind wir dran«, stöhnte Julien.

»Es lässt sich nicht ändern. Ich habe schon überlegt, ob wir türmen können. Aber es sind zu viele Soldaten.«

Sie warteten. Der Blutgeruch hatte viele Fliegen angezogen. Plötzlich sprang vor ihnen ein Nationalgardist auf und lief schreiend auf die Linientruppen zu.

»Es lebe die Kommune! Es lebe die Freiheit!«

Die Soldaten schossen. Er brach mit ausgebreiteten Armen zusammen. Die Soldaten machten Witze darüber. Einige traten dem Leichnam in die Seite.

»So geht es nicht«, kommentierte Tessier. »Das war Selbstmord.«

Bald würden sie die nächsten sein, die man zum Friedhof holte. Er sah bei den Soldaten auch Auguste und seine Freunde stehen. Sie lachten und deuteten zu Julien herüber.

Als ein Offizier Julien und Tessier für die nächste Gruppe einteilen wollte, trat plötzlich hinter den Reihen Baron Savigny hervor und redete auf den Offizier ein. Dieser schüttelte erst den Kopf, doch als Savigny heftiger wurde, zuckte er mit den Achseln und nickte. Savigny kam zu ihnen.

»Ich habe dir doch gesagt, dass du die Uniform ausziehen sollst, Dummkopf!«, schimpfte er. »Nun bist du nichts anderes als ein Marodeur, Brandstifter und Mörder. Schade, ich hatte mir so viel für dich erhofft.«

»Ich konnte meine Kameraden nicht im Stich lassen.«

»Dummheit! Was verstehst du von Politik? Politik bedeutet für Interessen eintreten. Welche hast du mit dem Eintreten für die Kommunarden verfolgt? Deine eigenen? Was sind diese? Nun wirst du erschossen werden. Ich habe eine Menge Geld in deine Zukunft investiert. Fast einen Sohn habe ich in dir gesehen, weil du gute Anlagen hast.«

»Es tut mir leid«, stotterte Julien, betrübt darüber, dass er den guten Baron enttäuscht hatte. »Aber die Kommune wollte die Befreiung der Menschen von allen Beschwernissen. Das ist doch eine gute Idee.«

»Eine Idee, die nicht funktioniert.«

»Können Sie nicht für mich und meinen Freund ein gutes Wort einlegen?«

»Für dich und für wen noch? Wer ist der Kerl?«

»Hier, Marc Tessier«, erwiderte Julien, wies auf seinen Freund und schöpfte Hoffnung. »Ohne ihn wäre ich längst tot.«

»Ein Gaunergesicht«, brummte Savigny. »Mal sehen, was ich für euch tun kann. Aber macht euch keine großen Hoffnungen. Leicht wird es nicht werden. Die Truppe ist besoffen.«

Er nickte finster, ging zu dem Offizier zurück und redete wieder auf diesen ein. Der Versailler winkte ab und schüttelte erneut den Kopf. Gespannt beobachteten sie den Disput zwischen den beiden. Da kam Auguste höhnisch lächelnd zu ihnen. Seine Kameraden hatte er hinter der Absperrung zurücklassen müssen.

»Bei der nächsten Gruppe gehst du zu deiner Beerdigung.«

»Auch du wirst eines Tages sterben«, erwiderte Julien.

Sein Mund war trocken. Die Zunge fühlte sich pelzig an. Sein Puls raste. Nicht so sehr die Erschießung regte ihn auf, es war die Ohnmacht Auguste gegenüber.

»Aber bei mir wird es noch eine Weile dauern und ich werde viele Jahre den schönen Leib der Mercedes genießen. Ich werde ihr Kinder machen und sie wird glücklich sein und dich vergessen. Wenn du schon vermoderst, werde ich sie in den Armen halten und … du weißt schon.«

»Du bist ein Schwein, Auguste! Du weißt das. Wie fühlt man sich als Schwein?«

Auguste lief rot an und schlug ihm mit der flachen Hand ins Gesicht. Julien spürte keinen Schmerz – nur Scham.

»Nachher wirst du zittern!«, brüllte Auguste. »Du wirst in den Lauf der Gewehre blicken und warten. Dann kommt die Kugel und dein letzter Gedanke wird sein, dass ich Mercedes ficke.«

»Du hast eine perverse Fantasie. Ich wusste, dass du schlecht bist, aber dass du innerlich verfault bist, wird mir erst jetzt klar.«

Auguste nahm sein Gewehr von der Schulter. Aber ein Ruf des Offiziers stoppte ihn.

»Keine Privatabrechnungen! Herunter mit dem Gewehr.«

»Noch ehe es dunkel ist, bist du tot«, zischte Auguste, wandte sich um und ging zu seinen Freunden zurück.

»Was für ein verkommener Bengel«, sagte Tessier.

Der Korporal, der die Gruppen zur Exekution einteilte, kam angelaufen.

»Los, ihr Bastarde! Ihr seid gleich dran.«

Julien sah voller Verzweiflung zum Baron Savigny hinüber, der immer noch mit dem Offizier diskutierte.

»Los, Marsch!«, kommandierte der Korporal.

In Fünferreihen gingen sie zum Friedhof hoch. Zwischen den Kreuzen der Gräber wurden sie bis ans Ende des Friedhofs zu einer Wand aus Ziegelsteinen geführt, vor der ein langer Graben ausgehoben worden war, in dem bereits viele Tote lagen. Soldaten standen mit geschultertem Gewehr davor.

»Los, an den Graben! Los, schnell, schnell!«, geiferte ein Oberst mit einem Froschmaul und schwenkte seinen Degen.

Ein scharfes Kommando. Julien sah in die Läufe der Gewehre. Gleich würde es aus sein. Gleich ist mein Leben vorbei, dachte er und drückte die Augen zu. Das war's, das Leben.

Er sah sich mit Vater und Mutter im Jardin du Luxembourg, sah sich mit Abbé Flamboyant lernen, sah Mercedes in seinen Armen und dann ihr verzweifeltes unglückliches Gesicht, als sie sagte, dass es eine Kinderei gewesen sei. Nur einen Nachmittag war sie seine Frau gewesen.

Aber warum kam nicht das Kommando »Feuer!«?

Er öffnete die Augen. Neben dem Oberst mit dem Froschmaul stand Savigny. Der Offizier zuckte schließlich mit den Achseln.

»Julien Morgon und Marc Tessier vortreten!«

Sie folgten dem Befehl. Was passierte hier?

»Los, kommt her!«, befahl nun der Oberst.

Sie stolperten vorwärts und ein Soldat nahm sie in Empfang.

»Ab mit den beiden zu den Bagnoverbrechern«, kommandierte der Oberst, verbeugte sich vor Savigny und wandte sich wieder dem Erschießungskommando zu.

»Ich weiß nicht, ob ich dir damit einen Gefallen getan habe«, sagte Savigny. »Du wirst zwar nicht erschossen, aber ins Bagno nach Guayana geschickt. Es soll dem Tod durch Erschießen kaum nachstehen. Schade. Reine Sentimentalität, dass ich dich vor dem Peloton rette. Also, viel ist es nicht, was ich dir noch geben konnte. Du wirst ein paar Monate, vielleicht Jahre weiterleben. Die meisten Bagnohäftlinge sterben in den ersten drei Jahren. Aber wenigstens kann ich deinen Eltern sagen, dass du lebst und ich dich vor dem Erschießungskommando bewahrt habe. Nun geh, mein Junge, und trag dein Kreuz. Verfluchter Abbé, der dich zu den verbrecherischen Gedanken verführt hat, für die Kommune einzutreten.«

Er drehte sich um. Zwei Soldaten führten sie von Montmartre zum Bastilleplatz, wo die gesammelt wurden, die als minder Belastete für das Bagno vorgesehen waren. Hinter sich hörten sie die Salven, die auch sie niedergestreckt hätten. Rund um die Säule, die man dort errichtet hatte, wo einst der tönerne Elefant und noch früher die Bastille gestanden hatte, sammelte man tausende ehemaliger Nationalgardisten, die nun zum Tod in der Ferne vorgesehen waren.

»Wir leben«, stammelte Julien. »Ein Wunder. Wir leben.«

»Ich weiß nicht, ob wir uns darüber freuen sollten«, krächzte Tessier.

Man stieß sie brutal zu den anderen Gefangenen.

»Was weißt du vom Bagno?«, fragte Julien, der es immer noch nicht fassen konnte, dass sie dem Peloton entkommen waren. Er war dem Baron Edmond de Savigny unendlich dankbar.

»Es ist nur das andere Ende von der Wurst. Es soll die Hölle sein. Kaum einer kommt aus Guayana zurück. Einmal wegen des Klimas und der schlechten Verpflegung, zum anderen wegen der tödlichen Krankheiten und der todbringenden Arbeit. Wie ich gehört habe, kann man nur hoffen, nicht auf dem Festland zur Arbeit eingeteilt zu werden, sondern auf den vorgelagerten Inseln Royal und Saint Joseph oder der Teufelsinsel. Dort soll das Klima erträglicher sein und deswegen die Krankheiten seltener.«

»Woher weißt du so gut Bescheid?«

»Ich kannte mal einen Sträfling, der seine Strafe dort lebend überstand. Eine seltene Ausnahme. Er erzählte mir, dass man mehr als fünf Jahre kaum übersteht. Acht Jahre überleben die wenigsten. Die Wärter sind die reinsten Bestien. Man schickt die brutalsten Kerle als Aufpasser nach Guayana und diese wählen wiederum unter den Häftlingen die brutalsten Hilfswärter. Dein Savigny hat uns das Leben gerettet, aber großzügig war er dabei nicht.«

»Wichtig ist nur, dass wir noch leben. So lange man lebt, hat man auch eine Chance. Ich bin dem Baron sehr dankbar«, widersprach Julien energisch. »Vielleicht wird es ja doch nicht so schlimm.«

»Es wird schlimmer, als du dir vorstellen kannst.«

»Mach mir keine Angst.«

»Ich will dich nur darauf vorbereiten, was auf uns zukommt. Frankreich sehen wir nicht wieder. Das ist schon mal klar.«

Als die Dunkelheit herabsank, wurde es kalt und sie froren. Ohne Essen bekommen zu haben und ohne Decken durchlitten sie eine nicht enden wollende Nacht. Der Himmel war klar und es waren dieselben Sterne wie am Vortag und doch war alles anders.

Am Morgen stellten sich um den abgesperrten Platz viele Verwandte und Freunde ein. Die Soldaten ließen die Angehörigen durch, damit diese die Gefangenen verpflegen konnten. Juliens Eltern brachten den großen Schinken, den er einst requiriert hatte. Die Mutter weinte bitterlich und strich ihm immer wieder über die Hände.

»Ach, Junge, wie konnte alles so schlimm enden?«

»Er hat tapfer für die Kommune gekämpft«, sagte der Vater dumpf, schluckte heftig und wischte sich die Augen. »Leider hat sie verloren und im Grunde ist er noch gut dran. Sieh dich nur um. Er ist der einzige Offizier, der nicht vor dem Erschießungskommando gelandet ist.«

Die Mutter schluchzte und nickte.

»Ja. Der gute Baron war bei uns. Das wenigstens konnte er für dich tun.«

»Habt ihr schon gehört, für wie lange man uns verurteilt hat?«, fragte Julien, der nach einem Hoffnungsschimmer suchte.

»Nein, Julien«, erwiderte der Vater. »Thiers ist ja gerade wieder nach Paris zurückgekehrt. Niemand weiß Genaues. Sie können doch nicht Tausende ewig gefangen halten. Bestimmt wirst du bald zurückkommen.«

»Und ob die uns dort lange gefangen halten können«, mischte sich Tessier ein. »Guayana ist das Land ohne Wiederkehr und verschlingt viele Menschen. Ich sage dies nur, um keine falsche Hoffnung aufkommen zu lassen.«

»Hört nicht auf ihn«, wehrte Julien ab. »Er ist seit unserer Gefangennahme ein fürchterlicher Pessimist. Dabei ist ein Wunder geschehen. Wir leben noch.«

»Ach, Junge, warum musstest du auch Offizier werden? Du bist doch eigentlich zu jung dafür«, jammerte die Mutter.

»Mach es ihm nicht noch schwerer«, mahnte der Vater. »Es ist, wie es ist. Er hat seine Pflicht als Citoyen getan und wir sollten Gott danken, dass Baron Savigny ihm helfen konnte.«

Tessier lachte dazu höhnisch.

»Danke für den Schinken«, flüsterte Julien mit schlechtem Gewissen. »Aber wovon werdet ihr leben?«

»Es wird schon gehen, Junge. Ich werde nach Melun fahren, wo Onkel Richard, wie du weißt, einen Bauernhof hat. Jetzt wird man bald aus der Stadt herauskönnen. Richard wird uns helfen. Wir werden schon durchkommen.«

»Der Schinken wird dafür sorgen, dass wir die nächsten Wochen überstehen«, sagte Julien dankbar. »Von wo wird das Schiff ablegen?«

»Keine Ahnung, Julien. Die Zeitungen berichten nichts über die Gefangenen.«

»Wahrscheinlich von St. Malo oder von Bordeaux«, mutmaßte Tessier. »Das wird eine lange Überfahrt werden.«

Der Abschied von den Eltern war schmerzlich und Julien fragte sich, ob er sie je wiedersehen würde. Wenn es stimmte, was Tessier erzählt hatte, war dies sehr unwahrscheinlich.

Als sie am nächsten Tag in langen Kolonnen zum Gare du Nord geführt wurden, glaubte er in den Reihen der Zuschauer, die vor dem Bahnhof standen, auch Mercedes mit ihrem Vater und Auguste zu sehen. Unter Kolbenstößen wurden sie in den Bahnhof getrieben, wo man sie in Viehwagons verfrachtete, die viel zu viele von ihnen aufnehmen mussten. Tessier schaffte es, für sich und Julien den Platz unter einer kleinen Luke zu ergattern, wo sie frische Luft bekamen. Dann mussten sie stundenlang warten. Schon bald war es so stickig, dass einige ohnmächtig wurden. Für die Notdurft war nur ein Eimer da und manche schrien vor Verzweiflung, vor Scham oder weil sie keine Luft bekamen. Aber sie standen so dicht, dass niemand umfallen konnte. Tessier ertrug den Gestank und die schlechte Luft mit Gleichmut. Er war dies von früheren Gefängnisaufenthalten gewohnt.

Um Mitternacht setzte sich der Zug endlich in Bewegung. Draußen, so sah es Julien durch die Luke, schien ein heller Mond, so dass er gut erkennen konnte, wo die Stellungen der

Preußen begannen, die die Stadt immer noch weiträumig in der Zange hielten.

Rattatat – rattatat – rattatat – ging es stundenlang einer ungewissen Zukunft entgegen. Viele von den Gefangenen wussten nicht einmal, wohin es ging.

Rattatat – rattatat – rattatat – hämmerte es in Juliens Kopf. Immer wieder tauchten Bilder aus den Tagen auf, in denen er glücklich gewesen war. Er sah sich als Kind auf dem Bauernhof des Onkels den Kühen hinterherlaufen, durchlebte wieder die Tage, als Auguste ihn einen Ladenschwengel nannte, und schließlich das Glück seiner Hochzeitsnacht, die ein Nachmittag war.

Rattatat – rattatat – rattatat. Was würde nun aus ihm werden? Wenn er Tessiers Geschichten ernst nahm, würde er nie mehr glücklich sein und war bereits am Ende seines Lebens angelangt.

Rattatat – rattatat – rattatat …

2. Buch

Der siebte Kreis der Hölle

»Du willst Julien also wie Dante durch die Hölle marschieren lassen«, stellte Balzac fest.

»Richtig. Doch sein Begleiter ist kein Vergil, sondern ein Zuchthäusler und Mörder«, stimmte Victor Hugo vergnügt schmunzelnd zu.

Zola zeigte dem Dichter von »Les Miserables« durch Nicken seine Zustimmung. »Mit einem Vergil würde er auch die nächsten Kapitel kaum überstehen.«

»Wenn er der werden soll, der mir vorschwebt, dann braucht es ohnehin so etwas wie ein Stahlbad«, warf Dumas diabolisch lächelnd ein.

»Oh je, das Château d'If«, stöhnte George Sand.

Flaubert machte sich durch ein Räuspern bemerkbar. »Ich sehe in ihm so etwas wie einen Odysseus, der ja auch durch die Unterwelt spazierte.«

»Wunderbar!«, begeisterte sich Balzac. »Flaubert, du sagst es. Die Odyssee ist der Schlüssel zu seiner Gestalt. Er ist ein Dulder, ein von den Göttern hin- und hergeworfener, der auf dem Weg nach Ithaka ist. Wir haben es!«

»Der in der Hölle lernt«, trumpfte Dumas auf. »Er eignet sich dort Eigenschaften an, die es ihm ermöglichen, Rache zu üben.«

»Nein. Und nochmals nein!«, widersprach George Sand vehement. »So sehe ich ihn nicht. Dulder, da stimme ich gern zu. Aber weder ein Rächer noch ein Übermensch, der seine ehemaligen Kameraden aus der Ecole bestraft. Auch sehe ich in Mercedes keine Penelope. Sie hatte sich längst gegen ihn entschieden.«

»Was war nun dieser Aufstand der Kommune? Wie ist er zu bewerten?«, fragte Flaubert, um wieder Sachlichkeit in die Diskussion zu bringen.

»Zuerst war es der Mut der Verzweiflung, sich nicht der Niederlage gegen Preußen zu beugen«, erwiderte genauso sachlich Zola. »Dann brachte die Wahl überwiegend royalistische und bonapartistisch eingestellte Abgeordnete aus der Landbevölkerung ins Parlament, die Frieden um jeden Preis wollten. Das Bürgertum wollte keine Veränderung der Zustände und das Volk aus den Vorstädten und die besitzlosen Landarbeiter sahen die Chance, endlich

ihr Elend zu beenden. Ich würde die Kommune mit einigen Einschränkungen positiv beurteilen. Es war der Anfang einer Bewusstwerdung: Wir sind das Volk und was habt ihr, ohne uns zu fragen, aus Frankreich gemacht?«

»Mit einer Einschränkung meinst du den Brand von Paris?«, fragte Balzac.

»Ja. Was für eine Dummheit. Der Brand hat Thiers die Möglichkeit eröffnet, die Kommune als Mörder und Brandgesellen zu diffamieren und die Geschichtsschreiber, alle mit bürgerlichem Hintergrund, haben dies gern aufgegriffen.«

»Es war das Wetterleuchten einer neuen Zeit«, sagte Dickens feierlich.

»Karl Marx würde sich über deine Worte freuen«, stimmte George Sand zu.

»Ist der Kommunismus das Ende der Geschichte?«, fragte Flaubert, sich nachdenklich das Kinn reibend.

»Dafür sind wir nicht geschaffen«, verneinte Balzac mit trauriger Miene. »Wenn alle Menschen die gleichen Voraussetzungen mitbringen würden in puncto Intelligenz und Empathie, dann könnten wir den Garten Eden betreten. Aber das Christentum ist seit zweitausend Jahren mit seinem ›Liebe deinen Nächsten wie dich selbst‹ nicht weitergekommen. Die Kirche hat längst akzeptiert, dass wir Barbaren geblieben sind und jeden Tag Jesus aufs Neue kreuzigen.«

»Lassen wir Julien ohne Gerichtsurteil ins Bagno verschleppen?«, fragte der nüchtern denkende Flaubert.

»Es wurden tausende von Franzosen nach Guayana verschleppt«, erläuterte Victor Hugo. »Mit Gerichtsurteilen hat man sich nicht aufgehalten. ›Weg mit dem Pack, das gegen uns revoltiert hat‹, war die allgemeine Stimmung.«

»Wenn das Volk nicht so will wie wir, weg mit ihm!«, höhnte George Sand.

»Ich mache jetzt weiter«, bot sich Dumas an.

Alle nickten zustimmend. Das Thema war ihnen peinlich. Alle wussten doch, was Napoleon Frankreich gegeben hatte. Der erste Napoleon, nicht die Komödienfigur. Auf den Code Civil war jeder Franzose stolz. Aber das Recht war während und nach dem Kommuneaufstand außer Kraft gesetzt.

10 – In der Hölle des Bagno
(Alexandre Dumas erzählt)

Schon auf der Überfahrt lernte Julien, was der Mensch dem Menschen antun kann. Die Verhältnisse auf den überfüllten Schiffen waren grauenhaft. Die Häftlinge starben wie Fliegen an Unterernährung und Typhus. Eine Flottille des Todes war nach Guayana unterwegs. Selbst vor den Wachmannschaften machte der Tod nicht halt. Jegliches Gefühl der Solidarität unter den Häftlingen verschwand im Kampf um den besten Platz im Laderaum, um das eintönige Essen, das Durchfälle verursachte. Meist gab es einen Brei aus Bohnen und zerstampften Kartoffeln. Das Wasser war brackig und roch, als wäre es aus einer Kloake geschöpft. Fliegen klebten an ihren eitrigen Augen. Ratten weckten sie nachts und wer krank war und sich nicht wehren konnte, wurde von ihnen angefressen.

Der Schinken, den Juliens Eltern gebracht hatten und den sie sorgsam hüteten und nur in kleinen Streifen aßen, half beiden, ihre Kräfte zu bewahren. Tessier erkannte unter den Matrosen einen ehemaligen Zellengenossen aus Vincennes. Aus alter Solidarität besorgte ihm dieser zwei Messer.

»Unsere Lebensversicherung«, sagte Tessier, als er ein Messer an Julien weitergab. »Lass dich damit nicht erwischen.«

Die Messer sorgten dafür, dass man Tessier und Julien achtete. Sie galten als gefährlich und dies bewahrte sie vor Schlägereien oder Vergewaltigungen, nachdem Tessier zwei brutalen Schlägern gezeigt hatte, welche Fähigkeiten er mit dem Messer besaß. Man nannte ihn wieder »Meister Messer«.

An einem Sonntagmorgen wurden sie in Cayenne, der Hauptstadt von Französisch-Guayana, ausgeschifft. Die Glocken läuteten, als die Schiffe am Kai festmachten. Sie waren froh, wieder festen Boden unter den Füßen zu haben. Obwohl sie das Gefühl hatten, eine Waschküche zu betreten, atmeten alle auf. Sie waren Schlimmeres gewohnt und dass die Kleidung sofort am Körper klebte, beeinträchtigte nicht die hoffnungsvolle Stimmung. Ein Kordon von Soldaten schirmte sie von der Stadt ab. Kleine, weiß gestrichene Häuser, deren Dächer mit rot angestrichenem Blech beschlagen waren. Hinter dem Kordon hatten sich viele Neugierige versammelt. Die Zuschauer riefen den Soldaten Witze zu, weil die Häftlinge stanken. Die Mehrheit von ihnen trug immer noch die Uniformen der Nationalgardisten, die jedoch nur noch Lumpen waren. Ein streng aussehender Hauptmann mit Stirnglatze, das Käppi unter dem Arm, baute sich gravitätisch vor ihnen auf. Zwei Leutnants flankierten ihn. Mit breiter Brust plusterte er sich wie ein Gockel vor den Sträflingen auf.

»Sträflinge, ihr seid von der Regierung zu lebenslanger Haft im Bagno verurteilt worden. Findet euch damit ab, dass ihr hier eure Strafe bis zu eurem Tod abbüßen werdet. Man hat euch leben lassen, damit ihr für Frankreich eure Schuld abarbeiten könnt. Dafür werdet ihr ausreichend verpflegt. Manche von euch werden an Flucht denken. Schlagt euch das aus dem Kopf. Ein Fluchtversuch führt zum Tod, entweder weil wir euch einfangen oder weil ihr in den Sümpfen umkommt. Ihr habt das Recht, Bürger des glorreichen Frankreichs zu sein, verloren. Ihr seid Abschaum und es ist eine Gnade, dass wir euch leben lassen. Ihr werdet jetzt zu einem Auffanglager geführt, wo man eure Personalien erfasst. Danach werdet ihr eingekleidet und zu den jeweiligen Arbeiten eingeteilt. Und nun Abmarsch mit dem Abschaum!«, wandte er sich an seine Leutnants.

Diese salutierten und brüllten Befehle, sich in Viererreihen zu einer Kolonne zu formieren. Es ging vom Kai durch die Straßen von Cayenne, wo sie von der Bevölkerung neugierig gemustert wurden. Die meisten Bewohner waren entweder ehemalige

Sträflinge oder deren Nachkommen. Es ging zu dem weiß leuchtenden Fort, das über Cayenne wie eine Faust drohte. Das Eingangstor bestand aus Eisen. Darüber stand in großen Lettern, dass man dem geliebten Vaterland diene.

»Ich muss kotzen«, kommentierte Tessier.

In einem Hof, der zu beiden Seiten weiß gekalkte Baracken aufwies, ließ man sie die Reihen durchzählen. An der Stirnseite des Platzes befand sich die Kommandantur, was an der Fahne und dem Vestibül ersichtlich war. Einer nach dem anderen musste eine Wachstube betreten. Ein kahler Raum, nur mit der französischen Fahne und dem Bild von Thiers dekoriert. Hinter einem Tisch saß ein Major mit zwei Leutnants. An einem separaten Tisch notierten Schreiber die Personalien. Man musste seinen Namen, sein Geburtsdatum, seinen Beruf sowie seine Vergehen angeben. Tessier trat vor Julien an den Tisch und rasselte seine Personalien herunter.

»Zweimal fünf Jahre Gefängnis, das erste Mal wegen Schlägerei, das zweite Mal wegen Einbruch und ein Jahr wegen Notwehr gegenüber einem betrunkenen Gardeoffizier. Vorzeitige Begnadigung durch den Wohlfahrtsausschuss.«

»So einer bist du also!«, sagte der Oberst und lehnte sich zurück.

Er war ein schmalgesichtiger Mann mit einem ruhigen gelblichen Gesicht, langen Koteletten und braunen Augen, die so gar nicht zu seiner strengen Miene passten. Sein Name klang wie ein Schloss an der Loire. Philipe de Chalon.

»Wenn ich die Fetzen an deinem Körper richtig deute, dann warst du Mistkerl Korporal bei der Nationalgarde.«

»Das war ich«, gestand Tessier.

»Du siehst kräftig aus. Wir schicken ihn zu den Holzfällern«, rief er dem Schreiber zu.

Als nächster kam Julien dran. Auch er nannte Namen und Geburtsdatum und gab statt der Berufsbezeichnung wahrheitsgemäß »Schüler« an. Der Major sah erstaunt auf.

»So, so, Schüler? Aber was sehe ich da? Hauptmanns-epauletten? Wolltest du zum Karneval?«

»Ich war Adjutant des Generals Jaroslaw Dombrowski. Später hat mich der Wohlfahrtsausschuss zum Hauptmann ernannt. Ich habe die Barrikade am Quai Voltaire befehligt«, sagte Julien mit törichtem Stolz.

»Hat man in der Nationalgarde keine Männer gehabt und musste Knaben zum Befehlshaber ernennen?«

»Es stimmt. Er war mein Hauptmann!«, rief Tessier, der gerade die Kommandantur verlassen wollte, von der Tür her.

»In dem Alter schon Hauptmann? Auf jeden Fall zeugt das davon, dass du ein ganz schlimmer Finger zu sein scheinst. Wir behalten dich hier im Fort. Er wird dem Latrinendienst zugeteilt.«

Die beiden Leutnants nickten eifrig. Julien ging nach draußen und reihte sich neben Tessier ein.

»Wie ist es gelaufen?«

»Latrinendienst, hier, im Fort.«

»So ein Mist! Dann werden wir getrennt.«

»Ich werde versuchen, zu den Holzfällern versetzt zu werden. Hier aus dem Fort scheint ein Ausbruch ohnehin aussichtslos zu sein. Die Wälle sind besetzt. Von den Türmen her hat man jeden Winkel unter Kontrolle.«

»Latrinendienst stinkt zwar, aber die Arbeit als Holzfäller ist kein Zuckerschlecken. Doch du hast recht. Hier scheinen die Chancen eines Ausbruchs gleich Null. Ich werde auf dich warten, Kleiner. Pass auf, dass man dein Messer nicht entdeckt.«

»Ich bin dein Hauptmann«, neckte ihn Julien.

»Du bist jetzt nur noch ein grüner Bengel. Aber am Quai Voltaire hast du dich wirklich gut geschlagen.«

»Das von einem Totschläger gesagt zu bekommen ist ein Mordskompliment.«

»Ich weiß auch nicht, welchen Narren ich an dir gefressen habe.«

»Ruhe da in der Reihe!«, schrie ein Korporal.

Sie mussten bis zum Abend auf dem Hof stehen. Die Sonne brannte erbarmungslos und so mancher fiel um und wurde in eine der Baracken getragen. Am Abend wurden die Sträflinge in Kolonnen eingeteilt. Einige würden zu den Zuckerrohrfeldern marschieren, andere zu den Holzfällern, die Mehrheit wurde für Straßenarbeiten eingeteilt. Die kleinste Gruppe, die man für besonders gefährlich hielt, blieb im Lager. Tessier und Julien warfen sich beim Abschied beschwörende Blicke zu. Sie würden einander nicht verlassen und gemeinsam einen Ausbruch versuchen. Sie hatten dies auf der Überfahrt einander versprochen.

»Abmarsch in die Baracke!«, schrie ein Korporal.

Bevor sie die Baracke betraten, stolperte Julien und fiel auf den Boden. Durch den Körper vor neugierigen Blicken abgedeckt, versteckte er das Messer unter dem Treppenabsatz. Sie wurden in einen großen Waschraum getrieben. Ein vierschrötiger Kerl mit einem Brustkasten wie ein Gorilla und einer Physiognomie, die dem entsprach, baute sich vor ihnen auf.

»Hört mal zu, ihr Scheißkerle! Ihr zieht euch aus. Alles, auch eure verschissene Unterhose. Ihr bekommt Sträflingskleidung, die ihr pfleglich behandeln werdet. Ich bin Eric Derange, ich bin Sträfling wie ihr, aber ich bin euer Barackenchef und bekannt dafür, dass ich gern Prügel verabreiche, sehr gern sogar. Seid oft genug aufsässig oder tut eure Arbeit nicht ordentlich oder quatscht, wenn ihr nicht quatschen sollt, dann poliere ich euch die Fresse. Nun wisst ihr, woran ihr seid. Ihr werdet jetzt mit dem Schlauch abgespritzt und dann gepudert, damit ihr keine Läuse in die Baracken tragt. Nun raus aus den Klamotten!«

Alle zogen sich gehorsam aus. Sie waren dreißig Männer. Die meisten von ihnen waren ehemalige Nationalgardisten. Sie standen kaum nackt in einer Reihe, als zwei Männer in Sträflingskleidung ihre Lumpen aufnahmen.

»Sie werden draußen verbrannt«, kommentierte Derange. »Und nun kommt das Bad.«

Andere Sträflinge kamen mit Schläuchen herein und drehten höhnisch lachend die Spritzen auf. Eiskaltes Wasser peitschte die Körper der Gefangenen. Sie duckten sich und versuchten dem Wasserstrahl auszuweichen. Die Spritzen wurden so scharf eingestellt, dass der Druck sie umwarf und sie sich schreiend am Boden wälzten. Derange sah mit vor der Brust verschränkten Armen grinsend zu. Endlich war es überstanden.

»Sauber seid ihr nun. Draußen steht eine Tonne mit Läusepulver. Reibt euch gründlich damit ein. Besonders in den Sackhaaren und unter den Achseln wimmelt es von Läusen. Wenn ich in den nächsten Tagen einen erwische, der noch Läuse hat, bekommt er Prügel.«

Nach dem Einpudern ging es in eine andere Baracke zur Kleiderausgabe. Es war billiges Drillichzeug. Unterhose, lange Überhose, eine Jacke und eine Mütze. Danach führte man sie in die Baracke ›Murat‹ zurück.

Wieder stolperte Julien, zog das Messer unter der Treppe hervor und steckte es ein.

Sie mussten sich vor den Doppelbetten aufstellen. Julien hatte seine Mütze sofort auf das obere Bett am Eingang geworfen und damit seine Besitzansprüche angemeldet. Diesmal hielt ein Korporal eine Ansprache.

»Ich bin Korporal Louis Masson. Ich bin Normanne. Uns sagt man ein hartes Gemüt nach und bei mir trifft es hundertprozentig zu. Einige von euch denken, dass sie es gut getroffen haben, da sie nicht beim Straßenbau oder bei den Holzfällern gelandet sind. Aber wir wissen, dass ihr unverbesserliche Kommunarden seid, auf die wir ein besonderes Auge haben müssen. Also hört gut zu: Aus dem Fort ist noch niemand wirklich entkommen. Alle, die aus dem Fort flüchteten, betraten es wieder – tot. Die Mauern sind ständig besetzt. Vor dem Fort ist eine Glacis, die gut zu übersehen ist und mit Stacheldraht endet. Dahinter ist der Fluss, in dem hungrige Krokodile auf euch warten. Also schlagt euch Fluchtgedanken aus dem Kopf. Ihr bekommt morgen eure

Arbeit zugeteilt. Die meisten von euch waren Soldaten. Wer von euch war wenigstens Korporal?«

Zwei traten vor. Julien hob die Hand.

»Ich war Hauptmann der Nationalgarde.«

»Ach ja, ich habe schon von dem Jüngelchen gehört, der ein Papierhauptmann gewesen sein soll. Gut, dann bist du für die Ordnung hier zuständig. Irgendwelche Vorkommnisse hast du Derange zu melden, der entscheidet, ob ich informiert werde. Wünscht euch das nicht! Derange prügelt nur, aber ich entscheide, ob ich euch abknalle. So läuft das hier. Ihr werdet um vier Uhr geweckt. Frühstück 4.30 Uhr – dann ab zur Arbeit. Um 13.00 Uhr wird Essen gefasst. Um 20.00 Uhr gibt es ein feudales Abendessen wie im *Procope*. Um 21.00 Uhr ist Ruhe im Karton!«

Er lachte noch einmal hämisch und stapfte hinaus.

»Rühren!«, schrie Derange. »Auf die Betten und dann höre ich nur noch die Mäuse!«

Kaum war Derange verschwunden, kam einer der Häftlinge zu Julien.

»Hör mal, Junge, den Chef spielst du hier nicht!«

»Stell dich erst einmal ordentlich vor«, erwiderte Julien kühl.

Alle sahen zu ihnen herüber. Julien wusste, dass es jetzt darauf ankam, ob er sich Autorität verschaffen konnte oder man ihn wie Dreck behandeln würde.

»Werde nur nicht frech! Gleich kannst du deine Knochen vom Boden aufklauben«, drohte der Korporal. »Mein Name ist Yves Rochefort. Ich bin einer der letzten Überlebenden von Montmartre. Ich bin hier der Chef.«

Rochefort hatte ein zerfurchtes Gesicht, das von einem wilden Leben zeugte. Julien ahnte, dass er zu denen gehörte, die aus dem Gefängnis befreit und dann wie er in die Nationalgarde eingegliedert worden waren.

»Du warst vorher im Gefängnis in Vincennes, nicht wahr?«

Rochefort nickte verblüfft. »Kennen wir uns?«

»Nein. Ich kenne deinesgleichen!«

Blitzschnell holte er das Messer heraus und drückte Rochefort die Klinge an die Halsschlagader.

»Du bist tot, wenn ich es will. Soll ich es wollen?«, fragte Julien. Die Augen Rocheforts waren weit geöffnet.

»Das wagst du nicht.«

»Bist du dir sicher?«

Julien fuhr mit der Klinge über den Haaransatz und das Blut lief dem ehemaligen Korporal über die Stirn. Schon war die Klinge wieder am Halsansatz.

»Du hast die Wahl. Du parierst oder du stirbst.«

»Gut. Du bist der Chef«, stammelte er. Julien stieß ihn zurück.

»Hört mir zu! Kann mir vorstellen, dass auch noch der ein oder andere von euch denkt, dass er mit dem jungen Burschen fertig wird. Aber das nächste Mal mache ich keine halben Sachen. Der nächste, der mir komisch kommt, stirbt. Ich habe am Quai Voltaire, einige werden davon gehört haben, drei Mal die Linientruppen zurückgeschlagen. Nur durch Verrat fiel unsere Barrikade. Nun wisst ihr, mit wem ihr es zu tun habt. Mein Arm ist wie die Klapperschlange. Wenn ich zustoße, ist der Tod gewiss.«

Er hatte dies bewusst ein wenig pathetisch gerufen. Er wusste, wie sie dachten. Diese Männer waren nur durch Furcht zu zähmen. Von nun an würden sie ihn ›Klapperschlange‹ nennen. Das Gemurmel bestätigte ihm, dass sie ihn verstanden hatten.

»So, mein lieber Yves, verbinde deine Wunde. Wenn dich morgen jemand fragt, hast du dich am Türrahmen gestoßen. Das wird zwar keiner glauben, aber es ist zumindest eine Erklärung.«

Rochefort trollte sich mit hängendem Kopf. Julien kletterte auf das obere Bett und steckte das Messer unter die Bastrolle, die als Kissen dienen sollte. Es war wohl seiner Jugend zuzuschreiben, dass er nicht verzweifelte. Irgendwann würde sich eine Möglichkeit ergeben, den Aufenthalt im Bagno abzukürzen.

Am nächsten Morgen, nach einem Frühstück aus einem bitter schmeckenden Tee und trockenem Brot, wurden sie zur Arbeit eingeteilt. Derange persönlich ließ es sich nicht nehmen, diesen Kinderhauptmann, wie er Julien nannte, einzuweisen. Er führte ihn zur Kloake hinter den Baracken. Ein Häftling aus einer anderen Baracke war bereits dabei, einen Eimer in den stinkenden Schacht hinunterzulassen, um dessen Inhalt in einen Kesselwagen zu kippen. Julien glaubte seinen Augen nicht zu trauen. Der Häftling war Lambert, der Sohn des Antiquitätenhändlers aus der Avenue Bugeaud, mit dem er schon als Kind die Schlachten des großen Condé nachgespielt hatte.

»Du hier?«, staunte Julien.

»Julien?«, stammelte der kleine Lambert, der Julien kaum bis zur Schulter reichte. In der Körpergröße war er zwar benachteiligt, aber dafür hatte er eine stämmige Figur, die sich bei ihren jugendlichen Ringkämpfen als vorteilhaft herausgestellt hatte. Sein breites Gesicht mit der eingeschlagenen Nase unter dem roten Haarschopf war mit Sommersprossen übersät.

»Was, ihr kennt euch?«, brummte Derange irritiert.

»Wir wohnten in der gleichen Straße.«

»Alte Spezies, wie?«

»Wir werden deswegen gut zusammenarbeiten«, beteuerte Lambert. »Machen Sie sich keine Sorgen, Chef, mit meinem kaputten Bein komme ich ohnehin nicht auf dumme Gedanken.« Er klopfte auf sein rechtes Bein.

»Was hast du da?«, fragte Julien.

»Ach, beim Kampf an der Austerlitzbrücke habe ich ein Schrapnell ins Bein bekommen. Ich bin kaum schneller als eine Schnecke.«

»Pech gehabt! Das kommt davon, wenn man sich nicht rechtzeitig vom Acker macht«, freute sich Derange und war nun beruhigt. »Also, der Hüpfzwerg wird dich einweisen. Bis heute Abend hat die Kloake leer zu sein. Ihr holt euch vom Bauernhof vor dem Fort die Ochsen und bringt die Scheiße dem Bauern Palon. Der verkauft sie weiter an die anderen Bauern, die damit die Felder düngen. Nun aber ran an die Arbeit!«

Er nickte ihnen noch einmal drohend zu und ging zur Kommandantur, wohl um zu melden, dass allen Neuen ihre Aufgaben zugeteilt worden waren.

»Es ist ein Wunder«, staunte Lambert. »Ich hörte, dass du bei der Nationalgarde ein großes Tier geworden warst, aber ich wähnte dich tot, wie so viele. Die Versailler hatten ja die Bluthunde auf uns losgelassen. Komm, wir setzen uns in den Schatten und rauchen. Jetzt, wo wir zu zweit sind, schaffen wir die Arbeit ohne Schwierigkeit.«

Er griff in die Tasche und reichte Julien eine Zigarre.

»Gutes Kraut«, lobte er seine Glimmstengel.

»Seit wann bist du hier?«

»Seit zwei Monaten. Sie haben mich hierbehalten, weil ein Hinkebein draußen auf den Feldern oder im Wald nicht zu gebrauchen ist. Zum Scheiße herausholen bin ich aber gut genug. Warum hat man dich hierbehalten?«

»Weil sie mich im Auge behalten wollen. Ich gelte als gemeingefährlicher Kommunarde.«

»Das ist der Nachteil, wenn man ein großes Tier ist. Aber in deinem Fall ist es vielleicht ganz gut so. Die draußen sterben durch Arbeit, das Klima oder durch Schlangenbisse. Hier stirbst du durch die Schikanen von Derange oder Masson, wenn die sich einbilden, dass du türmen könntest. Auch nicht prickelnd, aber die Umstände sind etwas leichter.«

»Woher bekommst du die Zigarren?«

»Ich vermiete meinen Arsch.«

»Wir kennen uns schon lange, aber für schwul habe ich dich nie gehalten.«

»Bin ich auch nicht. Aber ich habe nichts anderes, um ein paar Annehmlichkeiten herauszuholen. Du musst das System kapieren. Der Oberst des Forts ist Philipe de Chalon, der sich nur um seine Kuriositätensammlung kümmert. Er sammelt versteinerte Schnecken, seltene Schmetterlinge und so etwas. Hauptmann Richard Depuis hat eine hübsche Kreolin in Cayenne, die ihn in Atem hält. Die beiden Leutnants sind stinkend faul und haben nur im Kopf, schnell wieder wegzukommen. Der eigentliche Chef ist Korporal Louis Masson, sein verlängerter Arm ist Derange, der wiederum zwei Marokkaner unter seiner Fuchtel hat, die ihm bei Strafaktionen helfen. Außer der Frau des Kommandanten Chalon gibt es hier keine Weiber. Die Marokkaner sind spitz wie Hunde und wenn ich ihnen meinen Arsch überlasse, belohnen sie mich mit Zigarren. Du siehst gut aus. Sie werden dir auch bald ein Angebot machen und wenn du nicht einwilligst, werden sie dich vergewaltigen.«

»Sie würden bei dem Versuch sterben. Ich muss sagen, du hast dich gut eingewöhnt.«

»Ach, wir kleinen Leute müssen uns überall nach der Decke strecken. Da kapiert man schnell, wie die Chose läuft. Hier bist du in einer Woche ein alter Hase oder du bist tot.«

Gemächlich machten sie sich an die Arbeit, den Kloakenschacht auszuschöpfen. Gegen Mittag waren sie fertig.

»Nach dem Essen holen wir die Ochsen«, sagte Lambert.

Eine Glocke ertönte und durch das Forttor kamen die anderen Sträflinge, die auf den nahen Zuckerrohrfeldern gearbeitet hatten. Sie mussten sich vor der Baracke aufstellen, die den schönen Namen ›Berthier‹ trug. Jede Baracke war nach einem Marschall Napoleons benannt. In einem Blechnapf bekamen sie so etwas wie Gulasch. Alle hockten sich im Schatten der Baracken hin und aßen mit Bedacht.

Julien drängte sich mit Lambert zur Treppe der Baracke ›Murat‹. Man machte ihnen bereitwillig Platz. Julien beobachtete beim Essen die Soldaten auf dem Wehrgang. Auf jeder Seite gingen zwei Soldaten auf und ab und dann gab es noch den Turm, auf dem zwei Soldaten mit einer Mitrailleuse die Häftlinge bewachten. Lambert, der ihn beobachtet hatte, schüttelte den Kopf.

»Vergiss es! Niemand kommt hier raus.«

Ein großer Mann kam mit schwingenden Armen heran.

»Vorsicht! Das ist Jérôme aus meiner Baracke. Er ist Korse und kann verdammt gut mit dem Messer umgehen.«

»Ach ja?«

Eine dunkle Visage mit pechschwarzen Haaren. Ein Schmiss verunstaltete sein Gesicht.

»Hab gehört, dass du der neue Chef von dieser Baracke bist.«

»So ist es!«

»Du sollst ganz gemein mit dem Messer herumgefuchtelt haben.«

»So schlimm war es auch wieder nicht.«

»Man sagt, dass man ins ›Murat‹ die einsperrt, die was Besonderes sind. Ich mag die Besonderen nicht. Ihr glaubt, dass ihr etwas Besseres seid.«

»Für deine Gefühle kann ich nichts.«

»Werde nicht frech! Hör zu, meinetwegen kannst du im ›Murat‹ den Chef spielen. Aber hier im Hof da bin ich der Chef.«

»Haben wir mit Chalon, Depuis, Masson und Derange nicht schon genug Chefs?«

Der Korse stutzte.

»Bist wohl ein ganz Schlauer, was? Wie dem auch sei. Entweder du erkennst mich als Patron an und küsst mir die Hand oder wir müssen es austragen.«

»Weswegen bist du hier?«, fragte Julien gelassen und kratzte sorgfältig seinen Blechnapf aus.

»Warum willst du das wissen?«, fragte Jérôme verblüfft.

»Ich weiß immer gern, mit wem ich es zu tun habe, wenn ich einen umbringen muss«, erklärte er scheinbar gelassen. Tessier hatte ihm genug von den Gesetzen unter den Gesetzlosen erzählt. Sie verstanden nur die Sprache der Gewalt.

»Jüngelchen, ich werde dir die Eier abschneiden. Aber gut, ich habe einen Kerl abgemurkst, der sich an mein Mädchen ranmachen wollte. Leider war er bei der verschissenen Polizei.«

»Du bist also wegen Mordes hier?«

»Wegen zweifachen Mordes. Ich habe der Schickse auch die Kehle durchgeschnitten«, erwiderte er grinsend. Er schien stolz darauf zu sein.

»Na, dann komm! Gehen wir in die Baracke.«

Julien reichte seinen Napf an Lambert weiter. »Bringst du die Schüssel zurück?«

»Mach ich, Julien. Aber …«

»Was ist?«

»Jérôme ist gefährlich.«

»Das bin ich«, bestätigte der Korse eitel.

»Wir werden sehen.«

Jérôme blickte unwillig zu seiner Baracke hin. Alle Häftlinge, auch die, die in der Mitte des Hofes in der Sonne standen, sahen zu ihnen herüber. Wenn sie von dem Inhalt des Gesprächs auch nichts mitbekommen hatten, wussten sie doch, worum es ging. Es war jedes Mal so, wenn neue Häftlinge ankamen. Die Hackordnung musste geklärt werden. Bestimmt wussten sogar die Wachen oben auf dem Wall Bescheid.

Depuis und Masson standen vor der Kommandantur und beobachteten sie. Derange stand in der Mitte des Hofes und rief den Offizieren etwas zu. Masson schlug sich lachend auf die Schenkel.

Gemeinsam, als würden sie sich zu einem Stelldichein begeben, gingen Julien und Jérôme zu seiner Baracke hinüber. Vor der Tür hielt Julien an.

»Halt! Wir müssen die Regeln festlegen. Soll es auf die spanische Art passieren?«

»Bekommst du Schiss? Natürlich auf die spanische Art. Was sonst? Du bist in ein paar Minuten tot, Bürschchen.«

»Gut. Sekundanten?«

»Der Herr macht Umstände. Aber meinetwegen.«

Er winkte zwei seiner Leute heran. Sie sahen genau so übel aus wie er und stammten wohl auch aus der korsischen Heimat. Julien rief Rochefort zu sich.

»Du wirst mein Sekundant sein. Besorg dir einen Kumpel, der zum zweiten Sekundanten taugt.«

»Ist gut«, sagte Rochefort, trabte zurück auf den Platz und kam mit einem Mann zurück, der auch einmal Korporal gewesen war.

»Bin Albert von der 202. Brigade. Kenne dich, Morgon.«

Sie folgten Jérôme in die Baracke. Einer der Korsen kam mit einem Tuch, das einmal ein Hemd gewesen war und band es am Handgelenk der beiden Kontrahenten fest. Es war die gefährlichste Art einen Messerkampf auszutragen, da sie aneinander gekettet waren und auf kurze Distanz den Kampf austragen mussten. Einer von ihnen würde sterben. Es war schon vorgekommen, dass beide Kämpfer gestorben waren. Tessier hatte Julien beigebracht, was bei einem solchen Gefecht zu tun war. Er hörte wieder die Stimme des Zuchthäuslers.

»Geh davon aus, dass dein Gegner ein Meister ist, wenn er sich auf einen solchen Kampf einlässt. Er wird dich mit hoher Wahrscheinlichkeit erwischen. Vielleicht schaffst du es dann noch, dass du ihm eine verpasst. Es ist ein Vabanquespiel. Also versuch, den Kampf schnell zu beenden. Umkreise den Gegner, als wenn du einen Vorstoß von ihm erwartest und dann spring hoch. Er wird überrascht sein. Das Tuch wird dich automatisch herabziehen. Sobald du auf ihn fällst, wirf das Messer. Alles wird so schnell passieren, dass niemand sagen kann, wie genau es passiert ist. Du musst die Halsschlagader treffen, sonst verpasst er dir noch eins. Zur Sicherheit deck dich mit deinem Ellbogen gegen seine rechte Hand ab. Lass es uns noch einmal üben.«

Sie hatten es viele Male geübt. Mit dem Messer ein Ziel zu treffen, war ihm in Fleisch und Blut übergegangen. Doch damals im Gefängnis hatten sie mit Kochlöffeln geübt. Der Korse hatte einen prüfenden Blick auf Juliens Messer geworfen.

»Aha, ein Messer mit schwerer Klinge? Du weißt, dass beim ›Mano a Mano‹ kein Werfen erlaubt ist.«

Julien lächelte kühl.

»Du wolltest den Kampf. Du bekommst ihn. Du wolltest ›Mano a Mano‹. Also, quake nicht herum.«

»Sollte er werfen, erledigt ihn!«, rief Jérôme seinen Sekundanten zu.

»Wollen wir hier noch herumzicken?«, sagte Julien verächtlich. »Ihr wisst, was zu tun ist, falls seine Sekundanten spinnen?«, wandte er sich an Rochefort.

»Aber klar doch, Chef!«, stimmte dieser zu.

»Na, dann los!«, drängte Jérôme.

Sie umkreisten sich lauernd.

»Weißt du, dass ich beim ›Mano a Mano‹ schon vier Männer getötet habe? Es waren Männer und keine Bürschchen.«

»Du hast Angst, Korse. Ich rieche deinen Angstschweiß.«

Jérôme machte einen Ausfall, aber Julien konnte ausweichen.

»Viel hast du nicht drauf!«, höhnte Julien. Er war sich seiner Sache nicht so sicher, wie er tat. Es war etwas anderes, ›Mano a Mano‹ mit Messern zu bestehen statt mit Kochlöffeln. Nun würde sich entscheiden, ob er von Tessier genug gelernt hatte. Wieder ein Ausfall von Jérôme. Er erwischte Julien am Oberarm. Nichts Schlimmes, doch der Korse schrie triumphierend auf. Juliens Ärmel färbte sich rot.

»Wie gefällt dir das, Bürschchen?«

»Ein Kratzer!«

»Warum greifst du nicht an?«, zischte der Korse. »Es macht keinen Spaß, dich einfach abzustechen.«

Jérôme versuchte wieder einen Ausfall, doch diesmal ging der Stoß ins Leere. Julien ging zum Angriff über, aber auch er teilte nur die Luft.

»Wenn ich ernst mache, wirst du sterben!«, keuchte Jérôme.

Der Korse war sich sicher, dass ihm von dem Bürschchen keine ernste Gefahr drohte.

»In ein paar Augenblicken wird der Korse tot sein«, rief Julien seinen Sekundanten zu. Diese schlugen sich begeistert auf die

Schenkel, wütend beobachtet von Jérômes Männern. Mit einem mächtigen Sprung war Julien über Jérôme, schraubte sich höher und höher und das Messer verließ seine Hand. Gurgelnd ging der Korse zu Boden. Julien stürzte auf ihn. Blitzschnell zog er die Klinge aus dem Hals und entledigte sich des Tuchs.

»Das war es, Freunde«, sagte er und sah die beiden Sekundanten drohend an.

11 – Im Bagno gibt es kein Remis

(Charles Dickens erzählt)

»Das war gegen die Regeln«, brüllte einer der Sekundanten, aber der Ausdruck seines Gesichts verriet, dass er sich dessen nicht sicher war.

»Es ging viel zu schnell, als dass du das sehen konntest«, widersprach Rochefort. »Ihr könnt wohl keine Niederlage vertragen? Was sollte er machen? Das Messer bis zum Schluss festhalten, bis ihr so gnädig seid, den Hieb als Stoß und nicht als Wurf zu werten?«

»Ihr solltet das Ergebnis akzeptieren«, sagte Julien, nahm sein Messer bei der Klinge, warf es hoch und fing es geschickt wieder auf. Auch die beiden ehemaligen Korporale nahmen Kampfhaltung ein.

»Ihr ahnt gar nicht, wie nah ihr dem Tod seid«, sagte Julien ruhig. Die Gelassenheit, die von ihm ausging, beeindruckte Jérômes Sekundanten.

»Wir sind drei Mann. Ihr habt keine Chance, hier heil herauszukommen«, setzte Rochefort hinzu.

»Vielleicht haben wir uns getäuscht«, sagte der Größere der Sekundanten. Sein Partner nickte zögernd.

»Wenn ich von euch höre, dass dies kein fairer Kampf war, werdet ihr es bereuen«, bekräftigte Rochefort.

»Schon gut. Es war alles in Ordnung«, sagte nun auch der Kleinere.

»Dann schafft euren Freund weg«, sagte Julien, nickte seinen Männern zu und sie verließen die Baracke.

Als sie ins Freie traten, empfing sie ein erstauntes Gemurmel. Die Überraschung stand vielen ins Gesicht geschrieben. Depuis und Masson diskutierten erregt miteinander. Es schien einiges gewettet worden zu sein. Masson winkte Julien zu sich. Betont gelassen folgte dieser der Aufforderung.

»Milchgesicht, ich werde von nun an ständig ein Auge auf dich haben«, drohte er.

»Ist in Ordnung. Ich habe nicht vor, Ärger zu machen.«

»Du scheinst ein böses Früchtchen zu sein«, stellte Depuis fest. »Ich verspreche dir, beim geringsten Vergehen wird es dir in Cayenne überhaupt nicht mehr gefallen.«

Julien verkniff sich die Bemerkung, dass Cayenne ohnehin nicht große Chancen hatte, ihm irgendwann zu gefallen.

»Scher dich fort!«, schnauzte Masson.

Julien ging zu Lambert und den anderen zurück.

»Wer hätte das gedacht, dass der Sohn des Papierhändlers Morgon mit einem korsischen Messerhelden fertig wird? Wie ich von Leuten aus deiner Baracke hörte, nennen sie dich ›Klapperschlange‹. Scheint ein passender Spitzname zu sein.«

Julien winkte ab.

»Hör auf damit. Was mich wundert ist, dass die Wachmannschaften es hinnehmen, dass einige Männer Messer haben.«

»Die sind zu faul uns jeden Tag zu filzen«, erklärte Rochefort. »Zum anderen käme dabei nicht jeder ohne Verletzungen davon und zum dritten sagen sie sich, dass wir uns am besten selbst umbringen. Hinzu kommt, dass jeder der Capos korrupt ist. Du wirst schon sehen, was für ein reger Tauschhandel hier herrscht, wenn Päckchen aus der Heimat kommen. Es geht dann zu wie auf einem orientalischen Basar. Kurz vor Eintreffen des Postschiffs werden auf Teufel komm raus Strafen verhängt, von denen du dich aber mit kleinen Geschenken freikaufen kannst. Richtig aufregend wird es hier erst, wenn einer einen Fluchtversuch wagt. Dann werden alle gefilzt und hin und wieder wird ein Messer gefunden und konfisziert. Passiert aber nicht oft.«

»Trotz der harten Arbeit, die auf lange Sicht ein Todesurteil bedeutet, denken die wenigsten an einen Fluchtversuch«, bestätigte Albert, sein zweiter Sekundant. »Wohin sollte man auch flüchten? Um uns ist dichter Urwald, in dem Indianer leben, die uns Weiße nicht besonders mögen. Außerdem gibt es genügend ehemalige Häftlinge, die sich als Kopfgeldjäger über Wasser halten. Hier ist der Mensch des Menschen Feind.«

»Komm, Klapperschlange!«, sagte Lambert grinsend. »Wir müssen die Ochsen vom Bauern holen.«

Sie gingen zum Tor des Forts und meldeten dort dem Soldaten, wohin sie wollten. Dieser nickte gleichgültig und ließ sie passieren. Sie gingen einen Feldweg hinunter, der links und rechts von dichtem Dschungel gesäumt war. Der Wald war wie eine Wand und außerdem sumpfig.

»Da kommt niemand durch«, erklärte Lambert.

Nach einer halben Stunde öffnete sich der Dschungel zu einem Tal, das verschiedene Gehöfte zeigte. Die Dächer leuchteten in dem allgegenwärtigen Grün in einem verheißungsvollen Rot.

»Sieht schön friedlich aus.«

»Ist es aber nicht. Die Bauern leben am Existenzminimum. Es sind überwiegend ehemalige Häftlinge, die nicht nach Frankreich zurück dürfen. Der Kommandant vermietet ihnen die Häftlinge zum Zuckerrohrschlagen. Die Offiziere bewachen sie dabei nicht ungern, da es ihnen manches Geschäft ermöglicht.«

Als sie den Hof betraten, kam der Bauer gleich aus dem Kuhstall. Grinsend sah er ihnen entgegen.

»Hallo, Palon, alter Gauner, hast du heute schon deine Frau geschlagen?«, fragte Lambert. »Er schlägt sie fast jeden Tag«, erklärte er Julien.

»Ihr wollt die Ochsen holen?«, erwiderte der Bauer zähnefletschend. Er nahm Lambert seine Bemerkung nicht übel. »Sag Derange, dass ich in der nächsten Woche vier kräftige Männer brauche, die die Jauche auf den Feldern verteilen.«

Misstrauisch sah er Julien an. »Ein Neuer, was? In verdammt jungen Jahren kommst du nach Cayenne. Was hast du angestellt?«

»Er hat Leute aufgeschlitzt, die so neugierig waren wie du«, warf Lambert ein.

»Ich war Offizier bei der Nationalgarde. Das ist heute in Frankreich schlimmer, als wenn ich eine Frau umgebracht hätte.«

»Dann bist du wohl so ein verdammter Kommunarde?«, sagte Palon feindselig.

»Auf jeden Fall täuscht sein Gesicht«, erklärte Lambert mit bösem Lächeln. »Er hat gerade Jérôme zur Hölle geschickt. Man nennt ihn bereits die ›Klapperschlange‹.«

»Jérôme? Donnerwetter! Dieses Milchgesicht?«

»Wie man sich täuschen kann, nicht wahr? Doch wir müssen weiter. Ich hole die Ochsen aus dem Stall.«

Palon musterte Julien unbehaglich. Eine Frau kam heraus. Klein, breit gebaut, abgearbeitete Hände, mit vielen Falten in dem dunklen Gesicht. Eine Indianerin.

»Magdalena, der Kerl hier hat Jérôme abgemurkst. Stell dir das mal vor!«

Die Indianerin musterte Julien und entspannte sich sichtlich.

»Da hat er ein gutes Werk getan. Die Heilige Mutter wird es ihm anrechnen. Der Kerl war durch und durch schlecht. Mich hat er behandelt, als wäre ich der Mist, den sie für uns auf den Feldern verteilen.«

»Du bist nun mal eine Indianerin«, sagte Palon und ging in den Stall. Als Kompliment war dies nicht gemeint.

»Ich sehe in deinen Augen, dass du fort willst«, sagte die Indianerin, nachdem sie ihn eine Weile angesehen hatte.

»Will hier nicht jeder weg?«

»Ja. Doch die meisten haben nicht den Mut dazu. Bisher sind alle gescheitert, die weg wollten. Jedenfalls weiß ich von niemandem, der es geschafft hat.«

»Bist du seine Frau?« Julien deutete mit dem Kopf zum Stall.

»Eher seine Sklavin. Aber er hat mich in Cayenne in der Kirche vor einem Priester geheiratet. Doch nun bin ich alt und am liebsten würde er mich loswerden. Dabei bin ich durch die Arbeit für ihn alt und hässlich geworden.«

Dies war nicht übertrieben. Sie hatte keine Zähne mehr. Nur ihre Augen blickten noch lebendig und erinnerten an das Mädchen, das sie einmal gewesen war.

»Und wirklich niemand hat es geschafft, Cayenne zu verlassen?«

»Wohin soll man fliehen? Das Meer ist unendlich und man braucht ein gutes Boot, das auch Stürme überstehen kann.«

»An der Küste entlang bis nach Brasilien?«, fragte Julien.

»Jedenfalls hat es noch niemand geschafft. Du wirst es versuchen, ich weiß«, schloss sie mit einem resignierenden Blick.

Lambert kam mit den Ochsen aus dem Stall und Julien verabschiedete sich von der Indianerin, indem er ihr die Hand und einen Kuss auf die Wange gab.

»Danke, Magdalena.«

Der Bauer starrte ihn an, als hätte er am helllichten Tag die Mutter Gottes gesehen. Sie trieben die Ochsen zum Fort hoch.

»Was sollte denn das?«, fragte Lambert kopfschüttelnd.

»Sie ist eine gute Frau«, sagte Julien.

»Hast du dich in die alte Megäre verliebt?«, kicherte Lambert.

»Sie hat schöne Augen.«

»Ist mir bisher nicht aufgefallen«, erwiderte Lambert.

Die Wache begrüßte sie mit einem »Ihr habt euch aber Zeit gelassen, Ochsentreiber!«.

»Pass auf, dass dich die Klapperschlange nicht beißt«, warnte Lambert.

Die Wache stieß mit dem Gewehrkolben nach ihm. Lambert wich lachend aus. Sie gingen zur Kloake, spannten die Ochsen vor den Kesselwagen und trieben die Tiere an und zurück ins Tal. Dort hatten sie noch einmal bis zum Abend zu tun, die Jauche mit Eimern in eine Jauchegrube zu befördern. Es war schwere Arbeit, denn die Sonne stand hoch und die Luftfeuchtigkeit sorgte dafür, dass ihnen bald die Kleider am Körper klebten. Die Indianerin brachte ihnen Wasser, das sie aus dem Brunnen in der Mitte des Hofes geschöpft hatte und das kühl und rein und mineralhaltig war, da er von einer Quelle aus dem Urwald gespeist wurde. Der Bauer beobachtete dies mit unwilligem Gesicht.

»Du kannst Magdalena mit ins Fort nehmen. Sie scheint dich in ihr Herz geschlossen zu haben«, höhnte der Bauer.

»Du bist ein Schweinehund, Palon. Die Frau ist das Einzige, was hier auf dem Hof taugt.«

»Sag das nochmal!« Der Bauer nahm eine Forke und kam auf ihn zugelaufen. »Ich mach dich alle!«, schrie er.

Julien zog sein Messer und wog die Klinge in der Hand.

»Ich könnte dich töten, aber deiner Frau zuliebe werde ich es nicht tun.«

»Mich töten?«, brüllte Palon und stach mit der Forke nach ihm. Aber Julien wich aus, entriss dem Bauern die Gabel, warf sie auf den Boden, war mit zwei Schritten bei Palon und drückte ihm das Messer an die Kehle.

»Ich will keinen Ärger mit dir. Lass uns also in Ruhe, kapiert?«

Der Bauer nickte und Julien ließ ihn los. Nach einem scheelen Blick trollte er sich ins Haus.

»Sag ihm, dass ich ihm die Nase abschneide, sollte er sich dir gegenüber mal wieder schlecht benehmen«, sagte er zur Indianerin. Diese lächelte und ging ins Haus.

Sie arbeiteten weiter. Als sie fertig waren, kam sie mit zwei Näpfen heraus, in denen es weiß schimmerte.

»Milch mit Früchten«, flüsterte sie.

Es war eine Art Joghurt, in das sie Melonenschnitze hineingetan hatte. Die Indianerin lächelte scheu und verließ sie wieder.

Erst gegen Abend kamen sie ins Fort zurück. Dies war noch einmal schwere Arbeit, da sie sich selbst vor die Deichsel spannen mussten. Nach dem Abendessen kam Derange in die Baracke und brüllte: »Häftling Morgon, sofort zum Kommandanten!«

Alle sahen hoch. Einigen sah man an, dass sie ihn bemitleideten. Julien folgte dem Aufseher in die Kommandantur.

Philipe de Chalon saß mit einem dunkel gekleideten Mann mit Nickelbrille beim Schach. Der Kommandant hatte die weißen Figuren und stand kurz davor, das Spiel zu verlieren. »Das wird bestenfalls noch ein Remis«, murmelte er unglücklich und wiegte den Kopf.

»Niemals«, sagte sein Gegenüber. »Sie sind am Ende.«

Der Kommandant war nicht unglücklich über die Unterbrechung und wandte sich Julien zu.

»Lieber Bürgermeister, das ist der Kerl, der Jérôme ins Jenseits befördert hat. Jedenfalls sagten mir das meine Offiziere.«

Der gut gekleidete Mann wandte sich Julien zu. Der Zwicker vergrößerte seine Augen.

»Tatsächlich? Dieser junge Bursche soll Jérôme ...?«

»Es bestehen keine Zweifel, Monmouth. Einerseits könnte ich ihm dankbar sein, denn Jérôme war ein ständiger Unruheherd und machte nur Scherereien. Aber andererseits wächst mit diesem jungen Mann vielleicht ein Nachfolger heran, der noch mehr Ärger machen wird. Morgon, ich habe dich kommen lassen, um dich zu warnen. Noch ein Vorfall dieser Art und ich schicke dich auf die Teufelsinsel.«

»Nichts liegt mir ferner als Ärger zu machen«, versicherte Julien und setzte seine treuherzigste Miene auf.

»Übrigens, Herr Kommandant, ich würde den Springer vor die Dame ziehen, sonst sind Sie wirklich gleich matt.«

Julien hatte nach dem Unterricht oftmals mit Abbé Flamboyant Schach gespielt und dies hatte dazu geführt, dass er ein vortrefflicher Spieler geworden war. Er beugte sich über das Schachbrett und flüsterte dem Kommandanten die nächsten Züge zu. Der Bürgermeister reagierte schließlich ziemlich unwirsch.

»Gegen wen spiele ich denn eigentlich? Gegen Sie, Oberst Chalon, oder gegen den Bagnosträfling?«

»Ach, seien Sie nicht so kleinlich«, wehrte der Kommandant ab. »Sie haben mir letzte Woche die Figuren verschoben, als ich zur Toilette musste. Ich habe dies sehr wohl bemerkt.«

»Da verwechseln Sie etwas«, erwiderte dieser verlegen. »Na ja, jeder kann sich mal irren. Doch sehen wir mal, wie ich gegen Kommandant und Häftling das Blatt noch wenden kann.«

Er konnte es nicht. Nach knapp einer halben Stunde war der Bürgermeister schachmatt gesetzt. Ärgerlich sah er Julien an.

»Wie konntest du wissen, welche Züge ich machen würde?«, fragte er unzufrieden und ließ sich, auf Chalons fragenden Blick, Rum nachgießen.

»Sie spielen sehr konventionell.«

»Da hört doch alles auf!«, polterte der Bürgermeister und sah entrüstet zu dem Kommandanten hinüber.

»Wo hast du das gelernt?«, fragte der Kommandant, lehnte sich selbstzufrieden zurück und sah Julien interessiert an.

»Zuhause haben wir die Moskauer Variante rauf und runter gespielt, die Schachweltmeister Dimi…, wie hieß er nur?, kreiert hat. Jedenfalls kenne ich alle Varianten des Großmeisters. Mit meinem Lehrer, dem Abbé, haben wir diese wieder und wieder nachgespielt.«

»Diese verdammten Priester! Da sieht man es wieder«, murrte der Bürgermeister. »Statt sich um das Seelenheil der Schäflein zu kümmern, vergeuden sie ihre Zeit damit, dem Volk Schwachheiten beizubringen. Kein Wunder, wenn es dann glaubt, es wäre uns gleichwertig.«

»Schön, schön«, freute sich der Kommandant und rieb sich die Hände. »Ab morgen kommst du jeden Abend zu mir und bringst mir das bei, was du bei diesem verdammten Abbé gelernt hast. Verstanden, Morgon?«

»Gern zu Diensten, Herr Kommandant.«

»Du kannst abtreten.«

Von der Teufelsinsel war keine Rede mehr und Julien nahm an, dass er den ersten Schritt getan hatte, sein Leben ein wenig zu erleichtern.

Lambert wartete vor der Baracke auf ihn. »Klapperschlange, was war los?«, fragte er besorgt.

Julien erzählte es ihm.

»Glückspilz«, kommentierte Lambert.

Rochefort kam hinzu.

»Chef, es gibt Ärger. Louis und Gaston haben sich in die Wolle bekommen. Du musst einschreiten.«

»Die Idioten!«, grummelte Julien. Aber insgeheim war er stolz, dass ihn die Mitgefangenen nun als Chef akzeptierten. Er ging hinein und nahm sich die beiden Streithähne vor.

»Worum geht es?« Drohend sah er Louis an, einen Hufschmied aus dem Faubourg St. Antoine, von dem es hieß, dass er Frau und Kinder massakriert hatte.

»Ach, Gaston tönt herum, dass ich seine Branntweinflasche mit Wasser versetzt hätte, während er auf dem Donnerbalken war.«

Julien nahm sich Gaston vor, einen stämmigen kleinen Gascogner, der nur deswegen im Bagno war, weil er in der Nationalgarde ein tüchtiger Korporal gewesen war.

»Nun?«

»Klar. Er wusste, dass ich die Flasche bei meinem Bett unter die Diele geschoben hatte. Ich habe mitbekommen, dass er mich dabei beobachtete und habe ihm noch gesagt, dass er die Schnauze halten soll. Plötzlich schmeckte mein Schnaps wie Pisse. Er hat die Flasche mit Wasser aufgefüllt.«

»Das ist eine gottverdammte Lüge!«, schrie Louis.

Die Männer mussten ihn festhalten, sonst hätte er sich auf den Gascogner gestürzt.

»Wann hast du es entdeckt?«

»Eben gerade.«

»Wie schmeckte der Schnaps gestern?«

»Da war er noch in Ordnung.«

»Louis, komm mal näher.«

Der Hufschmied tat es.

»Noch näher!«

»Was soll das?«

»Sag mal: ›Es lebe die Kommune!‹«

»Ha? Warum soll ich mich zum Affen machen?«

»Du sollst nur rufen: ›Es lebe die Kommune!‹«, wiederholte Julien geduldig.

»Für so einen Scheiß habe ich nichts übrig«, trotzte der Hufschmied.

»Soll ich dich mit meinem Messer kitzeln?«

Das wollte der Hufschmied dann doch nicht und lenkte ein.

»Es lebe die Kommune!«, sagte er schnell.

Julien nickte.

»Du stinkst nach Schnaps. Deine Strafe dafür ist, dass du Albert mit drei Flaschen Schnaps entschädigst. Akzeptierst du das?«

Louis sah sich hilfesuchend um. Er sah nur feindselige Mienen. Alle fanden das Urteil mehr als gerecht. Er nickte schließlich.

»Also gut.«

»Vergiss es nicht. Sonst muss ich dich auf englische Art rasieren. Du verstehst?«

Der Hufschmied nickte. »In Ordnung, Klapperschlange.«

Julien wandte sich ab. Er fand, dass er diesen Tag ganz gut überstanden hatte.

Doch am nächsten Tag, als er gerade mit Lambert zu den Kloaken aufbrechen wollte, kamen Masson und Derange, warfen sich auf ihn und fesselten ihn.

»So, Milchgesicht, jetzt geht es dir an den Kragen!«, brüllte Derange hasserfüllt.

»Was ist denn los?«

»Schnauze! Ab mit dir zum Chef.«

Lambert warf Julien einen fragenden Blick zu, doch dieser konnte nur mit den Achseln zucken. Er wurde in die Kommandantur gebracht. Chalon saß missmutig in seinem Sessel. Neben ihm stand in demütiger Haltung der Bauer Palon.

»Unser guter Palon wirft dir vor, dass du ihn bedroht hast. Er sollte dir helfen, die Flucht zu organisieren. Seine Frau hättest du ebenfalls mit solchem Ansinnen bedrängt.«

»Der Kerl lügt. Ich habe ihm nur beibringen wollen, dass man seine Frau nicht wie ein Stück Vieh behandelt. Der Kerl ist schlimmer als die Scheiße, die wir ihm bringen.«

»Hör zu, Schachspieler! Welchen Grund sollte Palon haben, dich ohne Grund zu beschuldigen? Ich verurteile dich zu dreißig Peitschenhieben und zwanzig Tagen strengem Einzelarrest. Das wird dir jeden Fluchtgedanken austreiben. Ab mit ihm! Seht aber zu, dass er am Leben bleibt. Als Schachspieler kann man den Kerl nochmal gebrauchen.«

Derange führte ihn hinaus. Auf dem Hof banden sie ihn an einem Pfahl fest. Alle Insassen des Forts mussten im Hof antreten. Der Kommandant hatte für sich und seine Offiziere Korbstühle herausbringen lassen. Derange übernahm die Bestrafung des Delinquenten. Die ersten Schläge nahm Julien noch gleichmütig hin, aber als Derange beim zehnten Peitschenschlag angelangt war, konnte er das Stöhnen nicht mehr unterdrücken. Doch es ging weiter und weiter. Die Haut auf seinem Rücken platzte auf und das rohe Fleisch trat hervor. Blut lief ihm über die Hose und nun schrie er vor Schmerzen, Wut und Hass. Die Offiziere machten Witze darüber. Es war Lambert, der mit dem Singen anfing. Rochefort fiel ein und nun sangen alle Verurteilten das Lied, das man in den Straßen von Paris gesungen hatte.

»Lustig, lustig ihr Brüder und Schwestern,
weg mit den Meistern und Pfaffen,
alle Herrschaft ist von gestern,
Kaiser, Könige sollen sich raffen,
wir sind freie Leute und hassen die Pfaffen.«

Chalon sprang erregt auf und rief seinen Offizieren Befehle zu, die diese wiederum an die Mannschaften weitergaben.

»Schnauze! Ruhe auf dem Hof!«

Die Soldaten schossen in die Luft. Erst da brach der Gesang ab.

»Na also. Dafür bekommt Morgon noch zehn Schläge obendrauf!«, kreischte Chalon.

Schließlich erlöste die Ohnmacht Julien von seinen Qualen.

Er fand sich in einer engen Zelle im Keller des Forts wieder. Er lag auf dem nackten Fußboden. Sein Rücken brannte wie Feuer. Er rollte sich auf den Bauch und versuchte an etwas anderes zu denken. Du musst das durchstehen, sagte er sich. Denke an die Tage in Paris, denke an den Nachmittag mit Mercedes. Denke an ihren Verrat. Warum verleugnete sie ihre Liebe zu dir? Sie hatte mich doch geliebt? Die Gedanken über die Begegnung im Haus des guten Barons ließen ihn einen Moment den Schmerz vergessen. Doch er kam wieder. Heiße Wellen durchfluteten seinen Körper. Was machst du falsch? Du bist kaum im Bagno angelangt und schon wirst du als gemeingefährlicher Verbrecher zu Einzelhaft verurteilt. Julien, du ziehst Ärger an wie Honig die Bären.

Aber umbringen wollten sie ihn dann doch nicht. Eine Hand berührte ihn und weckte ihn aus dem Halbschlaf. Er sah hoch. Ein kleines Männchen mit einem Arztkoffer. Er hatte von ihm gehört. Doktor Piquet ließ man in schwierigen Fällen aus Cayenne holen. Ein eingefallenes kleines Gesicht. Mit dem Zwicker auf der Nase ähnelte er einer Spitzmaus. Die Kleider schlotterten um seine abgemagerte Figur. Auf dem Kopf trug er einen Zylinder, der nicht sehr sauber war.

»Große Schmerzen?«, fragte der Doktor.

Julien nickte. Was für eine Frage? So wie sein Rücken sich anfühlte, war dies blanker Hohn.

»Trink das«, sagte Piquet und hielt einen Becher an Juliens Mund.

»Was ist das?«, krächzte er.

»Mohnsaft. Wir lassen das erstmal wirken. Dann werde ich dir den Rücken mit einer Heilsalbe einschmieren. Wird etwas wehtun. Was hast du verbrochen?«, fragte er, setzte sich zu ihm auf den Fußboden und lehnte sich gegen die Wand.

»Ich habe Palon nur Manieren beibringen wollen und er hat mich angeschwärzt.«

»Palon ist ein Schwein«, stimmte Piquet zu. »Bist noch ein Frischling und bekommst bereits Peitsche und strengste Verwahrung, da muss doch mehr dahinterstecken.«

»Der Bauer beschuldigte mich, ihn wegen eines Fluchtversuches angesprochen zu haben. Außerdem haben einige Offiziere viel Geld verloren, weil ich Jérôme zur Hölle geschickt habe.«

»So, du hast Jérôme getötet? Auf den hätte ich auch gewettet. War ein verfluchter Kerl. Recht hast du getan.«

Die Schmerzen ließen nach – eine Wirkung des Mohns. Julien schlief ein. Als er wieder aufwachte, war er allein. Auch die nächsten Tage kam der Doktor jeden Nachmittag. Er war Juliens einzige Abwechslung und sie bewahrte ihn vor Depressionen. Die Zelle war an sich schon niederdrückend. Eine Pritsche und ein Stuhl. Ein Eimer für die Notdurft. Oben war ein kleines vergittertes Fenster, das aber nur wenig Luft und Licht in die Zelle ließ. Er bekam altes Brot und Maisbrei und Wasser, davon jedoch genug. Das war auch notwendig, denn in der Zelle war es heiß und stickig und es stank nach Urin und Kot. Er verlor viel Körperflüssigkeit und sein Rücken schmerzte lange Zeit höllisch. Schließlich kündigte Piquet an, dass dies sein letzter Besuch sei.

»Du bist nun über den Berg. Du bist jung und hast gutes Heilfleisch. Ein Älterer wäre daran krepiert. Du solltest so schnell wie möglich mit dem Laufen anfangen, damit deine Muskeln nicht zu sehr verkümmern.«

»Wie soll ich hier laufen?«

»Lauf auf der Stelle. Mach Leibesübungen. Du hast noch viele Tage vor dir. Mach Klimmzüge, so viele wie du kannst. Zieh dich wieder und wieder an den Gitterstäben des Fensters hoch. Und wenn du draußen bist, sieh dich vor, dass du nicht wieder jemandem auffällst. Wenn einer auf der Schwarzen Liste steht, den machen sie fertig … bis er krepiert.«

Das waren gute Ratschläge und Julien beherzigte sie. Er fing an, auf der Stelle zu laufen und sich am Fenster hochzuziehen. Wenigstens fünfzig Klimmzüge am Tag, was er später auf hundert und noch später auf zweihundert steigerte. So kam es, dass er am zwanzigsten Tag die Zelle in besserer Kondition verließ als er sie betreten hatte. Derange sah ihn erstaunt an, als er ihn aus der Zelle holte.

»Die Muskeln hast du vorher nicht gehabt. Die Tage in der Einzelzelle haben dir gut getan. Aber denk nur nicht, dass du aus dem Schneider bist!«

Als sie ins Freie traten, hatte er, wie es ihm der Doktor geraten hatte, die Augen zugedrückt. Er fiel deswegen hin und Derange gab ihm einen Tritt in die Seite.

»Nun vorwärts! Stell dich nicht so an! Siehst doch kräftig genug aus.«

Als er aus der Helligkeit in die Baracke trat, sah ihm die ganze Besatzung des Lagers gespannt entgegen.

»Hier habt ihr eure Klapperschlange wieder. Aber das Klappern wird er wohl zukünftig unterlassen, wenn er klug ist«, trompetete Derange.

Die Sträflinge achteten nicht auf seine Worte und begrüßten Julien mit Händeklatschen. Derange verzog sich wütend.

»Du hast es also überstanden«, staunte Rochefort. »Du siehst gut aus. Bist zwar schlanker geworden, aber du hast Muskeln bekommen. Warst wohl doch nicht in Einzelhaft, sondern hast dich in Cayenne amüsiert?«

»Die haben irgendetwas mit dir vor«, warnte Albert.

»Stimmt. Mir haben sie den Scheißetransport zugewiesen«, stimmte Rochefort zu. »Aber Derange hat dir keine neue Arbeit verpasst. Das kann nichts Gutes bedeuten.«

»Da stinkt etwas«, bekräftigte Albert.

»Ich habe dem verdammten Palon mit dem Ochsenziemer das Bein zertrümmert, so dass er von nun an hinkt«, bekannte Rochefort voller Stolz. »Er wird bestimmt niemanden mehr anschwärzen. Übrigens, seine Alte ist abgehauen. Er verflucht nun den Tag, an dem du auf seinen Hof gekommen bist. Die Alte fehlt ihm hinten und vorn.«

Die Kameraden bekamen recht. Am Abend wurde Julien von Derange wieder in die Kommandantur geführt. Doch Chalon war nicht allein. Außer Monmouth waren zwei Damen und ein hochgewachsener silberhaariger Mann in einem eleganten weißen Rock anwesend. Trotz seiner weißen Haare war er höchstens in den Vierzigern.

»Das ist er. Julien Morgon, ein ehemaliger verbrecherischer Hauptmann der Nationalgarde«, stellte der Kommandant Julien seinen Gästen vor. »Er ist der Kerl, der Jérôme erledigt hat. Ein gefährlicher Bursche, der Ärger macht. Er hat dafür dreißig Peitschenhiebe bekommen und zwanzig Tage Einzelhaft überstanden. Der Kerl ist ein Tier, so wie er das weggesteckt hat. Schaut ihn euch an, er hat in der Haft Muskeln bekommen. Keine Ahnung, wie das gehen kann.«

»Und der junge Bursche soll gegen Lafitte antreten?«, fragte der Weißhaarige interessiert und musterte Julien, als wollte er ihn kaufen.

»Tolle Idee, nicht wahr, mein lieber Evremonds? Monmouth hat sie gehabt. Um den Kerl ist es nicht schade. Wenn er verliert, schicke ich ihn auf die Teufelsinsel zum Krepieren oder in die Sümpfe, die wir vor Cayenne trockenlegen. Die Kerle sterben dort wie die Fliegen. Gott sei Dank bekommen wir immer noch Nachschub aus der Heimat.«

»Ein Schachspiel ums Leben. Was für eine Idee!«, lobte Evremonds.

»Es war meine Idee«, trumpfte der Bürgermeister noch einmal stolz auf. »Der Kerl hat Kommandant Chalon geholfen, mich aus aussichtsloser Lage noch schachmatt zu setzen. Nun wollen wir mal sehen, was er wirklich drauf hat.«

»Wir machen daraus einen großen Abend«, freute sich Chalon. »Meine Militärkapelle wird spielen. Sie üben schon einige Walzer ein. Wir lassen die beiden Kombattanten am 14. Juli gegeneinander antreten.«

Die Damen klatschten.

Eine schöne Schwarzhaarige in einem tief ausgeschnittenen weißen Kleid, mit weißen Blumen im Haar, rief erregt: »Ganz Cayenne muss dabei sein.«

»Jawohl, so habe ich es vorgesehen, liebe Frau von Evremonds. Wir werden die Fechthalle in einen Ballsaal verwandeln. Auf einer Bühne werden sich die beiden Kontrahenten gegenübersitzen. Danach wird es ein Lustspiel von Molière geben. Einige Häftlinge sind sehr begabt und proben schon dafür.«

»So ein Spiel kann aber über Stunden dauern und die Damen werden sich langweilen«, warf Evremonds ein.

»Nein. Während des Spiels der beiden werden Sänger Couplets vortragen. Die Spieler haben für jeden Zug nur eine Minute. Der Wettkampf wird über drei Runden gehen, damit nicht ein Zufallssieg dabei herauskommt.«

»Darf ich erfahren, wer mein Gegner sein wird?«, meldete sich Julien.

Die Runde sah, echauffiert über Juliens Einmischung, verärgert hoch.

»Hast du doch gehört, Häftling!«, antwortete Chalon. »Der Polizeichef von Cayenne. Zu Hause in Frankreich war er bereits als Großmeister bekannt. Hier in Guayana hat ihn noch niemand geschlagen. Er hat alle Meisterspiele im Kopf. Einmal hat er es mit zwölf Spielern aufgenommen und alle besiegt.«

»Ich bin etwas aus der Übung. Kann ich ein Schachspiel bekommen? Ich muss mich auf den Wettkampf vorbereiten, sonst habe ich gegen einen solchen Spieler nicht den Hauch einer Chance und das Turnier wird recht langweilig.«

»Du hast kein Recht auf irgendeine Vergünstigung«, wehrte Chalon unwillig ab.

»Nein. Der Junge hat recht«, mischte sich die schöne Evremonds ein und rückte sich die Blumenkrone zurecht. »Er muss sich doch auf das Spiel vorbereiten können, sonst wird das ein sehr kurzer Spaß.«

»Ich stimme meiner Frau zu«, sagte Evremonds. »Wenn er so unterlegen ist, geht der ganze Spaß verloren.«

»Na gut, einer schönen Frau kann ich keine Bitte abschlagen«, tat Chalon charmant. »Er wird morgen ein Schachbrett bekommen.«

»Und er muss Zeit zum Üben haben«, setzte die Evremonds nach.

»Auch das. Bis zum 14. Juli ist er von allen Arbeiten befreit. Da hat er genug Zeit zum Üben.«

Derange machte ein Gesicht, als hätte er auf eine Zitrone gebissen. Welche Schurkerei er sich auch gegen Julien ausgedacht hatte, er würde sie eine Weile zurückstellen müssen.

»Und er soll ordentlich angezogen daherkommen. In dem verdreckten Drillich ist er nicht zumutbar«, sagte die Evremonds und warf einen vorwurfsvollen Blick in die Runde.

»Ich muss Frau Evremonds recht geben, lieber Philipe«, mischte sich nun auch die Frau des Kommandanten ein. »Einen schönen schwarzen Rock und ein weißes Seidenhemd könnte ich mir vorstellen.«

»Wir wollen doch nicht übertreiben«, murrte Chalon und warf Julien einen wütenden Blick zu.

»Aber natürlich«, trumpfte die Evremonds noch einmal auf. »Er ist ein so hübscher Kerl. Wir Frauen wollen doch auch etwas fürs Auge haben.«

Ihr Mann lachte. Chalon gab Derange einen Wink, dass er Julien hinausführen sollte.

»Denk nur nicht, dass du das Glückslos gezogen hast«, geiferte Derange draußen. »Gegen Lafitte wirst du verlieren und dann geht es ab mit dir in die Sümpfe!«

Er bekam noch am gleichen Abend ein Schachspiel und die ganze Baracke versammelte sich um ihn.

Julien versuchte, sich zu erinnern, was ihm Abbé Flamboyant damals beigebracht hatte und spielte sofort einige Spielzüge nach.

Am nächsten Tag kam Doktor Piquet zu ihm. Julien war allein in der Baracke. Alle waren zur Arbeit und er durfte auf dem Bett, das Schachbrett vor sich, üben.

»Ich soll nach dir sehen. Wie geht es dir?«

»Alles bestens. Außer den Narben ist alles in Ordnung.«

»Zieh dein Hemd aus. Ich will mir das mal ansehen.«

Der kleine Doktor rückte seinen Zwicker zurecht und strich vorsichtig über den Rücken.

»Bestens. Alles gut verheilt. Nun zu dem anderen Problem. Glaubst du, Lafitte schlagen zu können?«

»Keine Ahnung. Ich habe meinen Lehrer, den Abbé Leon Flamboyant, zum Schluss immer öfter geschlagen. Wieviel das wert ist, weiß ich natürlich nicht.«

»Na schön. Ich selbst kann auch ganz passabel Schach spielen und habe gegen Lafitte sogar einmal ein Remis erreicht. Ich habe ein Buch über die russischen Schachspieler. Ich bringe dir das morgen mit und wir spielen die Partien nach. Ich werde Masson sagen, dass ich dich noch wegen des Rückens ständig versorgen muss, sonst wärst du beim Turnier nicht in bester Verfassung.«

Und so kam es, dass sie anhand des Buches große Schachpartien nachspielten und Julien sich immer mehr in Strategie und Taktik des königlichen Spiels vertiefte.

»Sind die Sümpfe wirklich so schlimm, wie man sagt?«, fragte er am vorletzten Tag vor dem Turnier, nachdem sie ein Spiel des russischen Großmeisters nachgespielt hatten.

»Es sind nicht nur die Schlangen und Krokodile. Die meisten sterben an Malaria. Es ist das mörderische Klima. Du bist kräftig und jung, vielleicht schaffst du mehr als ein Jahr.«

»Ich wollte eigentlich zu den Holzfällern. Meinen Freund haben sie dafür eingeteilt.«

Piquet rückte seinen Zwicker zurecht.

»Verstehe. Du denkst, dass du von dort fliehen kannst? Aber wohin, zum Teufel? Übrigens ist die Arbeit bei den Holzfällern nicht die leichteste. Dort sind die meisten nach fünf Jahren nur noch Wracks und man schickt sie zum Krepieren auf die Inseln.«

»Mit meinem Freund habe ich vielleicht eine Chance.«

»Du bist sehr offen zu mir.«

»Sie sind kein Verräter, Doktorchen. Soviel habe ich über Menschen bereits gelernt.«

»Gewinne erst mal das Spiel. Lafitte ist wirklich gut, aber jetzt glaube ich, dass du eine Außenseiterchance hast. Er wird dich unterschätzen.«

Am 14. Juli war das ganze Fort mit Fahnen geschmückt. Der Fechtsaal war zum Ballsaal umfunktioniert worden und mit Blumen dekoriert. Die Militärkapelle spielte, aber auch eine Musikgruppe aus Cayenne löste sie mit rassigen Melodien ab. Alles, was in Cayenne Bedeutung hatte, war eingeladen worden. Masson hatte an der Stirnseite des Saals ein Transparent mit der Aufschrift ›Das Spiel auf Leben und Tod‹ anbringen lassen. Die Soldaten trugen Galauniform mit goldenen Litzen. Die Zivilisten Frack, die Frauen große Toilette. Es war eine erregte angespannte Stimmung. Auf einer provisorischen Bühne vor der Kapelle standen ein Tisch und zwei Stühle. Masson hatte Julien zum Fechtsaal geholt. Die Frau des Kommandanten hatte ihm einen Frack, Hemd, Socken und Schuhe bringen lassen. Er durfte vor dem Wettkampf ein Bad in der Kommandantur nehmen, wo er Seife und sogar Parfüm vorgefunden hatte. Ein Friseur hatte ihn rasiert und ihm die Haare geschnitten.

»Siehst aus wie ein bonapartistischer Prinz«, stellte Masson ärgerlich fest. »Um dich macht man ein Aufsehen, und das nur, weil du Schach spielen kannst und sich der Kommandant einen anregenden Abend verspricht. Enttäusch die Leute nicht.«

Von Masson und Derange begleitet, betrat Julien den Ballsaal. Ein Raunen ging durch die Menge. Julien kam sich vor wie ein Gladiator, der zum letzten Kampf geführt wird. Die Damen tuschelten erregt miteinander.

»Was für ein schöner Mann«, flüsterte die Baronin Evremonds ihrer Nachbarin, der Frau des Bürgermeisters, zu. »Da sieht man wieder, was Kleider aus Menschen machen.«

»Ja, der ist was anderes als unsere Männer«, stimmte die Bürgermeisterin kehlig lachend zu.

»Hoffentlich gewinnt er. Zu schade, wenn solch ein Adonis in den Sümpfen verrottet«, erwiderte Evremonds.

Julien wurde die Kehle trocken, als er die Bühne betrat, die Rockschöße nach hinten schlug und sich setzte. Nachdenklich sah er auf das Transparent ›Das Spiel auf Leben und Tod‹. Nun betrat sein Kontrahent die Bühne. Beifall klang auf. Lafitte trug eine Galauniform. Ein schlanker Mann mit kalten Augen und einem kleinen Bärtchen auf der Oberlippe. Galant verbeugte er sich zu den Damen hin. Julien erhob sich und reichte Lafitte die Hand.

»Auf ein gutes Turnier.« Aber der Polizeichef übersah sie, nickte hochmütig und setzte sich.

Das Spiel auf Leben und Tod konnte beginnen. Vorher kam Chalon auf die Bühne und erläuterte das Spiel und die Regeln.

»Sollte bereits beim zweiten Durchgang ein Sieger feststehen, wird das Turnier abgebrochen und das Buffet freigegeben. Danach spielen unsere Sträflinge ›Der Geizige‹ von Molière. Wer sich nicht für Schach interessiert, wird auf dem Hof durch Couplet-Sänger, Akrobaten und Feuerspucker kurzweilig unterhalten.«

Er wünschte noch einen spannenden, interessanten Abend und ging zu den beiden Kontrahenten. Er nahm zwei Figuren und hielt sie den beiden in der geballten Faust entgegen. Lafitte gewann die weiße Dame. Er würde beginnen. Noch einmal sahen sich die beiden über den Spieltisch an.

»Du wirst in den Sümpfen verrecken!«, sagte Lafitte mit hämischem Lächeln.

»Ich werde dir deine schmutzigen Unterhosen ausziehen!«, gab Julien kalt zurück.

Lafitte wurde bleich. Mühsam konnte er seinen Zorn bezwingen. Genau das hatte Julien beabsichtigt. Lafitte sollte ihn hassen.

12 – Die Augen des Polizeihauptmanns Lafitte
(Émile Zola erzählt)

Lafitte eröffnete. Es wurde still im Saal. Die Augen eines Fisches, stellte Julien fest. Aus ihnen war nichts zu lesen. Die Eröffnung von Lafitte war noch konventionell. Sie tasteten sich ab. Julien verhielt sich passiv. Er antwortete nur auf die Spielzüge des Polizeihauptmanns. Was ging in dessen Kopf vor? Welche Taktik verfolgte er? Was war das nun? Ein kühner Angriff mit dem Pferd? Sah Lafitte nicht voraus, dass er mühelos parieren konnte?

Draußen rüttelte der Wind an dem Wellblechdach. Der Sturm brachte Regen mit sich. Wie Trommelschläge knallte er auf das Dach. Unruhe kam auf. Das Publikum, das den Darbietungen der Akrobaten zugesehen hatte, kehrte in den Saal zurück. Die beiden Kontrahenten ließen sich jedoch nicht ablenken. Lafitte zog die Dame. Aha, darauf war er aus. Was mache ich jetzt? Julien kramte in seinem Gedächtnis. Was war die gegebene Verteidigung? Lafitte war gut. Kein Zweifel. Sie hatten doch gerade erst mit dem Spiel angefangen. Er starrte auf das Brett. Schwarzweiße Karos. Was mache ich nur? Ihm fiel nichts ein. Verdammt, er hat dich. Schon hast du den Läufer verloren. Fischaugen. Diese Fischaugen. Mein Kopf ist leer. Armer Piquet, du hast vergebens mit mir geübt. Was macht er nun mit dem Turm? Er bricht mit dem Turm durch. Ich bin im Schach. Lass dir was einfallen. Aber mir fällt nichts ein. Leere. Mein verdammter Kopf. Er trank einen Schluck Wasser. Meine Dame. Ich muss meine Dame retten. Schon wieder in der Defensive. Verdammt, er hat mich.

»Matt!«, sagte Lafitte in die Stille und lächelte überlegen.

Die Gäste klatschten frenetisch.

»Nicht mal eine halbe Stunde«, hörte er jemanden sagen.

Oberst Chalon grinste, als wäre es sein Sieg. Masson schlug triumphierend mit der rechten Faust in die linke Hand. Julien sah zur Evremonds hinüber, die ihm einen mitleidigen Blick zuwarf.

»In einer Stunde ist alles vorbei«, hörte er Monmouth rufen.

Diesmal hatte Julien die weißen Figuren. Erinnere dich, feuerte er sich an. Du kannst es doch besser. Spiel die Variante des russischen Großmeisters in Petersburg durch. Halte dich an dessen Plan. Nach dem vierten Zug merkte er, dass Lafittes Augen Unsicherheit zeigten. Die Fischaugen lebten. Lafitte kannte die Spielvariante nicht. Bleib bei der Strategie, sagte er sich. Das Trommeln des Regens auf dem Dach wurde stärker. Er hörte jemanden husten. Nun geh zum Angriff über. Du hast ihn. Oh ja, Lafitte weiß es. Seine Augenlieder flattern. Guter Piquet, deine Geduld hat sich gelohnt. Lafitte schwitzt. Er greift wiederholt zum Wasserglas. Sein Zugriff auf die Figuren wird immer zögerlicher. Er ist ratlos. Ich habe ihn.

»Matt!«

»Nicht einmal zwanzig Minuten«, hörte er eine Stimme sagen.

Die Evremonds klatschte. Man folgte ihrem Beispiel.

»Das letzte und entscheidende Spiel«, sagte jemand.

Sie ordneten die Figuren. Wieder hielt ihnen Oberst Chalon die Faust hin. Wieder gewann Lafitte Weiß, der dies als gutes Zeichen wertete und zufrieden lächelte.

»Vorhin, das war Zufall! Diesmal mach ich dich fertig!«, zischte er.

»Du bist nicht schlecht, aber diesmal werde ich zeigen, dass du nur in diesem beschissenen Land ein Meister bist.«

Lafittes Hände zitterten, als er mit dem Bauern das Spiel eröffnete. Die Niederlage hatte ihn beeindruckt. Die nächsten Züge Lafittes waren von Vorsicht geprägt. Versuchen wir es mal mit der Spielvariante des polnischen Großmeisters, sagte sich Julien. Die Augen beider Spieler waren konzentriert auf das Brett gerichtet. Touché! Er kennt die polnische Variante nicht. Julien war sich nun sicher, dass er siegen würde. Seine Gedanken schweiften ab. Er dachte an den Nachmittag mit Mercedes. Dann kam das Bild von der Bibliothek des Barons Savigny. Wie hatte sie ihn nur verraten können? Konzentriere dich auf das Spiel, du Idiot, ermahnte er sich. Er hatte automatisch weitergespielt. Gut, dein Gedächtnis verlässt dich nicht. Schon auf der Schule hatte es Erstaunen hervorgerufen. Unheimlich, hatten die Lehrer gesagt. Ja, Lafitte war verloren. Gegen die polnische Raffinesse hatte damals sogar der russische Großmeister kein Mittel gewusst. Lafittes Augen hatten den undurchdringlichen Fischcharakter längst verloren. Er bekommt Angst. Er weiß nun, dass er verlieren wird. Was macht er denn jetzt? Hat er den Kopf verloren? Nun bietet er mir die Dame an. Was soll das? Lafittes Hand fegte über das Schachbrett. Mit einem Wutschrei fiel er in den Stuhl zurück. Die Figuren rollten über den Boden.

»Morgon hat gewonnen«, zischte er.

Atemlose Stille. Immer noch trommelte der Regen auf das Dach. Dann vereinzeltes Klatschen. Die Evremonds animierte die Damen.

»Geben wir den beiden noch zwei Spiele?«, fragte Oberst Chalon, enttäuscht darüber, dass das Turnier so schnell zu Ende gegangen war.

»Nein. Das wäre nicht fair«, mischte sich Baron Evremonds ein. »Es waren drei Spiele ausgemacht. Nur weil Lafitte verloren hat, können wir jetzt nicht nachträglich die Regeln ändern.«

»Wo hast du so spielen gelernt?«, fragte Lafitte, immer noch fassungslos.

»Es gibt keine besseren Schachspieler als die Russen und Polen. Ich habe deren große Siege nachgespielt.«

»Du hast die Spiele im Kopf?«

Julien nickte.

»Verstehe. Dann haben dir die Großmeister geholfen. Nun, damit kann ich leben. Wie viele Spiele hast du im Kopf?«

»Alle, die mir mal gezeigt wurden«, erwiderte Julien vage. Er wusste es selbst nicht. Lafittes Augen zeigten Hochachtung.

»Masson, führ Morgon in die Baracke zurück!«, befahl Oberst Chalon sichtlich verärgert.

»Einen Moment«, mischte sich Baron Evremonds wieder ein. »Es gilt doch, dass er nicht in die Sümpfe kommt?«

»Natürlich. Ich habe es versprochen. Ich bin Offizier der Republik.«

»Zur Belohnung sollte er an unserem Fest zum 14. Juli teilnehmen.«

»Er ist doch auch Franzose«, fügte die Baronin Evremonds hinzu.

Chalon zögerte. Alle Damen klatschten. Chalon verbeugte sich nach einem theatralischen Seufzer und machte eine einladende Handbewegung zu den Damen hin.

»Das Herz unserer französischen Frauen!«, rief er pathetisch.

»Also darf Morgon für diesen Abend vergessen, dass er ein Sträfling ist. Das Buffet ist eröffnet. Lassen wir den Damen den Vortritt.«

Plötzlich tauchte Piquet neben Julien auf.

»Na, denen haben wir es gegeben, was? Ich bin erst bei deinem zweiten Spiel gekommen, hatte noch eine schwierige Entbindung in Cayenne. So ein Gedächtnis wie deins habe ich noch nie erlebt. Du hast gespielt, als wärst du einer der Großmeister.«

Sie gingen gemeinsam zum Buffet. Es gab viele Sorten von Fisch, auch Austern und Muscheln sowie ganz köstlich gebratenes Rindfleisch. Dazu wurden die besten Weine Frankreichs ausgeschenkt. Das Ehepaar Evremonds gesellte sich zu ihnen.

»Deinetwegen, Morgon, habe ich viel Geld verloren. Meine Frau dagegen hat dies ausgeglichen. Sie hat auf dich gesetzt und meinen Verlust zehnfach wieder reingeholt«, sagte der Baron lachend.

»Es waren die Damen, die auf Morgon gewettet haben«, zwitscherte die Baronin strahlend. »Die Männer waren sich einig, dass Lafitte siegen würde. Frauen sind die besseren Menschenkenner.«

Ihre Augen flammten auf. Wieder hatte sie einen weißen Blumenkranz in ihrem ebenholzfarbenen Haar. Eine Mode, die die Kaiserin Eugenie eingeführt hatte, der die Baronin auf verblüffende Weise ähnelte.

»Morgon, ich hörte von Chalon, dass du bei der Nationalgarde warst, die so fürchterlich in Paris gehaust hat.«

»Die Versailler haben tausende von Parisern ermordet!«, verteidigte sich Julien.

»Verbrecher, Gauner und Brandstifter! Beinahe hättet ihr ganz Paris abgefackelt.«

»Ach, lass die dumme Politik«, griff die Baronin ein. »Mir haben die Pariser imponiert. Sie haben vor den Preußen nicht klein beigegeben. Und nun haben wir das schöne Elsass und Lothringen verloren.«

»Wir holen es uns wieder zurück. Ganz bestimmt«, sagte Evremonds leicht verärgert.

Die Kapelle spielte einen Tusch. Oberst Chalon stieg auf die Bühne.

»Wir eröffnen den Ball mit einer Polonaise und Damenwahl, weil die Damen uns Soldaten beim Tanzen immer über sind.«

»Lieber Edmond, du tanzt ohnehin nicht gern. Ich werde den Tanz mit dem Sieger des heutigen Turniers eröffnen, wenn du nichts dagegen hast«, sagte die Baronin mit schelmischem Blick.

»Warum sollte ich? Natürlich!«, erwiderte der Baron sichtlich erleichtert und verbeugte sich vor seiner Gemahlin.

»Ich habe noch nie getanzt«, gestand Julien verlegen.

»Sie werden doch mit mir eine Polonaise anführen können«, erwiderte die Baronin und gab ihm mit ihrem Fächer einen leichten Schlag gegen die Wange. Hinter Philipe de Chalon, der mit seiner Frau die Reihe anführte, schritt Julien mit der Evremonds durch den Saal, was ein Getuschel unter den Nichttänzern auslöste. Als sich die Polonaise zu einem Walzer auflöste, sorgte die Evremonds dafür, dass Julien sich nicht blamierte. Sie war eine gute Tänzerin und wohl gewöhnt, die Männer beim Tanzen nicht unelegant aussehen zu lassen. Nach einigen Tänzen sagte sie mit herausforderndem Blick: »Führen Sie mich auf die Veranda. Ich brauche ein wenig frische Luft. Hier ist es stickig.«

Gehorsam führte er seine Tanzpartnerin auf die überdachte Veranda. Sie sahen eine Weile schweigend in den Regen. Die Evremonds holte ein Etui aus ihrer perlengeschmückten Handtasche, steckte sich eine Zigarre zwischen die vollen Lippen und gab Julien die Streichholzschachtel.

»Sind Sie so gut?«

Julien reichte ihr Feuer und nahm nach einem Nicken der schönen Frau ebenfalls eine Zigarre aus dem silbernen Etui, zündete sie an und sog gierig den Rauch ein. Der Regen knallte mit unverminderter Wucht auf das Dach.

»Das wird jetzt auf Wochen nicht aufhören.« Sie wandte sich ihm jäh zu. »Wie konnten Sie so dumm sein und bei den Pariser Träumern mitmachen? Es war doch abzusehen, dass die verlieren würden.«

Er versuchte, es ihr zu erklären.

»Zuerst war man nur der Meinung, dass man sich den Preußen nicht ergeben darf. Das war der Anfang und dann bekam man Lust auf die Werte der großen Revolution, auf Freiheit, Gleichheit und Brüderlichkeit, also auf mehr Gerechtigkeit in Frankreich.«

»Es gab doch immer Reiche und Arme«, erwiderte sie und zog an der Zigarre, bis diese hell aufleuchtete. Sie legte ihm die Hand auf den Arm.

»Du bist ein hübscher Junge und wirst hier im Bagno verkommen. Ich will sehen, was man dagegen tun kann.«

Sie war zum vertraulichen »Du« übergegangen. Sein Herz schlug schneller. Eröffnete sich hier eine Möglichkeit, die ihm die Flucht erleichtern konnte? Die Baronin mochte um die vierzig sein, aber hatte sich gut gehalten, was ihre freizügig gezeigte Büste in dem weißen Kleid überzeugend unterstrich. Sie trat dicht an ihn heran und drückte ihren Mund auf Juliens Lippen.

Seit der Prinzessin hatte er keine Frau gehabt und sein Körper reagierte augenblicklich. Er küsste leidenschaftlich zurück.

»Oh lala, nicht so stürmisch!«, sagte die Baronin und schlug ihm leicht mit dem Fächer auf die Nase. »Hör zu, du wirst noch öfter Gelegenheit haben, mir deine Zuneigung zu zeigen. Ich rede mal mit meinem Mann, ob wir dich nicht im Geschäft unseres Dorfes gebrauchen können.« Sie lächelte ihm verführerisch zu. »Dann wirst du mir öfter deine Ergebenheit beweisen können. Doch nun komm, wir haben schon genug Stoff für Gerüchte geliefert. Frauen können sehr neidisch aufeinander sein.«

Sie ging ihm voran in den Ballsaal zurück.

Wie sie vermutet hatte, steckten die Frauen die Köpfe zusammen. Aber die Evremonds warf ihr Haar zurück, lächelte unbefangen und wandte sich ihrem Mann zu. Masson, der beobachtet hatte, wie Julien mit der Schönen von der Veranda kam, eilte höhnisch lächelnd herbei.

»Bilde dir nur keine Schwachheiten ein! Morgen bist du wieder ein ganz gewöhnlicher Bagnosträfling, der in der Scheiße herumwühlt.«

Julien zuckte mit den Achseln und holte sich ein Glas Champagner vom Buffettisch. Er sah zu den Evremonds hinüber, wo der Baron erst den Kopf schüttelte, dann aber ergeben die Hände hob und sich zu Chalon aufmachte. Auch dieser schüttelte erst heftig den Kopf. Trotzdem machte sich Julien Hoffnungen. Es war nicht unüblich, dass Bagnosträflinge ausgeliehen wurden, meist als Gärtner oder Koch. Er hatte gehört, dass sich so manche Offiziersfrau von den Häftlingen verwöhnen ließ. Solche Geschichten gab es, aber vielleicht waren diese nur das Ergebnis schwüler Gedanken. Niemand kannte den Namen eines solchen Glücklichen.

Ich nehme es, wie es kommt, sagte sich Julien. Sein Hauptziel war nach wie vor, zu Tessier ins Holzfällerlager versetzt zu werden, um mit dem Freund fliehen zu können.

Er wurde an diesem Abend noch von so mancher Offiziersfrau und auch von der Frau Bürgermeister zum Tanz aufgefordert und vergaß ein paar Stunden, dass er ein Sträfling war und am nächsten Tag Scheiße transportieren würde.

Gleich nach dem kargen Frühstück wurde er am nächsten Morgen von einem missmutig dreinblickenden Derange zum Kommandanten geführt. Chalon dagegen machte ein vergnügtes Gesicht. Evremonds zwinkerte Julien zu. Sich die Hände reibend sagte der Kommandant: »Du hast Glück, Morgon. Großes Glück. Baron Evremonds braucht einen Verwalter für seinen Laden in Cheroux. Er ist davon überzeugt, dass du dafür der richtige Mann bist. Weiß nicht warum, aber er glaubt an deine Ehrlichkeit. Was sagst du dazu?«

»Hört sich gut an«, antwortete Julien, Gelassenheit vortäuschend.

»Geh schon einmal zu meinem Zweispänner, ich habe mit Oberst Chalon noch einiges zu besprechen«, sagte Evremonds und wies nach draußen.

Julien wollte gehen, doch der Kommandant hielt ihn zurück.

»Ach, Morgon, versuch erst gar nicht ans Fliehen zu denken. Unsere Bluthunde haben noch jeden erwischt.«

»Ach, er wird es bei mir so gut haben, dass er erst gar nicht auf so eine Idee kommt«, versicherte Evremonds.

»Ich weiß, dass niemand dem Bagno entkommt.«

»Dann schreib dir das hinter die Ohren«, erwiderte Chalon drohend.

Julien ging hinaus und zu dem Zweispänner. Masson kam heran. »Wie ich höre, hat dich der Baron für seine Stute ausgesucht«, höhnte er mit schiefem Grinsen. »Hast wirklich Glück. Aber es wird nicht immer leicht sein, von einem launischen Weib abhängig zu sein. Der Baron hat andere Vorlieben als seine rossige Frau. Die wird dich auf Trab halten. Aber denk nicht, dass du von dort fliehen kannst. Wenn du nur einen einzigen Versuch machst, dann kommst du wieder zu uns zurück und gehörst mir. Dann sind dir keine zwanzig Tage Einzelhaft, sondern ein halbes Jahr sicher. Du denkst, du bist ein ganz Schlauer, aber auch die ganz Schlauen habe ich schon auf den Boden der Tatsachen zurückgeholt. Ich bin mir sicher, dass wir uns wiedersehen.«

»Ihr scheint ja alle mächtig Angst zu haben, dass ich türmen könnte. Jeder hackt darauf herum! Ich denke, es ist unmöglich zu fliehen?«

»Ich kriege dich noch!«, zischte Masson.

Evremonds kam aus der Kommandantur. Masson grüßte ihn unterwürfig und machte sich eilig davon.

»Dann wollen wir mal zu deinem neuen Tätigkeitsfeld fahren«, sagte Evremonds, schwang sich auf den Kutschbock und nickte Julien zu, sich zu ihm zu setzen. Der Baron löste die Zügel von der Bremse, schnalzte mit der Zunge und sie verließen das Fort. Lambert, Rochefort und die anderen standen vor der Baracke und winkten ihm zu. Julien fragte sich, ob er sie je wiedersehen würde.

»Kannst du mit Zahlen umgehen?«, fragte der Baron, während die Pferde, von der Peitsche Evremonds angetrieben, sich kräftig ins Zeug legten.

»Ich werde damit umgehen können«, versprach Julien.

»In meinem Laden müssen alle meine Pachtbauern einkaufen. Es gibt dort alles, was sie brauchen. Cheroux ist ein Dorf mit vierzig Bauernfamilien, die mein Land bearbeiten. Sie kaufen das Saatgut bei mir im Laden, aber auch alles andere, vom Petroleum bis zu ihren Kleidern. Der bisherige Geschäftsführer hat kräftig in die eigene Tasche gewirtschaftet. Ich habe ihn lange nicht überführen können. Aber schließlich hatte ich ihn doch am Kanthaken und ihm eine lebenslange Tätigkeit im Bagno verschafft. Mit dem Aufseher habe ich vereinbart, dass er noch innerhalb dieses Jahres stirbt.«

Er sagte dies so gleichmütig, als spräche er über den Regen. Es hatte am Morgen aufgehört, aber der Himmel hatte sich bereits wieder bezogen.

»Also, sei ehrlich und bescheiß mich nicht zu sehr«, fuhr Evremonds fort. »Dass du fliehen könntest, macht mir keine Sorgen. Du bist ein intelligenter Kerl. Was wolltest du auch in Frankreich? Dort bist du ein Verbrecher. Eine bessere Stellung als mein Verwalter zu sein, wirst du ohnehin im Leben nicht erreichen. Ich verlange von dir, dass du ordentliche Profite erwirtschaftest. Alles andere kümmert mich nicht. Oberst Chalon hat ein gutes Stück Geld für dich verlangt. Ich hoffe, dass ich es mit dir bald wieder reinhole. Immer daran denken: Gewinn macht man an zwei Stellen: einmal beim Einkauf. Ich habe für gute Lieferanten gesorgt. Lass dich von denen nicht ausbluffen. Und die andere Gewinnquelle ist eine gute Buchführung. Die Bauern lassen zwischen den Ernten immer anschreiben, aber wenn sie geerntet haben, wird abgerechnet. Auf Heller und Pfennig. Da gibt es keine Nachsicht. Es sind natürlich ein paar Faulpelze darunter, denen man manchmal die Daumenschrauben anlegen muss. Wie ich hörte, kannst du mit dem Messer umgehen. Ich werde dafür sorgen, dass dies bekannt wird. Sie sollen dich ruhig ein bisschen fürchten. Als Bagnohäftling ist ihnen ohnehin klar, dass du ein Schweinehund bist. Aber einen Schweinehund mit dem Spitznamen ›Klapperschlange‹ haben sie noch nicht kennengelernt. Dein Ruf wird dir die Arbeit erleichtern.«

Julien schwieg. Die Rolle, die Evremonds ihm zugedacht hatte, gefiel ihm nicht. Er sollte das Gegenteil von dem sein, wofür er in Paris eingetreten war.

»Was bauen sie denn auf den Feldern an?«, fragte er nach einer Weile.

»Zuckerrohr, Tabak, Bananen. Kommt auf den Boden an. Die Dreifelderwirtschaft wird konsequent eingehalten, damit der Boden sich erholen kann und fruchtbar bleibt. Von Zeit zu Zeit erlaube ich ihnen auch ein Stück Urwald zu roden, damit sie ihre Felder erweitern können. Ich erlasse ihnen dann für drei Jahre die Pacht – für die neugewonnenen Felder.«

Cheroux lag in einem Tal, das zu allen Seiten von Hügeln umgeben war. Mit den roten Wellblechdächern sah es von weitem wie eine Ortschaft an der Loire aus. Am Rande der kleinen Stadt glitzerte silbern das Wasser eines Flusses.

»In der Regenzeit kann es vorkommen, dass der Fluss über die Ufer tritt. Ich habe den Bauern schon hundertmal gesagt, dass sie den Damm verstärken sollen. Aber das Pack redet sich dauernd mit der Feldarbeit heraus.«

Die Häuser reihten sich wie an einer Korallenkette an der einzigen befestigten Straße, die jetzt zur Regenzeit jedoch verschlammt war. Als sie näher kamen, verwandelten sich die Häuser in baufällige Hütten. Kinder mit aufgeblähten Bäuchen standen in den Türeingängen und sahen ängstlich herüber.

»Die Bauern haben alle Indianerinnen geheiratet oder Mestizinnen. Faules Pack, das nur am Ficken interessiert ist. Alle haben mehr als ein Dutzend Kinder«, schnaubte Evremonds verächtlich. »Übrigens, dem Laden angeschlossen ist eine *Cantina.* Dort kann man Maisschnaps und Bier kaufen. Als Wirt habe ich einen gewissen Alvarez angestellt, ein Spanier. Der betreut mit seiner Frau und den beiden Töchtern die Kneipe. Dem musst du gehörig auf die Finger sehen. Er ist dir unterstellt und muss parieren. Die Weiber sind nicht nur Kellnerinnen, sondern bieten auch andere Dienste an. Du weißt schon. Auch davon wollen wir ein Viertel, und damit sind die Schicksen gut bedient. Schließlich nutzen sie die Zimmer in den oberen Stockwerken dafür. Übrigens, ich selbst wohne dort hinten.«

Er wies auf den gegenüberliegenden Berghang, wo eine weiße Villa mit einem Vestibül mit vier Säulen stand. »Die Luft dort oben ist besser«, fügte Evremonds selbstgefällig hinzu. »Während der Regenzeit bewohne ich unser Stadthaus in Cayenne. Die Stadt und das Meer sind nur zehn Kilometer entfernt. Wenn der Wind gut steht, kann man hier sogar das Meer riechen.«

Er hielt vor dem Laden. Er hatte eine überdachte Veranda und entgegen den übrigen Häusern sogar vier Stockwerke.

»Du wirst im zweiten Stock wohnen. Besser als die Baracke im Fort. Du wirst schon sehen.«

Sie betraten einen vollgestopften Laden mit einer langen Theke.

»Links sind die Kleider. Das Saatgut ist im Keller. Es ist das einzige Haus in Cheroux, das einen Keller hat. Rechts sind Handwerkssachen wie Äxte, Eggen, Spaten, alles was man so braucht. Hinter der Theke in dem Schrank sind Waffen. Gewehre, Revolver und Munition dazu. Darauf musst du aufpassen. Jedes Gewehr, jeder Revolver und jede Patrone werden aufgeschrieben, damit ich weiß, wer Waffen hat und was er mit der Munition anstellt. Die Bauern brauchen sie wegen der Alligatoren und Jaguare, die manchmal bis ins Dorf kommen. Es gibt auch Schlangen und eine räuberische Gepardenart. An Menschen wagen die sich nur selten heran, aber sie reißen das Vieh. Die wohlhabenderen Bauern haben Kühe, Ziegen und Schafe. Der Kerl hinter der Theke heißt Émile.«

Dieser war dabei, Dosen in ein Regal zu ordnen. Als er seinen Namen hörte, sah er sich um und zeigte mit einem etwas törichten Lächeln blendend weiße Zähne.

»Nicht sehr helle, der Junge, aber ehrlich – glaube ich jedenfalls«, kommentierte Evremonds weiter, ohne sich um die Reaktion des Burschen auf seine Bemerkung zu kümmern. »Ich zeige dir nun deine Zimmer.«

Es ging eine knarrende Treppe hoch und sie kamen in einen langen Flur. Evremonds öffnete eine Tür.

»Das ist dein Wohnzimmer.«

Es war einfach eingerichtet. Ein Schrank, zwei Sessel, ein Schaukelstuhl, ein Tisch mit vier Stühlen. »Na, besser hast du es in Frankreich sicher auch nicht gehabt.« Evremonds öffnete den nächsten Raum. »Das Schlafzimmer«, sagte er kurz. Ein Bett mit einem Bettzeug, das nicht gerade sauber aussah. Eine Kommode mit einer Waschschüssel. Neben dem Bett stand eine Petroleumlampe.

»Die Mädchen von Alvarez werden dafür sorgen, dass du jeden Morgen warmes Wasser hast. Klo ist hinter dem Haus auf dem Hof.«

»Und die anderen Zimmer im nächsten Stockwerk?«

»Dort wohnen die Alvarez«, erwiderte er grinsend. »Die Zimmer sind auch dafür da, dass sich die Mädchen ein Zubrot verdienen können. Im vierten Stock wohnen die Professionellen. Sollte ein Freier hier übernachten, knöpfen sie ihm zusätzlich Übernachtungsgeld ab.«

So langsam begriff Julien. Er war also nicht nur Geschäftsführer eines Ladens, sondern auch Verwalter eines Bordells. Julien, du machst Karriere, sagte er sich zynisch.

»Lass uns wieder nach unten gehen, damit du den Wirt kennenlernst.« Sie stiegen wieder hinunter in den Laden. Durch eine Seitentür betraten sie die *Cantina*. Ein langer Tresen. An der Wand dahinter hing ein großer Spiegel. Auf einer Anrichte standen viele Flaschen, die aber kein Etikett trugen. An den anderen Wänden hingen Plakate mit Motiven von Frankreichs Provinzen. Zehn runde Tische mit jeweils vier Stühlen komplettierten die Einrichtung. Einige Tische waren besetzt. Abgerissene Gestalten, die dumpf vor sich hin starrten. Die Flaschen vor ihnen waren halb leer. Eine verblüht aussehende Frau wischte den Fußboden. Der Wirt kam hinter dem Tresen hervor. Er war klein, dick und guter Laune. Sein Schnurrbart hätte auch Napoleon III. begeistert.

»Das hier ist dein neuer Chef, Alvarez«, stellte Evremonds Julien vor. »Er ist für Laden und *Cantina* verantwortlich. Damit du gleich Bescheid weißt: Er liebt keine Ausreden. Im Lager nannten sie ihn ›Klapperschlange‹. Er hat Jérôme, den Korsen, erledigt. Und wie läuft das Geschäft?«

»Bueno! Großartig!«, erwiderte Alvarez mit rollenden Augen, nach einem erschrockenen Blick auf Julien. »Wegen des Regens können die Männer nicht auf die Felder und vertreiben sich die Zeit bei uns mit Trinken.«

»Schön, schön. Du solltest allen Leuten im Dorf sagen, dass sie es mit Morgon zu tun bekommen, wenn sie Ärger machen. Noch irgendwelche Fragen, Morgon?«

»Ich möchte das Kassenbuch sehen.«

»Sehr gut. Gehen wir zurück in den Laden. Da hast du ein kleines Büro.«

»Ich werde morgen erst mal eine Bestandsaufnahme machen. Die Alvareztöchter können mir dabei helfen. Wo sind sie?«

»Sie schlafen noch. War mächtig viel zu tun gestern«, sagte der Wirt augenzwinkernd.

»Ach, dann weck sie mal. Sie sollen das Bett frisch beziehen und meine Zimmer gut durchputzen. Sieht ja alles grauenhaft aus.«

Alvarez nickte eifrig.

»Sie gehen gleich an die Arbeit.«

»Sofort«, setzte Julien nach.

»Sie begreifen schnell«, lobte Evremonds.

Das Büro war ein Kabuff mit einem Schreibtisch und einem Regal. Der Tisch war mit Papieren übersät. Der Baron zog eine Schublade auf, holte ein dickes Buch heraus und warf es auf den Schreibtisch. Eine Staubwolke stieg hoch. Umständlich schlug er es auf.

»Die reinste Sauerei!«, schimpfte Evremonds. »Die Eintragungen enden am 30. des vorletzten Monats.«

Julien beugte sich über das Hauptbuch. Von guter Buchführung konnte man hier nicht sprechen.

»Ich fange ganz neu an. Sonst bekommen wir keine richtige Übersicht. Nach der Revision weiß ich, wo wir stehen.«

»Dann weißt du schon mal mehr als ich. Warst du vor der Militärzeit Buchhalter?«

»Nein. Aber mein Vater hatte eine Papierhandlung mit angeschlossener Druckerei. Er lehrte mich Bücher zu führen.«

»Na wunderbar. Da habe ich den richtigen Mann gefunden. Ich werde dich jetzt allein lassen. Ich schaue in ein paar Tagen vorbei, wie es bei dir läuft.« Er tippte an seinen weißen Hut und ging hinaus.

Julien atmete tief durch und klappte das Buch zu, das in dem gegenwärtigen Stadium nur ungefähr die Situation des Geschäfts preisgab. Er ging in den ersten Stock hinauf. Zwei Mädchen kamen ihm entgegen. Sie ähnelten der Frau unten in der *Cantina*, waren aber bildhübsch, grazil und sahen sich obendrein ähnlich. Zwillinge. Sie hatten pechschwarze Haare, strahlend weiße Zähne und zeigten diese gern. Höflich machten sie einen tiefen Knicks.

»Zu Diensten, Herr Patron.«

Hinter ihnen tauchte Alvarez auf.

»Die Mädchen werden sich jetzt um Ihre Zimmer kümmern. In einer Stunde ist alles pieksauber. Die mit der roten Schürze heißt Juana, die mit der blauen Carmen. Sie werden Ihnen in allen Belangen gern zu Diensten sein. Sie brauchen nur etwas sagen.«

»So so. In allen Belangen? Alle Dienste werde ich nicht in Anspruch nehmen. Die Hurerei der Mädchen hört erst mal auf. Die beiden sollen Émile dabei helfen, alle Waren durchzuzählen. Ich zeige euch nachher, wie wir die Revision durchführen. Was ist mit den Zimmern im obersten Stockwerk?«

Der Wirt wand sich ein bisschen.

»Hat es der ehrenwerte Baron Ihnen nicht erzählt? Nun, wir bekommen ja für unsere Arbeit nur wenig Geld. Die Zimmer im obersten Stock haben wir mit Mädchen belegt, die für uns arbeiten.«

»Diese Sauerei wollen wir mal gleich abstellen«, fluchte Julien und eilte an Alvarez vorbei die Treppe hoch und riss alle Türen auf. In den verwahrlosten Zimmern schreckten die Frauen in ihren Betten hoch. Er fand zwei Indianerinnen und drei dunkelhäutige Mädchen vor.

»Die Weibsbilder verschwinden sofort!«, herrschte er den Wirt an.

»Aber Patron? Wovon sollen die Mädchen denn leben? Sie werden elendig zugrunde gehen.«

Julien stutzte und verfluchte insgeheim den Baron.

»Na gut. Sie sollen erstmal ihre Zimmer aufräumen und säubern. So einen Schmutz will ich nicht noch einmal sehen. Sauberkeit ist von jetzt an das oberste Prinzip. Habt ihr verstanden?«

Der Wirt nickte heftig. Die Mädchen wiederholten sein Nicken. Nach einem Fluch von Alvarez sprangen sie aus den Betten. Julien pustete die Wangen auf. Er würde hier eine Menge Arbeit bekommen. Vielleicht konnte er den Baron davon überzeugen, Lambert hierher zu holen. Sei nicht undankbar, sagte er sich. Gestern standst du noch kurz davor, in den Sümpfen zu krepieren. Und heute nennt man dich Patron.

13 – Die Liebe der Baronin Evremonds

(Victor Hugo erzählt)

In den nächsten Wochen brachte Julien den Laden und die *Cantina* auf Vordermann. Aus der Gerümpelkammer des Ladens wurde ein wohlgeordnetes Kolonialwarengeschäft, das auch in einem Vorort von Paris gern besucht worden wäre. Den Laden teilte er in Angebotsbereiche wie Textilien, Werkzeuge, Saatgut, Lebensmittel, Luxusartikel und Naschwerk. Die Buchführung brachte ihm Kenntnis über die Waren, die schnell weggingen und welche sich nur langsam umschlugen. Die *Cantina* glänzte durch Sauberkeit und es wurde nicht nur Alkohol, sondern auch einfache Gerichte angeboten. Die Töchter des Alvarez schickte er in die Küche. Für die Huren mietete er ein Haus gegenüber. Das Bordell wurde gut angenommen, da Lambert für Sauberkeit und fairen Geschäftsablauf sorgte. Evremonds hatte auf Juliens Drängen hin den Freund freigekauft, als er sah, dass dessen Vorschläge seine Gewinne in kurzer Zeit verdoppelten. Julien erkannte bald, dass dieser einer der reichsten Männer Guayanas war. Ihm gehörten die besten Häuser und Grundstücke in Cayenne.

Eines Tages kam ein Bote vom ›Weißen Haus‹, wie die prächtige Villa der Evremonds genannt wurde, die gegenüber dem Dorf wie eine Fata Morgana auf dem Hügel schwebte. Man wollte ihn in der Villa sehen.

Julien machte sich also am frühen Morgen auf den Weg.

»Das hat nichts Gutes zu bedeuten«, unkte Lambert.

Julien machte sich darüber keine Sorgen. Er wusste, dass er gute Arbeit geleistet hatte. Das Geschäft hatte keinen unnatürlichen Warenschwund mehr. Das Angebot berücksichtigte besser die Wünsche der Frauen und die *Cantina* war zu einem Ort der Geselligkeit geworden. Die beiden Töchter von Alvarez hatten sich als gute Unterhalterinnen erwiesen. Sie sangen und tanzten zur Gitarrenmusik und heizten mit glutvollen Blicken die Fantasie der Männer an, die sich dann zum Abkühlen gegenüber in das Haus mit der roten Tür begaben, wo Lambert ein strenges Regiment über die Huren führte. Julien ahnte jedoch, dass sich auch die Zwillinge hin und wieder an ihre alte Profession erinnerten, wenn der Preis hoch genug war.

Er war so etwas wie der Bürgermeister von Cheroux geworden. Die Straßen wurden sauber gehalten. Er gewährte denen einen kleinen Rabatt, die dafür sorgten, dass der Unrat nicht mehr auf die Straße gekippt wurde, sondern auf einen Komposthaufen. Bei Streitigkeiten wurde er zum Schlichten geholt. Die Bewohner grüßten ihn achtungsvoll, denn er betrog sie nicht wie die vorangegangenen Verwalter.

Es war ein Marsch von gut einer halben Stunde zum ›Weißen Haus‹. Der Weg führte eine Weile am Fluss entlang, bis er eine Brücke überqueren und einen Berghang hochgehen musste. Je näher er dem Anwesen kam, desto prächtiger schälte sich die Villa aus dem Morgendunst. Vier weiße Säulen trugen das Vordach. Um das Gebäude zog sich ein Balkon mit schmiedeeisernem Gitter. Zwar war das Haus aus Holz, aber frisch gestrichen. Die azurblauen Fensterläden vermittelten den Eindruck von Kühle. Als er die Treppe erreichte, kam ein schwarzer Diener in Livree heraus und sagte ihm, dass ihn die Herrin erwarte. Er wurde in einen Raum geführt, dessen riesiger Kronleuchter aus Murano stammen mochte und dessen Möbel im Empirestil gehalten waren. Auf einem Récamiersofa lag hingegossen die Baronin, lächelte ihm zu und wies auf einen zierlichen Sessel.

»Na, Julien, bist du zufrieden mit deinem Leben? Ist doch besser als im Bagno dahinzuvegetieren? Übrigens, du siehst gut aus.«

»Der Baron will mich sprechen?«

»Der Baron? Nein. Der Baron geht in Cayenne seinen Geschäften nach. Komm!«

Sie schlug auf die Liege und deutete mit dem Kopf an, dass er sich zu ihr setzen solle. Zögernd folgte er ihrer Aufforderung.

»So schüchtern habe ich dich gar nicht in Erinnerung«, sagte sie, zog ihn zu sich und küsste ihn. Sie war immer noch eine schöne Frau und sich dessen bewusst, aber auch der Tatsache, dass sie schon bald dem Alter und Klima Tribut zollen würde, und hatte vor, sich bis dahin ihre Schönheit bestätigen zu lassen. Julien fiel es nicht schwer, ihrer Schönheit zu huldigen. Lustvoll griff er in ihr Dekolleté und entblößte das Zwillingspärchen. Sie stöhnte erregt und er schlug ihr den Rock hoch. Sie hatte es ihm vorausschauend leicht gemacht, den Parnass zu besteigen, denn unter dem Tüll war sie so nackt wie Botticellis Venus. Er war jung, stark und ausgehungert genug, um ihr das zu geben, was sie sich erhofft hatte. Er tobte auf ihrem Leib wie ein Satyr und sie schrie ihre Lust in den Morgen. Das Gesinde in der Küche und die Diener im Vestibül sahen auf und lächelten sich zu. Sie wussten, dass ihre Herrin in der nächsten Zeit gute Laune haben würde.

Als sie sich eine Weile ausruhten und sich dabei zärtlich streichelten, erzählte sie ihm, wie langweilig das Leben in diesem prächtigen Haus für sie war.

»Ich lebe hier wie eine Gefangene. Nachbarn sind viel zu weit weg. Und Edmond ist ständig in Cayenne und geht irgendwelchen Geschäften nach, die ihn noch reicher machen.«

»Es gibt sicher eine Menge Leute, die dich um dein Leben beneiden.«

»Ich gehöre nicht hierher, sondern nach Paris. Dort könnte ich einen Salon eröffnen und die geistreichsten und nettesten Leute würden bei mir einkehren. Die Kaiserin wäre meine Freundin.«

»Die Kaiserin lebt nicht mehr in Paris, sondern in London, in der Verbannung.«

»Ach ja, wie dumm. Dann eben Frau Thiers.« Sie war erfahren genug, seine Lust neu zu entfachen und sie liebten sich bis in den Mittag hinein.

Dann, gesättigt von der Lust, führte sie ihn in einen anderen Salon, wo für zwei Personen gedeckt war. Es gab Austern und Champagner, danach Ente und als Dessert Kirschen und Pfirsiche.

»Liebst du mich?«, fragte sie unvermittelt, als sie beim Cognac angelangt waren.

Julien erkannte sehr wohl die Sorge in ihrer Stimme und beeilte sich zu versichern, dass er sich sofort in sie verliebt habe, als er sie in der Kommandantur sah. Aber es stimmte nicht, er fühlte Dankbarkeit, das wohl, und ihre Reize machten es ihm leicht, die Worte zu finden, die sie von ihm erwartete.

»Nicht nur, weil ich dich aus dem Bagno geholt habe«, insistierte sie ahnungsvoll.

»Es ist schön, dem Terror im Bagno entkommen zu sein, aber noch schöner ist es, das Paradies kennenzulernen«, antwortete er, griff ihr ins Kleid und streichelte ihre Brüste, deren Warzen sich sofort aufstellten.

»Du wirst es immer gut bei mir haben, solange du mir treu bist«, hauchte sie. »Wie ich hörte, hat dieser Wirt zwei bildschöne Töchter.«

»Die beiden kleinen Huren sind für mich tabu«, versprach er. »Ein guter Fuchs wildert nicht vor dem eigenen Bau.«

»Ich bin sehr nachtragend«, fuhr sie fort. »Ich habe auch Edmond nicht verziehen, als ich von seinen seltsamen Neigungen erfuhr. Er darf mich seitdem nicht anrühren.«

»Was sind das für … Neigungen? Liebt er Männer?«

»Nein«, erwiderte sie lächelnd und richtete sich die Kleidung. »Ich kenne das Gerücht. Es ist nur aufgekommen, weil wir keine Kinder haben. Er hat die spanische Krankheit, ist impotent. Aber er liebt schwarzes Fleisch und … Schläge. Es ist widerwärtig.«

»Was wird er tun, wenn er von uns erfährt? Du hast hier viel Personal im Haus.«

»Er hat gewusst, was kommen würde, als ich ihn bat, dich nach Cheroux zu holen. Es ist ihm gleichgültig. Im Gegenteil, er fühlte sich von einer Last befreit. Er tut das, was er tun mag und ich tue das, was ich tun will. Ich habe ihm gestern gesagt, dass ich dich kommen lasse und er hat nur gegrinst und mir viel Spaß gewünscht.«

Julien verschluckte sich beinahe. Sie kommentierte seinen Hustenanfall mit hellem Lachen.

»Mach nicht so ein schockiertes Gesicht. Nun komm, ich habe ein Geschenk für dich.«

Sie klingelte und ein Diener trat ein, offensichtlich ein Indianer. Ein dunkles, stoisches Gesicht. Die europäische Kleidung sah an ihm grotesk aus. Sie sagte etwas in einer seltsamen Sprache zu ihm und ihr Domestik nickte.

»Er ist ein Wayapi. Dieser Stamm ist sehr anstellig, sodass man sie sogar zu Menschen machen kann. Er versteht und spricht sogar gut Französisch.«

Sie führte ihn durch die Halle mit dem marmornen Standbild eines römischen Kaisers.

»Julius Cäsar. Der Heros meines Mannes.«

Sie gingen nach hinten hinaus und betraten eine Veranda vor einem Hof, der zu zwei Seiten von einem Gesindehaus und Stallungen begrenzt war. Der Indianer ging zum Stall und kam mit einem Pferd, einem edlen Rappen, heraus.

»Er gehört dir! Damit du nicht wie ein Wilder zu Fuß zu mir kommen musst.«

»Und weiß der Baron …?«

»Natürlich. Ich habe ihm gesagt, dass ich nicht will, dass du dich wie ein Eingeborener zu mir schleichst.«

Der Diener führte ihm das Pferd zu.

»Kannst du reiten?«

»Na ja, es wird schon gehen.«

»Der Wayapi wird es dir beibringen. Er ist ein hervorragender Reiter.«

Julien trat an das Pferd und tätschelte dessen Hals. Es beäugte ihn und schnaubte erregt.

»Er heißt Sulla. Der Römertick von Edmond. Er kam mit dem Pferd gar nicht zurecht und hat es einmal geschlagen. Seitdem fürchtet sich Sulla vor ihm und scheut, wenn er ihn nur sieht.«

Julien bewunderte den schönen mit Silber beschlagenen Sattel und strich über das glänzende rotbraune Leder.

»Ganz weich.«

»Er stammt aus Spanien. Ich habe ihn extra für dich ausgesucht. Ich will doch nicht, dass dein Allerwertester leidet.«

Sie lächelte ihm zu und tätschelte seinen Hintern.

»Besteig das Pferd und mach einen Ausritt. Der Indianer wird dich begleiten. Ich mache derweil Siesta. Wenn sich das Tier an dich gewöhnt hat, findest du mich im Salon.«

Julien schwang sich aufs Pferd. Das Tier scheute und Julien hatte Mühe, sich im Sattel zu halten und redete sanft auf das Tier ein. Schließlich beruhigte sich das Pferd.

»Sulla akzeptiert Euch, Herr«, sagte der Indianer, der Tier und Reiter aufmerksam beobachtet hatte.

»Woran erkennst du das?«, fragte Julien misstrauisch.

»Seine Flanken zittern nicht mehr. Ein Pferd erkennt sofort den Charakter eines Menschen. Und Sulla ist ein besonders kluges Pferd.«

»Dann habe ich ja Glück gehabt«, erwiderte Julien lakonisch.

»Ja, haltet die Zügel nicht zu straff. Das ist bei ihm gar nicht notwendig. Ich habe ihm gesagt, dass Ihr ein guter Herr sein werdet. Gebt ihm nachher das, wenn Ihr mit ihm zufrieden seid. Er wird sich das merken.« Der Indianer reichte ihm einen ausgekernten Pfirsich.

»Du sprichst also mit dem Pferd«, staunte Julien.

»Ja. Das solltet Ihr Euch auch angewöhnen. Nach einer Weile wird er Euch verstehen. Übrigens, immer belohnen. Er ist ganz wild auf Pfirsiche. Macht den Rücken nicht so steif. Ihr müsst mit seinen Bewegungen eins werden. Macht jeden Morgen einen Ausritt mit ihm und Ihr werdet mit der Zeit ein Pferdemensch.

Richtet Euch in der nächsten Zeit nach ihm. Keinen Galopp, wenn er dies nicht vorgibt.«

»Wie heißt du eigentlich?«

»Für den Baron heiße ich Nero«, sagte er gleichmütig.

»Na gut, Nero. Ich sehe schon, dass ich von dir viel lernen kann.«

So kam es, dass Julien jeden Morgen durchs Dorf und auf den rotstaubigen Wegen hinaus auf die Zuckerrohrfelder ritt. Fast jeden zweiten Tag rief ihn die Baronin und er gestand sich ein, dass ihm das Leben gefiel. Erst war es für Sofia de Evremonds eine ›Amour fou‹ gewesen, eine Sache des Körpers, aber je länger die Beziehung dauerte, desto ungestümer wurde ihre Leidenschaft und sie sagte ihm wiederholt, dass sie ohne ihn nicht mehr leben könne. Ihr war, als höre sie auf zu altern und sie benahm sich ihm gegenüber wie ein junges, verliebtes Mädchen.

Eines Nachts wachte er auf, weil etwas gegen die Fensterscheibe schlug. Er stand auf und öffnete das Fenster. Er wusste nun, dass er nicht mehr lange in Guayana bleiben würde. Unten auf der Straße stand Tessier. Er lief schnell hinunter, öffnete die Haustür und der ehemalige Zuchthäusler huschte herein. Julien legte den Finger auf den Mund und Tessier nickte beruhigend. Sie schlichen nach oben zu seiner Wohnung. Julien goss ihm ein Glas Cognac ein und hielt es ihm hin.

»Trink erst einmal.«

»Mensch, ich habe Hunger.«

»Ich gehe mal nach unten in die Küche. Sicher finde ich dort etwas.«

Nachdem er mit kaltem Hühnerfleisch und einer Pastete zurückgekommen war und Tessier alles mit Heißhunger heruntergeschlungen hatte, forderte ihn Julien auf zu erzählen.

»Ich bin getürmt, als ich hörte, dass du aus dem Bagno raus bist und dir bei dem reichen Evremonds ein gepolstertes Nest geschaffen hast.«

»Ich bin hier schon fast ein Jahr.«

»Nachrichten ins Holzfällercamp brauchen ihre Zeit. Ich habe es erst vor ein paar Wochen erfahren.«

»Und wie hast du türmen können?«

»Ich habe einen Aufseher erschlagen, ihm die Axt in die Brust geworfen. Sie sind natürlich hinter mir her gewesen. Ich bin durch die Sümpfe und da ich für die Hunde Fleisch mit Pfeffer hinterlassen hatte, haben sich die Köter gründlich die Spürnase verdorben. Jedenfalls konnte ich entkommen. In Cayenne hätten sie mich beinahe doch noch erwischt. Hast du nicht die Plakate gesehen, die ein Kopfgeld für mich versprechen?«

»In Cheroux kümmert sich niemand, was in Cayenne vorgeht. Die Menschen haben hier mit sich selbst genug zu tun. Ich werde mit Lambert sprechen. Er hat ein Zimmer über mir. Wir werden dich erst einmal auf dem Dachboden verstecken.«

»Verstecken?« Tessier verzog das Gesicht. »Hast du vergessen, dass wir fliehen wollen?«

»Aber die Flucht muss gut vorbereitet sein. Außerdem brauchen wir dazu Geld. Ohne Geld sind wir schnell aufgeschmissen.«

»Und woher nehmen?«

»Von dem, der zu viel davon hat.«

»Und wie willst du drankommen?«

»Das weiß ich noch nicht. Aber ich werde drankommen. Verlass dich drauf! Ich werde jetzt Lambert wecken und der wird dafür sorgen, dass du versorgt wirst. Scheißen wirst du nur nachts können. Tagsüber ist das zu gefährlich. Das Klo liegt auf dem Hof. Bekommst du das hin?«

»Ich habe schon ganz anderes hinbekommen. Aber mir gefällt dieses Versteckspielen nicht. So etwas geht auf die Dauer immer schief. Sieh zu, dass wir bald flüchten können.«

Sein Freund aus der Avenue Bugeaud war höchst erstaunt, als ihm Julien von Tessier erzählte.

»Der Kerl ist ein ehemaliger Zuchthäusler. Ist das nicht leichtsinnig von dir?«

»Dass ich noch lebe, verdanke ich ihm. Ich vertraue ihm wie einem Bruder. Bis zu unserer Flucht müssen wir für ihn sorgen. Wir verstecken ihn auf dem Dachboden.«

»Flucht? Ich will nicht von hier weg. Wir sitzen hier doch wie die Maden im Speck.«

»Vermisst du nicht die Freiheit? Frankreich?«

»Freiheit? Ich war in Paris nicht frei und wir haben auch dort manchmal gehungert. Frankreich behandelt seine Armen schlecht und das wird sich auch jetzt nicht geändert haben. Ich spüre hier wenig von der Unfreiheit. Mann, Julien, wir haben hier doch das Füllhorn des Glücks.«

»Du willst nicht mitkommen?«

»Nein. Ich verstehe auch nicht, warum du fliehen willst. Du hast das Vertrauen Evremonds und dessen Frau ist deine Geliebte. Du reitest auf einem prächtigen Pferd durch die Gegend und die Pächter von Cheroux lieben dich. Besser wirst du es in Frankreich nie haben, wenn du überhaupt dahin kommst. Überleg es dir gründlich. Nein, ich komme nicht mit.«

»Schade. Dann werde ich mit Tessier ohne dich fliehen.«

»Wann, um Gotteswillen?«

»Bald.«

Julien hatte keine Angst, dass Lambert ihn verraten würde. Er kümmerte sich, wie er es erwartet hatte, mustergültig um Tessier, wenn er mit ihm auch nicht warm wurde.

Tessier mit dem Instinkt des Zuchthäuslers merkte dies sofort.

»Was hat der Kleine gegen mich?«, fragte er Julien.

»Er hat Angst, dass die schöne Zeit für ihn zu Ende geht, wenn wir fliehen.«

»Beim Tripper des Kaisers, soll ich ihn …?«

»Nein. Er wird uns nicht verraten.«

Am nächsten Tag ließ der Baron ihn kommen. Als er den Salon des ›weißen Hauses‹ betrat, empfing ihn Evremonds mit finsterer Miene. Seine Frau warf Julien einen warnenden Blick zu. Evremonds bemerkte dies und schickte sie hinaus.

»Wir haben Geschäftliches zu besprechen.«

Zögernd verließ sie den Salon. Evremonds nickte Julien zu sich zu setzen und ließ Cognac und Sherry kommen.

»So ganz werde ich immer noch nicht aus dir klug«, sagte Evremonds, nachdem sie sich zugeprostet hatten.

»So geheimnisvoll bin ich auch wieder nicht.«

»Ich muss wissen, ob ich mich hundertprozentig auf dich verlassen kann.«

»Das können Sie. Cheroux hat niemals mehr Geld abgeworfen als heute.«

»Ja, ja. Stimmt alles. Aber ich bin in vielen Geschäften tätig und da muss ich dich zuverlässig an meiner Seite wissen. Hör zu, ich habe in Cayenne zwei Mädchen, die mir die Zeit vertreiben. Schwarze. Nun muss ich feststellen, dass sie hinter meinem Rücken auch andere Gäste empfangen. Herren des Magistrats, den verdammten Bürgermeister und andere, obwohl ich sie fürstlich bezahle. Sie werden mir gefährlich, wissen einfach zu viel. Sorge dafür, dass die beiden Huren verschwinden. Was und wie du es machst, ist mir egal. Und wenn du es dabei so anlegst, dass der gute Monmouth in Schwierigkeiten kommt, ist mir das eine Extraprämie wert.«

»Verschwinden lassen, das heißt …?«, fragte Julien, kniff die Augen zusammen und sah Evremonds über den Rand des Cognacglases kalt an. Es war ein Blick, den der Baron von Julien nicht kannte.

»Was immer das heißt«, erwiderte Evremonds schluckend. »Es läuft darauf hinaus, dass sie nicht mehr da sind.«

Julien war schockiert, dass Evremonds ihm so einen Mord zutraute. Er konnte nicht mehr an sich halten und ließ alle Rücksicht fallen.

»Sie sind ein Schwein, Evremonds! Ein reiches, skrupelloses Schwein.«

»Was erlaubst du dir?«, rief Evremonds und sprang auf. »Ich kann dich ins Bagno zurückschicken und du würdest dort elendig krepieren!«

»Möglich«, gab Julien zu und verpasste dem Baron mit der flachen Hand zwei Ohrfeigen.

»Du solltest dir die Leute genauer ansehen, die du als Mörder ausschicken willst.«

Evremonds stürzte sich auf Julien. Dieser trat einen Schritt zur Seite. Der Baron stolperte durch den eigenen Schwung und fiel zu Boden. Evremonds erhob sich und rief nach seinen Dienern. Julien stieß ihn in den Sessel zurück und ging hinaus. In der Empfangshalle traf er auf die Baronin.

»Was ist passiert?«

»Ich muss weg. Unsere schöne Zeit geht wohl zu Ende.«

»Warte! Geh nach Cayenne in die Rue Derbes 10 im Village Chinois. Das Haus gehört mir persönlich. Er kennt es nicht. Ich komme zu dir und dann beraten wir …«

Evremonds kam aus dem Salon und schrie mit rotem Kopf.

»Der undankbare Hund ist immer noch hier? Lebt in Cheroux wie ein Vizekönig, fickt meine Frau und wagt es, mich zu schlagen. Hinaus! Morgon, ich verspreche dir, du wirst deines Lebens nicht mehr froh!«

»Wenn du ihm etwas antust, verlasse ich dich!«, kreischte die Evremonds.

»Und was machst du dann? Nein, meine Liebe, du verlässt mich nicht! Niemals.«

Julien stürzte hinaus und schwang sich aufs Pferd. Er wusste, dass er Sulla zum letzten Mal ritt.

In Cheroux angekommen, setzten sie sich sofort zusammen und Julien erzählte, was vorgefallen war.

»Du hast Evremonds geschlagen?«, entsetzte sich Lambert.

»Ich hätte ihm das Messer in die Kehle gestoßen«, kommentierte Tessier trocken. »Es war ein Fehler, das Schwein leben zu lassen. Wir sollten uns sofort zu der Kanaille aufmachen und das Versäumnis nachholen.«

»Was tun wir nur?«, jammerte Lambert.

»Was wohl? Wir müssen weg«, gab ihm Tessier Bescheid. »Wir reiten zu Evremonds und zelebrieren sein letztes Stündchen und dann nichts wie weg aus Guayana.«

»Aber wohin?«, jammerte Lambert.

»Zum Hafen! Dort schnappen wir uns ein Boot. Egal von wem. Wir haben ohnehin nichts mehr zu verlieren. Pack ein paar Sachen zusammen. Die Kasse nehmen wir als Lohn für Juliens Dienste mit. Endlich kommt Bewegung ins Ganze. Ich hätte es auf dem Dachboden ohnehin nicht mehr lange ausgehalten.«

»Ich bleibe«, sagte Lambert und verschränkte die Arme vor der Brust.

Julien hatte dies erwartet.

»Hast du dir das gut überlegt?«

»Nirgendwo auf der Welt kann es mir so gut gehen wie hier. Und ein Abenteurer war ich noch nie. Ich hätte mich schon in Paris schön heraushalten sollen.«

Julien bemerkte, dass Tessier Lust verspürte, das Messer zu ziehen.

»Es ist seine Entscheidung. Er bleibt trotzdem mein Freund.«

Lambert stürzte in seine Arme und schluchzte.

»Ich habe Angst um dich.«

»Wir haben doch noch immer Glück gehabt«, erwiderte Julien und tätschelte den Rücken des Freundes.

Lambert und Julien liefen durch die Wohnung und packten die Sachen zusammen, die man für eine lange Seefahrt brauchte. Aber sie kamen nicht dazu, den Seesack zuzuschnüren. Plötzlich hörten sie draußen Hufgetrappel. Lambert stürzte ans Fenster.

»Soldaten!«, stieß er aus.

Tessier sprang ebenfalls zum Fenster.

»Bei den dicken Klöten des Kaisers! Sie umstellen das Haus. Der Mistkerl Chalon führt die Truppe an.«

Julien schluckte. Wie hatte Evremonds so schnell Chalon auf sie hetzen können? Schon waren Soldatenstiefel auf der Treppe zu hören. Die Tür wurde aufgerissen. Chalon stürmte mit einigen Soldaten ins Zimmer.

»Wen haben wir denn da?«, rief er triumphierend. »Nicht nur Morgon, sondern auch den Schwerverbrecher Tessier. Wenn das kein Fischfang ist! Los, fesselt die beiden.«

Die Soldaten warfen sich auf Julien und Tessier, rissen sie zu Boden und banden ihnen die Hände auf dem Rücken zusammen. Chalon schaute triumphierend auf seine Gefangenen herab.

»Dein Pech, Klapperschlange, dass Evremonds und ich wegen eines neuen Minenverwalters bei ihm verabredet waren. Ich traf eine Stunde nach dir bei ihm ein. Wir kamen überein, dich wieder dem Strafvollzug zuzuführen.«

Er lachte gemein und stieß Julien den Fuß in die Seite. Um Lambert, der verschreckt an der Wand stand, kümmerte sich erst mal keiner. Chalon schaute den Kleinen schließlich missmutig an.

»Du hast zwar nicht gemeldet, dass hier ein Flüchtiger ist, aber Evremonds will dich behalten. Du sollst seinen Laden weiterführen. Glück gehabt, Kleiner!«

Sie brachten die Gefangenen nach Cayenne. Wieder wurden sie im Fort in Einzelhaft gehalten. Julien war sogar in derselben Zelle gelandet, die er schon mal bewohnt hatte. Wie beim letzten Mal versuchte er, sich körperlich in Form zu halten. Um seinen Geist von der Hoffnungslosigkeit der Lage abzulenken, rief er sich die Bilder von den aufregenden Tagen in Paris ins Gedächtnis. Er sah sich wieder die Prinzessin lieben, hinter der Barrikade auf dem Quai Voltaire kämpfen und durchlebte erneut die furchtbaren Stunden auf dem Montmartre. So viele Bilder, so viele Aufregungen und Not und Blut. Was du erlebt hast, reicht für ein paar Menschenleben, sagte er sich. Aber wie würde es weitergehen? Würde ihm die Baronin helfen können? Mit diesen

Bildern und Gedanken vergingen viele Tage. Wie ein Tiger im Käfig lief er unruhig in seiner Zelle auf und ab.

Endlich holte man ihn ab und schleppte ihn in einen Baderaum. Seine alten Quälgeister waren auch zur Stelle. Sowohl Derange als auch Masson verhöhnten ihn und stellten die Spritzen so ein, dass ihn der Wasserstrahl gegen die Wand presste. Er schrie vor Schmerzen.

»Na, Klapperschlange! Nun haben wir dich wieder und diesmal wird dich kein Schachspiel retten. Diesmal werden wir uns lange, sehr lange um dich kümmern können«, jubelte Derange.

»Wir werden dich fertigmachen. Wir haben viel Zeit dafür. Du wirst jeden Tag beten, dass dein Leben gleich zu Ende geht«, fügte Masson hinzu.

Doch sie kamen nicht auf ihre Kosten. Julien wurde frisch eingekleidet und mit Ketten an Händen und Füßen in den Fechtsaal geführt, der diesmal der Gerichtssaal sein würde. An einem langen Tisch saßen Philipe de Chalon, neben ihm Monmouth, der Bürgermeister, und einige der Offiziere. Derange blieb an der Tür stehen. Vor dem Richtertisch standen zwei Stühle. Man hieß Julien sich zu setzen. An die beiden Seiten des Saals hatte man Bänke gestellt, auf denen die Bürger von Cayenne mit ihren Frauen Platz genommen hatten. Auch Evremonds mit seiner Frau saß in ihrer Mitte. Die Baronin sah sehr bleich aus. Sie starrte Julien unverwandt an. Als sich ihre Blicke trafen, schüttelte sie leicht den Kopf. Scheint schlimm mit mir zu stehen, schloss Julien aus ihrem Verhalten. Er wusste, dass der Prozess nur eine Farce war und das Urteil längst feststand. Nun wurde auch Tessier hereingeführt. Er machte ein trotziges Gesicht und lächelte höhnisch. Auf den Bänken löste dies unwilliges Gemurmel aus. Der Zuchthäusler setzte sich neben Julien auf den Stuhl.

»Sahst schon mal besser aus. Wie geht's?«, fragte er mit unbewegter Miene. »Hast du eine Ahnung, was uns erwartet?«

»Entweder Peloton oder lebenslang«, gab Julien zur Antwort. Er machte sich keine Illusionen.

»Wenigstens hattest du ein schönes Jahr.«

»Das war es«, gab Julien ihm recht.

»Die Angeklagten haben zu schweigen!«, donnerte Oberst Chalon. »Erheben Sie sich, Julien Morgon.«

Julien schlug sich auf die Knie und stand auf. Seine Ketten rasselten dabei.

»Du wirst folgender Vergehen beschuldigt«, las Chalon von einem Papier ab. »Erstens gegen die Anweisungen deines Patrons, des ehrenwerten Barons Evremonds, verstoßen zu haben. Zweitens hast du dich der Baronin von Evremonds unsittlich genähert. Drittens bist du gegen den Baron Evremonds gewalttätig geworden und hast ihn obendrein bestohlen. Viertens hast du den flüchtigen Gewaltverbrecher Tessier versteckt. Du hast dich der Gnade Frankreichs als unwürdig erwiesen. Die Vielzahl von Verbrechen zeigen, dass du ein verworfener Mensch bist, der eine strenge Bestrafung verdient. Was hast du zu diesen Anklagen zu sagen?«

Julien lachte dem Major ins Gesicht.

»Da habt ihr ein paar schöne Lügen zusammengestoppelt. Erstens, der Baron Evremonds hat mich zu einem Mord aufgefordert, den ich abgelehnt habe. Zweitens, fragen Sie doch die Baronin, ob ich mich ihr unsittlich genähert habe. Es stimmt, dass ich Evremonds geohrfeigt habe, weil er glaubte, mich zu einem Schurken machen zu können, wie er es ist. Veruntreut habe ich nichts. Im Gegenteil, ich habe seinen Reichtum gemehrt. Der einzige Anklagepunkt, der stimmt, betrifft meinen guten alten Freund Tessier, den ich versteckt habe. Was ist das hier für ein Gericht? Habe ich keinen Verteidiger? Schämt sich keiner dieses abgekarteten Schauspiels? Denn drittens weiß ich, dass Sie, Philipe de Chalon, mit dem Baron Evremonds unter einer Decke stecken und sich von ihm bestechen lassen.«

Chalon lief rot an, beherrschte sich dann aber. »Wenn du weiter solche Verleumdungen absonderst, werden wir dir das

Maul zubinden. Natürlich läuft alles nach Recht und Gesetz ab. Der Herr Verteidiger hat das Wort.«

Aus der Bankreihe zu Juliens Rechten erhob sich ein kleines spitznasiges Männlein.

»Ich bin Rechtsanwalt Touron aus Cayenne und vertrete als Pflichtverteidiger die beiden Angeklagten. Ich bin über das Ausmaß der Anschuldigungen und die Bosheit des Subjekts Morgon geradezu entsetzt. Morgon ist nicht nur ein Kommunarde, sondern ein gefährlicher Krimineller! Auf dem Kerbholz hat er eine Reihe von Verbrechen, wie Verleumdungen, Diebstahl, versuchter Totschlag und Beihilfe zur Flucht. Ich kann dieses Subjekt nur der Gnade des Gerichts überantworten. Zweifellos hat Julien Morgon die härteste Strafe verdient.«

»Ha, das soll eine Verteidigung sein?«, rief Julien höhnisch lachend. »Was ist das hier? Eine Komödie zur Belustigung der Bürger von Cayenne? Wo sind Beweise zu den einzelnen Strafpunkten?«

»Die Beweise haben wir geprüft«, donnerte Chalon und warf sich in die Brust. »Sie sind erdrückend und durch eidesstattliche Erklärungen des ehrenwerten Barons belegt. Zweifellos hat der Strafgefangene Morgon die Todesstrafe verdient. Doch so billig wollen wir ihn nicht davonkommen lassen. Nach eingehender Beratung sind wir zu dem Urteil gekommen, Julien Morgon zu lebenslanger Haft auf der Teufelsinsel zu verurteilen. Dort hat er bis zu seinem Tod zu verbleiben. Leutnant Masson, sorgen Sie dafür, dass dieser Mann umgehend nach Kourou und von dort auf die Teufelsinsel gebracht wird. Sie werden Papiere erhalten, die den Kommandanten Colonel Vautrin über die Gefährlichkeit dieses Mannes informieren.« Die Zuschauer klatschten.

Bei Tessier kürzte man das Verfahren ab. Ihm wurde vorgeworfen, einen Wächter mit der Axt getötet zu haben und dies reichte, um auch ihn auf die Teufelsinsel zu schicken.

»Wenigstens sind wir jetzt vereint, das wollten wir doch schließlich«, sagte Julien sarkastisch zu Tessier.

»Noch sind wir nicht tot«, erwiderte Tessier unerschütterlich.

»Ruhe!«, donnerte Chalon. »Masson, weg mit diesen verbrecherischen Individuen!«

Derange eilte herbei und stieß sie aus dem Saal. Draußen wurden sie zu einem Karren geführt und in einen Käfig gestoßen. Von berittenen Soldaten begleitet, ging es zum Hafen. Dort mussten sie unter praller Sonne warten. Der Schweiß lief ihnen über Gesicht und Brust. Tessier schien dies wenig auszumachen.

»Ich bin Schlimmeres gewohnt. Es ist nur Wasser.«

»Was weißt du über die Teufelsinsel?«

»Da werden die gefährlichsten politischen Gefangenen und Gewaltverbrecher, wie wir es jetzt sind, in Gewahrsam gehalten und durch unmäßige Arbeit getötet. Die Politischen sind etwas besser dran, aber das sind wir jetzt nicht mehr.«

»Inwiefern sind die besser dran?«

»Die lässt man weitgehend in Ruhe und die Arbeit, die sie tun müssen, ist längst nicht so schwer. Wir werden es mit dem Abschaum Frankreichs zu tun bekommen. Wir haben leider keine Messer mehr.«

»Woher weißt du das alles?«

»Wir hatten im Waldlager jemanden, der drei Jahre auf der Teufelsinsel war. Er wurde wegen guter Führung und Beziehungen zum Holzfällen versetzt. Er hielt dies für eine tolle Sache. Er meinte, die Arbeit bei uns sei ein Zuckerschlecken gegen das, was auf der Insel abläuft. Chalon hatte schon recht. Er hat uns zu etwas Schlimmerem als dem Tod durch ein Peloton verurteilt. Wir werden uns sofort Messer besorgen. Ohne Waffe bist du der Gewalt ausgeliefert. Einen langen Nagel, ein Eisenstück, denn eine Schmiede gibt es dort auch, kann man zu einer Waffe formen. Nun weißt du, was uns erwartet.«

»Vielleicht kann man von dort fliehen?«

»Unmöglich. Um die Insel tobt eine mächtige Brandung. Bisher ist noch jeder abgesoffen, der von dort fliehen wollte. Sie sind sich ihrer Gefangenen so sicher, dass man sie nur nachlässig bewacht. Die Insel wird einmal in der Woche von einem Schiff angelaufen, das Verpflegung und alles Mögliche bringt.«

Die Tür des Käfigs wurde aufgeschlossen. Derange grinste sie an. »Na, wie geht's euch Hübschen? Raus mit euch!«

Er drohte mit einem Totschläger. Sie stiegen etwas steif aus dem Käfig. Mit den Ketten an den Füßen waren schnelle Bewegungen unmöglich. Am Kai hatte sich eine große Menschenmenge versammelt. Leutnant Masson und Derange hatten wohl nicht damit gerechnet, dass die Gefangenen ein so großes Interesse auslösen würden und blickten verunsichert. Unschlüssig drehten sie ihre Schlagstöcke in den Händen. In der Menge entdeckte Julien auch viele Bauern aus Cheroux.

»Lasst Morgon frei!«, schrien sie und drohten mit den Fäusten.

Man hatte nur sechs Soldaten mitgenommen und diese vermochten trotz der Pferde die vordrängenden Menschen nicht zurückzuhalten. Plötzlich war Lambert neben Julien und steckte ihm zwei Messer und zwei längliche Zylinder zu.

»In den Zylindern steckt Geld von der Baronin. Schiebt sie euch in den Arsch, dann übersteht ihr jede Durchsuchung. Die Baronin will sich bemühen, dass du wieder nach Cayenne zurückkommst.«

Dann war er fort. Die Soldaten hatten blankgezogen und trieben die Menschen durch Schläge mit der flachen Klinge zurück. Julien und Tessier wurden von Masson und Derange über eine Schiffsplanke geführt und an Deck vom Kapitän in Empfang genommen.

»Unsere neuen Passagiere machen ja ein ganz schönes Aufsehen«, sagte er zu Masson.

»Ja, dies sind zwei ganz gefährliche Burschen. Nimm ihnen die Ketten erst ab, wenn ihr auf der Teufelsinsel seid.«

»Habe nicht vor, solchem Gesindel irgendwelche Freizügigkeiten zu gewähren.«

»So ist es richtig«, lobte Masson und wandte sich den beiden Sträflingen zu.

»So, nun kommt ihr auf die Insel ohne Wiederkehr. Eigentlich schade, ich hätte euch beide gern selbst noch ein wenig in der Obhut gehabt.«

»Wir sind die, die zurückkommen«, sagte Tessier drohend.

Masson lachte und übergab dem Kapitän die Papiere.

»Das sind die Akten für die beiden Halunken, damit der Kommandant weiß, was für Früchtchen er bekommt. Vautrin wird dann wissen, wie er die Kerle zu behandeln hat.«

Die beiden Sträflinge wurden von zwei Marinesoldaten zum Bug geführt, wo sie sich hinzulegen hatten. Mit jeder Bewegung klirrten ihre Ketten, so dass die Soldaten ständig wussten, was die Gefangenen taten. Sie lagen in der prallen Sonne und starrten in den Himmel. Über ihnen flogen die Möwen aufgeregt hin und her.

»Man müsste fliegen können«, sagte Tessier.

»Schön, sich das vorzustellen«, antwortete Julien. »Vielleicht wachsen uns ja auf der Insel Flügel.«

»Dann sterbt mal schön!«, rief Masson zu ihnen herüber und verließ das Schiff. Eine Glocke ertönte. Dampf zog über das Deck. Das Schiff legte ab. Kurs Kourou, wo gegenüber im Meer die berüchtigte Teufelsinsel lag.

14 – Das Eiland des Todes

(Honoré de Balzac erzählt)

Die Teufelsinsel war ein kahles trostloses Eiland inmitten einer kochenden See. Es war das Schlimmste, was einem Deportierten passieren konnte. Jeder, der die Insel betrat, verstand nach ein paar Stunden die Warnung, die am Kai auf einem Schild stand: ›Lass alle Hoffnung fahren‹. Auf ihr sperrte Frankreich die gefährlichsten Politischen und die schlimmsten Gewaltverbrecher weg. Alle erwartete das gleiche Schicksal – ein Tod auf Raten.

Die Behandlung durch die Wachmannschaft war an Brutalität nicht zu überbieten. Meist entstammten sie dem gleichen Milieu wie die, die sie bewachten. Doch am schlimmsten waren die Häftlinge, die den Soldaten als Gehilfen dienten.

Vom Schiff wurden sie zur Kommandantur und in einen Hof getrieben, der von weiß getünchten zweistöckigen Kasernen begrenzt war. In Kourou waren noch andere Sträflinge aufs Schiff verladen worden. Sie waren zwanzig Mann. Man ließ sie erst einmal stundenlang in der prallen Sonne warten. Die Soldaten und ihre Gehilfen standen in den Arkaden, die sich um den Hof zogen. In Gruppen beobachteten sie schadenfroh die Neuankömmlinge und wetteten, wann diese der Hitze erliegen würden. Jedes Mal, wenn einer umfiel, grölten sie triumphierend. Niemand kümmerte sich um die am Boden liegenden Häftlinge. Als Tessier und Julien einen Bewusstlosen unter die Arkaden schleppen wollten, wurden sie von den Soldaten mit vorgehaltenem Bajonett daran gehindert. Als die Sonne an Kraft verlor, kam der Lagerkommandant aus dem Haupthaus, vor dessen Eingang die Fahne Frankreichs schlaff herabhing. Ein kleiner Mann mit einem großen Hut, hochgezwirbeltem Bart und Koteletten bis zum Kinn. Kalt musterte er die Neuankömmlinge. Auf seinen blank gewienerten Stiefeln wippend strich er sich über den Bart und zwirbelte die Enden hoch. Als er zu sprechen anfing, blieb er auf den Zehenspitzen stehen.

»Strafgefangene, ich bin Oberst Vautrin, Kommandant der Insel. Ich heiße euch auf der Teufelsinsel nicht willkommen, denn ihr seid es nicht. Ihr seid Frankreichs Abschaum und hier, um zu sterben. Niemand kommt von der Insel fort. Die es versuchten, sind alle tot und die es nicht versuchen, sterben ein paar Jahre später. Ihr könnt euren Tod hinauszögern, indem ihr willig seid, kein Aufsehen erregt, eure Arbeit verrichtet und fleißig den Gottesdienst besucht und Gott um Vergebung anfleht. Jeden Sonntag findet eine Messe statt. Pater Saché werdet ihr noch kennenlernen. Jeder von euch wird in den nächsten Wochen einen Koller kriegen. Korporal Merchant wird euch davon kurieren. Wenn ihr euch gegenseitig umbringen wollt, habe ich nichts dagegen. Niemand von euch ist schuldlos hier. Ihr werdet nun erfahren, dass euch etwas Schlimmeres als die Teufelsinsel nicht passieren konnte. Korporal Merchant, kümmern Sie sich um die Schmeißfliegen!«

Vautrin blickte mit leidender Miene zum Himmel und verschwand in der Kommandantur.

Der Korporal trat aus dem Schatten der Arkaden und baute sich breitbeinig in der Mitte des Platzes auf. Ein gut aussehender Mann mit freundlichen braunen Augen. Er mochte um die dreißig sein. Er war sorgfältig rasiert, seine Uniform saß tadellos, die Stiefel glänzten, als wären sie gerade gewachst worden. Nur ein fast lippenloser Mund verdarb ein wenig den guten Eindruck. Er trug einen Säbel an der Seite. In der Rechten hielt er eine kurze Lederpeitsche.

»Hört gut zu, ihr Ratten! Ihr seid in meiner Obhut, obwohl ich darauf gut hätte verzichten können. Ihr seid mir absolut egal. Also kommt mir nicht mit irgendwelchen Klagen. Wenn es euch schlecht geht, umso besser. Ihr seid hier, um zu büßen. Die

Mehrheit kommt zum Bau am Hafen. Vier von euch kümmern sich um die Kloaken. Drei werden sich um den Garten unseres hochverehrten Obersts kümmern. Zwei werden zum Fischfang abkommandiert. Wachmann Cassel wird sich übrigens um euch kümmern. Solltet ihr nicht mit ihm zufrieden sein, kommt ruhig zu mir, damit ich euch beibringen kann, wie unzufrieden ihr sein werdet, wenn ihr mit meiner Peitsche Bekanntschaft gemacht habt. So, das wär's. Wachmänner, kümmert euch um das Geschmeiß!«

Vier Wachmänner traten nun vor. Alle hielten Schlagstöcke in den Händen. Einer sah so übel aus wie der andere. Cassel, ein Hüne mit einem Pockennarbengesicht, musterte sie grinsend und schlug dabei mit dem Schlagstock leicht in die linke Handfläche.

»Ich bin Cassel, euer Verhängnis, euer Peiniger, euer Scharfrichter. Und ich kenne ein paar Strafen, die nicht mal der Teufel kennt. Ich verlange Gehorsam, Demut und Respekt. Wenn nicht gegenüber uns Wachmännern, dann vor diesem da!« Er hielt den Knüppel hoch. »Es ist uns Wachmännern ein Vergnügen, euch das Leben schwer zu machen. Nun wisst ihr Bescheid. Ihr geht jetzt in die Wachstube der Kommandantur, nennt euren Namen und werdet eingeteilt. Danach geht es ab in die Baracken. Morgen früh fangt ihr mit der Arbeit an.«

Er drehte sich um und ging hinüber in die Kommandantur.

»Die haben aber alles getan, um uns Angst einzujagen«, lästerte Tessier.

»Ich habe die Befürchtung, die meinen es auch so«, gab Julien zurück.

»Wir melden uns zu den Fischern«, schlug Tessier vor.

»Ich habe keine Ahnung vom Fischen.«

»Die wirst du noch bekommen.«

Einer nach dem anderen musste in der Wachstube vor einen Tisch treten, hinter dem Merchant saß. Nachdem man seinen Namen genannt hatte, schnappte sich der Korporal eine Akte und blätterte sie durch. Als Julien seinen Namen nannte, blickte er interessiert hoch.

»Du bist das also. Ein Milchgesicht. In deiner Akte steht, dass du gemeingefährlich bist. Was sehe ich hier? Ehemaliger Offizier der Nationalgarde, also eigentlich ein Politischer, und nun obendrein ein Totschläger? Eine tolle Laufbahn. Ich werde ein Auge auf dich haben. Bei mir machst du keine Sperenzchen und wenn doch, freue ich mich auf dich. Was kannst du außer ehrbare Leute umbringen?«

Da Tessier seinen Beruf als Fischer angegeben hatte, gab sich Julien als Sohn eines Fischers aus.

»Hier steht, dass du der Sohn eines Papierhändlers und Druckereibesitzers bist.«

»Das war später. Mein Vater hat das Papiergeschäft seines Bruders geerbt, davor war er Fischer in St. Malo.«

»Na, meinetwegen. Dann teile ich dich und diesen Tessier zum Fischen ein. Jeden Morgen geht ihr zu den Klippen. Um sieben Uhr fangt ihr an, um zwölf kommt ihr zur Kaserne zurück und liefert die Fische in der Küche des Kommandanten ab. Dann habt ihr Zeit zum Essen fassen. Um vierzehn Uhr bis abends um achtzehn Uhr fischt ihr weiter. Nicht nur nach Fischen und Langusten, sondern auch nach Muscheln. Wenn ihr davon nicht genug bringt, gibt es das hier!« Er deutete auf den Schlagstock neben den Papieren. »Der Nächste! Dalli, dalli!«

Als alle eingeteilt waren, wurden sie in eine Baracke geführt, die der Kommandantur gegenüberlag. Sie war bereits hoffnungslos überfüllt. Der Abstand zwischen den Betten war kaum armlang.

»Wenigstens keine versifften Einzelzellen«, versuchte Julien der Situation das Beste abzugewinnen. Sie nahmen es hin, dass sie sich nur Betten am Ende der Baracke sichern konnten.

»Stellen wir erstmal fest, wie es hier abläuft«, knurrte Tessier.

Kaum hatten sie sich hingelegt, schlug draußen eine Glocke. Alle erhoben sich und drängten ins Freie, wo hinter der Baracke roh zusammengezimmerte Tische und Bänke standen. Dahinter war ein kleiner Schuppen für die Küche. Man musste einen Napf nehmen und bekam eine Suppe und ein Stück Brot. Das Brot war hart und die Suppe dünn. Ein paar Gräten erinnerten daran, dass es eine Fischsuppe sein sollte.

»Davon soll man satt werden?«, murrte Tessier.

»Das Mittagessen ist etwas reichlicher«, sagte sein Nebenmann, ein magerer Schlacks mit strohblondem Haar. »Ich heiße Jean und bin aus Brest«, stellte er sich vor und hielt ihnen die Hand hin.

»Gut, dann erzähl uns mal, wie es hier so lang geht«, forderte ihn Tessier auf.

»Ich gehöre zu denen, die am Hafen arbeiten. Bei der Hitze ist das mörderisch. Wir erweitern dort die Kaianlagen und müssen fast kniehohe Steine bewegen. Doch das ist nicht einmal das Schlimmste. Die Wachmänner schikanieren uns dauernd und es gibt reichlich Prügel. Du kannst dich aber freikaufen, wenn du Geld hast. Alle handeln mit irgendetwas. Du kannst fast alles bekommen, wenn du die Matrosen des Verpflegungsschiffs ordentlich bezahlst. Abgesehen von Waffen, da spielt die Schiffsmannschaft natürlich nicht mit.«

»Und was ist die gängige Währung?«

»Franc natürlich, Diamanten und andere Edelsteine. Du glaubst gar nicht, was manche trotz aller Durchsuchungen im Darm gerettet haben.«

»Wann legt das Schiff an?«, fragte Tessier und hob interessiert den Kopf.

»Jeden Freitag.«

»Was ist die schwerste und was die leichteste Arbeit?«, fragte Julien.

»Die schwerste haben die Steinhauer. Die müssen Blöcke für den Hafen aus den Felsen schlagen. Die in den Kokosplantagen haben es da schon besser, wenn sie nicht gerade von der Palme fallen. Die Bauern, wie wir sie nennen, kümmern sich um

Schweine, Kühe und Gänse und manchmal gelingt es ihnen, ein Tier abzuzweigen. Sind alle in der Regel dicker als ich«, schloss er lachend.

»Viele Soldaten sieht man nicht«, sagte Tessier lauernd.

»Bewacht werden nur die Häftlinge am Hafen, da man Angst hat, dass sie sich ein Boot schnappen und verduften. Aber bei den anderen Arbeiten ist die Bewachung nachlässig. Am besten haben es die Gärtner, die für den großen Garten der Frau Kommandantin sorgen. Übrigens, ein tolles Weib, da läuft einem das Wasser im Mund zusammen. Alle erfreuen sich an ihrem Anblick und du kannst dir vorstellen, dass sie für uns alle die Wichsvorlage ist. Wofür seid ihr eingeteilt?«

Sie sagten es ihm.

»Auch nicht schlecht, wenn ihr gute Fischer seid. Ihr könnt auch manchen Fisch abzweigen und ihn zum Tauschhandel nutzen oder gegen Geld eintauschen. Du kannst dich sogar von der Prügel freikaufen. Die Wachmänner sind rattenscharf aufs Geld und Merchant ist die schärfste Ratte von allen. Er duldet den ganzen Handel auf der Teufelsinsel. Es fällt dabei genug für ihn ab.«

»Weiß der Kommandant von diesen Geschäften?«, fragte Julien.

»Keine Ahnung. Er tut jedenfalls so, als wenn er es nicht wüsste. Er wartet sehnsüchtig darauf, dass er wieder nach Frankreich abberufen wird. Er tut sehr fromm. Deswegen müssen wir auch am Sonntag nicht arbeiten. Soll früher anders gewesen sein. Am Sonntag gehen wir alle gar nicht so ungern zur Messe. Es ist eine Abwechslung und die schönen Geschichten von David und Bethseba sind ganz erbaulich. Also machen wir vor Pater Saché ein braves Gesicht und sind vor dem Kruzifix alle Brüder. Wir haben sogar einen Chor, der unter Pater Sachés Leitung steht. Der Chor ist seine Leidenschaft. Sein Motto ist: Menschen, die singen, sündigen nicht. Er ist ganz in Ordnung. Wenn es die Ratte Merchant nicht gäbe und das Essen besser wäre, könnte man es hier sogar aushalten. Viele der Gefangenen hatten in Frankreich ein noch schlechteres Leben.«

»Hört sich doch alles gar nicht so schlecht an«, brummte Tessier zufrieden. »Da hatte ich es im Holzfällercamp nicht so gut.«

Am nächsten Morgen meldeten sie sich bei Merchant auf der Kommandantur. Cassel war auch da und reichte ihnen Angel, Kescher und Eimer.

»Nun hört mal zu, wie es bei uns läuft«, klärte Merchant sie auf. »Die besten Fische bekommt der Kommandant. Seht zu, dass ihr auch für mich jeden Tag zwei Fische habt. Cassel bekommt etwas von den Muscheln ab. Wenn ihr nicht genug fangt, wird euch Cassel das Fell gerben. Ich weiß, dass die Fischer immer auch etwas für sich abzweigen. So lange wir bedient werden, kümmert uns das nicht. Doch wehe, ihr holt zu wenig aus dem Wasser.«

»Wo ist die beste Stelle zum Fischen?«, fragte Tessier.

»Es gibt auf der Südseite eine Bucht, da haben eure Vorgänger immer viel gefangen.«

»Was ist mit ihnen passiert?«

»Der eine ist ersoffen, den anderen hat Cassel letzte Woche totgeschlagen.«

Cassel fletschte die Zähne und deutete auf seinen Schlagstock. »Immer schön brav sein!«

»Was für Fische gibt es?«, überging Tessier die Bemerkung.

»Hauptsächlich Felsenrötlinge, Langusten und jede Menge Muscheln.«

»Langusten und Muscheln fängt man nicht mit der Angel«, entgegnete Tessier finster.

»Schlauköpfchen, was?«, erwiderte Merchant grinsend. »Ihr müsst hinabtauchen und sie hochholen. Die Muscheln sind von den Felsen zu pflücken. Dabei sind schon einige abgesoffen, denn hier herrscht eine böse Strömung. Ich weiß, ihr habt gedacht, dass ihr das große Los erwischt habt. Aber die Teufelsinsel ist nun mal keine Sommerfrische.«

Ohne Bewacher machten sie sich zur Südspitze der Insel auf. Sie mussten am Hafen vorbei, wo die Sträflinge mit nacktem Oberkörper an der Kaimauer schufteten. Im Schlick des Ufers vermoderte ein altes Boot, dessen Boden bereits durchgebrochen war. Tessier, der Juliens Blick bemerkt hatte, sagte lachend: »Vergiss es! Damit kommst du nicht mal aus dem Hafen!«

Julien seufzte. Sie gingen weiter an der Steilküste entlang nach Süden und beobachteten dabei das Wasser, das in mächtigen Wellen gegen die Felsen schlug.

»Ohne ein starkes Boot kommst du hier nicht weg«, stellte Tessier fest. »Keine Chance. Die Brandung wirft dich zurück.«

Schließlich fanden sie die Bucht. Sie mussten einen Abhang bis zu den Klippen hinunterklettern, was sich als nicht ungefährlich herausstellte, da diese glitschig und teilweise mit Moos bewachsen waren. Die Wellen schlugen hier meterhoch gegen die Felsen. Ein Lärm, als würden die Preußen mehrere Kanonen abfeuern. Sie mussten schreien, um sich verständigen zu können.

»Ich werde tauchen«, schlug Julien vor. »Ich bin der Jüngere.«

»Gut. Dann übernehme ich das Angeln. Ich kümmere mich erstmal um die Köder. Morgen werden wir ein Seil mitnehmen, um dich festzubinden. Der Strudel da unten sieht höllisch aus.«

Julien legte die Kleider ab, sprang nackt ins Wasser und wurde sofort hin und her gewirbelt. Er pumpte seine Lungen auf, tauchte und hatte Glück, dass er sofort eine Muschelkolonie fand. Ein paar Mal wurde er gegen die Klippen geschleudert, so dass er sich ein paar Kratzer und blaue Flecken holte.

Am Nachmittag hatten sie die Eimer mit Muscheln voll. Fische hatte Tessier nur wenige gefangen. Dafür hatte Julien ein paar große Langusten mit dem Kescher einfangen können.

»Es muss am Köder liegen. Ich werde mich mal umhören, welche Köder die besten sind.«

Im Lager wurden sie gleich von Cassel in Empfang genommen. Unwillig musterte er die Eimer.

»Was? Nur zwei Fische?«, fragte er unzufrieden. Merchant kam aus der Wachstube.

»Keine Fische«, wiederholte Cassel.

»Verprügle sie, damit sie gleich wissen, wie es läuft.«

Vor der Wachstube standen zwei Pfähle. Cassel band sie daran fest. Vorher hieß er sie die Hemden auszuziehen. Dann begann er sie systematisch zu schlagen. Er hatte viel Erfahrung darin. Lachend wechselte er zwischen Tessier und Julien hin und her. Es bereitete ihm viel Spaß. Die Schläge taten weh, die Haut platzte auf und sie bluteten bald. Anfangs hatten beide die Schläge noch mit zusammengebissenen Zähnen hingenommen, doch dann raubte ihnen der Schmerz schier die Sinne und sie schrien beide.

Merchant sah mit verschränkten Armen voller Genugtuung zu. Schließlich gebot er Einhalt.

»Für heute soll es genug sein. Das war nur zum Kennenlernen. Beim nächsten Mal verprügeln wir euch so lange, bis ihr ohnmächtig seid. Zieht euch an und seht zu, dass ihr nie wieder ohne Fische nach Hause kommt.«

Cassel band sie los. Tessier sah Cassel mit einem so hasserfüllten Blick in die Augen, dass dieser bleich wurde und den Schlagstock hob.

»Nein. Schluss jetzt, Cassel!«, hielt ihn Merchant zurück.

»Ich werde auf dich achtgeben!«, zischte Cassel.

»Was ist denn?«, fragte Merchant ratlos.

»Er hat einen unverschämten Blick.«

»Den wird er bei der nächsten Tracht Prügel schon verlieren. Häftling Morgon, du bringst euren jämmerlichen Fang in die Küche von Madame Vautrin.«

Julien nickte, zog sich das Hemd wieder über, nahm die Eimer auf und ging durch den Garten der Kommandantur zum Hintereingang. Der Gärtnerhäftling sah bestürzt auf das blutgetränkte Hemd. Julien klopfte an die Tür. Eine große Frau mit langen, bis auf die Schultern fallenden blonden Haaren und grauen Augen öffnete und sah ihn fragend an. Eine Frau wie aus einer nordischen Sage entstiegen.

»Ach ja, der neue Fischer«, sagte sie schließlich. Dann sah sie sein blutiges Hemd.

»Hat man dich geschlagen?«, fragte sie bekümmert.

»Wir haben kaum Fische gefangen.«

»Ach, dieser Merchant. Ich habe ihm schon mehrmals gesagt, dass er die Fischer nicht schlagen soll, wenn sie mal Pech haben. Ich brauche nicht jeden Tag Fisch und das meiste gebe ich ohnehin an die Lagerküche weiter. Komm herein«, sagte sie energisch.

Julien betrat die Küche. Ein Indianermädchen sah mit schreckensgroßen Augen auf sein Hemd.

»Nicole, geh in mein Ankleidezimmer und hole die Salbe von der Kommode.« Zu Julien gewandt sagte sie: »Fischer, zieh dein Hemd aus.«

Das Mädchen verschwand. Julien zog sein Hemd mit schmerzverzerrter Miene aus, da das Hemd an den Wunden klebte.

»Mein Gott, wie kann man Menschen so schlagen«, stöhnte die Frau des Lagerkommandanten. »Ich werde dir jetzt noch einmal wehtun müssen und deine Wunden mit Rum desinfizieren.«

»Darf ich vorher einen Schluck Rum nehmen?«, fragte Julien und setzte ein Lächeln auf, von dem er wusste, dass es auf Frauen seine Wirkung selten verfehlte. Seit der Nacht mit der russischen Prinzessin hatte er einiges über Frauen gelernt. Madame Vautrin wurde rot.

»Verstehe, damit du die Schmerzen besser aushältst, nicht wahr? Gut, hier ist die Flasche.«

Schon hatte er sich ein gehöriges Quantum einverleibt.

»Halt! Du sollst dich doch nicht betrinken«, protestierte die Frau und nahm Julien die Flasche aus der Hand. Vorsichtig betupfte sie mit einem Lappen seine Wunden. Das Indianermädchen kam und reichte ihr die Salbe. Sanft bestrich sie seinen Rücken. Obwohl er sich zusammennahm, konnte er mehrmals einen Aufschrei nicht unterdrücken.

»Gleich ist es geschafft. Die Kamillensalbe wird für eine schnelle Heilung sorgen.«

Zu ihrer Gehilfin sagte sie, dass sie Verbandszeug und ein Hemd aus dem Depot holen solle, so könne man den armen Sträfling nicht herumlaufen lassen.

»Kann ich auch für meinen Freund ein Hemd haben? Er sieht genauso schlimm aus wie ich.«

Sie nickte.

»Nimm die Creme mit und reibt euch damit ordentlich die Rücken ein.«

Als Julien sich in der Baracke zu Tessier an den langen Esstisch setzte, sagte dieser verblüfft: »Mann, du riechst nach Schnaps. Mein Gott, wie bist du denn daran gekommen? Donnerwetter, ein frisches Hemd hast du auch an.«

»Hier habe ich auch ein Hemd für dich. Die Frau Kommandantin scheint ein Engel zu sein.«

»Ja. Die Frau des Kommandanten ist in Ordnung«, stimmte Jean zu. »So mancher fragt sich, wie die stattliche, schöne Frau an diesen kleinen Wichser Vautrin geraten ist. Mit dem Knilch wird sie nicht viel Spaß haben.«

»Wo die Liebe hinfällt … Aber vielleicht erfreut sie sich aushäusig?«

»Hier auf der Teufelsinsel? Unmöglich. Sie ist einfach nur nett und wir alle beten sie an.«

»Ich weiß jetzt, dass ich mit dem falschen Köder gefischt habe«, bekannte Tessier. »Jemand sagte mir, dass wir Langustenfleisch nehmen sollen. Dann klappt es vielleicht besser.«

Als sie sich am Nachmittag erneut zur Bucht aufmachten, kamen sie an der Palmenplantage vorbei, wo die Häftlinge in den Wipfeln herumturnten und Kokosnüsse abschlugen. Julien nahm einige Kokosnüsse auf. Die Arbeiter ließen es lachend geschehen.

»Ist doch kein schlechter Zwischenimbiss«, freute sich Julien.

In der Bucht kümmerte er sich wieder um die Muscheln. Mit der Zeit bekam er Übung darin, die Muscheln von den Felsen zu pflücken. Er musste jedoch aufpassen, dass ihm die scharfen Kanten der Felsen nicht die Füße oder Arme zerschnitten. Das Salzwasser bereitete seinem wunden Rücken höllische Schmerzen.

Als er sich ausruhte und die Kokosnuss aufschlug, um das frische Fleisch zu essen, sah er nachdenklich auf die Wellen, die heranrollten. Er warf die Kokosnuss ins Wasser und beobachtete, wie diese wieder und wieder an die Felsen geworfen wurde. Plötzlich zog eine besonders große Welle sie hinaus aufs Meer. Er warf die zweite Kokosnuss in die Brandung und beobachtete das gleiche Phänomen, dass wieder bei der achten Welle die Kokosnuss hinaus aufs offene Meer gezogen wurde.

»Na, faulenze hier nicht herum. Die Eimer sind noch nicht ganz voll. Ich habe keine Lust, wieder Dresche zu beziehen«, mahnte Tessier.

»Hast du genug Fische gefangen?«

»Ja. Wir werden sogar zwei Fische für den Tauschhandel abzweigen können. Ich könnte auch mal wieder einen guten Schluck vertragen.«

»Ich habe ja gehört, dass man hier mit allem handelt, aber auch mit Rum?«

»Mit allem. Hat mir Jean beim Mittagessen erzählt. Du kannst sogar ein Indianermädchen vom Festland bekommen und sie in einer Kajüte des Schiffs bumsen.«

Julien teilte ihm seine Beobachtung mit den Kokosnüssen mit. Tessier nahm die übrig gebliebene Kokosnuss, warf sie ins Meer und sie warteten und es wiederholte sich das, was Julien beobachtet hatte.

»Verstehe. Du willst mehrere Säcke von Kokosnüssen zusammenbinden und dich auf ihnen aufs Meer treiben lassen. Interessante Idee, aber zu gefährlich. Was wird, wenn ein Sturm aufkommt und dein Floß löst sich auf? Nee, sowas klappt nur in Romanen. Nicht einmal Schmetterlinge verlassen die Insel.«

Kurz vor dem Lager versteckten sie zwei Fische unter einem Stein. Als sie die Wachstube betraten, sah Merchant grinsend auf. »Na, hat euch die Tracht Prügel geholfen?«

»Scheint so«, murmelte Julien und zeigte auf die Eimer.

Merchant nahm zwei Fische heraus und wickelte sie in Zeitungspapier. »Na also, es geht doch. Morgon, bring alles andere der Frau Kommandantin.«

Morgon nickte, ging wieder durch den Garten und klopfte an die Hintertür. Die Frau des Kommandanten öffnete und errötete.

»Ach, mein schöner Fischer. Diesmal mehr Glück gehabt?«

»Ja. Diesmal ging es besser.«

»Tut es noch weh?«, fragte sie mitfühlend.

Julien nickte.

»Komm herein. Ich muss mir nochmal den Rücken ansehen.«

Julien nickte ergeben, trat in die Küche und zog sein Hemd aus. Die Frau befreite ihn von dem Verband, was wieder Schmerzen verursachte. Er zog ein paar Mal heftig die Luft ein.

»Sieht immer noch schlimm aus. Hier muss die Zeit heilen. Als ich ein Kind war, sagte meine Mutter bei einem Wehwehchen, dass dies bis zur Hochzeit heilt. Bist du eigentlich verheiratet?«

»Ich war es. Aber die Familie meiner Frau hat sie gezwungen, die Ehe wieder aufzulösen.«

»Weil du Nationalgardist warst?«

Julien verkniff sich ein Lächeln. Sie hatte sich also über ihn erkundigt. Es war nicht die schlechteste Idee, sich mit der Frau des Lagerkommandanten gut zu stellen.

»Nicht nur deswegen. Weil ich arm bin und ihre Familie sehr reich und von Adel ist. Wir hatten heimlich geheiratet.«

»War sie schön?«, fragte sie und bestrich vorsichtig die Wunden mit einer anderen Paste.

»So schön wie Sie.«

Sie lachte sehr hoch und sagte barsch: »So, zieh dir das Hemd wieder an. Und nun aber raus mit dir!«

Er knöpfte gehorsam sein Hemd zu und dankte ihr mit einer chevaleresken Verbeugung und einem schmachtenden Blick. Die Frau des Lagerkommandanten wurde wieder rot, strich sich das Haar zurecht und sagte unwillig: »So darfst du mich nicht ansehen!«

»Sie erinnern mich an meine Frau.«

Es stimmte nicht, sie war zu groß, zu selbstbewusst. Ihr schmales Gesicht war von einer aristokratischen Hoheit. Ihre Augen waren grau wie der Frühnebel über der Seine im Frühling in Paris.

»Du bist ein gefährlicher Mann, Julien Morgon. Nun geh endlich und halte mich nicht weiter von der Arbeit ab.«

»Ich freue mich auf morgen.«

Er freute sich wirklich. Sie wusste also bereits seinen Namen.

»Warum?«, fragte sie verdutzt.

»Weil ich Sie wiedersehe.«

Sie warf das Haar zurück und funkelte ihn an.

»Nun werde nicht frech, sonst muss ich Merchant sagen, dass du dich ungebührlich benimmst.«

»Ich gehe schon«, erwiderte er und hob ergeben die Arme. An der Tür wandte er sich noch einmal zu ihr um. Die Hand aufs Herz gelegt, schüttelte sie leicht den Kopf. Ihr Mund formte ein nicht ausgesprochenes Wort. »Nicht!«

Doch er nickte bejahend und ging hinaus.

Tessier erzählte er nichts davon, obwohl dieser fragte: »Wie war es mit der Frau Lagerkommandant?«

»Ich habe ihr die Fische gebracht und sie sagte noch, dass wir uns morgen früh mit ihrer Salbe einreiben sollten.«

»Ist doch nett von ihr.«

»Verdammt nett. Sie ist eine sehr nette Frau. Du, ich glaube, ich weiß, wie wir fliehen können.«

15 – Die Ehe des Oberst Vautrin
(George Sand erzählt)

»Wie bist du bloß darauf gekommen?«, fragte Tessier, nachdem Julien erzählt hatte, wie sie der Teufelsinsel doch noch entfliehen könnten.

»Mich hat das Boot darauf gebracht, das halb vermodert im Schlick des Hafenbeckens liegt. Jeder hält es für wertlos. Aber die Seitenwände scheinen noch ganz in Ordnung zu sein. Der Boden ist nur durchgebrochen. Also, wir haben hier auf der Insel doch eine Schreinerei. Wir haben Geld und können den Stellmacher bezahlen. Wir lassen uns einen neuen Kiel machen. Wir ziehen das Boot heute Nacht aus dem Dreck und schleppen es zu dem Schreiner. Sobald es repariert ist, bringen wir es zu der Klippe. Eigentlich ganz einfach.«

»Eigentlich ziemlicher Unfug! Erstens, das Boot aus dem Schlick zu ziehen überfordert unsere Kräfte. Zum Zweiten wird man es vermissen und eine Suchaktion starten. Zum Dritten können wir den Schreiner gar nicht so viel schmieren, als dass es von irgendjemandem in der Schreinerei nicht doch verraten wird. Zum Vierten, um das Boot zur Klippe zu schaffen, braucht man mindestens fünf Mann und, zum Letzten, wie bekommt man das Boot von der Klippe hinunter ins Meer?«

»Was für ein Pessimist du doch bist! Erstens macht Jean aus Brest einen guten Eindruck und wird uns helfen, das Boot herauszuziehen. Zweitens wird man glauben, dass sich das Meer das Boot endgültig geholt hat. Drittens knöpfen wir uns den Vorsteher der Schreinerei vor, der wird wissen, auf wen man sich verlassen kann. Das Boot zur Klippe zu schaffen, ist mit den Schreinern, Jean und uns kein Problem. Das Boot lassen wir von den Klippen mit Seilen herunter. Es ist alles machbar, glaube mir.«

»Selbst wenn wir dem Boot Masten und Segel verpassen, werden wir vielleicht vom Kurs abgetrieben und wochen- oder sogar monatelang auf dem Meer herumirren.«

»Wir nehmen natürlich Lebensmittel mit. Wir haben die Wahl: Entweder wir schicken uns in das Schicksal oder wir unternehmen etwas.«

»Hm, ich bleibe dabei. Es ist verrückt.«

»Du machst mit«, sagte Julien bestimmt.

Tessier stöhnte.

»Ja doch. Ich kann dich doch nicht allein den Dummheiten überlassen.«

Noch am gleichen Abend weihten sie Jean ein, der genauso verblüfft reagierte wie Tessier.

»Ich erinnere mich. Es liegt ein altes Wrack halbvermodert im Schlick. Aber das ist nicht mehr seetüchtig.«

»Kennst du Leute, die in der Schreinerei arbeiten?«

»Klar doch. Papa Bosque aus Quimper.«

»Ein zuverlässiger Mann?«, fragte Tessier.

»Wenn er sich darauf einlässt, hundertprozentig.«

»Und wie ist es mit dir?«, fragte Julien.

»Gut. Ich mache mit. Aber das Risiko verlangt eine anständige Entlohnung.«

Sie feilschten nicht lange, da sie wollten, dass Jean mit Begeisterung dabei war. Mit Bosque wurde es schon schwieriger. Sie trafen sich durch Jeans Vermittlung beim Abendessen.

Bosque war ein weißhaariger Mann um die fünfzig mit zerfurchtem Gesicht.

»Jean hat mir erzählt, was ihr vorhabt«, begann er, dabei die dünne Suppe löffelnd. »Absolut wahnsinnig.«

Julien klärte ihn mit der ihm eigenen Begeisterung noch einmal über ihr Vorhaben auf und bekam die gleichen Argumente zu hören wie von Tessier und versuchte, sie mit genau den gleichen Worten zu widerlegen.

»Keine Chance ohne Risiko!«, schloss er seine Ausführungen.

Bosque rieb sich das Gesicht.

»Na ja, es sind verdammt viele Wenn und Aber dabei. Ich bin fünfundfünfzig Jahre alt, das verdammte Klima macht mir zu schaffen. Ich kann mir ausrechnen, wann ich in die Grube fahre. Wenn ihr mich mitnehmt, bin ich dabei.«

»Ich habe es mir überlegt, ich wäre auch gern dabei!«, flüsterte Jean.

Julien sah Tessier an.

»Was meinst du, verkraftet das Boot zwei weitere Männer?«

»Das schon. Wir werden mehr Lebensmittel und Wasser mitnehmen müssen. Aber ich glaube, es könnte gehen.«

»Na also, dann seid ihr dabei. Du wirst das Boot aber nicht allein instand setzen können.«

»Ich brauche noch einen Mann dazu und den habe ich. Paul ist auch aus Quimper. Wir Bretonen halten zusammen. Ihn werdet ihr aber bezahlen müssen.«

»In Ordnung. Dann sollten wir uns das Wrack schnellstens holen. Am besten noch heute Nacht.«

»Heute Nacht ist es zu gefährlich. Wir müssen abwarten, bis das Wetter schlechter wird. Wenn der große Regen kommt, sind die Wachen nicht besonders scharf darauf, nass zu werden.«

Julien passte das nicht, aber er sah ein, dass man auf das schlechte Wetter warten musste. Er fasste sich also in Geduld.

In den nächsten Wochen intensivierte Julien seinen Kontakt zu der Frau des Lagerkommandanten. Mittlerweile wusste er, dass sie Juliette hieß und aus Lyon stammte, wo ihre Eltern eine Textilfabrik besaßen. Sie unterhielten sich in der Küche, wenn er die Fische brachte und sie fand dann Gründe, die Indianerin wegzuschicken, so dass sie allein waren und sich ungestört unterhalten konnten. Schon bald erzählten sie einander auch Intimeres: Julien von seiner missglückten Heirat mit Mercedes und sie über ihre Ehe. Ein Schatten flog über ihr Gesicht, als sie offenherzig schilderte, wie sie ihren Mann kennenlernte.

»Ich war in Saumur, bei meiner Tante zu Besuch, als ich ihn auf einem Ball kennenlernte. Was war er für ein schneidiger Offizier, gleichzeitig sehr zurückhaltend und zartfühlend. Ich verliebte mich in ihn und in den ersten Jahren hatten wir eine gute Zeit. Dann passierte die dumme Geschichte mit dem Duell. Mein Mann wurde schwer verletzt. Sein Kontrahent sogar tödlich. Jacques wurde von einem Militärgericht verurteilt, im Rang zurückgestuft und hier auf die Teufelsinsel versetzt. Der Vater seines Kontrahenten war ein wichtiger Mann im Militärministerium. Mein Mann kämpfte nach dem Duell lange mit den Folgen seiner Verletzung und gesundete erst, als ihm die Heilige Jungfrau Maria erschien. Er ist seitdem total verändert und hat manchmal seltsame Visionen. Zudem gibt er mir insgeheim die Schuld an dem Vorfall, obwohl ich nie etwas mit dem Offizier hatte. Ich schwöre es, beim Leben meiner Eltern. Er hatte sich in mich verguckt und war etwas hitzig, schickte mir Blumen und Briefchen mit Liebesschwüren. Mein Mann fing so ein Briefchen ab und es kam zum Duell. Ich war absolut schuldlos. Seitdem ist unsere Ehe … keine Ehe mehr.«

Nun verstand Julien auch das seltsam verzückte Gesicht des Obersts am Sonntag in der Kirche. Seine Miene drückte eine Hingabe aus, die so gar nicht zu einem Soldaten und Obersten passte. Wenn während des Gottesdienstes die Häftlinge tuschelten oder, um den Priester zu ärgern, falsch sangen, konnte er so empört um sich schauen, als hätten sie vor dem Kreuz geflucht. Jedenfalls entzog er den Häftlingen dann jedes Mal für einen Tag die Hauptmahlzeit.

Ihre schönen Augen glänzten wässrig bei dem Geständnis um den Zustand ihrer Ehe und Julien konnte nicht an sich halten, nahm sie in die Arme und so fanden sich ihre Lippen. Es war nur ein kurzer Kuss, sanft und zärtlich. Sie stieß ihn von sich.

»Das dürfen wir nicht! Ich mag dich, Julien. Ich mag dich sogar sehr. Aber ich darf das Unglück meines Mannes nicht noch vergrößern. Es darf nie wieder passieren!«

»Aber ich liebe dich doch«, gestand ihr Julien bedenkenlos. Er glaubte es wirklich in diesem Augenblick.

»Es darf nicht sein!«, bekräftigte sie noch einmal.

»Dann darf ich nie wieder zu dir in die Küche kommen?«, flüsterte er und spielte ihr Entsetzen vor.

»Oh doch. Bitte, sei nicht beleidigt. Die kurzen Gespräche mit dir sind meine einzige Freude. Außerdem würde doch auch sofort Gerede entstehen. Ich bin hier die einzige Frau und ich weiß schon, dass die Gedanken der Männer um mich kreisen. Man würde sofort denken, dass zwischen uns etwas vorgefallen ist. Besonders Korporal Merchant führt sich auf, als hätte er irgendwelche Ansprüche auf mich. Er zieht mich jedes Mal mit seinen Blicken aus, als ob er ahnt, dass Jacques und ich nicht mehr wie Mann und Frau verkehren.«

»Merchant ist ein brutales Tier. Eines Tages wird er dafür zahlen.«

»Nein. Um Gottes Willen, kümmere dich nicht um ihn. Ich will nicht, dass noch ein Mensch durch mich unglücklich wird.«

Sie waren sich so nah und doch blieb eine unsichtbare Schranke und Julien überschritt sie nicht. Es lag nicht an ihm, sondern an dem Unglück in ihren Augen. Er wurde ihr das, was man einen Seelenfreund nennt. Tessier hänselte ihn deswegen und Julien ertrug es, denn die Gespräche mit ihr trugen dazu bei, dass er nicht verrohte. Sie erzählte ihm viel über die Werke Zolas, Stendhals und Flauberts und immer wieder über Balzacs *Menschliche Komödie* und manchmal las sie ihm Stellen vor, die ihr besonders gut gefallen hatten. Es war eine stille Liebe voller Nachhaltigkeit und vielleicht wäre eines Tages doch mehr daraus geworden, wenn nicht sein Drang gewesen wäre, die Teufelsinsel zu verlassen. Davon erzählte er ihr nichts.

Die Regenzeit begann in jenem Jahr besonders heftig. Sie hatten mittlerweile genug Lebensmittel gehortet und Weinflaschen mit

Wasser gefüllt, so dass sie hoffen konnten, mehr als eine Woche auf dem Meer aushalten zu können. In der zweiten Nacht der Regenzeit schlichen sie sich nachts aus dem Schlafsaal. Die Tür war unverschlossen, da weder die Sträflinge noch die Wärter davon ausgingen, dass man die Teufelsinsel verlassen konnte. Es war eine stürmische Nacht und ein heftiger Wind zerrte an ihrer Kleidung. Schon als sie den Hof des Lagers verlassen hatten, waren sie nass bis auf die Haut. Die Wächter auf dem Turm waren nicht zu sehen. Am Hafen trafen sie auf Jean, Bosque und Paul. Sie mussten in das seichte Wasser am Ufer steigen, das modrig roch. Gemeinsam gelang es ihnen, das Boot aus dem Schlick zu ziehen. Trotzdem war es Schwerstarbeit. Als sie es endlich an Land gezogen hatten, klopfte Bosque das Holz ab.

»Steht nicht so schlimm, wie ich dachte. Klar, es braucht einen neuen Kiel. Aber die Seitenwände sind noch ganz ordentlich. Wenn man das Boot neu verpecht, werden wir ein meertüchtiges Boot haben. Kein Argonautenschiff, aber immerhin etwas Besseres als ein Floß.«

»Na, dann los!«, drängte Tessier. »Bringen wir das Argonautenboot in deine verdammte Schreinerei.«

Aber daraus wurde nichts. Aus der Dunkelheit traten Soldaten und umringten sie. Auch sie waren nass bis auf die Knochen und ihre Laune war nicht die beste. Nur Korporal Merchant und Cassel machten vergnügte Gesichter.

»Verrat!«, flüsterte Tessier. »Gemeiner Verrat.«

Bosque sah Jean an und dieser tat so, als würde er es nicht bemerken, als wäre er genauso überrascht wie die anderen.

»Na, ihr Hübschen! Mit der ollen Nussschale wolltet ihr euch aufs Meer wagen? Meister Bosque, da hättest du viel Arbeit bekommen. Nein, die Arbeit können wir dir ersparen und euch allen eine höllisch schöne Zeit in den Kasematten verpassen.«

Auf einen Befehl Merchants wurden sie zu Boden gerissen und Füße und Hände mit schweren Ketten verunziert. Noch in der Nacht wurden sie Oberst Vautrin vorgeführt, der, nur mit einem Morgenmantel bekleidet, sie kopfschüttelnd musterte.

»Was für ein Unfug! Jeder weiß doch, dass niemand von der Teufelsinsel entkommt. Das müsstet ihr doch längst wissen.«

»Ach, wenn Bosque das Boot in Ordnung gebracht hätte, wären sie nicht chancenlos gewesen«, goss Merchant Öl ins Feuer.

»So, so. Nicht chancenlos?«

Düster starrte der Lagerkommandant vor sich hin. Als man ihn mit der Nachricht geweckt hatte, dass man Sträflinge bei einem Fluchtversuch überrascht habe, war ihm ein gehöriger Schreck in die Glieder gefahren. Für seine Gegner in Paris wäre eine gelungene Flucht ein Triumph gewesen. Das Oberkommando hätte ihn nicht einmal für fähig gehalten, ein Sträflingslager zu führen und ihn vielleicht auf einen noch unangenehmeren Posten versetzt.

»Wer hat aufgepasst?«, fragte er und Merchant stand stramm.

»Ich habe aus der Schreinerei eine Nachricht erhalten, dass man sich ein Boot besorgen und die Insel verlassen wolle. Es war klar, dass sie dies bei Beginn der Regenzeit versuchen würden.«

»Wir werden ein Exempel statuieren, damit die anderen Häftlinge sich die Gruppe nicht zum Vorbild nehmen«, sagte Vautrin schwer atmend. »Ein halbes Jahr Einzelhaft in den Kasematten der Kommandantur wird ihnen jeden Gedanken an Flucht ausbrennen.«

Merchant grinste. Es war das Schlimmste, was einem Häftling passieren konnte. Diese Strafe wurde nur bei besonders renitenten Sträflingen ausgesprochen.

»Werft sie nackt in die Zelle. Als Nahrung nur Wasser und Brot. Korporal Merchant, ich werde Ihr wachsames Verhalten in dieser Angelegenheit im Kompaniebuch lobend erwähnen.«

Roh stießen Merchant und Cassel die Sträflinge aus der Kommandantur. Draußen hatte man alle Strafgefangenen antreten lassen. Es hatte aufgehört zu regnen. Rings um den Hof hatte man Fackeln angebracht, die knisternd dem Wind trotzten. Man führte die Ausbrecher in die Mitte des Hofes, Oberst Jacques Vautrin stolzierte in seiner Galauniform heraus und stellte sich breitbeinig vor den Sträflingen auf, wippte auf den Stiefelspitzen und begann mit einer seiner gefürchteten Tiraden:

»Hört zu, Strafgefangene der Teufelsinsel! Noch niemals ist jemand unserer Insel entkommen. Noch nie. Das wird so bleiben! Die Dummköpfe hier, im Besonderen die Strafgefangenen Tessier und Morgon, haben es versucht und mussten natürlich scheitern. Als Quittung erhalten sie ein halbes Jahr Einzelhaft in den Kasematten. Wenn ihr die beiden wiedersehen werdet, werden sie halbtot oder andere Menschen geworden sein. Lasst euch das Schicksal dieser Dummköpfe eine Warnung sein! Durch eure Missetaten in Frankreich wurdet ihr wie Sisyphos an diesen Felsen gekettet und hier werden euch die Adler die Leber heraushacken, wenn ihr nicht gehorcht. Seht euch die beiden noch einmal genau an. Wenn sie aus der Einzelhaft kommen, werdet ihr sie nicht mehr wiedererkennen. Die anderen werden für ihre Beteiligung an dem Unternehmen mit fünfzig Stockhieben bestraft.«

»Er bringt da einiges durcheinander«, flüsterte Julien seinem Freund zu. »Sisyphos ist der mit dem Felsen und Prometheus ist der mit dem Adler und der Leber. Von den Göttern verurteilt, weil er den Menschen das Feuer brachte.«

»Und was hast du davon, dass du das weißt? Das Endergebnis ist das gleiche. Wir werden in den Kasematten verfaulen.«

»Mut, alter Freund! Mut. Wir haben doch schon so einiges überstanden.«

Merchant, der ihre Worte, obwohl geflüstert, gehört hatte, drehte sich zu ihnen um und grinste hämisch.

»Vielleicht überlebt ihr es. Aber eure Mütter werden euch nicht mehr wiedererkennen. Die Kasematten haben noch jeden gebrochen.«

Vautrin sprach dann noch von der Buße und der Gnade der Heiligen Mutter Kirche, die einzig den Strafgefangenen Trost zu spenden vermöge.

»Auch die Sträflinge Morgon und Tessier stehen nicht außerhalb der Gnade Gottes. Als einziger Trost wird ihnen eine Bibel mitgegeben, die ihnen den Weg zu Gott zeigt.«

Zuerst war es nur eine einzige zittrige Stimme, die nun Trost bot. Dann fielen immer mehr ein und plötzlich sangen alle Strafgefangenen der Teufelsinsel die Marseillaise:

Allons enfants de la patrie,
le jour de gloire est arrivé,
contre nous de la tyrannie,
l'étendard sanglant est lévé …

Das war ihr Protest gegen Vautrins Heuchelei und ihre Solidaritätsbekundung für Julien und Tessier. Den beiden traten Tränen in die Augen.

Vautrin kreischte: »Aufhören! Sofort aufhören!«

Korporal Merchant schrie: »Ruhe im Glied!«

Cassel und die anderen Wachmänner gingen mit Knüppeln auf die Strafgefangenen los. Aber diese nahmen die Schläge hin und sangen trotzdem weiter. Der Oberst befahl den Soldaten in die Luft zu schießen. Eine Salve schreckte die Möwen ringsum auf den Dächern auf.

»Die nächsten Schüsse gehen auf den Mann!«, brüllte Vautrin.

Die Soldaten zielten auf die Strafgefangenen. Der Gesang erstarb.

»Abtreten! Alle in die Unterkünfte. Drei Tage bekommt ihr weder Wasser noch Nahrung«, kreischte Merchant. »Ich werde euch die Aufsässigkeit gründlich austreiben!«

Murrend folgten die Strafgefangenen und trotteten zu den Baracken hin.

»Da sieht man es wieder. Wenn man nur zwei faule Äpfel in der Tonne hat, stecken diese eine ganze Ernte an«, rief Vautrin erbittert. »Und nun ab mit den beiden in ihre neue Unterkunft.«

Jean wurden die Ketten abgenommen. Unter den drohenden Blicken der anderen Gefangenen lief er mit gesenktem Kopf zur Baracke hin.

»Jean, du wirst den Verrat nicht lange überleben!«, schrie jemand aus der Menge der Gefangenen.

Merchant nickte Cassel zu und dieser stieß Julien und Tessier mit dem Knüppel voran. Es ging zur Kommandantur zurück und dann die Treppe hinunter in einen langen Flur. Schon schlug ihnen ein modriger Geruch entgegen. Es gab dort unten zehn Zellen, die aber nicht belegt waren. Man stieß Julien und Tessier jeweils in eine andere Zelle am Ende des Ganges. Nun verstand Julien die Drohungen von Vautrin und Merchant. Es war ein Loch, in der Länge nicht mehr als fünf Schritte, in der Breite vier Schritte. Oben, an der Decke, ein vergittertes Fenster, sodass ein wenig Licht hereinfiel. Eine Pritsche und ein Eimer für die Notdurft komplettierten die Einrichtung. Die Wände glänzten feucht. Wie in Paris, dachte Julien. Wenn du einen Kerker kennst, kennst du alle Verliese Frankreichs. In Vincennes war es allerdings nicht so stickig gewesen. Gefängnisse werden langsam dein dir vom Schicksal zugewiesenes Zuhause.

Der Optimismus, den Julien vor Kurzem Tessier vorgespielt hatte, schwand. Er fühlte sich elend. Entsetzt ließ er sich auf die Pritsche fallen. Eine Klappe an der Tür ging auf.

»Morgon, aufstehen!«, brüllte Cassel. »Erst um zweiundzwanzig Uhr darfst du dich hinsetzen. Diese Zuwiderhandlung wird mit drei Tagen Nahrungsentzug geahndet.«

Du steckst wirklich in der Scheiße, sagte sich Julien und erhob sich.

In den nächsten Tagen bekam er eine weitere Einführung in die Grausamkeit des französischen Justizsystems. Fast ohnmächtig vor Erschöpfung lehnte er an der Wand, was bei den unregelmäßigen Kontrollrundgängen jedes Mal mit Flüchen und mit dem Befehl quittiert wurde, von der Mauer Abstand zu nehmen. Der vierte Tag brachte dann Erleichterung. Er bekam einen Kanten Brot und eine dünne Suppe, für die er auch einen Löffel erhielt. Mit dessen Stiel ritzte er das Datum in die Wand. Als er eines

Nachmittags von seiner Hochzeitsnacht träumte, die ein Hochzeitsnachmittag gewesen war, fand er sich auf dem nassen kalten Steinfußboden wieder und starrte in die Augen einer Ratte. Er schrieb dies anfangs seinem Fieber zu. Die Zelle war feucht und stickig am Tag und in der Nacht so kalt, dass man jämmerlich fror. Der schlechte körperliche Zustand und die schlechte Ernährung hatten ihn so geschwächt, dass er sich eine Erkältung mit schweren Hustenanfällen holte, die nicht weichen wollte.

Doch die Ratte kam immer wieder – von oben durch das vergitterte scheibenlose Fenster. Er tat ihr nichts und sie beantwortete dies, indem sie ihm nichts tat. Schließlich war er froh über ihre Besuche, taufte sie Prometheus und begann mit ihr zu reden. Ihr gefiel wohl seine heisere Stimme. Sie hörte ihm mit aufgestellten Ohren zu. Schließlich entwickelte sich ihre Freundschaft derart, dass sie sogar auf seine Brust kletterte und ihm in die Augen schaute. Er belohnte ihre Zutraulichkeit mit einem Stück Brot. Doch das Fieber verstärkte sich. Er begann sich aufzugeben.

»Das war es, Prometheus. Mir hackt diese Zelle das Leben heraus. Ich kann nicht mehr.«

Er hatte des Öfteren versucht, mit Tessier Kontakt aufzunehmen, aber die Zellenwände waren zu dick.

»Das einzige, was ich dir vermachen kann, bin ich selbst. Wenn ich verreckt bin, darfst du dich richtig satt fressen.«

Die Ratte hörte ihm zu und ihm schien, als trübe sich ihr Blick. Dann kamen die Fieberträume. Mercedes küsste Auguste und die anderen Schüler der Ecole umstanden die beiden und klatschten. Dann stand er wieder auf der Barrikade und Auguste und die anderen gingen mit höhnischem Gelächter zur Rue St. Pères. Blitze durchzuckten seine Gedanken. Grelle Schleier umwaberten den Montmartre und er wurde verurteilt. Wassertropfen fielen von der Decke herab. Wie war das möglich? Er schlug um sich. Dann fühlte er Wasser auf seinen Lippen.

»Ruhig. Ganz ruhig.«

Eine warme mitleidige Stimme. Er kam zu sich. Pater Saché beugte sich über ihn und flößte ihm eine Brühe ein. Da er kein Lebenszeichen von sich gegeben hatte, war dies Merchant mitgeteilt worden und dieser hatte den Pater aufgefordert, sich um den Leblosen zu kümmern.

»So leicht soll er uns nicht davonkommen«, hatte er dazu lachend gesagt.

Einen Arzt gab es auf der Teufelsinsel nicht und so übernahm der Pater, der sich medizinische Grundkenntnisse angeeignet hatte, notgedrungen diese Aufgabe. In leichten Fällen von Malaria vermochte er mit seinen Kräutern zu helfen. Doch wenn jemand schwer erkrankt war, übergab er diesen in Gottes Hand.

»Siehst du, das kommt davon, wenn man von Gottes Wegen abkommt. Du musst Buße tun, dann wirst du gesund werden. Lies in der Bibel, die dir der Oberst Vautrin zugestanden hat. Sie kann dir Kraft geben.«

Es war wohl eher die bessere Nahrung und die Kräutlein aus dem Garten der Frau Oberst, die sein Fieber schließlich senkten. Aber die Bibel war doch nicht ohne Wirkung. Er las sie, als es ihm besser ging, von vorn bis hinten. Jeden Tag, bis das Licht, das von oben hereinfiel, schwächer wurde. Er las von Kain und Abel, von Noah und Abraham, von David und Saul und von den Propheten Jesaja und Jeremiah. David war ihm die liebste Gestalt, hauptsächlich wegen des Sieges über Goliath. Die Sache mit Bethseba sah er ihm nach. Er wusste ja, wozu Menschen fähig waren. Das Neue Testament las er nicht sehr gründlich. Er wollte nicht die andere Wange hinhalten und von ›Liebe deinen Nächsten‹ hielt er nach seinen Erfahrungen überhaupt nichts. Oh ja, er wollte Gericht halten, wenn er je nach Frankreich zurückkam und er schlug mit der Faust gegen die Wand und rief die Namen derjenigen, die ihn hierher gebracht hatten: Auguste – Hubert – Charles – Jean – Armand.

Die Bibel stabilisierte ihn eine Weile und er fragte den Pater, ob sie auch Tessier half. Doch der schüttelte den Kopf.

»Darüber darf ich mit dir nicht sprechen. Kümmere dich um dein eigenes Seelenheil. Damit hast du genug zu tun.«

Die Bibel machte ihn nicht fromm. Im Gegenteil. Er prägte sich das ein, was ihn zum Rächer machen sollte, Auge um Auge, Zahn um Zahn, und die Zeilen über den strafenden Gott in Ägypten. Doch er fragte sich schon, warum ihm ein solches Schicksal auferlegt war. Was hatte dazu geführt, dass er derartiges erdulden musste? Das Hohelied des Salomon war wie Balsam für seine Seele und er dachte an die Nacht mit der russischen Prinzessin und an die Baronin Evremonds. An Mercedes versuchte er nicht zu denken, was nicht immer gelang. Wie in Vincennes nahm er den Lauf durch die Zelle wieder auf, fünf Meter in der Länge, vier Meter in der Breite, stellte sich vor, wohin er lief, und erreichte im Kopf von der Avenue Bugeaud in Paris schließlich den Gutshof seines Onkels, in den glücklichen Tagen seiner Kindheit. Doch seine Qual milderte dies nicht, weder seinen Durst, noch die Schmerzen durch die Geschwüre, die aufgrund der einseitigen Kost seinen Körper bedeckten. Mittlerweile hatte er einen Bart, der seine Brust erreichte. Seine Hand- und Fußgelenke waren durch die Ketten aufgerissen und das nackte Fleisch trat blutig hervor.

»Auguste – Hubert – Charles – Jean – Armand!«, schrie er immer wieder.

Eines Abends betrat ein Soldat seine Zelle und hieß ihn den Eimer für die Notdurft selbst zu dem Abort hinter der Kommandantur zu tragen. Dies war der Faulheit des Soldaten geschuldet, der es lange Zeit selbst übernommen hatte, aber nicht einsah, warum er für den Sträfling den Kuli spielen sollte. Julien hatte dagegen nicht protestiert. Doch seine Hoffnung, dabei Tessier zu begegnen, erfüllte sich nicht. Allerdings sah die Frau des Kommandanten die Schrecken auslösende Gestalt, die mit dem Eimer zum Abort wankte. Sie, die ihrem Gefühl gegenüber Julien nicht nachgegeben hatte, fühlte sich verpflichtet, ihm zu helfen, denn in ihren Träumen hatte sie ihm längst das gegeben, was sie ihm einst verweigerte. Sie vergaß also ihre Treue und Pflichten gegenüber dem Gatten und bestach Cassel, in die Zellen von Julien und Tessier Früchte, Brot und sogar Fleisch zu schmuggeln. Doch damit nicht genug, brachte Cassel ihm eines Tages ein französisch-portugiesisches Wörterbuch. Anfangs wusste er nichts damit anzufangen, aber dann sah er darin die Aufforderung, seinen Geist zu trainieren. Er lernte schnell, wenn auch seine Aussprache für einen Portugiesen sehr abenteuerlich geklungen hätte. Er sah in dem Buch die Ermunterung, über seine Zukunft nachzudenken. Hatte die Frau des Lagerkommandanten ihm sagen wollen, dass man im Nachbarland Brasilien Portugiesisch sprach und sein Weg dorthin führen sollte?

Als sie eines Tages Julien wieder im Garten neben dem Abort sah, nickte sie ihm aufmunternd zu. So kam es, dass die beiden Sträflinge wieder zu Kräften kamen. Julien trieb nun mit Eifer Gymnastik und verlängerte die gedanklichen Spaziergänge. Seine Geschwüre heilten ab. Er sah immer noch dürr aus und seine Haut war von einem ungesunden Grau, die Haare waren weiß geworden. Aber sein Körper stählte sich in dem halben Jahr und wurde zu einem Instrument, das seinen Plänen noch nützlich sein würde. Er hatte die Fluchtpläne nicht aufgegeben. Sein Geist war ungebrochen. Im Gegenteil. Durch Tessier war er bereits ein mutiger und gefährlicher Mann geworden. Die Zeit in den Kasematten machte ihn zu einem Krieger. Sein Charakter bekam etwas Unerbittliches. Doch dass dies geschah, verdankte er einer Liebe, die sich nicht entwickeln konnte und in einem Gefängnis von Moral und Anstand gefangen blieb. So überstand er das halbe Jahr.

Korporal Merchant erschien persönlich, schloss die Tür auf, hieß ihn vortreten und verzog angewidert das Gesicht.

»Wie ein Schwein siehst du aus. Ab mit dir in den Waschraum!«

Tessier sah nicht besser aus, aber auch er war ungebrochen. In seinen Augen loderte ein Feuer, das von einem unversöhnlichen Hass zeugte. Cassel spritzte sie mit dem Feuerwehrschlauch ab. Den schmerzenden Strahl empfanden sie wie eine Erlösung. Mit dem Wasser perlte ein halbes Jahr von ihnen ab.

»Frische Kleider, Haare und Bart scheren?«, fragte Cassel anschließend.

Merchant schüttelte böse lachend den Kopf: »Nein. In ihren Lumpen werden wir sie präsentieren. Das wird eine Lehrstunde für alle Sträflinge.«

»Na, Julien, das war ein hoher Preis. Aber wir leben«, krächzte Tessier.

»Wir leben«, bestätigte Julien. »Alles andere ergibt sich.«

»Hört euch das an«, brüllte Merchant lachend. »Ich kann euch glatt noch ein halbes Jahr verpassen. Nun ab mit euch in den Hof!«

Cassel hatte ihnen zwar geholfen, da ihn die Frau des Kommandanten mit Goldmünzen aus ihrer Mitgift bestochen hatte, benahm sich aber genauso unerbittlich, wie sie es von ihm gewohnt waren.

»Kein Wort über das Fressen!«, zischte er.

Wieder standen die Sträflinge in Reih und Glied im Hof. Oberst Vautrin stiefelte aus der Kommandantur und stellte sich in Positur. Die Soldaten standen mit geschultertem Gewehr hinter ihm. Der Lagerkommandant wippte auf den Stiefelspitzen und musterte Julien und Tessier missmutig. Er war mit ihrem Aussehen nicht ganz zufrieden. Er hätte sie sich gern noch elender gewünscht. Aber wie Tiere sahen die beiden schon aus. Wenigstens das.

»Strafgefangene, seht euch die Jammergestalten an. Nie wieder werden die beiden auf die Idee kommen, die Teufelsinsel verlassen zu wollen. Am Sonntag nach der Messe werden sie uns im Angesicht des Kreuzes davon berichten, welche Konsequenzen sie aus der Strafe ziehen. Pater Saché wird dazu aus der Bibel vorlesen, dass man die Gnade Gottes wieder erwerben kann, wenn man hart an sich arbeitet. Abtreten!«

Draußen, vom Hafen her, dröhnte das Horn eines Schiffes, das in den Hafen einfuhr.

»Ich weiß nun, wie wir doch noch wegkommen«, flüsterte Julien seinem Freund zu.

»Nicht schon wieder, Julien! Dein letzter Einfall hat uns fast das Leben gekostet.«

16 – Der Durst nach Freiheit

(Gustave Flaubert erzählt)

Beide wurden neu eingekleidet. Der Lagerbarbier kam und machte sich an die Arbeit. Er brauchte dazu viel Zeit, aber schließlich, befreit vom Bartwuchs und schulterlangen Haaren, sahen sie wieder wie Menschen aus. Als Merchant nach ihnen sah, fiel ihm die Kinnlade herunter. Sie sahen nicht aus, als hätten sie ein halbes Jahr in den Kasematten gelitten. Sie waren zwar sehr bleich und ihre Augen lagen tief in den Höhlen, aber sie waren nicht als menschliche Wracks zurückgekommen. Entgeistert schüttelte er den Kopf.

»Ihr seid zwei harte Hunde, was? Alle, die ein halbes Jahr in Einzelhaft in den Kasematten waren, kamen als Krüppel heraus. Wenn ihr so gut drauf seid, werde ich euch zu den Hafenarbeitern schicken.«

»Können wir nicht wieder als Fischer …?«, fragte Tessier.

»Das könnte euch so passen. Nein. Die Arbeiten am Hafen sind gerade recht für so harte Hunde wie euch.«

»Sie sind der Chef. Die Hafenarbeit ist uns durchaus recht«, entgegnete Julien in demütigem Ton. Tessier starrte ihn verwundert an.

»So, so. Ist dir gerade recht. Wenn ihr noch einmal Schwierigkeiten macht, bekommt ihr ein Jahr Einzelhaft. Mal sehen, wie ihr dann ausseht. Baut ruhig wieder Scheiße. Es wäre mir ein Vergnügen, euch wieder einzubuchten. Heute braucht ihr noch nicht zum Hafen. Aber morgen werdet ihr erfahren, wie das so ist, wenn man große Granitblöcke bearbeiten muss.«

»Von uns droht kein Ärger mehr«, beteuerte Julien. »Das halbe Jahr war uns eine Lehre.«

»Wollen wir hoffen!«, erwiderte Merchant und zog ab.

Sie waren nun mit Cassel allein.

»Madame Vautrin will dich sprechen«, sagte dieser mit hinterhältigem Blick.

»Sie hat dich bezahlt, dass wir …«

»Klar, Morgon. Jeder ist sich selbst der Nächste. Ich habe ein gutes Stück Geld verdient. Schade, dass ihr nun draußen seid. Aber ich denke, sie wird weiter zahlen, sonst werde ich ein schönes Gerücht in die Welt setzen, das dem Lagerkommandanten gar nicht gefallen wird.«

»Mach das. Dann wirst du sterben«, erwiderte Julien kalt.

»So oder so, du Schwachkopf!«, pflichtete Tessier bei. »Denn dann wird die Frage aufkommen, wer uns versorgt hat. Die Frau des Lagerkommandanten konnte das ja nicht selbst bewerkstelligen. Du steckst bis Oberkante Unterlippe in der Scheiße drin und hast obendrein Julien am Hals. Mann, ich möchte nicht in deiner Haut stecken!«

Cassel war bleich geworden, überlegte und nickte schließlich düster. »Ihr seid zwei Scheißkerle. Macht nur einen Fehler, dann …«

»Dann wirst du gar nichts! Du solltest hoffen, dass wir Merchant nichts erzählen.«

Cassel hieb wütend mit seinem Schlagstock in die linke Handfläche. »Verstehe«, presste er heraus.

»Hoffentlich«, brummte Tessier. »Du wirst im Gegenteil dafür sorgen, dass Merchant nichts zu Ohren kommt.«

Cassel starrte sie einen Augenblick ratlos an. Schließlich winkte er mit dem Kopf.

»Nun komm, Morgon. Tessier, du bleibst hier und betrachtest deine miese Visage im Spiegel, bis wir zurück sind.«

Cassel führte Julien hinter die Kommandantur bis zur Küchentür. »Geh rein. Ich warte hier draußen.«

Als Julien die Küche betrat, flog die Frau des Lagerkommandanten in seine Arme. Da sie allein waren, konnten sie offen miteinander reden.

»Wie geht es dir, Julien? Du siehst todbleich aus. Wie abgemagert du bist. Diese tiefe Linie um den Mund war früher nicht da.«

»Danke für deine Unterstützung. Ohne deine Hilfe wären wir als Wrack zurückgekommen. Es geht uns ganz ordentlich.«

Er drückte sie an sich. Sie schluchzte, ihre Augen wurden feucht und sie löste sich schnell von ihm.

»Ich habe jede Nacht für euch gebetet. Jede Nacht. Meinem Mann habe ich wegen seiner Strenge Vorwürfe gemacht, aber er wollte euch die Strafe nicht einmal teilweise erlassen.«

»Merchant hat uns zu den Hafenarbeitern eingeteilt. Wir werden uns nicht mehr oft sehen können.«

Sie senkte den Kopf.

»Ich habe mich schon die ganze Zeit beschwert, dass eure Nachfolger nicht genug Fische fangen«, sagte sie im Flüsterton. »Jacques ist ein Feinschmecker. Er wird schon noch nachgeben und euch wieder als Fischer einsetzen. Du musst mir aber versprechen, nicht noch einmal eine so unsinnige Flucht zu versuchen.«

»Nein. Das mit dem Boot war keine gute Idee. Aber dass wir es nicht auf andere Weise versuchen werden, kann ich dir nicht versprechen.«

»Verstehe«, hauchte sie. »Ich verstehe dich ja.«

»Hast du mir mit dem Wörterbuch nicht einen Weg weisen wollen?«

»Aber nein. Es war das einzige Buch, das Jacques nicht vermissen würde. Er hasst andere Sprachen. Nein, ich wollte dir nur etwas zukommen lassen, womit du dich ablenken kannst.«

Als Julien und Tessier später den Schlafsaal betraten, empfing sie Beifall und Jubelrufe. So mancher von den Sträflingen hatte, wenn auch nur wenige Tage, Bekanntschaft mit den Kasematten gemacht und sie wussten, was die beiden ausgehalten hatten.

»Wie habt ihr es nur überstanden?«, war die meist ausgesprochene Frage.

Sie redeten sich mit ihrer Kondition heraus und Julien erzählte von der Ratte, von der er sich nicht einmal hatte verabschieden können. Er gestand sich ein, dass sie ihm fehlte. Tessier brachte die Häftlinge mit eine Schabe namens Louis Bonaparte zum Lachen.

Am nächsten Tag brachte Merchant seine ›Sorgenkinder‹, wie er sie nannte, persönlich zum Hafen. Natürlich war Cassel dabei und zwei Wachsoldaten. Den Beteuerungen Juliens, keinen Ärger zu machen, vertraute der Korporal nicht. Am Hafen hatte der Aufseher Pompière das Sagen, den alle nur Pompo nannten.

»Das sind die beiden Neuen«, stellte Merchant sie vor. »Ganz gefährliche Kerle. Schlimmer Abschaum. Haben gerade ein halbes Jahr Einzelhaft hinter sich und du siehst ja selbst, sehen aus wie das blühende Leben.«

»Ein halbes Jahr gefaulenzt? Hier bei uns werden sie tüchtig anpacken müssen. Ich teile die beiden Brüder zur Steinbearbeitung ein, da werden sie bald merken, was Arbeit bedeutet.«

»Pass gut auf sie auf. Ich bin mir nicht sicher, ob wir ihnen tatsächlich das Fieber nach Freiheit ausgetrieben haben.«

»Darauf kannst du furzen!«, versprach Pompo. »Ich bin nicht so zimperlich wie ihr im Lager.«

»He, halt die Luft an!«, schnaubte Cassel.

»Gut, gut«, winkte Merchant ab. »Aber sei gewarnt. Wenn dir die beiden entkommen, geht es dir an den Kragen.«

»Keine Sorge. Die beiden sind bei mir in guten Händen. Na los, ihr Bleichgesichter! Da hinten steht Babu. Er wird euch einweisen. Und denkt dran: Ich sehe und höre alles.«

Er deutete auf einen Häftling mit roten Haaren, der vor einem Steinbrocken stand und auf diesen mit einem mächtigen Hammer einschlug.

»Ach, noch was, Morgon«, sagte Merchant zum Abschied. »Bau irgendeinen Scheiß und du wirst mich vor Freude tanzen sehen.«

Julien und Tessier gingen zu dem Rotschopf. Dieser hörte auf, den Stein zu bearbeiten und musterte sie.

»Ihr seid die beiden Helden aus Lager eins. Habe gehört, dass ihr ein halbes Jahr Einzelhaft überstanden habt. Mein Respekt. Aber ihr werdet euch nach der Einzelzelle noch zurücksehnen.«

»Eine Scheißarbeit«, stimmte Julien zu und musterte unwillig den Steinbrocken.

Babu wischte sich den Schweiß von der Stirn und wies hinter sich. »Das hier ist Sklavenarbeit. Wir bauen eine Mole direkt ins Meer hinaus, damit größere Schiffe entladen werden können. Zwanzig Meter haben wir schon geschafft. Der Granit wird mit Ochsenkarren vom Steinbruch an der Ostseite hierher gebracht und wir müssen die Blöcke bearbeiten, damit sie fugenlos aneinander passen. Bei dieser Hitze eine mörderische Arbeit. Wir sollen durch Arbeit getötet werden. Das ist kein bisschen übertrieben.«

»Wie ich hörte, wird hier kräftig Handel mit den Schiffsmannschaften betrieben«, warf Julien betont harmlos ein.

Babu drehte sich zum Schiff um, wo Matrosen an der Reling standen und die Sträflinge beobachteten.

»Das stimmt schon. Aber dann müsst ihr Pompo und die Matrosen schmieren. Wenn ihr genug Geld habt, könnt ihr sogar vögeln. Der Kapitän ist ein geldgieriger Sack, der auf dem Schiff ein kleines Bordell betreibt. Aber er wird euch dafür eine Menge Geld abnehmen.«

Er drückte ihnen Hammer und Meißel in die Hand und erklärte, was sie tun sollten. Am Anfang machte es beiden sogar Spaß, die Muskeln bewegen zu können. Zur Mittagszeit, nachdem der Küchenbulle mit seiner Gulaschkanone aufgetaucht war und sie eine kräftigende Grütze bekommen hatten, sonderten sie sich ab und legten sich in den Schatten eines riesigen Granitbrockens.

»Erzähl, was für eine Idee du schon wieder im Kopf hast«, drängte Tessier.

»Sieh dir den Kahn an.« Julien deutete mit dem Kopf auf das im Hafenbecken dümpelnde Dampfschiff. »Wir werden dort eine Passage buchen.«

»Ha? Was hast du dir nun wieder ausgedacht? Wir gehen zum Kapitän und sagen: ›Hallo, da sind wir. Nehmen Sie uns mit?‹?«

»So ungefähr. Hast du noch genug Knete in deinem Arsch retten können?«

»Noch genug, um halb Montmartre einladen zu können. Das verzwickte daran ist nur, dass die Teufelsinsel nicht so viel Spaß bietet wie Montmartre.«

»Wir müssen Pompo geil aufs Geld machen, damit er uns aufs Schiff lässt.«

»Und dann?«

»Verleben wir eine aufregende Nacht und überreden den Kapitän mit uns auszulaufen.«

»Der wird sicher gern mitmachen«, höhnte Tessier. »Nach dem Motto: Ich wollte schon immer mal Häftlinge nach Cayenne mitnehmen.«

»Wir werden dafür ein paar unschlagbare Argumente haben.«

»Du bist ein Spinner, Julien!«

»Auch das!«

Bereits am nächsten Morgen sprach Julien den Aufseher an. »Pompo, möchtest du ein Geschäft machen?«

»Was soll das, du Dreckskerl?«, erwiderte dieser und schlug Julien den Knüppel ins Kreuz. »Damit du weißt, dass mit mir nicht zu spaßen ist.«

Julien nahm den Schlag unbewegt hin. »Schon gut. Ist ein ehrliches Geschäft. Mein Freund und ich wollen mal wieder ficken. Wir haben gehört, dass der Kapitän von dem Kahn dort Weiber an Bord hat.«

»Und ich soll dir dabei helfen?«

»Du bist doch der Patron hier.«

»Das bin ich«, stimmte Pompo selbstgefällig zu. »Du verlangst von mir etwas Unerlaubtes. Schon diesen Vorschlag an mich heranzutragen, ist ein Verstoß, der dich zurück in die Kasematten bringen kann.«

»Wir sind bereit, gutes Geld zu zahlen.«

»Der Versuch, mich zu bestechen ist ein weiterer schwerwiegender Verstoß.«

»Dann mach, was du willst!« Julien wandte ihm den Rücken zu und tat so, als wolle er zu seinem Steinblock zurückgehen.

»He, Morgon, war doch nur Spaß!«, gab Pompo nach.

Julien drehte sich wieder um.

»Hundert Francs«, stellte Pompo mit zusammengekniffenen Augen seine Forderung.

»Zu viel.«

»Eure Sache.«

»Na, dann lassen wir es. Mehr als fünfzig Francs für uns beide ist nicht drin. Vergessen wir das Ganze.« Wieder wollte er gehen.

»Warte! Könnt ihr nicht mehr zusammenkriegen?«

»Nein. Fünfzig Francs.«

»Na gut. Ich will nicht so sein.«

»Ich muss das erst mal mit meinem Kumpel besprechen.«

»Dann mach schnell. Das Schiff wird morgen früh auslaufen. Sonst müsst ihr mit dem Ficken eine Woche warten.«

Julien ging zu seinem Steinblock zurück. »Die Sache geht in Ordnung.«

»Wie stellst du dir das dann weiter vor?«

Julien sagte es ihm.

»Du bist verrückt! Total verrückt.«

»Ein Versuch ist es wert.«

»Wenn es schief geht, stellt man uns vor ein Peloton.«

»Dann sterben wir eben etwas früher. Merchant wartet doch nur darauf, uns wegen irgendeiner Kleinigkeit in die Kasematten zurückzuschicken.«

Tessier starrte eine Weile vor sich hin, stöhnte und stand auf. »Wie stehen unsere Chancen?«

»Dreißig zu siebzig gegen uns.«

»Oh, toll. Ich dachte schon neunundneunzig zu eins. Bringen wir es hinter uns und lösen die Eintrittskarte für das Todeskommando.«

»Wer nichts riskiert, ...«

»Halt die Klappe!«

Tessier und Julien gingen zu Pompo und baten um Erlaubnis, den Abtritt aufsuchen zu dürfen. Dieser gewährte es ihnen mit einem schmutzigen Witz.

»Ihr wollt euch wohl gegenseitig einen runterholen.«

»Wir sind das gute Essen nicht mehr gewöhnt.«

Sie holten auf dem Abtritt die länglichen Zylinder aus ihrem Darm, die sie die ganze Zeit in sich getragen hatten, was anfangs unangenehm gewesen war. Aber sie hatten sich daran längst gewöhnt. Gegen Abend, bevor sie zu dem Lager zurückgeführt wurden, übergab Julien dem Aufseher das Geld.

»Donnerwetter, ihr habt es ja schnell aufgetrieben«, stellte er mürrisch fest. »Ich habe wohl zu wenig gefordert.«

»Ein paar Kumpels haben uns ausgeholfen.«

»Na schön. Ich habe schon mit dem Kapitän gesprochen. Er ist einverstanden. Er verlangt von jedem fürs Ficken noch einmal fünfzig Francs.«

»Das ist viel Geld.«

»So ist nun mal der Tarif. Ihr konntet euch doch denken, dass man nicht umsonst auf die Mädchen kriechen kann. Was ist nun? Könnt ihr das Geld auftreiben?«

»Na gut, vielleicht helfen uns die Kumpels noch mal aus.«

»Da werden die aber hohe Zinsen verlangen«, sagte Pompo grinsend. »Aber was tut man nicht alles, wenn der Schwanz steht, was?« Er lachte roh. »Nun lauft zum Schiff hinüber. Ihr müsst aber morgen früh wieder im Lager sein, sonst fliegt ihr auf.«

»Wir werden im ersten Morgengrauen auf unseren Pritschen liegen.«

»Dann fickt euch die Seele aus dem Körper.«

Tessier erwartete ihn gespannt: »Nun? Läuft das Geschäft?«

»Noch einmal fünfzig fürs Ficken.«

»Ich hatte mit mehr gerechnet. Gehen wir.«

Sie liefen zum Schiff und wurden von einem grinsenden Matrosen gleich zum Kapitän geführt. Dieser musterte sie misstrauisch. Er sah genauso heruntergekommen aus wie sein Schiff. Eine magere Gestalt, der die Kleider um die Glieder schlotterten. An dem breiten Gürtel baumelte in einem speckigen Halfter ein Revolver. Das ausgemergelte Gesicht mit den glitzernden Augen verriet den Säufer.

»Habt ihr das Geld?«

Tessier gab es ihm. »Dafür wollen wir aber bis zum Morgengrauen bumsen.«

Der Kapitän nickte.

»Seid ausgehungert, was? Habe von euch beiden gehört. Wer ein halbes Jahr Einzelhaft überstanden hat, muss ein harter Hund sein. Also für eine ganze Nacht sind fünfzig Eier eigentlich zu wenig, aber ich will mal nicht so sein. Aber keine Gewalt bei den Bräuten, verstanden? Da verstehe ich keinen Spaß.« Er klopfte auf die Pistolentasche.

»Keine Bange, uns juckt nicht das Fell, sondern der Schwanz«, wehrte Tessier ab.

Der Kapitän rief nach einem Matrosen, der sie zu einer Kajüte führte, die so eingerichtet war, wie sich der Kapitän wohl einen orientalischen Puff vorstellte. Die Wände waren rot gestrichen. Am Kajütenfenster kräuselten sich rote Gardinen. Auf zwei Pritschen saßen zwei schwarze Frauen. Beide waren größer als sie und mit ihren schmalen Köpfen ausgesprochen attraktiv.

»So große Schwarze habe ich noch nie gesehen«, staunte Tessier.

»Wir stammen von den Mandingos ab«, sagte die Größere von ihnen, die fast eine Riesin war. »Mandingos sind alle so groß. In Afrika waren wir ein Herrschervolk.«

»Ihr wisst, warum wir hier sind?«, fragte Julien verunsichert über ihren selbstbewussten Auftritt.

»Wenn wir euch nicht zufriedenstellen, bekommen wir Ärger. Also zieht euch aus«, sagte sie gleichmütig. Sie stellte sich als Bea vor. Die Kleinere, offensichtlich die Jüngere, nannte sich Kathy. Als die beiden die Namen der Männer hörten, machten sie große Augen. »Dann seid ihr die von der Einzelhaft?«

Julien nickte.

»Dann habt ihr mächtig viel Dampf drauf?«, stellte Bea fest, trat an Julien heran, legte ihm die Hand auf den Unterleib und griff fest zu. Tessier hatte die Jüngere bereits auf die Pritsche gelegt und ließ seiner Leidenschaft freien Lauf.

»Nicht so schüchtern, schöner Julien«, forderte Bea Julien auf, zog ihn aufs Lager und befreite sich selbst und ihn von der Kleidung.

Schon nach wenigen Minuten war alles vorbei. Die Mädchen machten enttäuschte Gesichter und wollten sich wieder anziehen.

»Wir haben die ganze Nacht gebucht«, protestierte Tessier.

»Dann müsst ihr uns noch ein Geschenk machen«, sagte Bea und hielt die Hand hin. Tessier legte für jede zehn Francs hinein. Bea nickte.

»Da ihr die Kerle von der Einzelhaft seid, geht das in Ordnung.«

Sie griffen wieder nach den Männern, aber Julien drückte Bea zurück.

»Wir haben noch viel Zeit. Wir haben lange nicht mehr mit Frauen gesprochen. Was gibt es Neues aus Cayenne?«

»In Cayenne gibt es nie etwas Neues. Baron Evremonds ist Bürgermeister geworden«, fing sie stockend an zu erzählen. »So ein gemeines Stück Mensch haben sie jetzt auch noch zum Bürgermeister gewählt. Es soll viel Geld geflossen sein. Wenn die guten Bürger wüssten, was er für ein Scheißkerl ist, würden sie ihn zu euch auf die Teufelsinsel schicken. Zwei meiner besten Freundinnen hat er schon ruiniert. Er schlug sie beim Ficken halb tot.«

»Warum lassen sie sich denn mit ihm ein?«

»Er zahlt gut. Sehr gut sogar. Und meistens ist er auch ganz friedlich. Aber wenn er zu viel getrunken hat, gerät er außer Kontrolle. Oh ja, er bezahlt jede angebrochene Rippe, jedes zermanschte Auge, aber es kommt vor, dass er die Mädchen fast zu Krüppeln schlägt. Mich wollte er auch haben, aber ich lasse mich nicht mit so einem Schwein ein, dann gehe ich doch lieber aufs Schiff.«

»Ich habe es mal mit ihm getrieben«, gestand Kathy. »Da hat er seine Spezialität verlangt. Ich musste ihn verprügeln und dabei ist ihm mächtig einer abgegangen und danach hat er mich verprügelt und das hat ihn noch einmal so richtig geil gemacht. Einmal und nie wieder so einen Freier!«

»Welches Bordell frequentiert das Schwein?«

»›Mama Susanne‹, am Ortsende von Cayenne in der Rue Louis Philippe. Bei uns in Cayenne ändern sich nicht so schnell die Namen mit jeder neuen Regierung.«

»Ein gutes Haus«, ergänzte Bea.

»Und warum arbeitet ihr nicht dort?«

»Der Kapitän hat uns von Mama Susanne gekauft. Er verdient ein gutes Stück Geld mit uns.«

»Gekauft?«, fragte Julien, der glaubte, nicht richtig gehört zu haben. »Das ist Menschenhandel.«

»So läuft das, wenn du nicht die richtige Hautfarbe hast. Hier ist Guayana und nicht Paris.«

Um die Zeit zu vertreiben, erzählten Julien und Tessier, wie sie nach Cayenne und auf die Teufelsinsel gekommen waren. Die beiden Mädchen erinnerten sich bald wieder an ihre Pflichten und brachten ihre Gäste erneut in Stimmung. Nach der zweiten Opferung holten die Mädchen ein Kartenspiel hervor und sie spielten einfach nur aus Gefälligkeit um kleine Beträge. Die Mädchen schummelten nicht einmal. Nachdem die Männer die Mädchen gewechselt hatten, ertönte noch einmal lustvolles Stöhnen in der Kabine. Dann schliefen sie, die Mädchen im Arm, erschöpft ein. Julien erwachte noch vor der Dämmerung. Auf seine innere Uhr konnte er sich verlassen. Langsam löste er sich aus den Armen des Mädchens und stieß Tessier an. Dieser erhob sich genauso vorsichtig. Schweigend zogen sie sich an und schlichen aus der Kabine. Von den Mädchen hatten sie erfahren, dass die Kajüte des Kapitäns gleich hinter dem Ruderhaus war. Alles schlief noch. Auf der Insel war jedoch bereits in der Kommandantur Licht zu sehen. Das Schiff dümpelte leicht in der See. Der Mond gab noch genügend Licht. Das Meer schillerte silbrig. Die Kajüte war unverschlossen. Der Kapitän schnarchte, als wolle er ganz Französisch-Guayana vom Urwald befreien. Durch das Kajütenfenster fiel etwas Mondlicht herein, so dass sie sich orientieren konnten. Neben dem Bett stand eine halbleere Rumflasche. Die Hose mit dem Pistolengürtel lag über einem Stuhl. Julien zog den Revolver aus dem Halfter. Tessier nahm von der Wand eine Machete.

»Nun zur nächsten Runde. Wecken wir ihn auf«, sagte Julien.

Tessier hielt dem Kapitän etwas unsanft die Machete an die Kehle. Dieser schrak hoch. »Was soll das? Seid ihr verrückt?«

»Wann legst du ab? Wir haben eine Passage auf diesem Seelentröster gebucht.«

»In Cayenne wird man euch sofort einfangen. Auf Flucht von der Teufelsinsel steht schwerer Kerker, wenn nicht sogar der Tod. Da ihr schon einmal einen Fluchtversuch unternommen habt, wird man keine Gnade walten lassen. Also, macht euch auf zu den Nutten und ich vergesse diese Veranstaltung hier.«

»Wir haben nichts mehr zu verlieren«, sagte Julien und stieß ihm den Revolverlauf in die Seite. »Also wirst du uns mitnehmen. Wieviel Mann sind an Bord?«

»Fünf Matrosen, der Maschinist und der Kohlentrimmer.«

»Wann legst du ab?«

Der Kapitän sah auf die Uhr auf dem kleinen Schreibtisch.

»In einer Stunde. Der Maschinist weiß Bescheid. Er lässt pünktlich die Motoren an. Der Maat sorgt dafür, dass der Anker rechtzeitig hochgeht. Ich gehe dann ins Ruderhaus und lenke das Schiff aus dem Hafen.«

»So läuft es immer ab?«

»Immer.«

»Kommen noch einmal Soldaten aufs Schiff?«

»Warum sollten sie? Die Ladung ist gelöscht.«

»Du bist allein im Steuerhaus, wenn du das Ruder übernimmst?«, fragte Tessier.

»Ja. Die Jungs haben alle ihre Aufgaben.«

»Kein Steuermann?«

»Brauche ich nicht. Die Navigation mache ich selbst.«

»Gut. Zieh dich an. Wir gehen jetzt ins Ruderhaus.«

»Ihr wisst schon, dass das, was ihr anstellt, Piraterie ist? Darauf steht …«

»Wir haben schon ein paar andere Dinge angestellt, die mit dem Tod belohnt werden«, schnitt ihm Tessier das Wort ab.

»Wo wollt ihr hin?«, fragte der Kapitän kleinlaut.

»Das erfährst du noch früh genug.«

Sie gingen zum Ruderhaus.

»Und nun?«, fragte der Kapitän.

Im hinteren Teil des Ruderhauses befand sich eine kleine Kabine, die nur durch einen grünen Vorhang abgetrennt war.

»Wunderbar«, lobte Julien. »Dahinter verstecken wir uns. Wir werden dich genau beobachten. Wenn du dich verdächtig verhältst, bekommst du eine Kugel in den Rücken. Alles läuft so ab wie immer, verstanden?«

»Ich bin nicht lebensmüde.«

Sie warteten. Als sich am Himmel der erste Lichtstreifen zeigte, hörten sie Stimmen. Schon bald sprangen die Motoren an. Große Dampfwolken zogen über das Deck. Julien und Tessier saßen in der kleinen Kabine, die nur ein Notbett enthielt, und sahen durch einen Spalt nach draußen.

»Es dauert eine Weile«, rief der Kapitän nach hinten. »Es ist ein altes Schiff. Die Motoren müssen erst einmal warmlaufen.«

»Denk immer daran, dass ein Revolver auf deinen Rücken zielt«, warnte Julien.

»Regt euch nicht auf. Ich will das hier ganz schnell hinter mich bringen.«

Tessier schüttelte den Kopf über das angelaufene Abenteuer. Glaubte Julien tatsächlich, dass sie entkommen konnten? Er vertraute dessen Einfallsreichtum. Jetzt war es ohnehin zu spät, das Ganze abzublasen. Julien jedoch blieb äußerlich ruhig. Doch seine Gedanken überschlugen sich. Er hatte alles bedacht, aber es konnte immer noch etwas schief laufen. War das Schiff überhaupt seetauglich? In Frankreich hätte man es als Seelenverkäufer bezeichnet.

Nun hörten sie Fußgetrappel. Die Matrosen gingen ihrer Arbeit nach. Die Leinen wurden eingezogen. Der Anker ging rasselnd hoch. Langsam löste sich das Schiff vom Kai. Die Maschinen stampften schwerer. Die Möwen umflatterten aufgeregt das Schiff. Als das Schiff aus dem Hafen war und die Insel langsam kleiner wurde, nickte Julien Tessier zu.

»Der nächste Akt.«

Sie gingen in das Ruderhaus. Der Kapitän stand am Steuerrad und drehte sich zu ihnen um. Er wirkte nicht sehr glücklich.

»Wie geht es weiter?«

»Du steuerst erst mal Cayenne an. Gibt es dort in der Nähe eine Bucht, wo wir unbemerkt ankern können?«

»Ja. Wird von Schmugglern manchmal benutzt.«

»Dorthin geht es! Habt ihr ein Beiboot?«

»Natürlich. Aber ich befürchte, dass man nicht weit damit kommt.«

»Dummkopf, nicht für uns! Ruf die Mannschaft zusammen. Bis auf den Maschinisten und den Kohlentrimmer und einen Matrosen sollen alle mit den Mädchen ins Beiboot, damit sie zurück zur Teufelsinsel rudern können. Wir sind ja noch nicht so weit weg.«

Tessier sah Julien fragend an.

»Es sind mir zu viele Männer an Bord. Wir können nicht auf alle aufpassen.«

»Was habt ihr vor?«, fragte der Kapitän beunruhigt.

»Später. Nun mach schon!«

Der Kapitän stellte die Motoren wieder ab und nahm die Flüstertüte, ging zur Tür und befahl alle an Deck, auch die Mädchen. Die Besatzungsmitglieder versammelten sich vor dem Ruderhaus. Als hinter dem Kapitän auch Julien und Tessier auftauchten, machten sie große Augen. Der Revolver und die Machete ließen keine Unklarheit über die Befehlsgewalt aufkommen. Die Mädchen legten erschrocken die Hand vor den Mund.

»Hört zu!«, sagte der Kapitän. »Wir sind gekapert worden. Die wollen, dass bis auf den Maschinisten, den Kohlentrimmer und Rinaldi alle ins Boot steigen. In einer halben Stunde könnt ihr die Insel erreichen. Die See ist ruhig, also habt ihr keine Probleme.«

»Und die, die bei uns bleiben, sollten nicht ihr Leben riskieren, sondern unseren Anweisungen gehorchen«, setzte Julien hinzu. »In British-Guayana seid ihr wieder frei.«

»Wir würden gern bleiben. Wir wollten schon lange ausreißen. Bis heute war leider keine Gelegenheit dazu«, meldete sich Bea.

»Was meinst du?«, fragte Julien seinen Freund.

»Meinetwegen. Sie können sich nützlich machen. Küche und so.«

»Also, ihr bleibt. Die anderen steigen ins Boot.«

Die Matrosen zuckten mit den Schultern und gingen zum Beiboot, das am Heck festgezurrt war.

»Ich habe keine Lust mitzukommen«, trotzte Rinaldi mit verschränkten Armen.

»Willst du sterben?«, fragte Tessier und fuchtelte mit der Machete in der Luft herum.

»Warum ich?«, schrie der Matrose verzweifelt.

»Weil du mein bester Mann bist«, erwiderte der Kapitän.

»Das hat man davon, wenn man seine Arbeit ordentlich tut.«

»Es wird dein Schaden nicht sein«, sagte Tessier und schlug ihm kameradschaftlich auf die Schulter.

»Gilt das auch für mich?«, fragte der Kapitän und schob seine Mütze zurück. Seine Augen blickten nun interessiert.

»Klar doch. Tausend Francs, wenn wir außer Gefahr sind«, sagte Julien gelassen.

»Und das ist wahr?«, zweifelte der Kapitän.

»Mein Wort drauf.«

»Ihr habt so viel Geld?«

»Wir werden es haben.«

Das Beiboot löste sich vom Schiff. Der Kapitän winkte seinen Leuten nach.

»Viel Glück, Männer!«

»Kapitän, das werden Sie auch brauchen«, schrie einer zurück.

Langsam entfernte sich das Boot.

»Nun zu euch«, wandte sich Julien an die Männer. »Tut, was wir euch sagen«, wiederholte er. »Wer spurt, wird reich. Wer nicht gehorcht, stirbt. Alles klar?«

»Alles klar!«, sagten die Männer im Chor.

»Geht auf eure Plätze.«

»Hast du das ehrlich gemeint?«, fragte Tessier, als sie allein an Deck standen und beobachteten, wie das Schiff wieder Fahrt aufnahm. »Ich habe nur noch dreihundert Francs.«

»Wir werden Geld haben«, erwiderte Julien und erzählte, welche weiteren Schritte er plante.

»Mann, ist das der grüne Junge, dem ich einmal beibringen musste, was man mit einem Messer anstellen kann?«

Sie sahen zurück in die Richtung der Insel. Nicht einmal ein Streifen war mehr zu sehen. Nur als ferner Punkt das Beiboot. Er bedauerte, dass er sich von der Frau des Kommandanten nicht hatte verabschieden können. Vielleicht war es auch besser so. Aber sie würde an ihn denken. Er war sich dessen ganz sicher.

»Und du glaubst, dass es klappt?«, fragte Tessier, immer noch staunend.

»Bis jetzt lief doch alles wie am Schnürchen.«

»Warum hast du verraten, dass British-Guayana das Ziel ist? Die Matrosen im Beiboot werden dies den Behörden bestimmt nicht verschweigen.«

»Weil es nicht unser Ziel ist.«

Tessier blies die Backen auf. »Kannst du mich nicht endlich ins Bild setzen, was du wirklich vorhast?«

Julien sagte es ihm.

»Junge, wenn das man gut geht.«

»Wir werden sehen.«

Am Nachmittag erreichten sie eine Bucht mit einem kleinen Sandstrand. Der Kapitän befahl die Motoren zu stoppen und ließ Anker werfen.

»Näher kommen wir nicht ans Land heran, sonst laufen wir auf. Aber wir sind nah genug, um an den Strand schwimmen zu können«, erklärte der Seemann.

»Gut. In drei Tagen bin ich zurück. Haben wir genug Kohle für British-Guayana?«

»Weder genug Kohle noch genug Verpflegung.«

»Das mit der Verpflegung haben wir gelöst, wenn ich zurück bin. Die Sache mit der Kohle wird schon schwieriger. Na, wir werden uns etwas einfallen lassen. Tessier, du nimmst den Revolver. Ich begnüge mich mit der Machete. Doch nun sollten wir uns stärken, denn die nächsten Tage werde ich wenig zu essen haben.«

Sie setzten sich in der Kombüse zusammen. Es war eng und stickig. Aber die Mädchen hatten wenigstens für Sauberkeit gesorgt.

»Werden wir wirklich bezahlt?«, fragte der Maschinist, ein klein gewachsener Pole, der in Cayenne nach seiner Haftstrafe hängengeblieben war.

»Natürlich. Wenn ich zurück bin, erhält jeder fünfhundert Francs und noch einmal fünfhundert, wenn wir in British-Guayana sind.«

Die Mädchen hatten sich Mühe gegeben. Es gab Takakà, eine scharf gewürzte Krabbensuppe, danach Schildkrötenfleisch mit Reis und Bohnen. So gestärkt brach Julien auf.

»Du weißt, was du tust?«, fragte Tessier voller Sorge.

»Baron Evremonds wird sich freuen mich wiederzusehen. Du passt mir schön auf, dass keiner der Männer auf dumme Gedanken kommt und stiften geht.«

»Meine Probleme sind die kleineren.«

»Und vögel nicht so viel herum. Wenn ich zurück bin, kannst du immer noch …«

»Versteht sich. Ich bin doch kein grüner Junge, der sich von einer Prinzessin vernaschen lässt.«

Julien band die Machete am Gürtel fest und ließ sich ins Wasser gleiten. Es war warm und weich und voller Fische. Diese ließen sich nicht von ihm stören. Er brauchte sich nicht anzustrengen. Die Wellen trugen ihn an den Strand.

Der Mangrovenwald stand so dicht wie eine Wand vor ihm. Lianen und Flechten versperrten ihm den Weg. Er musste sich mit der Machete durchs Dickicht schlagen. Der Urwald war nicht still. Frösche luden zum Konzert ein. Brüllaffen schrien. Kolibris und Aras flatterten vor ihm hoch. Hin und wieder stöberte er Aguti und Goldhasen auf. Wie in den Tropen üblich, brach die Dunkelheit schnell herein. Aber er hielt nicht inne. Der Kapitän hatte ihm einen Kompass mitgegeben. Er wusste, dass Cayenne nicht weit weg sein konnte. Endlich fand er den Weg, der nach Cayenne führte. Niemand war zu sehen. Der Mond zeigte eine schöne volle Scheibe und gab genug Licht, sodass er schnell ausschreiten konnte.

Endlich erreichte er Cheroux. Niemand war auf der Straße. Er ging zu dem Laden, kletterte die Balustrade hoch und klopfte an Lamberts Fenster. Er musste es mehrmals wiederholen.

Schließlich wurde es aufgerissen. Lambert starrte ihn an, als wäre er eine Marienerscheinung.

»Du? Julien? Wie hast du das angestellt, von der Teufelsinsel zu entkommen?«

»Später. Wie steht es hier?«

»Alles wie immer.«

Julien kroch in das Zimmer.

»Was hast du vor?«

Er erzählte es ihm und Lambert nickte begeistert.

»Natürlich komme ich mit.«

»Du warst mal anderer Meinung.«

»Ja. Aber seit du fort bist, hat sich hier einiges verändert. Der Baron hat die Daumenschrauben angezogen und lässt die Bauern noch mehr bluten. Ich bin ein schlechter Folterknecht.«

»Gut. Ich werde jetzt dem Herrenhaus einen Besuch abstatten. Wenn ich zurück bin, nimmst du aus dem Warenlager drei Gewehre, Revolver und möglichst viel Munition und natürlich Lebensmittel. Ein Sack Reis und Bohnen. So viel wir tragen können. Für mich und Tessier brauche ich zwei gute Messer, wie sie die Spanier gern benutzen, mit schweren Klingen. Du weißt schon. Mein Messer hole gleich. Ich fühle mich dann besser.«

»Was willst du beim Evremonds? Etwa die Baronin mitnehmen?«

»Unfug! Aber ich will mir meinen Lohn abholen. Schließlich habe ich für ihn gearbeitet und jede Arbeit ist ihr Geld wert.«

»Das ist gefährlich, Julien. Der Baron ist nicht da. Gestern Abend ritt er hier durch nach Cayenne. Wahrscheinlich will er wieder mal seine Huren beglücken.«

»Eine gemähte Wiese also. Ich bin spätestens am Abend zurück. Halte dich bereit.«

»Du siehst erschöpft aus. Ruh dich ein wenig aus.«

»Nein. Jetzt treffe ich niemanden auf der Straße.«

Nachdem ihm Lambert das Messer gebracht hatte, kroch Julien wieder zum Fenster hinaus, rutschte am Stützbalken hinunter und ging betont langsam, um keinen Verdacht zu erregen, aus dem Ort hinaus. Es graute bereits, als er das Herrenhaus erreichte. Die Tür war unverschlossen, wie er es erwartet hatte. Niemand wagte den Besitz der Evremonds ungebeten zu betreten. Er stieg die große Wendeltreppe zu den Herrschaftsräumen hoch. Alles schlief noch. Er wusste, wo das Arbeitszimmer des Barons lag. Er betrat es vorsichtig. Der Tresor stand hinter dem Schreibtisch. Ein großer Tresor, fast ein Schrank. Evremonds hatte ihn so manches Mal in seinem Beisein geöffnet. Julien hatte sich die Kombination gemerkt. Er versuchte sie einzustellen. Das Geburtsjahr des Barons. Aber nichts passierte. Ein Lichtschein.

»Ich habe die Kombination geändert.«

Jäh drehte sich Julien um. Hinter ihm stand der Baron. In der Linken hielt er einen Leuchter, in der Rechten einen Revolver.

17 – Das Feuer der Pandora

(Alexandre Dumas erzählt)

Evremonds zeigte ein böses Lächeln. Er trug wie immer einen weißen Anzug, wie es bei den Pflanzern üblich war. Seine Miene zeigte, dass er mit sich und der Situation sehr zufrieden war.

»Setz dich auf den Stuhl, Julien Morgon!«, befahl er. »Du glaubst, du bist ein kluges Kerlchen, nicht wahr? Ich habe schon damals bemerkt, dass du dich allen überlegen fühlst. Nun ja, meinen Laden in Cheroux hast du in Ordnung gebracht. Dafür reicht dein Grips. Aber ich bin dir über. Du magst Soldaten übertölpeln können, aber ich bin doch von ganz anderem Format. Vautrin hat deine Flucht sofort Chalon gemeldet und dieser weiß, was er mir schuldig ist und hat mich gleich informiert. Ich wusste, dass du mich besuchen würdest und bin umgehend nach Hause zurückgekehrt. Wenn deine Flucht gelingen soll, brauchst du Geld. Viel Geld. Und ich bin der Einzige, von dem du weißt, wo er sein Geld verwahrt. Es war einfach, sich das auszurechnen.«

Evremonds stellte die Petroleumlampe auf den Beistelltisch und setzte sich Julien gegenüber.

»Was wollen Sie nun tun?«, fragte Julien scheinbar unbewegt.

Aber seine Gedanken überschlugen sich. Noch hatte Evremonds ihn nicht durchsucht und das Messer entdeckt, das er in einem Halfter auf dem Rücken trug. Er musste Zeit gewinnen, den Baron in ein Gespräch verwickeln und warten, dass er einen Fehler machte.

»Wissen Sie, was ich an Ihnen immer bewundert habe?«

Evremonds' Miene lockerte sich.

»Na, was denn?«

»Sie sind der gewissenloseste Mensch, den ich bisher kennengelernt habe. Es ist Ihnen egal, was andere von Ihnen denken.

Sie verschwenden keinen Gedanken an Recht oder Unrecht, an Gesetz und Konventionen. Ich habe im Bagno genug Menschen kennengelernt, die schlecht sind, aber sie zeigten doch Regungen, die sie als Menschen auswiesen. Sie leben wie ein böses Tier, skrupellos, empfindungslos und den eigenen Trieben ausgeliefert.«

»Hier in Guayana bin ich ein Fürst«, sagte Evremonds selbstgefällig. »Ich bin der Herr und niemandem Rechenschaft schuldig. Was ich tue, ist das Gesetz. Jetzt bin ich auch noch Bürgermeister von Cayenne und der Lagerkommandant liebedienert vor mir. Noch fünf Jahre hier in Guayana und ich werde nach Frankreich zurückkehren und das Schloss der Evremonds zurückkaufen, renovieren und mich der Politik widmen. Was die Bonapartes konnten, kann ich auch. Man muss nur entschlossen handeln und alles einem Ziel unterordnen, keine Rücksichten nehmen, sondern stark und hart und mitleidlos sein.«

»Träumen Sie nicht manchmal schlecht? Verfolgen Sie nicht die Flüche der Bauern, das Gegreine der hungernden Kinder?«

»Schon mal was vom Übermenschen gehört? Der Starke tötet den Schwachen. Das Ausleseprinzip der Natur. Über Moses Gesetzestafeln kann ich nur lachen. Du sollst nicht töten? Nichts anderes passiert andauernd. Die Juden haben versucht die Starken zu schwächen, unsere Welt zu judaisieren und den Starken Fesseln aufzuerlegen. Liebt euren Nächsten wie euch selbst? Eine naturferne Forderung. Da scheiß ich drauf. Ich bin der Starke und ich nehme mir, was ich mir nehmen will und alle kuschen vor mir. Warum? Sie wissen, dass ich Moses und den ganzen christlichen Schwindel nicht akzeptiere. Ich halte mich an das Gesetz der Natur, nicht an die Bibel. Du, Julien Morgon, bist kein schlechtes Werkzeug gewesen, aber du bist nun unbrauchbar. Ich habe mit Interesse verfolgt, was du auf der Teufelsinsel angestellt hast. Oberst Jacques Vautrin hat mir über dich berichtet. Kompliment! Ein halbes Jahr Einzelhaft so gut überstanden zu haben, zeigt mir, dass du ein würdiger Gegner bist. Aber sei mal ehrlich, hast du wirklich geglaubt, mir ebenbürtig zu sein?«

Lauernd sah ihn Evremonds an.

»Nicht nur ebenbürtig, sondern überlegen«, erwiderte Julien. »Haben Sie nicht bemerkt, dass ich keine Angst habe?« Julien verschränkte die Arme und sah Evremonds mit belustigtem Lächeln an. Doch dies war Fassade. Lass dir was einfallen, befahl er sich fieberhaft. Aber im Angesicht des Revolvers fiel ihm nichts ein.

»Warum nicht?«, erwiderte Evremonds verdutzt. »Ich brauche den Abzug nur durchzudrücken und dein Leben ist zu Ende. Aber ich habe etwas Besseres mit dir vor. Ich werde dich an ein Pferd binden und dich hinter mir her schleifen. Die Steine werden dir das Fleisch von den Rippen reißen. Und in Cayenne übergebe ich dich Philipe de Chalon und der stellt dich vor ein Peloton. Nein, das ist für einen so harten Burschen wie dich doch keine angemessene Strafe. Vielleicht ist es besser, ich begrabe dich bei lebendigem Leib.«

Er schwelgte in den Todesarten, die er Julien antun würde.

Habe ich wirklich verloren?, fragte sich Julien. Wenn ich keine große Chance habe, dann sollte ich wirklich das Unmögliche versuchen. Das ist es, was ich mir selbst noch schuldig bin. Er sah einen Lichtschein an der Tür. Julien reagierte sofort.

»Danke, dass du mir zur Hilfe kommst.«

Evremonds lachte höhnisch. »Ein billiger Trick. Fällt dir nichts Besseres ein?«

»Es ist kein Trick«, sagte die Frau, die in einem weißen Nachtkleid mit hoch erhobenem blassem Gesicht im Türrahmen stand. In der einen Hand hielt sie ein Gewehr, in der anderen einen Kerzenleuchter. Der Lauf zielte auf Evremonds. Schwarz und wild fiel ihr Haar ins Gesicht. Sie sah aus wie eine der Erinnyen, die griechischen Rachegöttinnen. Jäh fuhr Evremonds herum.

»Was soll das? Bist du verrückt geworden?«

»Du wirst Julien nichts antun«, sagte sie ruhig und stellte den Leuchter auf den großen Mahagonitisch.

»Scher dich auf dein Zimmer!«

»Das werde ich nicht. Du wusstest doch, dass ich Julien liebe. So lange er dir ein willfähriges Werkzeug war, wie du glaubtest, ließest du es zu. Aber er ist meine große Liebe, die einzige. Du warst mir immer gleichgültig, eine gute Partie, das ja. Aber mehr niemals. Und als ich deine Gewalttätigkeit erkannte, deine perversen Liebespraktiken, habe ich dich gehasst. Angeekelt hast du mich.«

»Leg das Gewehr weg, du alte dumme Frau! Du hast mich schon lange gelangweilt. Ich werde dich fortschicken und dann kannst du dich als Hure verdingen!«

»Lass den Revolver fallen«, entgegnete sie und zog den Hahn des Jagdgewehrs zurück.

Er sah, dass sie es ernst meinte und änderte seine Taktik.

»Ach, vergiss, was ich gesagt habe. Es war im Zorn gesagt. Es ist kein gutes Gefühl, wenn einem die eigene Frau eine Waffe entgegenhält. Verzeih mir. Versuchen wir einen Neustart. Wir hatten doch auch gute Zeiten. Denk an unsere schönen Tage in Belem. Wie oft hast du mir gesagt, dass du mich liebst und geschrien hast du vor Lust, wenn wir miteinander im Bett waren. Erinnere dich an unser Hotel am Teatro da Paz, wo wir drei Tage unser Zimmer nicht verlassen haben und uns liebten … immer wieder liebten.«

»Ich war eine gute Schauspielerin. Was Liebe ist, habe ich erst durch Julien erfahren.«

»Du wirst nicht auf deinen Mann schießen!«, sagte er bestimmt.

»Leg den Revolver auf den Tisch. Du hast keine Wahl. Auf die Entfernung kann ich nicht vorbeischießen.«

Evremonds folgte ihr widerstrebend. Mühsam seine Wut bezwingend, legte er den Revolver auf den Tisch.

»Du Schlampe!«, kreischte er. »Und nun? Was habt ihr beiden jetzt vor?«

»Sag ihm die neue Kombinationsnummer.«

»Es ist das Datum unserer ersten Begegnung. Da siehst du, wie sehr ich dich liebe.«

»Mich lieben? Du liebst deine Nutten in Cayenne, die du verprügeln kannst und die dich verprügeln. Ich kenne deine Lust an der Gewalt. Sag ihm die Kombination! Den Tag unserer ersten Begegnung habe ich längst verdrängt. Er war mein größtes Unglück.«

»Ja, zögere nicht. Sonst werde ich dir zeigen, was ich auf der Teufelsinsel gelernt habe«, unterstützte Julien ihre Forderung.

»Verflucht, was willst du damit erreichen?«, brüllte Evremonds und sah seine Frau wild an. »Wenn er mit meinem Geld weg ist, bist du immer noch meine Frau und ich kann mit dir machen, was ich will.«

»Kannst du nicht«, erwiderte die Baronin höhnisch. »Ich werde mit Julien fortgehen.«

Julien glaubte, nicht richtig gehört zu haben. Er hatte nie vorgehabt, die Baronin mitzunehmen. Aber eigentlich hätte er, als sie einschritt, damit rechnen müssen. Nachdem sie sich gegen ihren Mann gestellt hatte, blieb ihr nichts anderes übrig, als mit ihm zu verschwinden. Doch dieses Problem musste später geklärt werden.

»Die Kombination«, wiederholte die Baronin.

»Ich sagte doch, der Tag unserer ersten Begegnung.«

»Los, mach den Safe auf!«, forderte Julien.

Schwerfällig stapfte Evremonds zum Safe, schraubte an einem Rad und öffnete die Stahltür. Mit verzerrtem Gesicht trat er beiseite. Julien fand einige Beutel mit Goldkörnern, einige Goldbarren und ein großes Bündel Geld. Es war wesentlich mehr, als er für die Auszahlung der Schiffsmannschaft benötigte. Dann zog er ein Fach auf, das bis obenhin mit Diamanten gefüllt war. Evremonds atmete heftig.

»Die Diamanten sind nach den Huren seine größte Leidenschaft«, sagte die Baronin kalt. »Das meiste Gold tauscht er sofort in Juwelen um.«

»Nehmt das Geld, das Gold, lasst mir wenigstens die Diamanten«, flehte Evremonds mit gebrochener Stimme.

Julien schüttete die Goldkörner und die Diamanten in den Beutel, den er sich von Lambert hatte mitgeben lassen. Das große Geldbündel steckt er in die Hosentasche.

»Nicht die Diamanten«, jammerte der Baron, der so gar nichts mehr von einem Übermenschen an sich hatte.

»Du wirst eine neue Sammlung anlegen müssen«, sagte Julien, ging zum Tisch und steckte Evremonds Revolver ein. »So, nun hast du alle Schulden bei mir bezahlt.«

»Aber nicht bei mir«, sagte die Baronin. »Geh aus der Schusslinie, Julien!«

»Was soll das? Ich bin quitt mit ihm.«

»Ach, mein romantischer Jüngling. Er wird Himmel und Hölle in Bewegung setzen, um uns wieder einzufangen. Es gibt keine Alternative hierzu.«

Sie drückte den Abzug durch. Die Ladung Schrot traf Evremonds voll ins Gesicht. Blut spritzte auf ihr weißes Nachtkleid. Evremonds stürzte zu Boden. Sein Gesicht war bis zur Unkenntlichkeit zerfetzt.

»Was hast du getan?«, stammelte Julien. »Das war völlig unnötig.«

»Es war ein Strafgericht.«

Nun erschienen Diener mit verschreckten Gesichtern. Aber die Baronin hatte das Gewehr bereits auf die Leiche geworfen.

»Ein Unfall«, sagte sie kalt.

An den Mienen der Bediensteten war abzulesen, dass sie dies nicht glaubten. Aber der Baron hatte sie, im Gegensatz zur Baronin, immer schlecht behandelt. Also folgten sie ihr.

»Tragt ihn in die Halle und bahrt ihn dort auf!«, befahl sie.

Die Diener nahmen Evremonds hoch und trugen ihn hinaus.

»Ich ziehe mich jetzt um. Du findest dort auf der Konsole Cognac für deine Nerven. Wir werden mit der Kalesche nach Cayenne fahren. Im Hafen liegt ein Schiff, das morgen nach

Frankreich ausläuft. Bis die Nachricht von seinem Tod eintrifft, sind wir schon auf See.«

Julien fröstelte bei so viel Kaltblütigkeit. »Man wird uns in Frankreich verhaften.«

»Die Nachricht wird erst mit dem nächsten Schiff eintreffen. Wir haben uns dann längst nach England eingeschifft. Mit dem Geld und den Diamanten können wir uns ein schönes Anwesen bei London kaufen. Wir sind endlich vereint.«

Sie verschwand und Julien ging zur Anrichte und goss sich ein Glas Cognac ein. Was mache ich nur? Er überlegte fieberhaft. Das war doch alles Wahnsinn. Er sah auf das Blut auf dem Parkett. Auf dem Tisch neben dem Leuchter glitzerte Gehirnmasse. Was geschehen war, sie hatte es richtig benannt, konnte man nur ein Strafgericht nennen. Nein, beschönige es nicht, korrigierte er sich. Es war Mord. Die Baronin hatte aus Liebe zu ihm gemordet. Evremonds hatte den Tod hundertfach verdient, aber von seiner eigenen Frau erschossen zu werden, war wohl die größtmögliche Strafe. Ohne sichtliche Erregung hatte sie sein Gesicht ausgelöscht. Sie würde es auch mit ihm nicht anders halten, wenn er ihre Liebe verschmähte. Er wusste doch am besten, wie leidenschaftlich und kompromisslos sie war.

Du bist ihr Leben, ihre letzte große Leidenschaft, machte er sich klar. Er ahnte, dass ihm noch eine furchtbare Auseinandersetzung bevorstand. Er nahm das Gewehr, ein Zwilling aus England, und entlud die Waffe. Sei nicht ungerecht, sagte er sich. Evremonds hätte dich getötet, so oder so. Sie hat dir das Leben gerettet. Du solltest ihr dankbar sein. Er machte sich noch einmal klar, wie er zu ihr stand. Nein, er liebte sie nicht. Er hatte sie benutzt. Das war gewiss nicht edel, aber er hatte keine andere Wahl gehabt oder doch? Nein, mit ihr auf ewig zusammen sein zu müssen, war ein zu hoher Preis. Er würde an sie gekettet sein. Sein Ziel war Argentinien und bis dahin war es ein weiter Weg. Eine Frau war dabei nur hinderlich. Er hatte gehört, dass Buenos Aires die europäischste Stadt Südamerikas war. Mit dem Geld, dem Gold und den Diamanten würde er dort ein gutes Leben führen können, bis die Zeit gekommen war, nach Frankreich zurückzukehren. Das war grob sein Plan. Er würde das Geld haben, um unangreifbar zu sein.

Sie trat wieder ins Zimmer. Die Baronin hatte ein dunkles Reisekleid angezogen und trug einen schwarzen Hut mit einem Schleier. Zwei Diener hinter ihr schleppten Koffer.

»Ich habe nur das Allernötigste einpacken lassen. Wir haben ja Geld, um uns in Frankreich neu einkleiden zu können.«

»Es geht nicht nach Frankreich.«

»Wohin denn?«, fragte sie erstaunt und mit Ungeduld in der Stimme.

»Erst mal nach Brasilien, wenn wir es schaffen. Ich habe dazu ein Schiff in meine Gewalt gebracht. Es ist eine gefährliche Reise. Du kannst nicht mitkommen.«

Auf ihrem Gesicht zeichnete sich blankes Entsetzen ab.

»Was sagt du da?« Ihre Augen weiteten sich.

»Du kannst mich doch nicht zurücklassen, nach allem, was ich für dich getan habe. Wir lieben uns doch. Ich habe Edmond für dich getötet.«

»Es geht nicht. Es ist zu gefährlich. Mit einer Frau wären wir zu auffällig. Es tut mir leid. Man wird dir das tragische ... Ereignis als Unfall abnehmen. Schöne Frauen schleppt man nur ungern auf die Anklagebank und in Cayenne umwabern den Baron ohnehin viele böse Gerüchte. Das Bürgermeisteramt hatte er sich nur erkauft. Seine Schweinereien werden ans Licht kommen. Das viele Land macht dich zu einer der reichsten Frauen des Landes. Die Freier werden bei dir Schlange stehen wie bei der Penelope auf Ithaka.«

»Bist du verrückt geworden? Penelope und Ithaka? Das kannst du doch nicht ernst meinen. Du liebst mich doch oder hat man dich auf der Teufelsinsel kastriert?«

»Begreife doch. Es geht nicht. Wir sind auch zu verschieden, im Charakter, im Alter.«

Er sagte nicht, dass er sie nie geliebt hatte.

»Der Unterschied fällt dir jetzt ein? Du Schuft, du gemeiner Schuft!«, schrie sie, sprang ihn wie eine Tigerin an und trommelte auf sein Gesicht ein. Nur mit Mühe gelang es ihm sie zu bändigen und zurückzustoßen. Sie brach in Tränen aus, setzte sich auf den Stuhl und schluchzte jämmerlich.

»Das kann doch alles nicht wahr sein. Du bist mein … Leben. Nie wieder wird dich eine Frau so lieben wie ich. Niemals wieder. Ich habe für dich getötet. Mein Leben würde ich für dich geben.«

»Das brauchst du nicht. Es ist die Notwendigkeit, die uns trennt. Lebe. Lebe hier im Reichtum.«

»Wenn du gehst, ist mein Leben zu Ende. Ich werde mich töten, Julien. Mich töten, hörst du?«

»So darfst du nicht sprechen«, sagte er mit schlechtem Gewissen. Die Unbedingtheit ihrer Liebe setzte ihn ins Unrecht und machte ihm Angst. Ihr Weinen ging in spitze Schreie über.

»Oh mein Gott, was geschieht mit mir? Oh Julien, was tust du mir an?«

»Ich gehe fort. Es ist alles gesagt.«

»Du wirst nicht gehen.«

Sie sprang auf, stürzte zum Tisch, nahm das Gewehr auf und hielt es ihm entgegen.

»Wenn ich dich nicht bekomme, wird dich auch keine andere bekommen.«

»Sei doch vernünftig. Was ich vorhabe, hält keine Frau aus. Wir müssen uns wahrscheinlich tagelang durch den Dschungel schlagen. Ich habe dir nie versprochen, dass ich dich mitnehme und du wusstest immer, dass ich alles tun würde, um aus dem Bagno zu entkommen.«

»Du Schuft! Oh, du gemeiner egoistischer Schuft! Du hast mich benutzt. Wie eine Hure benutzt.«

Der Lauf zitterte. Julien ging auf die Tür zu.

»Dann stirb!«, kreischte sie.

Er hörte, wie der Hahn knackte. Ein hässliches Geräusch. Er drehte sich um. Sie starrte fassungslos auf das Gewehr.

»Du hast es entladen. Ich hatte zwei Patronen hineingetan«, stammelte sie.

»Richtig. Ich weiß doch, wie leidenschaftlich du bist.«

»Du Verräter! Du …«

Das Gewehr wie eine Keule schwingend, rannte sie auf ihn zu. Er wich aus, entriss ihr das Gewehr und schleuderte sie zurück. Sie fiel auf den Boden, kroch zu ihm und umfasste seine Beine.

»Julien, bitte, denk doch an unsere gemeinsamen Stunden. Wir waren so glücklich zusammen.«

»Ich kann dich nicht mitnehmen. Es geht nicht, und nun Schluss mit dem Drama.«

Er befreite sich von ihr. Sie sprang auf, griff mit irrem Lachen nach der Petroleumlampe auf dem Beistelltisch und warf sie gegen das Fenster. Das Glas der Lampe zersplitterte und das Feuer erfasste sofort die Gardinen.

»Dann stirb mit mir!«, kreischte sie und sprang mit wilder Entschlossenheit zum Mahagonitisch, nahm den Leuchter hoch und schleuderte ihn aufs Sofa. Schon stand der Raum in Flammen. Julien wollte das Zimmer verlassen, aber sie versperrte ihm mit ausgebreiteten Armen den Weg. Er wollte sie beiseite stoßen, aber sie verkrallte sich an seinem Hals. Endlich gelang es ihm sich zu befreien. Wieder fiel sie zu Boden.

»Oh, Julien! Julien!«, schrie sie.

Er verließ mit Evremonds' Revolver in der Hand das Zimmer. Diener kamen ihm entgegen. »Geht ins Zimmer und versucht das Feuer zu löschen.«

Aber sie wichen, seinen Revolver anstarrend, furchtsam zurück und liefen kreischend die Treppe hinunter und aus dem Haus. Er ging ihnen nach. Als er die Veranda verließ, spürte er hinter seinem Rücken einen heißen Luftzug. Er blieb stehen. Das Feuer schlug bereits aus den Fenstern des zweiten Stocks.

Gleich würde das Holzhaus wie eine Fackel brennen. Sollte er nicht zurückgehen und sie aus dem Feuer herausholen? Sie taumelte aus der Tür.

»Julien, nimm mich mit!«

Er schüttelte den Kopf.

»Julien, ich liebe dich doch.«

Er war froh, dass sie sich hatte retten können. Er ging weiter. Er hörte wieder einen Schrei und wandte sich um. Hoch aufgerichtet, mit wild zerzausten Haaren und erhobenen Händen stand sie vor der Feuerwand.

»Oh Julien!«

Dann geschah das Entsetzliche. Sie ging hochaufgerichtet durch die offene Tür in die Feuerwand hinein. Julien stürzte zur Veranda, zu dem Feuerschlund hin, in dem sie verschwunden war.

»Das wollte ich nicht«, stammelte er und wich vor den bleckenden Flammen zurück.

Es war von ihrer Seite eine fürchterliche, eine besitzergreifende Liebe gewesen, aber das hatte sie nicht verdient, das hatte niemand verdient. Sie hatte den schlimmsten Tod gewählt, den man sich vorstellen konnte. Nun sah er noch einmal einen Schatten im Feuer, hörte noch einen Klagelaut, so entsetzlich, wie er ihn noch nie gehört hatte. Dann hörte er nur noch das Zischen und Knattern der Flammen. Er wankte auf dem rotstaubigen Weg auf Cheroux zu, immer das fürchterliche Bild vor Augen, den taumelnden Schatten und den fürchterlichen Laut im Ohr.

Es war bereits dunkel, als er Cheroux erreichte. Lambert erwartete ihn bereits mit Ungeduld.

»Mein Gott, wie siehst du denn aus? Dein Gesicht ist total verrußt.«

»Sieh aus dem Fenster. Das Haus der Evremonds brennt lichterloh.«

»Erzähl! Was ist passiert?«

»Später. Evremonds ist tot. Die Baronin auch.«

»Du hast sie …?«, rief Lambert erschrocken.

»Nein. Das nicht. Aber schuldlos bin ich auch nicht. Alles später! Wir müssen weg.«

»Ich habe einen Karren beladen und zwei Mulis vorgespannt. Wir können los.«

»Hast du an alles gedacht?«

»Ja. Du weißt doch, auf Lambert ist Verlass. Du versteckst dich am besten unter der Plane. Wo die Bucht ist, hast du mir ja erklärt. Ich habe Alvarez ausgefragt, ob es dorthin einen Weg gibt, der nicht so belebt ist.«

»Das mit der Plane ist umsichtig«, lobte Julien. »Die Nachricht von meiner Flucht ist bereits in Cayenne eingetroffen. Man wird sicher die ganze Gegend durchkämmen.«

Sie schieden ohne Abschiedsschmerz aus Cheroux. Unter der Plane war es heiß und stickig. Julien schlief durch das leichte Schütteln des Wagens bald ein. Er träumte von der Baronin und dem Schatten hinter dem Feuer und davon, wie ihr Gesicht aus dem Feuer hervortrat und die Flammen das Fleisch schmelzen ließen. Ein Totenkopf lächelte ihn an und schrie: »Julien!« Er erwachte, weil er Stimmen hörte.

»Ich habe Lebensmittel im Karren, die ich auf dem Markt anbieten will«, hörte er Lambert sagen.

»Runter vom Karren!«, befahl eine barsche Stimme.

»Mit vier Mann haltet ihr einen armen Händler auf? Mein Herr ist der mächtige Baron Evremonds. Ich werde ihm davon berichten, wie viel Ärger ihr mir bereitet habt.«

»Wir tun nur unsere Pflicht. Runter vom Wagen! Wir müssen die Ladung überprüfen.«

Kluges Kerlchen, der Lambert, dachte Julien. Nun weiß ich, dass es vier Mann sind. Er zog den Revolver aus dem Gürtel. Jemand hob die Plane und steckte seinen Kopf hinein. Der Soldat konnte nicht einmal mehr über das staunen, was er sah. Die Kugel riss seinen Kopf zurück. Julien warf die Plane ab und erschoss die beiden Soldaten, die dem Karren am nächsten standen. Der vierte hob angstschlotternd die Arme und warf sein Gewehr weg.

»Was machen wir mit dem?«, fragte Lambert, der ganz weiß im Gesicht war.

»Pack deine Kollegen und schleppe sie in den Graben dort, damit sie nicht gleich gefunden werden«, rief Julien dem Soldaten zu. »Wenn du nicht gehorchst, stirbst du!«

»Töte mich nicht. Ich tue alles, was du willst.«

»Gut. Dann wird dir nichts passieren. Nun mach schon!«

Der Soldat tat, was Julien ihm befohlen hatte.

»Was machen wir mit ihm?«, fragte Lambert. »Du willst ihn doch nicht auch noch …?«

»Nein. Das wird nicht notwendig sein. Wie heißt du, Soldat?«, rief er zu dem zitternden Mann hinüber.

»Adrien Sagun. Bitte tut mir nichts«, wiederholte er.

Es war ein junger Soldat, nicht viel älter als Julien.

»Wir nehmen dich mit. Sobald wir unseren Bestimmungsort erreicht haben, lassen wir dich frei, wenn du keinen Ärger machst. Jeder Fluchtversuch, jedes Zeichen an einen vorübergehenden Passanten bedeutet deinen Tod. Verstanden?«

»Ich mache keinen Ärger.«

»Dann setz dich zu Lambert auf den Kutschbock. Wenn jemand vorbeikommt, tust du so, als würdest du eine Ladung für die Festung begleiten.«

»Ich lege mich nicht mit Julien Morgon an.«

»Du hast dir einen Namen gemacht«, sagte Lambert und stieg auf den Bock.

Julien versteckte sich wieder unter der Plane. Die Mulis setzten sich gemächlich in Bewegung. Der gleichmäßige Trott schläferte ihn erneut ein. Diesmal träumte er, dass das Gesicht aus dem Feuer Mercedes war. Auch dieser Totenkopf rief seinen Namen. Er wachte erneut schweißgebadet auf. Du musst aufpassen, sagte er sich. Du gewöhnst dich langsam ans Töten. Sie trafen auf keinen Kontrollposten mehr.

Als sie in den Urwald einbogen, rief Lambert, dass Julien unter der Plane hervorkommen könne.

»Wir haben es geschafft. Den Soldaten habe ich vorhin weggeschickt. Du brauchst keine weiteren Soldaten umzubringen, nachher hat Frankreich kein Militär mehr«, rief der kleine Freund launig.

»Was blieb mir anderes übrig?«, verteidigte sich Julien mit schlechtem Gewissen.

»Julien Morgon, Julien Morgon, wie hast du dich verändert! Wer hätte gedacht, dass aus dem Sohn des Papierhändlers und Druckereibesitzers aus der Avenue Bugeaud ein so gefährlicher Mann wird?«

»Wegen mir wäre das nicht notwendig gewesen. Es sind die Verhältnisse, die mich zu dem machen, der ich bin.«

»Soll ja kein Vorwurf sein. Aber von dem, der du einmal warst, ist nicht mehr viel übrig.«

Julien stöhnte. Es war wahr. Er war ein anderer geworden. Sie erreichten die Bucht. Doch ein Schiff war nicht zu sehen. Juliens Herzschläge setzten einen Moment aus. Was war passiert? War alles umsonst gewesen? Nur über das Meer konnten sie den Häschern entkommen. Schweiß lief ihm über das Gesicht. War wirklich alles umsonst gewesen?

18 – Gottes eigenes Land

(Charles Dickens erzählt)

Erschrocken suchte Julien den Horizont ab. Nichts. Kein Schiff war zu sehen. Mein Gott, was war passiert? Doch ehe er sich weiter seiner Verzweiflung hingeben konnte, trat Bea hinter einem Gebüsch hervor.

»Wo ist das Schiff?«, rief Julien, sprang von dem Karren und lief ihr entgegen. Sie umarmte ihn stürmisch.

»Endlich! Ich habe mir schon solche Sorgen gemacht. Ist alles in Ordnung?«

»Das frage ich dich! Wo ist das Schiff?«

»Wir sind in den Seitenarm einer Flussmündung ausgewichen, da der Kapitän am Horizont zwei Schiffe auszumachen glaubte. Mir hat Tessier befohlen, hier auf dich zu warten.«

»Gut. Wie weit ist das Schiff weg?«

»Nicht mehr als eine Stunde. Der Dschungel ist allerdings sehr dicht.«

»Wir haben Proviant und Waffen mitgebracht. Das können wir nicht alles durch den Dschungel schleppen. Lambert, du wartest hier.«

Sein Freund aus Pariser Tagen sah mit großen Augen die riesige Frau an, die sehr dem entsprach, wie sich ein Weißer eine schwarze Venus vorstellte.

»Stell den Karren dort in den Schatten. Unter den Mangroven und Farnen bist du von See her nicht zu sehen. In vier Stunden sind wir zurück.«

Lambert ließ die Augen nicht von Bea und grinste.

»Mann, diese Augen!«, sagte er ehrfürchtig und deutete an sich ihre Brüste an.

»Du bist ein Ferkel!«

»Ich allein?«

»Gehen wir!«

»Und das mit dem Geld hat auch geklappt? Du hast auch uns Mädchen tausend Francs versprochen. Das ist viel Geld in Guayana.«

»Geld wird für uns alle in Zukunft nicht das Problem sein.«

Sie gingen eine Weile im Gänsemarsch hintereinander her. Julien musste mit der Machete Farne, Lianen und Flechten wegschlagen. Der Schweiß rann ihm schon bald über das Gesicht.

Nach Stunden stießen sie auf einen Flusslauf. Das Schiff dümpelte in der Mitte des Stroms. Sie sprangen ins Wasser und der Kapitän zog sie an Deck.

»Alles gut gegangen?«

»Ich habe Lebensmittel besorgt.«

»Und das versprochene Geld?«, fragte der Kapitän gierig.

»Die erste Rate erhältst du in der Bucht.«

Der Kapitän rief die Mannschaft zusammen und erklärte ihnen, dass Morgon Wort halten würde. Die Besatzung stimmte ein Hoch auf Julien an und ging mit Eifer an die Arbeit. Große Rauchwolken ausstoßend verließ das Schiff die Mündung und fuhr aufs offene Meer hinaus.

»Was ist mit den Evremonds?«, fragte Tessier und legte Julien besorgt den Arm um die Schulter.

»Tot.«

»Gut so!«

»Seine Frau hat ihn erschossen und ist dann im Feuer umgekommen. Sie hat das Herrenhaus angesteckt und sich selbst …« Er erzählte, wie es dazu gekommen war.

»Verstehe. Zu viel Liebe kann tödlich sein.«

Sie erreichten ohne Zwischenfall die Bucht. Lambert kam aus dem Dschungel heraus und die Mannschaft half, die Ladung an Deck zu bringen. Julien gab Tessier einen Wink, die Waffen in ihre Kajüte zu bringen. Er wollte die Schiffsleute nicht in Versuchung bringen. Als alles verstaut war, zeigte er Tessier die

Schätze des Barons Evremonds. Als der väterliche Freund die Diamanten sah, stockte ihm der Atem.

»Du bist so reich wie ein italienischer Fürst«, staunte er ehrfürchtig.

»Wir sind reich!«, korrigierte Julien.

Dann zahlte er die erste Rate an die Mannschaft aus.

»Nun bring uns nach Brasilien«, sagte er dem Kapitän.

»Du willst nicht nach British-Guayana?«

»Nein. Wir wollen nach Belém. Das soll eine reiche Stadt sein, fast eine europäische Stadt, wie ich gehört habe.«

»Stimmt. Belém ist sehr europäisch. Aber sie ist weit weg.«

»Alles muss man sich verdienen. Wir legen noch heute Nacht ab.«

»Bis nach Belém müssen wir aber Kohle bunkern.«

»Kommen wir noch bis zur brasilianischen Grenze?«

»Könnte klappen.«

»Gut. Den ersten Hafen, in der wir ein Kohlendepot vermuten, steuern wir an.«

»Aye, aye, Patron«, sagte der Kapitän mit schmierigem Grinsen. Es gefiel Julien nicht. Als er mit Tessier allein war, teilte er diesem seine Sorgen mit.

»Ich glaube, unser Kapitän denkt darüber nach, ob er nicht noch mehr Geld aus uns herausschlagen kann.«

»Das Gefühl habe ich auch. Wir werden aufpassen.«

In der Nacht verließen sie die Bucht. Sie hatten Glück, dass das Wetter mitspielte. In der ersten Nacht verbarg sie ein undurchdringlicher Regen gegenüber dem Festland und später, draußen auf dem Meer, hatten sie Sonne und eine günstige Brise. Sie kamen gut voran. Weder Sturm noch unliebsame Begegnungen hielten sie auf. Der Kapitän rief Julien eines Nachmittags zu sich in das Ruderhaus und wies auf die Seekarte.

»Wir haben jetzt die brasilianischen Gewässer erreicht. Hier liegt ein Hafen, der etwas größer ist. Allerdings hat er den Nachteil, dass es dort meines Wissens eine Polizeistation gibt. Sie werden an Bord kommen. Was sagen wir denen?«

»Wir wollen in Belém Zuckerrohr laden?«

Der Kapitän schüttelte den Kopf.

»Das glaubt uns kein Mensch. Wir haben keine entsprechenden Papiere.«

»Nun, dann werden wir auf andere Mittel zurückgreifen müssen. Wir riskieren es.«

»Gegen einen Trupp Soldaten kommen wir nicht an.«

»Soldaten werden schlecht bezahlt.« Julien rieb Daumen und Zeigefinger gegeneinander.

»Gut. Das ist natürlich eine Möglichkeit«, stimmte der Kapitän zu. »Aber irgendetwas müssen wir ihnen trotzdem sagen.«

»Wir sind auf dem Meer vom Kurs abgekommen und wollen deswegen Kohle bunkern.«

»Na ja, das werden sie glauben oder auch nicht. Ein Versuch ist es wert.«

Am Morgen liefen sie in den Hafen ein. Es lagen viele Fischerboote, aber auch kleinere Dampfer am Kai.

»Ich kümmere mich um das Kohlebunkern und spreche mit dem Hafenmeister und ihr wimmelt die Hafenpolizei ab«, schlug der Kapitän vor und verschwand sehr schnell. Kaum war der Kapitän fort, kam ein Trupp von sechs Soldaten mit einem Leutnant an Deck. Der Maschinist war Portugiese und dolmetschte.

»Sie wollen die Papiere.«

Nun hörte Julien zum ersten Mal jemanden Portugiesisch sprechen. Worte, die er bisher nur aus dem Lexikon der Kommandeursfrau kannte. Aber es gelang ihm bald, den Sinn zu erfassen und in den Sprechrhythmus einzutauchen.

»Sag ihm, dass wir außer den Schiffspapieren keine haben, da wir vom Kurs abgekommen sind und nur Kohle bunkern wollen, um nach Französisch-Guayana zurückfahren zu können.«

Der Leutnant war ein gelbgesichtiger Mestize in einer schlecht sitzenden Uniform. Sein Gebiss war sanierungsbedürftig, die wenigen vorhandenen Zähne waren schwarz verstockt. Höhnisch verzog er das Gesicht, rief seinen Soldaten etwas zu und diese lachten und legten ihre Gewehre auf sie an.

»Wir sind alle verhaftet und sollen mitkommen. Das Schiff ist beschlagnahmt«, übersetzte der Maschinist.

Julien reichte dem Leutnant die Schiffspapiere, in die er einige hundert Francs hineingelegt hatte. Der Leutnant schüttelte den Kopf.

»Er will mehr Geld.«

Julien hob den Arm. Tessier, Bea, Lambert und der Kohlentrimmer, ein Korse aus Ajaccio, traten mit Gewehren hinter dem Ruderhaus hervor und standen nun im Rücken der Soldaten.

»Er kann das gebotene Geld haben oder den Tod. Übersetz das!«, sagte Julien mit verschränkten Armen. Der Leutnant verzog das Gesicht. Mit einem heuchlerischen Grinsen sagte er etwas.

»Man käme schon ins Geschäft«, dolmetschte der Portugiese. »Wir sollen nicht gleich beleidigt sein.«

»Er soll seinen Leuten befehlen, die Gewehre herunterzunehmen, damit wir verhandeln können. Wenn Gewehre auf mich gerichtet sind, bekomme ich schlechte Laune.«

Der Maschinist sprach auf den Leutnant ein und dieser rief schließlich seinen Männern Befehle zu. Die Gewehre senkten sich. Julien trat an den Leutnant heran und stieß ihm den Revolver in die Seite.

»Nun hör mal! Entweder wir haben ein Geschäft oder wir knallen dich und deine Leute ab!«

Julien warf ihm eine weitere Rolle Francs zu. Geschickt fing der Leutnant sie auf, zählte nach und murmelte etwas. Oh ja, er hatte Julien verstanden.

»Er ist zufrieden«, dolmetschte der Maschinist unnötigerweise.

Das was der Leutnant in den Händen hielt, war sein Lohn für ein Jahr. Er nickte noch einmal heftig und fletschte sein schadhaftes Gebiss.

»Wir sollen nicht so ungeduldig sein. Das Geschäft ist perfekt.«

»Gut. Bis wir die Kohle haben, bleibt er bei uns. Ich habe keine Lust, dass er mit noch mehr Männern anrückt, um noch mehr zu kassieren. Er soll sich auf dem Vorderdeck mit seinen Männern hinsetzen. Sie können uns nachher beim Kohlentrimmen helfen. Sag ihm das. Ein bisschen arbeiten muss er schon. Wenn irgendwelche Schwierigkeiten auftauchen, ist er das Geld wieder los.«

Der Maschinist palaverte eine Weile mit dem Offizier und dieser zuckte schließlich ergeben mit den Schultern. Sie setzten sich wie befohlen auf das Vorderdeck und die beiden Frauen gaben ihnen zwei von den Schnapsflaschen, die Lambert mitgebracht hatte. Die Soldaten nahmen sie mit beifälligem Geschnatter und waren nun guter Laune. Der Offizier sagte etwas.

»Du sollst ihm noch ein paar Scheine geben, dann würde er das Schiff nicht dem Gouverneur melden.«

»Gut. Er bekommt noch einmal hundert Francs, bevor wir den Hafen verlassen.«

Als der Maschinist dies übersetzte, strahlte der Leutnant und gestikulierte erfreut.

»Wir sind jetzt seine Amigos.«

»Feine Sippschaft«, brummte Julien.

Der Kapitän kam mit dem Hafenmeister zurück. Der Brasilianer grinste, als er die Soldaten mit den Schnapsflaschen sah.

»Wir fahren dort an den Lagerschuppen heran. Sie haben genug Kohle«, erklärte der Kapitän. »Allerdings verlangt er einen unverschämten Preis.«

»Zahl, was er verlangt«, sagte Julien und zählte ihm ein paar Geldscheine in die Hand.

»Er will brasilianisches Geld.«

»Kriegt er nicht. Er kann das Geld ja umtauschen.«

Die beiden sprachen eine Weile miteinander. Schließlich wandte sich der Kapitän mit bedauerndem Lächeln wieder an Julien.

»Er will nicht.«

»Sag ihm, dass ich ihn abknalle, wenn er mich noch weiter nervt.«

Der Kapitän riss die Augen auf.

»Das soll ich ihm sagen?«

»Sag ihm, dass ich schon viele Männer aus viel geringerem Grund getötet habe. Er weiß dann, was die Stunde geschlagen hat.« Der Hafenmeister war plötzlich mit allem einverstanden.

Die Soldaten halfen beim Kohlenfassen. Der Maschinist und der Kohlentrimmer konnten sich schonen, was bei diesen die Stimmung hob. Nachdem sie noch einmal Wasser, Lebensmittel und Obst aufgenommen hatten, verließen sie die ungastliche Stadt. Der Offizier beteuerte noch einmal, dass das Schiff niemals den Hafen angelaufen habe. Sie ließen gut gelaunte Geschäftspartner zurück.

Drei Tage später erreichten sie Belém, die Stadt der Mandelbäume. Endlich waren sie an einem Ort angekommen, der wie eine europäische Stadt aussah. Mehr noch, Belém war ein Wunder. Mitten im Dschungel, im Amazonasland, stand eine Stadt mit Theatern und Häusern, wie man sie in Paris sehen konnte. Reich geworden war die Stadt einst durch Zuckerrohr, doch nun war eine neue Quelle des Reichtums hinzugekommen. Diese Quelle floss aus den Bäumen. Das Blut aus den Stämmen nannte sich Kautschuk. Der Reichtum hatte auch vieles andere in die Stadt geschwemmt, was immer mit Geld mitschwimmt. Korruption, Gewalt und Prostitution. In Belém sammelten sich die skrupellosesten Geschäftemacher, die schönsten Huren und die gewalttätigsten Totschläger.

Auch in Belém mussten sie den Hafenmeister schmieren, ehe man ihnen einen Anlegeplatz zuwies. Gegen einen kräftigen Aufpreis war es für den Hauptmann des Forts auch kein Problem, dass sie entsprechende Papiere bekamen. Es kostete Julien einen kleinen Beutel Gold und schon bekam er Papiere, die ihn zu einem Julien Pereira, Tessier zu einem Marc Suarez und Lambert zu einem Pepe Cerina machten. Nach der Auszahlung des Geldes an Kapitän und Mannschaft schied man in gutem Einvernehmen.

Der Abschied von der Schiffsmannschaft und den beiden Frauen war kurz, verlief aber in freundschaftlicher Atmosphäre. Die Fahrt mit den Bagnoflüchtlingen hatte sich für alle gelohnt. Der Kapitän trauerte zwar der Möglichkeit nach, ihnen noch mehr Geld entlocken zu können, aber er hatte gehörigen Respekt vor den beiden Ausreißern bekommen und begnügte sich mit dem vereinbarten Preis.

Sie nahmen im besten Hotel an der Avenida da Paz Station, das dem ›Theater des Friedens‹ gegenüberlag, wo die russische Primaballerina Anna Pawlowa gerade ein Gastspiel gab und die Stadt verzauberte. Oh ja, den Belémern war das Beste gerade gut genug. An der Rezeption zögerte man zuerst die abgerissenen Fremden aufzunehmen. Man holte den Hoteldirektor. Doch als Julien zwei Goldnuggets über den Tresen schob, behandelte man sie, als wären sie Fürsten. Belém war es gewohnt, die seltsamsten Besucher zu bekommen. Sie bekamen die weitläufige Suite, die schon einmal der brasilianische Kaiser Pedro I. bewohnt hatte, so dass die Freunde zusammenbleiben konnten. Danach ließen sie die besten Schneider kommen und staffierten sich aus, wie es sich für wohlhabende Herren gehörte.

»Nun verstehe ich den Spruch, dass Gott ein Brasilianer ist«, sagte Tessier, als sich alle drei im Spiegel betrachteten. »Ich fühle mich sauwohl. So haben Herren auszusehen.«

»Wenn du Geld hast, kannst du dich überall wohlfühlen«, stimmte Julien zu.

Er besuchte eine Bank und tauschte einige Goldnuggets gegen brasilianisches Geld ein. Die Bankangestellten warfen sich beeindruckte Blicke zu und schon am Abend war in der Stadt herum, dass drei reiche Yankees eingetroffen seien, die wohl Gold gefunden hätten. Überall behandelte man sie mit

Hochachtung. Doch Julien bemerkte auch lauernde Blicke. Je öfter Julien mit Einheimischen sprach, umso besser wurde sein Portugiesisch.

Tessier, als ehemaliger Gesetzloser, wusste die Blicke zu deuten. Sie hatten zwar Revolver, aber als Meister des Messers verließ er sich lieber auf seine Fähigkeiten mit der blanken Waffe. Sie suchten ein Waffengeschäft auf und der Inhaber, der an den eleganten Kleidern erkannte, dass es sich um zahlungskräftige *Senhores* handelte, führte sie gleich zu den Revolvern mit vergoldeten Verzierungen und Perlmuttgriff.

»Nein. Wir dachten an zwei gute Messer, mit breiter schwerer Klinge«, korrigierte ihn Tessier. Der Geschäftsführer war über diesen Wunsch verwundert, konnte aber auch damit dienen. Er legte ihnen Dolche mit vielem Zierrat vor, die Tessier abermals nicht zufrieden stellten.

»Haben Sie keine ehrlichen Messer?«

Der Geschäftsführer wusste mit der Bemerkung nichts anzufangen.

»Ich habe nur noch ein paar Gauchomesser. Aber für Herren wie Sie ist das doch wohl kaum das Gegebene.«

»Lassen Sie mal sehen!«

Sie bekamen lange schmucklose Messer vorgelegt, aber auch solche mit breiter schwerer Klinge, deren Heft zwar nicht versilbert war, aber die gut in der Hand lagen.

»Die nehmen wir. Die Scheide können sie mit Silber verzieren, wenn Sie sich darauf verstehen.« Zu Julien gewandt sagte Tessier: »Die Klingen sind schwer und scharf. Hervorragend geeignet zum Werfen.«

Dem Geschäftsführer erklärte er die weiteren Wünsche: »Fertigen Sie dazu zwei Rückenhalfter an. Bitte nehmen Sie dafür ganz weiches Leder.«

Er zeigte ihm, wie er sich das Halfter vorstellte und wie es zwischen den Schulterblättern zu liegen hatte, so dass man mit einem Griff nach hinten das Messer herausziehen und werfen konnte. Der Geschäftsführer bekam große Augen, aber genug Geld, so dass er gern bereit war, die Wünsche dieser seltsamen Yankees zu erfüllen. Er hatte danach im Café über die ausgefallenen Wünsche der Fremden viel zu erzählen.

»Sie sind reich wie der Kaiser von Brasilien«, kommentierte er selbstgefällig.

Lambert kümmerte sich derweil um eine Passage, die sie nach Buenos Aires bringen sollte.

»Wir werden zwei Wochen warten müssen, bis ein Schiff kommt, das diese Route nimmt. Sehr komfortabel wird es allerdings nicht werden. Es ist ein Frachtschiff«, bekannte er unzufrieden, denn *Senhores* waren nun einmal anspruchsvoll.

»Dann genießen wir die vierzehn Tage den Luxus, den Belém bietet«, winkte Julien gelassen ab.

Im Restaurant des Hotels fiel ihnen ein vornehm aussehender *Senhor* auf, der stets blank polierte lange Reitstiefel mit silbernen Sporen, einen schwarzen Sombrero und eine silbern bestickte schwarze Jacke trug. Seine Begleitung war ein junges Mädchen mit langen schwarzen Haaren, einem Gesicht, das eine Lieblichkeit ausstrahlte, die ihn an Mercedes erinnerte. Ein herzförmiges Gesicht mit dunklen schwarzen Augen, die Julien neugierig musterten. Wenn ihre Blicke sich trafen, lächelte sie leicht. Er erkundigte sich bei dem Kellner, wer das Paar sei.

»Geht das schon wieder los!«, murrte Tessier.

»Ach, Sie meinen Don Francisco Maria de Cordoso, ein reicher Estanziero aus Argentinien, der hier eine Zuckerrohrfabrik hat. Er soll reich wie ein Nabob sein.«

Da sie sich jeden Abend sahen, nickten sie einander zu.

Eines Tages kam Cordoso zu ihnen an den Tisch und sagte in bestem Französisch: »Entschuldigen Sie meine Aufdringlichkeit. Wie ich höre, sind Sie Franzosen. Ich spreche gern wieder einmal die Sprache Voltaires. Darf ich mich mit meiner Tochter zu Ihnen setzen? Wir wüssten gern, wie es nach dem Krieg in dem schönen Frankreich zugeht. Hat man die Niederlage gegen die schrecklichen Preußen verwunden?«

Er stellte sich und seine Tochter vor, die auf den schönen Namen Antonia hörte. Julien erhob sich und bedachte die junge Frau mit einem angedeuteten Handkuss, stellte nun seinerseits seine Freunde vor und antwortete, dass es ihm eine Ehre sei, Cordoso kennenzulernen und bat ihn, an ihrem Tisch Platz zu nehmen. Er wusste noch nicht, dass mit dieser Begegnung ein neues Kapitel seines Lebens aufgeschlagen wurde und er eine Bahn betrat, die ihn zu den Sternen führen sollte.

»Wir waren schon lange nicht mehr in Frankreich, weil wir Geschäfte in Französisch-Guayana hatten, aber soweit wir wissen, erholt sich das Land. Paris bleibt schließlich die Stadt der Kultur. Daran kann auch ein verlorener Krieg nichts ändern.«

»Waren Sie in Belém schon im Theater? Die Stadt hat viel zu bieten, gemessen an den anderen Städten des Landes.«

»Sie sollten nicht versäumen, die große Pawlowa tanzen zu sehen«, ergänzte die schöne Tochter, öffnete ihre Handtasche, entnahm einem Etui eine Zigarre und ihr Vater gab ihr Feuer.

»Auch eine Zigarre?«, fragte er. »Es sind kubanische.«

»Es sind die besten«, ergänzte die Tochter und Julien bekam einen Augenaufschlag, der sein Herz zum Flattern brachte.

Die lange braune Zigarre zwischen ihren roten Lippen und wie sie den Rauch ausstieß, war so erotisch wie ihr Dekolleté, das eine verlockende Büste zeigte.

Von da an trafen sie sich jeden Tag zum gemeinsamen Essen und Cordoso erzählte von seiner Estanzia in der Nähe von Córdoba und seinen Problemen mit den politischen Clubs in Buenos Aires, die die Politik des Landes bestimmten.

»Meine Estanzia dürfte fast so groß sein wie das Poitou. Und jetzt wollen die Politiker in Buenos Aires, dass ich Land abgebe, damit man darauf siedeln kann. Es kommen zur Zeit viele Einwanderer aus Italien und Spanien ins Land und um sich diese gewogen zu halten, um ihre Stimmen zu kaufen, will man mir Land wegnehmen und bezeichnet die Landnahme meines Großvaters als illegal. Und der Gouverneur, der unter dem Einfluss der Jesuiten steht, macht mir das Leben schwer. Ich will gerade unsere Zuckerrohrfabrik in Belém verkaufen, damit ich flüssig bin, wenn es zum Äußersten kommt. Man wird Soldaten schicken. Dessen bin ich mir sicher. Aber die werden sich eine blutige Nase bei uns holen. Einen Francisco Maria de Cordoso vertreibt man nicht von seinem Land. Der Drahtzieher, der die Clubs gegen mich aufhetzt, ist Juarez Machado, der die größte Schafherde der Provinz besitzt und schon lange scharf auf mein Land ist. Sie machen mir den Eindruck von Männern, die sich zu wehren wissen. Wollen Sie in meine Dienste treten?«

»Wir haben es, bei allem Respekt, nicht nötig in irgendwelche Dienste zu treten. Bitte nehmen Sie diese Ablehnung nicht als Affront.«

»Nein. Keineswegs. Schade. Ich kann bei einer zukünftigen Auseinandersetzung kühne Männer gebrauchen, die vielleicht sogar schon einmal im Feuer gestanden haben. Mein Sohn ist leider aus der Art geschlagen und kann mir keine Hilfe sein. Ein Tunichtgut, der sich in den Vergnügungsvierteln von Buenos Aires herumtreibt.« Er seufzte.

»Vielleicht überlegen Sie es sich noch einmal«, sagte die schöne Antonia und ihre Augen versprachen dafür eine andere Belohnung.

Nur südländische Frauen verstehen mit den Augen so beredt zu sprechen. Tessier, der die Augensprache beobachtete, trat Julien unter dem Tisch ans Schienbein, womit er ihn warnte, sich nicht von den schönen Augen einwickeln zu lassen. Aber es sollte ohnehin anders kommen und sie sollten in einen Wirbel von Ereignissen eintauchen, die Julien Morgons Leben eine andere Richtung gaben.

19 – Eine tödliche Freundschaft
(Victor Hugo erzählt)

Im Teatro da Paz gab es eine Oper von Berlioz, die sie auf Anregung der Cordoso besuchten. Tessier schlief während der Vorstellung gleich ein, so konnte er nicht beobachten, wie Julien mit seiner Logennachbarin, der schönen Antonia Cordoso, verheißungsvolle Blicke austauschte. Während sie sich mit dem Fächer Luft zufächelte, sah sie über dessen Rand Julien mit glutvollen Augen an. Oh ja, sie verstand sich darauf, mit Blicken Fantasien zu befeuern.

»Die Dame scheint Feuer gefangen zu haben«, flüsterte Lambert besorgt.

»Sie ist eine Sünde wert.«

»Tessier hat dich eindringlich gewarnt, nicht schon wieder …! Man weiß nie, wo das endet«, warnte Lambert.

Der Zuchthäusler schreckte hoch.

»Was ist los? Ist die Singerei endlich zu Ende?«

»Sei still und hör dir die Musik an«, beruhigte ihn Julien.

Tessier musste sich noch eine Weile gedulden. Schließlich wurde er erlöst.

Nach der Vorstellung drängte alles zum Ausgang.

»Gehen wir noch in eine Churrascaria«, schlug Tessier vor. »Nach der Musik habe ich Hunger auf *Churrasco de Cupim*, das Buckelfleisch der Zebus.«

Julien wäre zwar lieber ins Hotel gegangen, wo er hoffte, die schöne Antonia noch anzutreffen, fügte sich aber dem Wunsch des Freundes.

Sie waren gerade in die Avenida Nazaré eingebogen, wo man ihnen eine gute Churrascaria empfohlen hatte, als sie einen Hilfeschrei hörten. Sie sahen in dem schummrigen Licht einer Gaslaterne die hochgewachsene Gestalt von Cordoso mit dem Stock auf einige Männer einschlagen.

»Kommt! Wir werden gebraucht!«, rief Julien und sie liefen auf die Gruppe zu.

Sechs Mann bedrängten den Estanziero. Julien und Tessier rissen ihre Messer vom Rücken und schon lagen zwei Banditen in ihrem Blut. Die anderen flüchteten, schleppten aber die Tochter von Cordoso mit. Da sie auf Julien und Tessier ihre Revolver abschossen, mussten diese erst einmal in Deckung gehen und von einer Verfolgung absehen. Die beiden Banditen waren tot. Bestürzt sah Julien auf die Leichen. Er hatte ganz automatisch nach dem Messer gegriffen. Nach der schönen Musik sollte ein Abend nicht so enden, dachte er missvergnügt.

»Die Brüder haben nichts anderes verdient«, kommentierte Tessier, der Juliens Gefühle ahnte.

Die Banditen waren längst mit der schönen Antonia im Dunkeln verschwunden. Julien half dem Estanziero auf, der aufgeregt rief: »Meine Tochter! Sie haben meine Tochter entführt!« Fassungslos sah er Julien an.

»Wir werden sie zurückholen«, versprach Julien.

Tessier stöhnte und verdrehte die Augen. Sie suchten die Straßen rund um das Theater ab. Vergebens. Bedrückt gingen sie schließlich zum Hotel zurück. Julien bat den Hoteldirektor den Stadtkommandanten zu holen. Dieser kam trotz der späten Stunde mit zwei Adjutanten und sie erzählten ihm, was passiert war.

»Wir haben eine Menge Schurken in Belém«, gab Oberst Catanga zu. »Es könnte die Bandozabande gewesen sein. Ich habe mir vorhin die Toten angesehen. Waren uns jedoch unbekannt. Mestizen, gemeines Volk. Ich werde meine Leute durch die Kaschemmen schicken. Vielleicht kriegen wir ja etwas heraus. Ich will nicht verhehlen, dass Sie dies eine Stange Geld kosten wird.«

»Geld spielt keine Rolle!«, warf Cordoso ein, was die Augen des Oberst aufflammen ließ.

»Es kann sein, dass Sie schon morgen eine Lösegeldforderung bekommen. Dann geht es mit dem Austausch meist sehr schnell.«

Als der Oberst gegangen war, kommentierte Tessier: »Ein geldgeiler Sack! Der Kerl wird uns keine große Hilfe sein.«

»Haben Sie mal von der Bandozabande gehört?«, fragte Julien den Hoteldirektor.

Der kleine Mann mit den glänzenden schwarzen Haaren, einem Pausbackengesicht, das ihn wie ein Alberich aus einer Wagneroper aussehen ließ, nickte heftig.

»Oh ja, jeder in Belém kennt die Bandozabande. Übles Pack!« Er beugte sich zu Juliens Ohr. »Es geht das Gerücht, dass das Militär mit ihnen manchmal Geschäfte macht. Sie verstehen?«

»Sie meinen, dass Oberst Catanga mit ihnen …?«

»Wer weiß das?«, gab er augenzwinkernd zurück. »Es ist schon öfter vorgekommen, dass reiche Ausländer hier zur Kasse gebeten wurden. Man hat die Banditen nie gefasst.«

Julien überlegte fieberhaft, wie er Antonia aus den Händen der Banditen befreien konnte. Der Estanziero sah ihn mit flehendem Blick an.

»Gibt es eine Konkurrenzbande zu den Bandozas?«

»Die gibt es in der Tat. Es sind die Cariocas. Wir nennen sie so, weil einige von ihnen ursprünglich aus Rio stammen. Genauso übles Gesindel wie die Bandozas. Sie kontrollieren alles, was am Hafen passiert. Die Bandozas und die Cariocas streiten sich um die Pfründe von Belém und sind einander natürlich spinnefeind.«

»Gut. Die Feinde der Bandozas könnten unsere Freunde werden. Können Sie einen Kontakt zu ihnen herstellen?«

»Oh Gott, nein. Das ist viel zu gefährlich. Aber ich habe einen Vetter, der in den Hafenspelunken zu Hause ist. Ich werde mit ihm reden. Vielleicht kann er ein Treffen mit dem Bandenchef Massimo Largo, einem Mexikaner, arrangieren. Sie hören morgen von mir.«

»Was haben Sie vor?«, fragte Cordoso, als der Hoteldirektor gegangen war.

»Sie haben es doch gehört. Ich will mir den Chef der Konkurrenz zum Freund machen. Er weiß sicher etwas über die Bandozas, das uns helfen kann. Ohne einheimische Hilfe kommen wir nicht weiter.«

»Vielleicht kommt ja morgen eine Lösegeldforderung«, hoffte Cordoso.

»Dann haben Sie Ihre Tochter immer noch nicht.«

Als sie in ihrer Suite waren, maulte Tessier: »Was geht uns die Tochter von Cordoso an? Ich denke, wir wollen nach Buenos Aires? Mit unseren neuen Papieren brauchen wir eigentlich nicht einmal die Amnestie in Frankreich abzuwarten und können als Brasilianer nach Frankreich einreisen.«

»Aber, Tessier! Wir sind doch ehrenwerte *Senhores*, die eine Frau nicht im Stich lassen«, erwiderte Julien grinsend.

»Wir hätten unsere Revolver dabei haben sollen, dann hätten wir …!«

»Wer konnte denn ahnen, dass wir in Belém in eine solche Sache hineingeraten?«, entgegnete Lambert. »Ich bin auch der Meinung, dass uns die Entführung nichts angeht. Warum sollen wir uns da einmischen? Wir bringen uns nur unnötig …«

»Der Anstand verlangt es«, schnitt ihm Julien das Wort ab.

»Diese verdammten Glubschaugen verlangen es!«, schimpfte Tessier. »Die schöne Tochter hat ihm den Kopf verdreht.«

Am nächsten Tag, sie waren noch beim Frühstück, kam der Hoteldirektor zu ihnen und flüsterte Julien ins Ohr, dass der Chef der Cariocas mit einem Treffen einverstanden sei.

»Massimo Largo will sich mit Ihnen treffen, im ›Legua de Diablo‹, am Hafen. Aber Sie sollen allein kommen.«

Tessier fand dies gar nicht gut.

»Auf keinen Fall triffst du dich allein mit dem Banditen.«

»Das sind die Bedingungen und ich habe die Absicht, ihn mir zum Freund zu machen. Es wird eine Stange Geld kosten«, ergänzte er zum Estanziero hin.

»Ich übernehme natürlich alle Ausgaben«, stöhnte Don Cordoso. »Selbstverständlich. Mein Gott, ich habe die ganze Nacht kein Auge zu bekommen. Was mögen sie ihr angetan haben? Ich darf gar nicht daran denken.«

»Wir werden sie Ihnen zurückholen!«

Tessier gab ihm unter dem Tisch einen Tritt gegen das Schienbein.

»Ich brauche einen Dolmetscher«, fuhr Julien unbeirrt fort, obwohl er die Sprache bereits ganz gut beherrschte.

»Mein Vetter wird auch dort sein«, sagte der Hoteldirektor. »Er spricht Französisch. Gegen ein kleines Entgelt wird er gern dolmetschen. Seine Mutter stammt aus Französisch-Guayana.«

Es war eine Spelunke gleich gegenüber der Hafenmole. Es roch penetrant nach Fisch. Nur wenn der Wind vom Meer kräftig wehte, roch es rein, frisch und anregend und brachte Geschichten von den Meeren mit, die es zu durchsegeln galt. Von außen sah das ›Legua de Diablo‹ wie eine bessere Ruine aus, die mit Schlingpflanzen bewachsen war. Im zweiten Stock gähnten leere Fenster. Als er die Kaschemme betrat, staunte er. Die Wände waren mit blauen Kacheln verkleidet. Es war kühl und sauber und die Tische glänzten feucht. Eine lange Theke aus dunklem, gut eingeöltem Holz war der Mittelpunkt. Ein großer Mann saß am Eingang, den Hut ins Gesicht gezogen. Von der Theke stieß sich ein junger Mann ab und reichte ihm übertrieben freundlich die Hand.

»Monsieur Pereira, ich stehe Ihnen zu Diensten. Mein Name ist Ives Maria Melange. Für dreihundert Real bin ich in den nächsten Tagen Ihr Dolmetscher.«

Julien nickte.

»Gut. Aber erst die Arbeit. Ich will sehen, was du taugst.«

»In Ordnung, Patron. Der Monsieur dort am Eingang ist unser Gesprächspartner.«

Sie gingen zu dem Tisch hinüber. Der Hutträger hob den Kopf. Ein Gesicht wie aus Leder. Rotbraune scharfe Augen und eine Nase wie ein Adlerschnabel. Melange rief nach dem Wirt und dieser kam wie aufs Stichwort herangeeilt und stellte unaufgefordert drei Gläser und eine Flasche Rum auf den Tisch. Melange goss die Gläser voll, sagte etwas und hielt sein Glas dem Hutträger entgegen. Der musterte ihn, als sähe er ein Stück Hundekot und sah dann mit seinen fast schlitzartigen Augen auf Julien.

»Du trägst das Messer auf Comancheroart?«, dolmetschte Melange.

»Ja. Das Messer gehört zu mir wie meine Hände.«

»Der ehrenwerte Herr ist Massimo Largo«, stellte Melange überflüssigerweise den Hutträger noch einmal vor. Der Mund von Largo verzog sich zu einem lauernden Lächeln.

»Man geht nicht mit einem Messer zu einem Freund.«

»Richtig. Dann sollten wir schnell feststellen, ob wir Freunde sind.«

»Du bezahlst den Rum und die … Musik?«

»So ist es. Mit Freunden verstehe ich zu teilen.«

Largo nickte. Sie taxierten sich eine Weile schweigend.

»Tausend Real.«

»Warum so wenig? Deine Freundschaft ist mir zweitausend Real wert.«

Largo war beeindruckt. »Du bist ein *Senhor*!«

Er reichte ihm die Hand über den Tisch. Julien ergriff sie. Er hatte im Bagno genug Menschen kennengelernt und die meisten waren Schurken gewesen. Dies hatte seinen Blick dafür geschärft, wer verlässlich war. Einer mochte ein Dieb oder Mörder sein und doch konnte er einen inneren Anstand besitzen.

»Ich vertraue einem Freund.«

»Wir sind Freunde!«, bestätigte Largo. »Es geht um das Cordoso-Mädchen, nicht wahr?«

»Richtig. Deine Feinde sind meine Feinde. So einfach ist das!«

»Eine sehr gute Begründung.« Largo hob das Glas und prostete Julien zu, der feststellte, dass er eigentlich keinen Dolmetscher mehr brauchte.

»Tod den Bandozas! Ist das Mädchen deine Amiga?«

»Nein. Ihr Vater ist mein Amigo.«

»Wie viele Männer hast du?«, fragte Largo.

»Zwei Mann. Einer davon ist zehn Mann wert.«

»Das ist wenig. Sehr wenig. Ich habe fünfzig Mann. Dreißig davon sind gute Kämpfer. Hast du einen Plan?«

»Haben die Bandozas ein Hauptquartier?«

»Oh ja. Ihr Anführer ist Miguel Jerez, der Sohn einer Anakonda. Während ich den Hafen kontrolliere, hat er die Favelas am Rand von Belém unter Kontrolle. Die Sache mit der Entführung beweist, dass er nun in die Innenstadt drängt und zwar mit Unterstützung des Stadtkommandanten. Es ist an der Zeit, ihm die Nägel zu beschneiden. Deswegen kommt mir die Angelegenheit gerade recht. Du willst wissen, wo sich das Hauptquartier befindet?«

»Ich vermute dort das Mädchen.«

»Könnte sein. Wenn er sie nicht bereits zu den Huren in seinen Bordellen geschickt hat. Ist sie sehr schön?«

»In der Tat.«

»Dann wird Jerez sie für sich aufsparen. Werdet ihr zahlen?«

»Ihr Vater wird zahlen. Ich halte dies für falsch und bin stattdessen für die harte Tour.«

Julien deutete auf das Messer an seinem Rücken.

»Du denkst richtig. Man macht mit Dreckschweinen keine Geschäfte. Er wird sie ohnehin freiwillig nicht herausrücken.«

Er schenkte sich und seinem Gegenüber Rum nach.

»Wir nehmen uns also das Hauptquartier vor. Es ist eine gute Zeit für einen überraschenden Schlag. In zwei Tagen findet zu Ehren der Virgem de Nazaré, der Schutzheiligen der Seefahrer, eine große Bootsprozession statt. Hunderttausende von Wallfahrern werden in der Stadt sein. Die Polizei wird alle Hände voll zu tun haben. Die Stadtmitte, die Umgebung der Kathedrale, verwandelt sich in einen riesigen Festplatz. Und in den Favelas wird am heftigsten gefeiert. Sie werden alle sturzbesoffen sein. Das ist der richtige Zeitpunkt!«

»Hört sich gut an. Kannst du Dynamitpatronen besorgen?«

Largo stutzte. Sein Lächeln wurde noch böser.

»Verstehe. Du willst es auf die ganz harte Tour machen?«

»Wieviel Mann hat Jerez?«

»Mehr als wir. Hundert Mann schätze ich. Aber die meisten sind Abschaum.«

»Da kann Dynamit sehr nützlich sein.«

»Du gefällst mir. Kein Problem. Manche Fischer benutzen beim Fischen Dynamit.«

»Dann sind wir uns einig. Du kennst Belém. Du bist für das Taktische verantwortlich.«

»Du warst beim Militär«, staunte Largo.

»In Frankreich. Bei der Nationalgarde. Ich war Kommunarde.«

»Das waren gute Leute, habe ich gehört. Haben sich gegen eine Übermacht tapfer geschlagen.«

»Du weißt von den Kämpfen in Paris?«, freute sich Julien.

»So ganz von der Welt sind wir dann doch nicht abgeschnitten. Ich bin kein Provinzler, sondern stamme aus Mexiko, habe aber lange in Rio gelebt. Ihr habt tapfer gekämpft. Nur das Ende war nicht gut. Es ist beschissen, zu den Verlierern zu gehören.«

»Du sagst es. Wir werden in Belém nicht verlieren.«

»Nein. Wir sind *Conquistadores*!«, bestätigte Largo lachend und hob das Glas. »Wir werden jetzt die Gegend um das Hauptquartier unter die Lupe nehmen. Ich melde mich bei dir. Du bist im Hotel gegenüber der Oper abgestiegen, nicht wahr?«

Julien wunderte sich nicht. Sie waren keine Unbekannten in der Stadt. Julien schob ihm die erste Hälfte des vereinbarten Geldes über den Tisch.

»Den Rest bei Abschluss.«

»Gut. Wir sind Freunde«, sagte Largo und steckte lässig das Geld ein.

Im Hotel zurück bestürmten ihn die Freunde über das Ergebnis des Treffens.

»Largo mag ein Mörder sein, aber er ist ein Ehrenmann. Mit ihm werden wir der Bandozabande einheizen können.«

»Ehrenmann? Verlass dich nur auf dich selbst«, warnte Tessier und wies auf seinen Rücken.

Bereits am frühen Nachmittag des nächsten Tages besuchte sie der Stadtkommandant. Sie saßen auf der Terrasse vor dem Hotel und sahen dem Treiben um die Kirche zu, wo bereits Marktstände zum Fest der Virgem de Nazaré aufgebaut wurden. Der Oberst warf sich in den Korbsessel und streckte die Beine aus.

»*Senhores*, wir sind einen Schritt weiter«, trompetete er. »Wie ich ahnte, hat die verfluchte Bandozabande das Mädchen in ihre Gewalt gebracht. Machen Sie sich trotzdem keine Sorgen. Die sind nur auf das Lösegeld aus. Das Mädchen wird bald freikommen.«

»Wenn Sie wissen, dass es die Bande ist, warum unternehmen Sie nichts gegen sie?«, fragte Cordoso.

»Wie kann man etwas unternehmen, wenn man nicht weiß, wo die Brüder sind?«, erwiderte er verärgert. »Klar, irgendwo in den Favelas. Aber um sie zu durchkämmen, bräuchte ich fünfhundert Mann, wenigstens. So groß ist unsere Truppe nicht. Wir sind in Brasilien und nicht in Europa.«

»Es bleibt also nur die Möglichkeit zu zahlen?«, fragte Julien.

»So ist es. Wenn Sie das Mädchen gesund wiederhaben wollen, sollten Sie zahlen. Aber das ist nur ein Ratschlag. Sie entscheiden.«

Julien hätte ihm am liebsten einen Tritt in seinen Allerwertesten gegeben.

»Und wenn wir nicht zahlen können?«, fragte Julien.

Der Oberst riss die Augen auf.

»Sie sind reiche Yankees und Don Francisco de Cordoso ist einer der größten Estanzieros Argentiniens. Sie werden doch Ihre Tochter nicht der Gefahr aussetzen, in den Bordellen der Bandozabande zu verschwinden.«

»Nein. Nein!«, beeilte sich Cordoso zu versichern. »Wir werden zahlen.«

»Die Summe sollte aber keine astronomischen Höhen erreichen«, ergänzte Julien. Der Oberst nickte arrogant.

Als er gegangen war, sagte Tessier bestimmt: »Der ist an der Sache beteiligt. Der Kerl ist so falsch wie eine Schlange.«

Am Abend, sie saßen an der Bar, um noch einen Absacker zu nehmen, trat ein weiß gekleideter Mann zu ihnen. »Ich bin Alfredo Vargas und habe eine Kanzlei gleich gegenüber der Kathedrale. Man hat mich gebeten, bei einem Geschäft zu vermitteln.«

Er war ein elegant aussehender grauhaariger Mann mit einem weißen Hut. Er trug helle Lederhandschuhe, die ihm etwas Dandyhaftes gaben. Die Augen, die basiliskenhaft blickten, machten ihn nicht sympathischer. Er gefiel weder Julien noch Tessier. Der Zuchthäusler machte ein Gesicht, als wolle er bald zum Messer greifen.

»Was für ein Geschäft?«

»Ich will gleich zur Sache kommen.«

Er setzte sich neben sie auf den Barhocker, zog seine scharf gebügelte Hose hoch und verlangte einen Cognac. Der Barkeeper bediente ihn mit großer Schnelligkeit.

»Mein Klient, der wiederum etwas unrespektable Freunde hat, bat mich um Vermittlung. Aus humanitären Gründen habe ich mich entschieden, den Vorschlag der Bandozafamilie an Sie weiterzugeben. Sie können das Mädchen wiederhaben. Es versteht sich, dass Sie die Ware unbeschädigt zurückbekommen, wenn Sie auf die Forderung eingehen.«

»Wie hoch ist denn die Forderung?«, fragte Julien und nickte Tessier zu, sich zu beruhigen. Er verstand nur zu gut dessen Wunsch, diesen Halsabschneider mit dem Messer zu kitzeln.

»Hunderttausend Real.«

»Wir zahlen hundertfünfzigtausend Real, wenn ihr nichts passiert ist«, erhöhte Julien. Tessier zuckte zusammen. Cordoso machte große Augen, wie großzügig Julien mit seinem Geld umging. »Aber wir möchten ein Lebenszeichen von ihr.«

»Wie stellen Sie sich das vor?«, fragte Vargas misstrauisch.

»Ganz einfach. Ein paar Zeilen von ihr.«

»Eine gute Idee«, bekräftige Cordoso. »Ich kenne ihre Schrift. Sie soll mir schreiben, ob es ihr gut geht.«

»Das verzögert natürlich die Übergabe.«

»Geben Sie unsere Forderung einfach weiter«, erwiderte Julien ungerührt. »Ohne eine Bestätigung, dass es ihr gut geht, wird nichts aus dem Geschäft. Und noch etwas: Wenn die Ware beschädigt ist, verringert das den Preis. Und nun verschwinden Sie, Sie Stück Scheiße!«

Vargas wurde weiß und rot. »Warum beleidigen Sie mich? Ich will Ihnen doch nur helfen.«

»Wir sind Yankees, aber nicht doof«, brummte Tessier. »Und wenn du Mist baust, rasiere ich dich eigenhändig.« Er hatte plötzlich seinen Gauchodolch in den Händen und die Schneide fuhr leicht über die Kehle des so ehrenwerten Vermittlers. »Da kann natürlich leicht etwas passieren.«

»Die Drohungen sind völlig unangebracht«, stieß Vargas aus, schwang sich vom Hocker und stürmte mit beleidigtem Gesichtsausdruck aus der Bar. Der Barkeeper konnte ihm nicht einmal hinterherrufen, dass er seinen Drink nicht bezahlt hatte.

»War das klug?«, stöhnte Cordoso. »Ihr habt den Mann tödlich beleidigt.«

»Der Kerl soll ruhig wissen, dass wir ihn durchschaut haben«, wehrte Tessier ab. »Von wegen humanitäre Gründe! Da lachen ja die Alligatoren.«

»Hier stecken eine Menge Leute unter einer Decke, die darauf aus sind, den ehrenwerten Don Cordoso abzuschöpfen«, stellte Julien grimmig fest.

»Ich werde ein paar Tage brauchen, um das Geld aufzutreiben. Warum haben Sie den Preis noch erhöht?«

»Ich wollte ihnen klarmachen, dass sie mehr Geld bekommen, wenn sie Antonia nichts tun.«

»Ich werde nach Córdoba depeschieren müssen, damit die Bank das Geld hierher überweist. Es wird mindestens eine Woche dauern.«

»Schön. Das wird sich der Anführer Miguel Jerez auch denken können. Bis dahin können wir die weiteren Maßnahmen durchziehen.«

»Was für Maßnahmen?« Cordoso war sichtlich irritiert.

»Übermorgen ist Sonntag und das ist der Höhepunkt des Festes und unsere Nacht der Nächte. Und die richtige Nacht, um ein Wunder zu erleben.«

»Oh Gott, hoffentlich geht das gut«, stöhnte Cordoso.

Die ganze Provinz hatte sich zum Höhepunkt des Festes in die Stadt begeben. Die große Prozession zum Meer wurde von hunderttausenden singenden Menschen begleitet. Ein Marienbild auf einem goldenen Altar schaukelte auf einer silbernen Trage durch die Straßen und die frommen Lieder hörten nicht auf. Sie beobachteten die Prozession von der Terrasse des Hotels.

Am Nachmittag erschien Largo mit zwei seiner Leute. Mit einem wölfischen Grinsen setzte er sich zu ihnen. Seine beiden Begleiter nahmen hinter ihm Aufstellung.

»Wir haben uns rings um seinen Stützpunkt, einem heruntergekommenen Hotel, in den Cantinas postiert. Meine Männer sind bereit zuzuschlagen. Wir können noch heute Nacht Jerez einen Besuch abstatten. Wir werden um zwei Uhr angreifen. Eine Rakete über der Kathedrale wird es ankündigen. Ihr seid Yankees und nicht mit der Art Krieg vertraut, wie wir ihn führen. Es wird keine Gefangenen geben.«

»Ein Massaker!«, entsetzte sich Lambert.

»Eine Schlacht«, korrigierte Largo ungerührt.

»Woran erkenne ich Jerez?«, fragte Julien.

»Den nehme ich mir schon vor«, sagte Largo bestimmt.

»Es ist gut zu wissen, wie er aussieht.«

»Er hat keine Nase. Bei einem Messerkampf verloren. Der Hundesohn sieht aus wie ein Totenkopf.«

»Ich habe Angst um meine Tochter«, flüsterte Cordoso.

»Das ist das Unkalkulierbare an dem Plan«, sagte Julien missmutig. »Ihr habt nicht herausbekommen, ob sie in dem Haus ist oder woanders versteckt wurde, nicht wahr?«

»Nein. Bisher wissen wir es nicht. Aber wir arbeiten dran.«

»Wie können wir verhindern, dass Jerez sie bei unserem Angriff töten lässt?«, sorgte sich Julien.

»Wie gesagt, wir versuchen noch über ihren Verbleib Informationen zu bekommen. Wir vermuten, dass Jerez sie im obersten Stock seines Hauptquartiers gefangen hält«, sagte Largo und stieß seinen Hut hoch.

»Das würde heißen, wir müssen uns schnell ins oberste Stockwerk durchkämpfen«, überlegte Julien laut. »Nein, so geht das nicht. Tessier und ich werden über die Dächer der angrenzenden Häuser ins oberste Stockwerk eindringen. Geht das?«

Largo überlegte und nickte schließlich.

»Im Nebenhaus sind auch Jerez-Leute. Die müsste man dann vorher lautlos erledigen. Aber die Balkone der beiden Häuser liegen dicht nebeneinander. Es müsste gehen.«

Am Abend kam der Anwalt ins Hotel und reichte Cordoso ein Briefchen.

»*Lieber Vater*«, schrieb Antonia. »*Mir geht es soweit ganz gut. Man behandelt mich mit Hochachtung. Bitte zahle schnell. Ich habe Sehnsucht nach dir.*«

»Das Geld wird nächste Woche da sein«, sagte Julien.

»Hundertfünfzigtausend Real?«, fragte Vargas hastig.

»So ist es vorgesehen.«

»Sie werden Ihre Tochter unversehrt zurückbekommen«, sagte Vargas eifrig zum Don. Er verbeugte sich und verließ nach einem scheuen Blick auf Tessier eilig die Bar. Schon dessen Blicke waren eine Belastung für Vargas' Nerven. Doch er hörte noch, wie dieser ihn eine Ratte nannte.

»Mir ist nicht wohl bei der Geschichte. Es sind zu viele Unwägbarkeiten dabei«, gab Lambert zu bedenken.

»Du kommst besser nicht mit«, sagte Tessier, der von den kämpferischen Fähigkeiten des kleinen Rothaarigen ohnehin nicht viel hielt.

»Kommt nicht infrage! Ich bin genauso ein Freund Juliens wie du. Genau genommen bin ich der viel ältere Freund«, trotzte Lambert, der mit Tessier nie recht warm geworden war. Sie waren beide gar zu verschieden.

»Tessier hat aber recht«, mischte sich Julien ein. »Du hast doch von Largo gehört, was für eine harte Geschichte uns erwartet.«

»Ich komme mit«, beharrte Lambert.

»Ich komme natürlich auch mit«, warf Cordoso ein. »Schließlich geht es um meine Tochter.«

Julien nickte. Er konnte dies Cordoso kaum verwehren, aber er machte sich Sorgen. Er war zwar ein noch rüstiger, aber doch alter Mann. Über die Dächer konnte man ihn wohl kaum mitnehmen. Er musste mit Largo darüber sprechen, dass Cordoso und Lambert eine Aufgabe bekamen, die sie nicht der Gefahr aussetzte.

Als das Fest um Mitternacht karnevaleske Züge annahm, machten sie sich zum Hafen auf. Massimo Largo erwartete sie schon mit seiner Entourage in einer übel aussehenden Cantina. Julien schmiss eine Runde Rum und zog sich danach mit Largo und Melange zu einem Sechsaugengespräch zurück.

»Die Tochter ist im obersten Stock, wie wir vermutet haben«, eröffnete Largo.

»Sicher?«

»Hundertprozentig. Wir wissen es von einem seiner Männer, den wir uns gegriffen haben.«

»Gut. Noch etwas. Mein Freund Lambert und der alte Don machen mir Sorgen. Sie werden der Sache nicht gewachsen sein.«

»Eine Kette bricht an dem schwächsten Glied«, zitierte Largo. »Wir werden sie in der Kirche gegenüber das Dynamit bewachen lassen. Habt ihr Schusswaffen?«

»Ja. Revolver.«

»Und Messer!«, ergänzte Largo grinsend.

Als Julien seinem kleinen Freund erzählte, welche Aufgabe ihm zugeteilt war, protestierte der.

»Nein. Vergiss es! Ich komme mit euch mit. Ich lasse dich doch nicht im Stich.«

Sie stritten noch eine Weile darüber und schließlich gab Julien nach.

»Dummheit«, kommentierte Tessier.

Auf dem Weg zu den Favelas, noch in der Innenstadt, wurden sie von Betrunkenen aufgehalten, die in den Straßen tanzten. Ein ungeheurer Lärm und wildes Treiben war überall in den Straßen. An jeder Straßenecke spielten Kapellen oder kleine Combos und die Massen hüpften zu der wilden Musik auf und nieder, reckten die Arme zum Himmel und schnippten mit den Fingern. Die Männer und Frauen quiekten dabei wie räudige Katzen. Niemand konnte ihnen sagen, warum.

»Einfach so ein Brauch«, erklärte Largo. Doch man ließ sie immer durch. Largo kannte man und erwies ihm Respekt. Er führte sie zu einer äußerlich ärmlich aussehenden Kirche, die nichts mit den prächtigen Barockkirchen der Innenstadt gemein hatte. In der Kirche warteten zwanzig Männer auf sie, abgerissene Gestalten mit wilden Gesichtern. Im Gang zum Altar hin standen Kisten mit der Aufschrift: Dynamit.

»Die werdet ihr bewachen«, sagte Julien zum Don, der ergeben nickte, weil er wohl einsah, dass er aus Altergründen bei den kommenden Kämpfen nicht mithalten konnte.

»Ist gut. Pereira, ich werde dir das nie vergessen. Niemals. Ich weiß, was du für meine Tochter tust.«

Durch das Kirchenfenster sah Julien hinüber zu dem Hauptquartier des Jerez. Es war ein baufälliges Haus im kreolischen Stil, mit Balkonen, die sich rings um das Haus zogen. Das ehemalige Hotel war in einen Berghang hineingebaut. Das Haus nebenan sah genauso übel aus.

»Ein schlimmer Kasten.«

»Es ist das beste Haus in dieser Gegend«, kommentierte Largo Juliens Bemerkung.

»Wir wissen, wieviel Mann in dem Nebenhaus sind?«, fragte Julien den Chef der Cariocas.

»Acht Mann. Aber sicher sind sie total besoffen. Ihr werdet leichtes Spiel mit ihnen haben. Ich gebe dir vier von meinen Männern mit. Mehr geht nicht. Die anderen brauche ich für den Sturm auf das Hauptquartier.«

»Ist gut. Das dürfte auch reichen.«

Dann gingen sie hinüber. Julien, Tessier und Lambert mit vier Halsabschneidern, die mit Macheten bewaffnet waren. Ohne aufzufallen erreichten sie das Nebenhaus. Die Tür war offen. Ein dunkler Flur. Es roch nach Urin, Schweiß und köchelndem Gulasch. Überall lagen Betrunkene. Die meisten schliefen. Die Männer, die Largo ihnen mitgegeben hatte, taten ihre Arbeit. Die Macheten fuhren wie Blitze herab. Sie schienen im Töten viel Übung zu haben. Julien lief mit seinen beiden Freunden die Treppe hoch. Sie kamen in ein Zimmer, von dem man einen guten Blick auf das Nebengebäude hatte.

»Da müssen wir hinüber«, flüsterte Julien. »Was meinst du?«

Tessier ging ans Fenster und sah hinunter.

»Zehn Meter. Unter uns liegt eine Menge Luft. Wenn du ungebremst unten ankommst, bist du flach wie eine Flunder. Aber ich habe etwas organisiert, was uns helfen wird.« Er nahm ein Seil von der Hüfte, an dem eine Kugel befestigt war. »Den Tipp habe ich von Don Cordoso.« Er schwang das Seil und die Kugel verfing sich am schmiedeeisernen Geländer des Balkons. Tessier zog energisch. Die Kugel löste sich wieder.

»Ich habe den Schwung noch nicht so richtig raus. Die Kugel mit dem Seil muss sich mehrmals um das Geländer winden.«

Er versuchte es aufs Neue. Nach mehreren Versuchen gelang es ihm, das Seil drüben fest zu verkeilen.

»Stelle dich auf die Fensterbank und versuche dich mit großer Kraft hinüberzuschwingen.«

Julien fühlte seinen Mund trocken werden.

»Also los«, machte er sich selbst Mut.

Mit einem mächtigen Satz schwang er hinüber und erwischte das Geländer … und rutschte ab. Aber das Seil hielt ihn. Er zog sich langsam hoch und rollte sich über das Geländer auf den Balkon. Julien warf das Seil zum gegenüberliegenden Haus zurück.

Tessier erwischte das Geländer ohne Probleme und sprang auf den Balkon. »Das hätten wir geschafft. Sollen wir auf Largos Galgenvögel warten?«

»Nein. Wir machen weiter.«

Sie sahen nun Lambert springen. Viel zu kurz. Sein Gewicht wurde nur noch vom Seil gehalten. Doch plötzlich löste es sich. Lambert fiel mit weit ausgebreiteten Armen in die Tiefe. Es gab ein schrecklich dumpfes Geräusch.

»Mein Gott, Lambert!«, schrie Julien auf. »Lambert!«

»Sei still!«, zischte Tessier. »Du alarmierst noch die Bandozas!«

»Er ist doch mein Freund. Mein Freund aus der Avenue Bugeaud.«

»Er ist auf jeden Fall tot. Die Tiefe überlebt keiner.«

Largos Männer erschienen am Fenster. Als sie sahen, wie weit der Balkon entfernt war, zuckten sie mit den Achseln. Keiner hatte den Mut, ihnen zu folgen. Plötzlich erschien oben am Himmel ein rotgrüner Pilz. Das verabredete Signal. Es ging los.

»Keine Zeit zum Trauern«, kommentierte Tessier. »Wir müssen weitermachen.«

Julien schaute immer noch fassungslos nach unten, wo am Boden ein dunkler Schatten zu sehen war. Er dachte an ihre gemeinsamen Spiele in der Avenue Bugeaud, an ihre Streiche, an ihr erstes Besäufnis im Bois de Boulogne. Lambert hatte ihm stets vertraut und war ihm blind gefolgt. Und nun … hatte ihn dies umgebracht.

»Scheiße! Scheiße!«, stöhnte er.

»Wir müssen uns darum kümmern, dass unsere Befreiungsaktion nicht in totaler Scheiße endet«, drängte Tessier.

Sie traten an die Balkontür. Drinnen war es dunkel. Tessier drückte mit dem Messerknauf vorsichtig die Scheibe ein. Es klirrte, aber das Geräusch wurde von den Schüssen verschluckt. Largo war zum Angriff übergegangen. Sie betraten ein möbliertes, aber leeres Zimmer. Sie öffneten eine weitere Tür. Von einem Bett erhob sich eine Gestalt. Sie trug immer noch das Kleid, das sie im Theater angehabt hatte. Erschrocken hielt sie die Hand vor den Mund. Durch das hereinfallende Licht des Feuerwerks erkannte sie nun Julien.

»Mein Gott, Senhor Pereira. Ich hatte so auf Sie gehofft.«

Schluchzend stürzte sie in seine Arme und bedeckte sein Gesicht mit Küssen.

»Fürs Schmusen haben wir keine Zeit«, kommentierte Tessier trocken. »Mit Madame können wir kaum über den Balkon. Wir werden uns nach unten durchkämpfen müssen. Das wird noch ein bisschen was kosten. Madame soll sich hinter dir halten. Nun los!«

Sie gelangten ins Treppenhaus.

»Feuer!«, wurde unten geschrien.

Drei Männer kamen ihnen entgegen, die wohl vor dem Feuer in die oberen Etagen flüchten wollten. Ehe sich diese von der Überraschung erholen konnten, bellten bereits Juliens und Tessiers Revolver auf. Sie fielen die Treppe hinunter.

»Weiter! Weiter!«, brüllte Tessier.

Sie fanden zur Rechten einen Saal, in dem verstreut Matratzen lagen. Wahrscheinlich der Übernachtungssaal für Jerez' Leibgarde. Doch er war leer.

»Vielleicht können wir hier aussteigen«, rief Tessier und beugte sich aus dem Fenster.

»Unter uns ist die zweite Balkongalerie. Von dort sind es höchstens zwei Meter bis zum Erdboden. Das könnten wir schaffen. Ich springe zuerst und fange euch auf.«

Aber dazu kam es nicht. Jerez stürmte mit zwei Mann in den Saal. Julien erkannte ihn durch Largos Beschreibung. Ein Gesicht ohne Nase. Ein Totenkopf. Er blickte, wild mit den Augen rollend, auf die Eindringlinge. In der Linken hielt er eine lange Machete, in der Rechten einen Revolver. Triumphierend lächelnd kam er auf sie zu.

20 – Das Gelächter der Möwen
(Honoré de Balzac erzählt)

»Verdammter Gringo!«, schrie Jerez und riss seinen Revolver hoch.

»Miguel, das würde ich lassen!«

Hinter ihm stand Largo im Türeingang. Er hielt ein Gewehr in der Hand.

»Deine Männer unten haben wir erledigt. Meine Leute legen bereits Dynamit. Wir werden dein Schlupfloch in die Luft jagen, mitsamt den angrenzenden Häusern, die du dir unter den Nagel gerissen hast. Von der Hochburg der Bandozas werden nur ein paar Ruinen künden. Dann wird Gras auf den Ruinen wachsen und dich wird man vergessen.«

Jerez keuchte. Schließlich ließ er die Waffe sinken.

»Warum machst du mit den stinkenden Gringos gemeinsame Sache? Es war doch für uns beide genug Platz.«

»Weil du dich bereits in der Innenstadt breitmachst. Und deine Kumpanei mit Stadtkommandant Catanga geht mir schon lange höllisch auf den Sack!«

»Wir können bestimmt zu einer Einigung kommen. Ich kann dir die Gunst von Catanga verschaffen. Wir können alle drei profitieren. Ganz bestimmt. Niemand käme gegen uns an.«

Largo lachte. »Wird nicht funktionieren.«

»Warum nicht?«

»Weil wir beide zu ähnlich sind. Wir wollen beide … alles. So ist es doch.«

Er lachte, als wäre dies ein Scherz.

»Schon die Tochter von Cordoso wird uns ein gutes Stück Geld bringen. Warte, ich überlasse sie dir. Sozusagen als mein Pfand, dass ich es ehrlich meine.«

»Träume nicht, Miguel. Du kannst mir das Mädchen nicht mehr geben, weil du es nicht mehr hast. Die Revolver meiner Yankeefreunde zielen auf dich. Du bist ein Verlierer. Er ist aus mit den Bandozas.«

»Dann lass es uns, wie in der guten alten Zeit, von Mann zu Mann austragen.«

»Das wird nicht gehen«, erwiderte Largo und wies auf seinen Arm. Er blutete an der Schulter. »Einer deiner Leute, ein Wurm, hat mir den Armmuskel durchtrennt.«

»Hast du in deiner Truppe keinen Mann, keinen Stellvertreter, der für deine Ehre eintreten kann?«

In Largos Gesicht arbeitete es. Es war still geworden. Von draußen hörte man das Feuerwerk. Einerseits fühlte Largo sich herausgefordert, andererseits war er so klug zu erkennen, dass er nicht dazu in der Lage war, ein Duell zu bestehen. Er drehte sich zu seinen Leuten um. Wenn er niemanden hatte, der für ihn die Herausforderung annahm, warf dies ein schlechtes Licht auf die Loyalität seiner Männer. Die Männer hinter ihm sahen verlegen zu Boden. Ihre Lust, gegen Miguel Jerez anzutreten, hielt sich sehr in Grenzen.

»Wie in den guten ehrenhaften alten Zeiten«, wiederholte Jerez höhnisch. »Die Ehre der Bandozas gegen die Ehre der Cariocas. Aber ihr seid Städter und wisst vielleicht nicht, was Ehre bedeutet.«

»Na gut, ich werde selbst antreten. Trotz meiner Verwundung nehme ich es allemal mit dir auf.«

»Ich wähle den guten alten Machetekampf«, sagte Jerez schnell. Es war klar, dass er damit gegenüber Largo einen Vorteil hatte, da dieser an der rechten Schulter verwundet war. Largos Männer murrten.

»Du bist ein Wurm!«, rief Julien und trat vor. »Largo ist verwundet. Mit der ungewohnten Linken ist er dir unterlegen. Es entspräche nicht den Regeln, dass du gegen einen Verletzten antrittst. Largo ist mein Amigo. Ich trete für ihn ein.«

Largos Augen leuchteten dankbar auf. Die Ehre war gewahrt.

»Aber die Regeln gelten?«, wandte sich Jerez den Cariocas zu.

»Natürlich«, bestätigte Largo. »Du kannst mit dem Rest deiner Leute abziehen, solltest du siegen. Andernfalls bist du tot.«

»Verdammt, Julien! Was soll denn das schon wieder?«, schimpfte Tessier. »Mit der Machete hast du doch nicht die geringste Chance.«

»Wo tragen wir es aus?«, fragte Jerez. »Ich schlage den Platz unten vor der Kirche vor.«

»Gut«, stimmte Largo zu. »Männer, steckt ein Feld ab und stellt Fackeln auf.«

Sie gingen aus dem Saal und hinunter vor das Haus. Cordoso schloss glücklich seine Tochter in die Arme. Julien lief um das Haus zu Lamberts Leiche. Er lag mit ausgebreiteten Armen in einem Abfallhaufen zwischen den Häusern.

»Mein treuer Lambert«, flüsterte er und wischte ihm über die Augen.

Sie würden nun doch nicht zusammen nach Paris zurückkehren. Julien dachte an das kommende Duell. Vielleicht ist er dir ja auch nur vorausgegangen?

»Was geht hier vor?«, hörte er Cordoso rufen.

Julien strich Lambert noch einmal übers Haar. Der Don kam zu ihm gelaufen.

»Was soll das? Was kümmert Sie die Ehre des Largo?«

»Er hat uns geholfen, jetzt helfen wir ihm«, murmelte Julien.

»Eine Riesendummheit«, kommentierte Tessier.

»Lass es nicht zu, Vater. Bitte, lass es nicht zu!«, rief Antonia.

»Meine Tochter hat recht. Dieser Jerez ist ein Mörder. Ich hörte selbst von Largos Leuten, dass er gefährlich wie ein Alligator sei.«

»Im Bagno haben sie mir den Spitznamen Klapperschlange gegeben«, tat Julien unbeeindruckt. »Ich muss es auch seinetwegen tun.« Julien wies auf Lambert. Ein guter Grund, sagte er sich. Es galt, Lambert zu rächen.

»Dann lass mich gegen den Kerl antreten«, bot sich Tessier an.

»Nein. Ich will nicht noch einen Freund verlieren.«

»Dafür willst du mir das zumuten!«, erwiderte Tessier wild. »Du bist den Kampf mit einer Machete nicht gewöhnt.«

»Dann besorge mir …« Er drückte Tessier an sich und sagte ihm, was er besorgen sollte.

»Das wäre eine Möglichkeit. Ich schaue mich um.«

Die Cariocas hatten vor der Kirche den Platz mit Fackeln abgesteckt und versammelten sich um das Rund. Viele Bandozas waren nicht unter ihnen. Largo nahm Julien beim Arm und führte ihn abseits.

»Ich bin dir dankbar, dass du für meine Ehre eintrittst. Du bist ein wahrer Amigo. Aber ich fürchte, deine Chancen gegen Jerez sind nicht sehr groß und wir werden ihn mit dem Rest der Bandozas abziehen lassen müssen. Solltest du nur verletzt sein, werde ich versuchen, dein Leben herauszukaufen.«

Jerez trat mit der Machete in den Kreis und fuchtelte mit der Waffe. Seine Männer riefen ihm aufmunternde Worte zu.

»Na, wo ist der verdammte Yankee?«, brüllte er. Er hatte sich seines Hemdes entledigt. Sein Oberkörper schimmerte bronzen im Licht der Fackeln.

Tessier kam zu Julien und reichte ihm einen langen schwertartigen Dolch, der wie ein Gladius der alten Römer aussah.

»Ich habe den Griff von den Holzschalen befreit und den Knauf abgeschlagen. Du kannst das Kurzschwert wie ein Wurfmesser benutzen. Aber du musst kräftig und aus kurzer Distanz werfen, da die Klinge schwerer als dein gewohntes Messer ist.«

Julien wog das Schwertmesser in der Hand. Es lag nicht so gut in der Hand wie sein eigenes Messer. »Es muss gehen«, murmelte er und trat in den Kreis.

»Was ist denn das für eine seltsame Machete? Sieht aus wie ein kleines Schwert«, wunderte sich Jerez.

»Es ist eine Gauchowaffe. Bei uns benutzen Herren statt einer Machete diese Waffe«, erklärte Cordoso und ergänzte verächtlich: »Macheten benutzen bei uns nur die Feldarbeiter, wenn sie das Gestrüpp wegschlagen.«

»Du hast dich für eine Machete entschieden und Pereira hat eine Waffe, deren Klinge nicht länger ist als die deiner Machete. Es gilt!«, beendete Largo die Diskussion.

»Na, meinetwegen. Er wird mit dem Ding ohnehin nicht viel ausrichten können«, rief Jerez lachend. Es sah unheimlich aus, einen Totenkopf lachen zu sehen. Julien zog ebenfalls sein Hemd aus und warf es Tessier zu. Die beiden Kontrahenten gingen aufeinander zu. Sofort begann Jerez mit einem Ausfall.

»Na, Gringo, spürst du, dass der Tod auf dich zu schleicht? Er steht schon hinter dir, um deinen Lebensfaden durchzuschneiden.«

Julien antwortete nicht und konzentrierte sich auf seinen Gegner. Er hatte Mühe, sich der heftigen Schläge zu erwehren. Jerez war nicht nur ein guter Kämpfer, sondern auch voller Hass und Verzweiflung. Er hatte nur diese einzige Chance, doch noch mit dem Leben davonzukommen. Obwohl älter als Julien, ersetzte er die mangelnde Beweglichkeit durch seine Angst und seine Entschlossenheit. Alles oder nichts. Sieg oder Tod. Er drängte Julien fast aus dem Kreis. Das Gejohle der Bandozas wurde immer lauter. Largo warf Tessier verzweifelte Blicke zu. Dieser winkte ab und versuchte, ein zuversichtliches Gesicht zu zeigen. Julien gelang es, sich ein wenig Luft zu verschaffen, indem er den übereifrigen Jerez ins Leere taumeln ließ und sich in der Mitte des Kreises aufstellte. Jerez kam gebückt und lauernd heran und lief plötzlich mit einem Schrei auf ihn zu. Er sprang hoch, stand in der Luft, um von oben Julien die Machete in den Hals zu stoßen. Da geschah es. Sein Hals war ungedeckt. Julien schleuderte das Schwertmesser mit großer Wucht. Auf die kurze Entfernung traf er die ungedeckte Kehle. Die Waffe durchbohrte den Hals des Bandenführers. Da sich Julien seitlich auf den Boden geworfen hatte, traf ihn die Machete nicht. Jerez' Schlag ging in den Sand. Aus seinem Mund schoss eine Blutfontäne. Julien richtete sich auf. Die Cariocas liefen auf ihn zu und hoben ihn auf die Schultern. Andere warfen sich wie entfesselt auf die Bandozas und töteten die restlichen Bandenmitglieder des Jerez. Die Bandozabande gab es nicht mehr.

»Ein guter Kampf«, sagte Largo und drückte Julien die Hand. »Ich hatte ein paar Mal Angst um dich. Danke, dass du für mich gekämpft hast. Ein Carioca vergisst das nie.«

Er wandte sich an seine Männer und befahl die ganze Häuserzeile zu sprengen.

»Nichts soll mehr an dieses verdammte Pack erinnern.«

»Es ist getan. Gehen wir ins Hotel zurück.«, sagte Julien und zog sich sein Hemd an. »Ich könnte einen guten Schluck Rum vertragen.«

Sie machten sich auf den Weg zur Plaza Kaiser Pedro. Hinter ihnen dröhnten die Detonationen. Es würde nichts mehr von der Bandoza-Hochburg übrigbleiben. Tessier tätschelte seinen Rücken.

»Gut gemacht, Junge. Gut gemacht.«

Antonia sah immer wieder zu ihm herüber. Ihr Vater beobachtete dies schmunzelnd. Sie waren gerade auf dem Platz vor dem Hotel angelangt, als ein Schuss fiel. Antonia schrie auf und fiel zu Boden. Ein Schatten lief in eine Seitenstraße, die zum Hafen führte. Tessier nahm sofort die Verfolgung auf. Julien und Cordoso beugten sich über das Mädchen. Nur ein Streifschuss, stellte Julien fest. Antonia blutete an der Schulter. Sie war ohnmächtig. Cordoso nahm seine Tochter auf und sie trugen sie ins Hotel auf ihr Zimmer. Der Hoteldirektor ließ einen Arzt kommen. Als dieser eintraf, drängte er alle aus dem Zimmer.

»Sie braucht vor allem Ruhe. Ihre Jugend wird dafür sorgen, dass sie bald wieder gesund wird.«

Sie gingen nach unten an die Bar.

»Beinahe wäre trotz allem noch alles schiefgegangen«, sagte Cordoso erschüttert. »Ich bin froh, wenn ich wieder zurück in der Pampa bin. Ich hätte Antonia nie hierher mitnehmen dürfen.«

Tessier kam herein und nickte Julien zu. »Ich konnte ihn noch erwischen. War einer der letzten der Bandozabande.«

»Er hat gezahlt«, freute sich Cordoso. »Verlieren wir keine Gedanken mehr an den Schurken.«

»Wir haben einen hohen Preis gezahlt«, sagte Julien, trank seinem Ebenbild im Spiegel zu und dachte dabei an Lambert, an die schönen Tage in der Rue Bugeaud, an ihre Streiche und die ausgelassenen Räuber- und Gendarmspiele im Bois de Boulogne. Doch für die Trauer blieb keine Zeit.

Am nächsten Morgen wurden sie von dem Direktor des Hotels geweckt. Aufgeregt stürmte er in Juliens Schlafzimmer.

»Unten wartet der Stadtkommandant auf Sie. Soldaten haben das Hotel umstellt.«

Julien sprang aus dem Bett, lief ins Nebenzimmer und weckte Tessier.

»Es ist noch nicht zu Ende. Jetzt mischt sich der Stadtkommandant ein.«

Schnell schlüpften sie in ihre Kleider, steckten sich Revolver in die Gürtel und gingen hinunter. Oberst Catanga saß in der Lobby vor einem Glas Rum. Hinter seinem Stuhl standen acht Soldaten mit angelegten Gewehren.

»Setzen Sie sich, meine Herren«, höhnte der Oberst. »Ich habe keine guten Nachrichten. Die Franzosen in Guayana haben eure Auslieferung beantragt.«

»Was soll das?«, rief Julien empört. »Sie haben uns doch selbst Papiere besorgt, die uns als brasilianische Staatsbürger ausweisen.«

»Ich? Das wäre ungesetzlich. Aber das spielt alles keine Rolle mehr. Ihr seid ein Ärgernis für Belém geworden. Die Stadt will euch nicht mehr in ihren Mauern haben. Ein ganzer Stadtteil in den Favelas ist verwüstet worden. Ihr geht zurück nach Französisch-Guayana. Wir können keine Fremden tolerieren, die sich an Bandenkriegen beteiligen!« Er grinste ölig.

Das also war die Revanche. Er war am Geschäft der Bandozas beteiligt gewesen und nun war daraus nichts geworden. Schlimmer noch, er hatte seinen Geschäftspartner verloren.

»Was kostet es, wenn Sie uns ziehen lassen?«, fragte Julien kalt.

Catanga grinste. »Ich sehe, wir verstehen uns.« Er nannte eine Summe.

Julien tat so, als würde ihn diese entsetzen.

»Gut. Da muss ich mit meiner Bank sprechen. Sie ruinieren mich.«

»Das tut mir leid«, erwiderte er kichernd. »Sie haben bis Morgen Zeit, das Geld aufzubringen.« Er machte eine chevalereske Verbeugung und zog mit seiner Entourage ab.

»Dieser gemeine Halunke! Du wirst ihm doch nicht das Geld in den Rachen werfen?«

»Uns bleibt gar nichts anderes übrig. Tauschen wir die Goldnuggets gegen Geld ein. Das müsste reichen.«

»Diese Hyäne!«, schimpfte Tessier.

Cordoso kam angelaufen. Sie erzählten ihm von Catangas Forderung.

»Ich werde euch alles ersetzen!«, versprach er sofort.

Julien winkte ab. »Wir kommen schon klar. Allerdings werden wir das nächste Schiff nehmen, das diese Stadt verlässt.«

Cordoso biss sich auf die Lippen. »Ich muss leider warten, bis bei Antonia das Fieber nachlässt. Darf ich den Vorschlag machen, dass wir uns in Argentinien treffen? Kommt zu meiner Estanzia. Sie ist nicht zu verfehlen. Das ganze Land kennt sie.«

Sie versprachen es ihm. Es war gut, eine Adresse in dem fremden Land zu haben. Die Bank machte keine Schwierigkeiten und löste die Goldkörner gegen Bargeld ein.

Largo suchte sie am Abend auf.

»Habe gehört, dass das Schwein Catanga Schwierigkeiten macht! Sollen wir ihn …?« Er machte eine knappe Handbewegung zum Hals.

»Nein. Wir geben ihm das Geld und verschwinden schleunigst.«

»Den Erpresser wollt ihr davonkommen lassen?«

»Manchmal ist es klüger nachzugeben.«

»Nein. Du bist für meine Ehre eingetreten. Ich werde Catanga eines Tages die Rechnung präsentieren.«

Sie umarmten sich und der Anführer der Cariocas klopfte ihm kräftig auf den Rücken.

»Wir haben einen guten Kampf geliefert. Wir waren wie Brüder.«

Mehr Kompliment war von einem Carioca nicht zu erwarten.

Catanga erschien pünktlich am nächsten Morgen. Triumphierend strich er das Geld ein.

»Dies wird euch Yankees eine Lehre sein, in Belém Unruhe zu verbreiten.«

»Ob das Geld Zinsen abwerfen wird, muss sich erst herausstellen«, erwiderte Julien.

»Wie meinst du das?«

»Nicht jedes Geschäft macht glücklich.«

»Ach, Yankee, verschwinde, ehe ich es mir doch noch anders überlege!«

Sie hatten vor, diesen Wunsch zu befolgen.

Am Nachmittag ritten sie zum Hafen, wohin Cordoso sie in einer Kutsche begleitete. Am Schiff angekommen, drückte er Julien noch einmal an die Brust.

»Wenn Antonia nicht so hohes Fieber bekommen hätte, würden wir euch begleiten. Komm zu meiner Estanzia!«, bat er noch einmal. »Ich möchte dir ein Angebot machen, das dich für alles entschädigt, was du für uns erlitten hast.«

Julien dachte an Antonia. Der Abschied war ihm schwergefallen. Mit Tränen in den Augen hatte sie geflüstert: »Ist alles zu Ende, ehe es angefangen hat? Werde ich dich wiedersehen?«

Er hatte ihr dies versprochen.

»Ich werde euch besuchen«, versprach er auch Cordoso.

»Dann hat sich Belém doch für uns gelohnt«, erwiderte der Argentinier erleichtert.

Sie gingen an Bord. Cordoso winkte ihnen noch einmal zu. Dann legte das Schiff ab und Brasilien war nur noch ein fahler Landstrich, der schon bald hinter den Wolken verschwand.

»Es kann weitergehen«, sagte Julien.

»Hauptsache, du weißt wie«, knurrte Tessier.

Die Möwen über ihnen kreischten dazu. Es klang wie Gelächter.

3. Buch

Von Männern und Geistern

»Dieser Teil des Buches wird viel Fantasie von uns verlangen«, stellte Zola fest. »Oder war schon jemand von euch in Argentinien?«

»Es gibt neuerdings viele Argentinier in der Stadt. Ich habe mich oft mit ihnen unterhalten«, sagte Victor Hugo. »Dieses Argentinien ist ein sehr männliches Land. Die Männer haben etwas … wie soll ich es ausdrücken … von einer urwüchsigen Kraft und erinnern mich an die mythischen Helden der Vorzeit.«

»Drück dich genauer aus. Ich kann damit nichts anfangen«, sagte George Sand ablehnend.

»Unter ihnen gibt es Männer wie Gilgamesch und Enkidu. Ursprünglich. Hart. Selbstgerecht.«

»Sie lieben die Freiheit mehr als alles andere«, freute sich Zola.

»Mit ihrem Pferdefimmel sind sie selbst halbe Zentauren«, stellte Dumas fest.

»Sie haben etwas, was uns zu denken geben sollte«, warf Dickens ein. »Sie stammen von den Konquistadoren und den Indios ab und das ergibt eine rätselhafte stolze Mischung.«

»Ich ahne schon, worauf das wieder hinausläuft. Dumas guckt schon so süchtig«, sagte George Sand misstrauisch. »Ach was, Konquistadoren? Italiener und Spanier sind in den letzten Jahren zu hunderttausenden dorthin ausgewandert. Die haben keinen Tropfen Pizarro, Cortez oder Albuquerque im Blut. Aber um auf Dumas' Männergeschichten zurückzukommen: Ist das überhaupt Literatur, was er schreibt? Diese Männlichkeitsfantasien, die er mit dem Grafen von Monte Christo, d'Artagnan und Balsamo in die Welt gesetzt hat.«

»Ob Literatur oder nicht. Er hat jedenfalls mehr verkauft als wir alle zusammen«, sagte Dickens kühl. »Und ich muss gestehen, ich verschlinge seine Geschichten.«

»Touché!«, sagte Dumas und strich sich selbstgefällig über den beachtlichen Bauch. »Du hast es gehört. Gegen meine Bücher kommst du nicht an, meine Schöne.«

»Lass die Vertraulichkeiten!«, schimpfte George Sand und fuhr nach einem Seufzer fort: »Ich sehe schon, Frauen werden in diesem Teil unserer Geschichte wieder mal keine große Rolle spielen.«

»Nein! Nein!«, widersprach Balzac vehement. »Wir begegnen bald dem wahren Weib, der Urmutter des Matriarchats.«

»Ach, hör doch auf! Mir missfällt an unserer Geschichte, dass Julien die Frauen nur anzublicken braucht und schon verfallen sie ihm. Altmännerfantasien! Ihr träumt wohl alle von solcher Anziehungskraft.«

»Oho, soll es eine unwiderstehliche Anziehungskraft nur bei Frauen geben?«, höhnte Balzac. »Ich erinnere nur an Lord Byron und an … Liszt.« Er kicherte. »Fandest du ihn nicht auch unwiderstehlich?«

»Er war ein Freund … und ein Genie!«, widersprach sie heftig.

»Na schön, du hattest viele Freunde, die dich unwiderstehlich fanden. Liebe George, dir missfällt, wenn Männer die gleiche Anziehungskraft wie du haben.«

»Ach was, ich trete nur dafür ein, dass Frauen nicht als zweitrangige Wesen oder als Anhängsel von euch Männern behandelt werden.«

»George Sand, die Amazone der Neuzeit«, spottete Balzac und sah herausfordernd in die Runde.

Dumas stieß die Faust in die Luft. »Das saß!«

Die anderen blickten verlegen zu Boden.

»Hör auf, Balzac!«, schimpfte die Sand. »Du bist maßlos im Fabulieren, im Essen, Trinken und im anderen, worüber ich mich nicht näher auslassen will.«

Balzac ließ sich nicht bremsen.

»Ja, dieser Teil des Buches ist nichts für feingeistige Literaten wie die Brüder Goncourt, die ihr Gift verspritzen. Für diesen Teil braucht man, wie sagen noch die Spanier? Jawohl, Eier, Cojones. Entschuldige, liebe George. Die Welt dort verlangt einen kräftigen Samen. Wir müssen epischer werden. Wir müssen uns dieses Land wie eine Torte einverleiben und uns an ihr satt fressen«, trompetete Balzac und sah beifallheischend um sich.

»Ich kenne mich mit Argentinien ganz gut aus«, überraschte Dumas nun die Runde. »Ich kenne einen alten argentinischen General, der vor den

Wirren in seiner Heimat nach Paris geflohen ist. Ich habe mich oft und lange mit ihm unterhalten.«

»Na, na! Alexandre Dumas als Argentinienkenner?«, fragte George Sand und schüttelte ironisch lächelnd den Kopf.

»Versuchen wir die Geschichte zu erzählen«, überging Balzac die Frage. »Bei der Seele des großen Rabelais, wir werden eine tolle Geschichte zu erzählen haben.«

»Ich fange an«, schlug Dumas vor. »Ich habe von uns allen die weitesten Reisen gemacht. Ich weiß mit einem riesigen Land umzugehen.«

»Wir müssen epischer werden«, wiederholte Balzac noch einmal. »Denk an Gilgamesch und Enkidu. Wir müssen groß denken.«

»Bravo! So spricht ein rechter Nachfahre Homers. Nieder mit den Duckmäusern und Seelenfurzern!«, rief Dumas.

21 – Am Rande der Welt
(Alexandre Dumas erzählt)

Er lebte schon einige Jahre auf der Estanzia des Don Francisco de Cordoso und war zu dessen Sohn geworden, obwohl er nur der Schwiegersohn war. Und in dieser Zeit hatte er die Gesetze der Pampa und die spanische Sprache gelernt. Er war ein Gaucho geworden, ein Reiter, der sich wie ein Zentaur bewegte, als wäre er mit dem Pferdeleib verwachsen.

Geheiratet hatten sie in der prächtigen Kathedrale an der Plaza San Martin in Córdoba und tausend Gäste hatten der Feierlichkeit beigewohnt. Selbst die Politiker aus den Clubs in Buenos Aires, die die Geschicke des Landes bestimmten, waren gekommen, um dem Grafen von Almeria ihre Hochachtung zu erweisen. Ja, Don Francisco Cordoso war nicht nur einer der größten Estanzieros des Landes, sondern konnte sich der Herkunft der Grafen von Almeria rühmen, die in der spanischen Heimat verarmt und schließlich ausgestorben waren, sodass der Titel auf Don Francisco aus einer Seitenlinie übergegangen war, obwohl der Don diesen Titel nicht seinem Namen anhängte. Er war stolz, von seinen Leuten der ›Don‹ genannt zu werden und begnügte sich mit dem Namen der Cordoso, aber die Politiker in der Hauptstadt, die er bezahlte, nannten ihn den Grafen. Selbst seine politischen Feinde versagten ihm den Titel nicht. Aber in der Pampa spielte der Titel keine Rolle.

Julien Morgon war sein *Capataz* geworden, der Vormann über die Gauchos. Als diese sahen, wie schnell sich Julien in das Mischwesen eines Pferdemenschen verwandelte und die Boleadores so virtuos beherrschte wie sie, ein Lasso, an dem drei Metallkugeln befestigt waren, mit dem das Opfer, sei es Rind oder Mensch, zu

Fall gebracht werden konnte, nannten sie ihn den *Jefe.* Wie der Don trug er einen schwarzen Sombrero, eine kurze schwarze, mit silbernen Stickereien verzierte Jacke über dem weißen Hemd und einen breiten, mit Silber beschlagenen Gürtel, in dem der *Cuchillo* steckte, ein breiter scharfer Dolch, dessen Eigentümlichkeit, wovon nur Tessier wusste, die Schwere der Klinge war, und der sich deswegen auch als Wurfmesser eignete. An den Beinen trug er, wenn er mit seinen Männern die Herden zusammentrieb, die *Guardamontes*, den Lederschurz, der ihn vor dem stachligen Gras und den Kakteen schützte.

Die meisten Gauchos hatten indigenes Blut in den Adern. Ihre Gesichter hatten einen bronzenen Hautton und waren scharf geschnitten, mit gebogenen Nasen und dunklen Knopfaugen.

Er, Julien Morgon, hatte sich hier in der Pampa selbst neu erfunden. Die Härte des Lebens, die Kargheit der Steppe, der Umgang mit den Tieren behagte ihm. Er trug ganz selbstverständlich den schweren roten Poncho mit den schwarzen Streifen wie einen Königsmantel. Seine Gauchos nannten ihn bald einen zweiten Güemes, jenen legendären Helden der Gauchos, der mit seinen Männern über die königlich-spanischen Regimenter Ferdinands VII. siegte. So sahen sie ihn, nachdem er bei einem Überfall von betrunkenen Calchaken seine Männer zum Gegenangriff führte und mit der Härte der Pampa die Indianer vertrieb.

Mit der Zeit kannten ihn auch die Indios in den Bergdörfern und nannten ihn den Bleichen Mann. Während Tessier die Hautfarbe der Gauchos annahm, blieb Juliens Gesicht hell und seine Haare waren fast weiß. Er trieb mit den Gauchos die riesigen Rinderherden und seine *Rebenque* klang wie der Schuss eines Gewehrs über den Rücken der Rinder. Es war ihm eine Lust, die Rinder mit dem Schwenken des Ponchos zur Tränke zu treiben, begleitet von dem Bellen der Hunde, dem tausendfachen Trommeln der Rinderhufe, dem Stampfen und Wiehern der Pferde.

Das Herrenhaus lag in einem Tal von Hügeln umringt. Die Estanzia fing aber bereits vor den Hügeln an und man musste noch eine Stunde reiten, ehe man zu einer Allee mit Korkeichen, Tamarisken und Zypressen kam, die wie Pfeiler einer Kirche zum Himmel strebten und so einen Tunnel bildeten, an dessen Ende sich weiß und mächtig das Herrenhaus erhob. Dahinter zogen sich fast kilometerweit die Corrals hin, wo den Jungstieren mit glühenden Eisen das Wappen der Cordoso eingebrannt wurde.

Er war glücklich mit Antonia. Sie war eine leidenschaftliche Frau und in ihrer üppigen Schönheit erinnerte sie ihn an George Sand zu der Zeit, als diese Musset liebte. Doch dann stellte sich etwas Fremdes bei ihr ein, was er lange nicht definieren konnte. Sie war manchmal abwesend und starrte mit leeren Augen in das Land und murmelte unverständliche Worte und wenn er sie befragte, so schüttelte sie den Kopf. Nur einmal, als sie sich im Bett hin und her warf und schrie »Die Wilan kommen. Die Wilan sind hier«, bekam er eine Ahnung von ihren Ängsten.

»Wer sind die Wilan?«, fragte er sie am nächsten Morgen.

»Ach, nichts. Wie kommst du darauf?«

»Du hast diesen Namen in der Nacht geschrien.«

»Ich habe wohl schlecht geträumt. So nennen die Indios ihre Geister.«

Er war ihr herzlich zugetan und beide gaben sich Mühe Kinder zu zeugen, aber sie wurde nicht schwanger. Er schrieb dies den Dämonen zu, die sie verfolgten.

Wie in jeder Estanzia lag auf einem Notenständer in der Halle das Buch ›Martin Fierro‹ von José Hernandez, die Ilias der Gauchos, und sein Gedächtnis ermöglichte es Julien, hunderte der 1190 Strophen aufzusagen, was die Gauchos darin bestätigte, dass ihnen ein neuer Güemes gegeben war und sie lauschten ihm, wenn er am Lagerfeuer vortrug wie ein Homer am Hof zu Mykene:

»Ehre ist mir, in Freiheit zu leben
So wie der Vogel am Himmel.

Ich bau mir kein Nest auf diesem Boden,
wo es auch nicht lohnt zu leben,
und so braucht's mir keiner nachzutun,
wenn ich mich wieder erhebe.«

Tessier staunte immer wieder aufs Neue, wie sehr Julien mit dem Land, den Menschen und der Natur im Einklang war.

»Du bist nicht mehr der Julien Morgon von Paris, auch nicht mehr der Julien von Cayenne. Du bist in deiner Welt angekommen.«

»Gefällt es dir nicht auch, so zu leben, wie wir jetzt leben?«

»Oh doch, dieses Land macht uns zu anderen Menschen, ob zu besseren sei dahingestellt.«

Manchmal überkam Julien eine seltsame Unrast und dann ritt er mit Tessier zur Pulperia »La Cucunda«, die Schöne, wie sie wegen der Frau des Pulpero genannt wurde. Dort lernte er den Tanz ›El Malambo‹, den einsamen Tanz der Männer, und die Gauchos sangen im Wechselgesang den Payada. Lieder voller Stolz und Trotz und von Männern, die ihre Würde zu wahren wussten.

Oh ja, er liebte die Pampa, den ewigen Wind, der über das Gras strich und des Nachts den sternenklaren, unendlichen Himmel und den Geruch vom Rost, wenn sich über dem Feuer das Fleisch braun färbte und die Fetttropfen blaurot im Feuer aufleuchteten. Fleisch war immer so viel da, wie man wollte, nicht nur für ihn, sondern für alle Gauchos. Ihm wäre es recht gewesen, wenn dieses freie Leben so weitergegangen wäre. Wenn die Politik nicht dazwischen gekommen wäre, hätte er wohl bis an sein Lebensende in den Weiten der Pampa verbracht.

Die Veränderung trat dadurch ein, dass in einer goldverzierten Kalesche der Sohn von Don Francisco aus Buenos Aires eintraf. Julien war ihm bisher nur einmal, auf seiner Hochzeit in Córdoba, begegnet. Ein dicklicher Mann mit einem hübschen, etwas weibischen Gesicht, das durch ein ungezügeltes Leben aufgeschwemmt wirkte und der es in Buenos Aires zu einer wichtigen Persönlichkeit in den politischen Clubs gebracht hatte. Er war das, was man einen mit allen Wassern gewaschenen Politiker nannte. Don Esteban Cordoso war Julien von Anfang an mit Misstrauen begegnet und hatte über ihn gelästert, dass sich der Vater wohl einen zweiten Sohn ins Haus geholt hätte, der seinen veralteten Anschauungen besser entsprach. Hinter Juliens Rücken, in den Clubs, nannte er Julien einen Erbschleicher. Seine Schwester habe was Besseres verdient als einen französischen Bagnoflüchtling.

Vater und Sohn trennte eine tiefe Wesensverschiedenheit. Don Francisco verachtete den Sohn für das Leben in Buenos Aires, für sein Intrigieren in den Clubs und bezeichnete den Sohn selbst Fremden gegenüber als einen verdorbenen Stadtmenschen, dem jeder seiner Gauchos moralisch überlegen sei. Seit fast einem Jahrzehnt waren sie sich aus dem Weg gegangen.

Herrisch betrat er die Veranda, ging an dem Hausmeister ohne Gruß vorbei und stapfte in den Salon, wo Don Cordoso, Antonia und Julien beim Abendessen saßen. Don Francisco sah kurz hoch und sagte der Bedienung, dass man noch ein Gedeck auflegen solle. »Mein Sohn ist gekommen.« Ohne einen Gruß, ohne Freude zu zeigen widmete er sich wieder dem Essen.

»Eine wahrhaft freudige Begrüßung!«, höhnte Esteban. »Antonia, Schwesterchen, du hast Schatten unter den Augen. Bekommt dir die Ehe nicht?«

»Was willst du?«, fragte der Vater mit verächtlicher Miene, legte das Besteck beiseite und lehnte sich zurück. »Brauchst du wieder mal Geld? Hast du Schulden gemacht?«

»Habe ich, Väterchen. Ich brauche Geld. Aber das ist nicht allein der Grund meines Besuchs. Die Regierung hat auf mein Betreiben das Land der Matacos zur Besiedlung freigegeben. Die Indianer werden vertrieben. Schon in wenigen Tagen werden die Truppen mit General Balbao Conchero eintreffen und hier reinen Tisch machen.«

»Und was geht mich dieser Schurkenstreich an?«, fragte Don Francisco, mühsam seinen Zorn bekämpfend.

»Du musst dir das Land sichern.«

»Das Land der Indianer? Wir haben genug Land. Es fehlt uns an nichts.«

»Wenn du es nicht nimmst, wird sich Juarez Machado, der Schafkönig, das Land unter den Nagel reißen.«

»Soll er doch. Ich bin froh, dass ich mich mit Machado vor zwei Jahren über die Grenzen zwischen uns geeinigt habe. Wir nutzen beide nun einträchtig das Wasser aus den Bergen. Seitdem ist hier Ruhe.«

»Damit wird es vorbei sein, wenn er das Hochland der Matacos besitzt, dann ist deine Estanzia nämlich von seinem Land eingeschlossen.«

»Seit wann kümmerst du dich um die Estanzia? Die ist bei Julien in guten Händen. Jetzt, wo wir das Fleisch pökeln können, geht das Fleischgeschäft großartig. Unsere Erträge waren noch nie so gut. Nur deswegen kann ich dir dauernd Geld schicken, das du mit deinen Kumpanen verpulverst.«

»Immer noch die alten Vorwürfe? Deswegen hast du dir ja diesen Julien geholt, dir einen Sohn gebacken. Ich bin nun einmal nicht für das langweilige Landleben geschaffen. Buenos Aires ist eine aufregende Stadt, das Paris Südamerikas, in dem jemand mit meinen Talenten sein Glück machen kann. Ich bin ein einflussreiches Mitglied der Regierungspartei. In Kürze wird man mich sogar zum Minister ernennen. Du solltest stolz auf mich sein. Ich wäre dann der jüngste Minister Argentiniens.«

»Stolz? Ein Minister von Räubern, Schiebern und Freibeutern wirst du sein. Korrupt bis in die Knochen. Warum wollt ihr den Indios das Land wegnehmen? Wo sollen sie denn noch hin? Wir leben mit ihnen in Frieden. Dreiviertel meiner Gauchos haben Indioblut in den Adern. Ich will mit dieser Schurkerei nichts zu tun haben.«

»Ich habe längst Tatsachen geschaffen, Vater! Die Regimenter Concheros werden von deiner Estanzia ins Bergland ziehen. Ich habe es mit dem General so abgesprochen. Die Truppen werden auf unserem Land kampieren und hier ein provisorisches Fort errichten, von dem sie dann zum Krieg gegen die Matacos aufbrechen. Der Präsident hat dies abgesegnet.«

Don Francisco Cordoso warf zornig die Serviette auf den Tisch.

»Du hast über mein Land verfügt, Unseliger!«, schrie er und sprang auf.

»Beruhige dich, Vater! Ich bin der Erbe der Estanzia Cordoso und werde doch wohl zum Wohle unserer Familie einen Beitrag leisten dürfen.«

»Du? Erbe der Estanzia?«, keuchte der Alte. »Du erbst allenfalls die Häuser in Córdoba und in Buenos Aires, aber meine Estanzia gebe ich nicht in die Hände eines Stadtmenschen und korrupten Lebemannes. Ich habe testamentarisch verfügt, dass Julien die Estanzia erbt.«

»Ich wusste es!«, kreischte Esteban und sprang ebenfalls auf. »Du hast dir mit diesem Bagnoflüchtling einen Erbschleicher ins Haus geholt, der meinen Erbteil schmälert.«

»Nein. Ich habe mir einen Sohn ins Haus geholt«, korrigierte ihn der Don, nun ruhiger werdend. »Und ich werde ihm meinen Namen geben und den Titel eines Grafen von Almeria.«

»Was? Was passiert hier? Du willst an einen Sträfling den ehrwürdigen Titel übertragen? Dagegen werde ich vorgehen.«

»Hör mal, Esteban. Bisher habe ich aus Achtung vor deinem Vater deine unflätigen Ausbrüche über mich ergehen lassen«, mischte sich Julien ein. »Wenn du so weitermachst, werde ich dich mit der *Rebenque* aus dem Haus peitschen.«

Esteban erbleichte und sank auf den Stuhl zurück. Julien war von der Eröffnung des alten Don total überrascht. Er schüttelte den Kopf, wollte die Adoption zurückweisen, aber Antonia sah ihn beschwörend an, bat ihn mit einer beschwichtigenden Handbewegung, nicht gegen die Vorhaben ihres Vaters zu protestieren.

»Ich war vor einer Woche bei Gericht und habe alles geregelt. Julien braucht nur noch die Papiere zu unterschreiben und ist damit ein Cordoso und, wenn ich sterbe, rechtmäßiger Graf von Almeria.«

»Das ist lächerlich. Niemand in der Hauptstadt wird das anerkennen.«

»Deine Gaunerfreunde in Buenos Aires interessieren in der Pampa niemanden. Hör dich um, hier bei uns ist Julien längst ein Don und Cordoso, von dem man mit Hochachtung spricht. Dass ich dich von der Estanzia fernhalte, ist die Konsequenz unserer unterschiedlichen Auffassung von einem würdevollen Leben. Ich habe von deinen Festen und Eskapaden in Buenos Aires gehört. Du siehst nicht nur aus wie ein Säufer, auch rechtschaffene Leute meiden den Umgang mit dir. Deine Ehe ist kaputt, zugrunde gerichtet durch deine Liebschaften mit Tanzmädchen und Sängerinnen. Ich verachte dich. Du bist meiner Estanzia und ihrem Land nicht würdig. Du kannst morgen zu deinem ›Babylon‹ zurückfahren und deinem General Conchero berichten, dass ich es ablehne, dass auf meinem Land ein Fort errichtet wird.«

»Dagegen kannst du gar nichts machen!«, höhnte Esteban. »Es ist ein Regierungsbeschluss.«

»Ich werde den Raubzug gegen die Indianer nicht unterstützen.«

»Vater, begreif doch endlich. Das Bergland gehört uns. Ich habe alles bereits eingeleitet. Es gibt einige Männer in der Regierung, die mir verpflichtet waren. Ich musste schneller sein als der verdammte Machado, der dich schon immer geärgert hat.«

»Ich will das Land nicht.«

»Na gut, dann werde ich das Land auf mich übertragen lassen.«

»Und bewirtschaften? Was willst du mit dem Land machen?«

»Das wird sich ergeben. Und zu deiner Beruhigung, ich werde morgen wieder abreisen. Mein Vaterhaus ist mir ein feindliches Haus geworden.« Mit diesem pathetischen Ausspruch griff er zum Weinglas und trank es hastig leer. »Hast du keine stärkeren Getränke im Haus?«

»Doch, aber nicht für dich. Geh und komm nie wieder!«

»Vater, du hast immer noch nicht begriffen, dass ich ein mächtiger Mann in Buenos Aires bin. Ich bin der, der hinter den Kulissen die Politik bestimmt. Ich habe den jetzigen Präsidenten gemacht. Wenn ich das Land der Indios besitze, ist dein Land von meinem abhängig, denn ich habe die Quelle in den Bergen. Du solltest anfangen strategisch zu denken. Ich könnte dich vom Wasser abschneiden.«

Don Francisco de Cordoso lehnte sich zurück.

»Ich bin nicht der erste Vater, der sich gegen seinen Sohn wehren muss. Julien und ich werden darauf eine Antwort geben. Und nun geh mir aus den Augen! Du kannst den Dienstboten sagen, dass sie dein altes Zimmer herrichten. Aber morgen verlässt du die Estanzia. Einen Sohn im Haus zu haben, der seinem Vater droht, ist eine recht unerquickliche Angelegenheit. Geh zurück nach Buenos Aires und lebe dein liederliches Leben!«

Bleich schleuderte Esteban den Stuhl zurück und stürmte aus dem Salon. An der Tür rief er: »Vater, du hast das Tischtuch zwischen uns zerschnitten! Es wird dir noch leidtun. Du hast ja keine Ahnung, alter Mann, mit wem du dich anlegst. Und selbstverständlich werde ich die Adoption dieses Bagnoflüchtlings anfechten. Es gibt Richter in Argentinien, die mir verpflichtet sind.«

»Wage es und es wird zum Krieg zwischen uns kommen.«

»Vater, du selbst hast eben den Krieg erklärt!«, brüllte Esteban und verschwand.

Schwer atmend sah der alte Cordoso seinen Schwiegersohn an, der ihm wie ein Sohn war und den er nun auch in der Öffentlichkeit dazu machen wollte.

»Ich sehe in dir meinen Vater«, sagte Julien. »Aber deswegen muss ich nicht ein Cordoso werden und schon gar nicht ein Graf von Almeria. Es reicht mir, Julien Morgon zu sein und deine Tochter zur Frau zu haben. Ich möchte nicht, dass durch mich Unfrieden in dein Haus einkehrt.«

»Mit meinem Sohn lebe ich schon seit Jahren in Unfrieden. Ich war für ihn nur die Milchkuh für seine Schulden. Aber das hört mir nun auf. Ich bitte dich, nicht nur mein Schwiegersohn zu sein, sondern mein Sohn.«

Flehend sah der Alte Julien an und dieser, der den alten Mann lieben gelernt hatte, stimmte zu. Der Alte würde ihn brauchen und als adoptierter Sohn hatte er mehr Möglichkeiten, ihm beizustehen.

»So sei es. Ich bin dein Sohn«, sagte er schlicht.

Der Alte umarmte ihn mit Tränen in den Augen.

»Esteban ist ein fürchterlicher Gegner«, sagte Antonia ernst. »Er ist feige, hinterlistig und ohne Scham. Ich weiß nur zu gut, zu was er fähig ist.«

»Zu was denn noch?«, fragte der Alte gequält.

»Er hat das Gewissen eines Alligators. Er ist so verderbt, wie es sich niemand vorstellen kann.«

»So ein vernichtendes Urteil höre ich von dir zum ersten Mal.«

»Es gibt Dinge, über die spricht man besser nicht«, wich Antonia aus und lief hinaus.

»Was hat sie nur?«, fragte der Alte. »Ich habe immer gedacht, dass sie unter meinem Streit mit Esteban leidet. Sie hat mir nie gesagt, dass sie ihn als Schurken erkannt hat.«

»Die Situation eben war ja auch unschön. Das wird sie außer Fassung gebracht haben. Sie wird sich schon beruhigen. Doch was machen wir, wenn General Conchero mit seiner Truppe auftaucht?«

»Du musst die Indios warnen. Reite in die Berge und erzähle dem Kaziken, was auf sie zukommt. Ich habe vor Jahrzehnten mit ihm eine Vereinbarung getroffen, dass wir die Täler vor den roten Bergen achten und unsere Rinder von dort fernhalten. Dafür profitieren wir von dem Wasser aus den Bergen. Nimm Domador mit. Er ist ein Mataco und der Sohn des Kaziken. Er wird dich zu ihm führen. Ich werde mich nach Buenos Aires aufmachen und versuchen, meine Freunde zu mobilisieren. Vielleicht gelingt es uns, diesen verhängnisvollen Feldzug aufzuhalten.«

Julien schätzte Domador. Seinen Namen hatte er von seiner Fähigkeit, Wildpferde sehr erfolgreich einreiten zu können. Niemand auf der Estanzia kannte seinen Indionamen. Er war ein stiller Mann mit harten Knopfaugen und einem undurchdringlichen dunklen Gesicht. Ein *Puestero*, ein absolut zuverlässiger Arbeiter auf dem Vorposten in der Pampa. Er wohnte auf einem kleinen Gehöft in der Nähe der Estanzia. Seine Frau, Maria, ein kleines Weiblein mit flinken Bewegungen, arbeitete in der Küche und führte dort ein strenges Regiment. Sie hatte Domador bereits fünf Kinder geschenkt. Wie sie es hinbekam, die Kinder zu versorgen, die Küche zu leiten und außerdem ihrem Mann eine fürsorgliche Frau zu sein, war Julien ein Rätsel. Ohnehin haftete Domador etwas Rätselhaftes an. Schweigsam und mit unbewegtem Gesicht schaffte er eine Distanz zwischen sich und den anderen Gauchos. Er hatte sich ganz dem Dienst für Don Francisco Cordoso verschrieben. Julien hatte immer auch den Eindruck, dass er sie – die Weißen – beobachtete und dabei zu lernen versuchte, sie mit ihren Vorzügen und Widersprüchen zu verstehen.

Der alte Don bat Julien am nächsten Tag mit wichtiger Miene in sein Büro, das von einem riesigen Bullenkopf beherrscht wurde, der Konquistador genannt wurde und einst das berühmteste Zuchttier Argentiniens gewesen war. Don Francisco wies auf einen Haufen Papiere.

»Unterschreibe. Es sind die Papiere für deine Adoption. Sie geben dir das Recht, den Namen Cordoso und später den Titel

Graf von Almeria zu führen. Gleichzeitig ernennen sie dich zum uneingeschränkten Erben der Estanzia Cordoso, allem Land und den Rindern und Pferden und was sonst dazugehört. Ich werde sie einer Kanzlei übergeben, die mein Vertrauen besitzt.«

»Ich bin auch ohne diese Papiere dein Sohn.«

»Ich will es!«, sagte der Alte und reichte ihm die Feder. »Unterschreib. Du hast Esteban gehört. Es herrscht Krieg zwischen ihm und mir. Antonia hat recht. Er ist ein Gegner, der unsere ganze Kraft fordern wird. Er ist von Grund auf böse. Schon als Kind quälte er die Indiokinder. Lange Zeit dachte ich, dass sich dies auswächst. Ich weiß nicht, wie ich zu einem solchen Scheusal gekommen bin. Gut, dass seine Mutter das nicht mehr erlebt.«

Julien unterschrieb. Nun bin ich nach Don Cordosos Tod sogar Graf, dachte er, selbst erstaunt über diese Wendung. Eine Laufbahn wie in den Romanen Zolas. Hauptmann der Nationalgarde, Bagnoflüchtling, Gaucho, Erbe der größten Estanzia Argentiniens und eines Tages Graf. Wer würfelt mit meinem Schicksal?

Am nächsten Morgen – Esteban hatte in seiner riesigen Kutsche bereits die Estanzia verlassen – ritt Julien mit Tessier zu dem kleinen Gehöft des Domador. Der Indio hatte sie schon von Weitem kommen sehen und wartete mit dem gesattelten Pferd vor dem Haus.

»Du brauchst mich, Don Julien?«

»Wir müssen zu deinem Volk in die Berge. Es gibt Ärger.«

»Kommen die Soldaten?«

»Woher weißt du davon?«

»Die Wilan haben zu mir gesprochen. Es ist ein Regiment mit einem bösen General im Anmarsch.«

»Don Francisco Cordoso schickt mich zu deinem Volk, um es zu warnen und zu beraten, was zu tun ist.«

»Er wird wissen, was auf mein Volk zukommt. Die Wilan werden auch zu ihm gesprochen haben.«

»Wir reiten zum Kaziken.«

Domador schwang sich aufs Pferd. »Natürlich. Er wird sich freuen, den Sohn des Don kennenzulernen.«

Woher wusste der Indianer von der Adoption? Er fragte nicht nach. Die Wilan Antonias bereiteten ihm genug Kummer.

Auf dem Ritt in die Berge dachte Julien über den seltsamen Abschied von Antonia nach. Sie hatte eingeschüchtert gewirkt. Am Morgen hatte sie verquollene Augen gehabt.

»Was ist mit dir?«, hatte er sie gefragt.

»Ach, nichts«, hatte sie abgewehrt. Ihre umflorten Augen hatten ihm gesagt, dass sie sich wieder in ihre innere Welt zurückgezogen hatte.

»Du musst mit mir reden, wenn ich dir helfen soll.«

»Mich belastet nur der Streit zwischen Esteban und der Familie. Er wird unser Glück zerstören.«

»Das kann er nicht.«

»Oh doch. Er wird dir und Vater ein Todfeind sein. Du ahnst ja nicht, wie durchtrieben er sein kann.«

Mehr hatte er aus ihr nicht herausbekommen.

Es war ein Ritt von mehreren Tagen. Tessier brachte Domador sogar zum Lachen, indem er ihm nicht ganz stubenreine Chansons vorsang und deren Inhalt ins Spanische übersetzte. Die Ebene schien endlos und am Horizont berührten Kumuluswolken die Erde. Die Steppe war nur durch mannshohe Kakteen und Caldeni, den pampatypischen Bäumen, belebt. An Durst litten sie nicht. Domador wusste, welche Kakteen reichlich Wasser gespeichert hatten. Endlich tauchten die grünen Hänge vor den roten Bergen auf.

»Zuhause!«, sagte Domador, tief durchatmend.

Aber es dauerte noch einmal einen Tagesritt, ehe sie in einem Canyon neben einem Wasserfall das Dorf erreichten. Es waren primitive Hütten aus Holz und Lehm. Doch die Kinder, die zwischen den Hütten herumliefen, sahen gesund aus. Als sie die Reiter gewahrten, verschwanden sie in den Hütten. Vor der Holzhütte mit einem Hirschgeweih über dem Eingang saßen sie ab. Ein alter Mann in einem etwas abenteuerlichen Aufzug trat heraus. Er trug einen Bowler, einen Poncho und einen Lederschurz in der gleichen Farbe. Seine Beine waren nackt und das Fleisch hing an seinen Schenkeln verschrumpelt herunter. Die kniehohen Stiefel aus Hirschleder verliehen ihm einen etwas martialischen Anstrich. Er sagte etwas zu Domador und dieser senkte den Kopf.

»Mein Vater grüßt die Abgesandten des alten Don.«

Der Kazike wies hinter sich und sie folgten ihm in die Hütte. Außer einer Herdstelle, die von Steinen umrandet war, stand nur ein Stuhl in der Hütte. Der Boden war mit Matten bedeckt. Der Kazike setzte sich gravitätisch auf den Stuhl, als wäre dieser ein Thron. Auf dem Feuer köchelte ein gulaschähnliches Mahl. Eine Indianerfrau, die, nach ihrem Aussehen zu schließen, das Alter der biblischen Rebecca erreicht hatte, füllte tönerne Schalen mit dem Gemisch aus Fleisch und Gemüse. Dazu gab es Matetee. Wie jeder Gaucho hatten Julien und Tessier ihre schönen silbern verzierten *Bombillas* dabei, die sie in die ausgehöhlte Schale eines Flaschenkürbis tauchten. Durch das schmale Röhrchen tranken sie das bittere aromatische Getränk. Der Kazike tat dies in gleicher würdevoller Ruhe und sah sie dabei unbewegt an.

Es gab danach Nandu, ein Gemisch aus Mais, Kartoffeln, Maniok und Karotten, in deren Mitte Fleischstücke schwammen.

»Ein Festmahl«, kommentierte Domador. »Der große Vater hat schon nach dem Verlassen der Pampa von unserer Ankunft gewusst.«

»Er ist sicher ein weiser Kazike«, lobte Julien.

Nach dem Essen gab es erneut frischen Matetee. Nun füllte sich die Hütte mit anderen Männern, die sich hinter den Neuankömmlingen im Schneidersitz niederließen und in stoischer Gelassenheit den Kaziken ansahen.

»Sag ihm, dass seinem Volk Gefahr droht«, wandte sich Julien an Domador. Er erklärte ihm, was man sich in Buenos Aires ausgedacht hatte und was dies für die Indios bedeuten würde.

»Ihr müsst euch höher in die Berge zurückziehen, wenn ihr überleben wollt«, sagte er eindringlich. Domador schüttelte den Kopf, übersetzte aber dem Vater Juliens Erklärungen. Dessen Gesicht schien noch faltiger zu werden. In den Augen sah Julien die Angst eines in die Enge getriebenen Tieres.

Jäh richtete er sich auf, hob die Hand zum Himmel und eine Kaskade von Worten schlug ihnen entgegen. Er war eine beeindruckende Erscheinung, wie er jetzt so gerade vor dem Stuhl stand. Seine Worte rollten über die Zuhörer. Nach einer Weile verstummte er, nickte seinem Sohn zu und dieser übersetzte: »Wir haben gewusst, dass die Städter uns eines Tages auch die Abhänge vor den roten Bergen neiden würden. Denn es ist ein gutes Land und sie wollen alles für sich und uns nichts übrig lassen. Sie haben uns aus der Ebene hierher vertrieben und wohin sollen wir noch gehen? Wir haben ihnen nichts entgegenzusetzen als unsere Leiber. Oh ja, nur noch die Geister, die Wilan, haben wir auf unserer Seite. Wenn wir noch höher in die Berge gehen, wird unser Volk verhungern. Wir werden also kämpfen und wir wissen, dass dieser Kampf unser letzter sein wird. Aber die Wilan verlangen, dass wir uns nicht aufgeben und uns unserer Ahnen würdig erweisen. Wir werden mit allen unseren Völkern reden, mit den Calchaken und den Caitru. Die Geister der Vergangenheit werden mit uns reiten. Der Ruf des Jaguars wird erklingen. Wir werden vernichtet werden, aber unsere Würde werden wir nicht verlieren. Mein Vater dankt dem großen Kaziken Don Francisco Cordoso für seine Freundschaft und seinen Rat. Es wird viel Leid über die Matacos, über die Calchaken und Caitru kommen, aber auch über die Städter. Unschuldige werden leiden und sterben und in der Pampa und den Städten wird man trauern. Aber niemand kann sich seinem Schicksal entziehen. Die großen Geister haben es beschlossen und der Wind weht, der Regen wird kommen und der Schnee und die Fährte des Jaguars wird blutig sein. Noch einmal wird der Schrei des Adlers unsere Herzen befeuern. So wie es am Anfang war und sich nun noch einmal erfüllt. Dann wird Stille sein in der Pampa und sie wird leer sein und wüst und die Geier werden sich von den bleichen Knochen erheben und über das Land schwingen. So ist es beschlossen, nehmen wir es an. Wir werden kämpfen.«

Domador schwieg erschöpft. Seine Rede hatte länger gedauert als die des Kaziken und es war wohl viel von ihm selbst in die Rede seines Vaters eingeflossen.

»Ich achte deine Worte. Ich werde dem Kaziken Cordoso davon berichten und ich weiß, er wird traurig darüber sein, aber euch umso mehr achten.«

Domador übersetzte das dem Vater und dieser nickte ernst, hob die Arme und wandte den Kopf zur Decke, gleichwohl er den Himmel meinte. Er sprach noch einige Worte, die dann von einem Singsang abgelöst wurden, in den die anderen Indios einstimmten.

»Es ist alles gesagt«, flüsterte Domador und winkte mit dem Kopf zum Ausgang hin.

Draußen stiegen sie wieder auf die Pferde. Die Indianerfrauen hatten unterdessen ihre Kürbisflaschen gefüllt und reichten ihnen als Wegzehrung mit Blättern umwickelte Fleischstücke.

»Du willst nicht bei deinem Volk bleiben?«, fragte Julien Domador.

»Nein. Ich bin in die Ebene gegangen, um den Hunger der Weißen nach Land zu verstehen, das doch niemandem gehört als den Wilan. Ich bin dabei kein Weißer geworden, aber auch ein Mataco bin ich nicht mehr. Ich bin wie ein Käfer zwischen Stamm und Borke, aber vielleicht kann ich deswegen meinem Volk helfen, wenn ich mit euch reite und ihm Nachrichten zukommen lasse, wann und von wo Gefahr droht.«

Ein junger Indianer auf einem Falben gesellte sich zu ihnen.

»Das ist mein jüngerer Bruder. Er wird die Verbindung zwischen der Ebene und meinem Volk sein.«

»Gut. Ich denke, das ist ganz im Sinne von Don Francisco.«

Als sie auf der Estanzia ankamen, erlebten sie eine böse Überraschung. Schon von Weitem konnten sie sehen, dass man vor der Allee ein riesiges Zeltlager aufgeschlagen hatte. Die Truppen des Generals Balbao Conchero waren bereits eingetroffen. Vor der Allee standen Posten mit geschultertem Gewehr. Ein Sergeant kam angelaufen und fuchtelte mit den Armen.

»Was wollt ihr hier? Verschwindet! Das hier ist militärisches Sperrgebiet«, herrschte er sie hochmütig an.

»Was willst du hier?«, blaffte Tessier zurück. »Hier kommt der Sohn des Don Francisco Cordoso!«

Der Sergeant wurde unsicher.

»Esteban, der Sohn des ehrenwerten Francisco de Cordoso, hat die Estanzia unter den Schutz des großen Generals Balbao Conchero gestellt. Ich werde fragen, ob man euch zum Herrenhaus durchlässt.«

»Den Teufel wirst du!«, murrte Tessier. »Du hast zwei Möglichkeiten: Du lässt uns nicht durch und stirbst. Oder du lässt uns durch und bekommst vielleicht einen Anschiss oder auch nicht. Du kannst wählen.«

Der Sergeant legte die Stirn in Falten und versuchte, sich über das Problem Klarheit zu verschaffen. Man sah ihm an, dass es schwere Arbeit war, das Für und Wider abzuwägen. Die harten Gesichter der Reiter ließen keinen Zweifel aufkommen, dass sie das wahrmachen könnten, was Tessier angedroht hatte. Er zuckte mit den Achseln.

»Na, meinetwegen. Schließlich seid ihr keine Fremden.«

Sie ritten langsam auf das Herrenhaus zu. Hinter dem Haus hörten sie die Rinder brüllen. Es war die Zeit, in der man die Novillos brandmarkte, in der man die Rinder zusammentrieb, um die großen kräftigen Tiere zum Verkauf auszusondern. Oh ja, die Estanzia hatte gute Männer, die auch ohne die Anwesenheit von Julien ihre Arbeit taten.

Er bemerkte, wie sich Domador straffte. Lächelnd forderte er ihn auf, mit seinem Bruder und Tessier zu den Corrals hinter der Estanzia zu reiten und nach dem Rechten zu sehen.

»Pass auf dich auf!«, warnte Tessier, schnalzte mit der Zunge und die drei ritten in scharfem Galopp zu den Corrals.

Julien sprang vor dem Herrenhaus vom Pferd. Einer der Peones eilte herbei und nahm ihm das Pferd ab.

»Sieh mal nach dem linken Huf vorne, ich glaube, das Eisen ist locker geworden. Dann reibe ihn ab und führe ihn zu seiner Lieblingskoppel, damit er weiß, dass er zuhause ist. Er hat ein wenig Ruhe verdient.«

Der Peon lächelte zustimmend. Die Liebe zum Pferd war allen Bewohnern der Pampa gegeben.

Auch vor dem Eingang zum Herrenhaus standen Posten. Ein Offizier kam und wollte ihn zurückweisen.

»Ich wohne hier!«, gab ihm Julien kurz Bescheid.

Der Offizier sah ihn erstaunt an, gab nach kurzem Zögern den Soldaten einen Wink und Julien wurde sein Messer los.

»Jetzt dürfen Sie hinein, Señor«, sagte der Offizier.

Julien ging mit schnellen Schritten zur Veranda hoch und lief durch den Flur in die Halle, in der einige Offiziere mit Weingläsern in der Hand herumstanden. Sie sahen ihn misstrauisch an, aber Julien eilte weiter in den Salon.

In dem Sessel, in dem der alte Don zu sitzen pflegte, saß ein großer schwergewichtiger Mann mit einem monumentalen Schnauzer und vielen goldenen und silbernen Orden auf der Uniformbrust. Ein weißer Haarkranz lag um seinen Schädel, sodass es wie eine Tonsur aussah. Ein schwammiges Gesicht mit einem Puterhals und stechenden, rot unterlaufenen Augen wandte sich ihm zu. Neben ihm saß Esteban und lächelte überlegen.

»Darf ich vorstellen? Der große General Balbao Conchero. Der Mann meiner Schwester, Julien Morgon.«

»Mit welchem Recht habt ihr euch hier breitgemacht?«, fragte Julien kalt.

»Mit dem Recht des Kriegers!«, blaffte Conchero und goss sich aus einer Karaffe Wein nach. »Wir werden, wenn der Tross eingetroffen ist, zu den verdammten Indianern ziehen und sie vertreiben.«

»Auf Befehl der Regierung«, setzte Esteban grinsend zu. Es war unübersehbar, dass er die Situation genoss.

»Dein Vater ist nach Buenos Aires gereist, um den Wahnsinn zu unterbinden. Wir hatten seit Jahren Ruhe in der Pampa. Mit den Matacos hatten wir nie Schwierigkeiten. Im Gegenteil. Einige von unseren besten Gauchos sind Matacos oder Abkömmlinge von ihnen. Es ist ein friedfertiges Volk.«

»Was kümmert mich das?«, winkte Conchero ab. »Ich habe meine Befehle und der ehrenwerte Senator Don Esteban unterstützt mich dabei. Was sein Schaden nicht sein wird.« Er lachte und Esteban stimmte ein.

»Warten Sie noch ein paar Tage, damit wir sehen, was Don Francisco erreicht hat.«

»Den Teufel werde ich!«, brummte Conchero.

»Vater wird nichts erreichen. Ich selbst habe den Anstoß gegeben, dass wir die Bergtäler der Matacos zur Besiedlung übertragen bekommen. Ich habe mir alle Rechte gesichert und Juarez Machado wird das Land von mir pachten. Wenn mir Vater meine Rechte beschneiden will, dann brauche ich auch keine Rücksicht auf ihn zu nehmen. Er wird damit von den Machados eingeschnürt. Die guten Zeiten der Estanzia sind dann vorbei, da Machado das Wasser umleiten wird. Damit ist die Hälfte des Weidelandes bald unbrauchbar. Das kommt davon, wenn man einen herbeigelaufenen Bagnoflüchtling seinem eigenen Sohn vorzieht.«

»Eure Familienstreitigkeiten gehen mich nichts an«, warf Conchero gelangweilt ein. »Mir ist egal, was mit dem Scheißland passiert. Ich soll die dreckigen Indios vertreiben und damit ist für mich alles klar.«

»Dein Vater hat dir gesagt, dass er dich nicht mehr sehen will. Du solltest die Estanzia schnellstens verlassen, ehe er zurückkommt«, forderte Julien.

Esteban lümmelte sich in seinem Sessel zurecht und streckte die Beine aus.

»So lange ich es nicht schwarz auf weiß habe, bin ich sein Erbe, künftiger Besitzer der Estanzia und du nur ein Angestellter.«

Juliens Mund verzog sich zu einem eisigen Lächeln.

»Dein Vater regelt dies gerade in Buenos Aires und hinterlegt die Adoptionsurkunde und ein Testament. Mein Name ist zukünftig Julien Cordoso, künftiger Herr dieser Estanzia, und Graf von Almeria.«

Esteban sprang auf und stürzte mit geballter Faust auf Julien zu, doch dieser wich dem Schlag aus und stieß Esteban in den Sessel zurück.

»Na, na, meine Herren, benehmen Sie sich doch wie Caballeros!«, mahnte Conchero.

»Ich werde alles anfechten. Du wirst deines Lebens nicht mehr froh werden. In Buenos Aires hört man auf Esteban Cordoso.«

»Stimmt«, pflichtete Conchero gelangweilt bei. »Aber hier hört man jetzt auf mich. Nach Eintreffen des Trosses ziehen wir los und werden den Indios eine ruhmreiche Schlacht liefern.«

»Ruhmreich?«, höhnte Julien. »Was soll daran ruhmreich sein? Ihr habt Gewehre und Kanonen. Was soll daran ruhmreich sein, Indianer abzuschlachten, Frauen und Kinder niederzumetzeln?«

»Dieser Herr passt wirklich nicht in eine der ersten Familien des Landes«, stellte General Balbao Conchero fest.

Julien drehte sich wortlos um und ging in die Halle zurück und ins obere Stockwerk, das er mit Antonia bewohnte. Er betrat den türkisfarbenen Salon, fand aber dort seine Frau nicht. Er lief ins Schlafzimmer. Sie hatte ein Tuch vor dem Gesicht. Domadors Frau ließ mit einem Tuch Wasser auf ihren Kopf tropfen.

»Was ist mit dir?« Mit wenigen Schritten war er an ihrem Bett und zog das Tuch von ihrem Gesicht. Erschrocken wich er zurück. »Mein Gott, wie ist das passiert?«

Ihr Gesicht war grün und blau. Am Kopf hatte sie eine blutige Wunde. Ihr Gesicht war verquollen. Er sah Abschürfungen an ihren Armen. Ihre Fingernägel waren abgebrochen. Gegen wen hatte sie sich gewehrt? Eine Faust presste sein Herz zusammen.

»Was ist passiert?«, wiederholte er.

»Ich bin vom Pferd gefallen«, stöhnte sie. »Wie ungeschickt von mir. Ich wollte …«

Juliens energische Handbewegung ließ sie schweigen. Er glaubte ihr kein Wort. Eine Antonia Cordoso fiel nicht vom Pferd. Sie war mit Pferden aufgewachsen und konnte reiten wie ein Gaucho.

»Was ist hier passiert?«

Die Indianerin schüttelte den Kopf und sagte hasserfüllt: »Es war Don Esteban, der Unselige.«

»Das wagt er?«, keuchte Julien.

»Es ist nicht das erste Mal, dass er versucht, gegen die Natur zu verstoßen.«

Der Schrecken weitete sich in Julien zu einer Wunde aus und wurde größer und größer. Die Indianerin schlug das Bett zurück, hob das Kleid hoch und Antonia schluchzte und legte die Hände vors Gesicht. Ihre Schenkel waren blau und grün und er sah, dass ihr Unterkleid blutig war.

»Das hat er ihr angetan«, flüsterte die Indianerin.

»Ich sagte dir doch, dass er ein Tier ist«, schluchzte Antonia. »Schon früher hat er mir das angetan. Ich habe geschwiegen, weil Vater ihn damals noch liebte. Aber nun, da Vater ihn enterbt hat, ist er völlig außer Kontrolle.«

»Er wird dafür zahlen«, keuchte Julien.

»Kümmere dich um sie!«, rief er Domadors Frau zu, was unnötig war, da sie ihre »Blume«, wie sie Antonia immer zärtlich nannte, bereits versorgte.

Julien stürmte in sein Arbeitszimmer und riss die Schublade seines Schreibtisches auf. Er hatte noch das Messer aus dem Bagno. Eine primitive Waffe, aber genauso tödlich wie ein Gauchomesser. Er schnallte sich das Messer auf den Rücken und lief zurück ins Schlafzimmer. Antonia hatte sich mit Hilfe der Indianerin aufgerichtet, beugte den Oberkörper vor und zurück und flüsterte: »Der Fluch der Wilan. Wir hätten nicht in ihr Land kommen dürfen.«

»Ich schließe euch ein. Ihr öffnet nur mir. Ich werde Esteban zur Rechenschaft ziehen!«

»Der Fluch der Wilan«, stammelte sie.

Er stürzte hinunter in die Halle. Die Offiziere waren verschwunden. Im Salon hatte der General vor dem Wein kapituliert und schlief in seinem Sessel. Julien stürmte zurück in den dritten Stock, wo einst das Zimmer des jungen Don Esteban gewesen war. Er riss die Tür auf. Esteban hielt ihm einen Revolver entgegen.

»Ich habe dich erwartet, Schwager! Wie ich sehe, hast du im Rücken eine Ausbuchtung. Dann versuch, dein Messer zu ziehen, damit ich dich wie einen Hund abknallen kann!«

»Was hast du getan? Warum hast du …?«

»Ach, Geschwisterliebe ist in vielen Kulturen eine selbstverständliche Sitte. Als sie dich anschleppte, wusste ich, warum sie sich einen Verbrecher genommen hat. Sie sah in dir einen Schutz. Aber da hat sie sich geirrt. Sie gehört mir. Du bist doch nur Dreck, ein Niemand!« Er zog den Revolverhahn zurück. »Nun greif doch zu deinem schmutzigen Messer!«, höhnte er weiter.

Tausend Gedanken durchtobten Julien. Gegen einen gespannten Revolver hatte er kaum eine Chance. Was sollte er tun?

Draußen erklang plötzlich ein Horn. Esteban sah überrascht zum Fenster hin und Julien griff in den Nacken. Aber in diesem Augenblick stürzte der Adjutant des Generals herein.

»Señor Cordoso, das Zeltlager wird von Indianern angegriffen. Es sind hunderte.«

Julien ließ das Messer stecken.

»Du hast Glück. Ich muss mich jetzt um den General kümmern«, rief Esteban und lief mit dem Revolver in der Hand hinaus.

Julien starrte ihm in fassungslosem Zorn hinterher. Müde ging er hinunter zu seinen Räumen. Er klopfte an die Tür.

»Antonia, ich bin es. Mach bitte auf.«

Aber er hörte keine Schritte. Von dem Hämmern an der Tür alarmiert, tauchte die Frau des Domador auf.

»Sie öffnet nicht«, schrie er in panischer Furcht.

»Oh mein Gott. Sie hat mich fortgeschickt, um ihr einen Lindenblütenumschlag für ihr Gesicht zu machen. Sie hat sich doch nicht …?«

»Sie ist eine gute Katholikin«, widersprach er wider besseres Wissen.

Die Indianerin nestelte an ihrem Rock, holte ein großes Schlüsselbund hervor und wollte die Tür aufschließen. Aber es gelang ihr nicht, weil auf der anderen Seite der Schlüssel steckte. Julien lief auf die Galerie hinaus, die sich um das Haus zog, und zu dem Fenster ihres Schlafgemachs. Schüsse gellten durch den Abend. Feuerstreifen waren am Himmel zu sehen. Ein chaotischer Lärm, der zu seinen Gefühlen passte. Mit dem Knauf des Dolches schlug er die Scheibe ein, öffnete die Fenstertür und stürzte ins Schlafzimmer. Dann sah er es und brüllte wie ein angeschossenes Tier. Antonia hing am Kronleuchter. Als Strick hatte sie die Kordel der Gardine benutzt. Schreiend schnitt er sie ab und legte sie behutsam aufs Bett. Aber ihre Augen blickten starr. Immer noch war ein Widerschein des Schreckens darin zu sehen, als ihr Bruder sich das Recht nahm, gegen Natur, Anstand und Gott zu verstoßen. Ihren Kopf wiegend schluchzte er seinen Schmerz in ihr Haar.

22 – Die Geister des Windes
(George Sand erzählt)

Der Indianerüberfall kam den Soldaten wie ein Spuk vor. Wie aus dem Nichts tauchten sie vor dem Lager auf und hatten sofort einige Zelte mit Brandpfeilen in Feuerbälle verwandelt. Und als sich die Soldaten von ihrem Schrecken erholt hatten, waren sie wieder im Dunkel verschwunden und hatten unter »Wuhuhu« die Pferde der Soldaten aus den Corrals befreit und in die Steppe hinausgejagt. Endlich hatten die Soldaten die Mitrailleuse in Gang bekommen und blind in die Nacht geschossen, was zu einem gespenstischen Feuerwerk beigetrug, aber keinem Indio die Haut kratzte. In dieser Nacht sammelte General Balbao Conchero keinen Ruhm ein, den man aus seinem Schlaf ohnehin erst wach bekam, als die Indianer in der Nacht verschwunden waren. Er war zwar ein Süffel, aber ein Narr war er nicht. Trotz des Drängens des Senators Esteban Cordoso war er nicht so dumm, die Indianer in der Nacht zu verfolgen.

»Wir reiten erst, wenn der Tross mit den Kanonen hier ist«, wimmelte er Esteban ab. »Wir wissen doch, wo sie sind. In den Bergen werden sie elendig verrecken, wenn wir das Gebiet zu ihren Weiden absperren. Dass sie sich hier gezeigt haben, ist mir ganz recht. Und ein paar tote Soldaten zeigen denen in Buenos Aires, dass dieser Feldzug kein Kinderspiel ist.«

Esteban Cordoso war also schlechter Stimmung, als er wieder das Haupthaus betrat, denn ihm brannte gewaltig der Pelz. Zum einen wollte er möglichst schnell zurück nach Buenos Aires, aus Sorge darüber, was sein Vater dort trieb. Zum anderen bedrängten ihn die Schuldner und er musste das Geschäft mit Machado schnell unter Dach und Fach bringen. Darüber, dass er Julien noch am Hals hatte, verlor er keinen Gedanken. Der war ihm zu unwichtig und mit seinem Revolver und inmitten der Offiziere des Conchero glaubte er sich unangreifbar.

Esteban war ein widersprüchlicher Mensch. Er galt in der Hauptstadt als Opernkenner, liebte die Musik – ein Erbe der Mutter – und konnte bei Herz-Schmerz-Geschichten bitterlich weinen. Zeit seines Lebens hatte er darunter gelitten, dass er die Ansprüche seines Vaters nicht erfüllen konnte. Bis zur Pubertät hatte er sich durchaus Mühe gegeben, was der Vater auch wohlwollend, doch mit einem Seufzer quittierte, denn selbst als Reiter war er nicht mal Durchschnitt. Er hasste Pferde, Rinder und die Pflichten eines Estanzieros. Die Pampa jagte ihm Schrecken ein. Der Vater akzeptierte schließlich, dass Esteban nicht für das Landleben geeignet war. Wer zu schlecht im Sattel saß, zu weich und zu schnell voller Selbstmitleid war, konnte nicht eine Estanzia bewirtschaften, die die Größe einer Provinz hatte. Also hatte er ihn nach Córdoba zu den Jesuiten geschickt, die aus ihm einen guten gottesfürchtigen Menschen machen sollten, aber sie hatten ihn bald zurückgeschickt, weil er ständig in Streitigkeiten verwickelt war. Dann kamen andere Schulen, die ihm ein wenig Schliff beibrachten. Schließlich landete er nach einem endlos langen Studium als Rechtsanwalt in der Hauptstadt, wo sich bald eine zweifelhafte Klientel um ihn sammelte. Das Ergebnis war ein Charakter, der einzig auf sein Wohlleben ausgerichtet war, der sich jedoch im Intrigenspiel der Politik bewährte und schon bald den skrupellosesten Oligarchen als unentbehrliches Werkzeug diente. Ja, man flüsterte bereits darüber, dass er zu Ehren kommen könnte, wenn er nicht diese ewigen kleinen unappetitlichen Affären hätte. Doch in einem war man sich in der Hauptstadt einig, sollte er sich tatsächlich einen Ministerrang erschleichen, so würde ihm der Himmel offenstehen. Auch das höchste Staatsamt war dann für ihn keine Unmöglichkeit. Und genau danach trachtete er. Damit hätte er dem Vater beweisen können, dass er, Esteban, viel mehr war als ein Rinderbaron. Er, so seine Einschätzung, war aus anderem Holz geschnitzt als ein Kuhhirte. Und was dem Vater als abnorm und krankhaft erschien, waren die Vorlieben eines großen Mannes, der über das Gesetz erhaben war. Deswegen hatte er keine Gewissensbisse, wenn er in den lasterhaftesten Bordellen die Huren schlug und ihre Wunden mit Geld zudeckte. Es gab keinen Menschen, der ihn liebte, doch das wusste er nicht.

Als Esteban die Halle betrat, kam ihm Julien mit der leblosen Frau in den Armen entgegen. Die Offiziere, die mit dem General gerade den Überfall der Indianer durchhechelten, um daraus einen Sieg zu machen, stutzten und ihre Augen weiteten sich, als sie gewahr wurden, dass die Frau tot war.

»Zum Teufel, was ist da passiert?«, blaffte Conchero und sah Esteban fragend an. Dieser zuckte mit den Achseln.

Vorsichtig legte Julien die Leiche vor ihnen auf den Fußboden. »Ich klage Don Esteban Cordoso an, seine Schwester, meine Frau, vergewaltigt und in den Tod getrieben zu haben.«

»Was soll dieses Schmierentheater?«, kreischte Esteban und beugte sich über die Leiche. Sein Gesicht wurde so fahl wie das der Toten. Er rüttelte an ihrer Schulter.

»Antonia!«, krächzte er.

»Das hast du zu verantworten! Nach dem, was du ihr angetan hattest, war sie nicht mehr stark genug, um weiterleben zu können und suchte Vergessen.«

Er deutete auf den roten Strich an ihrem Hals. Esteban sah zu ihm hoch. Seine Augen irrlichterten durch die Halle.

»Unfug! Das hat nichts mit mir zu tun. Sie war ja schon immer seltsam, sprach von den Geistern des Windes. Nein, sie war krank und beschämt darüber, dass mein Vater sie nicht standesgemäß verheiratet, sondern einem hergelaufenen Bagnosträfling zum Weib gegeben hat. Das hat ihr den Lebensmut genommen.«

Er wandte sich dem peinlich berührten General und dessen Offizieren zu. Dieser bedachte sofort, welchen Standpunkt er zu diesem anrüchigen Zwischenfall einnehmen sollte. Zweifellos eine unerquickliche Geschichte und in den Salons und Cafés von Buenos Aires würde sie in den nächsten Tagen und Wochen das Tagesgespräch sein. Doch er kannte den jungen Cordoso, der schon so viele Skandälchen überstanden hatte und doch immer mächtiger geworden war, der den Jockeyclub hinter sich hatte und die reichen Oligarchen, die Bankdirektoren, die Reeder und Spekulanten, als deren Vertreter er angesehen wurde. Esteban hatte gute Chancen, auch diesen Skandal zu überstehen. Der General zerrte an seinem Kragen und brüllte zu Julien hinüber: »Was sollen diese haltlosen Anschuldigungen? Sie sind erregt, was verständlich ist. Der Tod Ihres Weibes hat Sie um den Verstand gebracht. Wir haben Verständnis für Ihre Trauer, aber geben Sie nicht dem Bruder die Schuld, der, wie jeder weiß, seiner Schwester von Herzen zugetan war. Was Sie sagen, ist einfach absurd und nur durch den Schock zu entschuldigen.«

Aber wohl fühlte sich der General nicht und auch seine Offiziere blickten etwas verunsichert über die Entwicklung. Denn das Gesicht des Ehemanns war wie versteinert und dahinter tauchte nun ein anderes Gesicht auf, eine Gaunervisage, und daneben ein Indio, ein Wilder, vielleicht sogar ein Abkömmling derjenigen, die draußen das Zeltlager überfallen hatten. Das waren keine gewöhnlichen Männer, wie Conchero sie in der Militärakademie oder in den Salons von Buenos Aires traf. Wer weiß, zu welchen unbedachten Handlungen die drei fähig waren. Er traute ihnen durchaus zu, dass sie sich in ihrer Wut auf sie stürzen könnten und es war nicht abzusehen, was diese Männer der Pampa mit ihm und seinen Offizieren anstellen würden.

»Wir teilen Ihren Schmerz, Julien Morgon. Wir bitten Sie aber sich zu mäßigen.«

»Ich schwöre, dass ich die Schandtat rächen und dem Ungeheuer den Schrecken zurückgeben werde, den Antonia empfunden haben muss.« Er beugte sich zu ihr hinunter, legte die Hand auf ihre Stirn und wiederholte seinen Schwur.

»Esteban Cordoso, mein Herz, meine Hand, meine Seele sollen verderben, wenn ich dich nicht für deine Untat richten werde!«

Den Anwesenden lief bei diesem Schwur ein Schauer über den Rücken und die Offiziere nestelten an ihren Degen. Sie sahen, dass das Gaunergesicht neben Julien die Hand am Messer hatte und der Indio das Seil seiner Boleadores in den Händen hielt. Sie wussten, dass diese primitive Waffe durchaus eine tödliche Wirkung haben konnte.

»Schuld an Antonias Tod bist doch du!«, kreischte Esteban.

Oh ja, auch er fühlte Schmerz, aber nicht über das, was er angerichtet hatte. Es schmerzte ihn, dass er sie nie wieder besitzen würde, nie wieder ihr Fleisch streicheln konnte. Ihr Tod riss eine Lücke in seine Begierden. Er taumelte und die Offiziere mussten ihn halten, sonst wäre er hingestürzt. Aber ihre Gesichter waren angewidert. Sie zeigten ihre Ablehnung nur nicht deutlicher, weil ihr General Esteban nicht verurteilte.

»Vater hat sich den Teufel ins Haus geholt«, hetzte Esteban.

»So kommen wir nicht weiter«, ging Conchero dazwischen. »Es ist ein Unglück passiert. Belassen wir es dabei.«

»Ich werde dich demaskieren, Esteban! Ich, Julien Cordoso, durch Adoption künftiger Besitzer der Estanzia und Graf von Almeria, habe geschworen, dass der Tod meiner Frau nicht ungesühnt bleibt.«

Und nun erhob sich aus dem Hintergrund eine andere Stimme, die wie eine Anklage vor dem Gerichtsstuhl Christi klang: »Und ich, der Gefolgsmann des Don Francisco und des Julien, schwöre bei den Sternen der Pampa, bei dem Brüllen des Jaguars, bei dem Wind der Steppe, dass es so geschehen wird.«

»Was erlaubt sich der dreckige Indianer?«, rief einer der Offiziere.

»Der dreckige Indio, der Domador, hat in seiner edlen Gesinnung nur bekräftigt, dass mir Esteban nicht entkommen wird.«

Tessier räusperte sich. Seinem nüchternen Sinn war dieser Auftritt doch etwas theatralisch geraten. Wenn es nach ihm gegangen wäre, hätte er das Messer geworfen und damit einen Schlussstrich gezogen, egal, was danach daraus entstehen würde.

Lange Reden und Drohungen hielt er für Zeitverschwendung. Aber Julien hatte trotz seines Zorns, seiner Verzweiflung durchaus die Folgen bedacht. Denn Esteban im Beisein des Generals und seiner Offiziere zu richten, hätte bei deren Überzahl ihren Tod bedeutet. Die Erkenntnis, die Wut darüber, dass er die Rache verschieben musste, hatte ihn zu diesem Ausbruch getrieben.

»Esteban, ich will, dass du dieses Haus unverzüglich verlässt! General, Sie sind natürlich, soweit dies erforderlich ist, Gast der Estanzia. Aber den Mörder meiner Frau kann ich nicht mehr unter meinem Dach dulden!«

»Dein Dach? Es ist mein Zuhause, du dahergelaufener Bagnoflüchtling!«, schrie Esteban wutbebend.

»Das ist sicher wahr«, versuchte Conchero ihn zu beruhigen. »Aber wir wollen auf die Trauer des Ehemannes Rücksicht nehmen. Wir brechen ja morgen ohnehin auf und Sie wollen mich ja bei diesem Feldzug begleiten. Sie können mein Zelt im Lager belegen. Es hat ein ordentliches Bett. Es wird gut sein, zwei Menschen, die so verschieden sind, die beide einen entsetzlichen Verlust erlitten haben, voneinander zu trennen. Lieber Esteban, sehen Sie dies nicht nur als Befehl an, sondern als den wohlgemeinten Rat eines Freundes, um hier ein weiteres Unglück zu verhindern.«

Die Offiziere nahmen Esteban beim Arm und drängten ihn aus der Halle.

Tessier nahm die Leiche auf und sie gingen die Treppe hoch und brachten die Tote ins Schlafzimmer, wo die Kordel immer noch vom Kronleuchter baumelte. Die Frau des Domador strich ihr über das Haar.

»Ich werde sie herrichten. Sie wird so aussehen wie an dem Tag ihrer Hochzeit.«

Erschöpft warf sich Julien in den Sessel und sah zu dem Leichnam hinüber. Er dachte an die Frauen, die er geliebt hatte. An Mercedes, seine Frau für einen Nachmittag, an die Prinzessin

Dimitrieff, die ihn die Geheimnisse der Liebe lehrte und an die Baronin Evremonds, die ihn so sehr liebte, dass sie sich den Tod gab. Und nun war seine sanftmütige Antonia gestorben, weil er nicht früh genug ihr Unglück erkannte, nicht ihr fürchterliches Geheimnis erfasste und in ihren geflüsterten Worten von den Wilan nicht das entschlüsselte, was es ihr bedeutete.

»Was nun?«, fragte Tessier.

Der Domador stand am Eingang und beobachtete sie mit stoischem Gesicht. Manchmal kamen dem Domador die Weißen wie große Kinder vor, verwirrte Kinder, die nicht den Gesetzen der Natur folgten. Esteban hatte er schon als Kind durchschaut, ihn verachtet und gewusst, dass hier etwas Böses heranwuchs. Er würde nachher in die Steppe hinausreiten, dem Wind lauschen, dem Raunen der Wilan zuhören, ein Feuer machen und die Knochen werfen, um darin die Zeichen zu lesen.

»Wir können sie nicht beerdigen, ohne dass Don Francisco von ihr Abschied genommen hat. Ich werde noch heute Nacht nach Buenos Aires reiten. Domador, sattle drei Pferde, damit ich ständig die Tiere wechseln kann.«

»Du brauchst fünf Tage bis Buenos Aires. Und selbst wenn du dich sofort aufmachst, ist sie bei deiner Rückkehr verfault.«

»Ich werde dafür sorgen, dass sie aussieht, als wäre sie eben eingeschlafen«, meldete sich seine Frau. »Wir Frauen wissen Dinge, die kein Mann je wissen wird. Sie wird schön sein und Don Francisco wird mit Würde von ihr Abschied nehmen können. So muss es und so wird es geschehen.«

»Dann soll es so sein«, bekräftigte Julien. »Tessier, du bleibst hier und vertrittst mich als *Capataz*. Domador, dein Platz ist auch hier, in der Pampa. Vielleicht braucht dein Volk deine Hilfe. Bis dahin stehst du Tessier zur Seite.«

»Ich habe meinen Bruder schon in die Berge geschickt, um meine Leute zu warnen. Sie werden nicht unvorbereitet sein. Mögen dir die Wilan auf deinem Ritt gewogen sein.« Mit hängendem Kopf ging er hinaus.

Tessier legte Julien die Hand auf die Schulter. »Du machst eine Menge durch, Junge«, sagte er und sein zerfurchtes Gesicht verzog sich zu einem schrumpeligen Apfel. »Das Leben, Junge, das Leben beutelt uns. Willst du mich wirklich nicht mitnehmen?«

»Nein. Die Estanzia darf nicht in Unordnung geraten. Die Rinder müssen nach Córdoba getrieben werden. Die Gauchos akzeptieren dich.«

»Du bist der *Jefe*. Es wird so wie immer ablaufen.« Nun ließ auch er ihn allein.

Julien legte sich neben der Toten aufs Bett, drückte sie an sich und strich über ihr Gesicht, aus dem nun langsam der Schrecken und die Qual verschwanden.

»Meine unbekannte Frau«, schluchzte er und es dauerte ihn, dass er so wenig von ihr gewusst hatte. Ich habe ihre Jugend, ihre Schönheit genommen und nicht erkannt, was sie in ihrem Inneren bedrohte, machte er sich Vorwürfe. »Wenn wir darüber gesprochen hätten, wäre Esteban gestorben und nicht du!«, flüsterte er.

Schließlich stand er auf, wischte sich das Gesicht ab und legte den roten Poncho mit dem schwarzen Band an, den man zu Ehren Güemes' trug. An der Tür drehte er sich noch einmal um und sah zu ihr zurück.

»Antonia«, flüsterte er und die Tränen schossen ihm wieder in die Augen.

Vor dem Haus wartete bereits Domador mit drei Pferden. Julien kannte die Tiere. Es waren die besten des Don Francisco, gute ausdauernde Tiere, geschaffen für einen höllischen Ritt.

»Auf unserer ›Juanita‹ ist alles, was du brauchst in den Satteltaschen. Wasser, Matetee, Fleisch, Brot und Munition. Wer weiß, was dir begegnet.«

Julien hatte einen Revolver mitgenommen und natürlich im Schulterhalfter sein Messer.

»Ich werde mit dem Wind reiten.«

»Ja. Reite mit dem Wind und nimm die *Rebenque* mit. Die Boleadores sind hinter deinem Sattel.«

Diese Erklärung wäre nicht nötig gewesen und zeigte nur, dass sich der Domador Sorgen machte. Jeder Gaucho hatte die Boleadores hinter seinem Sattel. Er schwang sich auf sein Tier, einen Rappen, gab ihm leicht die Sporen, hob die Hand und preschte aus dem Hof und am Soldatenlager vorbei, in die Weite der Pampa.

Selbst als es dunkel wurde, stieg er nicht ab. Er kannte den Weg oder besser, die Pferde kannten ihn. Er ritt und nun war der Wind da und bald auch die Geräusche der Nacht. Er ritt und dachte an sein wechselhaftes Leben, an die Gefahren, denen er einst ausgesetzt gewesen war und die vielen Wendungen. In den Sternen des wolkenlosen Himmels glaubte er die Gesichter seiner Geliebten zu sehen. Als der Morgen kam, hörte er das »Teru, teru« des Pampavogels und eine seltsame Zuversicht erfasste ihn. Er fühlte, wie wohl sich seine Tiere fühlten und wie sie für ihn mit gleichmäßigem Tempo voranstrebten und er sprach zu ihnen.

»Ho, meine Juanita, meine Lola, mein Askanias, reiten wir, überholen wir den Wind, denkt an die andalusischen Felder eurer Ahnen und die gute Zeit auf der Estanzia Cordoso. Lauft, Kinder, lauft!«

Er ritt und später sprach man in den Weiten der Pampa davon, wie er einen Fünftageritt in drei Tagen hinter sich brachte. Ein Wunder. Die Indios wussten, dass er mit den Wilan geritten war.

Am Abend des dritten Tages traf er in Buenos Aires ein. Gierig saugte er die Luft vom Meer her ein. Er hatte die Stadt einst nur kurz kennengelernt, wusste aber, dass der Don, wenn er in der Stadt weilte, im Viertel Recoleta in einem palastartigen Hotel logierte, das auch an dem Place Vendôme in Paris hätte stehen können. Ein Hotel für Kaiser und Könige, das von den Rinderbaronen bevorzugt wurde, die deren Plätze eingenommen hatten. Auch in seiner Trauer gewahrte er die Schönheit der Stadt, die Pracht der Paläste, deren Stil man den Boulevards von Paris nachempfunden hatte. Er fühlte sich hier wieder der Heimat nahe, eine Sehnsucht befiel ihn und aus der Vergangenheit tauchten seit langer Zeit wieder die Gesichter von Mercedes, Auguste, Hubert, Charles, Jean und Armand auf und ihre gehässigen Mienen, als man ihn zu den Sträflingen trieb, die ins Bagno nach Guayana sollten. Irgendwann würde er zurückkehren und es ihnen vergelten. Sie würden es mit einem Mann zu tun bekommen, der aus der Pampa kam. Irgendwann.

Er ritt direkt zum Hotel. Als er absprang, eilte der Portier mit seinen Gehilfen herbei und nahm ihm die Pferde ab.

»Sie sind halbtot. Legt ihnen Decken auf die Rücken, kühlt die Fußgelenke, damit sie abschwellen und bewegt sie von Zeit zu Zeit und passt auf, dass sie nicht zu viel fressen. Es sind edle Tiere, die eurer ganzen Fürsorge und Aufmerksamkeit bedürfen.«

Er strich seinen Pferden noch einmal dankbar über das Maul und sie sahen ihn mit ihren warmen klugen Augen an, als würden sie ihn verstehen.

»Gut gemacht, meine Kinder!«

Steif ging er durch die Hotelhalle zur Rezeption. Sein Auftritt, seine staubige Kleidung, sein übernächtigtes Gesicht erregten hier kein großes Aufsehen. Obwohl die Umgebung mit ihren vergoldeten Möbeln an eine Zeit erinnerte, als man gepuderte Perücken trug und sich Männer und Frauen in prächtigen Roben geziert bewegten, war man es gewohnt, dass hier die Estanzieros abstiegen, deren Ländereien Königreichen glichen. Er trug sich mit seinem neuen Namen in das Register ein und dabei blieb es von nun an. Aus Julien Morgon war Julien de Cordoso geworden.

»Ist Don Francisco im Haus?«, fragte er den Mann hinter der Rezeption, der den Gast mit dem verstaubten harten Gesicht und den kühlen Augen beeindruckt betrachtete und dabei feststellte, dass ihm ein Schauer über den Rücken lief. Er vermochte nicht zu sagen, warum.

»Ja, er ist im Club der Rinderbarone. Darf ich Ihnen die Suite neben Don Francisco geben?«

Julien nickte und ging steifbeinig den langen Flur entlang zu den Clubräumen, von fragenden Blicken verfolgt. Er betrat den mahagonigetäfelten Raum mit den dicken Chesterfieldsesseln aus England. Um ein mit Intarsien verzierten niedrigen Clubtisch saßen sechs Männer in dunklen Anzügen und mit silbernen Sporen an den kniehohen blitzenden Stiefeln und sahen erstaunt auf. Hinter ihnen standen weißgeschürzte Kellner. Vor sich hatten die Männer Gläser mit goldgelbem Rum. Don Francisco sprang auf, wurde bleich und eilte Julien entgegen.

»Was ist passiert, mein Sohn?«

»Ich muss dich allein sprechen.«

»Gut. Meine Herren, mein Adoptivsohn hat Nachrichten für mich. Ich befürchte, dass es keine guten sind. Entschuldigen Sie mich also. Wir kennen unsere Standpunkte. Wir wollen keine Indianerkriege. Wir werden diese korrupte Regierung dazu bringen, von der Verfolgung der Indianervölker abzusehen. Wir bleiben in Verbindung.«

Der Don nahm Julien bei den Schultern und drängte ihn hinaus. Sie gingen zur Bar hinüber und setzten sich an die in rotbraunem Ton gehaltene Theke.

»Was willst du trinken?«, fragte Don Francisco, mühsam seine Neugier bezwingend und ganz die Ruhe und Gelassenheit ausstrahlend, die sein Stand verlangte.

»Einen Rum. Ja, Rum wäre das Passende.«

Julien räusperte sich. Er spürte einen Kloß im Hals. Unruhig sah er auf die Bilder, die in goldenen Rahmen in der Bar hingen und rotgekleidete Jäger bei der Fuchsjagd zeigten. Wie sagte man einem Vater, dass sich die Tochter erhängt hatte und was der eigene Sohn ihr davor angetan hatte? Don Francisco erkannte, dass es dem Adoptivsohn schwerfiel, den Anfang zu finden, und rief dem Kellner zu, Getränke und Zigarren zu bringen.

»Kubanische, wenn es geht.«

Der Kellner kam bald darauf mit Rum- und Whiskykaraffen und einem Humidor zurück. Der Don entnahm zwei Zigarren, schnitt sie zurecht, reichte eine seinem Adoptivsohn und der

Kellner entzündete einen Kienspan und gab den beiden Caballeros Feuer.

»Nun erzähl«, sagte der Don und stieß den Rauch aus. »Ich ahne, du hast schlimme Nachrichten.«

Er hob das Glas und sie tranken. Julien stöhnte. Erst stockend, dann immer schneller redend, manchmal mit gebrochener Stimme, erzählte er, was auf der Estanzia vorgefallen war.

»Er nahm Antonia wie eine seiner Huren. Sie wehrte sich, aber er überwältigte sie und dann erhängte sie sich aus Kummer und Scham.«

Der Don sank in sich zusammen. Lange atmete er tief und schwer, die Hand aufs Herz gepresst und Julien sorgte sich um ihn. Er hielt ihm das Glas Rum an den Mund und Don Francisco nickte, trank und sah dann mit tränenden Augen hoch.

»Es ist schlimm, die Tochter zu verlieren, aber noch schlimmer ist es, ein solches Scheusal als Sohn zu haben«, flüsterte er gebrochen.

»Wenn du Antonia noch einmal sehen willst, müssen wir morgen zurückreiten.«

Der Don nickte abwesend.

»Was ist mit dem Ungeheuer, das meinen Namen trägt?«

»Er ist mit General Conchero mitgeritten. Er hat sich die Rechte auf das Land der Indianer gesichert und will es an Juarez Machado verpachten. Du weißt, was das bedeutet.«

»Ich weiß. Das hat mir Machado schon hohnlächelnd ins Gesicht gesagt.«

»Ist Machado in Buenos Aires?«, fragte Julien erstaunt.

»Er wohnt sogar in diesem Hotel. Wir sind uns bereits begegnet. Er glaubt, dass er mich mit dem Sohn im Schwitzkasten hat.«

»Er wird uns das Wasser abgraben. Wir sind, wenn Esteban tatsächlich das Indianerland in die Hände bekommt, von den Machadoländern eingekreist.«

»Es wird Krieg geben«, gab Don Francisco, nun ruhiger werdend, zu. »Irgendwann musste es dazu kommen. Das wusste ich, das wusste Machado, als wir damals den Waffenstillstand vereinbarten und uns über die Grenzen und auf die Wasserrechte einigten.«

»Wie gehen wir vor?«

»Ich versuche, die Rinderbarone zu einer gemeinsamen Politik zu vereinen. Wir werden vor den Gefahren eines allgemeinen Indianeraufstandes warnen. Wir brauchen die Indios, das kapieren die Geldmenschen in der Stadt nicht. Es wird zu einem Flächenbrand kommen, wenn Conchero nicht zurückgepfiffen wird. Natürlich ist viel Geld geflossen. Die Spekulanten, die Schafbarone haben Unsummen verteilt, aber noch gibt es verantwortungsvolle Männer, die wissen, dass wir die Indios nicht als Fremde behandeln dürfen – wir sind die Fremden in diesem Land. Sie waren vor uns da und sie wurden von uns Weißen von Anfang an betrogen. Ich bin nicht so naiv, zu glauben, dass man das korrigieren könnte. Das ist die Schuld vergangener Generationen. Sie nahmen das Land für den König. Die Kirche nahm ihnen die Seelen für unseren Gott. Aber glaubst du, sie wissen nicht mehr, zu wem sie früher gebetet haben und was ihnen König und Kirche antaten? Dieses Land ist ein wildes Land und erst halb zivilisiert, aber ein guter Ort für ein verantwortungsvolles Leben.«

Wohl um den Schmerz zu betäuben, um sich abzulenken, hatte er sich in diesen Rederausch geflüchtet. Doch der Damm brach nun. Er schluchzte. »Ach, meine Tochter, mein schönes, wunderbares Kind! Sie war ihrer Mutter so ähnlich. Auch sie starb an dieser seltsamen Krankheit, die ich Melancholie nennen möchte, und auch bei Antonia hatte ich diese Anzeichen schon früh bemerkt. Aber als sie sich in dich verliebte, hoffte ich, dass sie doch noch glücklich werden könnte.«

Er korrigierte den Don nicht, dass Estebans Begierden die Ursache für Antonias Melancholie gewesen waren.

»Wir werden morgen einen Reiter zur Estanzia schicken, dass sie neben dem Herrenhaus begraben wird. Wen hast du als *Capataz* ernannt, während du weg bist?«

»Wir reiten nicht zurück?«, fragte Julien erstaunt.

»Nein. Die Lebenden sind wichtiger als die Toten«, erwiderte er gequält.

»Ich habe die Estanzia Tessier anvertraut. Domador wird ihm zur Seite stehen.«

»Gut. Unser Platz ist jetzt in Buenos Aires. Ich will Antonia so in Erinnerung behalten, wie sie einmal war. Nicht als Tote. Wir werden ihr, wenn wir zurück sind, ein Grabmal im Rosengarten errichten, den sie einmal angelegt hatte. Ein prächtiges Grabmal mit weißen marmornen Engeln und einem Pavillon, in dem wir an sie denken können. Morgen werden wir den Minister aufsuchen. Es muss uns gelingen, ihm die Konsequenzen dieses unseligen Feldzuges aufzuzeigen. Er muss Conchero zurückrufen.«

»Es ist zu spät. Conchero ist schon zu den Bergen aufgebrochen.«

»Vielleicht können wir das, was er dort anrichtet, wieder gutmachen. Mit einem neuen Vertrag, mit Entschädigungen an die Indios. Wir müssen einen langjährigen Krieg verhindern.«

»Gut. Aber es fällt mir schwer, nicht dabei zu sein, wenn sie …«

»Ja. Es ist schwer. Auch das gehört zum Preis, den wir zahlen müssen. Ich brauche dich hier. Das mit den Papieren habe ich erledigt. Du bist jetzt offiziell Julien de Cordoso, mein Sohn und Erbe. Dies wird in den nächsten Tagen in Buenos Aires die Runde machen und Esteban in die Defensive treiben und seiner Kreditwürdigkeit schaden. Dann werden wir ihn richten. Ich habe ihn gezeugt und ich werde das Ungeheuer vernichten!«

»Er ist immerhin … dein Sohn«, sagte Julien beklommen. »Überlass diese Aufgabe mir.«

»Esteban ist nicht mehr mein Sohn. Du bist mein Sohn. Wir werden ihn gemeinsam richten!«, sagte der Don bestimmt. »Das Grabmal für Antonia soll denen im Stadtviertel Recoleta nicht nachstehen und in den Grabstein werden wir den Fluch meißeln lassen über den, der sie in den Tod trieb.«

Der Alte umfasste seine Schulter, zog ihn an sich und Julien spürte dessen Tränen auf seinem Gesicht.

23 – Herzen aus Stein
(Émile Zola erzählt)

Am nächsten Morgen, auf dem Weg zum Frühstücksraum, stieß Julien mit Machado zusammen. Sie sahen sich in die Augen, erkannten einander und wussten bereits, dass in diesem Land keine zwei von ihrer Art leben konnten.

»Julien Morgon, wenn ich mich nicht irre?«, sagte der Schafbaron.

»Sie irren nicht und irren doch. Mein Name ist Julien de Cordoso.«

»Also hat sich Don Francisco einen Jaguar ins Haus geholt. Darüber wird der gute Esteban aber nicht sehr erfreut sein.«

Sie musterten sich feindselig. Machado war jemand, der auch in einer Menschenmenge auffiel. Nicht nur, dass sein Kinn- und Haupthaar flammend rot war, sondern er schien auch eine besondere Vorliebe für diese Farbe zu haben. Rote Stiefel, rote Bombacha und auch Hemd, Halstuch und Sombrero waren von der gleichen Farbe. Nur der silberbeschlagene Gürtel setzte sich ab. Nun verstand Julien, warum ihn die Gauchos *Diabolo Rojo* nannten. Die roten Augenlider gaben dem Gesicht etwas Bösartiges.

»Sie sollen ein guter Gaucho sein, habe ich gehört. Gehen wir an die Bar und trinken ein Glas?«, schlug er mit überlegenem Lächeln vor, so andeutend, dass er ihm die Ehre erwies, ein Gegner zu sein, mit dem man von Hombre zu Hombre plaudern konnte, dem er sich aber überlegen wähnte.

»Wozu?«, entgegnete Julien kalt. »Sie wissen, wer ich bin und ich weiß, wer Sie sind. Es wird uns nicht zu Freunden machen.«

»Sicher nicht. Aber Sie interessieren mich. Ich habe für Sie ein Angebot, das auch Don Francisco interessieren könnte. Ich will keinen Krieg um jeden Preis.«

»Wenn Esteban Ihnen die Bergwiesen der Indios in die Hände spielt, wird es aber Krieg geben.«

»Das muss aber nicht sein. Wir könnten unter bestimmten Bedingungen unseren alten Pakt ergänzen, so dass ich das Wasser aus den Bergen nicht umleiten werde.«

»Sie würden uns immer damit erpressen. Ich verspreche Ihnen, dass Sie eher sterben werden, als uns mit dem Indianerland einzukreisen.«

»Sie bedrohen mich? Ich halte Ihnen zugute, dass Sie nicht in diesem Land aufgewachsen sind und außerdem kürzlich, wie ich hörte, einen entsetzlichen Verlust erlitten haben. Aber Sie sollten sich über Juarez Machado besser informieren. Señor, ich habe es im Guten versucht. Was nun passieren wird, haben Sie sich selbst zuzuschreiben. Ich werde die Cordoso vernichten!«

»Ja, das offene Visier gefällt mir schon besser. Ihr freundliches Gesäusel hörte sich wie das Zischen einer Schlange an.«

»Wenn eine Familie zerstritten ist wie die der Cordoso, ist der Untergang nicht mehr fern. Don Francisco wird auf den Trümmern seiner Estanzia noch weinen!«

»Träumen Sie davon, Machado! Es könnte sein, dass Sie bald weinen!«

Als er Don Francisco von der Begegnung erzählte, leuchteten seine Augen auf.

»Du hast ihm die rechte Antwort gegeben. Wir werden reiten wie in den alten Tagen, als mein Vater die Estanzia erschuf. Wir werden, wenn wir zurück sind, weitere Gauchos einstellen.«

»Wir werden genug gute Männer haben, die mit dem Wind reiten«, versprach Julien. Es war nicht nur dahingesagt. Er hatte bereits einen Plan im Kopf, in dem der Domador eine herausragende Rolle spielte.

Am Nachmittag suchten sie das Ministerium an der Plaza de Mayo auf, das gleich neben der Nationalbank lag. Don Francisco wies auf das protzige Gebäude.

»Nicht in den Ministerien sitzen die Mächtigen, sondern in der Bank residieren die Herren Argentiniens.«

»Das ist in Paris nicht anders.«

»Früher waren sie die Diener und wir die Herren. Mit ihren Bankpalästen zeigen sie uns, dass sich die Lage umgekehrt hat. Wir sind die Bittsteller und, schlimmer noch, ihre Sklaven geworden.«

»Der Krieg wird Geld kosten«, sorgte sich Julien.

»Durch den Verkauf der Zuckerrohrfabrik in Cayenne ist unsere Kriegskasse gut gefüllt. Aber meine anderen Freunde werden es nicht so leicht haben. Man wird sie unter Druck setzen und ich weiß nicht, ob alle bei der Stange bleiben werden. Krisen und Krieg spülen die gemeinsten Gefühle nach oben.«

Der Minister empfing sie in einem gobelinbehängten Salon, dessen Größe auch für ein Poloturnier ausgereicht hätte. Als sie eintraten, erhob sich Carlos Menotti hinter einem mächtigen Schreibtisch und eilte ihnen mit großen Schritten entgegen.

»Wie freue ich mich, Sie, lieber Don Francisco de Cordoso wieder in der Stadt zu sehen. Setzen wir uns doch dort in die Sitzecke. Ich lasse gleich Matetee kommen.«

Menotti war ein kleiner Mann mit schwarzen glänzenden Haaren und einem zierlichen Bärtchen.

»Oder wäre Ihnen ein guter französischer Cognac lieber?«

»Nein. Matetee ist das geeignete.«

Julien nickte zustimmend.

»Was hat der Auftrieb gebracht?«, fragte Menotti, um das Gespräch in vertrauten Bahnen zu halten.

»Wir werden tausend Rinder nach Córdoba treiben.«

»Wie schön. Und wenn Sie erst mal das Land der Indianer haben, werden Sie sich noch mehr Rinder halten können.«

»Deswegen kommen wir zu Ihnen, werter Don Menotti«, sagte der Alte ernst und beugte sich vor.

»Ich will das Land der Matacos nicht. Ziehen Sie die Soldaten zurück.«

»Was? Wie? Sie wollen das Land nicht? Ihr Sohn hat mich geradezu bekniet, dass wir es ihm zusichern. Die Papiere sind unterschrieben. Das Land gehört bereits den Cordoso. Offiziell ist es als Siedlungsland für die Immigranten freigegeben, aber die Verfügung darüber liegt in Ihren Händen. Und alles andere geht uns nichts an. Sie wissen ja, wie so etwas läuft.«

Sie wussten es. Geld war geflossen. Esteban hatte sich mit der Zusage, das Land zu kultivieren und es dann für Siedler freizugeben, das Land der Matacos unter den Nagel gerissen. Doch woher hatte er das Geld? Bei seinem verschwenderischen Lebensstil hatte er kaum die Ressourcen, derartige Geschäfte einzugehen.

Don Francisco lächelte wissend. Die Lösung lag ein paar Schritte vom Ministerium entfernt. Der Name Cordoso war kreditwürdig.

»Lieber Don Menotti, die Lage ist etwas anders, als sie Ihnen mein nichtsnutziger Sohn dargestellt hat. Wir leben mit den Indios, insbesondere den Matacos, seit zwei Generationen in Frieden. Sie haben sich an uns gewöhnt. Ihre Söhne reiten mit uns als Gauchos. Ich brauche das Land vor den roten Bergen nicht. Es taugt auch nicht so recht für große Rinderherden. Viel zu mühselig, sie von dort zu unseren Corrals zu treiben. Rinder brauchen die Weite des Landes.«

»Aber …, lieber Don Francisco, warum hat Ihr Sohn dann den Handel gemacht?«

»Esteban ist nicht mehr mein Sohn. Ich habe ihn enterbt. Er hier, mein Adoptivsohn Don Julien de Cordoso, ist der Erbe. Und, im Übrigen, hatte auch mein Sohn nicht das Recht, in meinem Namen Geschäfte abzuschließen. Die Papiere sind also wertlos.«

Menotti musterte erstaunt den weißblonden, jungen Mann, dessen gerade Haltung wenn nicht Arroganz, so doch Selbstsicherheit und Strenge verriet. Oh ja, Don Menotti wusste Leute einzuschätzen. Dieser Mann war aus einem anderen Stoff als

Don Esteban. Er wusste, dass dieser Fremde, man munkelte ein Bagnohäftling, die Tochter von Don Francisco geheiratet hatte. Die Hochzeit in Córdoba war ein Landesereignis gewesen.

Er hat sich also einen Krieger ins Haus geholt, dachte Menotti, der erst in der Nationalbank Karriere gemacht hatte und schließlich in der Regierung der zweite Mann hinter dem Präsidenten geworden war. Wie sollte er auf diese überraschende Eröffnung des Alten reagieren? Esteban hatte ihm die Unterstützung des Jockeyclubs gesichert und er hatte zudem gern das Geldbündel entgegengenommen. Wer verachtete schon Geld, wenn man mal ein Bankmann gewesen war?

»Pfeifen Sie Balbao Conchero zurück. Wir, die Rinderbarone, sind uns einig, dass der Feldzug uns allen nur schadet.«

Menotti wischte nervös die Handflächen an den Hosenbeinen ab.

»Ja, was soll man da machen, lieber Don Francisco? Der Präsident hat die Order erteilt. Die Regimenter sind, wie ich weiß, längst zu den roten Bergen unterwegs. Also, so gern ich Ihnen zu Diensten sein möchte, das Omelett liegt in der Pfanne, wenn Sie verstehen, was ich meine.«

»Esteban hat kein Geld. Wie will die Bank ihr Geld zurückbekommen?«, fragte Don Francisco ruhig.

»Don Esteban ist ein einflussreicher Mann. Er wird schon eine Geldquelle auftreiben«, stotterte Menotti mit rotem Kopf. »Ich habe mich selbst bei der Bank für ihn eingesetzt.«

»Etwa gebürgt?«

Menotti zog an seinem Kragen, als sei ihm dieser zu eng geworden. Zaghaft nickte er.

»Dann werden Sie und der Direktor der Bank aber Kopfschmerzen bekommen.«

»Sie werden doch nicht Ihren Sohn im Stich lassen?«

»Genau das werde ich. Ich habe Ihnen doch gesagt, dass er nicht mehr mein Sohn ist. Er hatte auch nie die Vollmacht, über meine Gelder zu verfügen. Er wurde bisher von mir unterhalten, aber ich habe ihm gerade alle Zuwendungen gestrichen. Er ist ganz auf sich allein gestellt und die Einkünfte eines Senators dürften nicht so üppig sein, dass er riesige Kredite bedienen kann. Er hat lediglich, wenn ich tot bin, Anspruch auf seinen Pflichtteil und ich werde alles tun, damit dieser nicht sehr üppig ausfällt, denn ich habe bereits jetzt die Estanzia auf meinen Adoptivsohn überschrieben.«

»Dann ist Esteban ruiniert«, keuchte Menotti.

»Und Sie?«, fragte der Alte und hob den Kopf.

»Ich bekomme Schwierigkeiten«, gestand der Minister. »Ich hielt die Bürgschaft für eine reine Formalie.«

»Er will das Land an Machado verkaufen«, warf Julien ein. »Das ist seine einzige Rettung, um dem Ruin zu entgehen.«

»Machado wird seine Lage ausnutzen. Er wird nicht plötzlich zum Menschenfreund geworden sein«, sagte der Alte nachdenklich. »Er wird kräftig den Preis drücken. Aber das ist nicht das Problem. Das Land wird in eine Krise stürzen.«

Menotti stutzte. »Warum? Wir haben bereits eine Rezession. Eine Krise ist das letzte, was wir gebrauchen können.«

»Denken Sie mal gut nach! Schafe und Rinder vertragen sich nicht. Machado ist schon lange darauf aus, mich vom Wasser abzuschneiden. Es wird zum Weidekrieg kommen. Das wird nicht gerade die Wirtschaft wieder prosperieren lassen. Die Estanzia Cordoso kann einen Krieg jahrelang durchstehen, was viele meiner Freunde nicht können. Die Rinderpreise werden gewaltig steigen und das alles, weil ein wildgewordener General auf die Indios losgelassen wurde und sich einige Leute Estebans Geld, das ihm nicht einmal gehörte, in die Tasche gesteckt haben. Ich würde sagen, da läuft ein verdammt schlechtes Geschäft.«

»Ich kann doch nicht zum Präsidenten gehen und sagen, dass alles ein Irrtum war. Den Skandal übersteht seine Regierung nicht. Die verdammten Zeitungen werden sich auf uns stürzen. Die sind ganz scharf auf diesen Krieg. Indianerkriege sind immer gerechte Kriege. Es gibt Heldengeschichten zu erzählen. Die Journalisten lieben Conchero. Man wird Siege feiern können. Und nun soll der Präsident den Kettenhund zurückpfeifen? Unmöglich!« Er sprang auf und ging unruhig, sein Bärtchen zupfend, vor ihnen auf und ab. »Ganz und gar ausgeschlossen. Es würde uns die Stühle kosten. Bei aller Wertschätzung, lieber Don Francisco, damit wäre unsere Partei für lange Zeit diskreditiert. Gut, ein Weidekrieg und deren Folgen wird ein paar tausend Arbeitsplätze kosten. Die Hemdlosen werden auf die Straße gehen. Aber so ein Krieg in der Pampa kann ja nicht ewig dauern, nicht wahr? Irgendeiner wird Sieger sein. Sie oder Machado. Danach werden wir das Land wieder in die Höhe bringen.«

»Es wird viel Blut fließen«, sagte Don Francisco dumpf.

»Bedauerlich, gewiss!«, stimmte Menotti mit betrübtem Gesicht zu. Plötzlich hellte sich sein Gesicht auf. »Dann bestätigen Sie doch den Kauf, dann fließt kein Blut. Was Sie mit dem Land machen, ist Ihre Sache. Übergeben Sie es wieder den Indios. Dann kann Machado Sie nicht einkreisen. Das ist der am wenigsten blutige Weg.«

Cordoso schüttelte den Kopf. »Pfeifen Sie Conchero zurück! Vielleicht hat er noch kein Unheil angerichtet. Das ist der einzige Weg, der noch offen ist. Wenn alles bleibt, wie es ist, wird eine Katastrophe vermieden.«

»Ich will ganz offen zu Ihnen sein«, beteuerte Menotti. »Was Sie mir eröffnet haben, zwingt mich mit dem Direktor der Nationalbank zu reden und dieser wird ohne den Umweg über Ihren Sohn Machado direkt das Land anbieten. Don Esteban wird durch den Skandal seinen Sitz im Senat verlieren. Der Präsident, der eigentlich viel von ihm hält, wird ihn aus dem Kreis der kommenden Leute entfernen. Der Nutznießer und letztendlich der einzige Sieger wird Machado sein.«

»Machado ist bereits ein Verlierer«, erwiderte Julien gelassen.

Menotti zuckte zusammen. Erschrocken sah er den schwarzgekleideten Mann mit den weißblonden Haaren an. Dessen

Gesicht zeigte keine Regung. Was für ein hochmütiger arroganter Scheißkerl, dachte der Minister.

»Damit wir uns richtig verstehen«, sagte er hastig, hob die Hände und streckte ihnen die Handflächen entgegen. »Ich bin absolut neutral. Machado ist nicht mein Freund. Aber ich kann Ihnen, so gern ich dies möchte, nicht beistehen. Präsidenten, die ihre einmal getroffenen Entscheidungen zurücknehmen, sind schnell keine Präsidenten mehr und ich habe auch nicht vor, den Anarchisten von der Opposition meinen Stuhl zu überlassen. Ich bitte Sie, sich meinen Vorschlag zu überlegen. Entweder Sie decken das Geschäft Ihres Sohnes oder Machado ist der Sieger.«

»Ich reite nicht mit den Mördern an meinen Indios!«, sagte der Alte und stand auf. »Also Krieg!«

Menotti wurde weiß. »Das war nicht nötig, Don Cordoso!«

»Sie werden noch sehr oft an diesen Tag zurückdenken«, setzte Julien hinzu.

Sie gingen, ohne dem Minister die Hand zu geben, grußlos hinaus.

Der Alte blieb vor dem Ministerium stehen und sah zum Präsidentenpalast hinüber.

»Sieht so aus, als wenn wir nicht viel erreicht haben. Aber wir wissen jetzt, was Esteban angezettelt hat und dass uns nichts anderes übrig bleibt als zu kämpfen. Doch nun wollen wir mal sehen, was die Opposition dazu sagt. Wir werden uns heute Abend mit Señor Puebla in La Boca treffen. Wir werden die Straße mobilisieren.«

»Den kennst du?«, staunte Julien. »Ist das nicht der Anführer der Opposition und ein Kommunist?«

»Auch das, aber auch ein wackerer Mann mit einem großen Herzen.«

Don Francisco war ein alter Adler, aber immer noch ein Adler mit scharfen Krallen. Man wird nicht umsonst der reichste Estanziero des Landes.

Als sie ins Hotel zurückkamen, stand Machado mit einigen Männern an der Bar. Er gewahrte die Ankömmlinge im Spiegel vor ihm, hob das Glas und grüßte grinsend.

»Er denkt, dass er alle Trümpfe in der Hand hält«, sagte der alte Don und schmunzelte. »Sehr gut. Soll er ruhig. Wie heißt es doch so schön? Wer als Papili in die Papstwahl geht, kommt als Kardinal wieder heraus. Wir werden dem Hahn den Kamm stutzen.«

La Boca war ein übel beleumdetes Viertel am Hafen. In der Dunkelheit sah es romantisch aus. Verfallen, das ja, aber mit jener träumerischen Aura, als würden sich die Häuser an längst vergangene Zeiten erinnern, als die Konquistadoren am Rio de la Plata eintrafen mit der Hoffnung, das El Dorado zu finden. Ergebnislose Träume. Das Licht aus den Bodegas und Cantinas fiel auf vermüllte Straßen. Vor den Kneipen lehnten Männer an den Mauern, mit hageren finsteren Gesichtern, die den beiden Neuankömmlingen mörderische Blicke zuwarfen. Aber sie erkannten, dass dies keine Novillos waren. Also ließ man sie unbehelligt das *Corazon del Rey* betreten. Die Bodega war leer bis auf einen einzigen Mann, der ihnen ruhig entgegensah.

»Na, Puebla, du alter Anarchist. Da bestellst du uns ausgerechnet in ein Lokal mit dem Wappen des Königs von Spanien?«, scherzte der Alte und sie setzten sich zu ihm.

Puebla schnippte mit den Fingern und der Wirt kam, sich die Hände an der Schürze abtrocknend, herbeigeeilt.

»Was wünschen die Herren? Ich habe Fleisch vom Zicklein und natürlich …«

»Nein. Wir wollen nicht essen«, winkte Don Francisco ab. »Bring eine Karaffe vom Weingut des Schurken Menotti.«

»Aber von seinem Besten!«, setzte Puebla grinsend hinzu.

Er war ein vierschrötiger Mann mit einem groben pockennarbigen Gesicht und Händen, die auf harte Arbeit schließen ließen. Die schwarzen Haare, nach Indioart nach vorn gekämmt, fielen bis zu seinen Augenbrauen.

»Der Wirt ist ein alter Freund und der Name verschont uns vor unliebsamem Besuch. Was zum Teufel willst du von mir, Cordoso? Wie ich hörte, hat dein Bengel den Präsidenten und Menotti dazu gebracht, Soldaten ins Indioland zu schicken.«

»Deswegen kommen wir zu dir. Dieser Kriegszug ist ein Verbrechen. Also geht die Sache den Führer der Opposition etwas an.«

»Ha, seit wann passen reiche Rinderbarone und die Hemdlosen zusammen?«

»Hör zu«, erwiderte Don Francisco energisch, legte seine Hand auf Pueblas Arm und schilderte die Situation und das Gespräch mit Menotti. »Es wird Krieg geben zwischen Machado und meinen Leuten. Menotti nimmt das in Kauf sowie die dadurch entstehenden wirtschaftlichen Folgen. Leidtragende sind wieder einmal deine Leute.«

»Und was kümmert dich das?«, fragte Puebla und nahm einen tiefen Schluck.

»In diesem Fall kümmert es mich.«

»Du willst uns benutzen.«

»Stimmt. Ich werde dafür eine beträchtliche Summe in die Parteikasse spenden. Und obendrein erhaltet ihr die Chance, sogar die Regierung zu stürzen.«

»Hört sich gut an. Weiter so!«

»Ihr müsst gegen den Krieg von Conchero demonstrieren und Menotti Verschwendung von Staatsgeldern vorwerfen, meinetwegen ihn als Handlanger der Schafbarone anklagen. Fragt im Parlament, was die Banken mit dem Krieg zu tun haben. Macht richtig Ärger!«

»Das bedeutet, dass Blut fließen wird. Wir wissen doch, wie jede Massendemonstration ausgeht.«

»Aber du kannst die verschiedenen politischen Parteien auf ein Ziel einigen. Du bist doch ein Garibaldianer.«

»Stimmt. Ich bin mit Garibaldi geritten. Ich war sogar mit ihm auf Sizilien. Aber, verdammt nochmal, mir behagt das Geschäft nicht. Wir wissen doch, wie es läuft. Die Oligarchen, die Geldleute haben den Staat im Sack, weil sie das Militär mit Wohltaten überhäufen. Conchero und die anderen Generäle lassen sich ihre Loyalität teuer bezahlen. Die reichen Familien bestimmen die Politik. Sie bringen zwar nichts dolles zustande, aber wenn Wahl ist, kaufen sie die notwendigen Stimmen.«

»Hast du Marx gelesen?«

»Diesen Deutschen? Klar, aber Argentinien ist nicht Europa. Wir haben hier kein revolutionäres Bewusstsein. Du hast mich einen Anarchisten genannt. Stimmt. Wir kleinen Leute aus La Boca sind alle Anarchisten. Das liegt uns im Blut. Aber jeder ist sein eigener Anarchist. Unsere Partei hat sich schon dreimal geteilt!«

»Dies ist die Möglichkeit, sie wieder zu einen. Die einfachen Leute sind gegen den Krieg. Sie wissen, dass für sie nichts dabei herausspringt.«

»Krieg gegen die Indianer regt bei uns keinen auf. Was gehen die Hemdlosen die verdreckten Indios an?«

»Ich sagte doch schon: Wenn es zu einem Weidekrieg kommt, wird dies die Wirtschaft schädigen und deinen Leuten wird es noch schlechter gehen, als es ihnen ohnehin schon geht.«

Puebla sah seinen Gesprächspartner lange Zeit ruhig an. Sie konnten unterschiedlicher nicht sein. Der eine vom Habitus ein Aristokrat, der andere wirkte wie ein andalusischer Bauer, wie er sich selbst einmal im Parlament bezeichnet hatte.

»Wir kennen uns schon seit zwanzig Jahren. Ich habe nicht zum ersten Mal für deine Partei gespendet«, drängte Don Francisco.

»Stimmt. Du warst uns gegenüber immer großzügig und bist für einen Estanziero eine rühmliche Ausnahme. An welchen Betrag dachtest du denn?«

Don Francisco nannte eine Summe, die Pueblas Augen aufleuchten ließ.

»Ein interessantes Argument«, stimmte er schmunzelnd zu.

Ein Mann kam herein, beugte sich zu Pueblas Ohr und dieser nickte.

»Übernimm es«, sagte er kurz und schickte ihn mit einem Kopfnicken wieder hinaus.

»Draußen sind Männer gesehen worden, die nicht hierher gehören. Kann es sein, dass man euch gefolgt ist?«

»Ausschließen will ich es nicht«, gab Julien zu.

»Seht euch vor, wenn ihr ohne Bedeckung durch die Stadt geht. La Boca ist meine Stadt, ich will hier keinen Ärger.«

»Zum Geschäft!«, drängte Don Francisco und reichte ihm die Hand.

Puebla schlug ein. »Besiegelt! Wann soll es losgehen?«

»So schnell wie möglich. Motto: Kein Geld für Kriege! Holt unsere Jungs zurück.«

»Gutes Motto. Aber unsere Jungs sind die Soldaten nicht. Dafür werden sie zu gut bezahlt. Klingt aber gut. Das schon. Ich werde das Thema erst mal im Parlament vorheizen. Es wird zu irgendeinem Zwischenfall auf der Plaza Mayo kommen und dies wird weitere Zwischenfälle auslösen. Wir werden die Frauen vorschicken. Sie werden sich mit Tellern und Löffeln vor den Regierungspalast stellen und ordentlich Lärm machen. Dann passiert das, was immer passiert. Irgendjemand verliert den Kopf und schon haben wir eine Massendemonstration.«

»Gut, Puebla. Ich wusste, dass man mit dir reden kann.«

»Ich wusste nicht, dass deine Liebe zum Volk so weit geht. Na, dieser Freund von Marx soll auch ein Kapitalist sein.«

»Nicht alle Reichen sind herzlos.«

»Nicht herzlos, sicher, aber ihr Herz ist aus Stein. Doch ich nehme dich mal als Ausnahme. Im Moment sind wir *Compagneros*.«

»Er ist ein guter Mann«, sagte Don Francisco, als sie draußen waren. »Ich achte ihn. Ein echter Hombre.«

Es war eine warme Nacht. Kurz vorher war ein Regenschauer heruntergegangen. Das Licht aus den Bodegas fiel rot, gelb und grün auf die nasse Straße. Ihre Schritte hallten. Plötzlich hörten sie hinter sich eilige Schritte.

»Es verfolgen uns vier Männer«, stellte Julien fest.

»Du hast dein Messer dabei.« Es war keine Frage.

Nun tauchten auch Männer vor ihnen auf.

»Nun wird es lustig«, kommentierte Julien.

»Acht Mann sind zu viel.«

»Gehen wir hier in die Cantina«, sagte Julien und schob den Alten hinein.

Eine sehr schmutzige Cantina. Eine Frau mit verrutschter Bluse lächelte erwartungsvoll. »Was für schöne und reiche Caballeros.«

»Bring uns eine Flasche Schnaps«, sagte Julien zu der verblühten Schönheit.

»Eine ganze Flasche?«, fragte sie, um sicherzugehen.

»Eine ganze Flasche«, bestätigte Julien ernst.

»Echte Caballeros! Solche Gäste mag ich«, schnurrte sie.

Es kam ein Luftzug herein. Julien drehte sich um. Vier Männer standen in der Tür. Es waren dunkle wettergegerbte Gesichter. Gauchos. Und sie waren auf Streit aus.

»Es stinkt hier nach Kühen«, sagte der Größte von ihnen und setzte sich auf den Tisch. Die anderen verteilten sich im Raum, so dass Julien und der Don eingekreist waren. Julien musterte den Großen von oben bis unten.

»Was glotzt du so, du Kuhtreiber?« Er schnippte mit den Fingern. Einer der Gauchos ging nach draußen und kam mit fünf Männern zurück. Die Cantina war nun brechend voll.

»Ihr seid die Cordosos, nicht wahr?«, sagte der Große und rückte seinen Gurt zurecht, in dem ein langes Messer steckte.

»Das ist doch wohl nur eine rhetorische Frage, nicht wahr?«, gab Julien zurück.

Der große Mann konnte mit der Bemerkung nichts anfangen. Er wollte nun das tun, was man ihm aufgetragen hatte. Sein Auftrag war, nicht den alten Don anzurühren, sondern diesem unverschämten blonden Gringo, dem *Capitaz* des Alten die Flügel zu stutzen.

»Mein Name ist Don Julien Cordoso. Und deiner?«

»Ich bin Don Machados Capataz. Man nennt mich El Tigre«, stotterte dieser verblüfft.

»Oho, was für ein anspruchsvoller Name.«

Don Francisco sah seinen Adoptivsohn erstaunt an. Er wusste ja, dass er außerordentliche Fähigkeiten besaß, staunte aber doch, welche Ruhe und Kälte von ihm ausging.

Die Tür ging erneut auf und an der Spitze von einigen vierschrötigen Männern mit Knüppeln in der Hand drängte Adolphe Puebla in die Cantina. Die Fäuste in die Hüften gestützt, fragte er: »Ärger?«

»Noch nicht«, erwiderte Julien ruhig.

»Verschwindet!«, drohte El Tigre. »Von euch wollen wir nichts. Es geht uns um den da!« Er deutete auf Julien.

Puebla sah den alten Don fragend an.

»Ja. Geh hinaus! Julien wird mit dem Mann fertig werden, wenn es um einen ehrlichen Kampf geht.«

Machados Männer brachen in Gelächter aus.

»Wir warten vor der Tür«, gab Puebla nach. Langsam rückwärtsgehend verließ er mit seinen Leuten das Lokal.

»Habt ihr Angst vor zwei Männern, dass ihr mit zehn Mann auftauchen müsst?«, fragte Julien und trank seinen Schnaps. »Bei uns Gauchos kämpfen wir Mann gegen Mann. Aber bei Schafhirten mag das anders sein.«

El Tigre lief rot an. »Du gibst an, ein Gaucho zu sein. Gut, dann tragen wir es mit dem Messer aus, aber auf die spanische Art.«

»Da hast du dir ja was Übles ausgesucht. Es wird mit deinem Tod enden. Schade, dabei bist du doch ein Mann aus der Pampa«, erwiderte Julien gelassen.

»Bist du mit den Bedingungen einverstanden oder kneifst du?«

»Egal wer danach im Himmel der Gauchos ist, nach dem Kampf zieht jeder für sich ab?«

»Gut. Das gilt aber auch für deine Freunde draußen.«

Don Francisco nickte. »Puebla wird auf mich hören.«

»Dann kann es losgehen«, sagte El Tigre und wandte sich an seine Männer. »Sollte mir etwas passieren, können die beiden abziehen. Aber das wird nicht eintreten. Von Euch, Don Francisco, wollten wir ohnehin nichts.«

»Du weißt, dass die spanische Art ohne Regeln ist. Nur der Geist des Messers herrscht«, erinnerte Julien El Tigre an die Eigenart dieses Messerkampfes.

»Du musst mich nicht über die spanische Art belehren. Ich weiß darüber alles, was man wissen muss. Du wirst der zweite sein, der dem Geist meines Messers verfällt.«

El Tigre winkte seinen Männern zu. Einer übergab ihm einen langen roten Schal und half dabei, die beiden linken Hände der Kontrahenten miteinander zu verbinden.

»Es kann losgehen!«, sagte El Tigre und zog sein Messer aus dem Gürtel. Ein fast armlanges Messer mit einer breiten Klinge.

Die beiden Männer umkreisten sich. El Tigres Männer sahen den *Capitaz* der Cordoso bereits tot und feuerten ihren Anführer an. El Tigres Ausfällen konnte Julien nur mit Mühe ausweichen. Noch immer hatte er sein Messer nicht aus dem Halfter gezogen.

»Gleich wird er tot sein«, raunten sich die Männer des Machado zu.

Die Tür wurde aufgestoßen. Puebla sah herein. Don Francisco schüttelte den Kopf.

»Ein Kampf nach spanischer Art.«

Nun sahen Puebla und seine Männer ebenfalls dem Kampf zu. Auch sie gaben dem weißblonden Gringo keine großen Chancen. Die Dielen knirschten unter den Schritten der beiden Kontrahenten. Das hastige Atmen der Männer gab die Begleitmusik. Julien erinnerte sich an seinen Messerkampf in Belém. Von draußen hörte er das Schlagen einer Kirchturmuhr.

24 – Im Messer liegt die Wahrheit

(Victor Hugo erzählt)

Eine Armlänge entfernt umtanzten sie einander. Wie ein Schlangenkopf zischte das Messer des El Tigre immer wieder auf Julien zu. Gebannt bestaunten die Gauchos den tödlichen Tanz und wunderten sich über den *Capataz* der Cordoso, der immer noch nicht sein Messer gezogen hatte. Was führte der Gringo im Schilde?

»Was soll das? Wo ist dein Messer, Kuhhirte?«, keuchte El Tigre.

Eine Bohle brachte die Entscheidung. Eine Unebenheit ließ Julien stolpern, so dass er auf El Tigre zuflog und in dessen Messer fiel.

Das wäre sicher nicht passiert, wenn Tessier, der alte Meister des Messerkampfes, dabei gewesen wäre. Er hätte Julien ermahnt, die Spielerei zu lassen und El Tigre sofort den Tod zu geben. Das Messer des Tigre rutschte von seinem Wangenknochen bis zum Kinn und sofort spritzte Julien Blut in die Augen und nun erst griff er in den Nacken. Fast blind warf er das Messer. Im gleichen Moment stieß der *Capataz* der Schäfer den Dolch in Juliens Brust. Beide gingen zu Boden. El Tigre steckte das Messer im Hals. Er war sofort tot.

Don Francisco hatte sich mit einem Schrei von der Theke abgestoßen und beugte sich über den Schwiegersohn, der sein Sohn geworden war.

»Mein Gott, Julien, was ist …?«

Aufgeregt fühlte er den Puls. Juliens Augen waren geschlossen. Don Francisco zog das Messer aus der Brust. Die Schäfer kümmerten sich um ihren Mann. Doch dieser benötigte keine Hilfe mehr.

»Was für ein Kampf!«, sagten sie und lobten ihren Anführer. Er hatte den hochmütigen Cordoso bestraft, wenn er auch dafür den höchsten Preis hatte zahlen müssen.

Don Francisco winkte Adolphe Puebla herbei.

»Mein Mann ist schwer verletzt.«

»Ist das Arschloch El Tigre tot?«, rief Puebla.

Die Schäfer drehten die Hüte in den Händen und schwiegen bedrückt. Der Arbeiterführer beugte sich über Julien. Die Brustwunde war die entscheidende Verletzung, erkannte Puebla. Er rief seinen Leuten etwas zu. Vorsichtig hoben sie Julien auf.

»Wir bringen ihn zu Dolores Ibuirra, die Hexe von La Boca, die allein kann ihn noch retten!«

Die Schäfer nahmen auch ihren *Capitaz* hoch. Julien Cordoso waren die Flügel gestutzt worden, aber zu welchem Preis? Vier Männer nahmen ihn auf die Schultern und trugen ihn mit hängenden Köpfen hinaus. Sie wussten, dass Machado unzufrieden mit ihnen sein würde.

Julien brachten Pueblas Männer zum Haus von Dolores Ibuirra, die gleich am Hafen im letzten Gebäude vor den Werften wohnte. Das Haus war mit bunten Bildern bemalt, die von der Profession der Kräuterfrau kündeten.

Sie zeigten große Hähne, Papageien und den fauchenden Jaguar sowie dunkle Gesichter, deren Augen durch den Dschungelwald spähten, um vielleicht Rache an den Konquistadoren zu üben. Über der Haustür hing ein getöteter Hahn, dessen Blut auf die Türschwelle tropfte.

Puebla schlug mit der flachen Hand auf die Haustür.

»Mach auf, verdammte Hexe! Wir brauchen dich.«

Die Tür öffnete sich und eine Frau trat heraus, die die Bezeichnung Hexe auf den ersten Blick nicht verdiente. Ein bronzenes leidenschaftliches Gesicht, lange pechschwarze Haare. Die hohen Wangenknochen und die leicht gebogene Nase ließen über ihre Ahnen keine Zweifel aufkommen. Sie warf einen Blick auf den Verletzten und winkte die Männer ins Haus, an dessen Wänden exotisch riechende Kräuter hingen. Auf Ibuirras Geheiß legten sie den Verletzten auf ein Lager, dessen Decke mit bunten Vogelfedern bestreut war.

»Nun raus mit euch, ihr Dummköpfe!«

Puebla lächelte verlegen.

»Bekommst du ihn wieder hin?«

»Wir werden sehen. Die Gesichtswunde bringt den Kerl nicht um. Die Weiber werden trotzdem auf ihn hereinfallen. Aber die Brustwunde dort ist dicht neben der Pforte des Himmels. Nun schwirrt ab!«

Sie scheuchte die Männer hinaus. Don Francisco ließ sich nur widerstrebend hinausdrängen.

»Und du glaubst, dass Julien in guten Händen ist?«, fragte er mit bleichem Gesicht den Arbeiterführer. Dieser zuckte mit den Achseln.

»Bei solchen Wunden ist schnelle Hilfe notwendig. Der lange Weg zu einem Arzt an der Plaza Mayo hätte ihn mit Sicherheit umgebracht. Die Ibuirra ist hier in La Boca unsere Ärztin, Priesterin, Apothekerin und … unsere Wahrsagerin. Sie kennt Vergangenheit und Zukunft. Wenn sie nicht voller Hoffnung wäre, hätte sie uns mit ihm fortgeschickt. Denn wenn in ihrem Haus jemand stirbt, schadet das ihrem Ansehen. Sie lebt davon, dass sie Wunder verrichten kann.«

Sie erfuhren nie, welche Ingredienzien sie Julien Cordoso einflößte, welches Blut sie über seinen Kopf tröpfeln ließ, welche Pflanzen sie zu einem heilsamen Pulver im Mörser zerstampfte. Jedenfalls sorgte es dafür, dass er gegen den Tod ankämpfte und wenn sich das indianische Gesicht über ihn beugte, sah er ihren roten Mund geheimnisvolle Worte flüstern und erst, als das Fieber sank, verstand er ihre Worte.

»Lebe, Julien Cordoso, lebe.«

Eine Woche rang er mit dem Tode. In der Hütte waberten viele Dämpfe und die Ibuirra umkreiste, Sprüche murmelnd, sein Bett.

Jeden Tag kam Don Francisco mit ängstlichen Fragen an ihre Tür, hatte er doch nur noch diesen einen Sohn. Aber die Ibuirra fertigte ihn immer nur kurz ab.

»Wir werden sehen. Er kämpft, und die Wilan, die Geister der Pampa sind mit ihm.«

Die Besserung kam abrupt. Er erwachte und als sie sah, dass seine Augen klar waren, lächelte sie befreit.

»Bueno, du Teufel. Du hast es geschafft.«

Sie flößte ihm eine weiße Flüssigkeit ein.

»Was ist das?«, krächzte er.

»Stutenmilch, du arroganter Mordgeselle. Die Milch einer Stute, deren Ahnen mit den Mauren nach Gibraltar kamen und deren Nachkommen in der Pampa die Freiheit kennenlernten. Die Milch wird dir die Kraft zurückgeben und du wirst schon bald wieder der verdammte Verführer sein, der du warst.«

Er beobachtete sie bei ihrem Tagwerk, sah alte Frauen und Männer zu ihr kommen, sah, wie sie sich um einen Kessel mit ihnen hockte, wie sie Knochen warf, den Hahn über einem Kessel schwenkte und andere wunderliche Dinge tun, die über sein Wissen und seinen Verstand gingen. Noch einmal vergingen sieben Tage.

»Morgen kann dich dein Vater abholen«, kündigte sie schließlich an. »Du hast es überstanden. Schon bald wirst du wieder stark und so wild sein wie zuvor. Aber lass es dir eine Warnung sein. Du bist sterblich, Julien Cordoso. Noch einmal verkraftet dein Körper so eine Wunde nicht. Du hast Glück gehabt, dass der Stich weder Herz noch Lunge verletzt hat, sonst hätte ich dir nicht helfen können. Du hast bereits viele Leben gelebt und wirst in weiteren Leben deinen Mut und deine Klugheit zeigen müssen. Du warst der Junge aus der Avenue Bugeaud zu Paris, du warst der kleine Soldat der Nationalgarde, den die Prinzessin Dimitrieff liebte, du warst der Bagnoflüchtling, der die Liebe einer Frau ausnutzte, du warst der Ehemann der Antonia, die du nicht genug liebtest, und bist nun der unerschrockene Julien Cordoso, der den Göttern die Rache aus der Hand nimmt.«

»Woher weißt du das alles?«

»Vieles hast du mir im Fieber verraten, manches habe ich deinen Handlinien entnommen und von deiner Zukunft weiß ich aus den Knochen des Hahns, dessen Blut sich mit deinem vermischte.«

»Das also weißt du?«, fragte er beklommen.

»Das und noch mehr. Du wirst bald ein großer Kazike sein, den deine Feinde fürchten werden. Die Geister haben dich als ihr Werkzeug erwählt. Oh ja, die Wilan benutzen dich. Du wirst mit dem Wind reiten, mein … Julien Cordoso.« Sie seufzte.

Er wurde aus dem Gerede nicht klug und nahm es hin.

Am nächsten Tag holte ihn Don Francisco in einer Kutsche ab.

»Ich danke dir, Dolores Ibuirra«, sagte Julien zum Abschied. »Ich weiß nicht, wer du bist, aber ich werde dich nie vergessen.«

Sie legte ihm die Hand auf den Mund. »Schweig! Keinen Dank. Ich folgte nur den Weisungen der Wilan.«

Auf den alten Don Francisco gestützt, stieg er in die Kutsche. Der alte Cordoso wollte ihr für die Pflege und ihre Künste, oder wie immer man es nennen sollte, eine dicke Rolle mit Geldscheinen zustecken, aber sie wehrte ab. »Es ist alles bezahlt.«

Erstaunt sah Don Francisco seinen Adoptivsohn an. Dieser zuckte ratlos mit den Achseln.

»Wer ist für ihn aufgekommen?«

»Die Wilan.«

»Die Geister?«, staunte Don Francisco.

»Sie wollen ihn benutzen. Er wird mit dem Wind reiten.«

Der Blick des alten Cordoso fiel auf den Türeingang. Wieder hing ein Hahn darüber und Blut tropfte auf die Türschwelle. Was hatte das zu bedeuten?, fragte sich der Alte.

»Hauptsache, sie hat dich wieder in Ordnung bekommen«, sagte er, als sie zur Recoleta fuhren.

»Ich weiß nicht, wie sie es geschafft hat, aber tatsächlich fühle ich mich wie … ein junger Mann.«

In der angenehmen Atmosphäre des Grandhotels vergaß er bald, dass er mit dem Tode gerungen hatte. Nur das Gesicht, die Narbe vom Wangenknochen bis zum Kinn erinnerte noch daran und gab seinem Gesicht einen leidenschaftlichen Ausdruck.

Oh ja, ihm begegnete noch einmal in der Halle der König der Schafbarone, Juarez Machado. Sie sahen sich an und selbst die Bediensteten merkten, dass sich hier zwei Männer gegenüberstanden, die sich den Tod wünschten.

»Ich hoffe, dass du deinem *Capataz* ein ordentliches Begräbnis spendiert hast. El Tigre war ein tapferer Mann!«, sagte er ohne jede Förmlichkeit. Ihr Hass verband sie miteinander.

»Das hat er bekommen. Aber ich habe noch viele gute Männer, die El Tigres Arbeit vollenden können.«

»Eines Tages wirst du keine Männer mehr haben und ich werde dich töten!«

»Der Tod steht neben uns«, stimmte Machado zu. »Die Frage ist nur, wen er zuerst holt. Ich werde euch Cordosos vernichten!« Er drehte sich abrupt um und stolzierte mit seiner Entourage aus der Halle. Doch sein Gesicht war ernst, wie in sich gekehrt.

Als Julien dem alten Cordoso von dieser Begegnung erzählte, nickte er.

»Ja. Der Tod holt sich bereits seine Opfer.«

In den Tagen, als Julien um sein Leben kämpfte, war es so gekommen, wie Francisco und Puebla es geplant hatten. Die Frauen waren mit Schüsseln und Löffeln zum Präsidentenpalast marschiert und hatten auf der Plaza Mayo die Beendigung des Krieges gefordert. Das Klappern der Schüsseln hatte auch in den Nächten nicht aufgehört und die Bürger nicht schlafen lassen. Es war ein blutjunger Leutnant, der nervös wurde und seine Männer schießen ließ. Acht Frauen waren auf der Plaza Mayo gestorben. Im Parlament brachte Puebla einen Antrag nach dem anderen ein und forderte die Beendigung des Krieges und die Bestrafung der Mörder. Die Stimmung im Land änderte sich. Auf einmal fragten sich immer mehr Bürger, warum man Geld durch Kriege verschleuderte, die nur den Oligarchen Nutzen brachten. Die Mächtigen, die sich in der Banco Nacional trafen, berieten in Tag- und Nachtsitzungen darüber, wie sich der Präsident ohne großen Gesichtsverlust aus der Affäre ziehen könnte. Doch die Entscheidung war bereits gefallen. Nicht in Buenos Aires, sondern am Fuß der roten Berge. Und die Zeitungen spielten mit, hatten sie doch endlich die »Aufreger«, die die Bürger so liebten.

Großer Sieg über die Matacos und Calchaken, schrieben sie in großen roten Buchstaben, so rot wie das Blut auf den Weiden der Indianer. Man lobte die Kriegskunst des Balbao Conchero und nannte ihn einen Napoleon. Der Präsident ordnete einen Tag des Sieges an, einen Feiertag, an dem die Straßen nicht von den Armen aus den Vorstädten beherrscht wurden, sondern vom Bürgertum, und es gab eine Parade auf der Plaza Mayo. Der Präsident sprach im Parlament von Vaterland, Ehre und unbesiegbarem Willen der Soldaten. Er feierte den Ruhm Argentiniens. Vor Kurzem hatte man in seiner Partei noch überlegt, ob er der richtige Mann für den wirtschaftlichen Aufschwung war und nun stand er als Sieger da und Menotti versicherte ihm, dass die Partei wie ein stählerner Block hinter ihm stehe. Und so erklärte der Präsident, dass dieser Sieg nur der erste in einer ganzen Reihe von Siegen sein würde und man sich auch die anderen Indianerstämme, wie die Caitru und Huichaqueo, vornehmen würde. Und die Presse huldigte ihm als großem Caudillo.

Sie hörten, dass Esteban wieder in der Stadt war und mit Menotti gesehen wurde. Natürlich kam er auch ins Grandhotel. Ein Gespenst, bleich und mit wirren Haaren, so stürmte er an den Tisch, an dem Don Francisco mit Julien und Adolphe Puebla zusammensaß, um über das weitere Vorgehen zu beraten.

»Vater, du hast mich, deinen Sohn, ruiniert!«, schrie er, warf sich in einen der Sessel und herrschte den Kellner an, ihm Cognac zu bringen.

»Mein Sohn? Wenn ich es könnte, würde ich es dir verbieten, den Namen Cordoso zu tragen. Du hast den Krieg zwischen uns erklärt und hast ihn bekommen. Du hast also deine Rechte auf das Land verkauft?«

»Ja. Ich habe das Indianerland an die Bank verloren, die es mit Gewinn an Machado verkauft hat. Ich wurde es weit unter Wert los. Ich bin ruiniert. Bist du nun zufrieden?«

»Zufrieden? Wegen eines Sieges über einen Intriganten?«, erwiderte der alte Don abschätzig. »Nein, Esteban, schon der Gedanke an dich treibt mir die Schamesröte ins Gesicht. Du hast nun erreicht, dass Machado mein Land vom Wasser abschneiden kann und es wird einen Weidekrieg geben. Es werden viele gute Männer sterben.«

»Ich verlange mein Erbteil!«

»Du kannst vorzeitig dein Pflichtteil bekommen und verzichtest dafür auf alle Ansprüche. Und nun verschwinde! Ich kann deinen Anblick nicht ertragen. Melde dich morgen in der Kanzlei des Don Amando Zuccero. Dort kannst du alle Papiere unterschreiben.«

»Ich bin dein Sohn!«, kreischte Esteban, sodass von den anderen Tischen die Gäste aufsahen. »Ich bin dein Fleisch und Blut! Wie kannst du mich gegen diesen Dreckskerl austauschen, diesen verdammten Bagnosträfling?«

»Wenn du nicht der Sohn des Don Francisco wärst, hätte ich dich jetzt getötet!«, mischte sich nun Julien ein. Seine Stimme war leise, aber so scharf wie eine Klinge.

»Ich fordere dich! Da ich der Beleidigte bin, fordere ich dich auf Pistolen«, fauchte Esteban.

»Du forderst niemanden!«, sagte der Alte streng.

Esteban ergriff das Rotweinglas des Alten und schüttete den Inhalt Julien ins Gesicht.

»Nun, willst du dieser Beleidigung ausweichen? Also, ein Duell mit Pistolen auf dreißig Schritt.«

»Na schön. Wir treffen uns morgen früh vor dem Friedhof von La Recoleta«, erwiderte Julien ruhig.

Esteban lachte hysterisch.

»So stelle ich mir das vor. Ja, du Messerheld. Diesmal wird es auf andere Fähigkeiten ankommen. Meine Sekundanten werden Señor Menotti und der ehrenwerte Staatssekretär Bramonte sein.«

»Ach, diese Halsabschneider«, kommentierte Adolphe Puebla.

»Morgen früh!«, keuchte Esteban und stürzte hinaus.

»Wie ist es dazu gekommen, dass er so wurde?«, fragte sich der Alte.

»Kannst du mit Duellpistolen umgehen?«, fragte Puebla besorgt.

»Ich kann mit einem Revolver umgehen, bin aber kein unfehlbarer Meisterschütze.«

»Du hast aber eine ruhige Hand?«

»Ja. Auf meine Hand kann ich mich verlassen.«

Puebla berührte kurz seinen Arm. »Gib mir die Ehre, dein Sekundant zu sein.«

»Aber da wäre noch ein zweiter Sekundant notwendig«, stellte der Alte fest.

»Du machst es lieber nicht«, sagte Puebla zu Don Francisco.

»Ja. Es wäre zu schmerzlich«, stimmte dieser stöhnend zu.

Die Frage des zweiten Sekundanten blieb vorerst unbeantwortet. Doch es kam am gleichen Tag noch zu einem zweiten Besucher. Julien sah ihn zuerst. Der Domador stand am Eingang. Ein Portier versuchte ihn aufzuhalten, hielt diesen verdreckten Indianer nicht für würdig, das vornehme Hotel zu betreten. Julien eilte zum Eingang und gab dem Portier Bescheid.

»Es ist einer unserer Männer!«

Der Portier verbeugte sich. »Hätte er das gleich gesagt, dann ...«

Julien nahm Domador beim Arm und führte ihn zu dem Tisch, an dem der alte Cordoso und Puebla saßen.

»Setz dich, Domador, setz dich«, forderte ihn der alte Cordoso auf. »Man sieht dir an, dass du einen harten Ritt hattest. Trink erst mal einen Schluck.«

Er schob dem Indio sein Rotweinglas rüber. Dieser trank es in einem Zug leer.

»Schnaps wäre besser«, sagte er stockend.

Julien winkte nach dem Kellner und orderte das gewünschte Getränk.

»Was ist passiert?«, drängte Don Francisco.

»Die Hälfte meines Volkes ist tot. Frauen, Alte, Kinder und viele Krieger. Der Rest ist in die Berge geflohen. Die meisten sind nicht einmal im Kampf gefallen, sondern wurden des Nachts im Schlaf überrascht. Sie haben meine Leute zusammengetrieben und danach erschossen. Die Geier kreisen über den zerstörten Dörfern. Ihr müsst zurückkommen, Señor.«

Don Francisco, der bleich geworden war, lehnte sich zurück.

»Natürlich. Wir werden morgen sofort zur Estanzia zurückreiten. Das bin ich den Matacos und ihrem Kaziken schuldig. Aber um dann was zu tun?«

»Aus dieser Stadt ergoss sich das Unglück in die Dörfer vor den roten Bergen. Wir müssen hier eine Lösung finden«, wandte Julien ein.

»Was für eine Lösung?«, fragte Puebla.

»Können die Hemdlosen La Boca ein paar Tage halten?«

»Wie meinst du das?«, fragte der Arbeiterführer erstaunt.

»Erklärt La Boca zur ersten freien Republik Argentiniens. Baut Barrikaden, wie wir das einst in Paris getan haben. Sperrt den Hafen ab, der lebensnotwendig für die Versorgung der Stadt ist. Als Bedingung für ein Ende des Aufstandes fordert den Rückzug der Soldaten.«

»Schön und gut. Aber was haben wir davon?«

»Ihr habt den Hafen, könnt dort eine Vereinigung der Hafenarbeiter gründen und vernünftige Löhne verlangen.«

»Der Präsident wird Soldaten gegen uns schicken.«

»Ich werde ihn überzeugen, dass dies ein Fehler wäre.«

Puebla starrte ihn mit offenem Mund an.

»Aber wie willst du …?«

»Es gibt ein Argument, das immer überzeugt.«

»Welches?«

»Der Tod.«

Julien sah Domador an.

»Wir werden dem Präsidenten einen Besuch abstatten, nicht wahr, Gaucho?«

Der Indio nickte und seine Augen verzogen sich zu Schlitzen.

»Wenn du morgen noch lebst«, erinnerte Puebla an das Duell.

»Domador wird mein zweiter Sekundant sein.«

Sie trafen sich unter einer mächtigen Eiche im Morgengrauen vor dem Friedhof. Esteban hatte, wie angekündigt, Menotti und Bramonte mitgebracht, die in ihren schwarzen Mänteln und hohen Zylindern wie Totengräber aussahen. Menotti lächelte verächtlich, als er Puebla und den Indio gewahrte.

»Da haben Sie sich ja schöne Sekundanten ausgesucht«, rief er. »Einen Aufrührer und einen Indio. Es ist einfach peinlich.«

»Esteban ist peinlicher«, entgegnete Julien kurz.

Bramonte schlug einen kleinen Kasten auf, in dem die langläufigen Duellpistolen lagen.

»Akzeptieren Sie die Waffen? Englische Pistolen«, erläuterte er. »Hervorragende Arbeit. Gefertigt vom Londoner Waffenmeister John Hardy Wilburne. Ich habe sie selbst eingeschossen.«

»Kennt Esteban die Waffen?«, fragte Julien und sah zu seinem Kontrahenten hinüber, der mit hochrotem Gesicht etwas desorientiert wirkte.

Der Himmel riss auf und ein rotgoldener Lichtstrahl fiel auf die Stadt. Bramonte nickte etwas verlegen. Er war ein kleiner dickbäuchiger Mann, der seine mangelnde Größe mit einem sehr hohen Zylinder kaschierte.

»Das ist ein Vorteil für Esteban«, protestierte Puebla.

Statt Puebla nahm Domador die Waffen in die Hand und begutachtete sie kritisch, fuhr fast zärtlich über den langen Lauf und prüfte Hahn und Abzug.

»Sehr straff eingestellt. Aber in Ordnung. Mach dir keine Sorgen, Don Julien«, gab der Indio die Waffe frei.

»Akzeptieren Sie die Pistolen?«, fragte Bramonte.

»Ja. Bringen wir es hinter uns.«

»Julien, du machst einen Fehler«, warnte Puebla.

Menotti lud sorgfältig die Pistolen, stopfte sie mit Pulver, Kugel und Pfropfen und reichte sie Puebla.

»Überprüft beide, dass sie dem Reglement entsprechen.«

Puebla gab die Waffen an Domador weiter, der sie noch einmal inspizierte. Seine Hände glitten noch einmal über Lauf und Schloss.

»Keine Einwände.«

Die beiden Kontrahenten nahmen die Waffen aus den Händen Bramontes. Esteban hatte die erste Wahl. Julien bemerkte, dass er stark nach Alkohol roch.

»Dreißig Schritte!«, sagte Menotti.

»Zwanzig Schritte!«, korrigierte ihn Esteban.

Menotti sah Julien fragend an.

»Wenn er sich davon was verspricht, warum nicht?«

Esteban und Julien stellten sich Rücken an Rücken. Menotti zählte ihre Schritte. Dann war es soweit. Immer noch standen sie sich mit dem Rücken gegenüber.

»Noch haben die Señores die Möglichkeit, Entschuldigungen auszutauschen und damit das Duell unnötig zu machen«, rief Menotti.

»Keine Entschuldigung!«, keuchte Esteban.

»Keine Entschuldigung!«, bestätigte Julien.

»Señores, Sie kennen die Regel. Erst wenn ich das Taschentuch fallen lasse, dürfen Sie schießen.«

Julien sah zur Eiche hinüber, deren Blätterwerk die Sonnenstrahlen vergoldeten. Ein leichter Wind bewegte die Zweige.

»Señores, machen Sie sich bereit.«

Die beiden Kontrahenten drehten sich einander zu. Bevor das Taschentuch die Hand Menottis verlassen hatte, feuerte Esteban seine Pistole ab. Entsetzt schrie Menotti auf.

»Das ist schändlich!«

Doch der Abzug war durchgedrückt. Die Kugel hatte den Lauf verlassen. Über dem Friedhof flogen einige Tauben hoch. Ein Hund bellte irgendwo den Tag an. Auf Julien eilte der Tod zu.

25 – Die Nacht als der Puma verschwand

(Gustave Flaubert erzählt)

Die Kugel verließ den Lauf. Sie tat es gegen alle Regeln. Das Taschentuch Menottis hatte die Hand noch nicht verlassen. Wer schritt ein? War es die Berührung der Pistolen durch Domador? Hatte der Indio, indem er Lauf, Abzug und Hahn berührte, einen Indianerzauber wirken lassen oder hatte der aufgekommene Morgenwind dafür gesorgt, dass die Kugel ihre Laufbahn veränderte? Auf zwanzig Schritt jemanden zu verfehlen, auch wenn sich der Kontrahent seitlich aufstellt, war für jemanden, der auf einer Estanzia aufgewachsen war, eigentlich unmöglich. Und doch. Die Kugel ging an Juliens Schulter vorbei und schlug gegen die Friedhofsmauer. Die Kugel, die Julien töten sollte, prallte zurück und schlug jaulend in eine Eiche ein, was nur die Blätter rascheln ließ.

»Mein Gott!«, schrie Menotti. »Schießt gegen jede Regel und verfehlt das Ziel.«

»Sei froh, sonst wäre es ein Skandal geworden, in dem wir auch bis zum Hals drinstecken!«, erwiderte Bramonte.

»Julien Cordoso, Sie dürfen jetzt schießen«, rief Menotti gepresst. Zu Esteban gewandt, ließ er seine Verachtung erkennen. »Esteban de Cordoso, nehmen Sie den Schuss entgegen. Stehen Sie es wie ein Mann durch. Ihre Ehre haben Sie schon verloren. Nun geben Sie Ihr verpfuschtes Leben.«

Julien hob die Pistole und visierte Esteban an. Langsam sog er die Luft ein. Wie erwartet, verließ ihn seine Hand nicht. Ohne zu zittern zielte der Lauf auf Estebans Gestalt. Dann ruinierte sich Esteban vollends. Er sah flehend zu Menotti hinüber. Jäh drehte er sich um, zeigte Julien den Rücken und lief wie ein flüchtiges Wild davon, stolperte, schlug hin und krümmte sich heulend am Boden.

»Esteban, steh auf und nimm den Schuss entgegen!«, brüllte Menotti.

»Was für eine Farce«, stöhnte Bramonte. »Ein unwürdiges Schauspiel und wir spielen dabei mit.«

Julien atmete aus und drückte den Abzug durch. Die Kugel verließ den Lauf … gegen den Himmel.

»Es ist mein Recht, ihn mit der Schande leben zu lassen«, rief er zu Menotti hinüber.

»Ihr gutes Recht«, bestätigte Menotti, kam zu ihm und verbeugte sich. »Wir müssen uns für Esteban de Cordoso bei Ihnen entschuldigen. Er hat seine Ehre verloren und wir haben einem Unwürdigen sekundiert.«

»Man sollte wissen, mit wem man reitet«, antwortete Julien mit einem Sprichwort der Gauchos. Menotti nickte düster.

»Ich habe noch niemanden getroffen, der Nerven wie Sie besitzt.«

»Mag sein. Ich habe noch niemanden getroffen, der sich so blind mit den falschen Leuten verbindet.«

Menotti erbleichte.

»Juarez Machado wird nicht mehr lange ein mächtiger Mann sein.«

Menotti lächelte höhnisch.

»Sie irren! Juarez Machado hat die Wahl des Präsidenten finanziert und dieser hat einen siegreichen General. Die Waffen des Balbao Conchero werden Machado zur Verfügung stehen.«

»Schlimm für den Sieger über Alte, Kinder und Frauen.«

»Sie sollten nicht so mächtig die Trommel schlagen, Julien de Cordoso. Mittlerweile haben wir ein Bild von Ihren Fähigkeiten und werden uns darauf einstellen.«

Er drehte sich um und nahm Bramonte beim Arm, der die Pistolen eingesammelt hatte. Ohne sich um den immer noch auf der Erde schluchzenden Esteban zu kümmern, gingen sie zu ihrer Kutsche. Julien hörte Bramonte sagen: »Gehen wir zum

Präsidenten und erzählen ihm, was heute passiert ist. Er muss sich von dem Feigling distanzieren.«

»Der Präsident ist heute bei der göttlichen Ballerina Eva Moreno und wird ihre Füßchen und anderes küssen.«

Puebla schlug Julien auf die Schulter.

»Warum hast du den feigen Hund nicht abgeknallt?«

»Das konnte ich nicht. Don Francisco ist trotz allem sein Vater. Er hat sich selbst erledigt.« Julien reichte Domador die Hand. »Danke, mein Freund.«

Der Indianer lächelte nur kurz.

»Ich weiß nicht, warum du mir dankst. Die Wilan haben eingegriffen.«

Die Kutsche Menottis verließ den Schauplatz, ohne Esteban mitzunehmen. Julien fühlte einen Augenblick Mitleid mit dem gebrochenen Mann, der auf den Knien schluchzte. Niemand ist nun einsamer als Esteban, dachte er. Aber dann erinnerte er sich daran, was dieser Antonia angetan hatte, verdrängte den Impuls, Esteban mitzunehmen und wies zu ihrer Kalesche.

»Fahren wir! Es gibt einiges zu erledigen.«

Auf der Fahrt legte Puebla seine Hand auf Juliens Arm.

»Und du glaubst wirklich, dass du den Präsidenten dazu bringen kannst, den Conchero zurückzupfeifen?«

»Damit allein ist es nicht getan. Ich muss ihn auch dazu bringen, dass er seinen Kettenhund nicht auf den Hafen loslässt, auf deine Leute.«

»Du hast es erfasst. Aber wie willst du das erreichen?«

»Jeder Mensch hat eine Achillesferse. Welche Schwächen hat der Präsident?«

Puebla verzog das Gesicht.

»Willst du Klatsch hören, musst du in die feinen Clubs und Cafés gehen.«

»Erzähle!«, erwiderte Julien bestimmt. »Du weißt doch etwas.«

»Na schön. Also Klatsch. Er liebt seinen Puma und die Frauen. Er nennt sich gegenüber seinen Frauen selbst Puma. Er ist stolz auf seine große Katze mit dem Namen ›Conquistador‹, ein außergewöhnlich großes und schönes Tier. Seine andere Leidenschaft ist derzeit Eva Moreno, die gerade ein Gastspiel in Buenos Aires gibt. Er überschüttet sie mit Diamanten. Das Halsband, mit dem sie überall zu sehen ist, soll Hunderttausende aus der Staatskasse gekostet haben. Nach der Premiere soll er Champagner aus ihren Ballettschuhen getrunken haben. Was an Bettgeschichten darüber hinaus geredet wird, hat mich nie interessiert«, schloss er unwillig.

»Den Puma übernimmst du, Domador«, sagte Julien bestimmt.

Dieser erschrak. »Soll ich ihn töten? Das würde Unglück über mich bringen. Wir Matacos achten den Puma.«

»Nein. Er soll nur für ein paar Tage verschwinden.«

»Sein Puma soll übrigens ein Halsband mit blauen Amethysten tragen«, fiel Puebla lachend ein.

»Und was machst du?«, fragte Domador.

»Ich besuche in den nächsten Tagen die Oper.«

Der Indio lächelte verstehend.

In der Halle des Grandhotels erwartete sie bereits Don Francisco, der niedergeschlagen in einer Ecke saß, ein müder alter Mann, den die Sorgen drückten. Als Julien die Lobby betrat, flammten seine Augen auf und er eilte ihm entgegen.

»Gott sei Dank! Du lebst. Ich werde in der Manzana de los Jesuitas in Córdoba einige Kerzen stiften.«

Sie erzählten ihm, was passiert war. Dem Alten traten Tränen in die Augen.

»Dieser verfluchte, verfluchte Junge. Er macht alles immer noch schlimmer. Man kann Krieg gegen den Vater führen, man kann sich ruinieren, man kann Unsägliches tun, aber niemals darf man zum Feigling werden. Jetzt kann er sich nur noch …« Er brach ab. »Ein Verfluchter unter den Menschen«, setzte er nach einer Weile bitter hinzu.

Die Abendzeitungen brachten es. Man hatte die Leiche des Don Esteban de Cordoso aus dem Hafenbecken gezogen.

Julien regelte, um den Alten zu schonen, alle Formalitäten. Esteban de Cordoso wurde ohne Priester und Trauergemeinde auf dem Friedhof La Recoleta begraben – in der Nähe des Ortes, an dem er seine Ehre verloren hatte. Nur Julien und Domador waren anwesend. Ein Gebet wurde nicht gesprochen.

An diesem Tag kam es zu heftigen Unruhen in der Hafengegend. Die Zeitungen schrien es am nächsten Morgen erschrocken heraus: Die Hafenarbeiter hatten La Boca zur ersten freien Republik Argentiniens erklärt und alle Zufahrten mit Barrikaden blockiert.

Puebla kam am späten Abend zu ihnen ins Grandhotel geschlichen und sie berieten in einem Hinterzimmer über das weitere Vorgehen.

»Die Polizei und die Präsidentengarde haben wir mühelos zurückgeschlagen«, berichtete Puebla stolz. »Der Hafen ist in unserer Hand. Ich habe Plakate anschlagen lassen, die die freie argentinische Republik La Boca verkünden. Meine Leute haben sich mit Äxten, Sicheln und Mistgabeln bewaffnet. Einige Gewehre hatten wir auch, mit denen wir die Präsidentengarde von den Dächern unter Beschuss genommen haben. Ihr Ansturm geschah nur halbherzig. Sie sind Straßenkämpfe nicht gewohnt und haben sich schnell zurückgezogen. Gegen Conchero und seine Kanonen haben wir natürlich keine Chance.«

»Gut. Das war der erste Schritt«, freute sich Julien. »Wie wirst du es mit dem Puma machen?«, fragte Julien den Indio.

»Es gibt ein Pfeilgift, das betäubend wirkt. Ich habe einige Freunde von den Caitru, die auf der großen Müllhalde vor der Stadt arbeiten, dafür gewinnen können, mir zu helfen. Der Verschlag des Tieres liegt in einem Garten hinter dem Präsidentenpalais. Nachts hält sich dort keiner auf. Niemand kommt auf den Gedanken, einen Puma zu stehlen.«

»Was soll das mit dem Puma?«, fragte der Alte kopfschüttelnd. »Sollten wir uns nicht besser zur Estanzia aufmachen und schauen, was der Conchero in den roten Bergen angerichtet hat?«

»Er hat bereits alles angerichtet. Wir sind im Moment machtlos. Wir können nur hier erreichen, dass Conchero seinen Auftrag verliert. Hier entscheidet sich, ob Conchero die Verfolgung der Indianer aufgeben muss. Ich brauche vor allem das verdammte Halsband des Puma.« Er erklärte ihnen, was er vorhatte.

»Klingt wie aus einem Roman von diesem Franzosen, von Alexandre Dumas«, staunte Don Francisco.

»Die Halsbandaffäre der Marie Antoinette, deren Ansehen durch Kardinal Rohan und Cagliostro ruiniert wurde? Nein, es geht um zwei Halsbänder und ein paar Ballerinaschuhe. Wir treffen den Präsidenten dort, wo es ihm persönlich wehtut.«

Am nächsten Abend ging er mit Don Francisco in die Oper. Es war ein prächtiges Haus mit vergoldeten Balkonen, das auch in Paris, Venedig und Mailand hätte bestehen können. Als der Präsident in seiner Ehrenloge erschien, standen alle Besucher auf und sangen, die Hand auf dem Herzen, die Hymne der Nation.

Der Präsident war ein großer schwergewichtiger Mann mit einem fleischigen roten Gesicht. Er nickte hochmütig, als er Don Francisco gewahrte. Hinter ihm standen Menotti und Bramonte, die miteinander tuschelten. Natürlich erregte der Auftritt des alten Don Aufsehen. Jeder wusste doch, dass dessen Sohn aus dem Hafenbecken gezogen worden war. So kurz nach dem Tod des Sohnes war sein Erscheinen in der Oper eine Pietätlosigkeit. Bei den Oligarchen hatte es sich, dank Menotti und Bramonte, herumgesprochen, wie Esteban seinen Ruf ruiniert hatte und man erinnerte sich jetzt nur ungern daran, dass er ihr Werkzeug gewesen war. Nur in den Bordellen vermisste man ihn. Sie hatten nun niemanden mehr, der ihnen die Polizei vom Halse hielt und die Zeit der lustigen Feste gehörte auch der Vergangenheit an.

Die Musik von einem gewissen Tschaikowski berührte Julien. In der Nussknackersuite kämpfte die Nussknackerarmee gegen die des Mauskönigs. Lebkuchen tanzten um die Primaballerina, die von außergewöhnlicher Schönheit war und mit akrobatischen Sprüngen die Zuschauer von den Sitzen riss. Tosender Beifall belohnte die Künstler bereits in der Pause. Es stand fest, dass auch dieser Auftritt der Moreno ein großer Erfolg sein würde.

Julien verließ die Loge und ging hinter die Bühne zu den Garderoben der Künstler. Ein klaustrophobisches Gedränge herrschte in den engen Gängen. Niemand beachtete ihn. Julien drückte seinen Sombrero tief in die Stirn, schob das schwarze Halstuch vors Gesicht und öffnete die Tür zum Umkleideraum der Primaballerina. Eine füllige Frau beschäftigte sich mit dem Haar der Moreno. Erschrocken drehte sie sich um.

»Wer sind Sie? Was wollen Sie?«, kreischte die Frau.

Nun wandte sich auch die Moreno Julien zu und musterte ihn mit der Gelassenheit einer Frau, die es gewohnt war, dass ihr jeder Mann zu Füßen lag. Julien schob den Riegel vor.

Die Moreno zeigte keine Angst. »Ein Gaucho, nach der Kleidung zu urteilen. Was soll die Maskerade?«

Julien zog sein Messer heraus und wiegte es in der Hand.

»Zwei Dinge, meine Schönheit. Ihre Ballerinaschuhe für mein Herz und das Halsband des Präsidenten für meine Geldbörse.«

»Ein Bandit also!«, sagte die Moreno, immer noch mit überlegenem Lächeln. »Wissen Sie eigentlich, was Sie tun? Der Präsident ist mein Freund. Er wird Sie jagen wie ein Stück Wild.«

Julien warf das Messer in die Luft, fing es auf und schleuderte es neben der Hand der Moreno in den Schminktisch. Erschrocken schrie die Primaballerina auf. Julien trat zu ihr und zog das Messer aus dem Tisch.

»Das nächste Mal steckt es in deiner schönen Hand.«

»Bandito!«, flüsterte die Friseurin.

»Richtig. Ein böser, böser Mann!«, betätigte Julien.

»Los, Schönheit, zieh dir den rechten Schuh aus. Du wirst ja noch andere Schuhe haben.«

»Marietta, gib ihm einen von meinen Ersatzschuhen.«

»Ich will die, mit denen Sie soeben eine so gute Vorstellung gegeben haben. Niemals habe ich Derartiges gesehen. Sie waren großartig.«

»Ein Bandit, der Komplimente macht. Eine ganz neue Erfahrung.«

Die Moreno, das Haar streng zurückgekämmt, mit hohen Wangenknochen und dunklen Augen war das, was man gemeinhin eine russische Schönheit nennt. Sie beugte sich hinunter, löste die Schuhe und gab sie ihm.

»Nun noch die Diamanten.«

»Ach ja, für Ihren Geldbeutel.« Sie schlug die Schmuckkiste auf. »Bedienen Sie sich!«

Neben dem Halsband waren in der Schatulle noch andere Preziosen. Julien zog nur das Halsband heraus.

»Das ist alles?«, fragte sie ironisch.

Julien bewunderte insgeheim ihre Kaltblütigkeit.

»Der Präsident wird es Ihnen wiedergeben, Teuerste.«

»Nun verstehe ich gar nichts mehr. Ist das ein Scherz des Präsidenten?«

»Sieht mein Messer nach einem Scherz aus?«

Julien steckte das Geschmeide ein. Es klopfte an der Tür. Es sei Zeit, auf die Bühne zu kommen.

»Ich komme gleich. Einen Augenblick noch!«, rief die Moreno zurück. »Na, Gaucho, es wird Zeit, dass du verschwindest.«

Julien ging zur Tür, öffnete sie und spähte den Gang hinunter. Ballerinas in ihren Tütüs rauschten vorbei. Er zog das Halstuch ab, bedeckte sein Gesicht mit dem Poncho und eilte, ohne aufgehalten zu werden, in seine Loge. Don Francisco sah ihn fragend an.

»Alles in Ordnung!«, bestätigte Julien und zeigte das Halsband.

»Übertreib es nicht, mein Sohn«, antwortete der Don trocken.

Sie sahen, wie jemand in die Loge des Präsidenten stürzte und sich dieser sofort dem Ausgang zuwandte. Der Impresario trat auf die Bühne. Es wurde still in der Oper. Die Veranstaltung würde sich um eine halbe Stunde verzögern, da die Primaballerina in der Pause überfallen worden sei. Ein empörter Schrei stieg hoch.

»Sollten wir nicht gehen?«, flüsterte Don Francisco.

»Nein. Das würde auffallen. Wir gehen mit den anderen Zuschauern, wenn die Vorstellung zu Ende ist.«

Doch bereits nach fünfzehn Minuten ging es weiter. Der Zwischenfall schien die Moreno nicht in ihrer Kunst beeinträchtigt zu haben.

Inmitten der Menschenmassen drängten Julien und Don Francisco auf den Ausgang zu. Vor der Oper war das Garderegiment aufgezogen, aber dies war nur eine Drohgebärde, mit der der Präsident seiner Angebeteten zeigen wollte, wie sehr er sich für sie einsetzte. An eine wirksame Kontrolle war bei der Menschenmenge nicht zu denken. Sie fuhren ins Grandhotel zurück, wo Domador sie bereits erwartete.

»Der Puma schläft«, sagte der Indio und reichte ihm das Halsband mit den Amethysten.

»Dann können wir morgen zum nächsten Akt übergehen.«

»Und wird es funktionieren?«, fragte der Alte besorgt.

»Morgen Abend wird der Präsident davon überzeugt sein, dass er seinen Bluthund zurückpfeifen muss.«

»Die Wilan werden mit uns sein«, fügte Domador hoffnungsvoll hinzu.

»Wo ist der verdammte Puma?«, fragte Don Francisco.

»Hier im Hotel.«

Der Don fuhr fast aus dem Sessel. »Was?«

»Der Kellermeister ist ein Mestize vom Stamm der Calchaken. Der Puma liegt im Weinkeller. Er schläft dort in einem Verschlag. Der Compadre passt auf, dass er weiterschläft, wenn er sich regt.«

»Mein Gott, ihr seid mir beide zwei Teufel.«

»Nein. Wir sind nur die Werkzeuge der Wilan.«

Don Francisco seufzte.

Am Morgen überschlugen sich die Zeitungen in ihren Schlagzeilen. Der Überfall auf die Primadonna war ein Affront gegen den Präsidenten. Das Verschwinden des Pumas führte nur zu einer kleinen Randnotiz. Im Kabinett hatten die Minister unter einem sehr schlecht gelaunten Präsidenten zu leiden.

»Unerhörte Zustände!«, rief er dem Innenminister zu. »Man beklaut die Primadonna Moreno und stiehlt meinen Puma. Was geht hier vor? Was treibt die Polizei eigentlich? Und was ist mit den Arbeitern in La Boca plötzlich los?«

Menotti zuckte mit den Achseln.

»Wir sollten die Armee mobilisieren.«

»Ha, soll die jetzt nach Dieben suchen?«

»Nein. Aber sie könnte die Barrikaden räumen. Die Garde ist zu schwach für so eine Aktion.«

»Hast du vergessen, dass Conchero in der Pampa aufräumt?«

Die Konsequenz, Conchero zurück nach Buenos Aires zu beordern, wagte niemand vorzuschlagen. Die Kabinettssitzung verlief ohne Ergebnis. Der Präsident war sehr unzufrieden mit seinen Ministern.

Um Mitternacht standen Julien und Domador vor dem Präsidentenpalast. Sie trugen die Uniform der Nationalgarde. Die Uniformen hatten Domadors Freunde aus der Kleiderkammer der Präsidentengarde gestohlen. Die Frauen, die die Kleidung der Gardisten in Ordnung hielten, waren Indios. Julien trug die Uniform eines Oberst, Domador die eines Hauptmanns.

»Sie haben die Wachen verdoppelt«, stellte Julien fest.

»Wir werden gleich Verstärkung bekommen«, beruhigte ihn der Indio.

Eine Gruppe Indianer kam die Straße herauf. Sie trommelten, pfiffen und tanzten.

»Es sind Caitru. Sie feiern das Fest des Mondes«, erläuterte Domador. »Sie haben seit heute Nachmittag gesoffen und sind nun sehr mutig. Pass nur auf, gleich werden sie mit den Wachen allerlei Schabernack treiben.«

»Die werden schießen.«

»Nein. Sie werden den Wachen Schnaps anbieten und diese werden nicht widerstehen können. Wache schieben ist eine langweilige, trockene Angelegenheit. Ich gehe jetzt zu den Caitru und sorge für noch mehr Unfug und Chaos. Sieh nur, sie haben sogar einen Trompeter mitgebracht. Gute Männer!«

Er lief zu seinen Indianerfreunden. Diese strömten bald darauf zur großen Treppe des Palastes, umringten die Wachen und boten ihnen die Schnapsflaschen an. Diese zierten sich erst, um dann doch nachzugeben. Julien ging an dem Gedränge um die Wachen vorbei ins Innere des Palais. Niemand beachtete ihn. Draußen fielen nun Schüsse. Offensichtlich hatten sich nicht alle Wachen verführen lassen. Er lief die Treppe in den zweiten Stock hoch. Er betrat einen Saal mit einem riesigen Tisch und vielen Stühlen. Hier tagte wohl das Kabinett. Das Mondlicht fiel herein. Don Francisco, der oft im Palais gewesen war, hatte ihm die Örtlichkeiten genau geschildert. Eine Tür, wie für Riesen gemacht, führte zu einer weiteren Treppe. Vom Don wusste er, dass sich im dritten Stock die Privaträume des Präsidenten befanden. Als er den Gang zum Schlafzimmer einschlagen wollte, stockte er. Vor den Privatgemächern stand ein Soldat mit geschultertem Gewehr. Er ging auf den Mann zu. »Kontrolle. Draußen machen Indios Ärger. Hier ist alles in Ordnung?«

»Alles in Ordnung!«, echote der Soldat.

Julien trat nahe an ihn heran und verpasste ihm einen Schlag auf die Schläfe. Der Mann sackte zusammen und fiel zu Boden. Er sorgte sich, weil dies sehr laut geschah. Doch er musste es zu Ende bringen. Egal ob nun Wachen von unten heraufkommen würden. Er zog das Tuch vor das Gesicht, öffnete die Tür und starrte in den Lauf eines Revolvers.

26 – Ein nächtlicher Besuch

(Honoré de Balzac erzählt)

Die Hand, die den Revolver hielt, war die des Präsidenten. Doch ein Staatsmann muss nicht unbedingt physischen Mut haben. Präsident konnte man auch werden, wenn man in den Clubs die richtigen Fäden zog, die richtige Frau heiratete und genug ergaunertes oder ererbtes Geld im Hintergrund hatte. Die Hand, die den Revolver hielt, zitterte, doch trotz dieser Tatsache hätte für Julien einiges schieflaufen können. Ein zu starker Druck am Abzug und er hätte sich mit einem schönen runden Loch im Kopf in einer Bretterkiste wiedergefunden. Julien blieb ruhig und hob die Arme.

»Runter mit der Maske!«, krächzte der Präsident.

»Lassen Sie das, Señor Präsident, sonst bekommen Sie von meinem Kollegen hinter Ihnen die Klinge in den Rücken.« Durch das Halstuch, das Julien sich vors Gesicht gezogen hatte, klang seine Stimme dumpf und unheimlich.

Wie angeführt, war der Präsident weder mutig noch hatte er Erfahrung, wie man in einer solchen Situation reagieren sollte. Er überlegte nicht einmal, wie nun ausgerechnet in sein Schlafzimmer ein zweiter Besucher unbemerkt hineingekommen sein sollte. Er glaubte diesem selbstbewussten Mann, der scheinbar furchtlos vor ihm stand, wandte sich um, bekam sofort einen Schlag hinters Ohr und fiel auf den Fußboden. Julien hob den Revolver auf, schleifte den schweren Mann zu einem Sessel, setzte sich ihm gegenüber und wartete, dass der Präsident seinen Schlaf beendete. Er hatte dabei Zeit, sich im Schlafzimmer umzusehen. Auf dem Tisch neben dem Bett brannten zwei silberne Kerzenleuchter. Baldachin und Bordüren waren in einem schwülen Rot und passten eher zu einer Frau. Mächtige vergoldete Spiegel ließen auf große Eitelkeit schließen. Es roch nach einem Parfüm, das er kannte. Der Präsident kam zu sich und blinzelte ihn an. Stöhnend hielt er sich den Kopf.

»Ich werde Sie erschießen lassen! Das war ein Angriff auf das Staatsoberhaupt.«

»Sie werden erst mal gar nichts tun, sondern mir zuhören!«

»Sie sind Oberst meiner Armee?«, stotterte der Präsident und wies entgeistert auf die Schulterklappen.

»Nicht alle Offiziere sind mit Ihrer Politik einverstanden«, blufften Julien. »Sie werden General Conchero zurückbeordern.«

»Lächerlich. Warum sollte ich?«

»Weil Sie sonst tot sind. Aber vielleicht müssen Sie noch nicht in dieser Nacht sterben. Überlegen Sie doch mal ganz nüchtern. Was bringt es Ihnen, wenn Sie die Geschäfte Machados erledigen lassen? Esteban Cordosos große Idee vom Siedlungsland für die Immigranten war doch nur Propaganda fürs Volk. Machado wird genauso wie Esteban bestimmt nicht mit irgendwelchen dahergelaufenen Italienern oder Spaniern sein Land teilen. Wenn Sie die Truppen nicht zurückholen und die Indios nicht in Ruhe lassen, haben Sie dort unten einen langen Indianerkrieg und wenn man den Krieg zwischen Machado und Cordoso dazu nimmt, wird dies zu einem wirtschaftlichen Abschwung führen, der auch die Oligarchen nicht erfreuen wird. Die Folge, man wird sich nach einem anderen Präsidenten umsehen, was bedeuten kann, dass Sie auf dem Friedhof in einem Mausoleum liegen werden. Viel Ruhm wird das Grabmal nicht zu berichten haben.«

Der Präsident schluckte.

»Wenn ich General Conchero zurück beordere, bin ich erledigt. Ich kann jetzt das Ruder nicht um 180 Grad herumreißen. Niemand würde es verstehen. Ich bekäme sofort Ärger mit meiner Partei und den Clubs.«

»Aber Sie wären nicht tot.«

Der Präsident schnaufte und starrte vor sich hin.

»Wer sind Sie?«, fragte er fast schüchtern. »Ein Rivale des Conchero? Wollen Sie seinen Platz einnehmen?«

»Ein Soldat der Pampa. Wie ich hörte, stammen Ihre Großeltern auch von dort, wo man mit dem Wind reitet. Aber Sie sind ein Städter geworden, ein Meister des Taktierens und Intrigierens, der sich verkauft und andere kauft. Kurz, Sie sind ein Politiker, der seinen Vorteil erkennt.«

Der Präsident sah Julien mit rot unterlaufenen Augen an, brütete, wie er sich aus dieser Lage befreien konnte.

»Wenn ich die Soldaten zurückhole, wird man mich verachten. Ich bin ein Mann von Ehre!«

»Die Ehre wird Sie nicht vor dem Tod bewahren. Fragen Sie sich nicht, wie es möglich ist, dass ich in Ihr Schlafzimmer eindringen konnte, als wäre dies die Hütte eines Indios? Ich habe überall Zutritt.«

Julien warf ihm die Ballerinaschuhe sowie das Halsband in den Schoß.

»Sie waren es, der Eva bestohlen hat?«

»Nicht nur Eva.«

Als er ihm auch noch das Halsband des Pumas in den Schoß warf, erschütterte dies den Präsidenten mehr, als der Revolver in Juliens Hand. Dies war für ihn der Beweis, dass dieser unheimliche Fremde über Fähigkeiten verfügte, die nicht mit rechten Dingen zugingen.

»Sie haben meinen Puma gestohlen? Lebt er noch?«

»Er lebt. Sie werden ihn wiederbekommen, wenn Sie auf meine Forderung eingehen.«

»Niemals!«

Julien steckte den Revolver in den Gürtel, zog sein Messer heraus, betrachtete die breite Klinge und küsste sie.

»Na gut, wenn Sie so uneinsichtig sind, dann sterben Sie eben gleich.«

Der Präsident rutschte tiefer in den Sessel.

»Sie töten einen wehrlosen Mann?«

»Richtig. Einen Mann, der seine Soldaten auf wehrlose Frauen, Kinder und Alte gehetzt hat. Und das nur, weil Machado die Clubs im Sack hat und Esteban Cordoso Ihnen die schöne Parole ›Land für die Siedler‹ lieferte.«

Der Präsident gab den Widerstand auf und senkte den Kopf.

»Na gut. Wie soll es ablaufen?«

»Sie verlesen morgen im Parlament eine Erklärung, dass der Norden befriedet sei und Conchero deswegen zurückberufen wird. Weiterhin schließen Sie mit der Opposition den Pakt des sozialen Friedens und gehen eine Koalition mit Puebla ein. Im Verbund mit ihm können Sie sich an der Spitze einer Regierung halten, die nicht von den Oligarchen abhängig ist, sondern eine breite Basis hat. Sie lassen die Vereinigung der Hafenarbeiter zu und bringen ein Gesetz ein, das Mindestlöhne garantiert, sowie ein Sozialsystem, das die Menschen vor der größten Not bewahrt.«

»Wie stellen Sie sich das vor? Die Clubs, die Oligarchen werden mich aus dem Amt fegen und wenn es zum Äußersten kommt, wird man Conchero zum Caudillo machen.«

»Sehen Sie es doch einmal so: Sie werden der Präsident der sozialen Gerechtigkeit sein oder tot. So schwer dürfte die Entscheidung gar nicht sein.«

Der Präsident atmete schwer. Man wird nicht Führer eines Landes, wenn man dumm ist. Es war nicht nur das blitzende Messer, das ihn die Möglichkeit eines Politikwechsels durchdenken ließ. Schon immer hatte es ihn gekränkt, dass die Politik von den Oligarchen in den Clubs bestimmt wurde und er nur eine Marionette gewesen war. Aber bisher hatte er die Arbeiter im Hafen, dieses gemeine Volk von La Boca, nicht als politische Kraft erkannt. Bisher hatten die Oligarchen bestimmt, wie der Reichtum des Landes zu verteilen war. Natürlich kannte er Puebla, hatte er ihn doch im Parlament oft genug mit Spott, Hohn und Häme überhäuft. Doch ihm war durchaus bewusst, dass dieser breitschultrige Mann mit dem einfachen groben Gesicht eines Bauern ein Ehrenmann war, kein Señor, aber jemand, der an seine eigenen Worte glaubte.

»Wird Puebla mitspielen?«

»Versuchen Sie es. Sie könnten ein großer Präsident werden.«

»Aus Angst vor Ihrem Gauchomesser?«, verspottete sich der Präsident selbst. »Wer sind Sie?«, stöhnte er.

»Der Geist des Güemes.«

»Das ist doch Unfug!«

»Sehen Sie sich doch die Ballettschuhe, die beiden Preziosen an. Und ich habe hier in Ihren schwer bewachten Palast eindringen können und zeige Ihnen in Ihrem Schlafzimmer eine Perspektive auf, die Sie sich nicht einmal im Traum hatten vorstellen können. Ist das normal?«

»Sie müssen verrückt sein.«

»Wenn Sie mich dafür halten, sollten Sie mich nicht zu sehr reizen.«

Julien beugte sich vor, drückte die Klinge an den Hals des Präsidenten und ritzte leicht die Haut hinter dem Ohr. Es war nur ein kleiner Schnitt, doch verfehlte er seine Wirkung nicht. Der Präsident schrie auf. Das Blut lief an seinem Hals herunter.

»Ich wollte Ihnen nur zeigen, wie verletzlich der Mensch ist.«

»Sie sind ein Teufel!«

»Nein. Ein Geist, ein Bote der Wilan. Sie wissen, vor welchen Alternativen Sie stehen. Entscheiden Sie nun, welchen Weg Sie einschlagen wollen. Ich gehe jetzt. Sollten Sie dort die Klingel benutzen, weiß ich, dass Sie sich gegen den richtigen Weg entschieden haben. Ich werde dann eines Nachts wiederkommen und …«

»Nein, gehen Sie nicht! Was ist mit meinem Puma?«

»Der wird morgen schlafend in Ihrem Garten liegen. Es geht ihm gut.«

»Ein Dieb sind Sie jedenfalls nicht.«

Er wies auf die beiden Halsbänder in seinem Schoß.

»Nein. Ein Dieb nicht.«

Julien ging hinaus. Der Soldat lag immer noch besinnungslos am Boden. Besorgt überprüfte er seinen Puls. Der Soldat regte sich. Gleich würde er aufwachen. Julien lief schnell weiter, die große Wendeltreppe hinunter in die Halle der Ministerien. Die Soldaten nahmen Haltung an, als sie die Uniform eines Obristen gewahrten. Er trat aus dem Palast und die Gardisten reagierten, wie Menschen eben reagieren, denen man die Achtung vor der Uniform beigebracht hat. Sie blieben ihm die Ehrenbezeugung nicht schuldig und knallten die Hacken zusammen. Er nahm es als ermutigendes Zeichen, dass hinter ihm keine Alarmrufe zu hören waren. Als er die Plaza Mayo verließ, trat Domador aus einem Hauseingang.

»Alles in Ordnung?«

»Das wissen wir im Laufe des morgigen Tages. Gab es bei den Musikanten Ärger?«

»Zwei Leichtverletzte. Nichts Schlimmes.«

Die Kutsche, die sie in einer Seitenstraße hatten warten lassen, fuhr sie zum Hotel zurück. Julien zog sich um und reichte die Uniform dem Indio.

»Verbrenne sie und sieh zu, dass der Puma wieder an seinen Platz kommt. El Presidente hängt sehr an dem Tier.«

Im Hotel wurden sie von Don Francisco und Puebla mit sorgenvollen Gesichtern erwartet.

»Wie ist es gelaufen?«, fragte der Alte aufgeregt.

»Er ist ein Feigling und ein Politiker. Wir werden sehen, welche Konsequenzen er aus meinem Besuch zieht.«

Er erzählte den beiden, welche Alternativen er dem Präsidenten aufgezeigt hatte. Puebla schüttelte den Kopf.

»Darauf wird er nicht eingehen. Außerdem setze ich mich nicht mit einem solchen Verbrecher an einen Tisch. Eine Koalition mit einer Partei, die bisher ein Werkzeug der Oligarchen war, kommt für uns aus La Boca nicht infrage.«

»Kann sein, dass sich seine Partei teilt. Aber er wird in seiner Partei Anhänger haben, die ihm folgen, weil er sie in Amt und

Würden gebracht hat. Wenn er der kleinere Partner ist, kannst du ihm ein soziales Programm aufs Auge drücken. Er wird annehmen, da er sich als Präsident des sozialen Friedens feiern lassen kann.«

»Du wirst mir langsam unheimlich, Julien de Cordoso.«

Don Francisco lächelte wissend.

»Wenn das eintrifft, was du dem Präsidenten abgerungen hast, können wir nach Hause reiten. Die Estanzia braucht uns.«

Am Tag nach dem großen Skandal waren sie bereits auf dem Weg in den Norden. Die Erklärung des Präsidenten, Conchero zurückzuholen, spaltete wie vorausgesehen dessen Partei. Am gleichen Abend musste er zurücktreten. Die Oligarchen schäumten, als er nur wenig später eine Koalition mit den Hemdlosen verkündete. Es kam zu Demonstrationen der Bürger. Es floss viel Geld. Tagelang war die Plaza Mayo von denen überschwemmt, die es mit den Oligarchen hielten. Aber die Menschen in den Vorstädten sahen in der neuen Regierung eine Hoffnung, dass auch für sie alles besser werden konnte und ihre Demonstration übertraf an Kopfzahl die Menge der Oligarchen-Anhänger um ein Vielfaches.

Nach dem, was sie in Buenos Aires erlebt hatten, fühlten die drei sich glücklich, wieder durch die Pampa reiten zu können.

»So ist mein Land!«, rief Don Francisco. »Groß und weit und frei. Die Städte machen einen nur kaputt.«

Als sie an der Pulcheria ›La Cucunda‹ vorbeikamen, kündete sich das Unheil bereits an. Die Türen standen weit offen, die Fenster waren eingeschlagen, der Laden ausgeplündert und zwischen den Dielen wuchs bereits das Unkraut heraus.

»Wer hat das angerichtet?« Don Francisco sah seinen Adoptivsohn fragend an. Immer mehr verließ er sich auf dessen Urteil.

»Wer wohl? Wir müssen weiter!«, drängte Julien und wies in Richtung Estanzia. Der Domador nickte ihm zu. Julien verstand.

»Ja. Reite voraus!«

Schon bald verlor sich dessen Gestalt in der Weite der Pampa.

»Hoffentlich erleben wir nicht die gleiche Überraschung«, sorgte sich Don Francisco.

Sie gaben ihren Pferden die Sporen. Endlich schälte sich aus dem Horizont die Estanzia heraus. Im schnellen Galopp ritten sie in die Allee hinein und parierten vor dem Haus erschrocken ihre Pferde. Die Säulen waren schwarz gefärbt und auch das Dach wies Brandspuren auf. Tessier kam aus dem Haupthaus herbeigeeilt.

»Wird auch Zeit, dass du zurückkommst, Junge!«

»Wie geht es der Herde?«, war Juliens erste Frage.

»Die Armee hat ein paar Rinder für ihre Gulaschkanonen geschlachtet, aber ansonsten die Herde nicht angerührt. Wir sind dabei, sie für den Viehtrieb zusammenzutreiben.«

Don Francisco stand benommen vor seinem halb zerstörten Haus.

»Wie konnte das passieren?«, stöhnte er.

Nun erfuhren sie, dass Bilbao Conchero auf der Estanzia seinen Sieg gefeiert hatte. Bei der orgiastischen Feier war Feuer ausgebrochen. Conchero hatte sich rechtzeitig mit seinen Offizieren in Sicherheit bringen können. Jedoch waren einige Soldaten durch den Brand umgekommen. Nur mit Mühe hatte man das Feuer unter Kontrolle bekommen, da auch die gemeinen Soldaten betrunken gewesen waren. Doch hatte Tessier mit seinen Leuten bereits die schlimmsten Schäden beseitigt, so dass das Haus zumindest wieder bewohnbar war.

»So etwas passiert im Krieg«, war Concheros Kommentar zu dem Unglück gewesen.

»Doch das ist noch das kleinere Problem. Machado beginnt uns einzuzäunen«, fuhr Tessier seufzend fort. Don Francisco fuhr herum.

»Stacheldraht?«, fragte er bestürzt. »Das ist die Kriegserklärung. Er muss doch wissen, dass wir Rinderleute nichts mehr hassen als die Einzäunung der Weiden.«

»Es kommt noch schlimmer. Er fängt damit an, das Wasser aus den Bergen umzuleiten. Unsere Nordwiesen werden wir bald nicht mehr bewirtschaften können. Er will den Krieg. Er soll mindestens hundert Gauchos angeworben haben.«

»Das war zu erwarten gewesen«, versuchte Julien den Don zu beruhigen. »Wir werden zum Gegenschlag ausholen, den Draht zerstören und die Quellen sichern. Domador, wir reiten morgen zu deinen Leuten. Die Indianer sind unsere natürlichen Verbündeten. Wo ist die Armee des Conchero jetzt?«

»Er ist abgezogen. Er soll nach Buenos Aires zurückgerufen worden sein. So wird es erzählt. Im Moment kann der uns nicht stören«, gab Tessier Auskunft.

»Wie sich plötzlich alles zum Schlimmen wendet«, stöhnte Don Francisco und rieb sich das Gesicht. Er war in den letzten Wochen gealtert. Einst hatte er die Kraft gehabt, trotz aller Widrigkeiten die größte Estanzia des Landes aufzubauen, doch hatte sein Sohn sich als ehrlos erwiesen und nun drohte auch sein Lebenswerk zugrunde zu gehen. Ohne Wasser würden seine Ländereien versteppen.

»Julien, schaffst du es?«, fragte er mit zaghaftem Lächeln.

»Wir werden kämpfen und darin sind wir gut. Wie viel Mann haben wir, Tessier?«

»Dreißig Gauchos.«

»Ich werde mit den anderen Rinderbaronen reden. Die werden uns Männer zur Verfügung stellen«, machte sich der Don Mut. »Außerdem können wir in den Städten noch weitere Männer anwerben.«

»Das ist meist Pack«, warf Domador verächtlich ein.

»Wir werden jeden Mann brauchen.«

Am Abend gingen Don Francisco und Julien zu dem Grab von Antonia. Mit gesenktem Kopf stand der Alte vor dem Erdhügel.

»Wie konnte all die Herrlichkeit so schnell vergehen? Noch vor Kurzem war ich der geachtete Estanziero und jeder wähnte mich glücklich. Nun ist meine Tochter tot, mein Sohn hat Schande über uns gebracht und meine Estanzia ist verwüstet.«

Julien hätte ihm antworten können, dass das Unglück dem Samen des Alten entsprungen war und doch keine Schuld implizierte, denn was aus dem Samen wird, offenbart sich erst, wenn die Erinnerung an die Liebesnacht im Schatten der Zeit versunken ist. Doch er sagte nichts.

Die beiden obersten Stockwerke waren noch verwüstet, aber Tessier hatte das Erdgeschoss wieder so herrichten lassen, dass man dort wohnen konnte. Julien versuchte den Alten damit zu trösten, dass man nach dem Viehtrieb die Zeit haben würde, die Estanzia wieder in alter Schönheit auferstehen zu lassen.

»Wenn das Dach neu gedeckt ist, die Zimmer in den obersten Stockwerken renoviert und die Säulen frisch gestrichen sind, wird nichts mehr an die wüste Feier des Conchero erinnern.«

Am nächsten Morgen, noch in der Dunkelheit, ritten Julien und Domador in Richtung der roten Berge. Auf einer Hochebene fanden sie den Rest des gepeinigten Volkes. Die Matacos hausten in armseligen Hütten aus Felsgestein, Zweigen und Moos. Verhärmte, verzweifelte Menschen. Der Kazike empfing sie ohne Vorwürfe gegen die Weißen. Er wusste zu unterscheiden und schließlich, nachdem sie Agavenschnaps getrunken und von dem Fleisch des Pampastrauß gegessen hatten, was eine außergewöhnliche Geste der Gastfreundschaft war, offenbarte der Kazike den Zustand seines Volkes.

»Hier sind wir zwar in Sicherheit, aber auf die Dauer werden wir hier elendig verhungern. Wir haben die Hälfte unserer kampffähigen Männer verloren. Viele Frauen, Kinder und Alte sind erschlagen worden. Unserem Volk droht hier oben der Tod.«

»Deswegen müsst ihr in die Täler am Fuß der roten Berge zurück. Natürlich wird das nicht ohne Kampf gehen, aber dabei werden wir euch helfen. Machado hat eure Weiden in Besitz genommen und droht uns mit Wasserentzug und Stacheldraht. Wir haben also die gleichen Interessen.«

»Wir haben in Don Francisco immer einen guten Nachbarn gehabt«, stimmte der Kazike zu. »Nie war Streit zwischen uns.«

»Gemeinsam können wir Machado besiegen.«

Der Kazike senkte den Kopf.

»Sieh uns doch an. Wir sind besiegt. Alle Pferde, Ziegen und Rinder haben sie fortgetrieben. Wir sind Bettler in den Bergen.«

Der Indianer beugte sich vor und zurück und stimmte einen Trauergesang an. Julien wartete, bis er geendet hatte.

»Don Francisco schickt mich. Er ist deinem Volk ein treuer Freund. Wir werden dir Rinder und Pferde zur Verfügung stellen. Dir und den Calchaken und Caitru.«

Er wusste, dass er mit diesem Angebot unabgesprochen den Reichtum des Don Francisco schmälerte. Aber sie standen mit dem Rücken zur Wand. Man musste nun alles einsetzen, was man hatte, um zu siegen. Der alte Don würde dies gutheißen.

»Ich werde die Geister befragen«, sagte der Kazike würdevoll.

»Wir werden nicht mehr die andere Wange hinhalten, wie es der Christengott fordert!«, bekräftigte Domador.

»Sohn, aus dir spricht die Unbedenklichkeit der Jugend!«, wies ihn der Kazike zurecht. »Der Sohn hat zu schweigen, wenn der Vater denkt.«

Domador senkte den Kopf. Der Kazike legte sich den Poncho über den Kopf und wiegte sich im Takt seines Gesanges. Domador tippte Julien auf die Schulter und wies mit dem Kopf zum Ausgang. Sie verließen die Hütte. Julien bereitete sich ein Lager im Schatten einer verkrüppelten Tamariske. Der Indio besuchte seine Leute, um ihnen Mut zuzusprechen. Jedes Mal, wenn er eine Hütte verließ, schien er dort Freude und Zuversicht verbreitet zu haben. Die Kinder umsprangen ihn jubelnd. Als die Nacht einbrach und Domador sich zu ihm gesellte, sagte der Indio: »Alles wird gut werden.«

»Der Kazike wird uns helfen?«

»Wir werden uns helfen. Wir haben gar keine andere Wahl. Hier in den Bergen verhungert mein Volk. Wir müssen uns die Weiden vor den roten Bergen zurückholen. Das bedeutet, dass wir Machado vernichten müssen. Ich weiß, es werden immer wieder Weiße kommen, die uns das Land wegnehmen wollen. Ihr Gringos denkt, euch gehört das Land, wenn ihr irgendein Papier dafür habt. Aber das Land gehört keinem Menschen, es gehört allein den Wilan. Mit jedem Kampf werden wir weniger werden, bis dann …« Er brach ab.

Julien wusste, was er nicht sagte. Die Indianer würden ausgelöscht werden.

Die ganze Nacht hörten sie aus der Hütte den Gesang des Kaziken.

Am nächsten Morgen, die Frau des Kaziken brachte ihnen gerade frisch gebrühten Matetee, brach der Gesang ab. Einige alte Männer eilten in die Hütte. Schließlich kam der Kazike mit ihnen zu Julien und Domador.

»Die Wilan wollen es. Es wird weiteres Leid über uns bringen. So mancher gute Mensch wird zu den Geistern gehen. Aber hier gehen wir ein wie die Saat in der Trockenheit. Ich werde mit den Calchaken, den Caitru, den Hichaquso und auch mit den Husaquitil reden. Wir werden reiten, wenn wir von Don Francisco Pferde bekommen.«

»Ihr werdet bekommen, was wir haben«, versprach Julien.

Als er dem Don von dem Gespräch berichtete, von seinem Versprechen, und dieser die Sorge in Juliens Gesicht sah, richtig gehandelt zu haben, beruhigte ihn der Don.

»Wir geben, was wir haben. Wir werden die Wildpferde zusammentreiben und unsere Zureiter werden viel Arbeit bekommen. Wir haben genug Reserven, um den Kampf durchzustehen.«

Es wurde eine harte Zeit. Bereits früh am Morgen, in der Dämmerung, begann das Tagwerk. Die Rinder wurden unter Rufen, Schreien und Schlägen in die Corrals getrieben und gebrandmarkt. Die Hunde umsprangen bellend die Herde, als man sich unter Domadors Führung zum Viehtrieb aufmachte. Die Hufe der Pferde trommelten den Boden. Die Rinder wurden nach Süden, zu den Fleischfabriken von Rosario getrieben, um Geld für den Krieg einzusammeln.

»Der Don wird am Ende des Krieges ein armer Mann sein«, stellte Tessier sorgenvoll fest.

Julien dachte an die Diamanten des Evremonds. Damit würde er die Estanzia wieder in alter Größe erstehen lassen. Don Francisco hatte einen Boten zu den anderen Rinderbaronen geschickt. Das Ansehen des Alten war immer noch ungebrochen. Alle kamen. Alles Abkömmlinge von harten Männern, die sich das Land untertan gemacht hatten. Es kamen die Ginestras, Ramirez und Garcias; sogar die Zanettis von der chilenischen Grenze. Sie kamen mit ihren Gauchos. Sie waren so viele, dass man den Estanzieros ein Deckenlager in der großen Halle bereiten musste. Die Gauchos schliefen im Freien. Alle hatten Verständnis für die Not des alten Cordoso, sahen sie doch die geschwärzten Säulen, die Brandspuren am Dach und sie verfluchten Conchero und Machado. In der Halle fand auch die Unterredung statt, die alles entscheiden sollte.

Der alte Don hielt eine Ansprache. Der Keller war zwar von Conchero und seinen Leuten geplündert worden, aber der Alte hatte aus Rosario Brandy und Rum kommen lassen, so dass für eine gute Stimmung gesorgt war. Mit den Gläsern in der Hand standen sie in der Halle, rauchten ihre Havannas und hörten ihm zu.

»Wir Cordosos werden reiten. So oder so. Ihr seht, wie meine Estanzia aussieht. Das war Concheros Werk, aber dieser war nur der Handlanger des Machado, der unsere Weiden vom Wasser abschneidet. Ihr alle leidet unter der Siedlungspolitik der Regierung und hasst den Stacheldraht, der die Weiden zerschneidet. Unsere Väter haben das Land in Besitz genommen und mit den Rindern dem Land Reichtum geschenkt. Seit wir pökeln können, geht unser Fleisch in alle Welt. Aber wirklich reich werden die Händler in den Städten.«

»Das wird sich auch wohl in Zukunft kaum ändern«, rief Ginestra, dem eine Estanzia gehörte, die der von Cordoso an Größe nicht viel nachstand.

»Richtig. So lange wir einzeln handeln, wird sich daran nichts ändern. Aber wenn wir uns vereinigen und als Verband auftreten, können wir bessere Preise aushandeln.«

»Den Ärger mit Machado hat dir doch dein eigener Sohn eingebrockt«, rief Zanetti.

Auf die vorwurfsvollen Blicke der anderen sagte er: »Ist doch wahr! Sein Sohn hat doch diese ganze Siedlungsscheiße in Bewegung gesetzt. Das muss doch gesagt werden dürfen. Cordosos Problem ist ein Familienproblem.«

Garcias, der in dem gleichen Alter war wie der Don, winkte verächtlich ab.

»Sei froh, dass du keine Familienprobleme hast. Ich werde jedenfalls Don Francisco mit meinen Männern unterstützen. Wehret den Anfängen, sonst haben wir alle bald Ärger mit dem Stacheldraht!«

»Auch die Ramierez reiten mit Don Francisco«, gab dieser kund, ein junger Estanziero, der mit einer neuen Rinderrasse Aufsehen erregt hatte. »Ich brauche freie Weide. Wenn wir Machado erlauben, einen von uns mit Stacheldraht und Wasserentzug zu Leibe zu rücken, wird das Schule machen und die großen Estanzias werden verschwinden. Der Gaucho braucht freies Land.«

Einige klatschten. Ginestra, ein großer Mann mit einem wilden Schnauzer, schüttelte den Kopf. Selbst seine Männer nannten ihn einen sturen Hund.

»Was macht ihr, wenn Machado den Conchero zu Hilfe ruft?«

»Hör doch auf, Ginestra! Der hat im Moment in Buenos Aires genug damit zu tun, sich gegen die Vorwürfe zu wehren, dass er von Machado gekauft wurde«, wehrte Garcias ab.

»Nun gut, vielleicht kommt er Machado nicht zu Hilfe. Aber ich habe ein Gerücht gehört, dass er ihm Gewehre und Mitrailleusen überlassen hat.« Ginestra steckte sich mit einer triumphierenden Handbewegung eine neue Zigarre an. »Was sagt ihr nun?«, höhnte er. Betretenes Schweigen war die Antwort.

»Dann werden wir uns eben auch bewaffnen«, trotzte Julien. »Es geht um die freie Weide. Wir müssen den Einfluss der Politiker in Buenos Aires zurückdrängen. Wir auf dem Land sind doch die, die Argentinien mit dem Lebensblut versorgen. Ohne unsere Rinder ginge das Land vor die Hunde.«

»Junger Mann, was wollen Sie denn gegen hundert schwerbewaffnete Männer tun?«, dröhnte Ginestra. »Nehmt doch Vernunft an! Es wird ein Gemetzel geben und die Cordosos werden verlieren. Ich warne davor, mit Gewalt gegen Machado vorzugehen. Ich stimme Don Francisco durchaus zu, dass wir einig sein müssen. Klar, wir müssen uns organisieren und mit einer Stimme sprechen und dafür einen Präsidenten wählen.«

»Und der Präsident willst du sein?«, höhnte Ramierez.

»Wäre keine schlechte Wahl!«, gab Ginestra selbstgefällig zu. »Ich würde auf jeden Fall das Problem politisch lösen. Wir haben Geld und das Fleisch und das ist letztendlich entscheidend. Da hat Don Franciscos Sohn recht. Wir könnten ein Jahr unser Vieh nicht zu den Fabriken treiben und schon werden die in der Stadt einknicken. Wir müssen unsere Kraft auf den politischen Kampf ausrichten, dann werden wir den Einfluss bekommen, die Geschicke des Landes zu bestimmen.«

Es war das typische Politikergerede. Man war sich bald einig, uneinig zu sein. Die Stimmung schwankte hin und her. Es wurde dabei getrunken, geraucht und geflucht. Und je älter der Abend wurde, umso heftiger wurde gestritten, wozu auch der Alkohol beitrug.

Am nächsten Tag gab es ein reichhaltiges Asado, wie es Sitte war, und danach ritt man ohne Einigung unzufrieden auseinander.

Doch die Garcias, Ramierez und auch einige andere sagten Don Francisco ihre Unterstützung zu. Man würde hundertfünfzig Gauchos zusammen bekommen.

»Mehr war wohl nicht zu erwarten«, sagte der alte Don nachdenklich.

»Das wird ausreichen, wenn uns auch noch die Indianer zu Hilfe kommen.«

»Sie werden uns wie Pampasstrauße abschießen, sollte Machado Mitrailleusen besitzen«, sorgte sich der Alte.

»Richtig. Also müssen wir uns mit gleichwertigen Waffen versorgen.«

»Schön und gut. Doch woher nehmen?«

»Ich reite zurück nach Buenos Aires. Nur dort komme ich an diese Waffen heran.«

»Mir gefällt das nicht, dass du wieder in die Stadt willst. Sie bringt uns Landleuten kein Glück. Außerdem fühle ich mich … einsam ohne dich. Mir wächst das alles über den Kopf.«

Julien rührte dieses Geständnis des Alten.

»Ich werde bald zurück sein«, versicherte er.

»Junge, was wird werden?«, fragte der Alte niedergeschlagen.

»Wir werden siegen!«

»Glaubst du das wirklich?«

»Wir haben einen Plan, den Machado nicht kennt.«

»Du meinst die Indianer?«

»Ja. Wir nehmen ihn in die Zange.«

»Aber wer verkauft uns Waffen?«

»Der Präsident wird uns helfen.«

Don Francisco fiel die Kinnlade herunter. »Treib keine Scherze mit mir.«

»Dein alter Freund Puebla kann mir dabei helfen.«

»Denk immer daran, dass auch er ein Politiker ist. Er hat Rücksichten zu nehmen. Und was die neue Regierung bestimmt nicht brauchen kann, ist derzeit ein Krieg im Norden. Versprich dir nicht zu viel davon!«

»Ich reite noch morgen. Tessier und Domador werden in einer Woche vom Viehtrieb zurück sein, so dass du gute Hilfe hast.«

»Na gut, wenn es nicht anders geht, dann reite. Aber komm bald zurück.«

Am nächsten Tag, noch in der Dunkelheit, machte sich Julien auf den Weg nach Buenos Aires. Wieder nahm er drei Pferde mit. Als er am Grab seiner Frau vorbeikam, lüftete er den Sombrero. Mit Zärtlichkeit und Wehmut dachte er an sie zurück. Voller Scham gestand er sich ein, dass er ihr nicht die Liebe gegeben hatte, die sie verdiente. Antonia hatte in ihm einen Retter vor ihren düsteren Träumen und Ängsten gesehen und er hatte ihr nicht geholfen.

In die Pulcheria an der Weggabelung war neues Leben eingezogen. Ein kleiner Mann mit einer Schar von Kindern und einem von vielem Gebären leidend aussehenden verhutzelten Weiblein versuchten hier einen Neuanfang. Er trank bei ihnen einen Matetee und versorgte noch einmal die Pferde.

Drei Tage später war er in Buenos Aires. Die Stadt war immer noch voller Unruhe. Die Demonstrationen der unterschiedlichen Parteien wechselten sich ab. Der Prozess gegen Conchero erregte die Gemüter. Die Armee drohte offen, dass man einschreiten würde, sollte man den Helden verurteilen.

Er traf Puebla in der Halle des Parlaments. Er staunte, wie sich dieser verändert hatte, trug er doch einen dunklen Anzug und statt der Mütze einen Zylinder. Gönnerhaft nahm er Julien in die Arme und führte ihn in die Cantina des Parlaments.

»Ja. Wir haben schon einiges erreicht. Der Präsident tanzt nach unserer Pfeife. Wir haben Mindestlöhne durchgedrückt und hoffen auch noch ein paar andere soziale Erleichterungen zu erreichen. Die Oligarchen geifern natürlich. Aber die Massen stehen hinter uns. Mein nächstes Ziel wäre eine allgemeine

Krankenversicherung. Wir wären dann so fortschrittlich wie die Deutschen.«

»Schön, dass ich dir helfen konnte.«

Puebla stutzte und räusperte sich.

»Stimmt. Du hast uns geholfen«, gab er zögernd zu.

»Hast du dem Präsidenten je verraten, wer sein Besucher war?«

»Nein. Natürlich nicht. Ich habe so getan, als wenn er selbst auf die Idee gekommen ist, mit uns eine Allianz einzugehen. Doch was willst du?«

Julien sagte es ihm.

»Waffen? Bist du verrückt? Diesen Scheck kann ich nicht einlösen.«

27 – Der Tag des Drachen

(George Sand erzählt)

Sie saßen also in der Cantina im Parlament zusammen und Puebla wollte »den Scheck« nicht einlösen, wollte nicht die Gegenrechnung begleichen. Julien mochte den Arbeiterführer und war entsprechend enttäuscht. Er erfuhr hier, dass in der Politik Freundschaft und Dankbarkeit Münzen mit geringem Wert sind.

»Tut mir leid!«, stotterte Puebla, der unter dem kalten Blick Juliens erschauerte. »Ich kann mich, meine Partei nicht so exponieren. Das Militär ist nicht zuverlässig. Ich würde ihnen einen Anlass geben, gegen uns vorzugehen. Die Regierung würde in diesem Fall stürzen. Es geht nicht nur um die Pampa im Norden, es geht um ganz Argentinien!«

»Es geht um Recht und Anstand und dass man dafür etwas tun muss!«

»Julien de Cordoso, du bist ein Romantiker. Die Welt ist aber nicht romantisch. Es geht darum, ob uns auch weiterhin die Oligarchen in Schach halten und ein menschenwürdiges Leben verwehren. Meine Leute würden nicht verstehen, dass ich ausgerechnet für die Rinderbarone die Regierung gefährde.«

Ein Parlamentsdiener kam herbeigestürzt und flüsterte Puebla etwas ins Ohr. Dieser erbleichte und sprang auf.

»Ich muss zum Präsidenten. Wir können uns heute Abend im *Corazon de Rey* in La Boca treffen. Vielleicht … haben wir dann eine ganz neue Situation.«

»Was ist los?«

»Später!«

Mit wehenden Rockschößen lief Puebla davon. Julien beschloss zum Grandhotel zurückzukehren. Irgendetwas Entscheidendes war passiert. Soldaten in blitzenden Kürassen ritten durch die Straßen. Vor dem Präsidentenpalast war die Garde aufmarschiert. Der Regierungssitz war umstellt. Mitrailleusen wurden oben auf der Treppe in Stellung gebracht. Im Grandhotel sah er würdige Männer zusammenstehen und erregt miteinander diskutieren. Ein Mann mit Backenbart führte das große Wort. Der Präsident der Nationalbank. Der Triumph in seiner Stimme war nicht zu überhören.

»Der große Mann hat es gewagt! Er hat das Gericht für nicht zuständig erklärt. Seine Soldaten haben die Richter aus dem Justizgebäude gejagt. Nun wird er das Parlament besetzen und der Spuk hat ein Ende. Wir haben wieder eine nationale Regierung mit einem Präsidenten, der die Interessen der Wirtschaft vertreten wird. Conchero wird uns großartigen Zeiten entgegenführen.«

»Er hat alles generalstabsmäßig vorbereitet«, stimmte sein Gesprächspartner lobend zu, dessen Physiognomie Selbstbewusstsein und Durchsetzungsvermögen verriet. Seine Wangenknochen mahlten. Jemand, der keinen Widerspruch duldete. Aus den Bemerkungen der anderen Diskussionsteilnehmer entnahm Julien, dass es sich um den größten Reeder des Landes handelte.

»Wir werden wieder Ordnung am Hafen schaffen. Die Mindestlöhne hätten uns ruiniert. Nein, jetzt wird wieder nach dem Wert der Arbeit bezahlt.«

»Morgen werden wir an der Börse Kurssprünge erleben«, fuhr der Banker selbstgefällig fort. »Kurssprünge, meine Herren, wie wir sie schon lange nicht mehr hatten. Wir werden gutes Geld machen. Die Kurse werden durch die Decke gehen!«

»Ein starker Mann und ein starker Staat bringen eine starke Währung. Diese kleinen Leute aus La Boca haben nie kapiert, was wirklich zählt.«

Der Bankpräsident lachte und die anderen stimmten wohlig ein. Man war sehr zufrieden an diesem Nachmittag im Grandhotel.

Ein Offizier stolzierte herein und wandte sich an den Bankpräsidenten. Dessen Gesicht flammte freudig auf.

»Meine Herren! Die Armee besetzt schon den Hafen. Es wurden bereits Verhaftungen vorgenommen. Was für ein Stratege ist doch unser Conchero! Es gibt Listen, wer zu verhaften ist. Der Spuk der Regierung der sozialen Gerechtigkeit ist vorbei. Der Präsident hat seinen Rücktritt erklärt. Morgen wird eine Übergangsregierung unter General Balbao Conchero ausgerufen. Bis auf weiteres herrscht das Kriegsrecht. Gehen wir essen. Es gibt gute Gründe zu feiern.«

Julien machte sich Gedanken, ob und wie er ins La Boca kommen sollte. War Puebla auch verhaftet worden? Konnte man in das Hafenviertel überhaupt hinein? Es war eine Ausgangssperre verhängt worden. Auf den Straßen patrouillierten Soldaten. Hin und wieder waren auch im Stadtteil La Recoleta Schüsse zu hören. Jedoch ließ man vornehme Kutschen ungehindert passieren. Julien ging zum Hoteldirektor und bat ihn um die Kalesche des Grandhotels. Der kleine, stets freundliche und hilfsbereite Mann strich sich nachdenklich über sein Bärtchen.

»Natürlich, einem so guten Gast unseres Hauses bin ich immer gern behilflich. Aber Sie werden keinen Kutscher finden, der Sie heute Nacht durch die Straßen fährt. Wohin soll es denn gehen?«

»Ins La Boca.«

»Um Himmelswillen, nein! Das ist viel zu gefährlich. Die Armee hat dort heute Nachmittag aufgeräumt. Wie ich hörte, sind sogar Brände ausgebrochen. Und was will ein Cordoso in dem verrufenen Hafenviertel?«, fragte er mit zusammengekniffenen Augen. »Sie sind doch kein Freund dieser Hemdlosen, sondern ein Señor.«

»Wir haben viel Fleisch in den Fabriken eingelagert. Ich muss wissen, in welchem Zustand sich die Lagerhallen befinden.«

»Ach so, das ist nur zu verständlich. Wenn Sie jemanden finden, der Sie kutschiert, steht Ihnen die Kutsche des Hotels zur Verfügung.«

Julien erinnerte sich an den Kellermeister, hatte er doch zusammen mit seinen Freunden dabei geholfen, den Puma zu verstecken. Er ging hinunter in das Gewölbe. An einer vergitterten Tür musste er mehrmals an einer Glocke ziehen. Ein grauhaariger Mann kam herbeigeschlurft.

»Ja doch!«, brummte er und schloss die Tür auf.

»Ich bin Julien de Cordoso. Domador ist einer meiner *Capataz*.«

Das verwitterte Gesicht des alten Mannes belebte sich. Julien erzählte ihm, welches Problem er hatte.

»Ich brauche einen Kutscher, der Mumm hat und mich ins La Boca fährt.«

Das Gesicht des Kellermeisters legte sich in Falten. Nach seinem kühnen Profil zu urteilen, hatte er auch Indianerblut in den Adern.

»Sie werden Ihren Mann bekommen. Ich werde Jorge, meinem Neffen, sagen, dass er Sie kutschiert. Er kann mit Pferden umgehen. Er war einst Gaucho auf einer Estanzia. Er ist ein sehr geschickter junger Mann, der gut zurechtkommt.«

Julien verstand. Wahrscheinlich hielt sich dieser Neffe mit manch undurchsichtigen Geschäften über Wasser. Er hatte nichts dagegen, einen geschickten jungen Mann an seiner Seite zu haben.

Am Abend stellte sich Jorge ein. Er war ein kleiner dünner Mann mit tiefschwarzen, nach vorn gekämmten Haaren und einem Gesicht mit beweglichem Mienenspiel. Die Kleider schlotterten um seinen Körper.

Dem Kutscher des Grandhotels gefiel es gar nicht, dass ein anderer als er das prächtige Gespann des Grandhotels kutschieren sollte.

»Es sind vier Rappen, wunderbare Tiere. Kann Ihr Kutscher überhaupt mit so edlen Pferden umgehen?«

»Er war ein Gaucho«, erwiderte Julien knapp und musterte die Kleidung des Kutschers. Eine Figur wie ein Jockey. Er trug einen Zylinder mit einer Feder und einen frackähnlichen Rock mit Applikationen über einer silbern bestickten Weste.

»Zieh dich aus!«, befahl er dem Kutscher. »Jorge, streif dir die Sachen des Kutschers über. Sie müssten dir halbwegs passen.«

»Davon hat mir der Patron nichts gesagt!«, protestierte der Kutscher empört.

Julien griff in die Tasche und hielt ihm ein paar Geldscheine hin, das Monatsgehalt eines Kutschers im Grandhotel.

»Na schön«, stöhnte der Mann und entledigte sich seiner Kleidung. »Aber Jorge soll meine Tiere nicht wie Gauchogäule behandeln. Es sind Araber. Was weiß ein Gaucho von Tieren, die aus Granada stammen.«

Jorge kicherte. »Er weiß alles.« Er zog die Kleidung an und drehte sich stolz.

»Schade, dass mich meine Frau nicht so sieht. Ich sehe bestimmt aus wie ein spanischer Grande.«

»Wie ein Fürst«, stimmte Julien zu. »Wenn wir angehalten werden, dann mach ein Gesicht wie ein Grande. Du bist der Kutscher des Grandhotels, der sich nicht von einem Soldaten beeindrucken lässt. Dein Fahrgast ist schließlich jemand, der mit General Conchero diniert hat.«

»Caramba! Was für ein Spaß!«

Pferdeknechte kamen und spannten die nervös tänzelnden Tiere vor die Kutsche mit dem goldenen Wappen des Grandhotels. Jorge schwang sich auf den Kutschbock und schnalzte mit der Zunge.

»Los, meine Pferdchen! Wollen mal sehen, was in euch steckt.«

»Nicht die Peitsche benutzen, das vertragen meine Schönen nicht«, jammerte der Kutscher des Grandhotels.

Im Galopp ging es durch die Straßen einer Stadt unter Kriegsrecht. An allen Straßenkreuzungen standen Soldaten. Zivilisten waren nicht zu sehen. Vier Rappen und das goldene Wappen des Grandhotels auf den Kutschtüren schützten sie. Reichtum ist der beste Mantel, um in wirren Zeiten nicht belästigt zu werden. Denn ein reicher Mann ist ein außerordentlicher Mann und nicht umsonst wird er in angelsächsischen Ländern für gottbegnadet gehalten. Selbst den einfachen Soldaten war klar, dass Buenos Aires wieder eine Stadt des Geldes geworden war. Die Oligarchen, Reeder, Banker und Spekulanten hatten wieder die Macht übernommen, mochten sie auch jemanden in einer Generalsuniform, einen Sieger, auf die Bühne gestellt haben. Ihr Geld hatte ihn gemacht und seine Skrupel, wenn er sie denn hatte, würden sie mit Geldbündeln ersticken. Sie hatten sich einen Knüppel gekauft und die Gefahr, dass diesem die Stellung, das ›Hosianna‹ zu Kopf stieg, hatten sie nicht im Kalkül, waren sie doch der Ansicht, dass Geld alles in Ordnung bringt.

Erst vor dem Stadtteil La Boca wurde die Kutsche angehalten.

»Was erlauben Sie sich!«, hörte er Jorge rufen. »Kennen Sie das Wappen des Grandhotels nicht?«

Eine helle Stimme antwortete, dass er seine Befehle habe. Die Tür wurde aufgerissen. Ein junger Leutnant schaute herein.

»Hier können Sie nicht durch. Sperrbezirk.«

Der Soldat sah nur einen Schatten. Eine Hand hielt ihm ein Bündel Geldscheine entgegen. Der Soldat sah sich um und steckte es ein.

»Aber seien Sie vorsichtig«, gab er als Rat mit auf den Weg. »In einigen Straßen wurde vor Kurzem noch gekämpft.«

Ein leises Lachen war die Antwort.

»Die Burschen werden doch die Kutsche des Grandhotels erkennen!«

»Unsere Soldaten schon. Aber die Hemdlosen haben eine Menge gegen die, die in Kutschen daherkommen.«

»Dem Sohn des Fürsten von Almeria begegnet man überall mit Respekt.«

In dieser Nacht des Kriegsrechts benutzte er zum ersten Mal den Titel des alten Don und erfuhr gleich, welche Wirkung ein Name hat, der nach Königen und Reichtum klang.

»Verstehe, Eure Exzellenz«, stotterte der Leutnant, obwohl er nur einen Namen gehört hatte, den er nicht kannte. Eingeschüchtert schloss er die Tür.

»Passieren!«, rief er.

Teile von La Boca brannten. In einigen Straßen wurde noch Widerstand geleistet. Rauch zog durch die Straßen. Vor einigen Bodegas standen betrunkene Soldaten und starrten verwundert auf die Kutsche mit den vier Rappen. Vor dem *Corazon del Rey* ließ Julien halten.

»Warte hier!«, brüllte er Jorge zu und eilte zum Gasthaus mit dem anspruchsvollen Namen. Die Tür war verschlossen.

»Ist hier niemand?« Er klopfte energisch.

Schließlich kam der Wirt herangeschlurft und öffnete. Er musterte Julien, nickte und wies mit dem Kopf nach oben.

»Die Treppe hoch. Er ist oben.«

Julien stieg bis zum Dachstuhl hoch und stieß eine Tür auf. Um eine Kiste, auf der eine Kerze brannte, saßen drei Männer. Einer von ihnen war Puebla. Dies war nicht mehr der selbstsichere Mann, mit dem er noch am Vormittag im Parlament gesprochen hatte. Sein Gesicht war verrußt und verschwitzt. Müde nickte er Julien zu.

»So sieht man sich wieder«, sagte er demoralisiert. »Es ist alles verloren. Wir haben einen Diktator.«

»Nichts ist verloren!«, widersprach Julien, entsetzt über dessen Mutlosigkeit. »Hat der Präsident denn keine Truppen, die noch zu ihm stehen?«

»Nur General Ronda im Küstenfort. Ronda hat sich Conchero nicht angeschlossen. Conchero und Ronda sind nicht gerade Freunde.«

»Dann kann der Präsident dessen Truppen doch marschieren lassen.«

»Nein. Es ist zu spät. Ich war beim Präsidenten, als der Palast umstellt wurde. Sie haben ihn verhaftet und inhaftiert. Er wird einen Prozess wegen Veruntreuung von Staatsgeldern bekommen. Nur weil einige Gardisten sich an ihren Eid erinnerten und es zu einem kurzen Feuergefecht kam, konnte ich entkommen. Es ist aus, Julien Cordoso. Sie haben meine Leute in die Fleischfabriken getrieben und von dort sind Gewehrsalven zu hören. Es war alles gut vorbereitet. Sie hatten Listen unserer aktiven Kämpfer. Conchero ist der Bluthund, den sich die Oligarchen schon seit langem wünschten. Sowie die Lage übersichtlich wird, werde ich nach Montevideo fliehen und von dort eine neue Organisation aufbauen. Wir können den Kampf nur im Untergrund weiterführen.«

Es klang nicht so, als wenn er noch an seinen Kampf glaubte, geschweige denn an einen Sieg. Er glaubte so nah am Ziel gewesen zu sein, den Menschen in den Armenvierteln das Leben zu erleichtern, war Minister in der Regierung, gar Vizepräsident geworden, und nun stellte sich alles als Intermezzo heraus, als ein schönes Wetterleuchten, das zeigte, wie es einmal hätte werden können.

»Sind im Fort des Generals Ronda ausreichend Waffen?«

»Natürlich. Es ist nicht nur eine Festung, sondern gleichzeitig ein Depot der Armee.«

»Heute habt ihr eine Schlacht verloren, aber es werden andere Schlachten kommen. Geht nicht nach Montevideo, versucht aus dem Untergrund Schläge gegen die Conchero-Armee zu führen. Dafür braucht ihr Waffen. Ihr seid eins mit dem Volk. Wenn es stimmt, dass sie in den Fleischfabriken eure Männer abschlachten, wird sich dies in die Seele des Volkes einbrennen. Man wird von euch erwarten, dass ihr nicht aufgebt. Denkt daran, nicht spanische und englische Armeen befreiten Spanien von den Franzosen, sondern das Volk. Kämpft für ein freies Argentinien, für ein Land der Gleichheit und Gerechtigkeit.«

»Dies sagt ein Julien de Cordoso«, erwiderte Puebla ironisch. »Der Sohn des reichsten Estanzieros des Landes.«

»Jawohl, ein Julien Cordoso. Die Eltern von Simon Bolivar und San Martin waren auch keine Hemdlosen. Alle fortschrittlichen Kräfte müssen jetzt zusammenhalten. Kennt dich General Ronda?«

»Natürlich. Die gesamte Generalität war bei meiner Vereidigung dabei.«

»Also, machen wir uns zu Ronda auf. Sichern wir uns die Waffen. Wird der General zu euch halten?«

Puebla zuckte mit den Achseln.

»Keine Ahnung. Er ist ein ehrgeiziger, aber anständiger Mensch. Sein Vater war Arzt in Córdoba, der sich sehr um die Armen gekümmert hat.«

»Dann sollten wir zu Ronda flüchten.«

»Und wie kommen wir durch die Stadt?«

»Draußen wartet die Kutsche des Grandhotels.«

»Wir werden angehalten werden.«

»Sicher. Aber als Minister wirst du doch irgendwelche Papiere haben, die wichtig aussehen. Die meisten Soldaten können weder lesen noch schreiben.«

»Nein. Ich habe nur meine Ernennungsurkunde retten können.«

Er zog aus seinem Rock eine Rolle mit dem argentinischen Staatssiegel.

»Na also, das ist unser Passierschein.«

»Du hilfst uns wegen der Waffen, nicht wahr?«

»Ja. Meine Hilfe ist nicht uneigennützig. Ich brauche die Waffen, weil Conchero den Machado mit Waffen versorgt hat. Aber ich bin auf eurer Seite.«

Die beiden Kameraden des Puebla blickten ihren Anführer fragend an.

»Ja. Cordoso hat recht. Bleiben wir im Land und kämpfen. Da fällt mir ein, ich habe seit dem Frühstück in der Cantina nichts mehr gegessen.«

Sie gingen hinunter und Puebla rief dem Wirt zu, dass sie Hunger hätten. Der Wirt wies auf den Tisch, sie setzten sich und kurz darauf brachte die Köchin tellergroße Fleischstücke, die alle Beteiligten mit dem Messer vom Knochen schnitten. Dazu gab es einen kräftigen Rotwein. Als sie vor die Tür traten, stand Jorge mit einigen Soldaten zusammen. Sie tranken Wein aus Flaschen.

»Alles in Ordnung, Eure Exzellenz!«, rief Jorge. »Alles Compadres. Heute ist die Nacht des kostenlosen Weins.«

Die Soldaten musterten erstaunt die Gruppe und vielleicht wäre die Fahrt zu Ende gegangen, ehe sie begonnen hatte, wenn Jorge nicht die Soldaten mit seinen Geschichten eingelullt hätte. Es waren einfache Menschen, die an die Wunder der Muttergottes glaubten, die sie in einer Reihe mit den Geistern der Indios sahen. Jorge hatte ihnen erzählt, dass sein Herr, der ehrenwerte Julien de Cordoso, ein Ritter sei, der wegen einer edlen Contessa den Kampf gegen den Riesen aufgenommen habe, der ihm die Dulcinea verwehrte. Es war eine sehr vulgäre Version des Don Quichotte, was der Begeisterung der Soldaten keinen Abbruch tat.

Sie warteten in der Kutsche, dass Jorge seine fantastische Geschichte beendete. Eine Geschichte, in der es um Liebe geht, ist immer eine gute Geschichte, hatten doch alle diese jungen Soldaten eine Maria, Magdalena, Dolores oder Evita, die ihre Träume beherrschte.

»Wann kommt er endlich zum Ende?«, zischte Puebla.

Es ging gut aus. Die Soldaten lobten Jorge als guten Kamerad und sie konnten endlich fahren. Eine Zeit lang ging es am Hafen entlang. Als sie an den Fleischfabriken vorbeikamen und aus ihnen Schüsse hörten, ließ Julien halten.

»Was ist?«, fragte Puebla erstaunt.

»Ich will mich davon überzeugen, was dort geschieht.«

Puebla nickte zustimmend.

»Gut, dann können wir einmal Zeugnis ablegen. Ich komme mit.«

Sie stiegen aus und gingen in einen großen Hof. Zwei Posten wollten sie aufhalten.

»Halt! Hier darf niemand rein.«

»Ich komme von der neuen Regierung!«, erwiderte Puebla und hielt ihnen sein Ernennungsdiplom mit dem Regierungssiegel entgegen, was die Soldaten sofort Habachtstellung einnehmen ließ. Sie gingen weiter. Die Schüsse wurden lauter. Julien schob die Schiebetür zum Schlachthof auf. Ihnen bot sich ein grauenhaftes Bild. Die Wände waren mit Blut bespritzt. Leichen lagen zuhauf herum. Andere hingen wie Schweineseiten an den Fleischhaken. Die Soldaten grölten ein Lied vom Kampf bis zum Tod. Auf dem Boden lagen leere Schnapsflaschen. Ein Korporal taumelte auf sie zu.

»Bringt ihr Nachschub? Wir sind hier fertig«, lallte er.

»Was macht ihr hier?«, fragte Julien überflüssigerweise, um Zeit zu gewinnen und sich von dem Anblick zu erholen.

»Wir massakrieren Rebellen. Dieser Tanz findet in allen Schlachthäusern am Hafen statt. Befehl des großen Caudillo Bilbao Conchero.«

»Komm mit raus!«, forderte Julien ihn auf.

»Warum? Wer bist du überhaupt?«

»Wir sind Gesandte des Caudillo. Wir müssen dir zeigen, wer noch alles liquidiert werden muss.«

»Immer zu Diensten!«, sagte der Korporal lachend. Sein stinkender Atem fuhr Julien ins Gesicht. Julien legte ihm den Arm um die Schulter. Puebla sah fassungslos zu. Hier waren seine Leute abgeschlachtet worden und Julien Cordoso tat so, als wäre er mit dem Korporal gut Freund. Es roch im Schlachthaus nach Urin, Kot und Blut. Sie gingen hinaus. Irritiert sah der Korporal um sich.

»Wo sind die Kerle, die wir noch töten sollen?«, fragte er ratlos und in diesem Augenblick erkannte er wohl, dass er in Gefahr war und riss seine Augen weit auf.

»Du bist diesmal dran!«, sagte Julien, stieß ihm das Messer in die Kehle, hielt ihn fest und ließ ihn langsam zu Boden gleiten.

»Das war ich deinen Männern schuldig«, sagte er zu Puebla.

Dieser hielt sich an der Mauer fest und erbrach sich.

»Gehen wir. Wir können nur hoffen, dass sich die Kerle ohne Befehlshaber nur noch besinnungslos saufen. Leider können wir nicht alle umbringen.«

Am Stadtrand wurden sie noch einmal angehalten. Auch hier erfüllte das Staatssiegel seinen Zweck.

Als ihre Kutsche in den Hof der Festung rollte, eilte General Ronda aus der Kommandantur. Erstaunt sah er Puebla an.

»Minister Puebla, Sie leben?«

»Minister bin ich nicht mehr. Ich frage Sie, stellen Sie sich in den Dienst des Diktators Conchero oder sind Sie der Republik noch treu ergeben?«

»Gehen wir in die Kommandantur«, sagte dieser schnell und sah unsicher zu seinen Soldaten, die auf der Festungsmauer standen.

Sie folgten ihm in ein kleines Büro, das mit viel zu schweren dunklen Möbeln eingerichtet war. Die Wände waren unverputzt. An der Stirnseite hing eine Landkarte. Neben dem klobigen Schreibtisch stand die Fahne Argentiniens.

»Setzen Sie sich«, sagte Ronda stöhnend.

Man merkte, dass es heftig in ihm arbeitete. Conchero war der Sieger und in Kürze schon Präsident. Hier kam ein Vertreter der alten Regierung, der er einen Eid geschworen hatte, die aber hinweggefegt worden war. Er dachte auch an das, was ihm sein Vater als Vorbild mitgegeben hatte, an die Wohlfahrt für die Menschen und dass man für Recht und Anstand einzutreten habe. Er war ein schmaler Mann mit einem Napoleon-III-Bart und ruhigen verträumten braunen Augen, der es durch Disziplin und Zuverlässigkeit zum General gebracht hatte, wenn auch nur eine Hundertschaft in einem veralteten Fort unter seinem Befehl stand. Oh ja, er hatte von noch Größerem geträumt. Von der Regierung der sozialen Gerechtigkeit hatte er sich erhofft, dass sie ihm ein besseres Kommando geben würde, war er doch kein Werkzeug der Oligarchen. Doch dieser Traum hatte sich nun zerschlagen. Jetzt, wo dieser Schlächter Conchero, den er als gewissenlos und korrupt kannte, Staatschef geworden war, würde er in diesem Fort bis in alle Ewigkeit versauern. Conchero hatte ihm einmal ins Gesicht gesagt, dass er ihn für ein Weichei hielt. Wie sollte er auf diesen unerwarteten Besuch reagieren? Um Zeit zu gewinnen, sagte er: »Ich lasse Matetee kommen.«

Ein Ordonanzoffizier erschien und nahm die Bestellung entgegen.

»Sie bringen mich in eine prekäre Lage«, sagte der General, als der Offizier den Raum verlassen hatte.

»General, ich kenne Ihre Familie«, sagte Puebla und legte seine Hand auf dessen Arm. »Ich weiß, was Ihr Vater in Córdoba getan hat. Sie nennen ihn dort einen guten Menschen, manche verehren ihn wie einen Heiligen. Sie haben meiner Regierung den Eid geschworen. Nicht diesem Caudillo, sondern der Republik. Ich ersuche um Ihre Hilfe.«

General Ronda stöhnte. »Was wollen Sie?«

»Die Waffen im Depot.«

Ronda sprang auf und ging aufgeregt vor der Fahne auf und ab.

»Sie wollen einen Bürgerkrieg führen? Zivilisten gegen Soldaten? Hören Sie, ich habe vier Offiziere. Zwei davon sind überzeugte Bewunderer von Conchero. Die Meinung der Mannschaft spielt keine Rolle. Sie wird jeden Befehl der Offiziere befolgen. Schließlich haben sie es so gelernt. Aber die Anhänger des Conchero werden sich gegen mich wenden, wenn ich euch Waffen aushändige. Es kann zu einer Rebellion kommen.«

»Wissen Sie, dass man die Hemdlosen in die Schlachthäuser treibt und dort massakriert?«, fragte Julien.

Ronda wurde bleich.

»Nein. Das ist ja unfassbar.«

»Conchero wird ein blutiges Regiment führen und alle, die zu ihm stehen, werden Blut an den Händen haben.«

Der General atmete erregt und riss an seinem Kragen.

»Die Armee steht überwiegend zum Sieger der Schlacht an den roten Bergen. Wenn ich Ihnen gebe, was Sie verlangen, wird man mich vor ein Kriegsgericht stellen und ich werde ehrlos aus der Armee ausgestoßen und erschossen.«

»Wie ehrlos werden Sie erst sein, wenn an Ihren Händen das Blut des Volkes klebt?«, erwiderte Julien schneidend.

Ronda zuckte zusammen. Unruhig wanderte er immer noch vor seinem Schreibtisch auf und ab.

»Was haben Sie vor, Puebla?«

»Wir werden den Kampf aufnehmen, aus dem Volk heraus. Conchero wird alle Sozialgesetze kassieren. Sein Schlachtfest wird ihn dem Volk gegenüber als schlimmen Caudillo brandmarken, als den Schlächter der Schlachthäuser. Den Makel wird er nicht mehr loswerden!«

»Conchero hat Kanonen.«

»Richtig. Aber wir haben das Volk. Wir werden uns vorerst auf keine offene Schlacht einlassen, sondern seine Regierung durch ständige Nadelstiche destabilisieren. Es kommt eine unruhige Zeit auf unser Land zu. Aber wir haben keine andere Wahl. Das Volk muss das Ungeheuer ausspeien.«

Julien freute sich. Dies war wieder der alte Puebla. Der Arbeiterführer hatte seine Mutlosigkeit abgeschüttelt und wusste wieder, dass er kämpfen musste und die Möglichkeit eines Sieges durchaus gegeben war.

»Aber Conchero ist doch nur ein Werkzeug«, widersprach Ronda. »Hinter ihm stehen die Oligarchen mit ihrem Geld. Sie werden, sollte er scheitern, einen neuen Caudillo aus dem Zylinder zaubern.«

»Das werden sie versuchen. Aber wenn wir den ersten Drachen bezwungen haben, werden sie vorsichtiger werden. Ich verspreche Ihnen, dass ich, sollten wir wieder die Regierung übernehmen, die Rechte der Oligarchen und Großgrundbesitzer zurückschneide. Tut mir leid, Cordoso. Auch ihr Rinderbarone werdet Land abgeben müssen. Die Zeit der großen Latifundien gehört der Vergangenheit an.«

»Das Eintreten von Don Francisco für die Indianer beweist doch, dass er längst erkannt hat, dass die Zeit der übergroßen Besitzungen dem Ende entgegengeht.«

Puebla schüttelte den Kopf. Er wusste, wie stolz der alte Don auf seine ländergroße Estanzia war.

»Es wird ihm wehtun, aber es geht nicht anders. Wir müssen den Menschen, die ins Land strömen, vor der Verelendung bewahren und ihnen Land anbieten.«

Julien nickte zögernd.

»Ich verstehe das schon. Aber nicht alle Rinderbarone sind so einsichtig wie mein Vater. Sie werden nicht klein beigeben und haben ein wichtiges Pfand.«

»Welches?«, fragte Puebla scharf.

»Ihre Rinder. Sie brauchen nur ein Jahr ihre Rinder nicht zu den Schlachthöfen zu treiben.«

»Das hat Zeit bis später. Streiten wir nicht über ungelegte Eier. Im Moment sind wir auf einem gemeinsamen Weg.«

Der Offizier brachte den Matetee und fragte, ob er in der Küche Bescheid geben solle, damit die Herren etwas zu essen bekämen.

»Ja, in Ordnung«, erwiderte General Ronda. »Doch nun schicken Sie die Leutnants Lucca und Caytano zu mir.«

Als die Ordonanz gegangen war, erklärte er im ruhigen Ton: »Nun gut. Tun wir unsere Pflicht gegenüber der Republik. Von den beiden Leutnants weiß ich, dass sie Conchero für ein Vieh halten und die Regierung des sozialen Fortschritts begrüßt haben. Wir werden sehen, ob sie jetzt noch der gleichen Meinung sind.«

»Sie werden uns also helfen?«, fragte Puebla aufatmend.

»Eine Wahl zwischen Pest und Cholera. In beiden Fällen werde ich ehrlos sein. Aber das Blutbad am Volk mache ich nicht mit. Also bleibt mir nur die Wahl, mit euch zu kämpfen und in den Untergrund zu gehen.«

»Wir können einen ausgezeichneten Militär weiß Gott gut gebrauchen«, freute sich Puebla. »Zu militärischen Aktionen wird es zwar in nächster Zeit nicht kommen, aber das muss unser Ziel sein. Wir werden in die Berge ausweichen und dort Männer ausbilden.«

»Ich brauche Mitrailleusen und dreihundert Gewehre für meine Gauchos!«, kam Julien nun energisch auf sein Anliegen zu sprechen. Er verschwieg wohlweislich, dass er die Hälfte der Waffen an die Indios abgeben wollte. Gewehre in den Händen der Indianer löste bei vielen Weißen Angst und Schrecken aus.

»Wofür?«, fragte der General misstrauisch.

»Für unseren Kampf gegen Juarez Machado.«

Der General sah Puebla ratlos an.

»Cordoso hat uns geholfen, an die Regierung zu kommen. Wir schulden ihm Hilfe.«

»Was ist das für eine Geschichte?«

Puebla schilderte sie ihm. Der General lief rot an.

»Ich werde doch unsere Waffen nicht für einen Weidekrieg im Norden vergeuden. Kommt gar nicht infrage!«

»Machado hat Waffen von Conchero bekommen. Er ist sein Verbündeter«, sagte Julien ruhig. »Die Cordosos werden dafür sorgen, dass Machado dem Conchero nicht zu Hilfe kommt.«

»Na gut. Wenn es so ist, dann muss ich Cordoso wohl helfen. Ich werde Ihnen ein paar Soldaten mitgeben, die Sie zu Ihrer Estanzia begleiten, sonst nehmen Ihnen Concheros Leute die Gewehre wieder ab. Doch alles wird nun davon abhängen, ob wir genug Offiziere auf unsere Seite bekommen. Verteilen wir den Bären nicht, bevor er erlegt ist.«

Die beiden Leutnants traten ein. Erstaunt sahen sie auf Puebla und seine Begleiter.

»Setzen Sie sich, meine Herren.« General Ronda erklärte ihnen die Situation. »Ich wage so offen zu Ihnen zu sprechen, da ich Ihre politische Einstellung kenne und ich frage Sie, ob Sie sich dem Usurpator und Schlächter Conchero verpflichtet fühlen?«

»Conchero wird uns als Deserteure an die Wand stellen, wenn wir nicht gehorchen. Wir wären ehrlos«, erwiderte Lucca besorgt.

»Und wie viel Ehre werdet ihr haben, wenn ihr Menschen erschießen müsst?«

Die beiden jungen Offiziere aus bürgerlichen Familien, die stolz auf ihr Patent waren, stolz auf die Aussichten, die ihnen der Soldatenberuf ermöglichte, schwiegen betroffen.

»Einmal kommt der Tag, an dem man sich entscheiden muss.«

»Ihre Befehle!«, sagte Caytano und stand stramm.

Sein Kamerad sah ihn entsetzt an. »Du willst wirklich …?«

»In so einer Situation muss alles andere zurückgestellt werden. Ich gehe mit dem General.«

»Es tut mir leid. Ich werde Hauptmann Lopez von diesem Gespräch berichten müssen«, entgegnete Lucca kreidebleich.

Er stand auf, salutierte und wollte hinauseilen. Der General stand wie angewurzelt. Sein Atem ging schwer.

»Leutnant Lucca, ich kannte Ihren Vater. Wir waren Nachbarn in Córdoba. Ich weiß, zu welchen Werten er Sie angehalten hat. Wenn Sie mich verraten, verraten Sie sich selbst.«

»Ich habe einen Eid geschworen, meinem Land zu dienen. Ich habe nicht vor, diesen zu brechen, nur weil Ihnen der oberste Befehlshaber der Armee nicht passt. Wo kämen wir denn hin, wenn jeder …?«

»Bedenken Sie Ihre Entscheidung doch noch einmal«, bat General Ronda unglücklich.

Leutnant Lucca stürzte zur Tür, ganz durchdrungen von dem Gefühl, seinem Vaterland zu dienen und bestimmt war auch der Gedanke dabei, durch die Aufdeckung der Illoyalität seines Vorgesetzten zur neuen Regierung gleich ein paar Sprossen auf der Karriereleiter zu nehmen.

28 – Die Schlacht am Fuß der roten Berge
(Alexandre Dumas erzählt)

Julien war erstaunt über die Passivität des Generals, denn es war doch klar, wenn Lucca dem Hauptmann Lopez Rondas Treue zu der alten Regierung verriet, dieser die Möglichkeit nutzen würde, dessen Rang einzunehmen. Lucca hatte noch nicht einmal die Hand auf den Türgriff gelegt, als ein Messer sein Tschako vom Kopf riss und an die Tür nagelte.

»Ich würde nicht hinausgehen!«, sagte Julien, war mit ein paar schnellen Schritten bei ihm, zog das Messer aus der Tür und hielt es dem Leutnant an die Kehle.

»Sperrt ihn ein!«, sagte er zu Caytano. Dieser nahm seinen Kameraden beim Arm.

»Du hast es so gewollt«, sagte er unglücklich.

»Es wird dir noch leidtun. Du bringst Schande über dich und deine Familie«, fauchte dieser.

Nun besann sich der General seines Ranges, straffte sich und befahl Caytano Leutnant Lucca in sein Zimmer zu bringen.

»Binde ihn auf einem Stuhl fest und schließ ab. Stell zwei zuverlässige Männer als Wachen ab.«

Caytano verließ mit seinem Kameraden den Raum. Der General wandte sich an Julien, da er in diesem jemanden sah, der die Kaltblütigkeit mitbrachte, die jetzt erforderlich war. Julien hatte auch den richtigen Einfall, um eine Revolte zu verhindern.

»Schick den Hauptmann mit allen Männern, bis auf die, die absolut zuverlässig sind, nach Buenos Aires.«

»Warum? Was soll das denn?«

»Um hier freie Bahn zu haben. Sag ihm, Sie hätten Nachricht, dass Conchero Unruhen befürchtet und alle Truppen in der Hauptstadt zusammenzieht.«

»Das wird er nicht glauben.«

»Er wird diesen Befehl begeistert entgegennehmen. Unruhen ergeben immer Gelegenheit zur Beförderung. Denken Sie an Napoleon, als er am 13. Vendémiaire das Volk zusammenschießen ließ und Barras rettete. Danach war sein Aufstieg vorgezeichnet.«

»Er wird es doch seltsam finden, dass ich nicht selbst die Truppe nach Buenos Aires führe.«

»Sie haben von Conchero den Auftrag erhalten, Verhandlungen mit den Hemdlosen zu führen. Politik. Minister Puebla verleiht dieser Behauptung Glaubwürdigkeit. Er wird es schlucken.«

Caytano kam zurück.

»Alles in Ordnung, Leutnant?«, fragte der General.

»Befehl ausgeführt«, erwiderte dieser und stand stramm.

»Gut. Suchen Sie sich zwanzig Mann aus, auf die Sie sich absolut verlassen können, die Ihre Befehle befolgen und sich keine dummen Gedanken machen. Auf keinen Fall dürfen die sich um Politik gekümmert haben.«

»Kein Soldat hier kümmert sich um Politik. Befehle werden ausgeführt.«

»Gut. Wenn Hauptmann Lopez das Fort verlassen hat, beladen Sie die Karren mit Munition und den neuen Gewehren von den Yankees und der Mitrailleuse, die wir haben.«

»Die Mitrailleuse ist in Reparatur. Aber die neuen Repetiergewehre gleichen vieles aus. Wie viele Gewehre?«

»So viel wie die Karren verkraften können. Sorgen Sie für gute Zugpferde. Wir werden in die Sierra bei Córdoba gehen und dort den Aufstand vorbereiten. Wir müssen erst die Bauern in der Ebene gewinnen, ehe wir zur Offensive übergehen können. Alles verstanden?«

Caytano salutierte.

»Gut. Dann schicken Sie mir Hauptmann Lopez.«

Der Leutnant machte eine Kehrtwendung und marschierte hinaus.

»Jetzt wird es darauf ankommen«, sagte der General.

»Er wird von Ihrem Befehl begeistert sein«, prophezeite Julien.

Der Hauptmann entsprach dem Bild, das sich Julien von ihm gemacht hatte. Er war klein, von schmächtiger Gestalt, die er durch einen fulminanten Bart auszugleichen versuchte. Federnd betrat er den Raum, vor Energie sprühend.

»Hauptmann Lopez, darf ich Ihnen Minister Puebla von der abgesetzten Regierung vorstellen? Er ist aus Buenos Aires geflüchtet und hat sich mir ergeben. Ich werde mit ihm über die Kapitulation der Hemdlosen verhandeln. Gleichzeitig ist eine Truppenanforderung reingekommen. General Conchero zieht alle Truppen in Buenos Aires zusammen, um den Widerstand in der Hauptstadt zu brechen. Das Vaterland ist in Gefahr. Ich erteile Ihnen strikte Order, nach Buenos Aires zu ziehen und sich dem General zur Verfügung zu stellen. Sie werden die Gelegenheit haben, sich dort auszeichnen zu können. Ich gratuliere!«

Zuerst hatte Lopez dem Minister, der aus den Zeitungen hinlänglich bekannt war, einen misstrauischen Blick zugeworfen, aber als er dann von »niederschlagen« und »auszeichnen« hörte, glühte sein Gesicht.

»Danke, mein General, dass Sie mir die Möglichkeit geben zu zeigen, aus welchem Holz ein Ricardo Maria Marques de Lopez geschnitzt ist. Ich werde Ihr Vertrauen nicht enttäuschen.«

»Davon gehe ich aus. Sie reiten sofort.«

»Zu Befehl!«

Salutieren, Hacken zusammenschlagen, Kehrtwendung machen und hinausstürzen wurde von dem Gefühl getragen, der Karriere endlich einen Schub geben zu können. Die große Gelegenheit, auf die jeder Soldat wartete. Er wähnte den Moment, den Mantel der Geschichte ergreifen zu können.

»Was für ein Idiot!«, kommentierte Puebla seinen Abgang. »Er hat es tatsächlich geschluckt.«

»Er ist ein guter Hauptmann und wird ein miserabler General sein. Doch nun, meine Herren, darf ich zu einem Asado einladen. Wir werden in den nächsten Tagen nicht viel Gelegenheit zum Ausruhen haben.«

Da sie von einem Trupp Soldaten und einem General eskortiert wurden, kamen sie ohne nennenswerte Zwischenfälle an Buenos Aires vorbei in die Pampa. Vor Córdoba trennten sie sich. Der General und Puebla würden in die Sierra gehen und von dort den Widerstand organisieren. Julien würde mit einem Wagen und drei Soldaten zur Estanzia ziehen.

»Ich werde dich nicht vergessen, Julien Cordoso«, sagte Puebla. »Du bist jemand, den man gern an seiner Seite weiß, wenn es gefährlich wird. Don Francisco hat einen guten Sohn bekommen. Grüße ihn von mir. Ich wünsche ihm Glück im Kampf gegen Machado. Aber sag ihm auch, dass eine neue Regierung der Hemdlosen die großen Latifundien beschneiden wird.«

»Du bist wenigstens ehrlich.«

Julien hatte den alten Kämpen ins Herz geschlossen. Puebla hatte sein ganzes Leben für die Hemdlosen gekämpft, war wieder einmal geschlagen worden und doch gab er nicht auf, für die Armen und Entrechteten einzutreten.

Sechs Tage später erreichte er die Estanzia. Gerührt schloss ihn Don Francisco in die Arme.

»Ich habe mir solche Sorgen gemacht.«

»Es ist alles gut gelaufen. Wir haben hundert Gewehre, amerikanische Winchester, Repetiergewehre, mit denen man in schneller Folge neun Schuss abfeuern kann.«

»Das wiegt ein Regiment auf«, freute sich Don Francisco.

Tessier brummte vorwurfsvoll, als er Julien in die Arme schloss: »Wurde auch Zeit, dass du wieder auftauchst.«

»Was hat der Auftrieb gebracht?«

»Gar nicht so schlecht. Durch die Unruhen haben viele Estanzias mit dem Treiben gezögert. Wir waren die ersten, die in Rosario eintrafen. Wir haben gutes Geld verdient.«

»Die Kriegskasse ist gefüllt«, bestätigte Don Francisco.

»Gut. Dann können wir Machado gegenübertreten. Ist Domador hier?«

»Er ist bei den Wildpferden in den Corrals.«

»Gut. Er muss seine Indianer zusammentrommeln.«

Julien stieg auf den Wagen und entnahm einer Kiste eine Winchester und ein Päckchen Munition und ging hinter das Haus zu den Corrals. Domador saß auf einem Zaunpfahl und beobachtete einen Zureiter bei seinen Bemühungen, das Tier zu einem Reitpferd zu zähmen. Julien trat neben ihn.

»Haben wir genug Pferde?«

Der Indio nickte gleichmütig. »Daran fehlt es nicht.«

»Daran auch nicht!«, sagte Julien und warf ihm die Winchester zu.

»Was ist das für ein Gewehr?«

Julien erklärte ihm die Waffe.

»Wie viele gibst du mir?«

Ohne große Erklärung hatte Domador erfasst, was seine Aufgabe war.

»Dreißig Gewehre. Die anderen Waffen brauche ich für unsere Gauchos. Komm, ich zeige dir, wie ich es mir denke.«

Julien zog mit dem Messer eine Linie in den Sand.

»Hier ist der Grenzfluss. Dort werden wir eine Menge Wirbel machen und die Hauptmacht Machados auf uns ziehen. Das hier sind die roten Berge. Ihr zieht durch die Berge und geht hinter dem Fluss in die Ebene. Ihr müsst am Tag des vollen Mondes in Machados Rücken sein. Wir nehmen ihn am Tag darauf in die Zange.«

»Warum vereinigen wir uns nicht zu einer einzigen großen Reiterschar und greifen ihn frontal an?«

»Weil wir dann zu viele Tote hätten. Die Überraschung von hinten angegriffen zu werden, wird uns den Sieg bringen.«

»Und was dann?«, fragte Domador und sah nachdenklich auf die Striche, die Julien in den Staub gemalt hatte.

»Was meinst du?«

»Das Land. Das Weideland für unsere Ziegen und Rinder?«

»Gehört wieder euch.«

»Und wenn die Regierung Soldaten schickt?«

»Ausschließen kann ich es nicht. Aber ich glaube, Conchero hat im Moment genug damit zu tun, die anderen Provinzen zu befrieden. An die Pampa wird er zuletzt denken.«

»Und wenn er doch daran denkt?«, fragte Domador hartnäckig.

»Werden wir kämpfen.«

»Dein Wort?«

Sie gaben sich die Hand. Es war mehr als ein Versprechen zu kämpfen. Gegen ein Regiment gut geschulter Soldaten konnten sie nicht auf einen Sieg hoffen.

»Die Wilan werden mit uns sein«, sagte Domador.

»Wir werden ihre Hilfe in der nächsten Zeit in Anspruch nehmen müssen.«

»Ich reite noch heute zu meinen Leuten.«

Am Abend gingen Don Francisco und Julien zum Grab der Antonia. Beide waren in eigenartiger Stimmung. Sie wussten, dass es nie wieder so werden würde, wie es einmal war. Mehr noch, sie wussten, dass sie in eine neue Zeit eingetreten waren. Don Francisco war sich dessen bewusst, dass er nicht mehr zu ihr gehörte und setzte seine Hoffnung auf Julien. Ein Käuzchen schrie und Julien sah zu den Bäumen hoch. Er glaubte nun, ein Lachen zu hören. War Domador noch nicht fort? Sprach er zu den Geistern seiner Vorfahren und lag in dem Lachen die Antwort?

Am frühen Morgen des nächsten Tages ritten sie los. Der Mond war noch als blasse Scheibe am Himmel. Hundert Reiter. Gauchos mit schwieligen Händen und harten wettergegerbten

Gesichtern. Es sah aus, als würde eine Armee losziehen. Jeder der Gauchos hatte ein Ersatzpferd an der Seite. Und der Wind begleitete sie. Es war, als wäre Güemes aus seinem Grab gestiegen und würde sie anführen. Hundert Reiter, die wussten, dass so mancher von ihnen von diesem Ritt nicht zurückkommen würde. Julien, Don Francisco und Tessier ritten an der Spitze. In der Mitte der Reiter war der Planwagen, der, obwohl mit vier Pferden bespannt, ihren Ritt verlangsamte.

»Hätte mir jemand erzählt, dass mein kleiner Hauptmann der Nationalgarde eines Tages eine Reiterarmee befehligt, hätte ich ihn ausgelacht«, kommentierte Tessier.

»Gut, dass wir unser Schicksal nicht kennen«, sagte Don Francisco düster.

Als sie am Grenzfluss zwischen den Ländereien der Cordoso und Machado ankamen, war der Fluss verschwunden.

»Er hat das Wasser bereits umgeleitet!«, stellte Don Francisco bestürzt fest.

Die Gauchos machten grimmige Gesichter. Dies verstieß gegen die ehernen Gesetze der Pampa. Man mochte einander feind sein, man mochte mit Messern aufeinander losgehen, wenn man sich beim *Truco* hintergangen fühlte, aber niemals durfte man dem anderen das Wasser wegnehmen. Es hatte so zu fließen, wie es die Natur eingerichtet hatte.

Garcias und Ramierez, die beiden Estanzieros, die ihre Reiter den Cordosos zugeführt hatten, kamen an die Spitze geritten. Entsetzt blickten sie auf das leere Flussbett, in dem nur noch kleine Pfützen mit ihren glatten roten Steinen von dem zeugten, was einst ein breiter Fluss gewesen war.

»Damit hat Machado das Gesetz der Pampa gebrochen!«, rief Garcias. »Das Recht ist auf unserer Seite.«

»Dann wollen wir Machado an das Recht erinnern«, antwortete Julien, gab seinem Pferd die Sporen und sie ritten durch das trockene Flussbett und stießen wenige hundert Meter weiter auf einen Stacheldrahtzaun. Dahinter verlief nun der Fluss.

»Schneidet den Stacheldraht durch!«, befahl Julien.

Die Gauchos kamen diesem Befehl mit Freude nach.

»Die Schäfer haben mächtig gearbeitet, um das Flussbett umzuleiten«, stellte Garcias ironisch fest.

Don Francisco sah nachdenklich auf das neue Flussbett.

»Dabei wird das Wasser bald wieder sein altes Flussbett suchen. Die Regenzeit wird es richten. Er hat das Wasser in einen Kanal gezwängt, aber man kann es nicht auf Dauer einsperren.«

Sie ritten durch den Fluss, weiter den Bergen entgegen und stießen bald auf die ersten Schafherden mit einigen Gauchos. Als diese die Reiterschar auf sich zukommen sahen, flüchteten sie.

»Gut. Das wird Machados Reiter auf den Plan rufen. Wir kehren um und schanzen am Fluss?«

»Schanzen? Wir haben hundert Reiter, die wild darauf sind zu kämpfen«, protestierte Ramierez.

»Ich will nicht nur eine Schlacht schlagen, sondern Machado vernichten«, entgegnete Julien bestimmt. »Tessier, wir verlegen unsere Stellungen dicht an das neue Flussbett. Die Männer sollen Gräben ausheben und sie mit den Balken von den Zaunpfosten verstärken.«

»Warum, zum Teufel, zum Fluss zurück?«, fluchte Garcia.

»Wenn wir den Fluss im Rücken haben, können wir nicht eingekreist werden.«

Auch die Gauchos murrten. Sie waren in dem Glauben gewesen, dass es zu einer Schlacht kommen würde, wie sie es von Güemes gehört hatten. Nun sollten sie sich in Gräben verstecken? Doch Julien war nicht nur der *Capataz*, sondern obendrein der Sohn des Don Francisco, also gehorchten sie.

»Mutierst du jetzt auch noch zum Napoleon?«, spottete Tessier.

»Mach es eine Nummer kleiner. Simon Bolivar ist doch auch schon was!«

»Das nennst du kleiner?«

Am nächsten Tag kam die Armee des Machado. Hunderte von Reitern galoppierten auf sie zu.

»Er hat die doppelte Anzahl von Männern«, staunte Ramierez.

»Nun weißt du, warum ich schanzen ließ.«

Die Truppe kam im Galopp auf sie zu.

»Wenn sie auf Schussweite heran sind, gebt eine Salve ab. Schießt über ihre Köpfe. Wenn sie dann weiterreiten, haltet auf die Pferde.«

Ein Raunen ging durch die Reihen seiner Männer. Auf Pferde zu schießen war für sie ein unmenschlicher Befehl. Die Pampa dröhnte unter den Hufen von Machados Truppe. Mit wilden Schreien kamen sie heran. Die erste Salve ging in die Luft, wie Julien es befohlen hatte. Überrascht von der Feuerkraft rissen die Schäfer ihre Pferde herum. Wild stiegen die Pferde hoch. Einige Männer fielen aus dem Sattel. Juliens Gauchos grölten begeistert. Es gab für sie keine größere Schmach, als vom Pferd zu fallen. Unter drohenden Faustgebärden zogen sich Machados Männer zurück.

»So. Nun haben wir ihnen gezeigt, dass sie uns nicht ohne erhebliche Verluste besiegen können«, stellte Julien zufrieden fest. »Sie werden uns gleich einen Parlamentär schicken.«

»Woher weißt du das?«, fragte Don Francisco.

»Weil es logisch ist.«

Wie er es vorausgesagt hatte, kamen drei Reiter mit einer weißen Fahne auf sie zu und hielten auf der Hälfte der Strecke. Julien, Don Francisco und Tessier schwangen sich auf die Pferde und ritten ihnen entgegen. Juarez Machados Gesicht zuckte.

»Woher habt ihr Gewehre?«, brüllte er wütend.

»Die Frage ist unerheblich«, entgegnete Julien. »Wesentlich erheblicher ist es, dass es amerikanische Repetiergewehre sind. Noch ein Ritt und du wirst Dutzende von Toten zu beklagen haben. Du kannst nicht gewinnen.«

»Ich habe zweihundertfünfzig Mann und wir haben auch Gewehre.«

»Aber keine neuartigen Winchester. Du hast verloren, Machado!«, sagte Julien und legte gemütlich ein Bein über den Hals seines Tieres. »Du kannst eigentlich nur noch abziehen.«

»Wir machen mit dir ein Geschäft«, schlug Don Francisco vor. »Die alte Grenze gilt wieder. Der Fluss wird in das alte Bett umgeleitet. Du verkaufst mir das Land, das mein missratener Sohn an dich verkauft hat. Ich schenke dieses Land den Matacos. Du hast keinen Schaden dadurch. Wir bekennen uns beide zu dem alten Vertrag, zu den alten Grenzen und es ist Friede zwischen uns. Wir nutzen beide das Wasser.«

»Niemals! Nie! Ich habe jahrelang darauf gewartet, dass ich dir deinen Hochmut in den Hals zurückstoßen kann. Ich bin ein genau so großer Estanziero wie du, aber überall redet man von dem großen Hidalgo und Estanziero Don Francisco de Cordoso. Wir werden kämpfen und ich werde mir von General Conchero Truppen schicken lassen. Die Begründung, dass er mir hilft, hast du selbst geliefert. Conchero wird seinen großen Sieg über die Indianer nicht dadurch geschmälert sehen wollen, dass die Indios wieder das Territorium bekommen, das er gerade von ihnen gesäubert hat.«

»Dieser Krieg wird uns beiden nichts bringen. Egal wer siegt, eines Tages wird man dieses Land besiedeln. Dein Land und mein Land. Warum sollen tapfere Männer sterben, nur weil wir uns gegen die Zukunft stellen? Die Situation ist für uns beide ein Patt. Du kannst nicht an uns heran und wir denken gar nicht daran, unsere Stellung zu verlassen.«

»Ihr könnt euch nicht ewig dort halten. Ich kann warten. Ihr werdet mit eingezogenem Schwanz wieder abziehen. Und dann werde ich mit Concheros Soldaten über den Fluss gehen und durch deine Weiden reiten und meine Schafe werden dein Gras fressen.« Machado lachte höhnisch und seine Begleiter stimmten darin ein.

»Wir haben es versucht«, sagte Don Francisco zu Julien. »Reiten wir zurück.«

Sie wendeten die Pferde und ritten langsam zu ihrer Linie zurück.

»In spätestens einem Monat werde ich auf deiner Estanzia frühstücken!«, rief ihnen Machado hinterher.

»Wird das so sein?«, fragte Don Francisco leise, mehr zu sich selbst.

»Niemals!«, entgegnete Julien. »Mein Wort drauf.«

»Warum bist du so sicher?«

»Weil die Wilan mit uns reiten.«

Don Francisco hielt verblüfft das Pferd an.

»Die Geister der Pampa?«

Julien lächelte und Tessier rief: »Ich kenne Julien nun schon seit so vielen Jahren, aber er verblüfft mich immer wieder. Er war in letzter Zeit zu viel mit Domador zusammen. Als Nächstes wird er sich noch zum Kaziken der Indianer aufschwingen.«

Sie hatten fast die eigenen Reihen erreicht, als die Geister der Pampa sich entschieden einzugreifen. Es geschah nicht in dem Sinn, wie Julien sich das ausgerechnet hatte. Vielleicht wollten sie ihm zeigen, dass sie sich für keine Partei vereinnahmen lassen. Vielleicht hatte auch anderes mitgespielt, nämlich Don Francisco nicht die Würde zu nehmen, der größte Estanziero des Landes zu sein. Könnte doch sein, dass sie sich sagten, dass er ein großartiges Leben geführt hatte und seit dem Tod seiner Tochter, dem Verrat durch den eigenen Sohn, die Bahn abschüssig geworden war und sie ihn nicht als verbitterten König Lear enden lassen wollten, sondern ihm das beschieden, was dem Herrn der Gauchos würdig war.

Sie ritten also zurück, über ihnen flatterte die weiße Parlamentärsfahne und sie erreichten fast die eigenen Reihen. Der Schuss kam von der Seite. Vielleicht hatte sich einer von Machados Capataz' gedacht, dass der Herr der Schafe ihm dies lohnen würde, hatte sich deswegen im hohen Gras versteckt und das weiße Haupt des Don Francisco ins Visier genommen. Als der Knall Julien zusammenzucken ließ, hatte die Kugel ihr Ziel bereits gefunden. Don Francisco Cordoso warf die Arme hoch und sackte im Sattel zusammen. Und nun vollendeten die Geister, wenn man an solche glauben will, ihr Werk. Ehe Julien die Zügel ergreifen konnte, brach das Pferd aus und galoppierte seitlich in die Pampa, den rotsteinigen Bergen entgegen. Julien wollte ihm folgen, aber nun begann natürlich eine wüste Schießerei, feuerten beide Seiten ihre Gewehre nutzlos in die Pampa ab und Julien und Tessier mussten vom Pferd abspringen und sich zu den Gräben robben.

»Hört auf zu schießen! Das bringt doch nichts!«, brüllte er wütend, während er sah, wie der Falbe mit Don Francisco langsam zu einem Punkt wurde. Erst sah er noch das weiße Haupt auf dem Tier hin und her pendeln und dann war der Reiter nur noch so klein wie ein Sandkorn und verschwand in der Weite des unendlichen Grasmeeres. Mit tränenden Augen fragte Julien Tessier, obwohl er es doch besser wusste: »Ist er tot?« Ein ohnmächtiger Zorn durchschüttelte ihn. Er konnte ja nicht aufspringen und ihm nachjagen, denn er war in der Stellung festgenagelt.

»Er wird es mir bezahlen! Oh, ich schwöre, dass er für diese gemeine Tat bezahlen wird!«, stieß er hervor und die Gauchos um ihn nickten zustimmend.

Doch erst einmal war es unmöglich, Machado zum Zahltag aufzufordern. Unversöhnlich lagen sich die Parteien gegenüber und geschossen wurde nur noch, um sich gegenseitig wachzuhalten oder um zu signalisieren, dass zwischen ihnen Krieg herrschte.

»Wie soll es nun weitergehen?«, fragte Tessier. »Wir sind doch hier wie zwei Stachelschweine beim Balztanz. Wir können sie nicht besiegen und sie uns nicht. Es gibt dazu einen ganz guten Spruch: Der Klügere gibt nach. Ziehen wir ab.«

»Und dann?«

»Keine Ahnung. Du bist der Sohn des Don Francisco. Bau die Estanzia wieder auf.«

Julien schwieg dazu. Natürlich wäre das nur folgerichtig gewesen. Aber er ahnte, dass der Don tot war, tot sein musste und selbst wenn die Kugel nicht tödlich gewesen war, niemand als die Geister ihm zu Hilfe eilen konnte. Und wenn der Don tot war, dann war auch seine Zeit auf der Estanzia zu Ende.

»Schau auf den Mond«, keuchte Julien. »Wie schön sich die Scheibe rundet. Morgen wird das Strafgericht kommen und wenn es getan sein wird, werde ich die Pampa nach meinem Vater absuchen.«

Als es graute, weckte Julien seine Männer. »Macht euch bereit. Wir werden reiten und kämpfen.«

»Was ist in dich gefahren?«, schimpfte Tessier. »Das ist doch Selbstmord.«

»Warte ab.«

Und mit dem Morgenwind kam ein donnernder Ton heran, rollte von den Bergen her auf Machados Stellung zu und dann erhellten Blitze die Dämmerung.

»Oh, du Teufel!«, heulte Tessier. »Du verdammter hinterfotziger Teufel!«

Ehe Machados Männer ihre Mitrailleuse in Stellung bringen konnten, waren die Indianer über ihnen. Schreie. Schüsse. Ausbrechende Pferde. Triumphierendes Geheul der Indianer. Mit dem Morgenwind kam der Tod über die Machados.

»Los! Attacke, Männer!«, schrie Julien ganz im Geist des großen Güemes, schwang sich auf sein Pferd und nun ritten die Gauchos des Don Francisco Cordoso in das Durcheinander der Machado-Stellung. Von zwei Seiten in die Zange genommen, ohne sich auf die Umkreisung einstellen zu können, geriet die Mannschaft des Machado in Panik. Wer ein Pferd erwischen konnte, ritt um sein Leben. Die Mannschaft des Schafbarons zerstreute sich. Viele seiner Männer hoben die Arme, ergaben sich und Julien hatte Mühe, seine Männer und die Indianer zu bändigen.

»Wer sich ergibt, bleibt am Leben. Wo ist Domador?«, schrie er verzweifelt, weil er dem Töten nicht Einhalt gebieten konnte.

Denn die Indianer erinnerten sich, was ihnen die Soldaten des Generals Conchero angetan hatten und das Angedenken an ihre gemordeten Frauen, Kinder, Väter und Brüder ließ sie in einen Blutrausch eintauchen. Endlich entdeckte Julien Domador, der mit verschränkten Armen dem wüsten Treiben zusah.

»Deine Männer sollen aufhören zu töten! Es ist vorbei. Machados Leute ergeben sich doch.«

»Es ist die Antwort der Wilan.«

»Hör auf! Es ist unsere Antwort. Niemand nimmt uns die Verantwortung ab. Domador, hilf mir!«

Der Indio zuckte mit den Achseln, aber immer noch akzeptierte er das Wort des *Capataz* und half Julien, das Morden zu beenden. Die Schaftreiber standen mit gebeugten Köpfen und hängenden Schultern vor den Indianern, benommen von dem, was ihnen widerfahren war. Fünfzig Tote lagen auf dem Feld.

»Wir haben nur einen Mann verloren«, gab Tessier Julien Bescheid. »Und drei Leichtverwundete. Das nenne ich einen Sieg.«

»Ein Toter zu viel.«

»Du bist wohl nie zufrieden?«

Doch wo war Machado? Weder unter den Gefangenen noch unter den Toten entdeckten sie das Raubvogelgesicht. Als Julien dem Domador erzählte, was dem Don widerfahren war, schossen diesem Tränen in die Augen.

»Er ist zu den Wilan gegangen. Ganz gewiss, die Geister der Pampa haben ihn aufgenommen. Doch wer hat ihn gemordet?«

Julien zuckte mit den Achseln. »Das werden wir wohl nie erfahren.«

»Du irrst«, sagte Domador und wandte sich den Gefangenen zu. »Ich kümmere mich darum.«

»Und was willst du nun tun?«, fragte Tessier.

»Was wohl? Wir werden Machado jagen.«

»Schön, und was machen wir mit den Gefangenen?«

»Lassen wir laufen. Zur Strafe nehmen wir ihnen das Wertvollste, ihre Pferde. Die bekommen die Indianer als Entschädigung. Die Schäfer sollen sich zu Fuß durch die Pampa schlagen, das wird für sie die größte Strafe sein.«

»Es sind Verwundete dabei. Manche werden es nicht schaffen.«

»Du hast recht. Wir lassen ihnen Pferde für die Verwundeten. Ihr Proviantwagen ist gut gefüllt. Verhungern und verdursten werden sie nicht. Doch nun lass uns aufsitzen.«

Garcias und Ramierez kamen zu ihnen.

»Die Schlacht ist geschlagen. Was hast du vor?«

»So lange Machado noch lebt, ist der Krieg nicht zu Ende.«

»Du willst die Estanzia des Machado dem Erdboden gleichmachen?«

Julien nickte grimmig.

»Ja. Sie wird so aussehen wie unsere Estanzia. Es ist unser gutes Recht.«

»Wir haben dir geholfen, den Machado zu besiegen. Aber wir möchten nicht in deinen Rachefeldzug hineingezogen werden«, sagte Ramierez.

»Verstehe. Ich danke euch beiden, dass ihr uns zu Hilfe gekommen seid. Ihr habt recht, das ist jetzt eine persönliche Auseinandersetzung.«

Als Garcias und Ramierez mit ihren Männern abgezogen waren, reckte sich Julien im Sattel und rief: »Männer! Machado ist entkommen. Er hat noch nicht bezahlt. Wir reiten jetzt zu seiner Estanzia und werden mit ihr das tun, was Concheros Männer bei uns getan haben. Wer nicht mitreiten will, der kann zu unserer Estanzia reiten und seiner Arbeit nachgehen. Domador wird euch zurückführen. Er ist jetzt der neue *Capataz*.«

Doch keiner der Männer war bereit, Julien zu verlassen. Als er den Befehl zum Ritt geben wollte, kam der Domador mit einem Mann, den er vor Juliens Pferd auf den Boden stieß.

»Er hat den Schuss auf den Don abgefeuert. Einer seiner Kameraden hat es mir verraten. Es gibt immer einen Verräter.«

»Wie heißt du?«

»Angelo Machado«, schluchzte er.

Es war ein junger, gutaussehender Mann mit braunen Augen, den sicher so manches Mädchen angehimmelt hatte. Die Uniform mit den Epauletten stand ihm prächtig.

»Ein Sohn des Machado?«

»Nein. Sein Neffe. Ich bin Ordonanz des Caudillo. Ihr dürft mir nichts tun, sonst …«

»Was hast du bei deinem Onkel zu tun?«

»Wir haben uns über einen neuen Feldzug des Caudillo abgestimmt.«

»Und warum hast du die weiße Fahne der Parlamentäre nicht geachtet?«

»Ich habe nicht geschossen. Nein, wirklich nicht.«

Domador nahm sein Messer und hielt es ihm an die Kehle. »Wenn du lügst, stirbst du als Lügner. Wenn du redest, lasse ich dich vielleicht leben. Ich muss mein Messer nicht unbedingt beschmutzen.«

Der Mann keuchte eine Weile. »Ja. Ich war es«, stieß er hervor. »Aber schuld hat Onkel Juarez. Er hat mir befohlen, den Alten zu töten. Es würde den Krieg beenden.«

»Unfug!«, entgegnete Julien. »So dumm ist Machado nicht. Er weiß, dass ich auch noch da bin. Da stimmt was nicht.«

Er nickte Domador zu. Dieser verstärkte den Druck des Messers. »Dann stirb wie ein Schwein!«, sagte der Indio und holte aus.

»Nein. Wartet. Ich habe gelogen. Nein, er gab mir nicht den Befehl.«

»Wer dann?«

»Ich wollte doch nur dem Caudillo berichten können, dass ich …«

»Gut. Lass ihn laufen. Dein Messer ist zu schade für den Kerl.«

»Laufen lassen?«, schrie Domador. »Er hat den Don …«

Domador zog die Klinge entschlossen über den Hals des Mörders. Röchelnd starb der Ordonanzoffizier des Balbao Conchero.

»Schade, ich hätte ihn gern mit Grüßen zum Caudillo zurückgeschickt.«

»Er hat Don Francisco gemordet«, erwiderte Domador kategorisch.

»Was geschehen ist, ist geschehen. Sag deinen Leuten, sie sollen die Pferde der Schäfer einfangen und zu ihrem Weideland zurückkehren. Auf sie kommen noch manche Prüfungen zu. Conchero könnte sich seines Sieges erinnern und diesen wiederholen wollen. Sie sollen bereit sein, sich wieder in die Berge zurückziehen zu können.«

»Was war das vorhin? Ich bin der neue *Capataz*?«

»Ja. Wenn wir mit Machado fertig sind, wirst du unsere Männer führen und die Estanzia in Ordnung bringen. Sie braucht dich.«

»Und was ist mit dir? Du bist doch jetzt der Estanziero«, fragte dieser entgeistert.

»Ich werde mich den Rebellen in den Bergen von Córdoba anschließen. Conchero muss gestürzt werden, sonst wird er euch ausrotten.«

»Julien, was soll das denn schon wieder?«, stöhnte Tessier.

Sie brauchten zwei Tage, ehe sie die Estanzia des Machado erreichten. Das Gebäude hob sich weiß und mächtig am Horizont ab. In den Corrals drängten sich tausende von Schafen. Als sie im wilden Ritt die Estanzia umkreisten, kam aus dem Haus Juarez Machado mit zehn seiner Männer. Sie hielten Jagdgewehre in den Händen. Julien sprang ab und hieß seine Männer rund um die Gebäude in Stellung gehen.

»Was will er?«, fragte Tessier sorgenvoll. »Er hat keine Armee mehr. Wir sind hundert Mann. Er ist ohne Chance.«

»Vielleicht in Würde sterben?«, mutmaßte Julien.

»Pass auf! Denk an den Mord an Don Francisco. Er ist ein Fuchs«, warnte Domador. »Er hat gewiss noch ein Ass im Ärmel«, pflichtete ihm Tessier bei.

29 – Das fahle Pferd des Don Francisco de Cordoso

(Charles Dickens erzählt)

»Ich habe eine Schlacht verloren, Cordoso«, gestand Machado ein. »Aber ich habe bereits Reiter nach Buenos Aires geschickt. Conchero wird über dich und deine Indianer kommen und die Vögel der Pampa werden eine gute Mahlzeit erhalten.«

Machados Gesicht zeigte keinen Triumph, nur Müdigkeit, Erschöpfung und Furcht. Das Haar war ihm weiß geworden, so weiß wie das des Don Francisco.

»Mein Vater hat dich gewarnt, dass dieser Krieg sowohl dich als auch uns vernichten kann. Doch du hast Schande auf dich geladen. Du ließest Don Francisco meucheln.«

»Ich habe seinen Tod nicht befohlen.«

»Der Mörder ritt mit dir. Du wolltest Don Francisco vernichten, seinem Land das Wasser stehlen, aber damit nicht genug, hast du in den Clubs gewühlt und zusammen mit Esteban den unseligen Conchero ins Indianerland geschickt, dessen Soldaten sich wie die Konquistadoren aufführten.«

»Ja, das alles habe ich getan. Schafe und Rinder vertragen sich nicht. Don Francisco ist in der Pampa verschwunden und nun glaubst du, der du nicht mal sein leiblicher Sohn bist, den Kampf mit mir aufnehmen zu können? Lass uns also gegeneinander antreten, von Gaucho zu Gaucho. Damit auch du in der Pampa verschwindest!«

Julien stöhnte, nicht weil Machado ihn herausforderte, sondern weil er sich an die früheren Zweikämpfe erinnerte, die seinem Gegner den Tod gebracht hatten. Bist du zum Fürsten des Todes geworden?, fragte er sich.

Plötzlich fing die Erde an zu beben. Donnernde Hufe. Julien kannte das Geräusch nur zu gut.

»Sie sollten doch zu ihrem Weideland zurückkehren«, sagte er zu Domador gewandt.

»Das war dein Wunsch. Aber der Kazike ist nicht dein Befehlsempfänger. Die Geister unserer Toten sind noch nicht befriedigt.«

Sie ritten mit spitzen Schreien heran, rissen die Corrals ein und jagten die Schafe in die Pampa.

»Die Schafe werden die Tiere ersetzen, die uns der Conchero genommen hat«, erklärte Domador ruhig, als wäre er ein Richter am Obersten Gerichtshof zu Buenos Aires.

»Meine Schafe!«, heulte Machado in ohnmächtigem Zorn und schüttelte die Fäuste gegen den Himmel.

Immer mehr Indianer kamen heran. Matacos, Calchaken und Caitru. Sie schwangen ihre Lassos, rissen die Einzäunungen ein und dirigierten den Strom der Tiere in die Pampa.

»Diese Diebe! Oh, diese verdammte Brut!«, keuchte Machado.

»Es kommt noch schlimmer«, sagte Julien und wies auf das Haupthaus in seinem Rücken, aus dem nun Rauch aufstieg.

»Meine Estanzia«, keuchte Machado, ließ Julien stehen und lief auf das Gebäude zu. Vergessen war der Wunsch nach einem Duell, vergessen der Wunsch nach Rache, nach der Vernichtung des letzten Cordoso. Hektisch rief er seinen Männern zu, zum Brunnen zu laufen, eine Kette zu bilden, um das zu verhindern, was mit der Estanzia des Don Francisco geschehen war. Vielleicht gingen ihm die Worte des alten Cordoso durch den Kopf, dass sie in diesem Krieg beide verlieren würden.

Seine Männer folgten ihm, aber die Indianer behinderten sie, umkreisten sie schreiend auf ihren Pferden, drängten sie zu einer Gruppe zusammen und, nun in Panik geraten, schossen Machados Männer und einige Indianer fielen von ihren Pferden. Doch es waren zu viele von ihnen und sie warfen ihre Boleadores, zerschmetterten Machados Gauchos die Beine und hörten nicht auf die Kugeln zu schleudern … bis sich niemand mehr rührte. Unter ihnen war Machado, der den Indianern das Land hatte nehmen wollen. Hinter den Leichen brannte nun das prächtige Herrenhaus wie eine Fackel und der Wind strich heiß über die leblosen Körper.

Der Weidekrieg war zu Ende. Niemals wieder gab es etwas Derartiges. In den Geschichtsbüchern fand er kaum Niederschlag. Nur die Indios bewahrten die Erinnerung daran und erzählten von den beiden weißen Männern und von dem guten und dem bösen Don, vom Kampf der Rinder gegen die Schafe und wie die Geister eingegriffen hatten.

Und Julien Cordoso erfüllte seine Sohnespflicht. Er befahl Domador, den Schafkönig und seine Männer in der Asche des Haupthauses zu begraben und schickte Tessier zur Estanzia zurück. Er jedoch dachte daran, was er seinem Wohltäter und Vater schuldig war und dass sein Tod das Vermächtnis beinhaltete, in Buenos Aires noch eine Rechnung zu präsentieren. Vielleicht fühlte er auch bereits, dass seine Zeit in Argentinien sich danach dem Ende zuneigen würde. Doch vor Buenos Aires galt es, den Don zu finden, den Leichnam zu bergen. Tage, Wochen gar streifte er durch die Pampa und hielt Ausschau nach dem Falben. Er begegnete vielen Pferdeherden, aber das Pferd des Don war nicht unter ihnen. Des Nachts lauschte er den Tieren, während er in den Himmel starrte und die Sterne in ihrer endlosen Zahl nicht erfassen konnte. Er war so lange allein, dass die Bilder der Vergangenheit auftauchten. Er hörte wieder den Abbé Flamboyant von der letzten Revolution raunen und der Loge des höchsten Wesens. Der gute Baron mahnte ihn, ein guter Schüler zu sein und Julien durchlebte wieder den Verrat der Kameraden und flüsterte die Namen: Auguste – Hubert – Charles – Jean – Armand und und schrie ein »Warum?«, als er der Hochzeitsnacht mit Mercedes gedachte, die nur ein Nachmittag gewesen war.

Die Weite der Pampa, der stetige Wind hat schon so manchem einsamen Reiter zugesetzt, seine Sinne verwirrt. Die Indios sagen, man sei den Wilan zu nahe gekommen. Er trieb sich mit seinen eigenen Geistern herum. Auf sich zurückgefallen, irrte er durch die Pampa und oft narrte ihn ein Trugbild. Manchmal sah er den Falben, so weiß wie das Haar des Don Francisco, in der Ferne traben und er ritt hinterher und dieser löste sich in der flimmernden Luft auf. Doch dann, an einem späten Nachmittag, war es kein Gespenst. Bei einer mächtigen Kaktee graste der Falbe. Er ritt auf das Tier zu und diesmal löste es sich nicht auf. Das Herz schlug ihm bis zum Hals. Das Tier war gesattelt. Es floh nicht. Es sah auf und senkte und hob den Kopf, als begrüße es ihn.

»Gut. Mein Braver, du hast mich erkannt«, flüsterte er, sprang ab und strich dem Tier über das Maul. Der Falbe wieherte.

»Wo hast du deinen Herrn gelassen?«

Das Pferd scharrte mit den Hufen.

»Komm, bring mich zu ihm.«

Er tätschelte den Hals des Tieres und saß wieder auf. Als hätte das Tier auch das verstanden, wandte es sich jäh um, ging in einen Galopp über und er folgte ihm. Es führte ihn zu Don Francisco oder besser, was von ihm noch übrig war. Sein Gesicht hatten die Tiere der Pampa weggefressen. Ein Totenkopf mit weißem Haar grinste ihn an. Weinend beugte er sich über das Skelett.

Wenn er noch eine andere Bestätigung gesucht hätte, so erzählten der silberbeschlagene Gürtel mit dem Messer und die Stiefel mit den Sporen genug über die Identität des Skeletts. Don Francisco war in der Pampa, die er so liebte, auf seinem Pferd gestorben und irgendwann leblos zu Boden gefallen. Julien hüllte seinen Vater in eine Decke und legte ihn auf das Pferd. Er hatte nun seine Sohnespflicht erfüllt und ritt heim zur Estanzia.

Als er die Allee erreichte, hielt er vor dem Grabmal seiner Frau und flüsterte: »Guter Vater, du wirst neben ihr liegen. Wenigstens das konnte ich erreichen.«

Dem Herrenhaus sah man nicht mehr an, was ihm Conchero angetan hatte. Der Betrieb der Estanzia war wieder in Gang, als wäre er nie unterbrochen worden. In den Corrals drängten sich hunderte von Jungtieren.

»Da bist du ja endlich!«, brummte Tessier unwillig. »Wir sind zweimal losgeritten und haben dich gesucht. Sogar die Indios haben die Pampa nach dir durchstreift.«

»Ich bringe den Herrn der Estanzia zurück«, sagte Julien und wies auf das Pferd neben sich.

»Du hast ihn tatsächlich gefunden«, staunte Tessier.

»Ja, das, was die Tiere von ihm übrig gelassen haben.«

Domador kam angelaufen, schlug die Decke zurück, stöhnte und sagte gepresst: »Er ist mit den Geistern eins geworden. Nun soll sein Leichnam würdig begraben werden.«

»So ist es richtig«, stimmte Julien zu. »Wir laden alle Nachbarn zu uns ein und es gibt ein prächtiges Asado, wie er es gern hatte.«

Und so geschah es. Die Rinderbarone von allen Estanzias erschienen mit ihren Gauchos. An vielen Feuern röstete das Fleisch. Zu Ehren des Don fand ein Rodeo wie in alten Zeiten statt. Die Gauchos zeigten, dass sie ihre Pferde wie die Altvorderen beherrschten. Die Rinderbarone trugen den braunroten Sarg und ließen ihn in die Grube neben dem Grab der Antonia. Julien hielt eine Abschiedsrede, die darauf hinauslief, dass nun Don Franciscos Geist durch die Pampa streife. Der Priester nannte ihn einen guten Menschen. Selbst Don Ginestra war erschienen und rühmte den Adel und den vornehmen Geist des Don Francisco de Cordoso, Fürst von Almeria. Am großen Lagerfeuer standen die Herren der Pampa mit ihren Rumgläsern in den Händen und erinnerten sich an die einstigen Feste auf der Estanzia. Don Ginestra machte Julien als Erster das Angebot, ihm die Estanzia zu verkaufen.

»Nein. Das wäre nicht im Sinne des Don.«

»Verstehe. Sie wollen in die Fußstapfen des Don treten.«

»Das wird die Zukunft zeigen.«

Auch Garcias und Ramierez machten ihm entsprechende Angebote. Auch diese lehnte er ab.

»Ich war so lange fort. Erzählt mir, wie es in Buenos Aires aussieht«, forderte er die Rinderbarone auf.

»Der Caudillo macht einen Fehler nach dem anderen«, schimpfte Garcias. »Bei seinem Feldzug gegen Paraguay hat er sich gründlich blamiert. Aber die Oligarchen stützen ihn weiterhin, denn er hat ihnen die Steuern reduziert. Wie zu hören ist, plant er, um seinen ramponierten Ruf aufzupolieren, einen neuen Feldzug gegen die Indianer.«

»Argentinien ist eine Diktatur geworden«, erregte sich Ramierez.

»Aber es herrscht Ruhe und Ordnung in den Städten«, verteidigte Don Ginestra den Caudillo.

»Eine gespenstische Ruhe, die nur einen Ginestra täuscht«, stichelte Garcias. »In der Pampa bei Córdoba sieht es anders aus. Die Sierra gehört bereits Puebla und seinen Leuten. Er hat großen Zulauf von den Bauern, die unter den Abgaben leiden, denn deren Steuern wurden erhöht. Mit den dummen Bauern, so denken sie in Buenos Aires, kann man es ja machen.«

»Aber in den Städten ist Ruhe?«

»Friedhofsruhe!«, erwiderte Garcias. »Natürlich sind die Hemdlosen gegen ihn. Doch die Wahlen wurden verschoben. Das Parlament hat nichts zu sagen. Er regiert mit Ausnahmegesetzen. Ständig posaunt er heraus, dass er Argentinien ist und die Armee nennt er die wahren Söhne des Landes. Hemmungslos bedient er sich aus der Staatskasse und säuft mit seinen Freunden im Grandhotel und diese sagen ihm dabei, was gut für sie ist. Natürlich füttern sie ihn tüchtig mit Gold. Der Lohn der Hafenarbeiter ist der niedrigste seit Jahrzehnten. Das Geld wird ständig abgewertet. Aber das kümmert ihn nicht. Irgendwann wird der Staat pleite sein. Vielleicht kommt es dann zu einer Explosion.«

»Nun übertreib nicht so! Es ist nicht alles schlecht«, verteidigte Ginestra wieder den Caudillo. »Die Fleischpreise sind gestiegen. Die Inflation wird dadurch mehr als ausgeglichen.«

»Uns geht es nicht schlecht«, stimmte Garcias zu. »Aber wenn das Volk sich erhebt, wird es keinen Unterschied machen zwischen uns und den Oligarchen.«

»Du warst schon immer ein Schwarzseher!«, winkte Ginestra ab.

Als die Rinderbarone abgezogen waren und der Alltag wieder einkehrte, eröffnete Julien seinem väterlichen Freund, was er vorhatte.

»Wir werden zu Puebla in die Berge gehen.«

»Aha, und was zum Teufel haben wir dort zu suchen? Wir sind Gauchos, keine Soldaten.«

»Denke, was Don Francisco immer ein Anliegen war.«

»Das weißt du besser als ich«, brummte Tessier unwillig und zog die Schultern hoch.

»Die Indianer waren vor uns da. Es ist ihr Land, auf dem wir die Rinder treiben. Er wusste dies immer, und du hast doch gehört, was Conchero vorhat. Er will die Indianer ausrotten. Wir müssen ihn stürzen.«

»Willst du unsere Gauchos gegen die Armee führen? Aha, der Señor Güemes reitet wieder!«, höhnte Tessier.

»Nicht nur die Gauchos, sondern die Hemdlosen, die Bauern und Arbeiter in den Städten.«

»Und wie will der ehemalige kleine Hauptmann der Nationalgarde das anstellen?«

»Wir werden den Krieg in die Städte tragen!«

»Wir?«

»Richtig. Wir beide.«

»Ich fühle mich auf der Estanzia ganz wohl. Wir haben hier eine Menge Arbeit vor uns, wenn wir sie wieder zu alter Größe führen wollen.«

»Das schafft Domador auch ohne uns. Aber wir müssen den Widerstand beschleunigen, bevor Conchero zu seinem zweiten Indianerkrieg aufbricht.«

»Aha, nachdem du den Güemes gegeben hast, willst du nun auch noch Simon Bolivar spielen. Ich bin fünfzig Jahre alt. Gegen ein bisschen Ruhe hätte ich nichts einzuwenden.«

»Du bist gut in Schuss. Wir reiten morgen.«

Er informierte Domador über sein Vorhaben.

»In dir lebt der Don weiter«, lobte der Indio. »Gib Nachricht, wenn du mich und unsere Gauchos brauchst.«

Am nächsten Morgen zogen sie los. Tessier grummelte zwar, aber als der Wind in der freien Pampa in sein Haar fuhr, legte sich seine schlechte Laune. Julien ritt den Falben des Don. Die Pulperia war wieder verwaist. Der neue Besitzer hatte bereits aufgegeben.

In einem Hochwald bei Córdoba stießen sie auf die Aufständischen.

Puebla schloss sie erfreut in die Arme.

»Hallo, Gaucho, du kommst zur rechten Zeit. General Ronda wird sich freuen.«

Ihr Hauptquartier war nur ein besserer Verschlag an einer Felswand. Ronda sah nicht mehr wie der stolze General der argentinischen Armee aus. Zwar trug er noch den Uniformrock, aber dieser war schmutzig und an den Ärmeln geflickt. Doch auch seine Miene hellte sich auf, als Julien eintrat.

»Schön, dich wiederzusehen, Don Julien de Cordoso.«

»Ich habe gehört, dass ihr großen Zulauf habt.«

»Setz dich, wir können als Mahl nur Hühnchen anbieten, aber es ist das Beste, was wir haben, und es kommt von Herzen. Und unser Matetee ist ausgezeichnet.«

»Wir wollen helfen«, sagte Julien schlicht.

»Wir können jeden guten Mann gebrauchen. Ja, wir haben Zulauf. Wir werden, so gut es eben geht, von den Bauern versorgt. Wir schwimmen wie die Fische um die Städte herum. Aber gegen die Armee wären wir chancenlos. Conchero kümmert sich noch nicht um uns, deswegen gibt es uns überhaupt noch. Wir hören, dass er wieder einen Indianerfeldzug plant.

Das gibt uns Zeit, uns besser zu organisieren«, erläuterte der General die Lage.

»Es fehlt uns an gut ausgebildeten Kämpfern, an Waffen und Munition«, klagte Puebla. »Was wir einst aus dem Fort mitgenommen hatten, reicht nicht, um eine ganze Armee aufzustellen.«

»Unsere Macht reicht bis vor die Tore Córdobas und Rosarios«, fuhr der General fort. »In den Städten, in denen Militär ist, haben wir keinen Einfluss. Nicht weil es dort nicht genug Hemdlose gibt, die in uns die Rettung sehen, sondern weil sie waffenlos und dadurch den Soldaten des Conchero hoffnungslos unterlegen sind. Seit Conchero Caudillo geworden ist, führen sich die Soldaten und Polizisten wie Besatzer auf. Es gibt in allen Städten Folterkeller. Die Armee hat die Städte als Geiseln genommen.«

»Der Schlüssel zum Sieg liegt in Buenos Aires«, erwiderte Julien nachdenklich. »Tragen wir den Krieg dorthin. Destabilisieren wir die Herrschaft Concheros.«

Ronda lächelte müde.

»Wir sind nicht stark genug, um nach Buenos Aires zu marschieren. Wir haben nur dreihundert Männer, die man als Kämpfer bezeichnen kann.«

»Du hast doch einen Plan«, erkannte Puebla hellsichtig.

»Conchero ist nur der Knüppel der Oligarchen. Wenn wir Feuer in deren Häuser legen, wenn sie die Angst kennenlernen, wenn sie feststellen, dass Conchero sie nicht schützen kann, werden sie ihn fallenlassen und sie werden notgedrungen auf uns eingehen, wenn ihr auf Buenos Aires marschiert. Ihr nehmt alles Volk mit, das euch zuströmt, bewaffnet oder nicht. Nennt den Feldzug auf die Hauptstadt ›Kreuzzug der Gekreuzigten‹ und das Volk wird vor den Toren Buenos Aires stehen.«

»Und Conchero? Die Armee?«, fragte Ronda skeptisch.

»Die Armee folgt dem Befehlshaber, nicht wahr?«

Ronda nickte.

»Wir werden versuchen, Conchero aus dem Verkehr zu ziehen. Er wird nicht Napoleon am Vendémiaire spielen.«

»Und wie soll das gelingen?«

»Ich werde mir etwas einfallen lassen.«

Tessier seufzte.

»Was brauchst du?«, fragte Puebla mit leuchtenden Augen.

»Vier gute Männer, die mit Waffen und vor allem auch mit Sprengstoff umgehen können.«

»Sprengstoff?«, staunte Ronda.

»Ja. Wir werden eine Menge Lärm machen, um den Oligarchen einen Schreck einzujagen.«

Ronda wiegte den Kopf.

»Nun gut, ich gebe dir Caytano mit. Er ist ein fähiger Offizier geworden. Außerdem einen Feuerwerker, der sich mit Sprengstoff auskennt. Er war im Fort für die Kanonen zuständig.«

»Ich brauche auch Leute aus La Boca.«

»Bekommst du«, versicherte Puebla. »Ich gebe dir die Namen von Männern, die die Säuberungen überlebt haben. Du wendest dich als Anlaufstelle an Sergio Morillo. Er war einst mein Sekretär und ist im Hafenviertel untergetaucht, arbeitet jetzt in einer Fischfabrik. Ein guter Mann. Ich werde ihm noch heute eine Nachricht schicken, dass er dich zu unterstützen hat.«

»Den Sprengstoff wirst du dir aber selbst besorgen müssen«, warf der General mit bedauerndem Lächeln ein. »Wir haben zu wenig davon.«

»Habe ich vermutet, aber das wird das kleinere Problem werden, in den Depots liegt genug von dem Zeug.«

»Wird dieser Plan gelingen?«, fragte Ronda, dem sichtlich unwohl in seiner Haut war. Nur das Renommee und der Name Cordoso hielten ihn davon ab, dem Plan zu widersprechen.

Dann waren sie in La Boca in Buenos Aires. Das Versteck des Sergio Morillo fanden sie neben einem Bordell, das von Soldaten und Seeleuten frequentiert wurde. Es lag gegenüber einer Fischfabrik, ein zweistöckiges windschiefes Haus aus roten Ziegeln, hinter dem sich ein Wellblechverschlag befand, in dem Morillo hauste. Die Freude des ehemaligen Sekretärs der Partei der vereinigten Hafenarbeiter hielt sich in Grenzen.

»Was denkt sich Puebla in seinen Bergen eigentlich? Ihr schneit hier rein und bringt mich schon dadurch in Gefahr. Es ist doch hirnrissig, mit Terror den Oligarchen Angst einjagen zu wollen. Puebla müsste doch wissen, dass wir die Gejagten sind. Wenn die Oligarchen Widerstand spüren, werden sie noch gnadenloser gegen uns vorgehen. Wir haben bisher überlebt, weil wir uns nicht gerührt haben. Ich denke gar nicht daran, unsere Männer für Selbstmordkommandos einzusetzen. Zum Teufel mit Pueblas unrealistischen Träumen! In den Bergen kann man große Töne spucken. Aber hier in Buenos Aires hält Conchero den Deckel auf dem Topf.«

Morillo saß auf einer Kiste, daneben war ein Lager aus schmutzigen Decken. An den Wänden hingen einige verbeulte Töpfe. Die provisorische Feuerstelle wies keine Glut auf. Es roch nach Fisch, Schweiß und Fäkalien.

»Sieh dich nur um«, sagte Morillo höhnisch lachend. »Ich kann mir tagsüber nicht mal Feuer machen, geschweige denn ein Essen zubereiten. Wenn die Huren mich nicht versorgen würden, wäre ich längst krepiert. Und nicht anders geht es unseren anderen Leuten. Es sind die Verachteten, die uns helfen.«

Die Männer, die Julien mitgebracht hatte, machten den Raum so eng wie eine Fischtonne. Neben dem Feuerwerker hatte er, wie versprochen, Caytano und drei Männer mitbekommen, die auch Soldaten im Fort gewesen waren. Selbst Tessier hielt sie für brauchbare Kämpfer.

Plötzlich betrat eine Frau mit einem wettergegerbten Gesicht den Verschlag. Sie mochte um die vierzig sein, hatte eine beachtenswerte Büste, die ihr rotes Kleid nicht gerade verbarg und hielt eine Tonpfeife zwischen den Zähnen.

»Hola, Cordoso. Habe von dir gehört. Sollst ein tapferer Mann sein. Sergio hat mir die Nachricht des Puebla gezeigt. Bin mit seinen Plänen absolut einig. Wir müssen zur Offensive übergehen. Das Versteckspielen muss ein Ende haben.«

Wie selbstverständlich zog sie aus der Ecke eine weitere Kiste hervor, setzte sich und sah Julien prüfend an.

»Das ist also der Sohn des Don Francisco Cordoso. Da hat sich der Alte aber einen strammen Hahn ins Haus geholt.«

Sie lächelte, zeigte ihre weißen Zähne und ihr Gesicht verwandelte sich. Sie wurde zu einer zwar leicht verblühten, aber immer noch attraktiven Frau. Julien nahm an, dass sie auch indianisches Blut in den Adern hatte.

»Das ist Maria Segovia«, stellte sie Morillo vor. »Sie denkt manchmal, dass sie ein Mann ist und redet uns in alles drein.«

»Ich habe vorhin ein wenig mitgehört«, gestand sie mit spitzbübischem Grinsen. »Du willst also den Oligarchen die Stimmung verderben?«

»Wir haben leider nur wenig Sprengstoff, aber jemanden, der damit umgehen kann. Was wir brauchen, sind ortskundige Leute, die für uns Fluchtwege organisieren, Verstecke vorbereiten, die sich also unauffällig inmitten der Bevölkerung bewegen und von ihr akzeptiert werden. Als Ortsfremde fliegen wir sofort auf.«

»Du bist ein Cordoso, gehörst also zu den Reichen. Warum hilfst du den Hemdlosen?«

Julien erzählte ihr von der Einstellung des Don Francisco, von den Indianern, die dieser immer unterstützt hatte und was auf diese zukommen würde, sollte Conchero seinen Feldzug wiederholen.

»Der Caudillo will die Indianer ausrotten und Don Franciscos Vermächtnis an mich ist, dass ich dies verhindere. Er soll nicht umsonst gestorben sein.«

»Er ist tot?«, fragte Maria Segovia gefühlvoll. »Das tut mir leid. Das wusste ich nicht. Er war also ein ehrenwerter Mann?«

»Das war er. Conchero muss weg. Wenn den Oligarchen die Knie zittern, wird Puebla zum Kreuzzug der Gekreuzigten aufrufen und auf Buenos Aires marschieren.«

»Ist schon richtig, sich auf Buenos Aires zu konzentrieren. Ob man Córdoba oder Rosario hat, ändert gar nichts. Hier wird die Musik gespielt«, stimmte sie zu. Sie zog an ihrer Pfeife und blies Rauchkringel in die Luft.

»Maria Segovia, wie oft habe ich dir schon gesagt, dass du dich aus unseren Geschäften heraushalten sollst! Ich befehlige hier die Hemdlosen in Vertretung von Puebla. Frauen haben zu schweigen, wenn Männer über weitreichende Dinge beraten.«

»Dann befehle auch endlich. Wir verkriechen uns wie die Ratten und harren darauf, dass Jesus Christus erscheint. Jesus hat uns hier noch nie besucht. Ich habe nicht viel Hoffnung, dass er La Boca je betreten wird. Die Zeit des Wartens muss ein Ende haben! Je länger wir tatenlos in unseren Löchern verharren, desto gefährdeter sind wir. Caramba, Sergio! Es ist Zeit zu kämpfen!«

»Du hast gar nichts zu sagen. Ich bin …«

»Du bist ein Mann und hast wie ein Mann zu handeln«, fuhr die Segovia unerschütterlich fort. »Wir geben Cordoso die Pepe-Brüder mit. Andrea und Michael kennen jeden Winkel in Buenos Aires. Sie werden für euch Unterkünfte besorgen und euch dorthin führen, wo immer ihr hinwollt. Die beiden sind Kutscher gewesen, als dies noch etwas einbrachte.«

»Wir brauchen ein Versteck in La Recoleta, dem Viertel der Reichen«, verlangte Julien.

»Warum gerade dort?«, fragte sie und stemmte ihre Hände in die Hüften.

»Weil man bestimmt nicht vermutet, dass der Widerstand aus der Recoleta kommt. Ich selbst werde mit Tessier im Grandhotel wohnen. Der Anführer von Pueblas Männern ist Caytano. Sie brauchen ein Versteck in unserer Nähe, damit wir schnell Kontakt untereinander aufnehmen können.«

Julien wies auf den schlanken hochgewachsenen Mann mit den gleichmäßigen Gesichtszügen und dunklen leidenschaftlichen Augen, der ein wenig dem Simon Bolivar ähnelte.

»Ein stattlicher Bursche«, sagte die Segovia und warf dem jungen Mann einen interessierten Blick zu, was bei diesem eher Schrecken als Freude auslöste.

»Ich war Leutnant unter General Ronda«, stellte er sich mit einer leichten Verbeugung vor.

»So, so. Ein schmucker Leutnant war er. Ich würde ihn gern mal das Zureiten lehren«, fügte sie augenblinzelnd an Julien gewandt hinzu. Sie lachte roh und schlug sich auf die Schenkel.

»Und du willst das Herrenbürschchen im Grandhotel spielen?« Unzufrieden musterte sie Julien. »Bist dir wohl zu fein für eine Absteige wie diese?«

»Du redest schneller als du denkst, liebe Maria. Dort erfahre ich, was die Oligarchen vorhaben. Niemand wird darauf kommen, dass ich, Julien de Cordoso, Fürst von Almeria, derjenige bin, der ihnen einheizt.«

»Da ist was dran. Dort wo die Reichen sind, vermutet man bestimmt nicht den Anführer des Widerstandes. Hinter Geld lässt sich eine ganze Menge verbergen. Gut, abgemacht. Du bekommst die Pepe-Brüder. Nun erzähl uns mal von dem Weidekrieg, den ihr da oben im Norden geführt habt. Man hört ja die tollsten Dinge. Stimmt das Gerücht, dass Machado dabei umgekommen ist?«

Julien erzählte also vom Ende des Schafbarons und wie er Don Francisco schließlich gefunden hatte. Von den Geistern der Pampa sagte er nichts.

Während Julien berichtete, kreiste die Schnapsflasche. Maria Segovia schien der Schnaps nichts auszumachen. Morillo war jedoch bald hinüber. Nachdem er nur noch lallte, dass er der Patron sei, schlief er ein.

»Damit du kein falsches Bild von Sergio bekommt: Er war ein tapferer Mann, nicht umsonst Pueblas Stellvertreter, aber die Verfolgungen haben ihn zermürbt. Er hat seine Brüder verloren und viele seiner Freunde endeten am Fleischerhaken. Er versucht, die Bewegung der Hemdlosen am Leben zu halten, indem er uns unsichtbar gemacht hat. Vieles wurde von ihm gut organisiert. Wir haben Boten, die die Kommunikation zwischen den einzelnen Verstecken sicherstellen. Wir haben sogar einige Waffen, primitive zwar, aber Messer, Bajonette, Äxte und Spaten töten auch. Gewehre haben wir nur wenige. Es ist die Angst, die ihn wie einen Feigling aussehen lässt, aber ich gebe die Hoffnung nicht auf, dass er wieder zu dem wird, der er einmal war. Man darf die Hoffnung nicht aufgeben, nicht wahr? Es kann doch noch alles gut werden?«

Julien legte ihr die Hand auf den Arm. »Ich verspreche dir, dass alles noch gut werden wird. Wir werden euch Waffen besorgen. Moderne Waffen. Wir werden uns die Depots vornehmen. Caytano, als Soldat wird es dir nicht schwerfallen, dich bei den Soldaten umzuhören, wo die Waffenlager sind.«

Caytano nickte zustimmend. Er trug wie die anderen die Tracht der Bauern und sehnte sich danach, wieder als Soldat auftreten zu können.

»Ich habe meine alte Uniform mitgenommen. Man muss sie nur wieder in Ordnung bringen.«

»Das übernehme ich«, versprach die Segovia, lachte rau und tätschelte Caytano die Wange. »Er wird so schmuck aussehen wie ein Simon Bolivar.«

Caytano sah hilfesuchend zu Julien.

»Ihm steht die Angst ins Gesicht geschrieben«, keuchte die Segovia lachend. »Seht nur, dabei standen vor zehn Jahren die schmucken Burschen Schlange an meinem Bett. Süßer, ich kann auch heute noch deinen kleinen Freund zum Jubeln bringen.«

Sie sagte dies lachend. Julien sah aber den bitteren Zug um ihren Mund.

Die beiden Pepe-Brüder trafen ein. Julien glaubte seinen Augen nicht zu trauen. Die beiden glichen sich wie ein Ei dem anderen.

»Zwillingsbrüder«, klärte ihn die Segovia überflüssigerweise auf. »Sie sind beide ziemliche Racker. In Gelddingen würde ich ihnen nicht trauen, aber sie sind mutig und unserer Sache treu ergeben. Sie glauben, dass wir, die Hemdlosen, die Bourgeoisie ablösen werden. Sie können sogar schreiben und lesen und sind die strammsten Hähne in La Boca.«

»Wir glauben an den Sieg der Proletarier!«, sagte einer der beiden. Julien hätte nicht sagen können, ob es Andrea oder Michael war.

»Neben dem Grandhotel gibt es eine Villa, deren neuer Besitzer noch nicht eingezogen ist. Da können wir uns eine Weile verstecken. Es heißt, sie soll renoviert werden. Aber der neue Besitzer scheint sich Zeit zu lassen. Sollten die Arbeiten in nächster Zeit doch beginnen, weiß ich gegenüber einen Caféhausbesitzer, der zu unseren Leuten zählt. Notfalls können wir dort unterschlüpfen.«

Julien erläuterte ihre Aufgabe.

»In der ersten Phase geht es darum, überall Verstecke zu organisieren. Auch müssen wir Waffen besorgen. Erst dann können wir zum Kampf übergehen. Gerade die erste Phase bedarf guter Planung. Wir müssen Fluchtwege ausbaldowern, so dass wir schnell verschwinden können und anfangs anonym bleiben.«

»Endlich geschieht etwas«, sagte einer der beiden Brüder und sah missbilligend auf den schlafenden Morillo.

»Er hat uns bisher gut geführt«, verteidigte ihn die Segovia. »Ihr lebt noch, also meckert nicht.«

»Gut. Ihr alle geht mit den Pepe-Brüdern«, wandte sich Julien an Caytano. »Ich lasse euch Nachricht zukommen, wenn ich etwas mehr weiß.«

»Mein Hübscher, lass die Uniform hier, damit ich sie richten kann«, rief die Segovia. »Ich werde sie in einen Zustand versetzen, der dir jede Ehrenbezeugung der Generäle einbringt. Aber natürlich werden wir sie mehrmals anprobieren müssen.«

Caytano zuckte zusammen.

»Da du gerade von deinen Schneiderkünsten sprichst. Kannst du Uniformen für zwölf Soldaten schneidern? Caytano wird mit ein paar eurer Männer zum Depot marschieren müssen, um uns Waffen zu besorgen«, erläuterte Julien das weitere Vorgehen.

»Aha, wir bekommen einen neuen Simon Bolivar«, spottete die Segovia.

»So leben also die Reichen!«, stellte Tessier fest, als sie das Grandhotel betraten. Der Hoteldirektor eilte mit ausgebreiteten Armen herbei.

»Sie wieder im Grandhotel! Willkommen, willkommen! Ich freue mich. Sie bekommen natürlich die alte Cordoso-Suite. Ich habe vom Tod Ihres von uns allen verehrten Vaters gehört. Wie traurig. Welch ein Verlust. Unser Personal wird alles tun, um Ihren Aufenthalt so angenehm wie möglich zu gestalten. Sie brauchen nur Ihre Wünsche zu äußern. Morgen tagt der Jockeyclub bei uns. Sind Sie deswegen gekommen?«

Julien stutzte. Es war der einflussreichste Club des Landes, in der sich die wichtigsten Magnaten versammelten und die Politik festlegten. Auch Don Francisco hatte ihm formell angehört, war aber selten zu den Versammlungen gegangen.

»Oh ja, deswegen auch«, stimmte Julien zu. »Ich muss den Platz meines Vaters einnehmen. Schließlich muss ich wissen, was in der Hauptstadt jetzt die Politik ist. Wird der große Caudillo bald zu seinem Feldzug aufbrechen?«

»Das hat er in der Tat vor. Noch gestern tagte er mit seinen Ministern im Salon Versailles und, wie ich hörte, redete er davon, das Land für die Siedler zu säubern.«

Julien verkniff sich die Antwort, dass dies doch schon beim ersten Feldzug propagiert worden war. Und dann war das Land unter der Hand an Esteban verschachert worden.

»Gut, dass der Caudillo seiner Linie treu bleibt«, erwiderte er.

Der Hoteldirektor nickte begeistert.

»Ja. Er ist ein großer Mann.«

Julien hatte die Cordoso-Suite, die sich über die gesamte Etage zog, so dass Tessier mit einem aus dem Morillo-Gefolge in seiner Nähe bleiben konnte. Sein väterlicher Freund fühlte sich wegen des überbordenden Luxus, der vergoldeten Stühle, Sessel und Tische sichtlich ungemütlich. Julien dagegen genoss es, nach den vielen Nächten auf nacktem Boden, endlich wieder ein Bett unter sich zu fühlen.

Am nächsten Morgen, sie wollten gerade in die Orangerie zum Frühstücken, traf er in der Lobby mit Minister Menotti zusammen. Dessen Augen verzogen sich zu Schlitzen, als er den Sohn des Don Francisco sah.

»Sie haben Chuzpe, hierher zu kommen. Der Caudillo hat nicht gerade mit Freudenausbrüchen reagiert, als er vom Tod des Machado hörte. Mein Lieber, ich kann mir gut vorstellen, dass bald ein Kommando hier auftaucht, um Sie festzunehmen.«

Tessier dachte voller Panik: Ich habe es gewusst! Und mir bleibt wieder die Aufgabe, ihn herauszuhauen.

30 – Das vergiftete Testament
(Victor Hugo erzählt)

»Ach, lieber Menotti, was für ein Missverständnis!«, sagte Julien und nahm den Minister beim Arm. »Gehen wir in die Orangerie und frühstücken gemeinsam. Ich habe eine höchst erfreuliche Nachricht für den großen Mann. Balbao Conchero wird begeistert sein, wenn er sie erfährt.«

Menotti wollte sich erst der Einladung entziehen, denn er hielt es nicht gerade förderlich für seine Reputation, mit diesem Sohn eines Indianerfreundes gesehen zu werden, doch seine Neugier siegte.

»Lieber Freund, ich darf Sie doch so nennen, ich habe große Hochachtung vor Ihren Fähigkeiten«, sagte Julien, als sie sich in der Orangerie an einen Ecktisch gesetzt hatten und nachdem der Kellner ihre Wünsche entgegengenommen hatte.

Während sie ein reichhaltiges Frühstück einnahmen, plauderte Julien über die Schönheit der Stadt, die immer mehr den Boulevards von Paris ähnelte. Schließlich hielt Menotti es nicht mehr aus. »Welche Botschaft haben Sie denn nun für den Caudillo?«

Julien lehnte sich zurück und legte die Serviette beiseite. »Mein Vater hat mich zum Testamentsvollstrecker bestimmt. Er hat in seinem letzten Willen auch den Caudillo bedacht. Trotz aller Meinungsverschiedenheiten in der Indianerfrage war er ein großer Verehrer Concheros. Die Verwüstung seiner Estanzia hat er richtigerweise seinem Sohn zugeschrieben.«

»Um was für einen Betrag handelt es sich denn?«, fragte Menotti hastig.

»Ach, es ist nicht viel, sondern mehr eine symbolische Geste. So um die Hunderttausend … in Gold.«

Menotti schnappte nach Luft.

»Das nennen Sie nicht viel? Das ist doch eine ganz außerordentliche … Verfügung des Don Francisco.«

»Ja. So kann man es auch betrachten. Es gibt da natürlich noch ein paar Formalitäten, die ich mit dem Präsidenten besprechen muss.«

»Natürlich. Natürlich. Was für eine großartige Geste. Wer hätte das gedacht? Ich gebe diese Nachricht gern an den General weiter. Das ändert natürlich die ganze Situation. Vergessen Sie, was ich eingangs gesagt habe. Ich wusste doch nicht … Also, ich werde diese Nachricht sofort dem General überbringen. Ist doch auch in Ihrem Interesse, sonst wird man Sie wegen der Weidekriegsgerüchte noch belästigen. Sie verstehen, was ich meine?«

»Sie sind entschuldigt. Aber vergessen Sie nicht, ich muss mit ihm, natürlich unter dem Siegel der Verschwiegenheit, noch einiges besprechen.«

Menotti kniff die Augen zusammen. »Sind Bedingungen daran geknüpft?«

»Bedingungen? Nein. Ich würde es Formalitäten nennen.«

»Es trifft sich gut, dass ich ohnehin gleich eine Besprechung mit dem Präsidenten habe. Ich kann nur sagen, dass ich mich über diese Entwicklung sehr freue.«

Er sprang auf, verbeugte sich kurz und lief aus der Orangerie.

»Was ist denn das wieder für eine Teufelei, die du da ausgebrütet hast?«, stöhnte Tessier. »Wo willst du das Gold herbekommen?«

»Ach, Don Francisco ist, wie ich aus den Papieren ersehen konnte, reicher als wir alle vermutet haben. Sehr viel reicher. Die Hunderttausend verringern kaum sein Vermögen.«

»Es ist dein Erbe.«

»Wenn ich dadurch die Indios retten kann, geht das schon in Ordnung.«

»Es kann einem schwindelig mit dir werden. Denkst du noch manchmal daran, dass du einst im Bagno halb verhungert bist?«

»Nein. Ich denke an Paris und an den Verrat, der mich ins Bagno brachte. Aber die Zeit im Bagno habe ich total ausgeblendet.«

»Du glaubst, den Conchero kaufen zu können?«

»Er ist korrupt bis auf die Knochen. Es geht das Gerücht, dass ihn die Oligarchen tüchtig schmieren, damit er in ihrem Sinn handelt. Trotzdem ist er ständig in Geldschwierigkeiten. Er gibt das Geld mit vollen Händen aus. Du wirst sehen, dass der Honigtopf für ihn unwiderstehlich ist.«

So erwies es sich auch. Bereits am Nachmittag erschien der Caudillo mit großem Gefolge von Adjutanten im Grandhotel. Auf seiner Brust war kein Platz mehr frei für weitere Orden. Wie unter Fanfarenstößen betrat er die Halle, kreuzte die Arme vor der Brust, warf den Kopf hoch und reckte das Kinn. Der Hoteldirektor eilte herbei und Conchero blaffte ihn an, sofort Julien de Cordoso zu benachrichtigen, dass er ihn zu sprechen wünsche.

Doch Julien war nicht im Haus, sondern hatte das Versteck der Pepe-Brüder begutachtet, das sich tatsächlich vortrefflich für ihre konspirativen Pläne eignete, da es unweit des Hotels neben der päpstlichen Botschaft lag.

»Wie viele Bombarden haben wir?«, fragte er den Feuerwerker, ein kleiner Mann mit dem Gesicht eines Biedermanns, Glatze und verbrannten Händen, der auf den Namen José Gracia Marcantes hörte, aber allgemein Josi gerufen wurde. Die Verbrennungen an seinen Händen schienen seinem Beruf geschuldet zu sein, beeinträchtigten ihn aber nicht bei seiner Arbeit.

»Vier haben wir bereits. Ich habe schon in den Bergen damit angefangen, Bomben zu basteln. Mehr ist aber nicht drin, wenn wir uns nicht aus den Depots bedienen können.«

»Vier als Ouvertüre reichen. Morgen Abend tagt der Jockeyclub. Zündet eine vor der Börse, eine andere vor Menottis Palais, die dritte vor dem Haus des Serenas, dem Werftkönig und Präsidenten des Jockeyclubs, und die vierte vor dem Palais des Reeders

Hamilton. Das wird den Oligarchen einen gehörigen Schreck einjagen. Caytano, darum kümmerst du dich. Euch Pepes kommt die Aufgabe zu, dafür zu sorgen, dass keiner von unseren Leuten erwischt wird. Kümmert euch um einen Fluchtplan. So wie es gerumst hat, müssen unsere Leute schnell untertauchen können.«

»Vier auf einmal sind zu viel«, gab einer der Zwillinge zu bedenken.

»Zu viel!«, echote der andere.

»Dann lass den Reeder weg. Der bekommt sein Geschenk dann in einer anderen Nacht.«

»Drei könnten klappen«, stimmten die Zwillinge zu.

»Es muss klappen! Keine Pannen.«

»Wie stark soll die Ladung sein?«, fragte Josi vergnügt.

»Ein großer Bums, der ein paar Beschädigungen an der Außenfassade bewirkt. Macht es dann, wenn kein Mensch in unmittelbarer Nähe ist.«

Als er im Grandhotel zurück war, eilte der Hoteldirektor sofort mit rudernden Armen auf ihn zu.

»Gott sei Dank, dass Sie zurück sind. Der Caudillo war hier. Er war höchst ungehalten, Sie nicht anzutreffen und hat Menotti gehörig zusammengestaucht, weil er das Treffen nicht besser vorbereitet hat. ›Wie ein Bittsteller stehe ich nun hier, verdammter Trottel!‹, hat er ihn angeschrien. Jedenfalls sollen Sie sofort ins Präsidentenpalais an der Plaza Mayo kommen und …«

»Unser Präsident ist aber sehr ungeduldig«, sagte Julien grinsend zu Tessier.

»Bei Hunderttausend in Gold wird jeder ungeduldig, es sei denn, er heißt Julien de Cordoso«, erwiderte dieser trocken.

Sie wurden im Präsidentenpalais, kaum hatten sie sich bei dem wachhabenden Offizier gemeldet, sofort in den prächtigen Salon mit den goldgerahmten Bildern von Simon Bolivar und Marti geführt. Der Caudillo saß behäbig hinter einem riesigen Schreibtisch, der jedoch von Papieren verschont war.

»Da ist er ja, der Sohn des hochedlen Francisco Cordoso«, brummte Conchero mit einem breiten Lächeln. »Menotti soll kommen«, wandte er sich an den Adjutanten hinter ihm. »Setzen Sie sich, mein lieber Cordoso. Wer ist der Kerl neben Ihnen?«

Das wohlwollende Grinsen verließ sein Gesicht nicht. Das war nun Julien gegenüber ein anderer Conchero als der, den er seinerzeit auf der Estanzia erlebt hatte. Dass Don Francisco ein Indianerfreund gewesen war, schien nun keine Rolle mehr zu spielen.

»Marc Tessier, mein *Capataz*«, stellte Julien seinen Freund vor.

»Soll draußen warten. Das ist kein Gespräch, das viele Zuhörer braucht, denke ich.«

Der Adjutant kam wieder.

»Exzellenz, der Minister Menotti hält im Parlament gerade eine Rede.«

»Was erlaubt sich der Kerl?«, brüllte Conchero. »Immer wenn man ihn braucht, ist er nicht da. Was in der Quatschbude geredet wird, ist so bedeutsam wie ein umgefallener Maissack im Hafen. Ich werde den Laden ohnehin bald zumachen. Na gut, wir werden auch ohne ihn klarkommen, nicht wahr, Cordoso?«

Tessier zwinkerte Julien zu und ging hinaus. Der Adjutant, der bei dem Wutausbruch kreidebleich geworden war, folgte ihm. Conchero kam schwerfällig hinter seinem Schreibtisch hervor und wies auf eine Sitzgruppe. Julien schien es, dass sein Leibesumfang seit dem damaligen Zusammentreffen auf der Estanzia noch beträchtlich zugelegt hatte. Er schwitzte stark und wischte sich ständig die Glatze.

»Dann wollen wir mal sehen, ob wir ein vernünftiges Gespräch führen können, das unsere seinerzeitigen Unstimmigkeiten beseitigt. Menotti erzählte mir was von einem Legat in dem Testament des Don Francisco.«

»Richtig. Mein Vater hat Sie in seinem Testament bedacht.«

»Bueno, bueno«, erwiderte er und rieb sich die Hände. »Wer hätte das gedacht? Ich hatte den Eindruck, dass er nach dem kleinen Missgeschick auf der Estanzia nicht gerade zu meinen Freunden zählt und so hat er sich ja auch wirklich nicht benommen, wie man am Schicksal des armen Machado ersehen kann.«

»So etwas geschieht im Krieg. Aber mein Vater hat sehr wohl erkannt, wie wichtig Sie für Argentinien sind. Er ist ein Caudillo, hat er zu mir gesagt. Wir sind nicht immer einer Meinung, aber er ist ein großer Mann und wichtig für den Fortschritt des Landes.«

Conchero nickte begeistert.

»Was passiert ist, ist passiert. Wir schauen nach vorn, was, Julien de Cordoso?«

»Natürlich. Das ist die richtige Politik. Was geht uns die Vergangenheit an?«, bekräftigte Julien.

»Es sind tatsächlich Hunderttausend in Gold?«

»Hunderttausend«, bestätigte Julien.

»Wann kann ich über das Legat verfügen?«, fragte Conchero gierig schluckend.

»Sehr bald. Es gibt da nur noch eine kleine Formalität.«

»Eh, was denn?« Er kniff die Augen unzufrieden zusammen und wischte sich ärgerlich über die Glatze.

»Sie müssen auf den zweiten Indianerfeldzug verzichten.«

Der Caudillo schoss in die Höhe, als hätte ihm jemand eine Nadel in den Hintern gejagt.

»Ich, Balbao Conchero de Arantes, der Held des Volkes, soll eine Bedingung akzeptieren? Ich habe einen zweiten Feldzug bereits angekündigt. Ich werde doch eine Ankündigung nicht zurücknehmen. Ausgeschlossen! Eine Frechheit, das von mir zu verlangen, junger Mann. Er weiß wohl nicht, mit wem er redet? Also, das ist doch …!«

Empört sah er um sich. Aber es war niemand im Raum, der ihm seine Einzigartigkeit bestätigen konnte.

»So schwierig dürfte das doch nicht sein«, fuhr Julien unbeeindruckt fort. »Eine öffentliche Erklärung ist gar nicht notwendig. Schieben Sie den Indianerkrieg einfach … auf die lange Bank. In ein paar Monaten ist die Ankündigung ohnehin vergessen. Sie könnten es mit Ihren Sorgen um die Inflation, um die darniederliegende Wirtschaft begründen. Sie könnten in einer solchen dramatischen Situation zur Zeit einfach nicht aus Buenos Aires fort.«

»Ah ja, jetzt gibst du mir auch noch weise Ratschläge, Cordoso? Das ist doch …!« Das wohlwollende Lächeln war wie weggewischt, genauso wie alle Höflichkeitsfloskeln.

»… Hunderttausend in Gold wert«, ergänzte Julien.

Conchero wischte sich die glänzenden Backen. Seine Augen huschten hin und her. Plötzlich grinste er listig.

»Für wie lange soll ich den Indianerkrieg denn aufschieben?«

»Um die Bedingungen zu erfüllen, denke ich, dass zwei Jahre reichen.«

»Ein Jahr!«, fing Conchero an zu handeln.

Julien nickte. Mehr war wohl kaum herauszuholen und wer weiß, was bis dahin passierte. Deswegen stimmte er zu.

»Du bist ein kluges Kerlchen«, lobte Conchero. »Willst du nicht in meine Dienste treten? Ich könnte einen tüchtigen Staatssekretär gebrauchen.«

»Ich bin ein ungehobelter Gaucho. Ich passe nicht so ganz in Ihre prächtige Regierungsmannschaft mit ihren klugen Köpfen.«

»Das lass mal meine Sorge sein. Ich bin kein Politiker, sondern Soldat. Bei mir heißt es zuschlagen. Du trittst in meine Regierungsmannschaft ein. Das wird auch die Rinderbarone beeindrucken und mir ihre Unterstützung sichern.«

»Nein, Exzellenz. Leider werde ich auf diese Gunst verzichten müssen. Ich werde in absehbarer Zeit Argentinien verlassen.«

»So ist das.« Sein Gesicht verfinsterte sich. »Na, dann hör mal gut zu. Ich habe keine Lust mehr, den Indianerkrieg abzublasen. Im Krieg führen bin ich wirklich gut. Du wirst mir trotzdem das Legat auszahlen, sonst … erinnere ich mich daran, was ihr Cordosos meinem armen Freund Machado angetan habt.«

Julien war so überrascht, dass er erst keine Antwort wusste. Es lief doch so gut. Er hatte geglaubt, dass sein Plan aufgegangen war und nun war alles vergebens gewesen. Conchero war für seine Stimmungsumschwünge bekannt, aber so schnell hatte er keinen erwartet. Er schalt sich einen Narren, dass er auf das Angebot nicht eingegangen war. Er hätte doch einstweilen als Staatssekretär mit den Wölfen heulen können, um sich dann rechtzeitig abzusetzen. Aber nein, erkannte er sofort, das wäre nicht gegangen. Puebla hätte dies nie verstanden und die, die mit ihm kämpften, ebenso wenig.

»Ich hoffe, du verstehst deine Situation«, fuhr Conchero fort, befriedigt über die Überraschung, die sich auf Juliens Gesicht noch immer abzeichnete. »Ich will dir die Frechheit nachsehen, dass du mir, dem Caudillo, Ratschläge erteilen wolltest, die meiner unwürdig sind. Nein, ich marschiere in zwei Wochen nach Córdoba und dann in das Weideland der Indianer. Wenn ich zurück bin, wird kein Indianer mehr leben.«

Julien schluckte. Sein Plan mündete in eine Katastrophe. Also blieb nur die Hoffnung, zwischen Conchero und die Oligarchen einen Keil zu treiben.

»Gut, Eure Freundschaft, Exzellenz, will ich nicht verlieren«, tat er beeindruckt von den Drohungen des Caudillo.

»Du wirst das Legat anweisen?«

»Ja. Sowie ich einige Papiere zu Geld gemacht habe.«

»Wie lange wird das dauern?«, fragte Conchero unzufrieden.

»Noch bevor Sie zu Ihrem Feldzug aufbrechen.«

»Also in … zwei Wochen?«, insistierte der Caudillo.

»Das wird sich bestimmt machen lassen.«

»Na schön. Aber wenn das Geld nicht da ist … ich habe ein gutes Gedächtnis.«

»Davon weiß jeder Argentinier. Nie würde ich Sie enttäuschen.«

»Na schön. Es war doch ein gutes Gespräch, nicht wahr?«, resümierte er zufrieden. Der Caudillo klingelte nach einem Adjutanten und bestellte zwei Cognacs. »Trinken wir einen Schluck auf unser Arrangement. Du willst also tatsächlich Argentinien verlassen? Der Posten als mein Sekretär zu arbeiten, kann dich nicht halten?«

»Ich reise nicht morgen oder übermorgen, aber meine mittelfristige Planung läuft darauf hinaus.«

»Warum? Argentinien ist Gottes Land.«

»Ich bin in Paris geboren.«

»Paris? Ah, das ist was anderes. Na gut«, brummte Conchero »Dann eben nicht. Aber die Rinderbarone wirst du beeinflussen, dass sie mich unterstützen.«

»Ich werde mir Mühe geben.«

Der Adjutant kam mit den Cognacs und Conchero drückte Julien ein Glas in die Hand.

»Wir Soldaten sind immer mal etwas rau. Aber dafür weiß man, wo man bei uns dran ist. Die Politiker drücken sich immer so geschwollen und verquast aus, dass man nicht weiß, was sie wirklich vorhaben. Bei mir ist das anders, wie du gemerkt hast.«

Er lachte dröhnend. Sie tranken. Conchero stürzte den Cognac herunter und wedelte mit der Hand.

»Doch nun hinaus mit dir, kleiner Gaucho! Mir Bedingungen zu stellen …! Ist mir schon lange nicht passiert. Sei froh, dass ich das Legat nehme und dich nicht trotzdem als Feind Argentiniens an die Wand stellen lasse.«

»Sie sind in der Tat sehr großzügig zu mir.«

Conchero bemerkte die Ironie nicht und stimmte selbstgefällig zu.

»Das bin ich wirklich. Es gibt nicht viele Caudillos, die so großzügig sind. Und nun scher dich hinaus! Aber halte dich an deine Versprechungen. Vierzehn Tage sind abgemacht.«

Julien verbeugte sich und ging wangenblasend hinaus.

»Na, wie war es?«, fragte Tessier besorgt, als er Juliens Gesicht sah. Er erzählte es ihm.

»Da hast du kräftig in die Scheiße gegriffen. Hunderttausend in Gold – und nichts erreicht!«

»Ja. Conchero ist noch skrupelloser, als ich dachte und dabei so giftig wie ein Skorpion. Der Kerl ist ein Unglück für Argentinien. Sorgen wir dafür, dass er Schwierigkeiten bekommt.«

Die Anschläge hatten sie sorgfältig vorbereitet. Der Feuerwerker beteuerte, dass alle Bomben planmäßig explodieren würden.

Sie waren kaum im Hotel, als sie die Explosionen hörten. Ein gewaltiger Rums und noch einer und ein dritter und dann Schreie und bald darauf die Sirenen der Feuerwehr. Sie sahen aus dem Fenster hinunter auf die Avenida Alvear. Trotz der späten Stunde war nun viel Militär zu sehen. Feuerwehrwagen fuhren lärmend vorbei.

»Das war der Anfang«, sagte Julien zufrieden.

»Hoffen wir, dass du auch am Ende ein genauso zufriedenes Gesicht machst«, erwiderte Tessier.

Morgens beim Frühstück lasen sie in den Zeitungen über das Ergebnis ihrer nächtlichen Aktivitäten. In großen Lettern berichteten sie über den Feuerzauber und spekulierten über die Hintermänner der Attentate. Die regierungstreuen Zeitungen schrieben von Abenteurern und Meuchelmördern, obwohl kein Mensch zu Schaden gekommen war. Nur eine liberale Gazette titelte: Melden sich die Hemdlosen zurück?

Der Jockeyclub musste wohl erstmal die Tatsache verdauen, dass sich Widerstand zeigte und vertagte sich auf den übernächsten Tag. Julien und seine Freunde blieben nicht untätig. In den Straßen flatterten Flugblätter, die Freiheit und Gleichheit forderten und die Wiedereinsetzung der Sozialgesetze.

Im Salon Versailles versammelte sich erst am dritten Tag nach dem Feuerwerk der Jockeyclub. Das Grandhotel wurde von Soldaten gesichert. Doch den Mitgliedern war anzumerken, dass sie sich trotzdem nicht sicher fühlten. Minister, Bankpräsidenten, Oligarchen, die Chefs der wichtigsten Wirtschaftsverbände sowie anderer Clubs waren anwesend. Serenas, der Präsident des Jockeyclubs, führte das große Wort.

»Ich stelle mit Bestürzung fest, dass uns die Regierung nicht zu schützen vermag. Die Conchero-Administration hätte längst einen anderen Kurs einschlagen und die Hemdlosen durch kleine Zugeständnisse einbinden müssen. Statt sich auf Indianerkriege zu konzentrieren, die nur Geld verschlingen, hätte man der Vereinigung der Hafenarbeiter einige Sozialgesetze als Köder zusagen und diese dadurch ruhigstellen können.«

Dies führte zum Tumult. Auf laue Zustimmung mit verhaltenem Beifall folgten empörte Rufe, die sich zu einem Crescendo wütenden Protests steigerten. Das Land sei in Gefahr. Der Untergang Argentiniens zeichne sich ab. Von Feigheit und Verrat war die Rede. Alle Blicke richteten sich auf Menotti. Dieser schüttelte heftig den Kopf.

»Wenn wir den Hemdlosen auch nur den kleinen Finger geben, werden sie dies als Schwäche auslegen und sich die ganze Hand holen.«

Nein, in einer solchen Situation sei Festigkeit zu zeigen.

»Der Caudillo weicht nicht«, schrie Menotti mit sich überschlagender Stimme. »Schon morgen wird eine große Militärparade stattfinden, die die Kraft und Stärke der Regierung zeigt.«

»Gegen wen wollt ihr denn die Soldaten einsetzen?«, höhnte Serenas unter beifälligem Gemurmel einiger seiner engsten Freunde, die klug genug waren sich auszurechnen, dass dies zu Unruhen führen konnte, die der Wirtschaft nachhaltig schadeten. »Noch finden keine Demonstrationen statt. La Boca ist ruhig geblieben. Unsere Domestiken lesen die Flugblätter und schauen uns anklagend an. Sind wir sicher, dass die sich nicht bald, sollte Blut fließen, mit diesen Gekreuzigten solidarisieren?«

Diese Bemerkung machte jene, die Serenas noch ablehnend gegenüberstanden, doch nachdenklich. Hatte sich die Revolte schon in ihre Häuser eingeschlichen? War dem Kammerdiener, den Zofen, den Köchen noch zu trauen? Konnte es passieren, dass Frau und Kinder mit den hasserfüllten Hemdlosen, die sich Gekreuzigte nannten, in Berührung kamen?

Menotti versuchte, dem sich abzeichnenden Umkippen der Stimmung zu begegnen und erinnerte an die Festigkeit des Caudillo, an seine Siege und welche Privilegien er an Steuergeschenken den Oligarchen eingeräumt hatte und dass sie sich auf ihren Schutzherrn und Wohltäter verlassen konnten.

Seine Rede wirkte. Sie wagten nicht den Absprung. Man ging also ohne Ergebnis auseinander. Alles blieb in der Schwebe.

Am nächsten Tag ließ der Caudillo seine Soldaten in Paradeuniformen und mit prächtigen Fahnen durch die Stadt marschieren. Vor der Tribüne riefen die Soldaten auf Kommando: »Es lebe der Vater des Vaterlandes!«

Dann verdarb am Schluss ein Zwischenfall die Demonstration der Macht.

Es war mehr als ein Schönheitsfleck, als plötzlich ein Karren in die Reihen vor der Präsidententribüne rollte und mit einer Stichflamme hochging. Verletzt wurde niemand, aber eine Rauchwolke hüllte eine Weile die Tribüne mit dem Präsidenten ein, sodass die goldstrotzenden Uniformen rund um den Caudillo nicht zu sehen waren.

Am nächsten Tag lagen überall Flugblätter in den Straßen, die die Absetzung des Conchero forderten. »Weg mit dem Schlächter Conchero! Freiheit und Gleichheit, sonst habt ihr die Revolution in euren Häusern!«

Morillo und Maria Segovia sorgten dafür, dass ständig neue Flugblätter in die Straßen flatterten. Im Keller des Hurenhauses hatte die Segovia eine kleine Druckpresse installiert, die von den Druckern der konservativen Zeitungen bedient wurde, die mit den regierungskonformen Kommentaren ihrer Zeitungen schon lange nicht mehr einverstanden waren.

Und dann schlug die Nachricht nicht nur wie eine der Bomben ein, sondern fegte wie ein Tornado durch die Straßen der

Stadt, und ließ diejenigen, die bisher recht wenig Herz gezeigt hatten, zittern. Und nun leiteten auch die konservativen Zeitungen erste Absatzbewegungen ein. Erst war man noch auf Linie:

»Die verbrecherischen Rebellen marschieren auf Buenos Aires zu.«

Doch der Tenor, nachdem man hörte, dass sich immer mehr Bauern den Hemdlosen anschlossen, änderte sich bald:

»Die Rebellen marschieren unaufhaltsam voran.«

Bald klangen die Schlagzeilen so, als hätten die Drucker und nicht die Redakteure sie formuliert: »Der Kreuzzug der Gekreuzigten wird zu einem Triumphmarsch.«

Und dann gingen die Zeitungen endgültig zu den Rebellen über:

»Die Morgenröte der Freiheit bricht an. Die Gekreuzigten sind in drei Tagen in Buenos Aires.«

Julien setzte sich mit Caytano zusammen.

»Nun ist deine Stunde gekommen. Hole dir von Maria Segovia ein paar Männer, marschiert in der Uniform der Nationalgarde zu dem größten Waffendepot und besetzt es. Sollte Conchero die Armee gegen die Gekreuzigten schicken, dann sollen sie sich ihnen nicht mit nackter Brust entgegenwerfen müssen.«

Caytano verzog peinlich berührt das Gesicht.

»Dann muss ich zu der Hexe ins La Boca?«

»Ja. Sie hat doch die Uniformen geschneidert.«

»Kann das nicht jemand anders übernehmen?«

»Sie wird dich schon nicht auffressen.«

»Ich werde nicht mit ihr schlafen.«

»Sie macht doch nur Spaß«, versuchte Julien ihn zu beruhigen, obwohl er sich dessen nicht so sicher war.

Wieder tagte der Jockeyclub. In den Gesichtern konnte man ablesen, wie sehr man in Panik war. Serenas riss auch diesmal die Diskussion an sich: »Wir haben die Parade gesehen. Conchero kann sich nicht einmal selbst schützen. Wir müssen handeln, wenn wir nicht in dem Strudel der Revolution untergehen wollen. Wir müssen Argentinien retten. Wir müssen die Hemdlosen vor vollendete Tatsachen stellen und ihnen mit einer neuen Regierung entgegenkommen. Wir brauchen sie rasch.«

»Wer soll uns regieren?«, rief man aus der Runde.

»Die Lösung ist doch ganz einfach«, meldete sich der Reeder Hamilton. »Ich schlage unseren Freund Serenas für das Präsidentenamt vor. Was wir brauchen, ist jemand mit wirtschaftlichem Sachverstand an der Spitze, die besitzt Serenas in reichem Maß.«

»Sehr wohl. Sehr wohl«, riefen die Oligarchen, nachdem sie sich etwas verdutzt angesehen hatten. Sicher hätten sie liebend gern über das Für und Wider noch stundenlang diskutiert. Doch Serenas ergriff die Initiative, ließ sich die angebotene Ehre nicht entgehen.

»Ich danke euch für euer Vertrauen. Ich werde ein gerechter Präsident sein. Aber nun muss alles sehr schnell gehen, ehe die Hemdlosen eintreffen. Es muss eine verhandlungsfähige Regierung stehen und diese muss den Rebellen mit einer Reihe von Zusagen entgegenkommen. Die Sozialgesetze der Vorgängerregierung werden wieder in Kraft gesetzt, damit sich ihr Marsch auf Buenos Aires als unnötige Luftnummer herausstellt. Wir lassen sie damit ins Leere laufen. Unsere Zeitungen sollen mit dem Aufmacher »Alles bewilligt« die Gemüter der Hemdlosen beruhigen. Informiert unsere Freunde in den Parteien. Die Abgeordneten sollen einen Misstrauensantrag gegen Conchero stellen und sich zu einer Koalition der nationalen Einheit zusammenschließen. Natürlich müssen wir die Hemdlosen daran beteiligen.«

Unwilliges Gemurmel war die Antwort.

»Hilft nichts, meine Freunde. Manchmal muss man etwas ändern, damit alles beim Alten bleibt. Wir wissen doch, wie es sein sollte und werden daran arbeiten. Auch die Armee ist mit Conchero unzufrieden. Sie verlangt eine neue Führung … und mehr Sold. Oberst del Posa, Concheros Stellvertreter, ist bereit, sich in den Dienst der neuen Regierung zu stellen. Er wird für Ruhe und Ordnung sorgen. Vor allem für Ruhe!«

Diesmal lachten sie. Die Oligarchen hatten verstanden.

»Nun schnell ins Parlament. Wir dürfen keine Zeit verlieren. Der Marsch der Gekreuzigten droht schon in zwei Tagen Buenos Aires zu erreichen. Bis dahin müssen wir Fakten geschaffen haben.«

Es geht schneller, als ich dachte, stellte Julien fest. Sie haben keine Überzeugungen. Ihnen geht es nur darum, dass sie in Ruhe ihre Geschäfte abwickeln können und die Macht behalten. Puebla wird dies durchschauen.

Er traf sich noch am Abend mit Morillo und Segovia in La Boca.

»Wir können mit dem Feuerwerk aufhören. Du musst jetzt, als Stellvertreter Pueblas, deine Leute zu einer Kundgebung auf der Plaza Mayo aufrufen und die Ansprüche der Hemdlosen anmelden.«

Die Ereignisse der letzten Tage hatten Morillos Angst vertrieben, sodass er sich von der Flasche ferngehalten hatte.

»Er ist wieder ganz der Alte«, versicherte die Segovia stolz.

»Hoffentlich hält das an«, warf Tessier misstrauisch ein.

»Nein. Nein. Er ist wieder ein stolzer Hahn.«

Es zeigte sich, dass sie recht hatte. Morillo entwickelte wieder die Eigenschaften, die ihn einst zum Stellvertreter Pueblas gemacht hatten.

»Ich habe an dir und Puebla gezweifelt, Julien Cordoso«, bekannte er unumwunden. »Aber es sieht tatsächlich so aus, als könnten die Hemdlosen wieder bei den Regierungsgeschäften mitbestimmen. Doch sind wir wirklich am Ziel? Tauschen wir nicht einen Teufel gegen den anderen aus? Serenas ist ein gewiefter Taktiker.«

»Stimmt. Sie werden euch jetzt Zugeständnisse machen und hoffen, diese wieder irgendwann einkassieren zu können. Es wird eure Aufgabe sein, dies zu verhindern. Verlangt neue und freie Wahlen, damit ihr im Parlament die Mehrheit bekommt.«

»Und was wirst du tun, Julien Cordoso? Zu deiner Estanzia zurückkehren und Rinder und Pferde züchten?«, fragte die Segovia und zog nachdenklich an ihrer Tonpfeife. »Warum mischst du im Parlament nicht mit? Wir wissen doch, welchen Anteil du an diesem Umsturz hast.«

»Nein. Ich bin für die Politik zu ungeduldig. Mein Vater und meine Frau sind tot. Ich habe den Feind meines Vaters vernichtet und sein Vermächtnis erfüllt, die Indianer vor Conchero zu schützen. Ich glaube, es ist an der Zeit, nach Paris zurückzukehren.«

Tessier sah Julien mit großen Augen an und stieß ein »Caramba!« aus. »Schön, dass ich das auch mal erfahre, Julien Morgon.«

»Mein alter Name in Paris«, erklärte Julien auf den verwunderten Blick der Segovia hin. »Wer das Wasser der Seine getrunken hat, dürstet danach sein Leben lang. Argentinien ist mir mit zu viel Schmerz verbunden.«

»Ich werde nicht weinen, wenn du fortgehst. Ich werde die Rechte der Großgrundbesitzer tüchtig beschneiden!«, gestand Morillo.

»Wie sprichst du mit Julien?«, fuhr ihn Maria Segovia an. »Immerhin war er es, der die Diktatur des Conchero destabilisiert hat.«

Julien sah keinen Grund, noch länger bei ihnen zu verbleiben. Als er sich verabschiedete, sagte die Segovia mit funkelnden Augen: »Übrigens, dein kleiner Leutnant war nach der Anprobe recht zufrieden mit mir, du verstehst?«

»Du bist ein herrliches unmögliches Weib, Maria Segovia!«

»Das will ich meinen. Aber mein Morillo vergisst dies manchmal. Doch er erträgt mich, wie ich ihn ertrage. Und an seinen guten Tagen ist er wie ein Rammbock, nicht nur bei mir, sondern für die gute Sache. Unter Pueblas Führung kann er es noch zu etwas bringen. Und im Übrigen: Ich bin auch nicht gerade die Heilige Jungfrau.«

»Das kann man laut sagen!«, brüllte Morillo. »Du warst, bist und bleibst eine verdammte Hure!«

Julien und Tessier machten, dass sie davonkamen.

Auf der Fahrt zum Grandhotel – sie hatten wieder die Kutsche genommen – machte Tessier seinem Freund heftige Vorwürfe.

»Du hättest mir früher sagen müssen, was du vorhast. Ich erfahre so en passant, dass du zurück nach Paris willst. Das ist nicht in Ordnung. Wann bist du zu diesem Entschluss gekommen?«

»Du hast ja recht. Als ich Don Francisco in der Pampa fand, wusste ich, dass etwas zu Ende geht. Aber so richtig bewusst ist es mir erst geworden, als mir klar wurde, dass die Hemdlosen tatsächlich gewonnen haben. Was soll ich noch hier? Die Estanzia steht auch ohne mich bald wieder wie früher da. Domador ist ein guter *Capataz* und hat alle Fähigkeiten zu einem guten Verwalter. Das Land gehört, wenn es überhaupt jemandem gehören kann, den Indios. Ich werde eine Verfügung hinterlassen, dass das Land den Matacos gehört und Domador nicht nur der Verwalter ist, sondern auch darüber verfügen kann. Wir hatten hier eine gute und eine schlimme Zeit. Doch nun müssen wir nach Paris, um dort einige Dinge in Ordnung zu bringen.«

»Du willst dort immer noch einige Rechnungen präsentieren? Was soll das bringen? Es ist viel Wasser die Seine heruntergeflossen. Ich habe dieses Land lieben gelernt. Niemals war ich so frei wie hier.«

»Du willst bleiben?«, fragte Julien mitfühlend und doch enttäuscht.

»Nein. Das nicht. Ich kann dich ja nicht allein nach Paris gehen lassen. Hoffentlich bereuen wir es nicht einmal, dass wir Argentinien verlassen haben.«

»Hoffentlich«, stimmte Julien zu und fügte hinzu: »Danke, alter Freund!«

»Nun werde bloß nicht sentimental«, knurrte Tessier.

Julien fingerte an seinem breiten Gürtel, der außerdem auch eine Geldbörse war. Jeder Gaucho trug seine Schätze in einem Gürtel mit sich. Er zog einige Diamanten heraus und gab sie Tessier.

»Lös sie ein und kaufe damit ein Schiff. Ich weiß, dass Hamilton gerade ein neues in der Werft hat. Ich habe das Unrecht, das man den Indianern angetan hat, nicht vergessen. Die Toten verlangen eine Sühne. Aber dann müssen wir schnellstens aufbrechen können.«

»Was hast du vor? Ah, ich verstehe, du willst mit Conchero abrechnen.«

»Mit ihm fing das Unglück des Don Francisco an. Aber wesentlicher ist, dass noch einige hundert von ermordeten Indios eine Sühne verlangen.«

»In Ordnung«, stimmte Tessier zu. »Es ist deine Sohnespflicht, für diese einzutreten. Aber serviere die Abrechnung nicht zu heiß!«

Am Abend schoss Menotti im Grandhotel auf ihn zu.

»Auf ein Wort, Don Cordoso! Ich muss mit Ihnen einiges besprechen.«

»Gehen wir an die Bar«, schlug Julien vor. Er bestellte beim Barkeeper zwei Whisky. Dieser schenkte schnell die Gläser ein und zog sich zurück.

»Conchero ist heute Nachmittag gestürzt worden. Serenas ist jetzt Präsident.«

»Und Sie gehören nicht zur neuen Regierung?«

»Nein. Meine Verdienste um das Vaterland wurden nicht gewürdigt«, erwiderte er gepresst.

»Sie sind zu spät abgesprungen.«

»Wer hätte denn gedacht, dass Conchero kneift?«, jammerte Menotti. »Ich ging davon aus, dass er seine Truppen gegen die Hemdlosen führt und diesem Karneval ein Ende bereitet. Aber nach der verunglückten Parade ist er aus Buenos Aires geflüchtet. Er wird seine Reichtümer zusammenraffen und das Land in Richtung Uruguay verlassen, dessen Regierungschef ihm wohlgesinnt ist. Er wollte kein Held sein. Er war es wohl auch nicht. Er wird als Indioschlächter in die Annalen eingehen. Wie ein Kartenhaus ist – nach den ersten Anzeichen von Widerstand – sein Regime zusammengebrochen. Er hat keine Freunde mehr. Die Oligarchen werden nun mit mir abrechnen, wenn ihre neue Regierung sich gefestigt hat. Sie werden ihre Wut an mir auslassen, weil ich sie, auf Befehl Concheros, geschröpft habe. Alles was er getan hat, wird man mir anlasten.«

»Sie waren immerhin sein wichtigster Minister und für die Wirtschaft zuständig«, erwiderte Julien amüsiert. »Kein Wunder, dass Sie Angst um Ihr … Wohlbefinden haben müssen.«

»Ich weiß, dass Sie großen Einfluss auf Puebla haben. Legen Sie bei ihm ein gutes Wort für mich ein. Ich habe eins und eins zusammengezählt. Die Anschläge fingen an, als Sie in Buenos Aires eintrafen. Ich sage es frei heraus: Sie waren die treibende Kraft hinter dem Aufstand der Gekreuzigten.«

Julien lächelte. Dumm war Menotti nicht.

»Und warum soll ausgerechnet ich Ihnen helfen?«

»Ich weiß, wo Conchero ist. Ich kann Ihnen sagen, wo er sich aufhält. Sie wollen sicher den Mann, der indirekt schuld am Tod Ihres teuren Vaters ist, zur Rechenschaft ziehen?«

»Sie sind wie ein Korken, der immer oben schwimmt«, lästerte Julien, nicht ohne eine gewisse Bewunderung für die Fähigkeit, sich schnell umzuorientieren. Was für ein durch und durch prinzipienloser Mensch, dachte er.

»Ich diene Argentinien«, erwiderte Menotti mit hochrotem Kopf.

»Sie dienen allein sich selbst.«

»Wenn die ersten Gefühlswallungen abgeklungen sind, wenn wieder Ruhe im Land ist, wird man sich an erfahrene Fachleute erinnern. Es gibt nur wenige, die sich in der Wirtschaft so auskennen wie ich. Meine Familie diente dem Land bereits unter den spanischen Vizekönigen. Ich muss nur die nächsten Wochen überstehen. Wenn mir die Hemdlosen Schutz gewähren, könnte ich es schaffen zu überleben. Ich biete Puebla meine Dienste an. Ich könnte ihn bei den Verhandlungen mit Serenas beraten. Mit meiner Hilfe wird man die Hemdlosen nicht übers Ohr hauen können.«

»Na gut, ich spreche mit Puebla. Versprechen kann ich nichts. Wo ist Conchero?«

»Sie legen ein gutes Wort für mich ein?«

»Mein Wort. Aber ich kann nicht garantieren, dass Puebla Ihre Hilfe annimmt.«

»Wenn ich nur die Gelegenheit bekomme, mit ihm zu reden, werde ich ihn überzeugen.«

»Gut. Er wird mit Ihnen sprechen. Alles andere ist Ihre Sache.«

Erleichtert atmete Menotti aus. Was für eine Ratte, dachte Julien. Er hat die Regierung der sozialen Gerechtigkeit verraten und verrät nun seinen großen Caudillo, wie er ihn immer nannte.

»Er ist nicht mehr in seinem Palast in Rosario, wie vermutet wird, sondern unterwegs zu einem kleinen Gut am Fluss Pafana, dicht an der Grenze zu Uruguay.«

»Seit wann ist er weg?«

»Seit gestern Nacht. Er wird nur langsam vorankommen, da er genug wegzuschleppen hat. Er hat auch den Staatsschatz mitgenommen. Er verließ Buenos Aires mit dreißig Maultieren und zwanzig Soldaten. Mehr Soldaten hat er nicht mehr und selbst dieser kann er sich nicht sicher sein. Er ist nur noch ein Flüchtling.«

»Ich werde Sie informieren, wann Puebla Zeit für Sie hat.«

Am nächsten Tag kam der Zug der Gekreuzigten in Buenos Aires an. Hunderttausende jubelten ihm zu. Die Straßen waren mit argentinischen Fahnen geschmückt. Der Präsident empfing

Puebla auf den Stufen des Parlaments, umarmte ihn demonstrativ und hielt eine staatsmännische Rede. Die Diktatur des Conchero sei nun zu Ende, die Partei der Hemdlosen würde ihren Platz im Parlament wieder einnehmen und eine Regierung der nationalen Einheit und des sozialen Friedens würde Argentinien zu herrlichen Zeiten führen. Der Regierung würde natürlich auch Puebla angehören. Der Anführer der Hemdlosen ließ diese Rede regungslos über sich ergehen und hielt dann eine Ansprache, die bei den Oligarchen Bestürzung auslöste. Er hielt ihnen vor, dass die Hemdlosen in den letzten Jahren viel gelitten hätten und man nicht so ohne Weiteres zu den alten Zuständen zurückkehren könne. Er forderte freie Wahlen in dreißig Tagen. Das Volk solle von nun an entscheiden, wie die Republik Argentinien zu regieren sei.

Als Julien sich mit Puebla später im *Corazon del Rey* traf, sah dieser wie ein Herr aus. Er trug einen dunklen Rock und ein weißes Hemd. Ein Zylinder lag vor ihm auf dem Tisch. Sie umarmten sich und Puebla schüttelte ernst seine Schulter.

»Wir haben es tatsächlich geschafft. Wir Hemdlosen wissen, wem wir dies zu verdanken haben.«

Auch Ronda war anwesend, der in neuer Uniform wieder wie ein General aussah.

»Noch ist es erst die halbe Revolution«, dämpfte Ronda Pueblas Freude. »Die neue Regierung kann für uns nur eine Übergangslösung sein. Nach den Wahlen sehen wir weiter. So billig kommen uns die Oligarchen nicht davon.«

»Ja doch«, stimmte Puebla zu. »Aber nun wollen wir uns freuen. Heute ist ein großer Tag, den es zu feiern gilt. Alles ist so gekommen, wie wir es uns damals in den Bergen erträumt haben.«

Die Tür ging auf und Segovias Mann trat ein. Ein veränderter Morillo in schwarzem Rock, weißem Hemd, grellroter Weste und grauem Hut. Er war rasiert und sah nun wie jemand von Bedeutung aus.

»Sieh an, Morillo!«, sagte Julien amüsiert. »Kleider machen Leute.«

Puebla und sein Stellvertreter umarmten sich und klopften sich tüchtig den Rücken.

Es wurde eine lange Nacht. Später kamen noch Bandeon- und Gitarrenspieler und sie spielten Melodien, die voller Trauer, Leidenschaft und Schönheit waren.

»Was ist das für eine Musik?«, fragte Julien fasziniert.

»Die Musik des La Boca. Die feinen Leute im Stadtzentrum nennen sie unanständig. Wir sagen Tango dazu. Vielleicht wird es die Musik unserer Revolution«, erklärte Puebla. »Wenn wir die zweite Revolution vollendet haben«, fügte er nachdenklich hinzu.

»Nicht zufrieden mit den ersten Verhandlungen?«

»Noch haben wir nichts als vage Versprechen. Erst nach der Wahl werden wir wissen, wie stark wir wirklich sind. Sie werden versuchen, uns hinters Licht zu führen. Nur zähneknirschend haben sie den Wahlen zugestimmt. Natürlich wissen sie, dass wir siegen könnten. Aber weil sie jetzt erst einmal den Präsidenten stellen, hoffen sie darauf, die verbleibende Zeit für ihre Propaganda nutzen zu können. Sie werden nicht so ohne weiteres die Macht aus der Hand geben. Sicher planen sie eine Schweinerei.«

Julien berichtete ihm von Menottis Angebot.

»Er hat Angst, dass man ihn für Concheros Politik verantwortlich macht und sucht Schutz. Gewiss, er ist ein Wendehals, ein Verräter. Es gibt niemanden, den er noch nicht verraten hat.«

Puebla nickte und zerrte am Hemdkragen.

»Ich bin die feinen Klamotten nicht mehr gewohnt. Ja, Menotti ist ein Dreckskerl. Soll ich mir an dem Kerl die Hände schmutzig machen?«

»Du kannst dir die Hände waschen. Aber er kann dir gegen die Dreckskerle der Oligarchen helfen. Du setzt den Schweinehunden einen Schweinehund entgegen.«

»Verstehe!«, stimmte Puebla zu. »Ich könnte ihn als Berater einsetzen. Er kennt die Tricks seiner Oligarchenfreunde.«

»Richtig. Du brauchst ihm ja nicht zu trauen.«

»Deine Ratschläge waren immer gut. Weißt du, was mich an deinem Vorschlag reizt? Die Schufte erkennen daran, dass wir sie für Schufte halten. Wenn Menotti bei uns heult, werden sie sich fragen, warum er das tut. Menotti schlägt sich immer nur auf die Seite der Sieger und dies wird sie verunsichern.«

»Du hörst dich wie ein Politiker an«, erwiderte Julien lachend.

»Hättest du einem aus dem Hafen nicht zugetraut, was, Compadre? Ich hätte mir dies vor einem halben Jahr, als wir in den Bergen dahinvegetierten, auch nicht zugetraut. Erst als du mit der Idee vom ›Kreuzzug der Gekreuzigten‹ kamst, kam wieder der Schwung zurück. Wir hatten ein Ziel. Wer ist nun ein Politiker? Und genau so werde ich handeln. Wenn Menotti ein falsches Spiel treibt, werden wir ihn ganz schnell abservieren.«

»So ist es richtig«, stimmte Julien zu. »Übrigens, ich brauche Caytano und wenigstens dreißig Mann, die mir helfen, Conchero zu jagen.«

»Er ist geflohen und spielt doch keine Rolle mehr«, winkte Puebla ab.

»Stimmt schon. Aber er ist schuld daran, dass mein Vater nicht mehr lebt.«

»Verstehe. Das mit Caytano und ein paar Männern dürfte kein Problem sein«, versprach General Ronda.

Die Tür wurde aufgerissen. Fünf Gauchos standen im Eingang. Julien sah die Männer an, als wären sie eine Erscheinung.

»Ich glaube, ich brauche Caytano und die Soldaten doch nicht«, stellte er fest.

31 – Der Schatz des Caudillo

(Alexandre Dumas erzählt)

Domador umarmte Julien.

»Ich habe dir ja versprochen, dass ich dir mit unseren Männern zu Hilfe komme. Als ich hörte, dass die Hemdlosen auf Buenos Aires marschieren, bin ich mit fünfzig Gauchos losgeritten.«

»Und die Estanzia?«, fragte Julien erschrocken.

»Ich habe Don Garcias um Hilfe gebeten. Er hat mir zwanzig Männer zur Verfügung gestellt. Es sind genug Männer auf der Estanzia. Die Arbeit geht weiter. Wir werden ja, nachdem der Sieg bereits errungen ist, nicht lange bleiben.«

Noch einmal gab Julien den Güemes, den Held der Pampa. Er ahnte bereits, dass es sein letzter Ritt im Land der Gauchos sein würde. Noch einmal ritt er mit dem Wind. Zwei Tage später erreichten sie die kleine Stadt, in der Conchero einst geboren wurde. Niemand hatte damals dem Knaben Conchero angesehen, dass hier der Indianerschlächter heranwuchs. Dass er von Anfang an als Berufswunsch angab, Soldat zu werden, war auch nichts Außergewöhnliches. Er besuchte die Militärakademie, bekam sein Diplom, das nicht auf eine glänzende Karriere schließen ließ, heiratete die Tochter eines Oligarchen, was seine Laufbahn auf eine Umlaufbahn zu den Sternen brachte, betrog sein Weib wie viele andere Männer – und dann geschah etwas mit ihm. Er entdeckte sich selbst, stellte fest, dass es ihm nichts ausmachte zu töten, und wurde ein rücksichtsloser und brutaler Condottiere, ein Werkzeug der Oligarchen, bis er dann glaubte, über ihnen zu stehen und sich seine Dienste entlohnen ließ.

Nun, wo ihm die Macht entglitten war, hatte er nur noch den Wunsch, mit dem Geld, das er zusammengerafft hatte, aus der Geschichte zu verschwinden und im Ausland zu leben und vielleicht dem Traum nachzuhängen, dass man ihn wieder rufen würde, weil man einen Schlächter benötigte.

Er dachte zu einfach, kalkulierte nicht ein, dass die Geldmacher sich geschmeidig den Verhältnissen anzupassen verstanden, sich bewusst waren, dass sie mehr erreichten, wenn sie die neuen Machthaber korrumpierten, bis diese so dachten wie sie und neben ihnen an der Krippe standen, um sich die Bäuche vollzuschlagen. Nein, die Oligarchen weinten einstweilen dem Conchero nicht nach, schlimmer, er war ihnen peinlich. Es verwunderte ihn schon, wie zurückhaltend der Ort ihn empfangen hatte, der ihm einst als Retter des Vaterlandes zugejubelt hatte. Niemand jubelte diesmal und selbst die Verwandtschaft, die Schwestern, Brüder, Onkel und Tanten, selbst die Frau empfing ihn mit bedrückter Miene, vergessen waren die Ehren und Geschenke, die er ihnen hatte zuteilwerden lassen. Oh ja, sie waren sich der Verachtung bewusst, die man dem Flüchtenden zollte und die auch auf sie zurückschlagen und die ganze Familie in Sippenhaft nehmen konnte.

Aber er war zu oberflächlich, geprägt von den einstigen Erfolgen, um lange darüber nachzudenken, kam also mit schwer bepackten Mauleseln in seinem Heimatort an und versprach den Soldaten reiche Entlohnung, wenn sie erst einmal in Uruguay wären. Es war also nicht nur Anhänglichkeit, die ihm die Treue der verbliebenen dreißig Männer sicherte, sondern sein Geld, und vielleicht dachte der ein oder andere, dass auf dem Weg in die Fremde manches passieren konnte und noch mehr dabei herausspringen würde, wenn man Geduld bewies und in der Nähe des Conchero und seiner schwer bepackten Maulesel blieb.

Als die Gauchos mit Julien, Tessier und Domador an der Spitze in dem kleinen Ort einritten, war kein Mensch auf der Straße. Sie brauchten nicht zu fragen, wo die Heimstatt des Conchero war. Die Estanzia mit der hohen weißen Mauer und dem Turm lag am Ende des Dorfes, am Ende der einzigen gepflasterten Straße, als sei das ganze Land ringsherum nur dazu da, den Weg zu ihm zu weisen, den man einst Caudillo nannte und wie einen König gefeiert hatte. Sie, die Gauchos der Pampa, umzingelten die Estanzia und gaben ein paar Schüsse ab, um zu signalisieren, dass sie gekommen waren, um von Conchero Rechenschaft zu fordern. Seine Soldaten schossen zurück, was auch nicht viel ausrichtete, sondern nur zeigen sollte, dass sie als Soldaten zur Verteidigung bereit waren. Schließlich zeigte sich am Tor ein Leutnant mit weißer Fahne, der Verhandlungen anbot. Nachdem Julien Einverständnis signalisieren ließ, erschien der ehemalige Caudillo, Präsident und General in voller Montur am Tor. Die goldenen Schnüre und Orden glitzerten in der Sonne. Julien wollte ihm sofort entgegengehen, doch Tessier hielt ihn zurück.

»Denk dran, wie es Don Francisco ergangen ist! Dieser Kerl ist nicht weniger gefährlich als Machado.«

Conchero kam mit zwei Ordonanzen heran und blieb auf halber Strecke stehen. Julien sah die Augen seiner Gauchos gespannt auf sich gerichtet und wusste, dass sie von ihm den Mut verlangten, den er im Kampf gegen Machado gezeigt hatte.

»Hören wir uns doch erstmal an, was er uns anbietet«, entgegnete Julien mit scheinbarer Gelassenheit. »Tessier, du, und Domador, ihr kommt mit.«

Tessier grunzte missbilligend. Sie sprangen von den Pferden und gingen zu der wartenden Gruppe mit der weißen Fahne.

»Der Sohn des Don Francisco! Ich hätte es mir denken können«, fauchte der einst so mächtige General mit böse glitzernden Schweinsaugen.

»Der dich für das, was du den Indianern antatst, zur Rechenschaft ziehen will.«

»Ich bin Soldat. Ich tat nur, was mir die Regierung befahl. Lassen wir die Vergangenheit ruhen. Wir können uns bestimmt einigen.«

»Du plantest als Caudillo einen neuen Indianerfeldzug. Von keiner Regierung behindert, gabst du dir selbst den Befehl«, erwiderte Julien scharf. »Du hast verlauten lassen, dass du Argentinien frei von Indios machen wolltest.«

»Da habe ich im Interesse des Landes gehandelt. Kein Regierungschef kann wegen seiner Taten als Vertreter des Volkes belangt werden. Also, wie viel willst du, Sohn des Don Francisco?«

Er offenbarte also seine gemeine Gesinnung, und natürlich nahm er an, dass jeder so dachte wie er, dass alle Menschen den Trieb haben, sich zu bereichern.

»Wir wollen dich nur der gerechten Strafe zuführen.«

»Fünfhunderttausend in Gold!«, spielte Conchero seine erste Trumpfkarte aus. »Du würdest als reicher Mann von hier abziehen. Und damit auch deine Männer zufriedengestellt sind, lege ich für jeden deiner Gauchos noch tausend drauf. Ihr ganzes Leben lang würden sie nie eine solche Summe in den Händen halten. Frag sie nur, ob sie nicht begeistert von diesem Angebot sind.«

Domador sah unruhig zu Julien. Gar zu verführerisch schien ihm das Angebot, nicht für Julien, aber für die Gauchos. Eine gewaltige Versuchung für Menschen, die von der Hand in den Mund lebten.

»Für ein Trinkgeld ist das Vermächtnis des Don Francisco nicht zu kaufen! Du vergisst, dass ich der Erbe des reichsten Estanzieros des Landes bin«, erwiderte Julien gelassen.

»Was für ein Vermächtnis? Mir hat er doch sogar ein Legat vermacht. Ich dachte, dass du es mir heute übergeben willst«, setzte Conchero höhnisch hinzu.

»Dich für die getöteten Frauen und Kinder aufzuhängen! Und … ohnehin wird alles, was du dir ergaunert hast, bald unser sein.«

Conchero stutzte und warf sich in die Brust. »Meine Männer sind Soldaten. Sie werden allemal mit deinen paar hergelaufenen Gauchos fertig!«

»Lassen wir es darauf ankommen!«

»Eine Million für dich!«, erhöhte Conchero sein Angebot.

Auf seiner Stirn erschien nun Schweiß. Die beiden Ordonanzen an seiner Seite sahen beunruhigt auf ihren Anführer. Sie spürten seine Angst. Noch niemals hatten sie Furcht an ihm bemerkt. Der Mann, der so unbarmherzig Todesurteile ausgesprochen, der grinsend dabei zugesehen hatte, wie die Soldaten die Hütten der Indios zerstörten, die Frauen vergewaltigten, Kinder mit den Säbeln aufspießten, zeigte nun ein anderes Gesicht. War es also doch Unrecht, was sie auf seinen Befehl hin taten?, schlich sich in ihre Gedanken. Wenn Conchero schuldig war, wenn er verurteilt wurde, dann waren auch sie schuldig und konnten verurteilt werden.

»Wir bringen dich nach Buenos Aires. Dann wird ein Gericht über dich urteilen. Und ich bin mir sicher, dass man dich zum Tod durch den Strang verurteilen wird.«

»Kein Regierungschef, Präsident zumal, Caudillo des Landes, ist je gehängt worden«, erwiderte Conchero mit hochrotem Kopf.

»Jeder Soldat, der sich jetzt ergibt, kann unbehelligt abziehen«, wandte sich Julien an die Ordonanzen. »Wer jedoch bei ihm bleibt, wird vor Gericht gestellt. Sagt das den Soldaten. Wir geben euch zwei Stunden Zeit euch zu entscheiden.«

»Meine Soldaten sind mir treu ergeben!«, fauchte Conchero und gab seinen Begleitern einen Wink, drehte sich um und marschierte zu seiner Estanzia zurück. Sein Gang hatte nichts Würdevolles. Er sah von hinten aus wie ein watschelnder Enterich.

»Es war sein Fehler, mit mir in Begleitung seiner Ordonanzen verhandeln zu wollen«, kommentierte Julien.

»Und was machen wir nun?«, fragte Domador.

»Wir warten ab, was sich nun in der Estanzia abspielen wird.«

Aber ganz so, wie Julien hoffte, lief es dann doch nicht ab. Plötzlich wurde das Tor aufgerissen und Soldaten stürmten schießend heraus. Doch die Gauchos waren auf Domadors Befehl längst abgesessen und hatten hinter Bäumen und Mauern Stellung bezogen. Mühelos konnten sie den Ausbruch durch konzentriertes Feuer im Keim ersticken. Nachdem fünf Soldaten in ihrem Blut lagen, stockte der Angriff und die Soldaten zogen sich hinter die Mauern der Estanzia zurück.

»Das war sein letzter Versuch und sehr dumm«, kommentierte Julien. »Die Soldaten werden nun erkennen, dass ihre Lage hoffnungslos ist. Haben wir Verwundete?«

»Keinen einzigen!«, rief Domador freudig zurück.

Sie warteten. Am späten Nachmittag hörten sie plötzlich Schüsse in der Estanzia. Tessier sah Julien fragend an.

»Es geht mit Conchero zu Ende«, erwiderte dieser gelassen.

Nach einer Weile tauchte am Tor wieder die weiße Fahne auf. Diesmal erschienen die Offiziere, die Conchero begleitet hatten, ohne ihn. Julien ging ihnen mit seinen Leuten entgegen.

»Wir bitten um eine ehrenvolle Kapitulation«, sagte der Ältere im Range eines Hauptmanns. »Wir verlangen freien Abzug ohne Requirierung des Soldes, den uns Conchero gezahlt hat.«

Julien verstand. Man hatte den jetzt ohnmächtigen Caudillo ein wenig geschröpft.

»Gut. Jedoch ohne Waffen. Die Offiziere können ihre Säbel behalten. Wieviel Mann seid ihr noch?«

»Zwanzig Mann. Einige, die zu Conchero hielten, wurden getötet. Wir gehören zur Kavallerie und wollen auf unseren Pferden abziehen.«

»Einverstanden. Aber nur mit den Pferden. Concheros Besitz ist konfisziert.«

»Einverstanden. Aber da gibt es noch etwas.«

»Ja?«

Der Hauptmann verzog verlegen das Gesicht und stotterte: »Es gab doch die Auseinandersetzung.«

»Davon sprachst du bereits.«

»Nun … Conchero ist tot.«

Julien verfiel deswegen nicht in Trauer. Die Soldaten hatten für ihn ein Problem gelöst. Wer weiß, was bei einer Gerichtsverhandlung in Buenos Aires herausgekommen wäre.

»Eure Auseinandersetzungen gehen uns nichts an. Und außerdem, Conchero hat hundertfach den Tod verdient. Ihr könnt abziehen. Die Soldaten sollen einzeln mit den Pferden herauskommen.«

So geschah es. Die Soldaten wurden von Domador und seinen Männern durchsucht und konnten dann abziehen. Nach nicht mal einer halben Stunde waren die Soldaten fort.

Vorsichtig betrat Julien mit seinen Leuten den Hof der Estanzia. In der Mitte des Hofes drängten sich schwer bepackt die Esel. In der Halle hatten sie den Toten auf einem Tisch aufgebahrt. Die Familie, Brüder und Schwestern und die Frau des Conchero, standen tränenlos um diesen herum. Die Uniform des Generals war blutverschmiert. Er lag wie ein Felsbrocken auf dem Tisch. Sein Gesicht zeugte von grenzenlosem Erstaunen.

»Er war unser Bruder«, sagte ein Mann mit einem weißen Kinnbart. »Aber ich hatte schon lange keine … brüderlichen Gefühle für ihn. Die Familie wird ihn begraben, aber nicht über seinen Tod trauern. Er hat nicht nur Argentinien tyrannisiert, sondern auch uns, die Familie.«

»Ich habe ihn gehasst«, gestand die Frau des Conchero. Eine schöne Frau, aber mit Falten um Mund und Augen und mit vorzeitig ergrautem Haar. »Ich habe schon vor Jahren erkannt, dass in ihm keine Liebe ist. Er hat mich nur geheiratet, um den Oligarchen anzugehören.«

Sie hatten es alle eilig, sich von ihm loszusagen. Doch einst hatten sie, als er der gefeierte General war, der Held des Landes, von seinem Ansehen profitiert.

»Ich will nicht über euch richten. Aber das, was dem Conchero gehört, ist beschlagnahmt.«

»Die Estanzia gehört der Familie«, rief der Bruder entsetzt, und die anderen Familienangehörigen nickten eifrig.

»Die will ich euch auch nicht nehmen. Aber das, was die Esel draußen tragen, ist beschlagnahmt.«

Die Familie schnitt wütende Gesichter.

»Aber nach Recht und Gesetz gehört es uns! Wir sind die Erben«, schrie der spitzbärtige Bruder aufgebracht.

»Seid froh, dass man euch nicht anklagt, Nutznießer seiner unwürdigen Herrschaft gewesen zu sein.«

Tessier kam herein und nahm Julien beiseite. Die Augen des ehemaligen Zuchthäuslers glitzerten verräterisch.

»Ich habe mir mal das Reisegepäck des Conchero angesehen. In den Kisten dürfte neben hunderttausenden von Goldpesos eine Tonne Gold sein. Was willst du mit dieser Beute machen?«

»Dem Staat zurückgeben, was sonst?«

»Aber es gehört nicht dem Staat. Er hat sich von den Oligarchen tüchtig schmieren lassen.«

»Zumindest ein Teil des Goldes stammt aus dem Staatsschatz. Bedenke, wenn jemand reich ist, fehlt es einem Armen. Wir geben es dem Staat zurück«, beharrte Julien.

»Du bist ein Idiot!«, schäumte Tessier. »Das Schicksal spielt uns ein riesiges Vermögen in die Hände und du willst es weggeben? Ich habe schon viel mit dir mitgemacht. Aber das schlägt dem Fass den Boden aus. Bei der Heiligen Jungfrau von Marseille, bei La Bonne Mère, das ist die größte Dummheit, die ich je von dir gehört habe. Wir haben weiß Gott in Guayana genug gelitten und bekommen nun dafür eine Entschädigung zugespielt und du willst den Tugendhaften spielen?«

»Es bleibt dabei!«

»Überlege doch, Julien. Unser Schiff liegt aufbruchbereit im Hafen. Wir können schon morgen Argentinien verlassen. Vieles ist nicht gestohlen worden. Es wurde dem Caudillo geschenkt.«

»Soll ich mir jeden Morgen im Spiegel sagen, was ich für ein Spitzbube bin?«

»Du wirst dir jeden Morgen sagen können, was bin ich doch für ein Idiot.«

»Lieber ein Idiot denn ein Schuft sein. Wir übergeben seine Beute der neuen Regierung.«

»Dich soll doch der Teufel holen!«, brüllte Tessier.

Domador und die Gauchos sahen beunruhigt zu ihnen herüber. Eine solche Entgleisung gegenüber dem Sohn des geliebten Don Francisco hatten sie noch nie erlebt. Wie würde dessen Sohn darauf reagieren? Julien jedoch schlug Tessier lachend auf die Schulter.

»Mein alter Brummbär, reg dich ab. Wir sind keine armen Kirchenmäuse. Don Francisco hat mich ohnehin zu einem reichen Mann gemacht.«

»Aber das, was Conchero zusammengegaunert hat, ist das Vermögen eines Fürsten!«

»Ich bin kein Fürst.«

»Oh doch. Don Julien de Cordoso, Fürst von Almeria.«

»Ach das? Aber ich bin kein Borgia. Nun Schluss, mein alter Freund. Schick dich drein.«

Plötzlich hörten sie Hufgetrappel. Kamen die Soldaten zurück? Eilig liefen sie aus der Halle. An der Spitze einer Kavallerie-Schwadron ritt General Ronda in den Hof und grüßte lachend. Er sprang ab, stürmte auf Julien zu und umarmte ihn fest.

»Ich komme wohl zu spät, um hilfreich zur Seite zu stehen? Ihr habt das Schwein bereits gefangengenommen, was?«

»Conchero ist tot. Seine eigenen Männer haben ihn, da er sich nicht ergeben wollte, umgebracht.«

»Noch besser.«

Julien erzählte ihm, was passiert war.

»Selbst die Trauer der Familie hält sich in Grenzen. Wer weiß, ob die Oligarchen ihn nicht doch noch gegen die Hemdlosen in Stellung gebracht hätten. So ein Gericht ist immer eine unsichere Sache. Recht und Gesetz sind zu allen Zeiten zwei paar Stiefel.«

»Und das Gold – der Staatsschatz?«

»Du weißt von dem Gold?«

»Ja. Menotti hat es uns verraten und der Präsident befahl sofort, dir zu folgen und den Staatsschatz zurückzuholen. Wo ist das Gold?«

Tessier warf Julien einen bezeichnenden Blick zu.

»Weiß Puebla davon?«

»Nein. Ich konnte ihn nicht informieren.«

»Dann könnte der Präsident es in den Wahlen gegen die Hemdlosen einsetzen.«

Julien rieb sich nachdenklich das Gesicht. Was war nun zu tun? Tessier hob verzweifelt die Arme. Sein Blick zum Himmel sprach Bände. Ronda nahm Julien beim Arm und führte ihn beiseite.

»Hör zu. Ich weiß, was in dir vorgeht. Wir machen es so: Ein Drittel zweigen wir für Puebla ab, ein Drittel geben wir dem Präsidenten, das letzte Drittel teilen wir unter uns auf. Dann hat jeder was von dem Gold.«

Das Spiel beginnt wieder von neuem, sagte sich Julien. Die Korruption war nicht einzudämmen. Das Gold des Staatsschatzes würde nicht zum Wohl Argentiniens verwendet, sondern in den korrupten Kanälen des Staates verschwinden oder in den Wahlen für Bestechungen verpulvert werden. Selbst Ronda, den er als Ehrenmann kennengelernt hatte, dessen Vater ein Vorbild an Anstand gewesen war, wurde von der Gier befallen. Aber sollte er Ronda deswegen den Vorschlag abschlagen? Er wollte seine Gauchos nicht gegen Rondas Schwadron kämpfen lassen und nickte zustimmend und mit schlechtem Gewissen.

»Gut. Machen wir es so«, sagte er mit belegter Stimme.

»Bin froh, dass du das auch so siehst. Ich hätte ungern … Wir haben schließlich eine gemeinsame glorreiche Vergangenheit. Kameraden aus dem Kampf können sich aufeinander verlassen, was? Das muss gefeiert werden.«

Wie ein Eroberer stolzierte Ronda in das Herrenhaus, besah sich kurz den Leichnam und spuckte aus. Dann starrte er drohend die Familie an.

»Ich sollte euch Concheros alle umlegen. Aber ich will Gnade vor Recht ergehen lassen. Schafft den stinkenden Leichnam fort und bereitet im Hof ein Asado vor, damit meine Männer was zwischen die Zähne bekommen. Für uns, für meine Offiziere und für Don Julien de Cordoso und seine Freunde, sorgt ihr für ein Festessen hier in der Halle. Schenkt für die Soldaten und Gauchos ausreichend Wein aus. Ich weiß, dass der Conchero ein Genießer war. Bestimmt sind die besten Weine Argentiniens und Frankreichs im Keller.«

Ronda übernahm also das Kommando, und dies war nicht mehr der verunsicherte Kommandeur aus den Bergen, sondern ein selbstbewusster General, der den Sieg der Hemdlosen jetzt für sich selbst nutzen wollte. Auch er erweist sich als korrupt, dachte Julien bedrückt. Ist ein Nebeneffekt der Macht Korruption und Gier? Er informierte Tessier über Rondas Vorschlag.

»Da siehst du, was dein Zögern und Moralisieren bewirkt. Das Gold wird niemals den Menschen in den Armenvierteln zugutekommen. Es wird, wenn es den Präsidenten und Puebla überhaupt erreicht, nur jeder Partei ermöglichen, den Kampf fortzuführen. Ich werde dafür sorgen, dass die Hemdlosen alles Gold bekommen.«

»Wie das?«, fragte Julien misstrauisch.

»Vertraue deinem alten Kumpel. Lass mich nur machen!«

»Mach keinen Scheiß!«

»Was denkst du denn?«

In der Tat gab es ein prächtiges Asado. Die Soldaten des Ronda und die Gauchos bekamen so viel Fleisch und Wein wie bei einem Asado des Don Francisco. Mehr Wein sogar, als die Männer verkraften konnten und so mancher schlief schon vor dem Ende des Festes ein. Domador sorgte nach Absprache mit Tessier allerdings dafür, dass sich die Gauchos mäßigten. Er versprach jedem hundert Pesos, wenn sie am nächsten Morgen nüchtern wären. Im Haupthaus musste die Conchero-Familie die Sieger bedienen und Ronda warf dabei der Witwe des Conchero flammende Blicke zu, die, obwohl in den Vierzigern, noch einen angenehmen Anblick bot. Sie schien über die Avancen des Generals nicht unglücklich zu sein. Nach Mitternacht verschwand Ronda mit der Witwe in die obere Galerie, wo sich die Privaträume befanden. Tessier stieß Julien an und schlich ihnen hinterher. Rondas Offiziere, denen der General reichliche Belohnung versprochen hatte, tranken auch gern ohne ihn weiter.

Julien war froh, als diese müde am Tisch zusammensanken, dass er sich nun endlich ohne Aufhebens verabschieden konnte. Da Tessier nicht zurückgekommen war, suchte er eine Schlafstelle. In einem Salon mit großen Kristalllüstern, vergoldeten Möbeln und einem riesigen Marmortisch schob er zwei Sessel zusammen und legte sich schlafen. Bald verstummten die Geräusche im Haupthaus.

Es war noch dunkel, als Julien von Tessier geweckt wurde.

»Was ist denn?«

»Wir müssen weg!«

Mühsam versuchte Julien seine Gedanken zu ordnen.

»Was soll das? General Ronda wird nicht erfreut sein, wenn wir ohne Abschied verschwinden. Das geht wirklich nicht.«

»Dem Kerl ist nicht zu trauen. Woher nimmst du die Gewissheit, dass er nicht alles Gold einsacken will?«

»Aber nein. Er ist doch Pueblas Freund.«

»Er ist nicht mehr wert als Conchero. Wir nehmen alle Schätze und verschwinden.«

Nun war Julien hellwach, sprang auf, schnallte sich den Gürtel um und stürmte hinaus. Die Esel standen im Kreis in der Mitte des Hofes. Die Tiere waren immer noch bepackt.

»Gott sei Dank. Es ist alles noch da.«

»Na ja, die Esel tragen nun eine Menge Steine.«

»Und wo ist das Gold?«, fragte Julien entsetzt.

»Wir haben es in zwei Wagen umgepackt. Domador ist mit unseren Gauchos schon losgefahren und auf dem Weg nach Buenos Aires.«

»Was hast du getan, Unseliger?«

»Ich habe gehört, wie Ronda der Witwe zuflüsterte, dass er sich das gesamte Gold sichern will und gar nicht daran denkt, mit der Regierung, Puebla und dir zu teilen. So sieht's aus! Kapierst du endlich das Spiel?«

Julien wusste, dass Tessier zwar ein großzügiges Gewissen hatte, ihm aber treu ergeben war. Schwer atmete er aus. »Gut, dann bleibt uns gar nichts anderes übrig, als ihm zuvorzukommen.«

»Das habe ich von dir hören wollen«, sagte Tessier lakonisch.

Sie gingen zu den Stallungen, wo ihre Pferde bereits gesattelt warteten und zogen sie vorsichtig aus dem Hof. Erst draußen auf der Straße schwangen sie sich aufs Pferd. Mit ihnen ritten zehn Gauchos, die anderen waren bereits mit Domador unterwegs.

»Die Soldaten werden erst spät aufwachen. Und bis sie merken, dass nicht nur wir, sondern auch das Gold weg ist, haben wir ein paar Stunden Vorsprung. Wir werden gleich zum Hafen reiten und Buenos Aires verlassen«, schlug Tessier vor.

»Nicht ohne Puebla das Gold zu übergeben und uns von ihm zu verabschieden. Außerdem will ich Domador noch von meiner Verfügung berichten. Der Anwalt wird ihn in den nächsten Tagen aufsuchen und ihm die Urkunde übergeben, dass er die Estanzia im Sinne des Don Francisco weiterführen soll. Nach seinem Tod fallen Land und Estanzia an sein Volk.«

»Keine rührseligen Abschiedszeremonien!«, widersprach Tessier. »Vergiss nicht, dass wir den Ronda hinter uns haben. Nach dem Verlust des Goldes ist der nicht mehr unser Freund. Selbst Puebla wird uns nicht vor ihm schützen können.«

»Wenn wir ihm das Gold übergeben haben, wird er uns schützen.«

»Bist du so naiv oder tust du nur so, um mich zu ärgern? Bei der Heiligen Jungfrau von Notre Dame, du hast doch gesehen, wie das Gold auf Ronda gewirkt hat. Ich würde mich nicht darauf verlassen, dass Puebla noch der ist, der er einmal gewesen ist, der einfache Arbeiterführer aus La Boca. Er ist jetzt ein wichtiger Politiker und Minister mit der Aussicht, nach der Wahl Präsident zu werden. Der verzichtet auf keine Unze Gold. Wir reiten gleich zum Schiff, lassen seinen Anteil zurück und verschwinden.«

Am zweiten Tag erreichten sie den Hafen. Zum ersten Mal sah Julien das Schiff, das ihnen gehörte, einen schnittigen Zweimaster, einen Clipper, wie ihn die Engländer für ihren Teetransport benutzten.

»Was für ein schönes Schiff«, staunte Julien.

»Hab es einem Engländer abgekauft. Dieses Schiff wird uns recht flott nach Europa bringen.«

Am Kai wartete Domador auf sie.

»Alles gut gegangen?«, fragte Tessier.

»Alles wie abgesprochen.«

»Und das Gold für Puebla?«, fragte Julien.

»Ist in einem Schuppen eingelagert, der von unseren Leuten bewacht wird.«

»Dann schicken wir ihm eine Nachricht, wo das Gold ist«, bestimmte Julien.

»Wird gemacht«, erwiderte Domador mit verlegenem Lächeln und einem fragenden Blick zu Tessier.

»Dann ist's gut. Ronda wird bald hier sein. Ein Wunder, dass er uns noch nicht eingeholt hat.«

»Kein Wunder. Tessier hat doch den Soldaten Mohnsaft in den Wein getan«, erklärte Domador. »Sie werden sicher erst gegen Mittag aufgewacht sein und ehe sie …«

»Ja, ist gut!«, schnitt Tessier dem Domador das Wort ab. »Nun hör dir erstmal an, was Julien dir noch zu erzählen hat.«

Was läuft hier ab? Was hat Tessier da wieder eingefädelt?, fragte sich Julien. Aber es galt den Hafen zu verlassen, ehe

Ronda nun doch noch auftauchte. Er erzählte Domador, was er ihm zugedacht hatte und von den Verfügungen, die der Anwalt ihm mitteilen würde.

»Mir gehört die Estanzia des Don Francisco?«, fragte der Indio mehr entsetzt als erfreut.

»So ist es. Du wirst die Estanzia im Sinn des Don Francisco weiterführen und deinem Volk so viel Land geben, wie es zum Leben braucht. Das erfüllt den Willen des Don.«

»Ich weiß nicht, was ich dazu sagen soll. Und was ist mit dir, Don Julien?«

»Ich werde, wie Tessier es dir sicher erzählt hat, Argentinien verlassen.«

»Du gibst dein Erbe auf, die schönste Estanzia Argentiniens?«

»Sagen die Indios nicht immer, dass niemandem das Land gehört denn den Geistern der Pampa?«

»Das sagen sie, aber du bist kein Indio.«

»Umarme mich. Ich werde dich nie vergessen.«

Domador hatte Tränen in den Augen, als er dieser Aufforderung nachkam.

»Hat Tessier dafür gesorgt, dass jeder Gaucho mit einer Extrabelohnung abgefunden wird?«

»Hat er«, erwiderte Domador.

»Du hast mit Tessier unter einer Decke gesteckt«, sagte Julien vorwurfsvoll.

»Ja. Zu deinem Nutzen.« Domador senkte den Kopf.

»Nun spielt hier nicht auf Familie! Wir müssen weg!«, drängte Tessier.

Julien hatte Tränen in den Augen, als er am Heck des Schiffes stand und das Land, das ihm so viel gegeben hatte, langsam zu einem feinen Strich wurde, das dann der Himmel verschluckte. Er hatte dort eine Frau verloren, seinen Stiefvater, der ihm näher gestanden hatte als sein richtiger Vater. Dann war das Land verschwunden, das ihm ermöglicht hatte zu entdecken, was er erreichen konnte, wenn er dies wollte.

»Jedenfalls werden wir nie wieder so edle Pferde reiten wie auf der Estanzia. Spürst du keinen Verlust?«, fragte Julien und dachte voller Wehmut an den Falben. Aber bei Domador war er in guten Händen.

»Ich habe mir abgewöhnt, dem Vergangenen nachzutrauern. Ich nehme es, wie es kommt. So ließ sich das verdammte Bagno ertragen. Argentinien hat uns für die dortigen Qualen entschädigt. Wie sehr, wirst du schon noch begreifen. Erinnere dich. Ich wäre auch in der Pampa geblieben, aber da du weg wolltest, habe ich mich mit dem Gedanken angefreundet, in Paris bald wieder über die Boulevards zu spazieren. Nun komm, ich will dir was zeigen.«

»Was denn noch?«, fragte Julien erstaunt.

Tessier ging ihm voran hinunter in den Laderaum und schloss dort ein mit zweifachen Ketten gesichertes Schloss auf. Julien sah den Freund fragend an. Vor ihm standen viele Kisten, die als Munition deklariert waren.

»Was wollen wir mit so viel Munition?«

»Du bist ein Idiot!«

Tessier ging zu einer Kiste, zog sein Messer aus dem Gürtel, entfernte die Nägel und schlug den Deckel hoch. Julien erbleichte.

»Das Gold des Conchero!«

»Nein. Das Gold des Don Julien de Cordoso, Fürst von Almeria.«

»Was hast du getan? Wir sind doch reich genug. Ich habe das riesige Barvermögen des Don Francisco längst nach Italien zur Vatikanbank transferiert.« Fassungslos starrte er den Freund an. »Das ist das gesamte Gold, nicht wahr? Der Staatsschatz?«

Tessier nickte zögernd. Julien lief rot an und brüllte: »Du hast meinen Befehl nicht befolgt! Wenigstens Pueblas Anteil hättest du da lassen müssen.«

»Weil dies blödsinnig gewesen wäre! Auch Domador war dieser Meinung und hat mitgespielt. Puebla ist nicht mehr der,

der aus dem Hafen kam, sondern auch nur so ein Politiker. Die Hemdlosen hätten nichts davon bekommen. Das Gold wäre im Wahlkampf verdampft. Und Ronda wird bald Puebla ausbooten. Hast du, der große Stratege, nicht begriffen, wie es hier läuft?«

»Und Domador hat mitgespielt?«, stöhnte Julien fassungslos und schüttelte erschüttert den Kopf.

»Ja. Statt den Schatz Puebla für den Wahlkampf zu überlassen, hat er die gesamte Ladung aufs Schiff gebracht. Der Kapitän hat zwar verwundert dreingeschaut, wie er mir erzählte, aber Domador hat ihn mit der Erklärung ›Eigentum des Eigners‹ abgespeist.«

»Tessier, das Gold gehört uns nicht.«

»Es gehört dem Sieger. Conchero hat den Goldschatz geraubt. In einer der Kisten sind hunderttausende von Goldpesos, die ihm die Oligarchen in den Rachen geschmissen haben. Hör auf mit deiner Gefühlsduselei. Der Schatz gehört dir und niemand anderem. Wir kamen als Bettler und kehren unermesslich reich und als Sieger nach Frankreich zurück. Nimm dein Schicksal an. Die Tatsachen sind außerdem unumkehrbar. Ronda wird mittlerweile im Hafen eingetroffen sein. Willst du umkehren und ihm das Gold ausliefern und dich erschießen lassen?«

»Aber vielleicht hält er sich doch an sein Versprechen.«

»Erinnere dich, was ich von ihm selbst gehört habe. Akzeptiere endlich das glückliche Ergebnis.«

»Du lügst mich nicht an?«

»Nein. Bei der Mutter Gottes.«

Tessier schloss die Kiste und den Verschlag und sie gingen nach oben aufs Deck und bis zum Bug. Der Clipper pflügte mit vollen Segeln die See. Die Möwen verabschiedeten sich mit wehen Rufen. Sie sahen zum Horizont, wo sich Himmel und Meer berührten.

»Was für ein Abenteuer ist unser Leben«, sagte Julien.

»Das größte Abenteuer, das je gelebt wurde«, bekräftigte Tessier. »Aber es gibt da noch einiges, was eine Steigerung verspricht.«

»Richtig. Ich habe es nicht vergessen: Auguste – Hubert – Charles-Ferdinand – Jean –Armand.« Bei jedem Namen schlug Julien auf die Reling.

Neben dem Schiff sprangen Delphine und es hörte sich so an, als würden sie ihm zurufen: Nach Frankreich – Frankreich.

4. Buch

J'accuse – Die Macht des Wortes.

»Rom ist der richtige Ort, um sich von einem Julien Morgon alias Julien de Cordoso in einen Fürst von Almeria zu verwandeln«, stellte Dumas zufrieden fest.

»Ach, so läuft das!«, mäkelte George Sand. »Das hast du wieder fein eingefädelt. Jetzt kommt die zweite Ausgabe vom Grafen von Monte Christo.«

»Nein. Nein. Ich klaue doch nicht bei mir selbst. Zola wird schon dafür sorgen, dass es mehr als eine Rachegeschichte wird. Wir werden tief ins Herz Frankreichs schauen. Aber Rom ist der richtige Platz, um Julien wieder in Europa einzuführen. Dort wimmelt es von falschen Grafen und Fürsten. Man muss nur genügend Geld haben und schon darfst du sein, was du sein willst.«

»Ich liebe Rom«, bekannte George Sand.

»Es ist eine Schlangengrube, aber mit besonders schillernden Schlangen. Die prächtigen Schurken der Antike sind einem ganz nah«, setzte Zola hinzu.

»Mein Joseph Balsamo alias Cagliostro hat dort ein paar spannende Abenteuer erlebt«, schwärmte Dumas. »Dort wandeln rot gekleidete Kardinäle in herrlichen Barockpalästen und die schönsten Kurtisanen Italiens zeigen ihr prächtiges Dekolletee.«

»Im gleichen Palast?«, spottete Victor Hugo.

»In Rom versteht man zu leben«, fuhr Dumas unbeeindruckt fort. »Selbst das Beten fällt einem dort nicht besonders schwer, zumal nach einem kleinen saftigen Skandal. Nirgendwo sind die Kaleschen schöner. Im Apostolischen Palast beugen sich die Prälaten über alte Schenkungsfälschungen, sei es die des Konstantin oder des Pippin, und erinnern sich wehmütig daran, dass es eine Zeit gab, wo sie Könige und Kaiser machten. Im Petersdom sang man das Tedeum und die Nächte waren nicht nur zum Beten da. Halleluja!«

»Wir kommen zum letzten großen Teil unserer großen Saga«, unterbrach ihn Flaubert mit strengem Blick. »Wir sollten diesen Teil der Erzäh-

lung unserem guten Freund Zola widmen. Geben wir uns also Mühe, denn unsere Geschichte soll ihn feiern. Schließlich hat er gezeigt, dass Worte die Welt erschüttern können. Er hat unseren Berufsstand zu höchsten Ehren geführt und wird uns von nun an wie ein Leuchtturm die Richtung weisen.«

»Meine Freunde, zu viel der Ehre!«, wandte Zola verlegen ein. »Ich habe nur getan, was Anstand und Gerechtigkeit verlangten. Die Affäre Dreyfus war eine Schande für unser Land, aber sie zeigte auch, dass wir Franzosen uns letztendlich immer zur Wahrheit und Gerechtigkeit durchringen. Nicht mir, sondern dem französischen Volk gebührt der Lorbeer.«

»Sei nicht so bescheiden«, entgegnete Flaubert. »Du hast eine ganze Menge aushalten müssen und musstest sogar nach England emigrieren. Mein lieber Freund, du bist ein Schriftsteller, wie er sein sollte, der Gerechtigkeit verpflichtet. Dein ganzes Werk zeigt deine Liebe zur Wahrheit, den Kampf gegen Ungerechtigkeit und Machtmissbrauch. Mit deinem Artikel im L'Aurore *hast du der Nation die Ehre wiedergegeben. Alle lieben dich dafür!«*

»Eigentlich sollte er den ganzen vierten Teil erzählen«, schlug George Sand vor.

»Oh, mein Gott, auf keinen Fall!«, wehrte Zola erschrocken ab. »Das übersteigt meine Kraft. Ich bin auch viel zu befangen. Ich bin sogar der Meinung, dass ich mich aus diesem Teil heraushalten sollte.«

»Kommt nicht infrage!«, entgegnete Flaubert energisch. »Gerade du kannst manch Erhellendes beitragen. Wir bleiben bei dem alten Verfahren. Jeder erzählt ein Kapitel. Und ich finde, dass unsere hochverehrte George Sand beginnen sollte.«

»Ich weiß nicht, ob ich für eine so dramatische Geschichte die richtige Erzählerin bin.«

»Dir fehlt doch eine Frau, die unserem Julien Morgon auf Augenhöhe begegnet«, stichelte Dumas. »Jetzt hast du eine Chance.«

»Julien de Cordoso, Fürst von Almeria«, korrigierte Balzac.

»Meinetwegen«, sagte George Sand. »Nennen wir ihn zukünftig so. Er kommt also mit dem geklauten Schatz des unseligen Conchero in Rom an.«

»Richtig«, bestätigte Dumas. »Natürlich genau genommen in Ostia, nachdem er vorher ein paar Jahre in Spanien verbrachte, das herunter-

gekommene Schloss in Almeria restaurierte und sich seine Rechte, nach einigen Zahlungen an der richtigen Stelle, bestätigen ließ. Den Fürstentitel belegt eine Urkunde, die ihm vom König selbst im Escorial ausgehändigt wurde. Könige sind immer knapp bei Kasse.«

»Es war also kein angemaßter Titel?«, feixte Flaubert.

»Nein. Er hatte darauf Brief und Siegel. Er war der rechtmäßige Fürst von Almeria«, bestätigte Balzac.

»Dann ist er also echter als dein Adelstitel!«, lästerte George Sand.

»Er kam also in Rom an«, sagte Dickens händereibend, gespannt darauf, wie es weitergehen würde.

»Wie wir schon feststellten, es gibt keinen besseren Ort, aus dem Dunkel ins Licht zu treten«, bestätigte Dumas noch einmal.

»Nun fang endlich an!«, brummte Balzac, der Anspielungen auf seinen Adelstitel gar nicht mochte.

»Na schön, ich werde euch Kerlen nun eine Frau vorstellen, die sich nicht mit der Rolle des Schmuckstücks begnügt.«

»Flaubert, da hast du uns ja was Schönes eingebrockt«, stöhnte Dumas.

32 – Der Ritt der Zentauren

(George Sand erzählt)

Julien kaufte einen Palazzo in der Via del Babuino, nahe der Piazza del Popolo, ein Haus, das den Häusern der Medici in Nichts nachstand, also von außen durch mächtige Steinquader einen festungsartigen Eindruck machte, aber im Innern die Pracht eines barocken Kardinalspalastes zeigte, mit kristallenen Lüstern, Gobelins und golden gerahmten Bildern von Fürsten und Kardinälen. Hinter dem Palast war ein Garten, der sich an die Gärten der Villa Borghese anlehnte, mit einem Brunnen, mit römischen Statuen geschmückt, wenn sie auch nicht der Antike entstammten und ihr Geschlecht züchtig hinter Schleiern und Blattwerk verbargen. Er ließ den Palazzo aufwendig renovieren und prächtig einrichten. Möbeltischler und andere Handwerker verdienten viel Geld und brachten seinen Namen unter die Leute, und schon bald erhielt er Einladungen von den Orsinis, Colonnas und wie sie alle hießen. Nach dem Kauf einer prächtigen Kutsche machte das Gerücht die Runde, dass er unermesslich reich sei. Es wurde viel über seine Herkunft spekuliert und maßlos übertrieben. Er sei reicher als die Rothschilds oder die indischen Nabobs.

Anfangs hielt sich Julien bei den Einladungen zurück und ließ sich mit Geschäften entschuldigen. Bis dann die Einladung des Fürsten d'Assuncio eintraf, der ein Kammerherr am Vatikanischen Stuhl war und von dem es hieß, dass er das Ohr des Heiligen Vaters habe. Er rühmte sich, ein Nachkomme des römischen Kaisers Septimus Severus zu sein. Jedes Jahr, so erfuhr Julien, wurde an dem zweiten Ostertag im Palast Assuncio ein Fest zu Ehren der Ahnen gegeben, an dem die reichen und mächtigen Familien Roms teilzunehmen pflegten.

Er fuhr also am Abend des Ostermontags vor dem Palast des Gastgebers in seiner goldverzierten Kutsche vor. Als er mit Tessier an seiner Seite den Ballsaal betrat und sie ihre Visitenkarten übergeben hatten, rief ein Domestik in der Tracht des 18. Jahrhunderts seinen Namen und den seines Begleiters in den Saal: »Graf Julien de Cordoso, Fürst von Almeria, und Vicomte Marc Tessier.«

Der Geräuschpegel sank zusammen. Hunderte von Augenpaaren starrten den geheimnisvollen Fürsten an. Julien trug einen taillierten Frack mit einer roten Schärpe und dem Orden der Malteserritter. Sein schmales Gesicht mit dem grauen Haarschopf und den kühlen Wolfsaugen ließ die Damen die Köpfe zusammenstecken. Die Narbe vom Wangenknochen bis zum Kinn sagte ihnen, dass dieser Mann ein abenteuerliches Leben geführt haben musste und ließ sie wohlig erschauern. Fürst d'Assuncio eilte ihnen entgegen und schüttelte mit großer Feierlichkeit die Hände der Neuankömmlinge.

»Es ist mir eine große Freude, dass Sie mein Fest beehren. Wie ich hörte, leben Sie ansonsten sehr zurückgezogen.«

»Ich bin erst vor einem Monat in Rom angekommen und muss mich erst an die hiesigen Gepflogenheiten gewöhnen. Mein Italienisch ist noch schlecht.«

»Ach, wir Assuncio können auch Spanisch«, wechselte der Fürst die Sprache.

»Sie können mit mir auch Französisch sprechen«, ergänzte Julien.

»Das ist wunderbar«, wechselte Assuncio erneut die Sprache. »Sie werden hier keine Sprachschwierigkeiten haben. Jeder von Stand spricht bei uns Französisch.«

»Darf ich Ihnen meinen guten Freund Vicomte Tessier vorstellen, der mir wie ein älterer Bruder ist. Er wird von den Almerias als Mitglied unserer Familie angesehen.«

Assuncio verneigte sich knapp gegenüber Tessier und wandte sich wieder Julien zu, da dieser den höheren und sogar einen gleichberechtigten Titel hatte. Assuncio war wie Julien Ende Dreißig, ein gut aussehender Mann mit romantischen schwarzen Augen und einem Oberlippenbärtchen, der ihm etwas Verwegenes gab.

»Darf ich Ihnen nun meinerseits einige Gäste vorstellen? Sie werden heute Abend außer dem Heiligen Vater alle wichtigen Persönlichkeiten Roms bei unserem Fest finden.«

Assuncio führte ihn zu einem Kreis, in dem drei rot gekleidete Kirchenfürsten mit zwei schwergewichtigen, schwarz gekleideten, backenbärtigen Männern zusammenstanden, die er als die Kardinäle soundso und Minister des Königreichs Neapel vorstellte. Wie gebannt sah er eine Frau an, die nun hinzukam und Augen wie Sterne hatte, ein schmales, fein geschnittenes Gesicht mit hohen Wangenknochen und einen Schwanenhals, um den ein blauer Amethyst hing, der zu ihrem türkisfarbenen Kleid passte. Das schwarze glänzende Haar fiel ihr reich in den Nacken, und Julien stellte fest, dass viele Augenpaare auf ihr lagen. Sie war zweifellos die schönste Frau des Festes.

»Die Contessa Athenée Mercini«, stellte sie Assuncio vor. »Die Zierde Roms. Wohl schon jeder von uns war oder ist in sie verliebt, aber niemand kann behaupten, dass sie ihn liebt.«

»Weil ihr römischen Männer alle austauschbar seid«, sagte sie hochmütig, während ihre Augen Julien musterten.

»Da sehen Sie, Fürst Almeria, wie sie mit uns umspringt«, klagte Assuncio in komischer Verzweiflung.

»Sie kommen aus Spanien?«, fragte einer der Kardinäle, den die Minister ehrfurchtsvoll Exzellenz nannten.

»Der Kardinalstaatssekretär«, flüsterte ihm Assuncio zu.

Ein Mann mit einem vergeistigten Gesicht, pergamentener Haut und stechenden Augen. Das also ist der zweite Mann hinter dem Papst und vielleicht sogar noch mächtiger als dieser, sagte sich Julien. Tessier verzog das Gesicht, als hätte er Zahnschmerzen.

»Ja, nachdem ich mehrere Jahre mit meinem Freund Vicomte Tessier in Argentinien gelebt habe.«

»Argentinien?«, entfuhr es einem der Minister. »Das ist ja am Ende der Welt. Was haben Sie, ein Fürst, denn in diesem elenden Land gemacht?«

»Mich um unsere Ländereien gekümmert. Wir hatten ein paar tausend Rinder. Mein Freund und ich haben dort wie die Gauchos gelebt.«

»Was ist das? Ein Gaucho?«, fragte Athenée Mercini.

Er erklärte es ihr. Die Augen aller hingen nun gebannt an Juliens Lippen.

»Ein Fürst, der Kühe hütet?«, fragte der Kardinalstaatssekretär kopfschüttelnd.

»Argentinien ist ein sehr männliches Land. Ein Fürstentitel gilt da nicht viel. Wer nicht reiten und mit dem Messer umgehen kann, wird in dem Land nicht zurecht kommen.«

»Mit dem Messer?«, fragte einer der Minister entsetzt. »Was heißt das? Haben Sie gar Menschen umbringen müssen?«

»Aber nein!«, mischte sich Assuncio schnell ein, der den Gast nicht mit unhöflichen Fragen belästigt sehen wollte. »Damit hat uns unser Gast nur zu verstehen geben wollen, dass es ein raues Land ist.«

»Oh doch!«, schockierte Julien die Zuhörer. »Es ließ sich nicht immer vermeiden. Wie gesagt, Adelstitel und europäische Manieren sind nicht viel wert in einem Land der Rinder und Pferde.«

Die Gruppe starrte ihn an, als sähen sie nun in dem geheimnisvollen Fürsten ein gefährliches Raubtier.

»Kommen Sie, Fürst von Almeria!«, forderte Assuncio Julien auf, ehe dieser die Kirchenfürsten und Minister noch mehr schockieren konnte. »Ich will Ihnen den größten Musiker des Jahrhunderts vorstellen, unseren Guiseppe Verdi.«

Ein großer, würdevoll aussehender Mann mit einem grauen Bart verneigte sich, als Assuncio Julien vorstellte.

»Sie sind also der Fürst, von dem ganz Rom spricht. Sie sind ein Mann, der mich zu einer neuen Oper inspirieren könnte.«

»Der Fürst hat in Argentinien gelebt. Er war Herr über tausend Rinder«, erläuterte Assuncio. Die Kapelle begann zu spielen und alle im Saal erstarrten und sangen mit Tränen in den Augen mit.

»Was ist das für eine wunderschöne Melodie?«, fragte Julien begeistert.

»Das ist aus *Nabucco*, einer Oper des Maestro. Nur weil Sie erst kürzlich eingetroffen sind, ist Ihre Unwissenheit entschuldigt. Es ist die geheime Nationalhymne des neuen Italiens!«, erläuterte Assuncio.

»Eine Musik wie aus dem Himmel«, lobte Julien.

Der große Musiker lächelte geschmeichelt.

»Sie sollten mal meine Oper *La Traviata* hören. Ich gebe in Mailand ein Gastspiel.«

»Dieses schreckliche Mailand«, schimpfte Carlo d'Assuncio. »Immer schnappt uns die Scala die Premiere weg. Warum bleiben Sie nicht bei uns in Rom?«

»Ich gehöre ganz Italien«, sagte Verdi ernst.

»Eine gute Antwort«, gab Assuncio zu.

Julien mochte den Fürst mit dem antiken Stammbaum und nahm sich vor, diese Bekanntschaft zu pflegen. Assuncio winkte einen jungen Mann herbei.

»Und dies ist mein Freund Mario Ricciarelli aus Volterra.«

Ricciarelli war ein zierlicher Mann mit einem lustigen koboldhaften Gesicht, dessen bewegliches Mienenspiel jeden sofort für ihn einnahm.

»Seine Leidenschaft sind Pferde. Er hat ein Gestüt, das in ganz Italien berühmt ist. In Mailand und Paris hat er viele Preise errungen. Lieber Mario, Fürst Almeria kennt sich aus mit Pferden. Du solltest ihn nach Volterra einladen.«

»Es wäre mir eine Ehre, Sie auf meinem Landsitz in der Villa Palagione begrüßen zu dürfen«, sagte dieser eifrig. »In vierzehn Tagen feiern wir dort das Fest der Zentauren. Ganz Rom kommt zu dem Fest. Es ist zwar sehr ländlich dort, aber es wird Ihnen gefallen, wenn Sie ein Mann vom Lande sind. Die Villa Palagione liegt hinter einem Zypressenhain unter dem Monte Voltraio, auf dem einst eine mächtige Festung thronte. Der deutsche Kaiser Otto der Große hat dort einmal residiert.«

»Wenn ich es einrichten kann, werde ich kommen«, versprach Julien und sah zu der Contessa hinüber, die ihn auch anstarrte. Assuncio lächelte gequält.

»Die Mercini-Krankheit erwischt jeden. Doch die schönste Rose Roms stellt Ansprüche, die wohl kein Mann erfüllen kann.«

Der Blick der Contessa lag unverwandt auf Julien. Er sah dies als Einladung an. Als die Kapelle einen Walzer spielte und sich die Paare in der Mitte des Saales aufstellten, entschuldigte sich Julien bei Assuncio, der süßsauer lächelte, und eilte zur Contessa. Sie hatte gerade zwei jungen Männern den Tanz abgeschlagen, aber Julien folgte sie auf die Tanzfläche.

»Ich bin leider im Tanzen ungeübt«, begann er das Gespräch.

»Das ist aber eine schlechte Einführung für einen Tanz, nachdem ich zwei hervorragende Tänzer abgewiesen habe«, erwiderte sie lachend.

Julien bekam einen roten Kopf und sie schlug ihm lachend mit dem Fächer auf die Schulter. »Aber einen Gaucho entschuldigt das!«

Sie übernahm die Führung, so dass Juliens Ungeschicklichkeit nicht weiter auffiel. Wann hatte bei ihm zum letzten Mal eine Frau beim Tanzen die Führung übernommen und ihn so vor einer Blamage bewahrt? Richtig, die Baronin Evremonds, fiel ihm ein. War das ein Vorzeichen, ein Omen wie der Vogelflug, den nur römische Priester in antiker Zeit zu deuten wussten? Er war doch in Rom.

»Was haben Sie in Argentinien gemacht, wenn Sie nicht gerade Kühe hüteten?«

»Einen Weidekrieg geführt, eine Revolution angestiftet, einen Caudillo vertrieben und die Indios gerächt. Aber das sind Themen, die wohl kaum eine italienische Principessa interessieren.«

»Für wen halten Sie mich? Für eine dumme Kuh? Es interessiert mich sogar sehr. Lassen wir das dumme Gehoppel. Gehen wir nach draußen auf die Terrasse und erzählen Sie mir, was ein Fürst in Argentinien anstellt. Hört sich ja bombastisch an. Ich hoffe, Sie sind kein Angeber.«

Tessier sah ihnen misstrauisch nach, als er mit ihr den Kreis der Tanzenden verließ, sich vom Buffet zwei Champagnergläser griff und mit ihr auf die Terrasse ging, von der man einen schönen Blick über den Tiber hinweg auf die mächtige Kuppel des Petersdoms hatte, der jetzt wie ein großer Schatten am Horizont lag.

»Sie haben mit den Indianern gekämpft, nicht gegen sie? Erstaunlich. Ein Fürst, der es mit den Urvölkern hält.«

»Sie waren die Schutzbefohlenen meines Stiefvaters Don Francisco de Cordoso, Fürst von Almeria.«

»Spanischer Adel?«

»Ja, eine Familie, die den spanischen Königen Minister und Militärs stellte.«

»Und wie war das mit der Revolution?«

Er erzählte ihr von Conchero, vom Zug der Gekreuzigten und vom Sturz des Caudillo. Sie hörte ihm gebannt zu und wenn sie Fragen stellte, so waren diese intelligent und zeigten, dass sie sich mit dem Risorgimento, der Einheit Italiens, und mit Garibaldis Siegeszug beschäftigt hatte.

»Garibaldi kam aus Uruguay und schwärmte Zeit seines Lebens von Montevideo und von der Liebe, die man ihm dort entgegenbrachte. Er kämpfte auf Seiten Uruguays gegen einen argentinischen Diktator. Wie hießen die beiden noch?«

»Juan Manuel de Rosas verteidigte Montevideo gegen Manuel Oribe. Zweifellos war Garibaldi ein großer Mann.«

»Sie gefallen mir, Fürst Almeria. Sie gefallen mir sogar sehr«, sagte sie und legte ihre Hand auf seinen Arm.

Julien war etwas verwirrt darüber, wie selbstbewusst sie ihm zu verstehen gab, dass er ihr gefiel. Sie erinnerte ihn an die Prinzessin Dimitrieff in den Tagen der Kommune.

»Werden Sie sich nun in Rom niederlassen?«, fragte sie und ließ ihre Hand auf seinem Arm.

»Nein. Rom habe ich gewählt, um mich in Europa einzugewöhnen. Ich will zurück nach Paris.«

»Paris? Ich denke, Sie sind Spanier?«

»Eigentlich bin ich Franzose.«

»Nun verstehe ich gar nichts mehr. Sie sind ein spanischer Fürst, haben in Argentinien gelebt und sind auch noch Franzose?«

»Ich habe an den Kämpfen der Kommune teilgenommen und wurde nach Guayana deportiert.«

»Dann sind Sie ein Sträfling gewesen?«, fragte die Contessa erstaunt und legte die Hand vor den Mund. »Erzählen Sie.«

In groben Zügen schilderte Julien die Kämpfe in Paris und was er im Bagno erlebt hatte, wie er Antonia kennenlernte und sie heiratete und wie es dazu kam, dass ihn Don Francisco adoptierte.

»Was für ein abenteuerliches Leben«, sagte Athenée Mercini nachdenklich.

»Jetzt sind Sie sicher enttäuscht. Ich bin also nur ein Fürst durch Adoption. Mein richtiger Vater ist ein Papierhändler in Paris.«

»Enttäuscht? Wie kommen Sie darauf? Ihr Leben adelt Sie. Sie haben es aus sich selbst zum Fürsten gebracht.«

Assuncio tauchte auf und breitete in komischer Verzweiflung die Arme aus. »Ach, hier finde ich die Rose Roms. Lieber Fürst Almeria, Sie sind zwar das Tagesgespräch Roms, aber das berechtigt Sie nicht, die Principessa allein in Beschlag zu nehmen. Liebe Athenée, darf ich um den nächsten Tanz bitten? Wie mir Ricciarelli sagte, haben Sie auch ihm einen Tanz versprochen.«

»Ach, euch kenne ich doch alle. Der Fürst hat mir von seinem abenteuerlichen Leben erzählt, das dem des großen Garibaldi in nichts nachsteht.«

Die Contessa nickte Julien zu und reichte Assuncio den Arm.

»Wir werden uns sicher wieder begegnen«, verabschiedete sich die Rose Roms.

Assuncio führte sie mit zufriedenem Lächeln in den Ballsaal zurück. Julien ging ihnen nach und suchte Tessier. Er fand seinen Freund gelangweilt am Buffet stehen und mit dem Glas in der Hand den Tanzenden zusehen.

»Na endlich, da bist du ja. Können wir gehen? Der Vicomte Tessier findet sich hier höchst überflüssig. Ich gehöre nicht zu dieser Gesellschaft. Mit Mühe und Not habe ich etwas anderes bekommen als Bonbonwasser. So schlecht ist der italienische Brandy nicht, aber er rechtfertigt meinen weiteren Aufenthalt in diesem Zirkus nicht.«

Er gewahrte, dass Julien die Contessa Mercini beobachtete, die sich mit Assuncio lachend im Kreise drehte.

»Aha, Julien Morgon hat es wieder einmal gepackt! Die Bekanntschaft mit der Prinzessin Dimitrieff genügt ihm nicht.«

»Hast du schon einmal eine solche Frau gesehen?«

»Antonia war auch eine schöne Frau«, gab Tessier unzufrieden zurück. »Du wirst dich doch nicht mit einer verwöhnten Schönheit einlassen? Du siehst doch, wie sie umschwärmt wird. Eine Principessa ist nichts für jemanden, der aus dem Bagno kommt.«

»Ich habe ihr erzählt, wer ich bin. Sie hat mir nicht den Eindruck gemacht, dass sie das abstoßend findet. Im Gegenteil.«

»Hast du ihr auch von der Dame Evremonds erzählt?«, fragte Tessier mit boshaftem Lächeln. »Julien, hör auf deinen alten Freund! Diese Frau ist gewohnt, dass ihr alle zu Füßen liegen und das kann für einen Verliebten schlimmer sein als einen Sack Flöhe zu hüten.«

Mario Ricciarelli drängte sich zu ihnen.

»Ich würde mich wirklich freuen, wenn Sie an unserem Fest der Zentauren teilnehmen«, sagte er und sah ebenfalls wehmütig zu Assuncio und der Contessa hinüber.

»Ein schönes Paar. Er wirbt schon lange um sie. Dass sie mich, einen Kaufmann, verschmäht, verstehe ich ja. Ich bin zudem keine Schönheit, aber einen Assuncio am langen Arm verhungern zu lassen, das bekommt nur sie fertig. Jede andere Frau würde sich glücklich schätzen, eine Fürstin Assuncio zu werden. Nun, ich habe ihm den Gefallen getan und habe auch die Principessa zum Fest der Zentauren eingeladen. Sie wird kommen, denn sie liebt Pferde.«

»Dann kann ich wohl auch kaum nein sagen«, stimmte Julien zu. Tessier atmete hörbar aus.

»Natürlich ist auch Ihr Freund, der Vicomte, herzlich eingeladen«, fügte Ricciarelli nach einem Blick auf Tessier hinzu.

»Wir werden kommen«, versprach Julien.

»Meine Frau wird sich freuen.«

»Ich dachte, Sie sind unverheiratet?«

»Weil ich die *Principessa* verehre? Ach, in Spanien wird das nicht anders sein als bei uns. Unsere Familien haben uns verheiratet. Wir lassen uns gegenseitig die Freiheit. Sie verstehen, was ich meine? Meine Frau ist eine Massena, also fast so vornehm wie die Assuncios. Sie hat mich geheiratet, weil mein Vater der Alabasterkönig ist. Unser Alabaster wird auf der ganzen Welt geschätzt. Es ist ein herrliches Material, so zart und durchsichtig, fast wie Seide. Sie hatte die richtige Familie, ich einen vermögenden Vater und meine Leidenschaft für Pferde hat unserer Familie viel Anerkennung gebracht. In Argentinien geht es in den vornehmen Familien sicher genauso zu.«

»Ähnlich. Aber da wird das Messer gezogen, wenn man die Frau eines anderen zu lange ansieht.«

»Mein Gott, das sind ja barbarische Sitten!«, stöhnte Mario Ricciarelli und verzog sein Gesicht zu einem koboldhaften Lachen.

»Wenn man in der Ehre eine barbarische Angelegenheit sieht, stimmt das sicher.«

Vierzehn Tage später kamen sie in einem Zweispänner in der Villa Palagione an. Schon von Weitem konnte man die Villa neben dem Monte Voltraio sehen. Wie eine Fata Morgana schien sie über den Hügeln zu schweben. Aber man musste um den Berg fahren, so dass sie bald verschwand und erst wieder auftauchte, als sie aus einer Zypressenallee herauskamen. Die zartrosa und beigen Farben gaben dem schlossähnlichen Landsitz eine Leichtigkeit wie in den arkadischen Träumen der Rokokomaler. Vor einem verwilderten Park befand sich ein langgestreckter Bau mit einer Terrasse. Als sie in den Hof fuhren, kam Ricciarelli aus dem Haus gelaufen und begrüßte sie mit italienischer Herzlichkeit, als würden sie sich schon seit Jahrzehnten kennen.

»Willkommen! Willkommen! Hatten Sie eine angenehme Reise? Hoffentlich keine unangenehmen Begegnungen. Es treibt sich ja viel Volk auf den Straßen herum, die manchmal die Kutschen anhalten und Geld erpressen.«

»Wir hätten uns in dem Fall zu wehren gewusst«, beruhigte ihn Julien.

Ricciarelli führte sie ins Haus und zeigte ihnen ihre Zimmer, die türkisfarben und mit goldenen Sternen an der Decke ausgemalt waren. In Medaillons sahen raffaelsche Putten auf sie herab.

»In diesen Räumen hat Lorenzo der Prächtige einmal genächtigt. Ich habe die Zimmer für Sie vorgesehen und hoffe, dass sie Ihren Ansprüchen genügen. Ihr Freund hat nebenan ein Zimmer, von dem man in die toskanische Landschaft eintauchen kann. Einige unserer Gäste behaupteten, dass dort auf den Hügeln noch die toskanischen Könige leben. Allerdings geschah dies nach einem etwas rustikal ausgefallenen Fest.«

Er öffnete die Fensterläden und wies hinaus.

»Sie können von hier bis nach Volterra sehen. Hinter den Hügeln mit den Zypressen liegt die Stadt. Machen Sie sich erst einmal in Ruhe frisch. Meine Gäste sind noch alle auf einem Ausritt und werden erst gegen Abend wieder zurück sein. Morgen wollen wir nach San Gimignano reiten. Wer von dort als erster hier eintrifft, erhält von mir einen antiken Zentaur aus Alabaster.«

Als sie allein waren, betrachtete Tessier missmutig die kostbaren Möbel, die vergoldeten Bilderrahmen und mannshohen Spiegel und murrte: »Was wollen wir hier? Dir geht es doch nur um die *Principessa*. Na ja, vielleicht ist sie ja gar nicht da.«

Doch diese Hoffnung wurde enttäuscht. Als die Reitergruppe in den Hof ritt, war Athenée Mercini unter ihnen. Sie sah Julien am Fenster und grüßte zu ihm hoch. Ein wenig herzlicher hätte er sich den Gruß vorstellen können. Hinter dem Haus, unter einem Dach aus Weinreben, hatte man Tische aufgebaut und es gab typisch toskanische Gerichte, wie *Coppa, Buristo,* diverse *Salame*, Brotsalat, Risotto mit Artischocken, *Pappardelle sulla lepre*, *Arista di maiale* und andere Köstlichkeiten.

Natürlich drehten sich die Gespräche um Pferde und d'Assuncio schwärmte von seinen Tieren, was Ricciarelli und seine Schwester Antonella, eine kleine, sehr energisch wirkende Person mit dichtem schwarzen Haar, das ihr bis auf die Schultern fiel, mit ironischen Lächeln quittierten.

Nach dem Essen, es war bereits dunkel geworden, spielte im Garten eine Kapelle Melodien, die Julien seltsam vertraut waren und die er bereits in La Boca gehört hatte.

»Sie spielen Ihnen zu Ehren einen Tango«, erklärte Ricciarelli. »Dieser Tanz ist ganz neu. Er ist etwas anrüchig und wird eigentlich nur in gewissen Kneipen in Trastevere gespielt.«

»Diese Musik spielt man in Buenos Aires im Hafenviertel.«

»Ja, die Musik ist wirklich etwas … unanständig, aber hinreißend, nicht wahr?«

Um eine Tanzfläche standen Kandelaber mit großen Kerzen, die ein geheimnisvolles unruhiges Licht verbreiteten. Wie Schatten bewegten sich nun die Tanzenden zu den Rhythmen vom Ende der Welt. Die Atmosphäre hatte etwas Traumverlorenes. Julien hatte den Eindruck, als wären mythologische Wesen der alten Etrusker aus den Zypressen getreten, um sich den Melodien hinzugeben. Das Bandeon klang traurig und herausfordernd und erinnerte Julien an die Pampa, den Wind.

Die Zikaden lärmten dazu unbeeindruckt im Garten. Glühwürmchen tanzten zwischen den Büschen. Christa, die ihm als Cousine Ricciarellis vorgestellt worden war, eine Italienerin mit deutschen Wurzeln und einem stillen, sanften Gesicht, forderte ihn zum Tanz auf. Julien hatte ihre scheue Art sofort als sympathisch empfunden und ließ sich gern zu einem Walzer auf die Tanzfläche führen.

»Wie gefällt Ihnen unsere Toskana?«

»Ein uraltes mythisches Land. Man glaubt, dass über den Hügeln mit den Zypressen noch die alten Götter herrschen.«

»Wer die Toskana mit dem Herzen erfasst, wird immer wieder zu ihr zurückkehren, sagt ein altes Sprichwort.« Irgendwo schrie zustimmend ein Käuzchen.

»Kann ich mir gut vorstellen!«

»Dann bleiben Sie doch hier.«

»Vielleicht komme ich wieder. Aber ich habe in Paris noch etwas zu erledigen.«

Christa neigte den Kopf zur Seite.

»Sie haben ein gefährliches Leben geführt und können nicht aufhören, nicht wahr?«

»Wie kommen Sie darauf?«

»Ich fühle es. Sie sollten bleiben.«

Sie sah ihn an, als schaue sie durch ihn hindurch, als würde sie hinter ihm in den dunklen Schatten der Zypressen seine Zukunft sehen.

»Was haben Sie?«, fragte er stirnrunzelnd, irritiert über ihren Gesichtsausdruck, der ihn an eine Seherin erinnerte, obwohl er nie eine Pythia gesehen und nur eine vage Vorstellung davon hatte, was sie den alten Römern bedeutete.

»Ach, nichts«, erwiderte sie mit diesem wehmütigen Lächeln, das einem das Gefühl gab, sie beschützen zu müssen. »Man kann seinem Schicksal nicht entgehen«, fügte sie seufzend hinzu.

»Das kann man wohl nicht«, stimmte er zu. Ein Schauer lief ihm über den Rücken. Er sah zu den Schatten der Zypressen hinüber, als erwarte er von dort eine Antwort, irgendeine. Aber es trat niemand heraus.

Als der Tanz zu Ende war, führte er sie zu den Stuhlreihen zurück, die um die Tanzfläche aufgestellt waren.

»Sie sollten sehr auf sich aufpassen«, wisperte sie, nachdem er sich verbeugt und sie sich zu ihrem Cousin gesetzt hatte.

Die *Principessa* kam zu ihm und hakte sich besitzergreifend bei ihm ein.

»Die Musik müsste Sie doch an Ihre alte Heimat erinnern?«

Ihre etwas rauchige Stimme ließ sein Herz schneller schlagen.

»Dort ist es die Musik der Kneipen im Hafenviertel. Aber hier hört sie sich so anders an. In den Klang des Bandeon und der Gitarren scheinen die Flöten der alten Etrusker einzustimmen.«

»Das hört sich geheimnisvoll an. Als Sie mit Christa getanzt haben, sah das gar nicht so schlecht aus. Probieren wir, ob Sie auch mit mir dem Rhythmus der Musik folgen können.«

Sie nahm seine Hand. Er führte sie auf die Tanzfläche. Er überließ sich der Musik. Sie flüsterte: »Ich glaube, ich habe mich ein wenig in dich verliebt, Gaucho!«

Julien tanzte an das Ende der Tanzfläche in den Schatten der Steineichen und wollte sie küssen, aber sie wich aus.

»Nicht so wild, Sohn der Pampa!«, sagte sie mit ironischem Lächeln. »Ich bin keine Stute.«

Er versuchte ihre nun schnelle Schrittfolge zu kopieren und da sie ihn führte, gelang es leidlich.

»Ein guter Tänzer wirst du nie. Du scheinst in Argentinien nicht viel getanzt zu haben.«

»Nein. Ich hatte eine Menge anderer Dinge zu lernen.«

Er zog sie noch enger an sich und sie ließ es zu.

»Ich verstehe, du magst mich«, flüsterte sie. »Sind die argentinischen Frauen sehr leidenschaftlich?«

»Ich war verheiratet.«

»War? Was ist mir ihr?«, fragte sie und vergrößerte den Abstand zwischen ihnen.

»Sie ist gestorben«, erwiderte er vage.

»Oh, das tut mir leid.«

Ihre Stimme klang tatsächlich so, als machte sie dies betroffen.

»Hast du sie sehr geliebt?«

»Liebe? Ja, ich habe sie sehr gern gehabt. Sie war wie ein Sommerabend, wenn einem der Wind aus der Pampa die Stirn kühlt.«

»Das wäre mir zu wenig. Es klingt so leidenschaftslos«, flüsterte sie und drückte sich wieder an ihn.

»Jede Liebe ist anders«, erwiderte er und dachte an Antonia und ihre Entrücktheit, die er nie begriffen hatte.

»Warst du je unglücklich verliebt?«, fragte sie.

Er dachte an den Nachmittag, der seine Hochzeitsnacht gewesen war und daran, als wenig später Mercedes alles zu einem Irrtum erklärte. Er nickte und schilderte ihr, was damals, in der fernen Vergangenheit, passiert war.

»Die Ehe wurde auf Betreiben ihrer Eltern annulliert und sie ließ es geschehen.«

»Sie war also die Erste. Musstest du immer gleich heiraten, wenn du eine Frau liebtest?«

»Oh nein. Es gab noch andere, die …«

Fürst d'Assuncio klatschte neben ihnen.

»Lieber Fürst von Almeria, Sie können uns die *Principessa* nicht den ganzen Abend vorenthalten!«

Julien verbeugte sich und übergab die Schöne dem neuen Tanzpartner. Er setzte sich unter die Bäume und sah den tanzenden Paaren zu. Manche verschwanden in der Dunkelheit und tauchten erst nach einer Weile wieder auf, als wären sie Grenzgänger zwischen dem Schattenreich und der Welt der Lebenden. Er bemerkte, dass die Principessa öfter zu ihm herübersah. Tessier schlug ihm auf die Schulter.

»Gehen wir schlafen. Es wird langsam kühl. Du kommst heute nicht mehr weiter«, stichelte er.

»Sie ist eine ungewöhnliche Frau. Aber ich verstehe sie nicht.«

»Sagte ich dir doch! Eine schwierige Frau! Ich habe die Weiber noch nie verstanden. Besser man denkt nicht darüber nach. Bei der heiligen Maria von Marseille, ich bin froh, dass mich in meinen Träumen die Frauen nicht quälen.«

In der Halle vor dem Kamin hatte sich eine Gruppe von Frauen und Männern zusammengefunden, die genüsslich Zigarren rauchte. Mario Ricciarelli winkte Julien zu, sich zu ihnen zu setzen.

»Wir diskutieren gerade über die Pferde, die ich morgen allen zur Verfügung stelle. Ich habe darauf geachtet, dass kein Teilnehmer mit dem ausgelosten Pferd einen Vorteil hat. Die Pferde sind alle an Schnelligkeit und Ausdauer sehr ähnlich, also wird der Reiter den Ausschlag geben. Für Sie, Fürst von Almeria, habe ich jedoch eine Ausnahme gemacht und ein Tier ausgesucht, das etwas ungebärdig ist. Ich dachte, dass es das richtige Pferd für einen Gaucho ist.«

»Ich werde mich der Herausforderung gern stellen.«

»Ich finde es nicht fair, dem Fürsten dieses Biest zuzuteilen. Kassandra ist wild, bissig und wirft ihre Reiter zu gern ab. Warum gibst du Fürst Almeria so ein Pferd?«, sagte Ricciarellis Schwester vorwurfsvoll.

Ricciarelli verzog verlegen das Gesicht.

»Es war d'Assuncios Idee. Er meinte, es wäre interessant zu sehen, wie ein Gaucho mit Kassandra fertig wird.«

»Ist schon gut«, winkte Julien ab. »Ich habe auf der Estanzia so manches Pferd zugeritten.«

»Ich glaube, der Fürst von Rom mag es nicht, dass man sein Jagdrevier nicht respektiert«, warf Antonella mit mutwilligem Lachen ein.

Julien tat so, als würde er die Bemerkung nicht begreifen.

»Ich verstehe das nicht. Der Fürst Assuncio ist sehr freundlich zu mir«, flüsterte Julien Christa zu.

»Oh ja, aber er ist ein Römer. Wenn Sie in Rom bleiben wollen, müssen Sie sich daran gewöhnen, dass dort nichts so ist, wie es scheint. Ein Freundschaftsbecher konnte früher ein Scheidebecher sein. Etwas aus der Zeit der Borgias kommt in Rom immer wieder mal an die Oberfläche. Wenn man die Kreise des Stadtadels stört und es ist offensichtlich, dass die Principessa Mercini an Ihnen Gefallen findet, dann nimmt man das nicht so ohne weiteres hin.«

»Eine seltsam faszinierende Frau«, sagte Julien nachdenklich.

»Das haben schon viele festgestellt. Sie benimmt sich wie ein Mann und damit reizt sie die Freier, ohne sie zu erhören.«

»Sie mögen sie nicht.«

»Ich weiß nicht. Ich bewundere sie. Aber nicht jede Frau hat dieses Selbstbewusstsein und diese Arroganz, alle Regeln und Konventionen zu missachten. Frauen misstrauen den Madonnengesichtern des Leonardo. Lassen Sie nicht zu, dass sie Sie verletzt.«

»Ich glaube, die Villa Palagione ist verzaubert. Welch schöne geheimnisvolle Frauen haben sich hier zusammengefunden.«

»Aber nicht alle Frauen haben den Stachel des Skorpions«, erwiderte Christa und sah zur Tür hinüber, wo die Principessa gerade eintrat. Assuncio redete heftig auf sie ein. Athenée Mercini schüttelte unwillig den Kopf und ging nach oben, wo die Schlafräume lagen.

»Ich wünsche Ihnen jedenfalls viel Glück!«, sagte Christa, die seinen Blick bemerkt hatte. »Auch beim Zentaurenritt«, fügte sie hinzu.

»Sie reiten nicht mit?«

»Nein. Der Ritt der Zentauren ist nichts für Frauen. Nur Athenée Mercini reitet mit. Sie ist die einzige Frau, die sich für fähig hält, mit den Männern mitzuhalten. Im letzten Jahr ist sie Dritte geworden, was ihr die Laune gründlich verdorben hat. Eine Principessa muss natürlich Siegerin sein.«

Am nächsten Morgen versammelten sich die Reiter im Hof. Der Nebel lag noch über den Hügeln und die Zypressen standen wie

Wächter rings um die Villa Palagione. Unter Ricciarellis Anleitung wurden ihnen die bereits gesattelten Pferde aus den Stallungen zugeführt. Ein Reitknecht brachte Julien die Stute Kassandra, ein schönes hochbeiniges Pferd mit einer Blesse auf der Stirn und nervös rollenden Augen.

»Was meinst du?«, fragte Julien seinen Freund.

»Ein Luder, wie diese Mercini«, knurrte Tessier. »Schau nur, die hochgestellten Ohren!«

Julien ging zu ihr, redete beruhigend auf sie ein und drückte ihr Maul an sich, blies ihr seinen Atem in die Nüstern und tätschelte ihren Hals.

»Na, meine Schöne, wir werden uns schon einig werden«, flüsterte Julien, dachte an die Ratschläge, die ihm einst Domador gegeben hatte, spuckte in seine Hand und strich über ihr Maul.

»Nun kennst du mich!«, flüsterte er ihr ins Ohr und schwang sich in den Sattel.

Tessier stellte die Steigbügel richtig ein. Ricciarelli kam und sagte überrascht: »Sie haben keine Peitsche?«

»Nein. In Argentinien brauchen wir die Peitsche nur zum Rindertreiben. Die Pferde sind unsere Partner.«

Julien trug einen roten Rock, eng anliegende gelbe Breecheshosen und kniehohe braune Stiefel. Er hatte sich in Rom mit der üblichen Reiterkleidung eingedeckt. Doch er fühlte sich in diesem Aufzug nicht wohl. Ihm fehlten die Hose aus Ziegenleder und der breite Gürtel. Er hätte damit unter den elegant gekleideten Reitern sicher sehr ungewöhnlich ausgesehen. Die Mercini drängte sich auf ihrem Pferd zu ihm und rief empört: »Was sehe ich? Ricciarelli hat dir Kassandra gegeben? Das ist nicht fair. Das Biest ist unberechenbar. Du bist ein Schuft, Ricciarelli!«, wandte sie sich an den unglücklich dreinblickenden Herrn der Villa Palagione.

»Assuncio meinte, wenn einer mit ihr zurechtkommt, dann ein Gaucho aus Argentinien.«

»Aha, daher weht der Wind!«, fauchte sie und drohte dem römischen Fürsten mit der Peitsche. Dieser tat so, als wüsste er nicht, was sie meinte und zuckte mit den Achseln.

»Wollen Sie ein anderes Pferd?«, schlug Ricciarelli vor.

»Nein. Ich komme schon mit ihr klar.«

»Gut. Es ist Ihre Entscheidung. Auf geht's, Freunde! Wir starten zum Ritt der Zentauren! Es geht wie immer bis zum Stadttor von San Gimignano und wieder zurück.«

Es war eine Gruppe von zwölf Reitern und inmitten in einem roten Kostüm Athenée Mercini, an deren schwarzen Hut ein langer Schleier wehte.

Sie waren kaum aus der Zypressenallee heraus, als Juliens Stute anfing zu bocken. Mit wilden Sprüngen versuchte sie, Julien abzuwerfen. Julien verstärkte den Druck seiner Schenkel und redete weiter beruhigend auf das Tier ein. Je wilder es Kassandra trieb, desto stärker wurde der Druck von Juliens Schenkeln. Als die Stute eine Pause einlegte, lockerte er sofort den Druck. Schließlich schien sie zu verstehen, dass sie es mit einem Reiter zu tun hatte, der ihr an Kraft und Widerstand überlegen war und hörte auf, den Reiter zu prüfen, fiel in einen Galopp, und Julien nahm, unter den verwunderten Blicken der anderen Reiter, die Spitze.

»Nun zeig mal, was du kannst!«, rief Julien der Stute zu, gab ihr die Zügel frei und das Tier jagte hinunter ins Tal. Es wurde eine wilde Jagd und für Julien war es nicht anders als bei einer *Jineteada*, dem Rodeo der Gauchos. Schon bald hatte er die Reitergruppe weit hinter sich gelassen. Auf halber Strecke hielt er das Pferd an und stieg ab, zog die Jacke aus und rieb das Tier ab.

»Bist eine Gute, meine Kassandra! Wir verstehen uns jetzt, nicht wahr?«

Er setzte sich in den Schatten einer Platane und wartete. Die Stute beugte sich zu ihm herab und er strich ihr immer wieder zärtlich über Maul und Hals. Nun tauchten zwei Reiter auf. Assuncio und Athenée. Beide hielten kurz an.

»Hat das Luder Sie abgeworfen?«, fragte Assuncio mit falschem Lächeln.

»Nein. Ich habe auf euch gewartet. Es macht auf die Dauer keinen Spaß allein zu reiten. Mein Pferd ist den euren überlegen.«

»Das wollen wir doch mal sehen!«, sagte Assuncio und gab seinem Pferd die Sporen.

»Du gibst ganz schön an«, sagte die Mercini mit funkelnden Augen und gab ihrem Tier ebenfalls die Zügel frei.

Julien tätschelte Kassandra den Hals. »Die Italiener haben keine Ahnung von Pferden, was, meine Schöne?«

Julien schwang sich in den Sattel und hatte die beiden bald eingeholt. Eine Weile konnten die beiden mithalten, aber dann flog Julien an ihnen vorbei. Fast fünf Minuten vor den anderen traf er am Tor von San Gimignano ein und nahm dort vom Bürgermeister ein Glas Wein entgegen. Eine riesige Menschenmenge jubelte ihnen zu.

»Sie reiten die verdammte Kassandra?«, rief der Bürgermeister erstaunt. »Die Stute hat Sie nicht abgeworfen?«, setzte er bewundernd hinzu.

»Nein. Sie ist ein gutes Tier. Sie braucht nur den richtigen Reiter.«

»Dann machen Sie sich auf den Rückritt.«

»Nein. Ich warte, bis die anderen hier sind.«

»Sie demütigen die anderen Reiter.«

»Nein. Ich will nur einen römischen Fürsten lehren, dass man mit mir besser keine Scherze treibt.«

Als die Kavalkade herangeprescht kam, winkte ihnen Julien zu und machte sich auf den Weg zurück zur Villa Palagione. Nach zwei Stunden traf er im Hof der Villa ein. Christa überreichte ihm die kleine Statue eines Zentauren. Tessier stand grinsend neben der Kutsche und nickte anerkennend.

»Das ist mein alter Julien de Cordoso!«, rief er übermütig, nahm ihm das Pferd ab und führte es in den Stall, um es abzureiben.

Nach zehn Minuten traf die Gruppe ein. Steif stiegen sie von den Pferden. Die meisten Reiter warfen Julien bewundernde Blicke zu und akzeptierten neidlos seinen Sieg. Nur Assuncio und Athenée Mercini machten verdrießliche Gesichter. Brandy wurde gereicht und man besprach das Wunder der Zähmung der Kassandra. Schließlich traf Ricciarelli ein.

»Sie sind ein Teufelskerl, Fürst von Almeria!«, rief er, als er aus der Kutsche sprang. »Wie haben Sie es hinbekommen, dass Kassandra so fügsam blieb?«

»Gauchos leben mit ihren Pferden. Für sie sind Pferde mehr als Tiere. Sie sind eins mit ihnen und das kapieren Tiere schnell. Kassandra ist eine stolze Dame. Sie weiß, dass sie etwas Außergewöhnliches ist und verlangt das gleiche von ihrem Reiter.«

Dabei sah er Athenée an, die verärgert den Kopf senkte.

»Tja, Athenée, diesmal brauchst du nicht traurig zu sein, dass du wieder nicht gesiegt hast«, rief Ricciarelli. »Gegen eine Kassandra, die ihrem Reiter folgt, konnte niemand eine Chance haben.«

»Wenigstens bin ich diesmal Zweite geworden. Wenn du nicht dem Gaucho Kassandra gegeben hättest, wäre es anders ausgegangen.«

Das Fest am Abend hatte nicht die Ausgelassenheit wie in den vorangegangenen Jahren, wie ihm Christa bestätigte. Assuncio und die Principessa verbreiteten schlechte Laune. Die Principessa schnitt ihn die ganze Zeit.

Als Julien am nächsten Morgen in die Halle trat, saß Tessier bereits lesend vor einer Tasse Schokolade.

»Da bist du ja. Ich habe eine Überraschung für dich.«

»Was denn?«, fragte Julien missgelaunt. Draußen zeigte das Wetter auch nicht gerade ein aufmunterndes Gesicht. Dichte Wolken hingen über den Hügeln.

»Eine alte französische Zeitung, *L'Aurore*. Lag dort auf dem Rauchertisch. Ein Artikel von Émile Zola, einem Dichter. J'accuse – Lettre au Président de la République. Doch sieh mal die Namen!«

Ungläubig starrte Julien auf das Blatt. Oh ja, er kannte die Namen. Wieder stand ihm das Bild vor Augen, als ihn die Kameraden als einen Hauptrādelsführer denunzierten und er dafür zum Bagno nach Guayana verurteilt wurde.

Auguste Mercier – Hubert Henry – Charles-Ferdinand Esterhazy – Jean Sandherr – Armand du Pathy de Clam. Namen, die in seinem Gedächtnis eingebrannt waren.

»Den armen Teufel Dreyfus haben sie wegen haltloser Verdächtigungen auf unsere Teufelsinsel nach Guayana verfrachtet.«

»Wir müssen nach Frankreich.«

»Denke ich mir. Was willst du tun?«

»Wir werden Herrn Zola helfen, dass es nicht nur bei dieser Anklage im *L'Aurore* bleibt. Wie alt ist die Zeitung?«

»Vom 13.1.1898, also fünf Monate alt.«

»Gut. Wir brechen noch heute auf. Wir haben einen Conchero zur Strecke gebracht, dann werden wir doch auch mit diesen Verrätern fertig.«

Ricciarelli war natürlich erstaunt und betroffen, als Julien ihm mitteilte, dass man sofort abreisen würde.

»Nehmen Sie es mir übel, dass ich Ihnen die Kassandra zugeteilt hatte?«

»Nein. Ich kaufe Ihnen sogar das Pferd ab. Nennen Sie mir den Preis.«

»Tut mir leid. Assuncio hat bereits gestern Abend das Pferd gekauft.«

»Es wird ihm nicht viel Freude bereiten.«

»Darum geht es ihm wohl auch nicht.«

Als Julien die Kalesche bestieg, kam die Principessa herausgelaufen.

»Du willst die Villa Palagione verlassen, ohne …?« Sie brach ab. Ihr Gesicht war weiß und sie tat so, als wäre sie nie über seinen Sieg verärgert gewesen.

»Ich habe wichtige Geschäfte in Paris zu erledigen.«

»Was ist so wichtig, dass du mich …?« Erneut hielt sie inne, starrte ihn mit blitzenden Augen an, drehte sich jäh um und ging ins Haus zurück.

»Tja, die Dame kennt Julien de Cordoso nicht«, kommentierte Tessier zufrieden. »Kehren wir also zu den Tagen der Kommune zurück und erledigen das, was wir damals nicht erledigen konnten.«

Als sie durch die Zypressenallee ins Tal fuhren, dachte Julien an Auguste, der nun ein großer Mann geworden war. Er erschrak, als er feststellte, dass er sich an Mercedes' Gesicht nicht mehr zu erinnern vermochte und sich das Gesicht Athenées dazwischen schob.

»Zola, du bist ein Gott!«, sagte Flaubert.

»Wahrhaftig. Der Schluss seines Artikels in L'Aurore steht für Frankreichs Ehre und Integrität«, lobte Balzac. »Ich kenne ihn sogar auswendig:

›Ich habe nur eine Leidenschaft, die der Aufklärung im Namen der Menschheit, die so viel gelitten hat und die ein Recht auf Glück besitzt. Mein glühender Protest ist nur der Schrei meiner Seele. Wage man es, mich vor das Assisengericht zu bringen und möge die Erörterung in aller Öffentlichkeit stattfinden. Ich warte!‹«

»Einfach wunderbar!«, sagte Dickens bewegt. »Die Stimme der Menschlichkeit.«

»Wir müssen uns noch einmal die gesamte verdammte Affäre vor Augen führen, sonst kann man unsere Geschichte nicht weitererzählen«, forderte Flaubert bestimmt.

»Steigt denn überhaupt noch einer durch?«, fragte Victor Hugo.

»Ich kann sie so knapp wie möglich zusammenfassen«, schlug Zola schüchtern vor, der wegen des gewaltigen Lobes von Flaubert immer noch verlegen war. »Die Affäre begann 1894. Man muss die damalige Stimmung berücksichtigen. Der verlorene Krieg gegen die Deutschen hatte einen überbordenden Nationalismus erzeugt und ... den Ruf nach Revanche. Hinzu kommt dieses unselige Buch von Édouard Drumont ›La France Jive‹, das von einer jüdischen Verschwörung faselte, die alle Missstände den Juden in die Schuhe schob. Der Antisemitismus hatte bereits große Teile der Bourgeoisie erfasst. Man suchte nach einem Schuldigen für den Panama-Aktienskandal, der viele Rentner um ihr Geld gebracht hatte. Als Drumont noch die Zeitung La Libre Parole *gründete und ständig mit Hassparolen die Stimmung anheizte, war der Boden bereitet.«*

»Du wolltest es knapp halten!«, erinnerte ihn George Sand.

»Schon gut. Aber ohne den Hintergrund zu kennen, versteht man nicht die weiteren Ereignisse. Unser Geheimdienst fing durch eine Putzfrau in der Deutschen Botschaft ein Dokument ab. Es heißt in den Akten stets nur

das ›Bordereau‹, aus dem hervorging, dass ein französischer Offizier streng geheime Informationen über die Mobilmachung der Artillerie anbot.«

»Das ist wirklich infam«, erregte sich Balzac. »Das hätte den Boches bei einer kriegerischen Auseinandersetzung gewaltige Vorteile verschafft.«

»Lass ihn weiter erzählen«, mahnte Flaubert.

»Am 15. Oktober 1894 wurde ein Hauptmann Alfred Dreyfus, ein Artillerieoffizier, der zum französischen Geheimdienst abkommandiert war, aufgefordert in Zivil im Kriegsministerium zu erscheinen. Als Offizier kam er diesem Befehl sofort nach. Er wurde aufgefordert, einen vorbereiteten Text zu schreiben und man befand, dass Dreyfus' Handschrift mit der des Bordereau übereinstimmte. Hierbei spielte Oberst Armand du Paty de Clam, der verantwortliche Offizier des Kriegsministeriums, eine unselige Rolle.«

»Aha, nun geht mir ein Licht auf, wie die Chose weitergeht«, freute sich Dumas und rieb sich die Hände.

»Als Dreyfus fragte, wessen man ihn anklagte, antwortete du Paty nur arrogant: ›Das wissen Sie selbst gut genug. Der Brief, den ich Ihnen soeben diktiert habe, ist ein ausreichender Beweis. Ihr Verrat ist entdeckt.‹ In hektischer Eile verurteilte ihn ein Militärgericht anhand einer Geheimakte, die den Verteidigern vorenthalten wurde und die gefälschte Dokumente enthielt, zu lebenslanger Haft auf der Teufelsinsel.«

»Mein Gott, nun wird mir alles klar. Dort war doch auch unser Held Julien Morgon, alias Julien de Cordoso, der Fürst von Almeria«, hauchte George Sand.

»Dreyfus war schlimmer dran. Er wurde in Einzelhaft gehalten und ständig schikaniert«, fuhr Zola seufzend fort. »Er sollte dort elendig krepieren. Dreyfus behauptete unablässig, dass er unschuldig sei und verlor nie seinen Glauben an Armee und Justiz. Ein bemerkenswerter Mann, der sein Heimatland liebte. Doch die von einem gewissen Major Hubert Henry fabrizierten Geheimdokumente waren dem Kriegsminister Auguste Mercier Beweis genug. Alle Eingaben des Bruders des Verurteilten auf eine Revision wurden immer wieder abgeschmettert. Es war eine Verschwörung und der Grund lag darin, dass Dreyfus ein Jude war und deswegen alle Voraussetzungen für die Rolle des Sündenbocks erfüllte. Die öffentliche Meinung,

allen voran der unselige Drumont mit seiner Zeitung La Libre Parole, *schäumte über den vermeintlichen Verrat des Juden.*

Jeder Franzose kennt die berühmte Szene, in der Dreyfus im Hof der Ecole Militaire vor Offizieren seine Epauletten abgerissen und sein Degen zerbrochen wurden. Die Zuschauer schrien dazu: ›Tod dem Verräter! Tod dem Juden!‹

Der Chef des Nachrichtenbüros von Sandherr und du Paty hatten ganze Arbeit geleistet. Der Nachfolger Sandherrs, ein Oberstleutnant Georges Picquart, kam dem wahren Verräter auf die Spur. Ein erneut abgefangener Brief an den preußischen Militärattaché Schwartzkoppen brachte den wahren Verräter ans Licht: Charles-Ferdinand Walsin Esterhazy, ein Spieler und Weiberheld, der total verschuldet war. Wir sollten ihn zukünftig nur Charles Esterhazy nennen. Picquart meldete dies seinen Vorgesetzten General de Boisdeffre und General Gonse. Diese begingen die nächste Ungeheuerlichkeit. Sie waren an einer Wiederaufnahme des Verfahrens nicht interessiert. Sie rieten Picquart zu schweigen. Man wollte die Ehre der Armee nicht beschmutzt sehen, aber beschmutzte die Ehre Frankreichs auf ungeheuerliche Weise. Doch die Verteidiger von Dreyfus sammelten sich, angeführt durch seine Frau Lucie und seinen Bruder Mathieu Dreyfus. Da Picquart nicht locker ließ, wurde er bald zu einem Todeskommando nach Tunesien versetzt. Nun nahmen Clemenceau und ich uns der Sache an. Esterhazy wurde vor Gericht gestellt und … freigesprochen. Ungeheuerlichkeit reihte sich an Ungeheuerlichkeit! Darauf schrieb ich ›J'accuse‹, *wurde angeklagt und verurteilt und musste nach England fliehen. Armee und Kirche, jawohl Kirche, unterstützten mit dem Trommelfeuer der Presse die Verschwörung. Im Revisionsverfahren in Rennes wurde Dreyfus, obwohl kein Zweifel an der Unschuld bestand, erneut schuldig gesprochen. Seine Strafe wurde auf zehn Jahre Gefängnis reduziert mit der Aussicht, falls der Verurteilte auf weitere Revisionsverfahren verzichtet, einem Gnadengesuch stattzugeben. – Das ist die Affäre bis zu dem Zeitpunkt, an dem Julien de Cordoso nach Frankreich zurückkommt.«*

»Dreyfus wurde verurteilt, weil er Jude war?«, resümierte George Sand.

»Richtig«, bestätigte Zola. »Er war die Zeit der großen Verschwörungsgerüchte. Nicht umsonst erzielte das Hetzpamphlet ›Der Weise von Zion‹

ein ungeheures Aufsehen, ein Machwerk des russischen Geheimdienstes, das von einer jüdischen Weltverschwörung fantasierte und … geglaubt wurde. Die Bourgeoisie war nur zu gern bereit zu glauben, dass ein Jude Frankreich verraten hatte. Drumonts Saat war aufgegangen. Auf die geliebte Armee, von der man die Revanche gegen Deutschland erhoffte, durfte kein Schatten fallen. Die Affäre Dreyfus war eine Schande für Frankreich.«

»Nun genug über die Hintergründe. Wir schreiben doch kein Buch über die Dreyfusaffäre, sondern über das Leben des Julien de Cordoso, Fürst von Almeria«, protestierte Dumas. »Ich bin gern bereit, mit seiner Rückkehr nach Frankreich zu beginnen.«

»Aber mäßige deine Fabulierkunst!«, warf Balzac ein. »Wir wollen durch die Erlebnisse des Julien Morgon die Knotenpunkte unserer Geschichte aufzeigen. Es soll mehr als ein Abenteuerroman sein. Sonst hätten wir die ganze Geschichte von dir erzählen lassen können. Du hast ja fünfzig Schreiber, denen du nur den Handlungsablauf erklärst und sie schreiben dann die Romane für dich.«

»Wie? Was? Dumas schreibt seine Roman nicht selbst?«, entrüstete sich George Sand.

»Wie könnte er? Seine hunderte von Romanen hätte nie ein Einzelner schreiben können«, bestätigte Balzac.

»Stimmt das, Dumas?«, rief George Sand, glücklich darüber, Dumas eins auswischen zu können.

»Stimmt. Und stimmt auch nicht. Klar habe ich meine Leute, die mir zuarbeiten. Zur Zeit sind es nur dreißig, aber den ›Monte Christo‹ und die ›Musketiere‹ sowie viele andere habe ich schon selbst geschrieben. Bei dem ein oder anderen habe ich die Ideen geliefert.«

»Und beutest die armen Schreiberlinge aus!«, höhnte George Sand.

»Jeder beutet jeden aus«, erwiderte Dumas ungerührt. »Also, was ist nun? Soll ich loslegen?«

»Dann schlag die Trommel!«, forderte ihn Flaubert auf. »Aber mach Julien de Cordoso nicht zum Präsidenten von Frankreich.«

»Und erst recht nicht zu einem Cagliostro!«, setzte George Sand höhnisch hinzu.

33 – Zola und die Ehre Frankreichs
(Alexandre Dumas erzählt)

Versehen mit Kreditbriefen seiner Schweizer Bank und der Vatikan-Bank betrat Julien eines frühen Septembermorgens das Bankhaus Lafitte am Boulevard des Capucines. Als er am Schalter seinen Namen und Titel nannte, wurde er sofort von dem Geschäftsführer Baron Saumon empfangen und in ein Kabinett geführt, dessen prächtige Ausstattung den Ruf des Bankhauses unterstrich. Saumon war ein untersetzter Mann mit einem zu großen Kopf mit rotem Backenbart und einem Kneifer auf der Nase.

»Was kann ich für Sie tun, Fürst Almeria?«, fragte er mit servilem Lächeln, versprach doch bereits der Titel einen guten Kunden.

Als Julien aus seiner roten Ledermappe seine Kreditbriefe zog und diese über den goldverzierten Schreibtisch reichte, bekam Saumon große Augen.

»Einen solchen Kreditbrief habe ich noch nie gesehen«, stotterte er aufgeregt. »Die hochangesehene Bank Suisse bürgt für einen Kredit in Millionenhöhe?«

»So ist es. Sie gehört mir seit einem Monat. Ich möchte bei Ihnen ein Konto in gleicher Höhe eröffnen. Ist Ihre Bank in der Lage, mir solche Solvenz einzuräumen?«, fragte Julien mit der Arroganz eines spanischen Granden. Entsprechend war auch seine Kleidung. Er trug eine silbern bestickte schwarze Jacke, eng anliegende Hosen mit silbernen Streifen an der Seite und schwarze Stiefel, die ihm bis zu den Knien reichten. Auf dem Kopf hatte er nicht den üblichen Zylinder, sondern einen spanischen Sombrero.

»Natürlich. Selbstverständlich!«, versicherte Saumon eilfertig. »Unser Bankhaus steht Ihnen in jeder Beziehung zur Verfügung.

Es ist uns eine Ehre, Ihnen zu Diensten zu sein. Mein Gott, ein Kredit in dieser Höhe ist wahrlich selten. Damit dürften Sie die reichsten Männer Frankreichs übertreffen.«

»So ist es wohl«, sagte Julien kühl. »Ich habe vor, mich eine Weile in Paris niederzulassen und suche ein entsprechendes Haus.«

»Das trifft sich gut. Wir haben ein fürstliches Palais im Angebot, das einst Jérôme Bonaparte gehörte. Sie können das Palais sofort beziehen. Es ist vollständig und zwar exquisit eingerichtet. Die Möbel wurden von den besten Tischlern Frankreichs zur Zeit des I. Empire gefertigt. Der Preis wird Ihnen keine Kopfschmerzen bereiten. Es ist verhältnismäßig preiswert zu haben, da ein Haus mit einer solchen Geschichte und in dem Zustand nicht so leicht zu verkaufen ist.«

»Gut. Wir werden uns das Haus ansehen. Noch etwas, wir sind fremd hier und ich möchte die französische Gesellschaft kennenlernen. Können Sie mir behilflich sein und mich in die höchsten Kreise einführen?«

»Selbstverständlich. Es ist uns eine Ehre und ein großes Vergnügen. General Mercier, unser ehemaliger Kriegsminister, veranstaltet einen großen Ball, zu dem alle Familien eingeladen sind, die in Frankreich von Bedeutung sind. Ich werde Sie gern einführen. Es wird allen ein Vergnügen sein, den Fürst von Almeria kennenzulernen.«

»Gut. Dann wäre das erledigt.«

»Darf ich Sie zum Ball abholen?«

»Sie dürfen.«

Julien erhob sich und übersah die ausgestreckte Hand des Bankiers, was dieser aber keineswegs übel nahm. Jemand mit einem derartigen Kredit hatte das Recht, jeden anderen für nicht ebenbürtig zu halten.

Die Bankangestellten staunten, dass Saumon den Besucher bis vor die Tür begleitete und ihn dort mit tiefen Bücklingen verabschiedete, was selbst dann nicht vorgekommen war, als die

Familien Bonaparte oder der Herzog von Orléans das Bankhaus aufgesucht hatten. Als sie an die Fenster eilten, um ihre Neugier über das unerhörte Ereignis zu befriedigen, bewunderten sie die Kutsche, die vor dem Bankhaus stand. Sechs Rappen, die prächtig aufgeputzt waren und silbernes Zaumzeug trugen, zogen das Gefährt. Golden funkelte das Wappen von Almeria an den Türen der Kalesche.

Sie fuhren ins Palais Royal zurück, wo Julien die größte Suite gemietet hatte, von der man einen Blick in die Gärten hatte, in denen einst Camille Desmoulins vor mehr als hundert Jahren zu den Waffen und zum Sturm auf die Bastille aufgerufen hatte. In der Vorhalle drängten sich bereits Dutzende von Domestiken, denn Tessier hatte im *L'Aurore* eine Annonce erscheinen lassen, in der Köche, Kammerdiener und anderes Personal gesucht wurde. Juliens Freund kümmerte sich um die Anstellung des Personals für den spanischen Granden.

Der Einzug des Fürsten von Almeria in das ehemalige Palais der Familie Bonaparte war dann das Tagesgespräch von Paris. Die große Zahl an Domestiken zeigte, dass dieser geheimnisvolle Fürst, der aus dem Nichts aufgetaucht war, über unbegrenzte Mittel zu verfügen schien.

Eigentlich fühlte sich Julien in dieser verschwenderischen Pracht, den Lüstern, den goldbeschlagenen Möbeln, den Volants aus rotem Brokat, den Bildern der Familie Bonaparte nicht wohl, aber das Palais war hervorragend geeignet, um seinen Rang zu unterstreichen. Der mit korinthischen Säulen bestückte Portikus signalisierte Reichtum und Macht. Hier wohnte nicht nur irgend so ein spanischer Grande, sondern jemand, der das Gold der Konquistadoren zu besitzen schien. All dieser Pomp gehörte zu Juliens Plan, sich im großen Stil zu präsentieren. Denn nichts beeindruckte die Menschen mehr als Reichtum, war es doch ein Zeichen göttlicher Gnade.

Schließlich machte er sich zur Avenue Bugeaud auf. Klein und armselig erschienen ihm nun die Häuser hier. Selbst das Palais, in dem Mercedes einst wohnte, machte auf ihn keinen Eindruck mehr. Die Kutsche hielt vor dem Papierladen und schon liefen Frauen und Kinder aus den Häusern und bestaunten die fürstliche Kutsche mit den sechs schwarzen Pferden. Er atmete auf. Über dem Laden hing immer noch das Schild ›Morgon‹. Julien stieg aus und betrat das Geschäft seines Vaters. Die verstaubte heruntergekommene Einrichtung zeigte, dass die Geschäfte nicht gut liefen. Die Papiere in den Regalen waren teilweise vergilbt. Offensichtlich hatte das Geschäft die guten Zeiten schon seit geraumer Zeit hinter sich. Gebeugt kam sein Vater aus dem Hinterzimmer. Die Not und die Zeit hatten tiefe Furchen in sein Gesicht gegraben. Als er den fremdartig gekleideten Mann sah, verbeugte er sich tief.

»Womit kann ich Ihrer Exzellenz dienen?«

Sein Blick nach draußen auf die Kutsche hatte ihm gesagt, dass er es mit einer hochgestellten Persönlichkeit zu tun hatte. Er erkannte seinen Sohn nicht. Zu sehr hatten die Jahre im Bagno und in Argentinien sein Gesicht verändert. Dieser vornehme und hochmütig aussehende grauhaarige Mann mit dem harten Gesicht, den kalten Augen und dem Schmiss über dem Wangenknochen ähnelte nicht dem Jungen, den er großgezogen hatte.

»Ich möchte Visitenkarten und Schreibpapier der besten Qualität bei Ihnen bestellen«, sagte Julien und reichte ihm seine Visitenkarte aus Spanien, auf der das Wappen der Almeria mit zwei Löwen prunkte, die unter den Schwingen eines gekrönten Adlers standen.

»Selbstverständlich. Wir haben die feinsten Büttenpapiere. Wohin darf ich Ihnen die Waren liefern und in welcher Anzahl?«

»Schicken Sie mir die Papiere in das Palais Almeria am Boulevard des Capucines. Natürlich auch Umschläge mit Aufdruck meines Titels, lieber Vater.«

Der Alte schrak zurück, als hätte ihn jemand geschlagen. Seine Augen weiteten sich.

»Wie? Was? Warum … Vater?«, stammelte er.

»Ja. Der Fürst von Almeria ist … dein Sohn.«

Der Papierhändler wankte, fasste sich ans Herz. Julien eilte um die Theke und umarmte ihn.

»Das kann doch nicht …!« Er starrte Julien fassungslos an. Dann begriff er. »Ja doch! Ja. Du bist es!«, keuchte er und drückte seinen Kopf an Juliens Brust. Jäh wandte er sich um und rief: »Mutter! Mutter, komm schnell! Ein Wunder ist geschehen. So komm doch!«

Ein altes Weiblein kam aus der angrenzenden Wohnung gelaufen, blieb stehen und erbleichte. Sie erkannte ihren Sohn sofort.

»Julien!«, schrie sie und wankte auf ihn zu. »Du bist es! Tatsächlich, du bist es!«

»Du hast ihn gleich erkannt?«, staunte der alte Mann.

»Ich werde doch wohl mein Kind, das ich unter dem Herzen getragen habe, gleich erkennen. Mann, was redest du?«

Der alte Mann eilte zur Tür, schloss das Geschäft ab, sie gingen nach hinten in die Wohnküche und er musste erzählen, vom Kampf der Kommune, vom Verrat der Kameraden aus der Ecole, vom Bagno und Argentinien und wie er zu Titel und Reichtum gekommen war. Bis weit in die Nacht saß er mit den beiden Alten zusammen und sie wunderten sich über das seltsame Schicksal ihres Sohnes.

»Da haben der Herr und seine Engel über dich gewacht und das Üble zum Guten gewendet«, sagte die Mutter mit Tränen in den Augen.

»Deine ehemaligen Kameraden sind zu Ansehen und Macht gekommen. Sie gehören der Regierung und Armee an«, erzählte nun der Vater vom Werdegang Augustes und der anderen.

»Und sie sind so schlecht geworden, wie es sich damals angedeutet hatte«, erwiderte Julien mit einem Lächeln, das sich die beiden Alten nicht zu erklären vermochten. »Sie haben dem armen Dreyfus übel mitgespielt. Der hat im Bagno unter noch übleren Umständen gelitten als ich. Ja, meine Kameraden von der Ecole sind mir noch die Jahre in Guayana schuldig. Sie werden für die Schläge, den Durst und die Einzelhaft zahlen. Dass ich ihnen auch noch das entgelten kann, was sie dem armen Dreyfus angetan haben, ist ausgleichende Gerechtigkeit.«

»Julien, willst du dich mit den Mächtigen Frankreichs anlegen? Das halte ich für keine gute Idee. Auguste Mercier war immerhin Kriegsminister und besitzt das Vertrauen des Präsidenten. Man spricht davon, dass ihn die Ultrakonservativen als Präsidentschaftskandidaten für die nächste Wahl vorgesehen haben.«

»Mag sein. Du vergisst, dass ich auch eine Macht bin.«

»Du hast keine Generäle, die dir zur Seite stehen.«

»Nein. Aber etwas viel Wichtigeres: Die Macht des Geldes. Ich werde Auguste Mercier, Hubert Henry, Armand du Paty, Jean Sandherr und Charles Esterhazy vernichten.«

»Ich habe Angst um dich«, sagte die Mutter mit zitternder Stimme.

»Ihr dürft meine wahre Identität nicht verraten. Ich will aus dem Dunkel zuschlagen.«

»Wenn du es so willst. Wir werden nichts sagen«, versicherte der Vater.

»Was ist mit Mercedes?«

»Ach Junge, denkst du immer noch an sie?«

»Nein. Ich kann mich nicht einmal mehr an ihr Gesicht erinnern.«

»Sie hat Mercier geheiratet und führt ein großes Haus. Soweit ich weiß, haben sie zwei Jungen.«

»Was ist mit Baron de Savigny, der mir damals die Ecole ermöglichte und mich dann doch nicht vor dem Bagno bewahrte, obwohl er die Möglichkeit dazu hatte?«

»Er ist wohl noch mächtiger als Mercier. Man sagt von ihm, dass er der Mann im Hintergrund ist und den Präsidenten berät. Doch man sagt auch, dass er der Finanzier einiger Zeitungen ist und die öffentliche Meinung bestimmt.«

»Er ist wohl doch nicht der gute Baron.«

»Oh, zu uns war er immer gut. Er hat mir damals den Auftrag fürs Kriegsministerium verschafft. Ich habe jahrelang die Formulare und Papiere liefern dürfen. Da fällt mir ein: Eines Tages erschien bei mir ein Anatol Brasseur und bat mich, ihm Schreibpapier mit dem Briefkopf der deutschen Botschaft zu drucken. Aber er war kein Deutscher, sondern ein Sekretär des Nachrichtenbüros unseres Kriegsministeriums und hatte mir bisher immer Bestellungen für die Formulare des Kriegsministeriums gebracht. Ich fand dies seltsam, aber es wurde gut bezahlt. Wir konnten das Geld gebrauchen.«

»Das ist interessant!«, sagte Julien nachdenklich. »Ich werde diesem Brasseur mal auf den Zahn fühlen.«

»Junge, pass bitte auf! Wenn bekannt wird, dass der Fürst von Almeria diese Information von mir hat, verliere ich meinen wichtigsten Auftraggeber.«

»Vater, du wirst die Papierhandlung und Druckerei schließen. Ich werde für dich ein Konto bei der Bank Lafitte eröffnen und du wirst genug Geld haben, um wie ein Rothschild leben zu können.«

»Gott hat es dir entgolten, was man dir angetan hat«, wiederholte die Mutter ergriffen.

Später gab Julien seinem Freund den Auftrag, diesen seltsamen Kunden seines Vaters ausfindig zu machen.

»Da er für das Nachrichtenbüro unseres Kriegsministeriums arbeitet, dürfte es keine Schwierigkeit sein, den Kerl aufzuspüren.«

Wie es vereinbart war, holte ihn Baron Saumon zum Ball des ehemaligen Kriegsministers ab. Mittlerweile war Paris in heller Aufregung. Schon in Rom war das Auftauchen des Fürsten von Almeria ein gesellschaftliches Ereignis gewesen, aber dort gab es genug Familien, die seit Jahrhunderten reich waren, so dass man sich schnell beruhigte, aber hier in Paris, wo man gern von einer Aufgeregtheit in die andere stürzte, war er ein neuer Fixstern, über den man sich gern das Maul zerriss. Er war also das Tagesgespräch und die Zeitungen fragten, wer dieser sagenhaft reiche Fürst war, von dem selbst aus Spanien nicht viel zu erfahren war.

Als er mit Saumon den Ballsaal betrat, verstummten die Gespräche, was in Rom ja auch nicht anders gewesen war, doch dort wahrte man noch eine gewisse Förmlichkeit, schließlich war man sich dies selbst schuldig. Aber hier war die Neugier mit Sensationslust gepaart. Hunderte von Augenpaaren starrten ihn an, als wäre er ein seltenes Ungeheuer. Auguste Mercier, ehemaliger Befehlshaber über das gewaltige französische Heer, das immer noch von dem Ruhm der alten Schlachten zehrte und sich auf Austerlitz, Rivoli und Wagram berief, um die Schmach vergessen zu lassen, die Katastrophen von Sedan und Metz, eilte sofort herbei. Saumon stellte Julien mit ausgestrecktem Arm vor, als präsentiere er den neuen König von Paris und das war ja nicht so verkehrt, denn der so pompös ausgestellte Reichtum stand dem der Bourbonen nicht viel nach. Dass Julien diesen ganz bewusst inszenierte, wusste ja niemand. Er, der als Gaucho oft auf nackter Erde geschlafen hatte und für den ein einfaches Asado Gaumenfreude genug war, staunte selbst, was er hier für ein Schauspiel gab.

»Darf ich dir, lieber Auguste, den Grafen de Cordoso, Fürst von Almeria, vorstellen, der frisch aus Rom gekommen ist, aber, wie er mir versicherte, zukünftig in Paris leben will.«

Auguste Mercier verbeugte sich respektvoll, fast servil. Dies galt nicht so sehr dem Mann, sondern dem Ruf von unermesslichem Reichtum. Er erkannte in dem Fürst nicht den Kameraden von der Ecole. Wie sollte er auch das damals jugendliche Antlitz mit dem des reifen, durch Strapazen, Wetter und Gefahren gezeichneten Gesichtes in Verbindung bringen? Es stand ihm ein Mann mit hochmütig blickender Miene gegenüber, mit Augen, die Respekt einforderten, wenn nicht sogar ein beunruhigendes Gefühl auslösten, das Auguste noch nicht zu benennen vermochte.

»Ich fühle mich geehrt, dass Ihr erster Besuch in der Öffentlichkeit gerade in meinem bescheidenen Haus stattfindet«, sagte Mercier mit einer Verbeugung.

»Die Ehre ist ganz auf meiner Seite«, erwiderte Julien kühl.

Auch Auguste hatte die Zeit verändert. Das war nicht mehr der aggressive Anführer der Clique, die Julien gequält hatte, sondern ein geschmeidiger Grandseigneur, der sehr wohl wusste, wie man sich zu verhalten hatte, um in höchste Positionen zu gelangen. Auguste war in die Breite gegangen, besaß ein mächtiges Kreuz, einen vorspringenden Bauch und ein fleischiges rosiges Gesicht mit einem scharfen Zug um den Mund.

Und dann kam der Moment, vor dem er sich gefürchtet hatte. Es war keine Angst, das nicht, aber doch eine gewisse Anspannung. Mercier stellte ihm seine Frau vor. Wenn er Mercedes auf der Straße getroffen hätte, wäre sie ihm sicher nicht aufgefallen. Sie war zwar immer noch eine gut aussehende Frau, doch ihr Gesicht verriet trotz reichlicher Kosmetik, dass ihr Leben nicht ohne Sorgen verlaufen war. Ihre Hüften hatten sich verbreitert, am Hals zeigten sich Falten und ihre Augen hatten ihren Glanz verloren. Das sollte die Frau sein, die er geheiratet und in jener Hochzeitsnacht, die ein Nachmittag gewesen war, so heiß und innig geliebt hatte?

Auch sie war von seinem Ruf beeindruckt und sprach ihre Freude darüber aus, dass der Fürst von Almeria ihr Haus als Gast beehrte und unterstrich dies durch einen angedeuteten Knicks. Aber in ihm Julien Morgon zu sehen, vermochte auch sie nicht.

»Ich darf Sie, sehr verehrter Fürst, einigen wichtigen Freunden vorstellen?«, sagte Mercier und Baron Saumon nickte zustimmend. Mercier führte ihn zu einer Gruppe Männer, die ihnen gespannt entgegensahen.

»Wir alle haben vom Fürsten von Almeria gehört, sodass ich seine Exzellenz nicht weiter vorzustellen brauche. Ihr Gegenüber ist Oberst Armand du Paty de Clam, ein langjähriger Freund und eine Zierde unserer glorreichen Armee.«

Du Paty hatte sich im Gegensatz zu Mercier kaum verändert. Er wirkte immer noch wie der schneidige Draufgänger, der er schon früher vorgab zu sein. Er hatte sich seine schlanke Figur erhalten und sein Schnurrbart drückte Schneid und Verwegenheit aus. Aber auch er erkannte in dem mysteriösen Fürsten nicht den verachteten Mitschüler und war höchst zufrieden darüber, diesem geheimnisvollen Mann vorgestellt zu werden. Jean Sandherr wurde von Mercier mit einiger Herablassung vorgestellt, war er doch nicht mehr Chef des Nachrichtenbüros. Man merkte diesem die Verbitterung darüber an, dass seine Karriere so jäh geendet hatte. Dies waren also einige der Kameraden und sie hatten ihn nicht erkannt. Es fehlten nur Hubert Henry und Charles Esterhazy.

»Was führt Sie nach Paris?«, fragte Armand du Paty de Clam in einem Ton, der besagen sollte, dass er sich von dem Reichtum des Fürsten nicht beeindrucken ließ.

»Es scheint mir der einzige Platz zu sein, an dem man leben kann. Es gibt viele Gründe, hierher zu kommen. Die Eleganz, die Frauen und die Pferderennen«, erwiderte Julien in genauso arrogantem Ton.

»Sie sind ein Pferdeliebhaber?«, rief Paty de Clam erfreut und seine Haltung lockerte sich.

»Ich habe lange Zeit in Argentinien gelebt. Wir sind dort alle große Pferdeliebhaber. Ich will ein Gestüt aufbauen und werde mich in der nächsten Zeit nach gutem Pferdematerial umsehen. Doch erst einmal suche ich ein geeignetes Gebäude mit ausreichend Land in der Nähe der Pferderennbahn in Longchamps.«

»Oh, damit könnte ich dienen. Mir ist gerade ein Rennstall mit großem Immobilienbesitz in der Nähe der Rennbahn angeboten worden«, warf Mercier eifrig ein, erfreut darüber, dem geheimnisvollen Fürsten gefällig zu sein. »Das Gestüt ist sicher preiswert zu haben.«

»Ich weiß. Sie meinen den Rennstall der Toussaint. Es ist nicht schlecht«, stimmte du Paty de Clam mit einem Gesicht zu, als habe er auf eine Knoblauchzehe gebissen. Er war wohl selbst an dem Rennstall interessiert und konnte sich vorstellen, dass der Preis hochgehen würde, wenn ein Fürst als Interessent auftrat.

»Aber das Pferdematerial lässt zu wünschen übrig. Nicht umsonst ist der Rennstall in Schwierigkeiten gekommen.«

Ein würdiger älterer Herr mit einem Begleiter stieß zu ihnen und alle machten ihm respektvoll Platz.

»Darf ich Ihnen, verehrter Fürst, unseren geschätzten Freund Edmond de Savigny vorstellen?«, sagte Mercier mit einer ausladenden Handbewegung.

Savigny musterte Julien aufmerksam und vielleicht suchte er in seinem Gedächtnis nach einem Gesicht, das mit dem dieses geheimnisvollen Fürsten übereinstimmte. Vielleicht war es eher eine Ahnung, ein Instinkt, der ihm sagte, dass dieser Mann einmal eine gewisse Bedeutung für ihn hatte. Doch auch er erkannte Julien nicht und bot ihm die fleischige Hand.

»Herzlich willkommen in Paris. Ich habe schon gehört, dass ganz Rom von Ihnen gesprochen hat und natürlich freuen wir uns, dass Sie Ihren Wohnort nun nach Paris verlegt haben. Sie sind eine Zierde für unsere Gesellschaft.«

»Darf ich Ihnen auch Herrn Savignys Begleiter vorstellen?«, mischte sich Mercier wieder ein.

Auf den ersten Blick keine unsympathische Erscheinung. Ein breitschultriger untersetzter Mann mit einem Vollbart. Nur der unstete Blick ließ ahnen, dass er von widersprüchlichen Leidenschaften beherrscht wurde.

»Édouard Drumont, ein Kämpfer für ein französisches Frankreich, Autor des gewaltigen Buches ›*La France Juive*‹, Herausgeber der Zeitung *La Libre Parole*, die für unser geliebtes Frankreich kämpft.«

Julien nickte dem Autor herablassend zu. Die ausgestreckte Hand übersah er, indem er Mercier bei der Schulter nahm.

»Sie müssen mir den Besitzer des Rennstalls Toussaint unbedingt vorstellen.«

Nun begann die Kapelle einen Walzer zu spielen und Mercier entschuldigte sich. Als Gastgeber eröffnete er mit seiner Frau den Ball. Da er anschließend mit Mercedes zu ihm zurückkam, blieb Julien nichts anderes übrig, als nun seinerseits die Gastgeberin zum Tanz aufzufordern. Sie sah ihn während des Tanzes mehrmals beunruhigt an, als quälte sie etwas, setzte zum Sprechen an und unterließ es dann doch.

»Sie haben Kinder?«, fragte Julien, um ein unverfängliches Gespräch in Gang zu bringen und ihr die offensichtliche Befangenheit zu nehmen.

»Zwei Jungen und ein Mädchen. Der Älteste ist fast erwachsen.«

Als sie dann das Alter nannte, musste sich Julien zusammennehmen. Konnte der ältere Junge die Frucht jenes Nachmittags sein, als sie sich als Mann und Frau wähnten?

»Wie heißen Ihre Kinder?«

»Alexandre, Louis und Elisa. Alexandre hat bereits die Grande Ecole absolviert. Sie sind Spanier, wie ich hörte, sprechen aber ein Französisch, als wären Sie in Paris geboren.«

»Eigentlich bin ich Argentinier. Mein Stiefvater besaß den Titel eines Grafen von Almeria. In meiner Heimat bedeutet ein solcher Titel nicht viel. Er war mit seinem Namen Francisco de Cordoso zufrieden. Als ich nach Europa kam, habe ich Ansprüche auf den Titel erhoben und er wurde mir selbstverständlich von der Krone zugestanden. Der König gewährte mir die Gunst, mich zum Titularfürsten zu ernennen.«

»Das erklärt nicht Ihr gutes Französisch.«

»Ich habe das, was man wohl eine natürliche Sprachbegabung nennt.«

»Ach so«, sagte sie nicht sehr überzeugt. »Sie erinnern mich an jemanden, den ich einmal kannte.«

»Ich hoffe, eine angenehme Erinnerung. Stand er Ihnen nahe?«

»Ich habe in meiner Jugend eine große Dummheit begangen, aber ich war so jung und unerfahren, stand unter dem Einfluss meiner Eltern und habe dafür bitter büßen müssen.« In ihre Augen traten Tränen und sie senkte den Kopf. Ihre Stimme klang gequetscht, als fiele ihr das Sprechen schwer.

»Irgendwann muss man immer für Dummheiten zahlen«, sagte er unerbittlich.

Sie nickte und wischte sich die Tränen aus den Augen und sah zu ihrem Mann, dem ordensgeschmückten General, hinüber.

»Es war ein Jugendfreund?«, fragte Julien und grüßte zu Auguste Mercier hinüber, der mit Drumont und Savigny zusammenstand und sie beobachtete.

»Ein Jugendfreund … ja. Er war nicht von Adel und so wurde ich, wie bei den großen Familien allgemein üblich, standesgemäß verheiratet.«

Sie hielt im Tanzen inne, ließ sich dann aber von Julien in die nächste Drehung führen.

»Was rede ich da für sentimentales Zeug«, flüsterte sie. »Ich kenne Sie ja kaum. Es liegt wohl daran, dass Sie mich ein wenig an meinen damaligen … Freund erinnern, obwohl Sie ihm so gar nicht gleichen. Es ist Ihre Stimme. Ja, das muss es sein. Er war der Sohn eines Papierhändlers und stellte nichts dar. Er war nicht wie Sie. Mein armer Julien war ein Junge, ein lieber romantischer Junge und ein Tor.«

Julien fragte sich, warum sie auf die Jugendliebe zu sprechen kam. Wollte sie sich vergewissern, dass er nicht jener Julien war?

»Ich bin auf einer großen Estanzia aufgewachsen, mit Rindern und Pferden. Das ist ein anderes Leben als in Europa«, schwindelte Julien.

»So ist es wohl«, erwiderte sie knapp.

Als er sie zur Gruppe zurückgebracht hatte, fragte Mercier: »Herr du Paty de Clam fragte mich gerade, ob wir Sie wohl dafür gewinnen können, in die *Ligue de la Patrie Française* einzutreten? Man würde Sie mit offenen Armen empfangen. Ein Mann mit Ihrer Reputation könnte sicher sein, im Range eines Tribuns dem Senat anzugehören.«

Alle sahen ihn gespannt an. Savigny schien peinlich berührt zu sein und sah an ihm vorbei und grüßte zu Bekannten hinüber. Vielleicht kam ihm dieser Vorschlag Merciers zu verfrüht, hatte man sich doch gerade kennengelernt.

»Eine große Ehre. Aber ich kenne natürlich die hiesigen Zustände nicht. Was ist die *Ligue de la Patrie Française*?«

Er erinnerte sich sehr gut, was ihm einst Savigny in den Tagen der Kommune von einem elitären Club erzählt hatte und war gespannt, welche Ziele diese Vereinigung jetzt verfolgte.

»In ihr haben sich die besten Söhne des Volkes zusammengeschlossen, um der Verjudung Frankreichs entgegenzuwirken«, trompetete Drumont.

»Ich bin kein Franzose«, entgegnete Julien.

»Es ist nicht nur ein französisches Problem!«, erwiderte Mercier ernst. »Lesen Sie die Protokolle der Weisen von Zion, die ein gewisser Elias von Cyon verfasst hat. Da ist protokolliert, wie die Juden die Weltherrschaft erringen und wie die jüdischen Bankiers unsere Wirtschaft ruinieren und uns Schafe scheren wollen. Aber zumindest in Frankreich werden wir ihnen einen Strich durch die Rechnung machen.«

Er lachte höhnisch und die anderen stimmten ein.

»Sie sind der Feind unserer Kultur und des Christentums«, rief Drumont mit Beifall heischendem Blick, wofür er auch mit einem »Bravo!« belohnt wurde. »Ich werde mir erlauben, Ihnen ein Exemplar meines Buches ›La France juive‹ zukommen zu lassen.«

»Und der Einstandsbeitrag wird für einen Fürsten nur ein Nasenwasser sein«, warf du Paty de Clam ein. Eine Bemerkung, die alle sehr *degoutant* fanden, was ihre Mienen ausdrückten. Mit einem Fürsten sprach man doch nicht über Geld.

Man will mich als Milchkuh aufnehmen, dachte Julien belustigt.

»Ich bin Argentinier. Unser Land hat vielen Völkern eine Heimstatt geboten. Ich kann mit dem Antisemitismus nichts anfangen!«

»Sie sind doch Christ und wollen Frankreich zu Ihrer Heimstatt machen. Wollen Sie etwa, dass die Juden unser Land übernehmen?«, stieß Drumont erregt aus.

»Haben Sie von der Dreyfus-Affäre gehört?«, fragte du Paty de Clam hitzig.

»Natürlich. Wer hat das nicht? Ich stimme Zola zu. Eine Intrige, die einen unschuldigen Mann ins Bagno schickte.«

Den Männern um ihn herum verrutschten die Gesichtszüge. Drumont wollte darauf zu einer heftigen Erwiderung ansetzen, aber Savigny hielt ihn zurück.

»Na, na, meine Herren! Jeder hat seine Meinung. Es geht ein Riss quer durch Frankreich, selbst durch die Familien. Bedenken wir, dass der Fürst erst seit Kurzem in Frankreich ist. Lassen wir ihm Zeit, sich ein Bild vom Zustand unseres Landes zu machen.«

»Natürlich«, stimmte Mercier zu. »Aber eins möchte ich doch loswerden. Die Armee wird auch weiterhin das Bollwerk gegen die Feinde Frankreichs sein. Wir werden es nicht zulassen, dass das hehre Schild beschmutzt wird. Ich will dem ehrenwerten Fürsten nur signalisieren, wie das wahre Frankreich zu dieser Affäre um Dreyfus steht.«

»Das ist verständlich«, stimmte Savigny zu. »Aber die Freunde der *Ligue de la Patrie Française* dürfen nicht in den Fehler verfallen, als blinde Eiferer zu erscheinen. Ich finde die Äußerung seiner Exzellenz durchaus verständlich. Vieles, was Zola in seinem Artikel beklagte, finde ich durchaus bedenkenswert.«

»Das von Ihnen!«, keuchte Paty de Clam. »Nie und nimmer hätte ich das von Ihnen erwartet. Zola hat mich und General Mercier auf infame Weise angegriffen.«

»Ja. Da ist er in seinem Eifer über das Ziel hinausgeschossen. Er ist eben ein Geschichtenerzähler und kein Politiker. Man sollte dies bei der Beurteilung immer berücksichtigen. Aber auch mir erschienen die Beweise gegen Dreyfus, sagen wir mal so, durchaus angreifbar. Aber ich vertrete natürlich auch nicht die Strenge der Gesetze des Kriegsgerichtes. Also, lassen wir, wie ich schon sagte, dem Fürst Zeit, sich selbst eine Meinung zu bilden.«

Saumon, der die Diskussion mit Sorge beobachtet hatte, da er seinen besten Klienten nicht kontroversen Meinungen ausgesetzt sehen wollte, mischte sich nun ein.

»Ich finde, Baron de Savigny hat die richtigen Worte gefunden. Für einen Ausländer muss die Affäre auch vollkommen unverständlich sein. Wenn Fürst Almeria sich erst einmal in Paris eingelebt hat, wird er sicher zur gleichen Beurteilung kommen wie wir.«

»Baron Savigny hat bisher jede öffentliche Stellungnahme zur *Ligue de la Patrie* abgelehnt«, warf Sandherr gehässig ein.

Savigny nickte zustimmend.

»Mit gutem Grund. Wie Sie wissen, berate ich Präsident Fauré und bin deswegen zur Neutralität verpflichtet. Ich achte den Patriotismus der politischen Clubs, aber vergessen wir nicht, dass Bonaparte am 13. Vendémiaire die Royalisten auf Geheiß von Barras in der Rue St. Honoré zusammenkartätschen ließ, und daraus erwuchs dann sein Konsulat und bald schon sein Kaisertitel. Die Dreyfus-Affäre hat das Land in einen Hexenkessel verwandelt. Schon bald könnte der Ruf nach einem starken Mann kommen, der für Ruhe, Ordnung und Sicherheit sorgt. Ich bin gegen einen neuen Kaiser. Wir haben ja mit seinem Neffen gesehen, wohin das führt.«

»Was wollen Sie damit sagen? Sie zweifeln doch nicht an der Schuld des Verräters Dreyfus?«, erwiderte Paty de Clam hitzig.

»Wir sollten das Ganze nicht zu heiß kochen, das verdirbt das Essen. Gewiss, er ist ein Jude und da weiß man nie, ob sie gute Franzosen sind. Aber die Beweise waren dürftig. Und Esterhazys Abgang nach England erscheint mir wie ein Schuldeingeständnis, die Bestätigung, dass er die Geheimnisse an den preußischen Militärattaché weitergegeben hat. Also halten wir uns zurück, sonst kann es passieren, dass wir alle mit heruntergelassenen Hosen dastehen.«

»Charles-Ferdinand Esterhazy ist ein Freund von uns. Die Armee hat sich hinter ihn gestellt, das Gericht hat ihn freigesprochen. Dieser infame Prozess hat seine Nerven beschädigt. Deswegen ist er nach London geflüchtet. Er wollte endlich Ruhe haben.«

»Damit hat er allen Patrioten geschadet. Es macht einen schlechten Eindruck!«, entgegnete Savigny streng.

»Aber Sie sind doch einer von uns!«, rief Mercier fast verzweifelt.

»Selbstverständlich. Ich bin für ein großes starkes Frankreich und für die Armee, dessen Repräsentant Sie sind. Aber ich bin auch dagegen, dass jemand, aus einer Hysterie heraus, an die Macht gelangt und uns mit dem Degen regiert. Wenn Sie verstehen, was ich meine.«

Die Umstehenden machten unzufriedene Gesichter.

»Ich habe Sie immer an unserer Seite gesehen«, brummte Mercier immer noch verärgert.

»Das bin ich auch, lieber Auguste. Das bin ich und jeder, der etwas anderes behauptet, würde Ärger mit mir bekommen. Aber mit dem Dreyfus ist man wirklich etwas oberflächlich umgegangen. Nicht umsonst hat das Gericht in Rennes die Strafe reduziert. Auch denen war unwohl, und Zolas Behauptung, dass Druck auf das Kriegsgericht ausgeübt wurde, ist für viele nicht so ganz abwegig.«

»Niemals habe ich oder hat die Armee Druck auf das Gericht ausgeübt. Niemals!«, erwiderte Mercier entschieden.

»Ich glaube Ihnen ja«, erwiderte Savigny mit beruhigendem Lächeln und nahm Mercier freundschaftlich beim Arm. »Aber Dreyfus anzubieten, bei einem Gnadengesuch die Strafe zu erlassen, spricht doch sehr von schlechtem Gewissen.«

»Die Richter waren Idioten.«

Julien hatte diesen Disput mit großem Interesse verfolgt. Die Ansichten des Barons Savigny erschienen ihm sehr ausgewogen. Hatte er ihm damals nur nicht geholfen, weil er, Julien, nicht der geworden war, den er sich wünschte? War er doch eigentlich ein gerecht denkender Mensch, den sie damals zurecht den guten Baron nannten? Schließlich hatte er doch seinem Vater auch nach der Verurteilung weiter geholfen. Sein Blick fiel während dieser Überlegung zur Tür des Ballsaals. Er kannte den Mann, der gerade eingetreten war. Oberst Vautrin, der Kommandant der Teufelsinsel. Er kam mit weitausgreifenden Schritten auf die Gruppe zu. Würde gleich auffliegen, dass er Julien Morgon war, ein ehemaliger Bagnoflüchtling?

»Wie ist dieser Esterhazy aufgeflogen?«, wollte George Sand von Zola wissen.

»Dem Nachfolger von Sandherr Oberst Picquart, ein Mann nobler Gesinnung, fiel ein Schreiben des preußischen Militärattachés Schwartzkoppen in die Hände, in dem der Name Esterhazy erwähnt wurde. Beim Studium der Akten fiel ihm die Ähnlichkeit der Schrift mit dem ›Bordereau‹ auf. Doch wie schon erwähnt verboten ihm die Vorgesetzten, der Sache nachzugehen. Der Bruder von Dreyfus machte diese Entdeckung der Öffentlichkeit bekannt. In verblendetem Hochmut und in dem berechtigten Glauben, dass ihn seine Militärfreunde nicht im Stich lassen würden, verlangte Esterhazy selbst eine Untersuchung und die Infamie ging weiter … Esterhazy wurde freigesprochen.«

»Eine Schande für uns, für Frankreich«, rief Dumas erregt.

»Und doch wurde alles zu einem Ruhmesblatt«, korrigierte ihn Flaubert. »Die geistige Elite des Landes verbündete sich zur Verteidigung von Alfred Dreyfus. Erst waren es nur wenige, aber dann wurde es zu einem Strom, der unserem Land zur Ehre gereicht hat. Als Senator Scheurer, Kestner, Clemenceau, Zola und Sarah Bernard dazu stießen, schwenkte auch langsam die öffentliche Meinung um und die Kanaille der Antisemiten befand sich fauchend auf dem Rückzug. Wo immer Antisemiten auftreten, gibt seitdem unser Land ein Beispiel, dass man sie in die Schranken weisen kann. Wie sagte Sarah Bernard so schön? ›Die Flagge der Wahrheit rauscht lauter als das Bellen der Hundemeute.‹«

»Ein Hurra auf die gute Sarah!«, rief Dumas begeistert.

»Das wird nun mehr als ein Spannungsroman«, stellte Hugo fest.

»Dürfen wir historische Tatsachen und Fiktion derart vermengen? Die Kritiker, die nur auf das Haar in der Suppe lauern, werden fragen, was nun Wahrheit ist und was Fantasie.«

»Das Problem ist so alt wie Homers Verse über den trojanischen Krieg«, wehrte Balzac ab. »Erst durch die Fantasie des Dichters wurde ein lausiger Krieg um die Zufahrt zu den Dardanellen zu einem Epos, das jeder Grieche

kannte. Homers Geschichte steht am Anfang unserer Kultur. Es ist die Aufgabe des wahren Dichters, aus dem Surrogat von Überlieferungen etwas Neues zu schaffen, das die Herzen der Menschen erreicht. Deswegen rufe ich mit Inbrunst: Es lebe Frankreich! Es lebe das Land, das immer wieder für Freiheit, Gleichheit und Brüderlichkeit die Stimme erhebt.«

»Fein gesprochen«, lobte Flaubert. »Wahrhaftig, meine lieben Freunde, wir sind alle Brüder im Geiste.«

»Aber es ist Zola, dem der Lorbeerkranz gebührt«, fuhr Balzac fort und legte dem Dichter des Rougon-Marquart-Zyklus den Arm um die Schulter.

»Ein größeres Kompliment gibt es für mich nicht«, sagte dieser bescheiden. »Du, mein lieber Balzac, bist immer mein Vorbild, mein Leuchtturm gewesen.«

»Nun haben wir uns aber genug in den Armen gelegen. Die Geschichte muss weitergehen«, drängte Dumas, der wie immer schnell eifersüchtig wurde, wenn er nicht im Mittelpunkt stand.

»Dann werde ich jetzt mal den Faden weiterspinnen«, schlug Flaubert vor, der befürchtete, dass Dumas wieder mit einem Loblied auf den Erfolg seines »Monte Christo« beginnen würde. Die anderen nickten schnell.

34 – Die Geister der Vergangenheit
(Gustave Flaubert erzählt)

Mercier empfing den Neuankömmling mit großer Geste, als würde er den Sieger einer großen Schlacht begrüßen.

»Darf ich Sie mit Oberst Vautrin bekannt machen?«, stellte er ihn der Gruppe vor. »Er war Kommandeur auf der Teufelsinsel und hat dafür gesorgt, dass Dreyfus nicht dem Bagno entkommen konnte, obwohl sich das so viele verbohrte Narren wünschten.«

Der Oberst verbeugte sich geschmeichelt.

»Oh ja, es gab einige Versuche dem Bagno zu entkommen. Aber nie ist es jemandem geglückt. Sie entkamen vielleicht der Teufelsinsel, aber dann haben wir sie in Cayenne doch wieder eingefangen.«

Julien korrigierte ihn nicht. Nun fiel der Blick von Oberst Vautrin auf Julien und diesem stockte der Atem. Aber die Augen des Offiziers verrieten kein Erkennen.

»Darf ich Ihnen Graf Cordoso, Fürst von Almeria, vorstellen«, stellte Mercier stolz seinen umschwärmten Gast vor.

Der Bick des Obersts verriet nur, dass er geschmeichelt war, dem Mann vorgestellt zu werden, von dem ganz Paris sprach. Habe ich mich so verändert?, fragte sich Julien erneut. Aber wie sollte Vautrin auch vermuten, dass ein Bagnoflüchtling zu einem Fürsten geworden war. Das Gespräch drehte sich nun darum, ob die Armee schon in der Verfassung für eine Revanche an Deutschland war. Man war sich einig darin, dass diese kommen würde … kommen musste. Gegenüber den Deutschen nie davon reden, aber immer daran denken, war die allgemeine Devise.

»Wir werden uns Elsass-Lothringen zurückholen. Daran hat niemand den geringsten Zweifel. Wir müssen nur den geeigneten Augenblick abwarten«, sagte Mercier bestimmt und alle nickten mit großem Ernst.

Julien verließ schon bald das Fest mit der Befriedigung, dass ihn niemand erkannt hatte. Seine Identität, hinter einem bombastischen Titel und der Aura des großen Geldes verborgen, hatten selbst die Kameraden von der Ecole nicht entschlüsseln können. Doch war dieser Erkenntnis ein Stachel beigemengt. Julien Morgon war allen, die ihn einst gekannt hatten, in Vergessenheit geraten. Niemand erinnerte sich mehr an den Jüngling, den sie ins Bagno geschickt hatten, und selbst die Frau, die ihm angetraut gewesen war, konnte nicht mehr dessen Gesicht mit dem des Fürsten von Almeria in Übereinstimmung bringen.

»Ich habe ihn!«, sagte Tessier am nächsten Morgen bei dem gemeinsamen Frühstück.

»Wen?«, fragte Julien zerstreut, dessen Gedanken noch immer dem vergangenen Abend galten.

»Na, diesen Anatol Brasseur, der sich von deinem Vater Geschäftspapiere der deutschen Botschaft hat drucken lassen.«

»Gut. Dann nehmen wir uns den mal vor.«

»Wir befinden uns also auf einem Kreuzzug«, stellte Tessier zufrieden fest. »Wir werden deinen ehemaligen Kameraden die Jahre im Bagno heimzahlen.«

»Das wäre ein guter Grund«, gab Julien lächelnd zu. »Aber die *Copains* sind auch diejenigen, die den armen Dreyfus auf die Teufelsinsel geschickt haben und mit ihren Intrigen und ihrem bodenlosen Verrat die Ehre Frankreichs beschmutzen.«

»Versteck dich nicht hinter der Ehre Frankreichs. Das hast du nicht nötig. Du hast ein Recht auf Rache. Auch dafür, dass sie dir deine rechtmäßig angetraute Frau genommen haben.«

»Ja. Mercedes ist nicht glücklich geworden. Aber da ist noch etwas, was mir wie ein Stein im Stiefel drückt.«

Er dachte an Mercedes' Erstgeborenen, an Alexandre. Konnte es sein, dass er nicht Merciers Sohn, sondern die Frucht jener

Hochzeitsnacht war, für die ein Nachmittag herhalten musste? Er musste sich darüber Klarheit verschaffen.

»Und wer oder was ist der verdammte Stein?«

»Mercedes' erstgeborener Sohn könnte …«

»Verstehe. Auch das noch! Das hättest du wohl gern?«

»Ich weiß nicht. Mercier hat ihn aufgezogen, wer weiß, welchen Charakter der Junge hat. Das Vorbild des Vaters war kein guter Wegweiser fürs Leben.«

»Eins nach dem anderen. Nehmen wir uns erstmal den Brasseur vor.«

»Wo wohnt er?«

»In der Rue St. Antoine, in einem Hinterhaus. Auf Rosen ist der nicht gebettet.«

»Nimm genug Geld mit und er wird uns alles erzählen.«

»Willst du den Kerl auch noch belohnen?«

»Er ist nur ein Handlanger. Der wahre Schuldige ist die Militärclique.«

Sie fuhren nicht in dem Vierspänner, den man in Paris nun kannte, sondern in einer Mietdroschke in die Rue St. Antoine, wo einst die Bastille stand. Eine Straße, die von Handwerkern, Möbeltischlern und Schlossern bewohnt war. Sie gaben dem Kutscher ein reichliches Trinkgeld und hießen ihn warten, was dieser nur ungern tat, weil es seiner Meinung nach hier von Mördern und Dieben wimmelte. Im Hinterhof stießen sie auf einen mit Efeu bewachsenen dreistöckigen Klinkerbau, bei dem einige Fenster eingeschlagen waren. Ein Mistkarren stand im Hof, der von Fliegen umschwärmt wurde. Sie gingen in einen langen Flur, in dem es muffig roch. Sie stiegen eine Treppe hoch und im obersten Stockwerk fanden sie ein schief angebrachtes Namensschild. Sie klopften. Da sich nichts rührte, schlug Tessier mit der Faust gegen die Tür.

»Ja! Ja doch«, hörten sie nun eine versoffen klingende Stimme.

Die Tür wurde aufgerissen. Ein ärmlich gekleideter Mann mit wirrem Haar starrte sie mit blutunterlaufenen Augen an. Ein spitzes Gesicht, das dem Mann etwas Füchsisches gab. Tessier stieß ihn zurück und drückte ihm das Messer an die Kehle.

»Dann bitte uns mal schön, einzutreten.«

»Was wollen Sie? Wer sind Sie?«, stotterte Brasseur.

»Das Jüngste Gericht«, erwiderte Tessier.

Sie gingen in eine Stube, die genauso aussah, wie es der Hof unten angekündigt hatte. Ein ungemachtes Bett, ein Schreibtisch und stapelweise angestaubte Zeitungen und Akten. Es roch nach schlechtem Wein. In der Ecke stand eine Reihe leerer Flaschen. Tessier drückte ihn in einen Ohrensessel.

»Wer sind Sie?«, wiederholte Brasseur zitternd.

»Wofür hast du die Schreibpapiere mit der Aufschrift der Deutschen Botschaft drucken lassen? Hast du die Dokumente selbst gefälscht, die Dreyfus belasteten und wer war dein Auftraggeber?«

»Ich weiß nicht, wovon Sie reden«, stotterte Brasseur.

»Tja, dann sollten wir anfangen«, sagte Tessier zu Julien. »Zuerst schneide ich ihm den kleinen Finger ab und dann mache ich weiter. Wetten, dass ihm spätestens beim Stinkefinger alles einfällt?«

»Hören Sie auf! Ich darf nichts sagen. Es ist ein Staatsgeheimnis. Sie wissen ja nicht, mit wem Sie sich anlegen.«

»Ach, du Dummerchen! Du meinst, wir haben vor dem Nachrichtenbüro des Kriegsministeriums Angst?«

»Schneid ihm schon den kleinen Finger ab, damit er den Ernst seiner Lage erkennt«, drängte Julien mit undurchdringlichem Gesicht.

Tessier ergriff seine Hand und legte sie auf die Lehne.

»Halt! So warten Sie doch! Ich sage Ihnen alles«, kreischte Brasseur. »Ich habe den Auftrag von den Deutschen bekommen. Die wollten die Spekulationen um Dreyfus anheizen und damit die Armee schwächen. Es sollte so aussehen, als ob Dreyfus noch mehr verraten hat als nur die Mobilisierung der Geschütze. Den ganzen Aufmarschplan sollte er ihnen verraten haben.«

»Du lügst!«, sagte Tessier und holte aus. »Völliger Blödsinn! Die Deutschen hatten sicher keinen Mangel an Papieren mit ihrer Anschrift.«

»Warte mal!«, hielt ihn Julien zurück.

»Hör zu. Wenn ich mich hier so umsehe, scheint es dir nicht besonders gut zu gehen. Das Fälschergeschäft hat wohl im Moment keine Konjunktur. Du hast jetzt die Möglichkeit, deine Lebensumstände gewaltig zu ändern. Du wirst ein wohlhabender oder ein toter Mann sein. Ist es so schwer, zu wählen? Falls du uns ein Geständnis ablegst, bekommst du zehntausend Francs. Die Alternative ist ein Armenbegräbnis. Entscheide dich!«

Brasseur schluckte. »Sie machen keine Scherze?«

»Ist das Messer meines Freundes ein Scherz?«

»Ich meine das Geld.«

»Du musst nur restlos auspacken.«

»Gut. Ich sage alles. Ich fälschte ein paar dieser Papiere mit der Aufschrift der Deutschen Botschaft für Hubert Henry vom Nachrichtenbüro«, sprudelte er heraus. »Ich glaubte, nichts Unrechtes zu tun. Es war schließlich eine Arbeit für die Regierung, nicht wahr? Es kann doch nichts Unrechtes sein, wenn ich meine Dienste dem Vaterland zur Verfügung stelle, nicht wahr?«

»Nichts Unrechtes? Mach dir nichts vor«, polterte Tessier. »Ich habe mich in St. Antoine umgehört. Du bist als Fälscher bekannt. Wie ich hörte, bist du auf Testamente spezialisiert. Du hast dich an einer Verschwörung beteiligt und Lügen fabriziert, die Dreyfus als Verräter hinstellen sollten.«

»Hubert Henry hat mir das alles diktiert. Ich habe doch von Politik keine Ahnung. Ich habe euch nun alles gesagt. Was wollt ihr noch von mir? Bekomme ich jetzt das Geld?«

»Du bekommst es. Wenn du dich jetzt an deinen Schreibtisch setzt und schön aufschreibst, was du im Auftrag von Major Henry getan hast. Schreibe detailliert auf, was er dir diktiert hat, welche Lügen du für ihn fabriziert hast und schreibe dies in der

Handschrift, von der du glaubtest, dass es die von Dreyfus ist, aber in Wirklichkeit die Handschrift von Esterhazy war.«

»Was werdet ihr damit machen? Wenn das Nachrichtenbüro es erfährt, bin ich verloren.«

»Wenn die Schurkerei erst einmal öffentlich ist, wird man sich nicht an dich herantrauen. Nun vergeude nicht unsere Zeit. Zehntausend warten auf dich.«

Brasseur nickte eifrig. Tessier stieß ihn zum Schreibtisch.

»Nun mach schon, Schmierfink!«

Brasseur brauchte zwei Stunden, bis er alle Einzelheiten niedergeschrieben hatte. Es war ein vollständiges Geständnis. Jedes Treffen mit Henry dokumentierte er, jede Lüge, die Dreyfus belasten sollte, als müsse er vor dem höchsten Gericht Bekenntnis ablegen.

»Fehlt noch etwas?«, fragte Julien, nachdem er die ungeheuerlichen Lügen gelesen hatte.

»Nein. Das ist alles.«

»Dann unterschreibe. Du bekommst jetzt fünftausend und wenn wir uns bei einem Notar dein Geständnis haben beglaubigen lassen, noch einmal fünftausend.«

»Nun unterschreib endlich!«, herrschte Tessier ihn an. »Dann hat sich deine Niedertracht doch gehörig gelohnt.«

Sie fuhren mit Brasseur zu einem Notar, mit dem Julien schon den Kauf des Palais abgewickelt hatte. Dieser wollte sich erst weigern, nachdem er das Geständnis gelesen hatte.

»Das ist ein Angriff gegen unsere Armee. Das kann für mich Konsequenzen haben und …«

Julien machte auch ihm ein Angebot, das den Notar davon überzeugte, eventuellen Ärger in Kauf zu nehmen.

»Es ist alles eine Frage des Geldes, was?«, fragte Tessier, nachdem sie den Notar verlassen hatten und Brasseur nachsahen, der in Richtung Gare de l'Est lief.

»So ist es. Er wird Paris verlassen und sich auf dem Land verstecken. Wir brauchen ihn nicht mehr für das, was wir vorhaben.«

»Und wie geht es weiter?«

»Wir werden dem tüchtigen Major Henry die Daumenschrauben anlegen. Doch vorher werden wir Paris noch einen Grund liefern, über den geheimnisvollen Fürst von Almeria zu klatschen.«

»Was hast du nun vor?«

»Wir werden eine Spende an die Armenhäuser geben und dafür sorgen, dass die Zeitungen darüber berichten. Eine Million Francs werden dafür sorgen, dass wir das Tagesgespräch von Paris sind. Alle werden von der Großzügigkeit und Barmherzigkeit des Fürsten sprechen, so dass wir moralisch unangreifbar sind, falls wir den Generalstab unter Boisdeffre und Gonse verärgern.«

»Du denkst an alles, was?«

»Hoffentlich.«

»Und wann nehmen wir uns Major Henry vor?«

»Wenn die Zeitungen unser Loblied gesungen haben. Glaub mir, die Zeitungen sind heute mächtiger als Regierungen.«

Und so geschah es. Die Zeitungen überschlugen sich im Loblied auf die Großzügigkeit des Fürsten und Julien bekam Einladungen von allen bedeutenden Familien. Er erschien auch in den literarischen und politischen Clubs und die Mütter stachelten ihre Töchter an, sich um den Fürsten zu kümmern. Seine Schweigsamkeit, seine distinguierte Erscheinung machten ihn zur interessantesten Persönlichkeit von ›tout Paris‹. Die Familien kämpften darum, sich seiner Freundschaft zu versichern und wenn er einmal eine Einladung ausschlug, war dies ein Grund heftiger Familienauseinandersetzungen, dem Fürsten nicht genug geschmeichelt zu haben. Die Mütter schalten ihre Töchter, in ihren Avancen zu sparsam gewesen zu sein. Sogar der Präsident der Republik empfing Julien, bedankte sich für die großzügige Spende, nannte ihn einen Mann von Ehre und Mitgefühl und gab den Zeitungen ein Interview, in dem er ankündigte, Julien zum Ritter der Ehrenlegion vorzuschlagen.

Als er die Mitgliedschaft im vornehmsten Tennisclub beantragte, wurde er sofort mit Freuden aufgenommen. Julien vermisste die körperliche Betätigung, wenn auch das Gestüt, das er gekauft hatte, seinem Leben einen Rhythmus vorgab. Er kümmerte sich um dessen Vergrößerung und prüfte selbst die eingekauften Pferde. Trotzdem war dies ein anderes Leben als in Argentinien und er machte sich Sorgen um seine Kondition. Also spielte er jeden Morgen einige Partien Tennis, ehe er nach Longchamps hinausritt, in dessen Nähe das Gestüt lag. Man riss sich um ihn als Tennispartner. Mit dem Fürsten nicht nur bekannt zu sein, sondern sogar zum Tennis eingeladen zu werden, galt als eine Auszeichnung, über die neidisch getuschelt wurde.

Es war an einem Sonntagmorgen, als er mit dem Sohn des Bankiers Rothschild spielte, als er auf dem Nebenplatz ein junges Pärchen gewahrte, die beide ein vorzügliches Tennis spielten. Nachdem Julien wieder einmal alle Sätze gewonnen hatte, sagte Johannes Rothschild bewundernd: »Ihre Schläge kommen wie Kanonenschüsse. Spielen so die argentinischen Gauchos?«

»Gauchos spielen ein anderes Tennis. Sie sitzen dabei auf dem Pferd«, klärte ihn Julien lachend auf.

»Wie Zentauren, was?«, fragte der junge Rothschild höchst interessiert. Ein gesellschaftlich hoch angesehener junger Mann, von dem es hieß, in finanziellen Dingen noch begabter zu sein als sein Vater.

»Eine vortreffliche Bezeichnung«, stimmte Julien zu, während sie zur Terrasse gingen und sich dort zu einem Glas Champagner niederließen.

»Ich möchte so ein Leben wie Sie führen«, sagte Johannes Rothschild begeistert.

»Wünschen Sie sich das lieber nicht. Das Leben in Argentinien ist nicht mit dem hier in Frankreich vergleichbar. Man muss ›*mucho hombre*‹ sein, wenn man dort bestehen will. Die beiden drüben spielen gut«, sagte Julien und wies auf das Pärchen.

»Ach, das ist Alexandre Mercier mit seiner Verlobten, der Comtesse Signon. Da soll sich Macht mit viel Geld verbinden. Den Signons gehören die besten Weinberge rund um Saumur.«

»Ich will mir die beiden mal ansehen.«

»Ich werde sie Ihnen gern vorstellen.«

Sie gingen zum Tennisplatz hinüber und sein Herz schlug ihm bis zum Hals. Tatsächlich, Alexandre hatte einige Ähnlichkeit mit dem jungen Mann, der er einmal gewesen war. Traf seine Vermutung also zu? War Alexandre nicht Merciers, sondern sein Sohn? Der Mund wurde ihm trocken. Die beiden jungen Leute beendeten ihr Spiel.

»Gegen deine Rückhand komme ich einfach nicht an«, gab das junge Mädchen in vorwurfsvollem Ton zu. Sie sah in ihrem weißen Kleid über den langen Hosen entzückend aus. Schmale Taille, ein herzförmiges Gesicht und blaue Augen.

»Fürst von Almeria«, staunte Alexandre und blieb stehen. »Hat Ihnen unser Spiel gefallen?«

»Sie kennen den Fürsten? Dann brauche ich ihn nicht vorzustellen«, sagte der junge Rothschild enttäuscht.

»Wer kennt nicht den Fürsten von Almeria?«, gab Alexandre zurück.

»Ich muss sagen, dass die Dame vorzüglich retourniert. Sie könnte auch bei den Herren spielen«, lobte Julien.

»Ach, Sie schmeicheln«, erwiderte die Comtesse unbefangen. »Alexandre schlägt mich fast jedes Mal.«

»Kommen Sie mit auf die Terrasse und plaudern wir ein wenig. Ich hatte die Ehre, vor Kurzem Ihren Eltern vorgestellt zu werden«, wandte er sich an den jungen Mercier.

»Ich weiß. Es stand in allen Zeitungen. Ich konnte leider an dem Fest nicht teilnehmen, weil ich auf unserem Gut an der Loire war.«

»Man sagt, dass Sie aus Argentinien sind. Was ist das für ein Leben am Ende der Welt?«, fragte das Mädchen eifrig und ihr stieg dabei eine schöne Röte ins Gesicht, was ihren Liebreiz noch erhöhte.

»Es ist alles unendlich viel größer. Man kann tagelang durch die Pampa reiten, ohne auf eine menschliche Siedlung zu treffen, geschweige denn auf eine Stadt. Die Estanzia, also das Gut meines Vaters, war so groß wie die Ile de France. Es ist allerdings ein sehr raues Land.«

»Stimmt es, dass die Männer ihre Unstimmigkeiten mit dem Messer austragen, wie es in den Zeitungen stand?«

»Das ist etwas übertrieben. Aber es kommt vor.«

Er erzählte den beiden ein wenig von Argentinien und es stellte sich heraus, dass Alexandre ein sehr wissbegieriger junger Mann war, der intelligente Fragen stellte und sehr begeisterungsfähig war.

»Ich würde auch gern ferne Länder kennenlernen«, bekannte er.

»Sie sind ja noch jung. Sie werden sich diese Träume noch erfüllen können.«

Alexandre Mercier seufzte.

»Ach, mein Vater will, dass ich die Militärakademie besuche. Es ist Ihnen sicher bekannt, dass er mal Kriegsminister war. Ich soll in seine Fußstapfen treten. Als Soldat hat man nicht so viele Freiheiten.«

»Ich bin auch dagegen, dass er die Militärlaufbahn einschlägt. Soldaten sind oft schreckliche Holzköpfe«, warf das Mädchen ein. »Dein Vater will nur einen Vorzeigesohn präsentieren können, wenn er zum Präsidentschaftskandidaten ernannt wird.«

»Lass das nicht Vater hören!«, warnte Alexandre in gespielter Empörung.

»Die Narbe, die Sie an Wange und Kinn haben, ist das eine Kriegsverletzung?«, fragte das Mädchen neugierig.

»Denise, du gehst wirklich zu weit! Entschuldigen Sie meine Verlobte, aber sie glaubt, als eine Signon braucht sie sich keine Zurückhaltung aufzuerlegen.«

»Ist schon in Ordnung«, sagte Julien lachend. »Sie ist das Ergebnis einer Meinungsverschiedenheit.«

»Und wie ist sie ausgegangen?«, fragte Denise unbeirrt weiter.

Julien wollte die beiden jungen Leute nicht zu sehr schockieren und schwindelte: »Mein Gegner hat eingesehen, dass ich recht hatte.«

Alexandre lächelte. Er hatte sehr wohl erkannt, dass Julien seine Verlobte schonen wollte.

»Was würden Sie denn gern tun, wenn Sie nicht als Soldat dem Land dienen müssten?«

»Ich würde gern Bücher schreiben wie Zola, Balzac oder Victor Hugo«, gestand Alexandre errötend.

Julien schloss einen Moment die Augen. Ein warmes Gefühl durchströmte ihn. Was für ein prächtiger Junge, dachte er. Wenn er offiziell mein Sohn wäre, könnte ich ihm ein Leben wie das der Brüder Goncourt ermöglichen, die sich auch allein mit Literatur beschäftigten. Allerdings glaubte er, dass Alexandre nicht so klatschsüchtig sein würde wie die Brüder Edmond und Jules de Goncourt. Immer heftiger wurde sein Wunsch, dass Alexandre tatsächlich sein Sohn war.

»Wenn Sie dies wirklich wollen, dann sollten Sie sich davon nicht abbringen lassen«, unterstützte er die Träume Alexandres.

»Das habe ich ihm auch schon gesagt«, pflichtete ihm das Mädchen bei.

»Ich kann meinen Vater nicht enttäuschen«, erwiderte Alexandre betrübt. »Seit das Gerücht umgeht, dass er bei der nächsten Wahl zum Präsidentschaftskandidaten aufgestellt wird, steht er unter Beobachtung der Öffentlichkeit. Jeder erwartet, dass der Sohn des Generals in die Fußstapfen seines Vaters tritt. So ist das nun einmal. Schon sein Vater war Soldat und der Großvater war sogar Oberst unter dem großen Napoleon.«

»Sollten Sie sich je durchringen, doch die Dichterlaufbahn einschlagen zu wollen, dann sagen Sie es mir. Vielleicht kann ich Ihnen helfen.«

»Schick dem Fürst doch mal einige von deinen Geschichten«, schlug Denise vor.

»Aber es sind doch nur kleine kurze Betrachtungen über die Menschen um mich herum, nichts richtig Bedeutendes.«

»Ich würde es gern lesen«, bot sich Julien an.

»Wirklich? Sie sagen mir ehrlich, was Sie von ihnen halten?«

»Natürlich. Seien Sie unbesorgt. Ich werde sie keinem zeigen und Ihnen ehrlich sagen, ob ich sie gut, vielversprechend oder schlecht finde.«

»Aber es führt doch zu nichts«, sagte der Junge betrübt. »Ich muss Soldat werden.«

»Kommt Zeit, kommt Rat. Schicken Sie mir Ihre Geschichten«, wiederholte Julien ernst.

»Nimm das Angebot seiner Exzellenz an«, drängte seine Verlobte.

»Gut. Sie haben die Geschichten schon morgen.«

»Wir treffen uns am nächsten Sonntag wieder hier zum Tennis und ich sage Ihnen, was ich von ihnen halte.«

Als sich die beiden verabschiedet hatten, verfiel Julien ins Grübeln. Johannes Rothschild bemerkte, dass sich dessen Stimmung verdüstert hatte.

»Also, ich finde, der junge Mercier hat Format. Es ehrt ihn, dass er seinen Vater nicht enttäuschen will.«

»Doch. Das ehrt ihn«, gab Julien zu. »Aber es ehrt nicht den Vater, der ihn zu etwas verpflichtet, was seiner Natur so offensichtlich widerspricht. Wenn man etwas nur aus Pflichtgefühl, aber nicht aus Begeisterung tut, vergällt einem dies das ganze Leben.«

Nachdenklich verabschiedete er sich von dem jungen Rothschild und ging zu den Kabinen, zog sich um und wollte sich nun zum Gestüt fahren lassen. Seine Gedanken kreisten immer noch um die Frage, wie er Mercedes dazu bekam, ihm die Frage zu beantworten, wer der wirkliche Vater des Jungen war. War er überhaupt dazu berechtigt? Der Junge liebte seinen Vater offensichtlich, was verständlich war. Wie konnte er, ohne sein Inkognito zu lüften, Mercedes dazu bringen, dem Jungen zu offenbaren, an welcher Schurkerei Auguste damals beteiligt gewesen war? Er kam mit seinen Grübeleien zu keinem Ergebnis.

Als er das Tennisgelände verließ, sah er am Ausgang einen Bettler, der ihm bekannt vorkam. Er erschrak über den Zustand des Mannes. Kein Zweifel, es war sein alter Lehrer, der Abbé Leon Flamboyant. Das war nicht mehr der leidenschaftlich eifernde Anführer der Loge des höchsten Wesens. Dies war ein verdreckter elender Clochard, vom Leben schwer gezeichnet. Erschrocken über dessen Zustand stieg Julien in die wartende Kutsche. Als sich das Gefährt in Bewegung setzte, befahl Julien zu halten. Er verdankte Flamboyant so viel. Er konnte doch seinen alten Lehrer nicht so im Elend lassen.

»Kommen Sie mal vom Bock, Samuel!«

Er holte die Brieftasche heraus und entnahm ihr alles Geld. »Geben Sie das Geld dem Bettler dort.«

Samuel, der erst neu im Dienst des Fürsten war, sah erschrocken auf das Geldbündel.

»Das sind mehr als tausend Francs.«

»Geben Sie ihm das Geld!«, befahl Julien ungeduldig. »Sagen Sie ihm, das ist der Lohn, weil er einst für die Armen eingetreten ist.«

Der Kutscher zuckte mit den Schultern, ging hinüber, legte das Geldbündel in den Hut des Bettlers und sagte, was ihm Julien aufgetragen hatte. Flamboyant sah fassungslos und mit weit aufgerissenen Augen zur Kutsche hinüber. Als die Kutsche anfuhr, lief der alte Revolutionär hinkend dem Gefährt hinterher. Doch Julien befahl dem Kutscher schneller zu fahren.

Als er Tessier von seiner Begegnung mit Alexandre und dem Abbé erzählte, schüttelte dieser den Kopf.

»Zwei Dummheiten an einem Tag! Wozu Sentimentalitäten einen doch immer wieder verführen.«

»Alexandre ist mein Sohn. Da bin ich mir ganz sicher.«

»Lass den Jungen in Ruhe. Was soll es bringen, sein Leben durcheinanderzuwirbeln? Er sieht Mercier als Vater an. Was glaubst du, wird er von dir denken, wenn du bei deinem Plan bleibst, Mercier zu vernichten?«

»Du hast ja recht. Mercedes müsste es ihm sagen.«

»Das würde dein Inkognito aufheben. Willst du das wirklich? Du wärst dann nicht mehr der berühmte Fürst, sondern, wenn es die Runde macht, ein entflohener Bagnohäftling, der durch irgendeinen Schwindel zu Reichtum gekommen ist. Mercier würde dafür sorgen, dass wir beide im Gefängnis verschwinden.«

»Die Geister der Vergangenheit lassen sich nur schwer abschütteln«, flüsterte Julien bedrückt.

»Und die zweite Dummheit war die, dem Bettler ein so üppiges Geldgeschenk zu machen. Der wird sich doch die Frage stellen, warum? In Kürze wird er hier auftauchen und wenn er dich erkennt, gehörig erpressen. Und wie willst du darauf reagieren?«

»Mich haben weder Mercedes noch Mercier, noch Armand du Paty de Clam wiedererkannt. Abbé Leon Flamboyant war mir mal ein guter Lehrer und ich wollte es ihm entgelten, was er mir einst Gutes tat. Ohne seine Hilfe hätte ich es nicht auf die Ecole geschafft.«

»Ich habe kein gutes Gefühl. Weder aus der Geschichte um deinen angeblichen Sohn, noch aus deiner Armenkollekte wird dir Gutes erwachsen.«

Tessier sollte in einem Fall noch am gleichen Abend recht bekommen. Sie saßen beim Essen, als der Diener meldete, dass sich ein abgerissener Kerl nicht abweisen ließe. Er habe vom Fürsten eine reichhaltige Gabe erhalten und wolle sich bedanken.

»Sollen wir ihm eine Tracht Prügel verpassen?«, fragte der Diener eifrig.

»Ich habe es dir gesagt«, brummte Tessier. »Schick den Kerl zum Teufel!«, wandte er sich an den Diener.

»Wir haben ihm schon zweimal die Tür vor der Nase zugeschlagen. Aber er kommt immer wieder. Er hat gedroht, jeden Tag wiederzukommen.«

»Na schön, bringen wir es hinter uns«, sagte Julien und warf die Serviette auf den Tisch. »Schick den Kerl in mein kleines Empfangszimmer.«

»Aber ich begleite dich«, ergänzte Tessier. »Der Kerl klaut sicher wie ein Rabe.«

Julien begab sich in sein Kabinett. An den Wänden standen hinter Glas kostbar gebundene Bücher. Gold gerahmte Bilder von modernen Malern wie Manet, Monet und Pizarro unterstrichen den Kunstsinn des Fürsten.

Langsam kam der Abbé herein, staunte über die Pracht, über den mit Gold beschlagenen Schreibtisch, der einst im Trianon im Schloss Ludwigs XIV. gestanden hatte, über die silbernen Kandelaber, in denen armlange Kerzen flackerten.

»Was wünschst du?«, fragte Julien kühl.

Tessier stand mit verschränkten Armen und mit grimmigem Blick drohend hinter Juliens Sessel.

»Ich wollte mich für Ihr großzügiges Geschenk bedanken und Ihnen meine Dienste anbieten. Sie haben, wie ich sehe, kostbare Bücher. Ich könnte Ihrer Exzellenz Bibliothekar sein. Ich bin in Geschichte und Literatur bewandert, kann Griechisch und Latein, kann Homer rezitieren und habe intensiv Voltaire und die Enzyklopädisten studiert und …«

»Brauchen wir einen Bibliothekar?«, fragte Julien seinen Freund.

»Keine Ahnung. Auf jeden Fall nicht diesen abgerissenen Kerl.«

»Wenn er wirklich Homer rezitieren kann, ist er schon etwas Besonderes«, erwiderte Julien und zitierte: »*Meinen berühmten Namen, Zyklop? Du sollst ihn erfahren. Aber vergiss mir auch nicht die Bewirtung, die du verhießest! Niemand ist mein Name.*«

Die Augen des Bettlers weiteten sich und atemlos stieß er hervor: »*Niemand nennen mich alle, meine Mutter, mein Vater und alle meine Gesellen.*«

Der Abbé hatte schlohweißes Haar, das ihm zottelig bis auf die Schultern fiel. Sein Gesicht war eingefallen. Einen einzigen verstockten Zahn hatte er noch im Mund. Er war nicht nur alt geworden, sondern sah verkommen aus. Immer noch starrte er Julien an und rieb sich die Augen.

»Bist du es tatsächlich? Doch, doch! Wer könnte sonst aus der *Odyssee* zitieren, die ich mit dir wieder und wieder gelesen habe? Du bist Julien Morgon!«

»Da haben wir es!«, kommentierte Tessier und wollte nach seinem Messer greifen. Julien hielt seine Hand zurück.

»Lass mal. Wir wissen nicht, was du meinst, Bibliothekar. Hast du nicht verstanden? Ich bin für dich Julien de Cordoso, Fürst von Almeria und sonst Niemand. Niemand, verstehst du?«

»Aber du bist doch Julien ...«

»Soll ich ihn mit der Peitsche aus dem Haus jagen?«, drohte Tessier.

»Julien, so hör doch! Ich kann dir immer noch nützlich sein«, rief der Abbé händeringend. »Es gibt sie immer noch, die Loge des höchsten Wesens. Wir sind zwar im Untergrund, haben aber immer noch hunderte von Anhängern. Ich kann dir bei dem helfen, was immer der Fürst von Almeria vorhat. Ich habe erfahren, wie übel dir deine Freunde von der Ecole einst mitspielten. Ich weiß nicht, wie du zu dem ungeheuren Reichtum gekommen bist. Ich will es auch gar nicht wissen, aber ich kann dich bei deinen Plänen, was immer du vorhast, unterstützen.«

Als einstiger Kommunarde und Berufsrevolutionär ahnte er, was Julien zurück nach Paris geführt hatte.

»Indem du uns bestiehlst?«, höhnte Tessier.

»Nein. Nein. Julien weiß, dass ich nie etwas zu seinem Schaden tun könnte. Ich habe ihn geliebt wie meinen kleinen Bruder. Erinnere dich doch, Julien. Ich war immer gut zu dir. Nie würde ich meinem Julien Böses antun. Nie würde ich verraten, wer Niemand ist.«

Es war nicht nur die Erinnerung an die gute Zeit mit dem Abbé, die Julien weich stimmte, sondern auch die Überlegung, dass der alte Lehrer sein Verbündeter und Mittelsmann zu den Überlebenden der Kommune sein könnte. Denn dass der Abbé, obwohl einst der Anführer der Kommune, überlebt hatte, zeugte davon, dass man nicht alle Kommunarden hatte umbringen können.

»Ich stelle dich als Bibliothekar ein. Du wohnst im Palais, oben in der Mansarde. Man wird dir ordentliche Kleidung geben. Geh zum Barbier und in eine Badestube und mach aus dir ein menschliches Wesen. Und vor allem denke immer daran: Es gibt keinen Julien Morgon oder gar Odysseus.«

Der Abbé verbeugte sich tief.

»Natürlich, Fürst von Almeria. Sie sind der, der Sie sind.«

»Gut. Dann haben wir uns verstanden. Tessier, handle mit ihm einen Lohn aus, der ihn ernährt.«

»Er ist ein unnützer Esser!«, murrte Tessier.

»Ich weiß, was ich tue«, erwiderte Julien mit zusammengekniffenen Augen.

Oh ja, er wusste, was er tat. Er hatte einen Plan, wozu er den guten Abbé einsetzen konnte. Es war Zeit, zum Angriff überzugehen.

35 – Der Fälscher des Fälschers

(Victor Hugo erzählt)

Bereits am nächsten Tag kam Alexandre in das Palais Almeria und überreichte Julien seine Geschichten. Der Fürst bat ihn in die Bibliothek und ließ Kaffee und Schokolade kommen. Sie setzten sich gegenüber und Alexandre beobachtete mit zusammengedrückten Beinen, die seine Anspannung verrieten, wie Julien zu lesen anfing. Sein Gesicht war weiß wie die Wand. Sorgfältig las Julien Seite um Seite und je mehr er las, umso stolzer wurde er auf den Jungen. Gut, manches war noch ein wenig ungelenk im Ausdruck, aber es waren lebendige Porträts von Ministern und Generälen und wie deren Leben scheinbar glanzvoll verlief, doch von einer niederdrückenden Leere war. Er hatte seine Umgebung gut beobachtet. Er schrieb auch von Tagelöhnern und Bauern und ihrem Kampf gegen die widrigen Umstände und die dennoch ein erfülltes Leben hatten, während die Arrivierten in ihrer glanzvollen Umgebung ihr Leben verschwendeten. Es gab auch Grautöne, aber im Grunde liefen seine Geschichten darauf hinaus, dass der Kampf mit den Widrigkeiten erst das Leben bereicherte. Es war ein Sittengemälde, das in der Tradition von Balzac und Zola stand.

Als Julien das letzte Blatt beiseitelegte, sah ihn Alexandre mit Panik im Gesicht an. Auf seiner Stirn glänzten kleine Schweißtropfen.

»Nun, sagen Sie es mir schonungslos. Wie gefallen Ihnen meine kleinen Geschichten?«

»Gut. Sogar sehr gut. Sie haben Talent. Sie beschreiben das Leben. Wollen Sie die Erzählungen veröffentlichen?«

»Halten Sie sie für so gut, Exzellenz?«, fragte der Junge erfreut.

»Unbedingt. Wir könnten diese funkelnden Kleinode in George Clemenceaus *L'Aurore* veröffentlichen.«

»Mein Vater würde schäumen.«

»Das wird er sicher. Die Gespreiztheit und Hohlheit der Militärs, wie Sie diese schildern, kann ihm nicht gefallen. Ihre Karriere beim Militär dürfte dann, bevor sie beginnt, gescheitert sein. Nestbeschmutzer wird man Sie beschimpfen. Ihr Vater wird das sofort erkennen. Es ist Ihre Entscheidung. Zugegeben, eine schwere Entscheidung. Doch Sie tun Ihrem Talent Gewalt an, wenn Sie sich für eine Militärlaufbahn entscheiden.«

»Und Sie können tatsächlich bewirken, dass sie im *L'Aurore* erscheinen?«

»Ich sehe gute Chancen.«

»Dann nehme ich Ihre Hilfe sehr gern an«, sagte Alexandre mit leuchtenden Augen. »Es ist das, was ich immer wollte ... ein Schriftsteller sein. Mein Vater wird einsehen müssen, dass eine Militärlaufbahn für mich keinen Sinn hat. Er muss es einsehen.«

»Wie steht Ihre Mutter zu Ihren Wünschen?«

»Sie sieht mich ungern als Militär. Sie hat versucht, mir beizustehen. Jedoch vergebens. Mein Vater war in diesem Punkt bisher uneinsichtig. Für ihn ist jeder andere Beruf zweitklassig und ein Verstoß gegen die Familientradition.«

»Dann wäre das geklärt. Überlassen Sie mir Ihre Erzählungen. Ich rede mit Clemenceau. Ihr Vater wird mächtigen Druck auf Sie ausüben«, setzte er besorgt hinzu.

»Das werde ich aushalten. Das schlimmste, was er mir antun kann, ist die Verbannung auf unser Gut bei Saumur. Aber Mutter wird mir beistehen.«

Alexandre sprang auf und schüttelte gerührt Juliens Hände. Dieser hätte ihn gern in den Arm genommen und an sich gedrückt, doch dies wäre eine sehr emotionale Reaktion gewesen und hätte den jungen Mann nur in Verwirrung gestürzt.

Noch am Nachmittag suchte er die Zeitung *L'Aurore* auf. Als er seinen Namen nannte, wurde er sofort zu Clemenceau vorgelassen. Ein untersetzter Mann mit einem Walrossbart und scharf blickenden Augen sah ihm erstaunt entgegen.

»Was verschafft mir die Ehre, den berühmten Fürst von Almeria in unseren Redaktionsräumen begrüßen zu dürfen? Möchten Sie einen Mokka?«

»Gern«, erwiderte Julien und setzte sich vor den mit Papieren überhäuften Schreibtisch. Clemenceau sprang behände auf, ging zur Tür und rief seinem Sekretär, einem spindeldürren Hagestolz, zu, Kaffee und Gebäck zu bringen und dass man ihn die nächste Stunde nicht stören solle.

»Ich stehe nun zu Ihrer Verfügung, Exzellenz.« Clemenceau strich sich seine Rockschöße zurecht, setzte sich und sah Julien gespannt an.

»Ich habe einen talentierten jungen Schriftsteller entdeckt und würde mich freuen, wenn Sie seine kleinen Erzählungen im *L'Aurore* veröffentlichen würden.«

Julien öffnete seine rotlederne Aktenmappe, entnahm ihr die Erzählungen und reichte sie Clemenceau.

»Sie sind ein großer Wohltäter und nun helfen Sie auch noch der schreibenden Zunft«, spielte Clemenceau auf die Spende an, die der Fürst den Armenhäusern hatte zukommen lassen.

»Im Wappen der Cordoso steht: Diene der Gerechtigkeit.«

»Ein guter Leitspruch. Darf ich in Ihnen einen Anhänger der Dreyfusianer sehen?«

»Dürfen Sie!«

»Umso größer ist mein Wunsch, Ihnen gefällig zu sein, wenn der Text literarischen Ansprüchen genügt.«

Er nahm die Papiere, die ihm Julien gereicht hatte, lehnte sich zurück und überflog die Texte. Julien wartete gelassen auf sein Urteil. Er war sich sicher, dass Clemenceau die Qualität der Erzählungen erkennen würde. Schließlich stand er auf, ging ans Fenster und sah auf die Rue St. Honoré hinunter, wo die Menschen ihren Geschäften nachgingen. Er war froh wieder in Paris zu sein. Die Stadt blieb, wie sie immer war: aufregend, geschäftig und mit Menschen auf der Jagd nach Sensationen, dabei voller Poesie, dachte Julien. Nirgendwo ist das Licht so hell wie hier an der Seine. Wer in Paris aufgewachsen ist, trägt die Stadt in sich, ein Leben lang.

»Ich bin beeindruckt«, sagte Clemenceau und Julien kam zum Schreibtisch zurück und setzte sich.

»Dieser Mann ist ein guter Beobachter. Wer ist der Schriftsteller? Sie haben ein Talent entdeckt, das Frankreich noch viel Freude bereiten kann.«

»Sein Name ist Alexandre Mercier.«

»Mercier? Ist er etwa mit dem ehemaligen Kriegsminister verwandt?«

»Er ist sein Sohn.«

»Tatsächlich? Das also ist der Sohn dieses eitlen Pfaus, der vielleicht unser neuer Staatspräsident werden wird. Dann werden die Geschichten einen Skandal auslösen. Wie der Sohn die Militärkaste beschreibt, ihren Dünkel und ihre bodenlose Eitelkeit, das wird dem Vater nicht gefallen. Das wird dem jungen Mann viel Ärger einbringen. Aber zweifellos hat er das Zeug zu einem brillanten Schriftsteller. Wir werden die Geschichten bringen, und wissen Sie, warum? Einmal wegen der Qualität, aber auch, um Mercier eins auszuwischen. Seine Partei wird an seinen Führungseigenschaften zweifeln. Wenn er sein eigenes Haus nicht in Ordnung halten kann, wie soll er dann in Frankreich Ordnung schaffen?«

»Fangen Sie mit der Geschichte an, wo er schildert, wie sich die Militärs die Niederlage gegen die Preußen schönreden. Gut finde ich auch die Geschichte über Drumont, den er zwar nicht beim Namen nennt, in der aber deutlich wird, wie verabscheuungswürdig dessen Charakter und Antisemitismus ist.«

»Ja. Wir fangen schon übermorgen mit der Militärgeschichte an. Der Klerus und der Generalstab werden aufheulen. Dann bringen wir die Drumont-Persiflage. Wir werden zwanzigtausend Exemplare drucken.«

»Ich bitte Sie noch um ein paar Tage Geduld. Ich habe dem jungen Mann geraten, sich noch einmal mit seiner Mutter zu beraten. Ich sage Ihnen Bescheid, wenn er sich für die Veröffentlichung entschieden hat. Und dann drucken Sie fünfzigtausend Exemplare. Falls sie die nicht loswerden, übernehme ich die Kosten.«

»Es ist doch nicht nur literarisches Interesse, aus dem Sie dem jungen Mann helfen«, erkannte Clemenceau hellsichtig, den seine Parteifreunde wegen seines leidenschaftlichen Temperaments ›Tiger‹ nannten. »Mercier wird aufheulen. Eventuell wird es sogar seine Kandidatur zum Staatspräsidenten gefährden.«

»Er ist ein gewissenloser Schuft.«

»Wie können Sie das beurteilen? Sie sind doch erst seit Kurzem in Paris.«

»Ich weiß genug über seinen Charakter, um ihn so bezeichnen zu können.«

Julien verließ zufrieden die Redaktionsräume des *L'Aurore*. Wenn Alexandre bei seiner Meinung blieb, konnte er bald den ersten Schlag gegen Mercier einleiten und Alexandre hatte ihm dies ermöglicht. Zwei Tage später schickte ihm dieser ein Billet, dass er bei seiner Meinung geblieben sei und auch seine Mutter zugestimmt habe, dass er die literarische Karriere einschlage. Julien sorgte sich, wie der junge Mann den kommenden Sturm aushalten würde.

Eine Woche später, in einer Samstagsausgabe, brachte *L'Aurore* die Militärerzählung. Anfangs blieb es ruhig. Dann erkannte die rechte Presse die Brisanz und brachte geharnischte Erwiderungen. Der Schild der Republik sei beschmutzt worden, gehörte noch zu den zurückhaltenden Kommentaren. Man sprach von Verrat und Infamie und mokierte sich, wenn auch noch vorsichtig, dass ausgerechnet der Sohn des ehemaligen Kriegsministers das Militär karikierte. Wenige Tage später gab Mercier im Palais Almeria seine Karte dem Domestiken und bat zum Fürsten vorgelassen zu werden. Mit eiligen Schritten stürmte er in Juliens Empfangszimmer, angetan mit der Uniform eines Generals und mit vielen Orden auf der Brust.

»Fürst von Almeria, mit welchem Recht bringen Sie Unfrieden in mein Haus?«, schrie er mit hochrotem Kopf. »Ich hielt Sie für einen Freund und nun sorgen Sie dafür, dass mein Sohn Schande über mich bringt!«

»Beruhigen Sie sich. Reden wir doch in zivilisiertem Ton miteinander«, erwiderte Julien freundlich und wies auf den Sessel vor seinem Schreibtisch. »Darf ich Ihnen eine Erfrischung anbieten? Ein Sherry wird vielleicht Ihre Erregung ein wenig dämpfen.«

»Ich will keinen Sherry von Ihnen!«, fauchte Mercier. »Sondern eine Erklärung, warum Sie meinen Sohn in seinen unsäglichen Wunschträumen unterstützt haben.«

»Ich helfe immer gern talentierten Menschen.«

»Sie haben dafür gesorgt, dass sein Geschreibsel im *L'Aurore* platziert wurde. Ich habe dies von Clemenceau selbst erfahren.«

»Geschreibsel? Ihr Sohn ist ein großer Dichter. In so jungen Jahren derartig realistische Erzählungen schreiben zu können, ist eine Gabe, die gefördert werden muss.«

»Mit seiner Militärkarriere ist es damit vorbei!«, keuchte Mercier. »Einen Nestbeschmutzer nimmt man nicht im Generalstab auf, wo ich ihn nach Absolvierung der Akademie St. Cyr hätte unterbringen können. Aber das hat sich der dumme Junge selbst verbaut. Und, was noch schlimmer ist, ich werde von meinen eigenen Parteifreunden angegriffen, weil ich die Veröffentlichung nicht habe verhindern können. Man wirft mir sogar vor, dass ich vielleicht selbst hinter dem Pamphlet stehe. Warum tun Sie mir das an? Ich nehme Ihnen nicht ab, dass Sie aus Unwissenheit oder Dummheit gehandelt haben.«

»Ihr Sohn wird eines Tages neben Namen wie Balzac, Zola und Hugo bestehen können.«

»Ach, das sind doch alles nur dumme kleine Geschichten, die er schreibt.«

»Er hat einen untrüglichen Blick, was faul in Frankreich ist. Seine weiteren Erzählungen werden dies belegen.«

»Ich werde ihn zwingen, einen Widerruf zu bringen und sich von den Geschichten zu distanzieren, die er im jugendlichen Übermut geschrieben hat. Und dann werde ich dafür sorgen, dass er die Kirchenlaufbahn einschlägt. Das ist die einzige Alternative, die halbwegs standesgemäß ist.«

Julien straffte sich.

»Wenn Sie ihn dazu zwingen, werde ich dafür sorgen, dass Sie erledigt sind, Mercier!«

Nun war es mit Merciers Fassung vorbei. »Was erlauben Sie sich, Sie dahergelaufener Ausländer!«, schäumte er. »Warum hassen Sie mich so?«

»Weil ich weiß, dass Sie ein gewissenloser feiger Schuft sind, Mercier!«

Dessen Augen weiteten sich. »Die Beleidigung kann ich nur mit einer Forderung beantworten. Geben Sie mir Satisfaktion.«

»Ach, General, wollen Sie unbedingt sterben?«

»Ich schicke Ihnen meine Sekundanten. Dann können diese mit Ihren Sekundanten die Bedingungen festlegen.« Mit hochrotem Kopf stürmte er hinaus.

Als Julien Tessier von dem Gespräch erzählte, schüttelte er besorgt den Kopf. »Du kannst nur verlieren. Natürlich wirst du ihn besiegen, aber er ist immerhin einer der mächtigsten Männer Frankreichs. Man wird dich verfolgen und irgendeinen Grund finden, dich anzuklagen. Duelle sind übrigens verboten.«

»Er hat mich zum Duell gefordert.«

»Und glaubst du tatsächlich, dass dir das etwas nützt? Diese Generäle werden dich verfolgen.«

»Auch das werden wir überstehen.«

»Na schön. Du willst dich an diesem Kameraden von der Ecole rächen. Das verstehe ich und da bin ich auf deiner Seite. Aber musst du so ein Tempo vorlegen?« Er seufzte und fuhr fort: »Wir könnten so ein schönes Leben führen.«

»Könnten wir und werden wir auch. Aber nun geht es darum, ein paar Schulden einzutreiben. Wir werden zum nächsten Schlag ausholen. Heute Abend besuchen wir den Handwerker der Dreyfus-Affäre, Major Hubert Joseph Henry, der dafür sorgte, dass gefälschte Beweise in die Anklageakte kamen.«

Am Abend suchten sie dessen Haus am Boulevard St. Germain auf. Ein Eckhaus am Anfang des Boulevards, von dem man einen schönen Blick auf die Militärakademie hatte. Henry bewohnte die ganze zweite Etage. Ein Zimmermädchen öffnete und sah ihnen fragend entgegen.

»Melden Sie dem Major, dass Fürst Almeria ihn zu sprechen wünscht.«

Sie machte einen tiefen Knicks, verschwand und kam mit Major Henry zurück, wobei dieser noch eilig seine Uniformjacke zuknöpfte.

»Tatsächlich. Der Fürst von Almeria«, staunte er. »Ich dachte, mein Zimmermädchen hätte sich verhört. Kommen Sie doch herein. Es ist mir eine Ehre.«

Er führte sie in ein schlicht eingerichtetes Arbeitszimmer. Säbel und Pistolen an den Wänden zeugten davon, dass man es mit einem Militär zu tun hatte. Henry bat sie Platz zu nehmen.

»Kann ich Ihnen etwas anbieten?«

Julien und Tessier lehnten dankend ab.

»Was kann ich für Sie tun? Es ist mir eine Ehre, dass Sie mich aufsuchen«, wiederholte er noch einmal beflissen.

Julien schüttelte den Kopf. »Ob es eine Ehre ist, werden Sie gleich bezweifeln, wenn Sie diese Zeilen Brasseurs gelesen haben«, sagte Julien und reichte ihm das Geständnis des Fälschers.

Bei dem Namen erbleichte Henry. Mit zitternden Händen nahm er die Papiere und überflog sie. »Lügen! Nichts als Lügen!«, stieß er aus.

»Es ist von einem Notar beglaubigt und Brasseur wird es auch vor Gericht beeiden.«

»Ich würde sagen, Sie sind erledigt, Major Henry!«, ergänzte Tessier.

»Was wollen Sie von mir?«, keuchte ihr Gegenüber.

»Ganz einfach. Ein Geständnis, dass Sie die Beweise über Dreyfus' Verrat gefälscht haben und auf wessen Befehl.«

»Das ist eine Intrige!«, stieß Henry hervor. Seine Hände zitterten noch stärker.

»Ihr Leugnen wird Ihnen nichts nützen. Brasseur beschreibt detailliert, was Sie ihm diktiert haben und was er in der angeblichen Handschrift Dreyfus' an Lügen zusammengeschustert hat. Ein Schriftgutachter wird bestätigen, dass es die Schrift Esterhazys ist.«

»Was geht Sie die Dreyfus-Affäre überhaupt an? Sie sind doch Ausländer.«

»Die Devise der Cordoso ist, dass wir stets der Gerechtigkeit zu dienen haben.«

»Du wirst jetzt ein Geständnis ablegen, sonst werde ich dich rasieren!«, wurde Tessier grob und zog sein Gauchomesser heraus.

»Das werden Sie nicht wagen!«, keuchte Henry und sprang auf.

Tessier versperrte ihm den Weg und stieß ihn in den Sessel zurück. »Du hast doch keine andere Wahl. Was soll ich ihm abschneiden?«, wandte er sich an Julien.

»Schneid ihm die Nase ab, das wird ihn für immer brandmarken. Wenn er uns verklagt, werden wir dem Gericht diese Papiere vorlegen«, erwiderte Julien unbewegt.

Tessier griff nach Henrys Kopf, dieser zerrte an einer Schublade. Julien schlug sie zu und quetschte die Hand Henrys ein, was diesen aufbrüllen ließ. Eine Frau kam hereingestürzt.

»Hubert, was ist hier los?«

Tessier drehte sich um, zog die Frau ins Zimmer und setzte sie auf einen Stuhl.

»Da bleiben Sie schön sitzen, Madame, und keinen Mucks, sonst wird es auch für Sie sehr ungemütlich werden.«

Julien öffnete die Schublade und zog einen Revolver heraus. »Oberst Henry, was soll denn das? Sie haben doch keine Chance. Wollen Sie wie ein Galeerensträfling mit einem verstümmelten Gesicht herumlaufen, das bei jedem Fragen aufwirft? Soll Ihre Frau sehen, wie wir Sie zurichten? Schreiben Sie das Geständnis, wie Sie Brasseur engagiert haben, wie Sie ihm die falschen Beweise diktierten und Dreyfus beschuldigten, weitere Geheimnisse verraten zu haben, obwohl es doch Esterhazy war, der alles verriet. Nun schreiben Sie schon! Sonst kommt mein Freund noch auf die Idee, das zu verrichten, was er Ihnen angedroht hat. Tessier kann manchmal furchtbar unzivilisiert sein. Er hat viel von den Indios gelernt.«

»Nun schreib doch, was Sie von dir verlangen!«, kreischte die Frau. »Du hast doch auf Befehl gehandelt.«

»Wir werden entehrt sein«, keuchte Henry.

»Was sind wir wohl, wenn du mit einem verstümmelten Gesicht herumläufst? Schreib, was immer du tun musstest. Es gab andere über dir, die dies zu verantworten haben.«

Henrys Kopf sank auf die Brust. »Ich war nur ein kleines Rädchen in der Militärmaschinerie. Es war Oberst Armand du Paty de Clam, der die Fäden zog. Ich habe, wie es sich für einen Soldaten gehört, nur Befehle ausgeführt.«

»Schön, schreib das auf!«, forderte Julien ihn auf und entnahm der Schublade Papier und Feder und drückte sie Major Henry in die Hand.

»Wusste Mercier davon?«

»Er wusste immer alles und hat es gutgeheißen. Er hat wie Drumont immer auf die Juden geschimpft und hält sie für das Böse schlechthin. Christusmörder nannte er sie, Brunnenvergifter, Verderber Frankreichs. Wir haben mit ihm gefeiert, als Dreyfus degradiert und nach der Teufelsinsel deportiert wurde.«

»Schreiben Sie auch das auf.«

»Ja, los, schreib es auf, Hubert. Es beweist doch nur, dass du getan hast, was man im Namen des Vaterlandes von dir verlangte.«

»Ach, Caroline, du hast ja keine Ahnung, was auf uns zukommen wird. Ich werde geächtet sein. So oder so.«

»Aber du wirst dein Gesicht noch haben. Hubert, du bist ein guter Soldat. Wir können notfalls nach England gehen.«

Stöhnend begann Oberst Hubert Henry niederzuschreiben, wie und was er gefälscht hatte und schob alles auf Armand du Paty de Clam und bekannte auch, dass dies alles mit Billigung des damaligen Kriegsministers Mercier geschah.

»Das ist alles«, keuchte er und legte die Feder beiseite.

Julien nahm den Bogen und las ihn sorgfältig. »Gut. Nun unterschreib es.«

Mit zitternder Hand unterschrieb Henry sein Geständnis.

Julien wandte sich der Frau zu.

»Nun, gute Frau. Lesen Sie die Beichte durch und unterschreiben Sie, dass Sie sie gelesen haben und dass dies die Handschrift Ihres Mannes ist.«

Die Frau warf ihrem Mann einen klagenden Blick zu und schrieb, was Julien ihr diktierte.

»Wir sind verloren«, sagte Henry mit gesenktem Kopf.

»Wir leben und du hast deine Nase noch!«, sagte die Frau mit ungeduldigem Blick. »Sie haben, was Sie wollen und nun scheren Sie sich aus dem Haus!«, keifte sie hasserfüllt.

»Madame, wir bedauern die Ungelegenheiten«, sagte Julien, nickte Tessier zu und sie verließen die Wohnung.

»Hätte nicht gedacht, dass er so schnell klein beigibt«, sagte Tessier lachend.

»Er war schon auf der Ecole derjenige, der unter du Patys Fuchtel stand und Mercier hat er geradezu angehimmelt.«

Am nächsten Morgen erschienen die Sekundanten Merciers. General Boisdeffre und General Gonse. Julien ließ sie eine Weile in der Empfangshalle schmoren, ehe er sie mit Tessier empfing.

»Baron Mercier, Ritter der Ehrenlegion, ist durch Sie beleidigt worden und hat deshalb das Recht, die Wahl der Waffen zu treffen«, forderte Boisdeffre. »Er besteht auf schwerem Säbel.«

»Was meinst du?«, wandte sich Julien an Tessier. »Ist ein einfacher Baron und ehemaliger Minister berechtigt, einen Fürsten von Almeria herauszufordern?«

»Nein. Wohl kaum. Seine Exzellenz ist Fürst und hat es nicht nötig, sich mit Menschen unter seinem Stand zu schlagen.« Tessier verzog dabei keine Miene.

Julien hatte Mühe, ernst zu bleiben.

»Na gut. Ich will mich dazu herablassen, damit kein Gerede aufkommt. Ich nehme die Forderung an. Schließlich soll dieser Mercier nicht sagen können, der Fürst von Almeria habe ein Duell mit ihm gescheut.«

»Wir wissen zu schätzen, dass Sie auf Ihre fürstlichen Rechte verzichten«, sagte Boisdeffre mit einer Verbeugung. »Sie handeln zweifellos wie ein Mann von Ehre.«

»Vielleicht wird Baron Mercier auf eine Satisfaktion verzichten, wenn wir eine Entschuldigung von Ihnen mitnehmen«, mischte sich Gonse ein.

»Nein. Die gibt es nicht.«

»Damit ist alles gesagt«, stellte Boisdeffre fest. »Wir haben also die Ehre, Sie morgen früh um sechs Uhr im Bois de Boulogne zu erwarten.«

»Ich werde mit meinen Sekundanten dort sein.«

Als die beiden gegangen waren, wiegte Tessier besorgt den Kopf. »Schwere Säbel, da dürfte er im Vorteil sein. Wir sollten nachher mit dieser Waffe üben.«

»Gut. Aber bringen wird das nichts mehr. Mercier hat sicher bereits auf der Militärakademie mit diesem Totmacher trainiert.«

»Es gefällt mir nicht. Diesmal werden dir deine Fertigkeiten mit dem Messer nichts nützen.«

»Abwarten. Aber wenn ich abgelehnt hätte, wäre ich als Feigling das Tagesgespräch von Paris.«

Am Nachmittag übte er mit Tessier in der Fechthalle des Palais, als ihm die Principessa Athenée Mercini gemeldet wurde.

»Die Principessa in Paris?«, staunte er.

»Auch das noch. Die kommt gerade zum richtigen Zeitpunkt!«, stöhnte Tessier.

Julien bat den Diener, die Principessa in sein kleines Empfangszimmer zu führen. Tessier murrte weiter, dass der hochmütige Schwan im falschen Augenblick auftauche.

»Du musst dich auf das Duell konzentrieren! Schick das Weib weg.«

»So eine Frau schickt man nicht weg«, wehrte Julien ab.

Er wusch sich schnell und zog sich um. Als er das Empfangszimmer betrat, stand er sofort wieder im Bann ihrer Ausstrahlung. Das fein geschnittene Gesicht mit den blauen Augen ließ wieder Wünsche wach werden, die er glaubte zurückgedrängt zu haben.

»Welche Ehre und Überraschung, dich in Paris willkommen zu heißen.«

»Ich bin gestern angekommen und hörte ein Gerücht, dass du dich mit dem ehemaligen Kriegsminister schlagen willst, dem Prätendenten auf das Amt des Staatspräsidenten.«

»Das ist nicht ganz richtig. Er will sich mit mir schlagen. Hast du eine Erfrischung angeboten bekommen? Aha, eine Schokolade, das ist gut. Ich beziehe sie direkt von einem Geschäft, das sie aus Santo Domingo bekommt.«

»Lass doch die dummen Abschweifungen. Heute duelliert man sich doch nicht mehr. Das ist absolut kindisch.«

»Du hast recht. Es ist kindisch. Aber diese Forderung abzuschlagen, hätte mir die Ehre genommen.«

»Was nützt dir die Ehre, wenn du tot bist?«, fauchte sie.

»Darf ich dich morgen in die Oper führen? Es gibt ein Konzert von Berlioz, das ganz Paris begeistert. Wo wohnst du?«

»Was soll der Unfug? Ein Toter kann mich nicht in die Oper führen.«

»Ich war schon in schlimmeren Situationen.«

»Die Gauchonummer kannst du in Paris nicht durchziehen. Sei nicht albern, entschuldige dich und ich gehe freudig mit dir in die Oper. Und was danach passiert, werden wir sehen.«

Sie hoffte also, indem sie sich als Preis für ein Nachgeben anbot, ihn von seinem Vorhaben abzuhalten. Er verbeugte sich und sagte ernst: »Ich verstehe. Dies ist ein kaum auszuschlagendes Angebot. Aber leider kommt es zu spät. Ich habe bereits zugesagt.«

»Dann fahr zur Hölle, Julien Cordoso!«, fauchte sie und wollte hinauslaufen. Julien eilte ihr nach und versperrte ihr den Weg.

»Ich werde dich morgen abholen. Wo wohnst du?«

»Im Hotel Regina, du Dummkopf.«

»Wunderbar. Das *Regina* passt zu dir.«

»Wieso? Was soll das nun wieder heißen?«

»Gegenüber steht das goldene Standbild der Jeanne D'Arc, genauso kriegerisch erscheinst du mir heute.«

»Ich wiederhole mich. Ein Toter kann mich nicht abholen.«

Sie rauschte hinaus und Tessier kam herein.

»Na, die hat es dir aber gegeben!«

»Eine herrliche Frau, du Lauscher an der Wand.«

»Die ist ein Mann in Gestalt einer Frau. Mit der wirst du nur Ärger haben. Aber sie hat recht. Wenn sie wüsste, welche Bedingungen du angenommen hast, hätte sie dir vielleicht die hübsche chinesische Vase dort an den Kopf geworfen.«

»Genug der Unkerei! Gehen wir in den Fechtsaal und üben wir noch ein wenig.«

Am nächsten Morgen empfingen sie am Schauplatz des Duells die Sekundanten Merciers. Julien hatte Tessier und seinen Tennispartner Rothschild als Sekundanten mitgenommen. Die Dunkelheit wich nur langsam. Tessier offerierte Zigarren. Man rauchte schweigend. Nach einer Weile sagte Boisdeffre seufzend: »Wir müssen uns entschuldigen, dass Sie warten müssen. Es gehört sich nicht.«

»Ich habe keine Eile. Es ist nicht besonders angenehm, einen Menschen töten zu müssen. Vielleicht hat er die Unsinnigkeit des Duells eingesehen.«

»Auf keinen Fall!«, widersprach Gonse. »Ich war gestern Abend noch mit ihm zusammen. Er ist wild entschlossen sich mit Ihnen zu duellieren. Vielleicht ist etwas mit seiner Kutsche passiert?«

Die Sonne ging auf und nun lärmten auch die Vögel.

»Es wird ein schöner Tag. Eigentlich zu schön, um zu sterben«, sagte Rothschild bekümmert. »Sie wirken so beherrscht, haben Sie denn keine Angst?«

Julien zuckte mit den Schultern. Natürlich hatte er ein mulmiges Gefühl, aber auch ein Gefühl der Genugtuung. Endlich würde er es Mercier für seinen Verrat heimzahlen können. Furcht fühlte er nicht. Er hatte so oft um sein Leben gekämpft, dass er sich nicht vorstellen konnte, nun ausgerechnet gegen Mercier zu unterliegen. Als sich die Männer die zweite Zigarre anzündeten, machten Merciers Sekundanten verzweifelte Gesichter. Kopfschüttelnd starrten sie zum Himmel hoch.

»Wenn das Paris erfährt, dass er gekniffen hat, ist er endgültig erledigt«, stöhnte Gonse.

»Und wenn er doch noch kommt, vielleicht auch«, flüsterte ihm Boisdeffre zu. »Seht nur, wie gelassen der Fürst wirkt. Ein Mann mit diesen Nerven ist ein furchtbarer Gegner.«

Ein Reiter kam angesprengt und sprang vom Pferd.

»Der Adjutant des Generals«, flüsterte Rothschild. »Es muss etwas passiert sein.«

Boisdeffre und Gonse tuschelten mit ihm. Kreidebleich kam Boisdeffre zu Julien.

»Baron Auguste Mercier wird nicht kommen. Er ist zusammengebrochen. Er nimmt seine Forderung zurück. Ein furchtbares Unglück ist in seinem Haus geschehen.«

Als Julien hörte, was passiert war, wankte auch er und Tessier musste ihn stützen. Boisdeffre und Gonse wunderten sich über das Mitgefühl des Fürsten.

36 – Die Banalität des Bösen
(Charles Dickens erzählt)

»Nein. Das nicht«, stöhnte Julien. »Das doch nicht.«

»Leider ist es wahr. Es gab eine Auseinandersetzung zwischen Vater und Sohn. Dabei ist sein Sohn die Treppe hinuntergestürzt und hat sich das Genick gebrochen. Ein Unfall«, erzählte der Adjutant mit bedauernder Miene.

Ich habe ihn getötet, hämmerte es in Juliens Kopf. Hätte ich ihn nicht ermutigt, seine Erzählungen zu veröffentlichen und sich so offensichtlich gegen den Vater zu stellen, würde er noch leben. Ich habe ihn für meine Rache benutzt und er musste dafür sterben. Tessier reichte ihm einen Flakon mit Cognac. Das scharfe Getränk belebte Julien und er versuchte, seine Gedanken zu ordnen. Ich muss herausfinden, was im Hause Mercier tatsächlich passiert ist. Mercier würde ihm dies bestimmt nicht erzählen. Er musste Mercedes sprechen.

»Nehmen Sie die Entschuldigung des Baron Mercier an?«, fragte Boisdeffre, immer noch staunend, welchen Anteil Julien am Tod des jungen Mercier nahm.

»Ja. In Anbetracht des Unglücks, das sein Haus getroffen hat, bleibt mir nichts anderes übrig, als sie anzunehmen. Sie sehen mich betroffen, denn ich habe den jungen Alexandre sehr geschätzt. Mercier hat tatsächlich einen akzeptablen Grund nicht zu erscheinen und ich werde ihn deswegen nicht einen Feigling nennen. Es gibt andere Gründe, ihn zu verachten.«

Die beiden Sekundanten Merciers sahen sich erstaunt an. Was verbarg sich hinter den Worten des Fürsten?

»Da Sie ihn nicht der Feigheit zeihen, beweisen Sie wieder Ihren noblen Geist«, lobte Gonse, entschlossen, die letzten Ausführungen Cordosos zu überhören.

»Gehen wir«, stöhnte Julien und Tessier und Rothschild führten ihn zu ihrer Kutsche.

Eine Woche schloss sich Julien in sein Zimmer ein und ließ nicht einmal Tessier zu sich. Die Principessa verschaffte sich schließlich Zugang zu seinen Räumen. Sie ließ sich von den Domestiken nicht aufhalten und stürmte in seinen Salon, wo sie ihn in dem abgedunkelten Raum in der Bibel lesend antraf.

»Was ist mit dir los? Ich höre, du willst niemanden sehen, lässt niemanden zu dir, vergräbst dich in dieser Höhle?«

Sie ging zum Fenster, zog die Vorhänge beiseite und öffnete die Fenster. »Es stinkt hier nach Zigarren. Draußen scheint die Sonne. Komm ins Leben zurück.«

Sie setzte sich ihm gegenüber und ergriff seine Hand. »Was ist los mit dir? Ich hörte von Tessier, du wärst über den Tod des jungen Alexandre Mercier so erschüttert. Dabei hat doch das Unglück dieses verrückte Duell verhindert. Was ist passiert?«

Julien schüttelte den Kopf. Tränen traten ihm in die Augen.

»Erzähl es mir. Es wird dich erleichtern.«

Und so erzählte er ihr von der Vermutung, dass Alexandre sein Sohn gewesen sein könnte. »Ich wollte ihm doch helfen, das zu tun, wozu er begabt war.«

»Nicht, um dich an dem Stiefvater und der Mutter zu rächen?«, fragte Athenée Mercini sanft. Er lernte sie von einer Seite kennen, die er bei ihr nicht vermutet hätte.

»Vielleicht spielt das auch eine Rolle«, bekannte er. »Mercier hat mir eine fürchterliche Zeit im Bagno von Guayana beschert. Ich muss wissen, was an diesem Morgen in Merciers Haus passiert ist.«

»Ich werde mit Madame Mercier sprechen. Ich habe sie vor Tagen auf einer Soiree kennengelernt. Wir waren uns sofort sympathisch. Ihr Vater, stellten wir fest, war vor Jahren einmal Gast meines Vaters, der ihm eine Privataudienz beim Papst ermöglichte. Die Erinnerung daran hat uns sofort nähergebracht. Sie hat mich zu einem Besuch eingeladen. Ich werde ihr sagen, dass sie jemand sprechen will, der ihrem Sohn sehr nahestand. Deinen Namen verrate ich vorerst nicht.«

Sie küsste ihn auf die Wange, ihre Münder fanden sich schließlich und sie öffnete seine Kleider und zog ihn auf sich.

Tessier, der im Vorzimmer wartete, dass Julien die Principessa hinauswarf, staunte, welche Laute aus dem Salon zu hören waren. Schließlich begriff er und zog verärgert ab.

»Nun hat sie es doch noch geschafft«, murmelte er missmutig. »Hoffentlich wächst aus dieser Medizin kein neuer Ärger.«

Zwei Tage später verabredete sich die Principessa mit Mercedes im *Procope*, jenem ehrwürdigen Restaurant, in dem schon Voltaire, Mirabeau, Diderot und Danton diniert hatten. Athenée Mercini hatte einen Tisch in einer Nische bestellt und war zuerst eingetroffen. Julien hatte einen Tisch genommen, der nicht gleich einsehbar war, von dem er die beiden aber beobachten konnte. Nachdem auch Mercedes eingetroffen war und sich die beiden Frauen eine Weile angeregt unterhalten hatten, ging er zu ihnen hinüber und nahm an ihrem Tisch Platz.

»Sie?«, fragte Mercedes erschrocken. »Wie können Sie es wagen, sich zu uns zu setzen?«

»Der Fürst von Almeria ist mein Geliebter«, bekannte die Principessa ohne Scheu und legte Mercedes die Hand auf den Arm. »Er nimmt großen Anteil am Tod Ihres Sohnes.«

»Er hat Anteil an dem Streit zwischen Auguste und Alexandre«, rief Mercedes erregt. »Principessa, Sie haben mich verraten! Wie konnten Sie mir das nur antun?«

»Weil ich der Vater von Alexandre bin«, antwortete Julien an Athenées Stelle.

Mercedes Mercier zuckte zurück, als sei sie bedroht worden.

»Sie? Sind Sie wahnsinnig geworden, Fürst von Almeria?«

Der Kellner kam und Julien bestellte, ohne beide zu fragen, Austern und Flugente. Er erinnerte sich, dass Mercedes damals,

als sie ein Paar gewesen waren, von diesen Gerichten im *Procope* geträumt hatte.

»Nein, Mercedes. Erinnerst du dich nicht an unsere Hochzeitsnacht am Nachmittag? Leider erinnere ich mich auch noch sehr gut an deinen Verrat beim guten Baron Savigny.«

Mercedes schossen Tränen in die Augen.

»Du bist … Julien Morgon? Du? Deswegen kamst du mir gleich so bekannt vor. Und ich habe hin und her gerätselt, woher ich dich kenne. Aber dass der Sohn des Papierhändlers Morgon sich hinter dem Titel eines Fürsten verbirgt, konnte ich natürlich nicht erraten. Doch jetzt …, ja, du bist es tatsächlich! Jetzt erkenne ich dich. Aber wie bist du zu diesem Reichtum gekommen oder ist es ein falscher Titel?«

»Keineswegs. Ich bin der rechtmäßige Fürst von Almeria. Doch das ist zweitrangig. Alexandre ist mein Sohn. Ich kann eins und eins zusammenzählen. Ich wollte ihm helfen, das zu tun, worin seine Begabung lag. Er wollte kein Militär werden und, wie ich von ihm weiß, wolltest du das auch nicht für ihn. Was ist an jenem Morgen in eurem Haus passiert? Ich habe ein Recht darauf, es zu erfahren.«

»Ja, Julien Morgon hat ein Recht darauf zu erfahren, was passiert ist. Es stimmt. Er war dein Sohn. Ach, Julien, wie übel hat uns das Schicksal mitgespielt.« Sie schnäuzte sich und schluchzte in ihr Taschentuch. Glücklicherweise saßen sie so versteckt, dass niemand sie beobachten konnte.

»Es hätte anders kommen können, wenn du mich damals nicht verraten hättest.«

»Ich weiß. Ich weiß doch. Ich war damals ein dummes, törichtes Ding. Ich habe meine Strafe bekommen. Auguste und ich sind schon lange kein richtiges Paar mehr. Ich wäre längst fort, wenn ich die Kraft dazu hätte. Aber es ist nicht so einfach, einen Mann von seinem Rang zu verlassen. Ich bin nur wegen der Kinder bei ihm geblieben. Und die Kinder lieben ihn – auch Alexandre hat ihn geliebt«, fügte sie trotzig hinzu.

»Du hast ihm nie gesagt, dass er nicht der Vater ist?«

»Nein, das habe ich nicht fertiggebracht und er war Alexandre bis zu dem Tag, an dem du ihm seine heimlichen Träume ermöglicht hast, ein guter Vater. Wenn du dich nicht eingemischt hättest, würde er noch leben.«

»Nun erzählen Sie endlich, was an dem Morgen passiert ist«, drängte Athenée Mercini, unzufrieden über den Verlauf des Gespräches.

»Ich kann nicht«, flüsterte sie und wollte sich erheben.

Athenée drückte sie zurück in den Sessel. »Benehmen Sie sich nicht so töricht wie ein dummes Mädchen. Wenn Julien der Vater ist, was Sie ja nicht abstreiten, hat er ein Recht zu erfahren, wie es zu dem Unfall kam. Ihr Mann hat also nicht gewusst, wer der Vater ist?«

»Nein. Er nahm an, dass Alexandre eine Frühgeburt war. Er hat nie daran gezweifelt, sein leiblicher Vater zu sein.«

»Erzählen Sie von dem Morgen«, wiederholte Athenée Mercini sanft und streichelte Mercedes' Hand.

»Ach, was mache ich nur? Begehe ich wieder einen Fehler? Ich bin nicht so stark wie Sie, Athenée. Erst bin ich meinem Vater gefolgt, dann meinem Mann, selbst als er sich anderweitig seine Freuden holte.«

»Sie haben nun die Möglichkeit, sich von jeglicher Bevormundung zu befreien«, fuhr Athenée fort auf sie einzuwirken.

»Alexandre bat Auguste flehentlich den Streit mit dem Fürsten beizulegen«, begann sie stockend von jenem Morgen zu erzählen, der mit Alexandres Tod endete. »Je heftiger er dies bat, umso zorniger wurde Auguste. Als Auguste zum Duell aufbrechen wollte, versperrte ihm Alexandre den Weg. Es geschah auf der Empore. Auguste stieß ihn zurück und Alexandre taumelte und fiel die Treppe hinunter und … war sofort tot. Es war ein Unfall. Als Auguste begriff, was er getan hatte, brach er zusammen, so sehr trauerte er um seinen Sohn. Er ist seitdem nicht mehr er selbst. Er liebte Alexandre, dem er eine großartige militärische Karriere ermöglichen wollte. Doch nun ist sein Erbe tot und er hat ihn unbeabsichtigt getötet. Was für ein Unglück.«

»Ein Unglück, ja. Aber nicht nur für ihn. Er hat nicht nur dafür gesorgt, dass ich Jahre im Bagno vegetieren musste, sondern auch meinen Sohn getötet. Ich werde ihn vernichten!«

»Du unterschätzt ihn. Er hat immer alle Schwierigkeiten überwunden. Wenn er erstmal zu sich gekommen und wieder der Alte ist, wird er die Partei unter seinen Willen zwingen. Er kann das. Du ahnst ja nicht, welche Macht er immer noch hat. Das Militär verehrt ihn. Ein Befehl von ihm und die Armee würde putschen. Dein ganzes Geld, dein bombastischer Titel vermag nichts gegen das, was Auguste in Bewegung setzen kann.« Sie schien sich trotz der schlechten Ehejahre immer noch mit Auguste verbunden zu fühlen. Julien unterdrückte eine heftige Erwiderung, da Athenée leicht die Hand hob, so andeutend, dass er sich zurückhalten solle.

»Du solltest Paris am besten verlassen«, schlug Mercedes vor und tupfte sich die Augen. »Er braucht nur im Generalstab eine Bemerkung in der Art fallenzulassen, dass er dich am liebsten tot sehen würde und einer seiner Offiziere würde dies wörtlich nehmen. Lass die Vergangenheit ruhen. Nun, wo Alexandre tot ist, wäre es unsinnig, diese wieder hervorzuziehen. Sei froh, dass es nicht zum Duell gekommen ist. Er hätte dich bestimmt getötet. Das Schicksal hat es letztendlich doch gut mit dir gemeint. Auguste hat dich verraten, gut oder nicht gut. Aber du bist als Fürst zurückgekommen und sollst reicher sein als die Rothschilds und hast in der Principessa ...« Sie brach ab und starrte die Italienerin unschlüssig an. »Ich weiß nicht, was sie dir ist«, fuhr sie hastig fort. »Was verlangst du noch vom Leben? Willst du dein Glück aufs Spiel setzen? Auguste ist mit dem Tod Alexandres genug gestraft.« Sie zerknüllte ihr Taschentuch und flüsterte: »Bitte, Julien, führ dich nicht als Rächer auf. Einen Mercier kannst du nicht bezwingen.«

»Ich werde ihn vernichten«, wiederholte Julien bestimmt. »Nicht nur, weil er indirekt schuld am Tod meines Sohnes ist, sondern weil er eine unheilvolle Figur in der Geschichte Frankreichs sein könnte. Er ist bis über beide Ohren in die Dreyfus-Affäre verstrickt. Er hat den Verrat an Dreyfus gebilligt und unterstützt. Er muss von der politischen Bühne verschwinden.«

»Da gibt es andere Stimmen, die Dreyfus sehr wohl für einen Verräter halten. Selbst der Klerus unterstützt die Dreyfus-Gegner. Wie kannst du nur einen Juden verteidigen!«

»Du warst damals und bist noch heute eine dumme Gans!«, konnte sich Julien nicht mehr zurückhalten. Voller Trauer stellte er fest, dass sie nicht erwachsen geworden war und keine eigenständige Meinung hatte, sondern das nachplapperte, was ihr früher der Vater und jetzt der Mann vorgaben. Von der Frau, die er einst so geliebt hatte, war nichts geblieben. Damals, so erkannte er jetzt, hatte er jemanden geliebt, den es nur in seiner Fantasie gab. Diesen Menschen würde er heute nie lieben können.

»Du brauchst nicht grob zu werden. Auguste ist trotz seiner Fehler ein großer Mann, das sagen alle, die ihn kennen. Eine Hoffnung für unser armes Frankreich, das total verjudet ist.«

Einer anderen Frau würde ich jetzt eine Ohrfeige geben, dachte er. Auch Athenée sah die Frau Merciers kopfschüttelnd an. »Sie wissen nicht, was Sie sagen«, urteilte auch sie.

»Sie sind auf Juliens Seite, das verstehe ich doch«, sagte sie mit gesenktem Kopf. »Aber dann verurteilt nicht, dass ich auf Augustes Seite bin. Doch nun lasst mich gehen. Ich habe ohnehin keinen Hunger. Wenn Auguste am Tod Alexandres Schuld hat, so ist deine Schuld nicht geringer«, wandte sie sich an Julien. »Ich sagte, wenn. Aber die Wege des Herrn sind unergründlich. Keiner wollte seinen Tod. Es war ein Unfall«, wiederholte sie.

»So legst du es dir also zurecht«, widersprach Julien schneidend. »Wenn dein Mann Alexandre seinen eigenen Weg hätte gehen lassen, wäre es nicht zu der Auseinandersetzung gekommen und somit auch nicht zu dem Unfall.«

Sie sprang auf und lief hinaus. Auch Julien und Athenée hatten keine Lust mehr weiterzuessen und Julien rief den Kellner und zahlte. Mercedes kam wieder zurück.

»Hör zu!«, sagte sie heftig. »Ich werde dein Inkognito nicht lüften. Das würde die Feindschaft zwischen euch nur umso heftiger aufflammen lassen. Niemand wird von mir erfahren, dass der so bewunderte Fürst von Almeria nur der Sohn eines kleinen Druckereibesitzers mit einer Papierhandlung ist. Wussten Sie das, Principessa?«, fragte sie höhnisch.

»Natürlich. Und damit Sie dies richtig einordnen können: Julien ist jemand, der aus eigener Kraft zu dem geworden ist, was er ist. Am Anfang der großen Geschlechter stehen Männer der Tat, außergewöhnliche Männer. Das wird jemand, dessen Familie gerade mal seit wenigen Jahrzehnten zu einem Titel gekommen ist, nicht verstehen. Aber wenn man wie die Mercinis auf eine tausendjährige Geschichte zurückblicken kann, dann weiß man, dass Titel nur etwas bedeuten, wenn sie durch Taten legitimiert werden. Also mokieren Sie sich nicht über seine Abstammung.«

»Dann werden wir keine Freundinnen«, stellte Mercedes fest.

»Das will ich hoffen«, erwiderte Athenée Mercini kalt. »Antisemiten zähle ich nicht zu meinen Freundinnen.«

Mercedes drehte sich abrupt um und stolperte aus dem *Procope*.

»Danke!«, sagte Julien und ergriff Athenées Hand.

»Warum? Ich kann solche engstirnigen, hasserfüllten Menschen nicht leiden. Was willst du nun tun?«

»Gut, es war ein Unfall. Aber das spricht Auguste nicht frei und zugegeben … auch mich nicht. Aber Auguste ist schuld an der Dreyfus-Affäre. Ich muss verhindern, dass er Staatspräsident wird. Denn in einem hat Mercedes recht. Auguste stellt immer noch eine Macht dar und wenn er sich gefangen hat, wird er seine Parteifreunde um sich scharen und ich traue ihm zu, dass es ihm gelingt, ihre Zweifel zu beseitigen. Ich werde nach London gehen und mir von Esterhazy das Geständnis holen, dass er der Verräter ist. Mit diesem und den Geständnissen von Brasseur und Oberst Henry werde ich die Öffentlichkeit mobilisieren und verlangen, dass Dreyfus restlos rehabilitiert wird. Der Antisemitismus wird Frankreich nicht besiegen.«

»Du tust es nicht nur, um Dreyfus zu rehabilitieren, sondern um dich an denen zu rächen, die dich ins Bagno geschickt haben. Sei ehrlich zu dir selbst«, erwiderte sie ruhig.

»Du missbilligst es?«

»Nein. Ich bin eine Mercini. Wir wissen, dass es Zeiten des Krieges gibt, in denen man in die Wehrtürme muss. Ich bin kein Gänschen. Einst haben wir die Colonnas bis aufs Messer bekämpft und wir hatten unsere Gründe dafür. Heute hören sich Worte wie Ehre und Würde nicht sehr wichtig an, aber damals galten sie noch etwas. Erledige schnell, was du erledigen willst und schließe die Vergangenheit ab. Ich liebe dich, aber ich würde dich nicht achten, wenn du weiter in der Vergangenheit lebst.«

»Dann reise ich noch morgen nach London. Sie haben Dreyfus weichgekocht. Man hat ihn auch in Rennes – im zweiten Prozess – schuldig gesprochen und eine Begnadigung in Aussicht gestellt, wenn er nicht in Revision geht. Was für eine Heuchelei! Leider hat er das Angebot angenommen. Aber das Unrecht macht das nicht wieder gut. Man muss den widerlichen Antisemitismus dort bekämpfen, wo er auftritt.«

»Das ist noch der beste Grund«, sagte sie trocken.

Sie verlebten eine leidenschaftliche Nacht und sie versprach auf ihn zu warten.

»Ich gehe jetzt nach Rom zurück. Erledige das, was du tun musst, schnell. Ich will nicht dauernd zur Piazza del Popolo hinüberstarren und auf eine Kutsche aus Frankreich warten.«

Am nächsten Morgen fuhren Julien und Tessier nach Bordeaux, wo ihr Schiff auf sie wartete. Als er seinem Freund von dem vorangegangenen Abend erzählte, erwiderte dieser unzufrieden:

»Pass auf, dass du dich nicht zu sehr in sie verliebst! Sie lässt dich fallen, wenn sie glaubt, dass du ihren Ansprüchen nicht mehr genügst.«

»In der Liebe bist du nun mal kein Experte«, wehrte Julien lachend ab.

»Es soll mal einen griechischen Philosophen gegeben haben, den trieb der Streit mit seiner Frau aus dem Haus, sodass er sich den ganzen Tag auf den Straßen und Plätzen der Stadt herumtrieb und die Mitbürger mit seltsamen Fragen belästigte. Und wie endete es? Er musste den Schierlingsbecher nehmen. Man nimmt eine Frau, die einem ein behagliches Heim sichert und keine Ansprüche stellt und keine, die ihre Vorstellungen von einem Mann verwirklicht sehen will.«

»Du strengst dich wirklich an, Tessier. Ich liebe sie.«

»Antonia war die richtige Frau für dich. Aber so besonders glücklich schien sie auch nicht gewesen zu sein, wenn ich mich recht erinnere. Du hast kein Glück mit den Frauen. Also, so kompetent in der Liebe bist du auch nicht. Pass nur in England auf. Es soll dort Frauen geben, die sogar das Wahlrecht fordern.«

»Die Welt verändert sich, Tessier. Die Zeit, in der die Frauen widerspruchslos den Mann als Herrn des Hauses angesehen haben, geht ihrem Ende zu.«

»Bin ich froh, dass ich langsam aus dem Alter heraus bin, wo ich mir solchen Ärger einhandeln kann.«

Zwei Tage später sahen sie die Kreidefelsen von Dover.

Bei der Einfahrt in den Hafen von London erregte der stolze Clipper großes Aufsehen. Die Kapitäne anderer Schiffe, die Reeder diskutierten in den Clubs über dessen Vorzüge, über die schnittige Form, die reichen Verzierungen an Bug und Heck, die stolz geschwellten Segel an den fünf Masten und die daraus resultierende Schnelligkeit des Seglers. Als man hörte, dass das Schiff einem Fürsten von Almeria gehörte, rätselte die *Times*, was dieser geheimnisvolle spanische Grande wohl in England suche. Noch bevor Julien und Tessier von Bord gehen konnten, drängten die Journalisten aufs Schiff. Er empfing die Zeitungsleute in der prächtig ausgestatteten Kajüte, die nur von ihm, dem Eigner, genutzt wurde und über der Kapitänskajüte lag. Da er durch seine Erfahrungen mit Pariser Journalisten wusste, dass es nie schaden konnte, eine gute Presse zu haben, gab er an, hier in England edle Vollblüter kaufen zu wollen.

»Ihr Engländer habt die besten Rennbahnen der Welt. Ich suche Pferde, die auch in Ascot gewinnen könnten und werde mich bei einigen Rennstallbesitzern umsehen.«

»Und dieser wunderschöne Clipper gehört tatsächlich Ihnen?«, fragte ein kleiner drahtiger Mann mit dem typischen Cockneyslang, der auf den schönen Namen Sullivan hörte und den Zylinder keck seitlich auf dem Kopf trug. Seine rote Nase zeugte davon, dass er nicht gerade zu den Abstinenzlern gehörte.

»In der Tat. Ich habe ihn in Argentinien gekauft. Er wurde einst auf der Werft von Liverpool gebaut und als Weizenclipper eingesetzt. Mit dem Aufkommen der Dampfschiffe gelten sie zwar als etwas unmodern, aber ich ziehe mein Schiff bei weitem den stinkenden, qualmenden Ungetümen vor.«

»Wie viele Pferde wollen Sie kaufen?«, schob Sullivan gleich die nächste Frage nach.

»Ein Dutzend, denke ich.«

»Gute Rennpferde sind teuer.«

»Sie sprechen mit Julien de Cordoso, Fürst von Almeria«, erinnerte Tessier lapidar. »Seine Exzellenz will seinen Rennstall zum Besten auf dem Kontinent ausbauen.«

»Sie umgibt eine Aura großer Geheimnisse. Sie sind Spanier, nach Ihrem Titel zu urteilen, sprechen aber perfekt Französisch und auch ein sehr gutes Englisch.«

»Ich bin das, was man wohl einen Kosmopolit nennt. Die längste Zeit meines Lebens habe ich in Argentinien verbracht, wo mir die Estanzia Cordoso gehörte. Mein Vater führte den Titel eines Grafen von Almeria, der mir nach seinem Tod vom spanischen Hof bestätigt wurde.«

»Mein Name ist McDawson von der *Times*«, stellte sich ein dünner Hagestolz mit scharf rasiertem Gesicht vor. »Aus Paris ist zu hören, dass Sie unermesslich reich sein sollen, aber quasi aus dem Nichts aufgetaucht sind und Paris mit großzügigen Armenspenden in Atem halten. Es gibt viele Geschichten über Sie, aber nichts Konkretes. Sind Sie ein großer Bluff?«

Julien lächelte überlegen. Er hatte gehört, dass die englischen Journalisten respektlos und frech waren und die französischen darin bei Weitem übertrafen. Selbst ›großes Geld‹ schüchterte sie nicht ein, während sich die französischen Redakteure, wie alle Franzosen, gegenüber dem Adel und dem Großbürgertum Zurückhaltung auferlegten.

»Woher kommt dieser angebliche Reichtum?«, fragte Dawson aggressiv.

»Man muss der Presse nicht alles erzählen.«

Julien lachte, um seiner Erwiderung die Schärfe zu nehmen. Die Journalisten tuschelten enttäuscht.

»Schreiben Sie, dass ich weder Geld noch Mühe scheue, die besten Pferde Europas in meinem Rennstall zu haben.«

Julien schlug so heftig die Trommel, um die Rennstallbesitzer auf sich aufmerksam zu machen. Er hatte in Rom und in Paris die Erfahrung gemacht, dass man allein durch den Ruf, reich zu sein, überall offene Türen fand und das würde seinem eigentlichen Plan zugutekommen.

Sie nahmen im *Savoy* am The Strand Quartier. Schon bald stellten sich die Rennstallbesitzer bei ihm ein und gaben ihre Visitenkarten mit Einladungen ab, sie auf ihren Landsitzen zu besuchen. Doch der eigentliche Grund für den Englandausflug bestand ja darin, Esterhazy aufzuspüren. Tessier bestellte zwei Detektive ins Hotel und diese beteuerten, kein Problem damit zu haben, Esterhazy ausfindig zu machen. Ihre Mienen zeigten, dass sie die Hoffnung hatten, diesen ausländischen Nabob gründlich schröpfen zu können.

»Ist dieser Esterhazy begütert?«, fragte Finley, ein kleiner Mann mit krummen Beinen und einem mit Sommersprossen übersäten Gesicht.

»Ich glaube kaum, dass er noch über große Mittel verfügt«, erwiderte Tessier, den der offensichtliche Eifer der Detektive amüsierte. »Er ist ein Lebemann, der in Paris die besten Bordelle frequentierte.«

»Dann dürfte er in Soho zu finden sein«, mutmaßte sein Kollege namens Whisper, der ein grobes Gesicht und Hände wie Schmiedehämmer hatte.

»Esterhazy war Offizier der französischen Armee und hat Geheimnisse an die Deutschen verkauft.«

»Ach, der ist das. Ich habe von ihm gehört«, bekannte Finley.

»Ein Offizier von Stand wird doch eher in den Cabarets und Clubs in Kensington zu finden sein«, mutmaßte Finley und warf seinem Kollegen einen missgünstigen Blick zu. »Du willst doch nur Spesen machen«, warf ihm Whisper vor.

»Das musst du gerade sagen. Deine Spesenabrechnungen sind, wie jeder Restaurantbesitzer bestätigen kann, sämtlich gefälscht. Jede Einpfundnutte kennt dich doch in Soho. Exzellenz, lassen Sie sich von diesem Bordellgänger nicht beeindrucken! Er will nur auf Ihre Kosten seinen Lastern frönen.«

»Meine Herren, warum streiten Sie sich? Der eine kann doch in Soho, der andere in Kensington suchen«, beruhigte Julien die Streithähne. »Sie erhalten Ihr normales Tageshonorar. Doch wer Esterhazy zuerst findet, der erhält hundert Pfund als Prämie.«

Tessier übergab ihnen die französischen Zeitungen.

»Auf Seite zwei finden Sie ein Konterfei von Esterhazy. Das dürfte für eine Identifizierung genügen.«

»Auch wenn er sich seinen Bart abrasiert hat, ich werde ihn finden!«, trumpfte Whisper auf.

»In Soho?«, höhnte Finley.

»Wenn er abgebrannt ist, wird Soho seine Spielweise sein«, bekräftigte Whisper.

»Wo auch immer, meine Herren, finden Sie ihn!«, beendete Julien den Streit.

In den nächsten Wochen besuchten sie viele Rennställe in Ascot und New Market. Sie wurden überall mit großer Höflichkeit empfangen. Den englischen Hochadel empfand Julien als verschroben und starrsinnig, der Vergangenheit zugewandt, aber ihn amüsierten auch seine oft skurrilen Eigenheiten. Da er sich nicht kleinlich zeigte, gewann er schnell Freunde unter den Burlingtons, Mountfellows und Chesterfields. Mit Hochachtung sprach man vom Pferdeverstand des Fürsten und das war eine Auszeichnung, die einem Ritterschlag gleichzusetzen war. Sie kauften zehn junge Pferde, die als zukünftige Sieger eingestuft wurden und schlossen Verträge mit Jockeys ab, die in der nächsten Saison für sie reiten sollten.

Die Esterhazy-Sache ließ sich nicht so einfach an, wie sie gedacht hatten. Drei Wochen hörten sie nichts von den beiden Detektiven. Tessier seufzte, dass diese Spitzbuben faule Hunde seien. Doch dann erschien eines Morgens Finley mit triumphierender Miene im *Savoy*.

»Ich habe ihn. Klar doch, in einem der elegantesten Bordelle, dem ›Four Roses‹ in Kensington, habe ich ihn aufgespürt. Ein Bordell, in dem auch der Hof …, na, Sie wissen schon, verkehrt. Erstaunlich, dass Esterhazy sich das leisten kann. Er macht einen sehr heruntergekommenen Eindruck. Das soll ein Mann von Stand sein?«

»Wo haust er?«

Finley lächelte listig. »Erst mein schwerverdientes Geld.«

»Gib es ihm«, forderte Julien Tessier auf.

»Und wenn uns dieses englische Schlitzohr übers Ohr hauen will und ihn gar nicht gefunden hat?«

»Natürlich habe ich Esterhazy gefunden. Ich bin schließlich ein Gentleman.«

»Gentleman?«, knurrte Tessier. »Na gut, aber wenn du uns bescheißt, dann lernst du mein Messer kennen!«

Er zückte die Brieftasche und gab ihm das Honorar und die vereinbarte Prämie. Finley steckte das Geld blitzschnell ein und lachte hämisch.

»Da wird sich Whisper aber schön ärgern. Er mit seinem verdammten Soho. Ich würde ihm an Ihrer Stelle nicht einmal das Tageshonorar zahlen. Whisper ist ein verdammter Gauner.«

»Zur Sache!«, mahnte Julien.

»Schon gut. Er wohnt in den Docks, in keiner Gegend für Gentlemen, wo Weiber und Männer schon am frühen Morgen betrunken sind und einem die Ratten über die Füße springen. Ich führe euch zu ihm. Seine Nachbarn verrieten mir, dass er mit einer Schlampe zusammenlebt, verkrümelt sich jedoch jeden Abend in die Bordelle von Kensington und lässt die Frau allein, die in anderen Umständen ist. Die Frau soll ein wahres Martyrium durchmachen. Na ja, selbst schuld. Warum lässt sie sich mit einem Schurken ein? Wir können uns am Nachmittag zu ihm aufmachen, dann dürfte er wieder halbwegs nüchtern sein. Was haben vornehme Gentlemen wie Sie mit einem solch üblen Kerl zu schaffen?«

»Das ist unsere Sache«, wehrte Tessier ab. »Komm um drei wieder. Wir werden dann dem ehrenwerten Gentleman die Leviten lesen.«

»Hat er euch bestohlen?«

»Uns nicht, aber einem ehrenwerten Mann hat er die Freiheit gestohlen.«

Womit Finley natürlich nichts anfangen konnte. Er versprach pünktlich zur Stelle zu sein und trollte sich pfeifend.

»Denk an mein Gauchomesser«, rief ihm Tessier hinterher.

Finley erschien pünktlich. Er hatte nicht übertrieben, als er die Docks eine schlimme Gegend nannte. Obwohl es hoher Mittag war, lagen bereits viele Betrunkene apathisch in den Gassen. Frauen lehnten an den Mauern der Kaschemmen und gaben betrunken ihren Kindern die Brust. Es stank wie in einer Gerberei. Die Kleidung der Menschen hing als Lumpen an ihren Körpern. Mehrmals wurden sie von mehreren Betrunkenen angehalten, doch als Tessier sein breites Messer zückte, verschwanden sie schnell.

Esterhazy wohnte in einem hohen Klinkerbau, bei dem eine seitliche Holztreppe in die einzelnen Stockwerke führte. Sie kamen in einen Flur, in dem es nach Urin und ungewaschenen Leibern stank.

»Hier wohnt er«, sagte Finley und wies auf eine Tür ohne Namensschild. »Er hat zwei Zimmer.«

»Du kannst gehen«, sagte Tessier zu dem Cockney.

»Vielleicht brauchen Sie mich noch einmal. Stets zu Diensten«, erwiderte dieser süßsauer lächelnd. Er hatte wohl auf ein paar zusätzliche Pfund gehofft. Enttäuscht zog er ab.

Sie klopften und eine schrille Stimme antwortete, dass sie eintreten sollten. Eine dürre Frau mit einem abgehärmten Gesicht und einem Kind im Arm empfing sie. Einst mochte sie eine Schönheit gewesen sein, aber die Zeit und die Umstände hatten tiefe Furchen in ihr Gesicht gegraben. Das Haar lag ihr wirr um den Kopf. Der Bauch verriet, dass sie erneut schwanger war.

»Wir wollen Esterhazy sprechen.«

»Weswegen?«, fragte sie misstrauisch. »Wollen Sie Schulden eintreiben?«

»Nein. Ein Geschäft mit ihm besprechen.«

»Geschäft? Gibt es Knete?«

»Vielleicht. Das wird sich zeigen.« Tessier brachte sogar ein freundliches Gesicht zustande. Ihm tat die Frau leid. Das Kind in ihren Armen greinte vor sich hin.

»Nun gut, ich werde ihn wecken. Er schläft nebenan. Es ist ohnehin Zeit, dass er endlich aufsteht.« Sie ging in den angrenzenden Raum und sie hörten sie schreien.

»Nun steh endlich auf, du Süffel! Du hast Besuch. Ehrenwerte Gentlemen sogar. Steh auf, hab ich gesagt!«

Sie hörten eine tiefe Stimme knurren und dann husten. Sie sahen sich in der Wohnung um. Ein schmutziger Tisch mit Tellern voller Essensreste. Zwei wacklige Stühle und eine verstaubte Anrichte mit angeschlagenem Geschirr. Es roch nach Armut und Not. Esterhazy kam herausgeschlurft. Er hatte sich den Bart abrasiert. Sein Gesicht war grau, die Augen gelblich verfärbt. Er sah die Besucher scheu an und besann sich auf seine ehemaligen Manieren.

»Hoher Besuch? Was verschafft mir die Ehre?«

Auch Esterhazy erkannte den Mitschüler seiner Jugendzeit nicht.

»Ein Geschäft«, antwortete Julien, schockiert über das Aussehen des ehemaligen Offiziers des Generalstabs. Er hatte in der Kleidung geschlafen, die er am Vortag angehabt hatte. Er verströmte den Geruch von billigem Fusel. Sein Gesicht belebte sich nun.

»Setzen Sie sich«, sagte er eifrig und wies auf die nicht sehr vertrauenserweckenden Stühle. »So setzen Sie sich doch! Weib, geh runter ins *King's Corner* und hol eine Flasche Schnaps. Wir müssen den werten Herrschaften doch was Ordentliches anbieten.«

»Im *King's Corner* hast du keinen Kredit mehr.«

Der Mann zitterte und ballte wütend die Hände. »Geh runter und sag dem Wirt, dass ich vor einem Geschäft stehe und bald bezahlen werde. Und nimm das Balg mit.«

Um Esterhazy zu beruhigen, griff Tessier in die Tasche, entnahm einige Scheine und gab sie der Frau.

»Hol ihm den Schnaps und für euch und das Kind etwas zu essen.«

Esterhazys Augen glitzerten, als er die Geldscheine sah. Er stand auf und riss seiner Frau einige Pfundnoten aus der Hand und steckte sie ein. »Der Rest reicht für dich! Bring vom Bäcker ein paar Scones mit, die hatte ich lange nicht mehr.«

Er setzte sich auf den Tisch und schaukelte mit den Beinen. »Also, was kann ich für die Herrschaften tun? Woher wussten Sie überhaupt, wo ich wohne? Was ist das für ein Geschäft? Wen soll ich umbringen?«

Er lachte zwar bei dieser Frage, aber Julien war sich sicher, dass er für die richtige Summe auch jemanden töten würde.

»Sie sollen nur ein schriftliches Geständnis ablegen, dass Sie der Verräter sind, der den Deutschen die Staatsgeheimnisse zugespielt hat.«

»Seid ihr vom Kriegsministerium?«, fragte Esterhazy unbeeindruckt.

»Nein. Mit den Halunken haben wir nichts zu tun«, erwiderte Tessier.

»Hätte mich auch gewundert. Denen bin ich zwar jetzt peinlich, aber Dreyfus' Unschuld einzugestehen, würde ihre Karrieren gefährden. Sie haben sich alle zu weit aus dem Fenster gelehnt.«

»Wie viel haben Sie von den Deutschen bekommen?«

»Ach, nur ein Nasenwasser. Zweitausend Francs. Aber wer sind Sie denn? Lassen Sie mich raten. Sie kommen von dem Komitee der Dreyfus-Anhänger, stimmt's?«

»Nein. Wir handeln auf eigene Rechnung. Sie erhalten zweitausend Pfund, wenn Sie ein schriftliches Geständnis ablegen und noch einmal die gleiche Summe, wenn Sie morgen zur *Times* gehen und denen ein Interview geben, in dem Sie gestehen, das sogenannte Bordereau geschrieben und den Deutschen zugespielt zu haben.«

»Dann bin ich erledigt.«

»Ihre Flucht nach England war doch bereits ein Schuldeingeständnis. Sie versilbern nur noch das, was ohnehin alle Welt weiß. Hier in London sind Sie sicher. Mit dem Geld könnten Sie wieder ein halbwegs standesgemäßes Leben führen.«

Das Zittern des Mannes verstärkte sich. Er schlang die Arme um den Oberkörper.

»Mir ist so verdammt kalt«, murmelte er. »Zweimal zweitausend werden nicht reichen«, setzte er hinzu.

Die Frau kam wieder und stellte die Scones und eine Flasche Gin auf den Tisch. Esterhazy griff nach der Flasche, entkorkte sie, setzte sie an und trank in gierigen Zügen. Er hörte auf zu zittern. Mit feister Gebärde wischte er sich den Mund.

»Das tut gut. Nun geht es mir besser und wir können richtig verhandeln. Ihr wollt also ein schriftliches Eingeständnis von Graf Charles Ferdinand von Walsin-Esterhazy? Das wird teurer, meine Herren. Meine Ehre ist mehr als viertausend Pfund wert.«

Die Frau nickte heftig und stopfte sich derweil einen Scone nach dem anderen in den Mund und fütterte dabei das Baby mit Schlagsahne.

»Ehre? Die haben Sie doch längst verloren und sie ist keine einzige Pfundnote wert. Sie werden niemals wieder Gelegenheit bekommen, aus Ihrem Verrat noch einmal Geld zu schlagen.«

Das war ein Argument, das Esterhazy beeindruckte. »Mag sein. Aber deswegen muss ich auf je fünftausend Pfund bestehen. Damit kann ich aus diesem verdammten Loch heraus und endlich wieder ein standesgemäßes Leben führen.«

Es ging noch eine Weile hin und her, doch schließlich einigten sie sich auf je viertausend Pfund. Tessier legte das Bündel für die erste Rate auf den Tisch.

»Na schön. Aber ich habe kein Papier.«

»Auch daran haben wir gedacht.« Tessier griff in die Seitentasche und holte Papier, Federhalter und ein Fässchen Tinte heraus.

»Nun fang endlich an. Wir haben nicht unendlich Zeit«, drängte Tessier.

Während Esterhazy das Geständnis niederschrieb, sah er immer wieder sehnsüchtig nach den Geldscheinen. Als er fertig war und schwungvoll unterschrieben hatte, sagte die Frau, dass es ein Wunder sei, endgültig die Docks verlassen zu können.

»Wir werden wieder ein Leben ›Upstairs‹ führen.«

»Ich werde das!«, sagte Esterhazy kalt. »Du Schlampe kannst sehen, wo du bleibst.«

Die Frau schrie auf, legte das Baby auf den Tisch und schlug auf ihn ein. Tessier trennte die beiden fluchend.

»Der Kerl ist ein erbärmlicher Schuft. Seine schwangere Frau sitzen zu lassen, da hört doch alles auf!« Er griff noch einmal in die Tasche und drückte Esterhazys Frau eine Geldrolle in die Hand. »So, damit müsstet ihr in der nächsten Zeit zurechtkommen.«

Esterhazy schrie auf. »Das ist mein Geld!«

»Nein. Das Geld gehört der Frau«, wies ihn Tessier ab. »Und sollte ich erfahren, dass du Schwein es ihr abgenommen hast, reiße ich dir den Arsch auf.«

Er schlug die Jacke zurück und wies auf das Messer im Gürtel. Esterhazy krümmte sich und brabbelte vor sich hin.

»Ist ja gut. Ist ja gut!« Julien packte ihn an der Hemdbrust. »Morgen früh erscheinst du im Anwaltsbüro Kinley & Finch gegenüber dem St. James Palast und unterschreibst eine Erklärung, dass es deine Schrift ist und du dein Bekenntnis nicht unter Zwang geschrieben hast. Danach gehst du zur *Times* und fragst nach einem McDawson, der informiert ist. Ihm gewährst du ein Interview und gestehst noch einmal alles. Der Gentleman ist auf deinen Besuch vorbereitet. Danach erhältst du das restliche Geld.«

Bevor sie die heruntergekommene Wohnung verließen, fragte Julien: »Wie kannst du dir das ›*Four Roses*‹ leisten?«

Esterhazy grinste schmierig. »Was den Preußen zweitausend wert war, ist auch anderen gutes Geld wert. Im ›*Four Roses*‹ gehen viele solvente Gentlemen von den Geheimdiensten Europas ein und aus.«

»Gehen wir. Hier stinkt's gewaltig«, erwiderte Julien.

»Mein Gott, und dieser verkommene Kerl konnte ein hoher Offizier der glorreichen französischen Armee werden. Das lässt auf die Verkommenheit der ganzen Bande schließen«, sagte Tessier, als er die Tür hinter sich geschlossen hatte.

Als sie die Treppe hinuntergingen, hörten sie oben ein heftiges Krakeelen.

»Was für ein Schuft«, murmelte Julien.

»Der wird das schöne Geld, das wir ihm gegeben haben, bald verjubelt haben und wieder in den Docks landen.«

Julien blieb stehen. »Ich habe ihm gegenüber ja nicht einmal meine wahre Identität offenbart.«

»Musstest du doch auch nicht. Das wäre der Ehre zu viel gewesen.«

»Was geht in so einem Menschen vor? Ein Leben voller Verrat und Lügen.«

»Komm, spülen wir den schlechten Geschmack mit einem Ale hinunter.«

Zwei Tage später erschien der Artikel in der *Times* unter der Überschrift:

Ich war der Verräter – Dreyfus ist unschuldig.

Esterhazy schilderte darin sehr detailliert, wie er dem deutschen Militärattaché Schwartzkoppen nicht nur den Aufmarschplan der Artillerie, sondern den der gesamten Armee verraten hatte.

Wie Julien später erfuhr, brachten auch alle Pariser Zeitungen zwei Tage später dieses Interview. Kriegsministerium und Generalstab waren blamiert. Drumont schäumte in seiner Zeitung *La Libre Parole*, dass es sich um eine Verschwörung des perfiden Albion handle. Im Parlament gab es eine Anhörung und Mercier musste sich heftiger Attacken erwehren.

Doch welche Rolle du Paty de Clam bei der Fabrizierung falscher Beweise gespielt hatte, blieb einstweilen noch im Dunkel, so dass Mercier die Angriffe abwehren konnte.

Am Vorabend ihrer Abreise saßen sie in melancholischer Stimmung im Gartenrestaurant des *Savoy*, als ein würdiger Herr an ihnen vorbeischritt und am Nebentisch Platz nahm.

Das ist doch Émile Zola, schoss es Julien durch den Kopf. Jeder in Frankreich kannte den Charakterkopf mit dem grauen Vollbart und Kneifer aus den Zeitungen.

»Komm. Wir werden uns dem großen Mann vorstellen«, sagte Julien.

»Warum? Was ist?«, fragte Tessier begriffsstutzig.

»Das ist der Mann, der Frankreichs Ehre gerettet hat.«

Sie gingen zu dem Tisch hinüber. Zola sah überrascht von seiner Zeitung auf. Julien stellte sich und Tessier vor.

»Ach, Sie sind der geheimnisvolle Fürst von Almeria«, sagte Zola erfreut und wies auf die leeren Stühle an seinem Tisch. »Sie sind in Geschäften hier?«

»Kann man so nennen. Wir haben uns Esterhazys schriftliches Geständnis geholt.«

Zola riss die Augen auf. Der Kneifer fiel ihm auf die Brust.

»Wie haben Sie das nur geschafft? Ein schriftliches Eingeständnis bedeutet einen Sieg für die Wahrheit und Gerechtigkeit. Ich habe das Interview gelesen, das er der *Times* gegeben hat, aber man kann ja deren Informationen immer auch anzweifeln. Doch ein Eingeständnis von Esterhazys eigener Hand bringt natürlich einige Militärs und Politiker mächtig in Verlegenheit. Unsere gute Caroline Severin schrieb in *La Fronde*:

›Die ganze Dreyfus-Affäre kann man wie folgt zusammenfassen: Indiskretion, Lügen, Untersuchungen und die Suche nach einem Sündenbock. Kurz: Man wollte nichts wissen; eine erbarmungslose beharrliche Verpflichtung zum Schweigen, um das Grab mit einem Stein zu bedecken.‹ – Doch Dreyfus lebt und wenn er auch auf das erbärmliche Angebot des Gnadengesuchs eingegangen ist, so werden die Freunde der Wahrheit nicht ruhen, bis er restlos rehabilitiert ist.«

Es wärmte Juliens Herz, den großen Schriftsteller so reden zu hören. Was für ein wunderbarer Mann.

»Wir haben das Geständnis von Anatole Brasseur, der die Beweise gegen Dreyfus fabriziert hat, sowie das Geständnis seines Auftraggebers Hubert Henry, dass er im Auftrag von Major du Paty de Clam und mit Billigung des Kriegsministers Mercier gehandelt hat. Wir werden alle Unterlagen veröffentlichen und dem Staatspräsidenten übergeben.«

»Das ist großartig. Sie sind ein echter Dreyfusianer«, freute sich der Romancier. »Drumont, dieser schlimme Antisemit, wird sich wie eine Schlange winden und vielleicht geht unseren guten Franzosen nun ein Licht auf, wie sehr sie getäuscht wurden und sie wenden sich von der Kampagne ab.«

»Wie lange werden Sie noch in England bleiben? Wir könnten Sie morgen nach Frankreich mitnehmen.«

»Vielen Dank für das Angebot. Aber ich weiß, dass es in Kürze eine allgemeine Amnestie geben wird, die ich abwarten möchte. Ich traue den Militärs nicht.«

»Wir haben Sie für Ihren Mut und Ihren Einsatz bewundert«, lobte Julien, ganz gefangen von der Persönlichkeit des großen Schriftstellers. »Er hat Ihnen viele Feinde eingebracht.«

»Oh ja, die Militärs, die Kirche, die konservativen Blätter, nicht zu vergessen – und was eine Ehre ist – die Antisemiten. Alle hätten sie mich am liebsten umgebracht. Übrigens, weil Sie von Major Hubert Henry sprechen. Haben Sie nicht gehört, dass er sich umgebracht hat?«

»Tatsächlich? Hat er seinem verpfuschten Leben ein Ende gesetzt?«

Julien dachte an die Zeit an der Ecole zurück. Hubert hatte immer im Schatten von Auguste gestanden und wie ein Hündchen um dessen Aufmerksamkeit gebettelt.

»Nein, das wusste ich nicht. Wir hatten so viel um die Ohren.«

»Um Hubert Henry brauchen wir keine Träne zu verlieren. Das war einfach ein Schuft.«

»Ja. Vor allem ein schwacher Mensch. Er tat, was man ihm befahl und er tat es mit Gründlichkeit, um die Anerkennung seiner Vorgesetzten zu finden.«

»Sie werden dem Generalstab mit Ihren Beweisen einen gehörigen Schlag versetzen. Die Militärs sind eitel und deswegen rachsüchtig. Passen Sie auf sich auf.«

»Das gilt auch für Sie!«, sagte Julien lächelnd.

Sie versprachen beide sich vorzusehen und verabschiedeten sich mit der Versicherung gegenseitigen Wohlwollens und großen Respekts.

37 – Das Militär schlägt zurück
(Gustave Flaubert erzählt)

Am nächsten Tag segelten sie ab. Alle Zeitungen meldeten seine Rückkehr. Sofort bat er um eine Audienz beim Staatspräsidenten und da dieser öffentlich verkündet hatte, den Fürst von Almeria für die Ehrenlegion vorzuschlagen, konnte er ihm diese Bitte nicht verwehren. Doch vorher suchte er du Paty de Clam auf. In den Wochen, in denen er in England gewesen war, hatte Abbé Flamboyant die Anhänger der Loge des höchsten Wesens aktiviert und diese hatten ständig vor dem Kriegsministerium skandiert: »Du Paty, warum haben Sie das Volk belogen?« Auf Schildern forderten sie seine Absetzung und zeigten eine riesige Spinne mit seinem stilisierten Kopf.

Als Julien mit Tessier im Gefolge sein Büro im Kriegsministerium betrat, erhob du Paty sich mit eisigem Gesicht und zeigte wortlos auf die Stühle vor seinem Schreibtisch.

»Dass Sie es wagen, mich aufzusuchen, betrachte ich als eine weitere Unverschämtheit und den Höhepunkt aller Boshaftigkeit! Ich weiß von meinem Freund General Mercier, dass Sie hinter allem Schmutz stecken, der in letzter Zeit über uns ausgegossen wurde. Warum verfolgen Sie unsere Armee, den Schild Frankreichs, mit einem solchen Hass?«

»Bleiben wir bei den Tatsachen«, erwiderte Julien gelassen. »Ich habe ein schriftliches Geständnis sowohl von Major Henry als auch von Esterhazy.«

Du Paty de Clam taumelte. Unerbittlich fuhr Julien fort seine Karten aufzudecken. »Auch das Geständnis des Fälschers. Alle Aussagen belegen, wer derjenige war, der die Fäden gezogen hat. Du bist erledigt. Ich werde schon morgen den Staatspräsidenten aufsuchen.«

»Du? Was habe ich mit Ihnen gemein? Was erlauben Sie sich, mich so vertraulich anzusprechen?«

»Weil wir Kameraden auf der Ecole waren.«

»Wir? Kameraden? Ich hörte, Sie sind Spanier oder Argentinier oder was weiß ich noch alles.«

»Das wurde ich, nachdem ihr, vor allem Auguste sowie Hubert, Jean, Charles und du, dafür gesorgt habt, dass ich ins Bagno geschickt wurde.«

»Du? Du bist Julien Morgon?«, stammelte du Paty.

»So ist es. Julien Morgon, den ihr fälschlich beschuldigt und ins Elend geschickt habt.«

»Dann bist du es wohl auch, der für die Demonstrationen vor dem Ministerium verantwortlich ist.«

»Auch dafür stehe ich ein. Morgen werde ich dem Staatspräsidenten die Beweise vorlegen, dass Hubert auf deine Anweisung hin Dokumente fälschte und dies mit Wissen des Kriegsministeriums. Wenn du klug bist, machst du es wie dein Freund und schneidest dir die Kehle durch.«

»Ich habe genug Freunde im Generalstab. Mögen die Dreyfusianer noch so viel Geschrei machen, wir sind Soldaten und können das aushalten. Man wird mich nicht im Stich lassen.«

»Deine Freunde vielleicht nicht, aber der Staatspräsident. Wenn er meine Unterlagen in den Händen hält, wird ihm gar nichts anderes übrig bleiben, als Köpfe rollen zu lassen. Man kann zwar nicht den ganzen Generalstab entlassen, aber du wirst zu den Bauernopfern gehören.«

»Das werden wir ja sehen!«, fauchte du Paty de Clam. Aber er war nicht so unerschütterlich, wie er tat. Seine Hände fuhren fahrig über die Schreibtischplatte. »Du wirst von meinen Sekundanten hören!«

»Schade, dass du nach deinem Tod nicht hören wirst, was man von dir sagt: Verräter, Intrigant, Verschwörer werden noch die harmlosesten Bezeichnungen sein. Das Volk wird dich einen gemeinen Schurken nennen.«

»Raus!«, schrie du Paty de Clam mit sich überschlagender Stimme.

Am selben Abend besuchte Julien mit Tessier den Ball, den das Bankhaus Lafitte zum Abschluss der Saison gab. ›Tout Paris‹ versammelte sich noch einmal am Ende des Jahres zu einem großen Fest. Baron Saumon war erfreut, dass sein wichtigster Kunde seiner Einladung gefolgt war. Auch Mercier war mit seiner Frau anwesend. Aus seinen Augen schossen hasserfüllte Blitze, als er Julien gewahrte. Aber er mied eine direkte Begegnung. Seine Frau dagegen holte Julien, als Damenwahl angekündigt wurde, zum Tanz.

»Du spielst also noch immer den Rachegott?«, wisperte sie beim ersten Tanz, einem schwungvollen Walzer.

»Gott hat dafür gesorgt, dass ich das Bagno überlebte. Hubert Henry ist tot, Esterhazy als Verräter erledigt. Nun wird Armand du Paty de Clam seine gerechte Strafe bekommen.«

»Es wird zu keinem Duell kommen«, sagte sie voller Genugtuung, ihm etwas voraus zu haben. »Er hat vom argentinischen Botschafter erfahren, was für ein gefährlicher Gegner du bist. Er denkt nicht daran, Selbstmord zu begehen. Du wirst vergebens auf die Sekundanten warten.«

»Wie klug von ihm.«

»Was verlangst du, wenn du meinen Mann in Ruhe lässt? Mich?«

Sie versuchte ein kokettes Lächeln in dem Glauben, dass sie immer noch so auf ihn wirkte wie zu Zeiten des Julien Morgon.

»Nein, Mercedes. Wir hatten unsere Zeit. Du hast dich damals anders entschieden«, sagte er so einfühlsam wie möglich.

»Ich war immerhin einmal deine Frau!«

Er schüttelte staunend den Kopf. »Mercedes, erinnere dich bitte daran, dass nicht nur deine Eltern diese Ehe gelöst haben, sondern dass du diese im Haus des guten Baron Savigny als kindlichen Streich abgetan hast. Ich hätte deinen Mann ja vielleicht geschont, wenn Alexandre noch leben würde, um diesen nicht der Schmach auszusetzen, einen Intriganten und Verräter zum Vater zu haben. Aber dessen Tod hat alles verändert. Ich werde dafür sorgen, dass er niemals Präsident der Republik wird.«

»Du bist erbarmungslos!«, klagte sie, blieb stehen und nestelte aufgeregt an der Halskette. Überall im Saal sah man erstaunt zu ihnen herüber.

»Hab doch Erbarmen, um der alten Zeiten willen.«

»Um der alten Zeiten willen kann ich das nicht.«

»Du bist widerwärtig!«, keuchte sie. »Und so einer wäre beinahe ein ganzes Leben lang an meiner Seite gewesen.«

»Tja, dafür hast du jemanden an deiner Seite, den die ganze Welt einen Verräter, Verschwörer und Antisemiten nennen wird.«

»Du liebst die Principessa? Bist du dir sicher, dass sie dich noch liebt?« Höhnisch lächelnd drehte sie sich um, ging zu ihrem Mann zurück und flüsterte mit diesem. Mercier wurde hochrot und drohte mit dem Finger zu ihm herüber. Julien verbeugte sich spöttisch lächelnd. Wenig später wurde er von einem jungen Mann angesprochen, der außergewöhnlich gut und elegant aussah. Julien kam der Mann bekannt vor, aber sein Gedächtnis ließ ihn im Stich. Doch dies klärte sich schnell auf.

»Fürst von Almeria, wir sind uns in Rom damals leider nicht begegnet, da ich in diplomatischer Mission für den Vatikan in Berlin war. Mein Name ist Giulio Mercini.«

»Sie sind Atheneés Bruder?«

»Ja, ihr jüngerer Bruder. Ist es wahr, dass Sie ein Verhältnis mit Madame Mercedes Mercier haben?«

»Um Gotteswillen! Nein.«

»Die Dame hat ihr dies jedoch geschrieben. Atheneé solle sich nicht zwischen sie und ihre große Liebe drängen. Sie hätten wieder zueinander gefunden.«

»Und das hat sie geglaubt?« Nun wurde Julien klar, was Mercedes mit ihrer seltsamen Andeutung gemeint hatte. »Daran ist kein Wort wahr! Wirklich.«

»Sie hält es aber für möglich. Schließlich waren Sie wohl mal mit dieser Dame verheiratet.«

»Das ist eine Ewigkeit her. Ich empfinde außer Verachtung nichts für Mercedes.«

»Meine Schwester leidet fürchterlich unter dem Bekenntnis dieser Dame. Aber Athenée ist zu stolz, um auf Sie zuzugehen. Sie liebt Sie zweifellos. Ich würde mich freuen, wenn Sie den ersten Schritt auf sie zumachten. Von sich aus wird sie dies nie tun. Sie ist eine echte Mercini, wesentlich mehr als ich oder meine Brüder. Mir dagegen macht es nichts aus, Sie zu bitten, wenn Sie noch etwas für sie fühlen, nach Rom zu kommen. Ich würde dafür sorgen, dass sie sich rein zufällig begegnen und alles andere, da bin ich mir sicher, wird sich ergeben.«

Julien schüttelte dem jungen Mann dankbar die Hand.

»Ich stehe in Ihrer Schuld. Sie haben recht. Ich werde nach Rom kommen. Sie können mit mir in den nächsten Wochen rechnen. Ich habe hier noch einige Dinge zu Ende zu bringen. Nun entschuldigen Sie mich, ich muss einen alten Bekannten begrüßen.«

Savigny, auf einen Stock gestützt, trat zu ihm, umarmte ihn kurz, sah ihn ernst an und schüttelte den Kopf.

»Julien, Julien, dass du das deinem alten Freund und Gönner antust! Ich musste von Major du Paty erfahren, dass du mein Schützling Julien Morgon bist.«

Er musterte ihn mit dem Blick, den er ihm in den alten Tagen zugeworfen hatte, wenn seine Leistungen nicht den Erwartungen des Barons entsprochen hatten.

»Du hast dich verändert. Sehr. Kein Wunder, dass ich dich nicht erkannt habe. Ich hatte mich bereits in Spanien erkundigt. Du bist tatsächlich ein Fürst von Almeria, der Adoptivsohn des Francisco de Cordoso. Dein Ruf in Argentinien soll sehr ambivalent sein, die einen loben dich in den höchsten Tönen, andere halten dich für einen Aufrührer.«

»Sie sind immer noch gut informiert. Auch Sie sehe ich in ganz unterschiedlichem Licht. Ich bin meinem Förderer, dem guten

Baron dankbar, dass er es mir ermöglichte, eine Ecole zu besuchen. Aber ich erinnere mich auch an einen Baron, der es zuließ, dass man mich zum Tode verurteilte. Na ja, es wurden dann ein paar Jahre Bagno und das war fast so schlimm wie der Tod. Mit Ihrem Einfluss hätten Sie mich davor bewahren können.«

»Das ging damals nicht«, sagte Savigny seufzend. »Du hast doch unter dem Einfluss der Loge des höchsten Wesens gestanden und dich als Kommunarde entwickelt. Es war mir unmöglich, einem Mordbrenner zu helfen. Das wart ihr doch alle, ihr verdammten Kommunarden! Kein Mensch hätte dies verstanden. Aber lassen wir die alten Geschichten. Wir waren doch mal Freunde. Erneuern wir diese Bindung. Schließlich habe ich einmal dazu beigetragen, dass du heute in der Lage bist, einen Fürsten darstellen zu können.«

»Ich bin kein Schauspieler«, erwiderte Julien verärgert. »Ich bin der, der ich vorgebe zu sein.«

»Fangen wir neu an, Julien.«

Savigny hielt ihm die Hand hin und Julien schlug ein, im Angedenken, dass Savigny ihn einst gefördert und seinen Eltern geholfen hatte.

»Ich hörte, dass Sie Berater des neuen Präsidenten sind.«

»So wie ich der Berater des alten Präsidenten war. Viele Freunde, die Honoratioren Frankreichs, haben mich gebeten dafür zu sorgen, dass der Präsident nicht den Einflüsterungen gewisser, die Nation zersetzender Kreise folgt. Es ist eine arge Plackerei und mit großer Verantwortung verbunden. In meinem Alter kann ich den vielen Sitzungen nur mit Mühe nachkommen. Was tut man nicht alles fürs Vaterland«, schloss er lächelnd.

»Wer sind diese Freunde?«

»Männer der Ehre, sowohl des alten als auch des neuen Frankreichs.«

»Königstreue, Bonapartisten und Männer des neuen Geldes?«, fragte Julien ironisch. »Der Club der Blut-Frankreich-Ritter existiert also noch.«

»Er ist wichtiger denn je, wie die Dreyfus-Affäre zeigt. Er wird uns vor großen Umwälzungen bewahren.«

»Vor was?«, fragte Julien stirnrunzelnd, der ahnte, worauf dies hinauslief.

»Vor der Missachtung des Eigentums, vor der Überfremdung, vor den Verfälschungen unserer nationalen Identität. Wir stehen vor großen Aufgaben. Natürlich müssen wir Elsass-Lothringen zurückbekommen. Aber das fällt uns ohnehin eines Tages von allein in den Schoß. Die Militärs auf beiden Seiten drängen auf Krieg. Doch Krieg vernichtet Vermögen und man weiß nie, wie er ausgeht.«

»Ich bin morgen beim Präsidenten.«

»Ich weiß und ich kenne auch den Grund. Mir wäre es lieber, es würde ein unverbindliches Gespräch werden, was ich dem Präsidenten auch geraten habe. Schau, Julien, eine Verabschiedung gewisser Militärs würde den Generalstab bis ins Mark erschüttern. Die Folge wäre eine Steigerung der Revancherufe. Ihre Hoffnung ist dann noch größer, sich in einem siegreichen Krieg zu rehabilitieren. Sie halten sich für unbesiegbar und verkennen die gewaltige Militärmaschine der Deutschen. Deren Militärs wiederum glauben, Frankreich in vierzehn Tagen überwinden zu können. Ich kenne den Schlieffenplan und weiß, wovon sie träumen. Sie spekulieren darauf, sich einen Teil Belgiens einverleiben zu können. Zügle deine Rachepläne. Du hast Gründe, Mercier und du Paty de Clam zu hassen, aber sie sind gut in der Armee vernetzt. Ihre Absetzung würde heftige Reaktionen im Generalstab auslösen und das Vertrauen des Volkes erschüttern. Mercier ist durch sein Drängen auf Revanche an den Deutschen fast so etwas wie ein Idol geworden. Sei vernünftig und verzichte auf deinen privaten Kriegszug.«

»Es gilt die aufzuhalten, deren Chauvinismus, Hochmut und Antisemitismus uns Franzosen die Würde nimmt«, erwiderte Julien unversöhnlich. »Die Dreyfus-Affäre belegt, wie sehr die Volksstimmung bereits vergiftet ist.«

»Begreife doch, die Dreyfus-Geschichte ist Vergangenheit und völlig unwichtig. Außerdem ist er begnadigt worden. Wir müssen nach vorn schauen.«

»Aber Dreyfus wurde nicht rehabilitiert.«

»Aus Rücksicht auf die Armee. Man muss Geduld haben. Es kommen gewiss Zeiten, wo sich auch das reparieren lässt. Ich hoffe, dass ich dich jetzt überzeugen konnte.«

»Nein. Nein, wir brauchen eine Erneuerung. Die Patys und Merciers müssen weg. Übrigens danke, dass Sie meinen Eltern in der schlimmen Zeit des wirtschaftlichen Niedergangs geholfen haben. Ich werde Ihnen einen Betrag überweisen, der Sie für Ihre Mühe entschädigt.«

Savignys Gesicht verfärbte sich. »Das ist nicht nötig und fast eine Beleidigung. In dir ist immer noch etwas von einem Kommunarden, der die Welt auf den Kopf stellen will. Julien, du bist ein reicher Mann. Du gehörst zu uns.«

»Ich bin immer auf der Seite derjenigen, die die Welt ein Stück besser machen wollen.«

Savigny atmete tief aus. »Die Welt war immer schon, wie sie heute ist. Es gab schon zu Sumers Zeiten ein Unten und Oben und, wenn ich mir die Bemerkung erlauben darf, schwimmst du ganz oben auf dem Sahnehäubchen. Was soll der Fimmel von Gerechtigkeit, Gleichheit und Brüderlichkeit? Dreyfus ist ein Mann von gestern, den eine Hälfte des Volkes hasst. Und deine Verschickung nach Cayenne geschah in Zeiten großer Verwerfungen und das Schicksal hat es so gewollt, dass du als Fürst zurückgekommen bist. Du bist mehr als entschädigt worden. Und wie heißt es so schön? Wie wir vergeben unseren Schuldigern. Übe christliche Nachsicht. Major du Paty de Clam und auch Auguste Mercier sind nicht mehr die gleichen wie in den Tagen der Kommune. Indem du ihnen vergibst, verhinderst du, dass das Militär noch fanatischer das Ziel der Revanche verfolgt. Diesmal bist du hoffentlich auf der richtigen Seite der Barrikade.«

»Sieht nicht so aus. Wir waren damals auch nicht auf der gleichen Seite der Barrikade, als Sie meine Deportation nicht verhindert haben.«

»Julien, dann bleibt nur die Hoffnung, dass dir das Glück treu bleibt. Du spielst ein gefährliches Spiel.«

Savigny nickte hochmütig, schüttelte den Kopf, wandte sich ab und schlurfte davon. Das ist nicht mehr der Gang des Barons in den Siebziger Jahren. Er ist alt geworden, aber seine Einstellung hat sich nicht verändert. Er glaubt immer noch, dass nur eine Elite weiser Männer alles richten kann, dachte Julien mitleidig.

Als er das Palais verließ – diesmal hatte er Tessier nicht mitnehmen können, weil dieser die neuen Jockeys einzuweisen hatte –, beschlich ihn ein beklemmendes Gefühl, was nicht auf das Gespräch mit Savigny zurückzuführen war. Jemand, der oft in Gefahr war, entwickelt mit der Zeit eine Ahnung, ein Gespür dafür, wenn Gefahr droht. Wie ein Tiger im Dschungel witterte er das Heranziehen von Unheil.

Es war eine dunkle Nacht mit einem unangenehmen Pariser Schnürregen. Seine Kutsche stand in einer Seitenstraße der Champs Elysees. Die Gaslampen verbreiteten ein unwirkliches Licht und die Tropfen prallten in goldenen Funken von ihnen ab. Wetter und Licht erinnerten ihn an London. Zu dieser Stunde waren nur noch wenige Menschen unterwegs. Der gleichmäßige Regen verschluckte jeden Laut. Aneinander gereiht standen die vielen Kutschen fast bis zum Arc de Triomphe hin. Die Kutscher waren nicht zu sehen. Auch dies war für ihn ein warnendes Zeichen.

Plötzlich kamen hinter einem Gefährt vier Männer hervor. Dass dies keine sehr freundliche Begegnung werden würde, signalisierten die tief in das Gesicht gezogenen Mützen. Sie kamen im Laufschritt auf ihn zu. Nun hielten sie Revolver in den Händen.

»Fürst von Almeria?«, fragte der Längste. Unter dem Mantel lugten die Hosen hervor und zeigten die roten Streifen der Armee. Ihre Körperhaltung unterstrich dies außerdem.

»Nein. Der Fürst muss jedoch gleich aus dem Haus kommen. Ich habe gesehen, dass er sich seinen Mantel geben ließ. Er wurde aber noch einmal durch Baron Savigny aufgehalten.«

Die Männer blickten verunsichert zu einem Mann mit Monokel. Offensichtlich ihr Anführer.

»Wir können ihn nicht laufen lassen«, sagte der kleinste aus der Gruppe, der mit zwei Revolvern bewaffnet war.

»Nein. Geh du mit ihm hinter die Kutsche und pass auf ihn auf. Wir gehen zum Eingang des Palais und verstecken uns hinter den Säulen des Portals«, befahl der Monokelträger.

Julien ließ sich von dem Mann hinter die Kutsche führen.

»Was wollt ihr vom Fürsten von Almeria?«

»Was wohl? Diesen Judenfreund zur Rechenschaft ziehen. Er wird unsere glorreiche Armee nicht mehr in den Schmutz ziehen.«

Bis auf den Monokelträger sind es keine hohen Chargen, sagte sich Julien. Es müssen Kadetten von den Offiziersschulen außerhalb von Paris sein, sonst hätten sie ihn gleich erkannt. Julien hatte die Angewohnheit beibehalten, das Wurfmesser im Rückenholster zu tragen, wenn er das Haus verließ. Sein Schneider sorgte dafür, dass seine Kleidung dies nicht verriet.

»Keine Bange, sowie wir es dem Kerl heimgezahlt haben, lassen wir dich laufen. Wir sind Männer von Ehre, die keinem Unschuldigen etwas tun.«

»Das wird Major du Paty de Clam aber nicht recht sein, wenn ihr dem Fürsten etwas antut.«

»Wieso? Er hat doch den Befehl …« Erschrocken hielt er inne.

»Woher kennen Sie den Major?«

So langsam dämmerte es dem Kadetten, dass er eine Dummheit begangen hatte.

»Ich sehe auf der anderen Seite der Champs Menschen herankommen«, sagte Julien.

Der Kadett drehte sich um und Julien griff in den Rücken und knallte ihm den Messerknauf gegen die Schläfe. Gurgelnd ging der Kadett zu Boden. Julien nahm ihm die beiden Revolver ab und sah vorsichtig um die Kutsche zum Palais Saumon hinüber. Er sah nur die Schatten der Männer an den Säulen. Er nahm den Besinnungslosen hoch, öffnete vorsichtig die Tür einer Kutsche und legte ihn hinein. Warum hatte diese keinen Kutscher? Es hätte hier, gemessen an den Kutschen, wenigstens ein Dutzend Kutscher herumstehen müssen. Er sah die Kadetten hinter den Säulen hervortreten und erregt miteinander diskutieren. Plötzlich sahen sie zur Kutsche hinüber. Vielleicht war einer von ihnen auf die Idee gekommen, dass man bereits den Fürsten gefangengenommen hatte? Julien feuerte ungezielt beide Trommeln der Revolver auf sie ab. Die Gruppe spritzte auseinander und nahm wieder hinter den Säulen Deckung. Julien lief die Straße zum Arc de Triomphe hoch und bog in die Avenue Friedland ein, wo seine Kutsche stand. Auf dem Bock wartete der Kutscher und Julien gab ihm den Befehl im Galopp zum Palais Almeria zu fahren. Von ihm erfuhr er später, dass seine Vermutung richtig gewesen war. Vier Männer, die unter den schweren langen Zivilmänteln die Uniform von St. Cyr trugen, hatten alle Kutscher ins Bistro eingeladen. Auch ihm habe man das Angebot gemacht. Er sei kurz mitgegangen, habe aber die Einladung merkwürdig gefunden und sei zur Kutsche zurückgekehrt.

Am nächsten Tag brachten die Zeitungen, dass ein feiger Überfall auf die Offiziersanwärter von St. Cyr stattgefunden habe. Drumont ging in seiner Zeitung so weit, die Dreyfusianer zu beschuldigen. Du Paty hatte also zurückgeschlagen. Als Julien Tessier von dem Vorfall erzählte, fluchte der wie ein Kutscher.

»Bei den Marien von Marseille! Man kann dich keinen Augenblick allein lassen. Von nun an begleite ich dich, komme was da wolle, bis zum Schlafzimmer.«

»Ist jedenfalls keine schlechte Idee, immer ein Messer bei sich zu tragen.«

»Sag ich doch. Das Messer ist eine verlässliche Braut.«

Ich muss schnellstens mit dem Präsidenten sprechen, sonst laufen mir die Militärs noch Amok, sagte sich Julien. Er machte sich keine Illusionen darüber, wie es um ihn stand. Man hatte ihn zum Abschuss freigegeben.

»Wir sind an einem kritischen Punkt angelangt«, stellte Flaubert fest.

»Warum das denn?«, fragte Dickens und stopfte seine Pfeife.

»Wir kommen nicht an der Tatsache vorbei, dass Mercier erst 1921 starb.«

Sie starrten sich eine Weile betroffen an.

»Verflixte Kiste!«, stöhnte Balzac.

»Merde, merde!«, grummelte Victor Hugo.

»Ts … ts …ts«, ließ George Sand hören.

»Die verdammte Zukunft!«, stöhnte Zola. »Was nach meinem Tod passierte, interessiert mich so wenig wie die Speisekarte in der Closerie des Lilas. Ich esse dort ohnehin nur Austern und danach Hühnchen Marengo.«

»Das hier ist ein Roman«, trompetete Dumas, erstaunt über die Verzagtheit der Freunde. »Natürlich haben wir die Freiheit, den Lebenslauf von Mercier und du Paty de Clam zu verändern. Wir erzählen doch nicht ihre Biografien. Vive la liberté!«

»Nein. Das geht wirklich nicht«, widersprach Flaubert. »Übrigens, du Paty de Clam starb 1916, da waren wir doch alle längst tot.«

»Mich hat es 1850 ereilt, dich 1880.« Balzac zählte nun alle Todesdaten auf. »Dickens 1870, Dumas ebenfalls, nur unser guter Zola ist der Einzige, der das 20. Jahrhundert erreichte.«

»Ich starb 1885. Wir sind doch mit unserer Erzählung längst über unsere Lebensenden hinaus. Na und?«, erklärte Hugo, der sich gefangen hatte und nun mit einer wegwerfenden Handbewegung die Todesdaten als unwichtig erklärte. »Deswegen habe ich trotzdem die Geschichte genossen.«

»Mein Sterbejahr 1876 liegt auch weit hinter mir«, sagte die Sand, pikiert, dass man sie nicht erwähnt hatte.

»Wir sind unsterblich. Jedes Kind in Frankreich kennt doch unsere Namen und viele auch unsere Bücher«, erklärte auch Balzac selbstbewusst.

»Die Kritiker werden …«

»Scheiß auf die Kritiker!«, dröhnte Dumas.

»Wir reisen durch die Zeit«, bekräftigte Dickens.

»1908 hat man meinen Leichnam ins Pantheon überführt. Ich bin ganz zufrieden, dass ich in diesem schrecklichen 20. Jahrhundert nicht lange gelebt habe. Die Welt geriet 1914 aus den Fugen. Die Dummheit der Generäle offenbarte sich auf schreckliche Weise«, klagte Zola. »Sie dachten immer noch wie die Generäle Napoleons. Attacke und dann drauflos. Die furchtbaren neuen Waffen mähten ganze Generationen nieder. Niemals darf man den Generälen die Politik überlassen. Ich bin dafür, dass wir weitermachen und ich freue mich diebisch, dass wir wenigstens in unserem Roman die Militärs zur Strecke bringen können.«

»Ich bin deiner Meinung«, pflichtete George Sand bei.

»Die Namen du Paty de Clam und Auguste Mercier sind für alle Ewigkeit mit der Schande des Dreyfus-Skandals verbunden.«

Flaubert stöhnte und sagte leise: »Mercier hat das letztendlich nicht groß geschadet. Er wurde zwar kein Präsident. Aber er blieb ein bedeutender Mann und sogar Senator und bekam von der Action Française für sein Lebenswerk eine Goldmedaille. Der Sohn von Armand du Paty de Clam hat in Vichy die Behörde für jüdische Angelegenheiten geleitet. Das Ergebnis kennen wir alle. Wie der Vater so der Sohn. Judenhasser waren sie beide.«

»Unser Julien hätte dem Kerl mit seinem berühmten Messer ein Ende bereiten sollen«, grollte Dumas. »Also, ich bin dafür, dass Julien diese Mörderbande stoppt. Wir würden ein Zeichen setzen, das die rassistischen Fanatiker verdienen. Wenn ich daran denke, wie die Vichyregierung Frankreichs Namen beschmutzt hat, indem sie den Nazis bei der Deportation jüdischer Mitbürger mit vorauseilendem Gehorsam half, muss ich kotzen!«

»Dumas, sei nicht so vulgär!«, tadelte George Sand.

»Die Dreyfus-Affäre war ein Warnsignal«, pflichtete Flaubert bei. »Damit begann es und das Gift wirkte weiter und verdarb Frankreichs Seele.«

»Alles richtig!«, stimmte Zola zu. »Aber je länger ich darüber nachdenke, desto größer werden meine Bedenken. Wir sollten unseren Roman nicht derart den Kritikern und den Neunmalschlauen zum Fraß vorwerfen. Ich höre schon die Meute jaulen, dass wir Geschichtsfälschung betrieben haben. Nein, wir müssen eine andere Lösung finden.«

»Ich bewundere dich, Zola«, hauchte George Sand. »Sie haben doch dich …«

»Still!«, sagte Zola hastig und legte den Finger auf den Mund. »Ja, die Judenhasser haben … Aber wir wollen doch nicht die Pointe verderben. Ein Blick in die Zukunft, ich kann mich nur wiederholen, zeigt die Hölle. Genießen wir noch die Zeit, in der Julien seinen Feldzug führte. Es ist die Belle Epoque, man tanzt Cancan und feiert das Leben!«

»Schön, schön!«, brummte Dumas. »Aber es ist das verdammte Recht jedes Romanciers, Fakten und Fantasie zu einer neuen Wahrheit zu verdichten. Zeigen wir doch, dass die Geschichte auch anders hätte ausgehen können.«

»Verdammt!«, fluchte Flaubert. »Kinder, wir verderben den Schluss. Wir können historische Fakten nicht völlig ignorieren. Jetzt hört auf, Amok zu laufen!«

»Das artet nun wieder in eine Kinderei aus!«, beschwerte sich George Sand. »Streiten wir uns nur um des Streites willen? Was seid ihr doch für eitle Kerle! Das Schlüsselwort heißt ›Logisch‹. Jeder Erzähler muss logisch an das vorangegangene Kapitel anschließen. Das verhindert schon die schlimmsten Auswirkungen.«

»Flaubert hat uns dicke Steine in den Weg gelegt«, sagte Balzac listig blinzelnd. »Ich bin der Meinung, dass er jetzt auch weitererzählen soll.«

»Na gut«, stimmte Flaubert zu. »Ich werde jedoch wie der Heilige Augustinus jeder Versuchung widerstehen und die beiden Schurken leben lassen. Ihr werdet schon sehen, dass dies durchaus Strafe genug sein kann.«

»Der heilige Flaubert! Immer muss er den Tugendbold spielen«, klagte Dumas.

38 – Der Präsident der Republik erlebt einen bösen Tag

(Gustave Flaubert erzählt)

Der Staatspräsident empfing Julien zu einem gemeinsamen Frühstück, was eine Auszeichnung war, die jedoch mehr der großartigen Spende geschuldet war und dem Umstand, dass er Julien milde stimmen wollte. Loubet war frisch im Amt und wollte keine Fehler machen. Vor großem Geld hatte er gehörigen Respekt und vielleicht würde er bei der nächsten Wahl einen großzügigen Spender brauchen. So saßen sie also auf der Terrasse hinter dem Sitz des Staatspräsidenten. Es gab Schokolade und Croissants und Julien erzählte ohne große Umschweife, was für Unterlagen er dem Präsidenten zu übergeben hatte. Diesem blieb schier das Croissant im Halse stecken. Er erbleichte, erfasste sofort die Brisanz, öffnete die Mappe, die ihm Julien übergeben hatte und blätterte die Geständnisse von Brasseur, Henry und Esterhazy durch. Er schüttelte immer wieder den Kopf.

»Dumm, wie dumm ist das alles«, flüsterte er erschüttert. »Das kann für meine Regierung den Ruin bedeuten, schlimmer noch, dies sprengt den ganzen Staat in die Luft. Schlimmstenfalls führt es zu einem Bürgerkrieg.«

»Es handelt sich zweifellos um eine Verschwörung der Militärs«, erwiderte Julien kühl.

Loubet fuhr sich mit dem Finger in den Kragen, als sei ihm dieser zu eng geworden. Auf seine Stirn traten kleine Schweißperlen. Er sprang auf und warf die Papiere beiseite.

»Kommen Sie, gehen wir ein paar Schritte durch den Park.«

Mit hinter dem Rücken verschränkten Armen ging er Julien eilig voran. »Was verlangen Sie von mir? Welches Interesse haben Sie an dieser leidigen Affäre?«, fragte er nach einer Weile.

»Gerechtigkeit. Dreyfus ist Unrecht getan worden.«

»Durchaus. Ich werde dafür sorgen, dass er bald wieder in die Armee aufgenommen und zum Major befördert wird. Er bekommt seine Ehre wieder.«

»Und was ist mit der Ehre Frankreichs?«, blieb Julien hartnäckig. »Sie wurde durch den Generalstab und die ganze Clique um Mercier beschädigt. Sie sollten mit Schimpf und Schande aus der Armee ausgestoßen werden.«

»Wie denken Sie sich das?«, schnaubte Loubet und schüttelte energisch den Kopf. »Die Verstrickung des Generalstabs öffentlich zu machen, würde meine Regierung in Stücke reißen. Was Sie verlangen, ist unmöglich. Es könnte im schlimmsten Fall zu einem Staatsstreich kommen. Ich habe die Verantwortung für das ganze Land und nicht nur für eine Person, der Unrecht angetan wurde. Der Einzelne ist nichts, Frankreich ist alles.«

»Wenn Sie dem Antisemitismus nicht Einhalt gebieten, kann sich dies zu einem Geschwür auswachsen, zu einer tödlichen Krankheit.«

»Ach, Sie übertreiben. Die Juden spielen politisch kaum eine Rolle. Sie haben sich auch wohlweislich in der ganzen Affäre sehr zurückgehalten.«

»Ich werde diese Papiere in Clemenceaus Zeitung veröffentlichen, sollten die beiden Männer nicht aus der Armee entlassen werden!«, drohte Julien.

Loubet blieb stehen und sah Julien traurig an.

»Wenn Sie das vorhaben, lasse ich Sie noch heute verhaften und wegen Gefährdung des Staates nach Cayenne verfrachten.«

»Und Sie finden dafür Richter?«

»Es wird kein Gerichtsverfahren geben. Sie werden einfach verschwinden. Warum hassen Sie die Männer so?«

Julien lachte höhnisch auf. »Weil die beiden Männer mich schon einmal ins Bagno gebracht haben.«

»Sie? Einen Spanier?«

»Ich bin Franzose«, gestand Julien und erzählte, wie er ins Bagno bekommen war.

»Nun verstehe ich. Es geht also gar nicht um Dreyfus, sondern um eine persönliche Abrechnung. Sie wollen sich für das Unrecht, das man Ihnen antat, rächen.«

»Es geht auch um Dreyfus. Das ›J'accuse‹ von Zola gilt für uns beide.«

»Gut. Politik besteht aus Kompromissen«, stöhnte Loubet und lief weiter. »Ich mache Ihnen einen Vorschlag. Wir werden du Paty de Clam den Prozess machen. Er wird vor einem geheimen Kriegsgericht stattfinden. Das Ergebnis kann ich Ihnen schon sagen. Er wird mangels Beweisen freigesprochen werden. Ein Freispruch zweiter Klasse. Es wird wie immer etwas durchsickern und er wird erkennen, dass er am Ende seiner Karriere angekommen ist. Wenn wir Glück haben, wird er von selbst seinen Abschied einreichen. Anders liegt der Fall bei Auguste Mercier. Wenn ich ihn entlasse, gibt es eine Revolte der Generäle. Ich werde ihn mit den Unterlagen konfrontieren. Er wird seinen Abschied einreichen und mit allen Ehren entlassen und sich ins Private zurückziehen. Mehr kann ich nicht anbieten. *La Libre Parole* wird natürlich schäumen und die Demissionen mit Dreyfus in Verbindung bringen, aber das können wir durchstehen, wenn Mercier mitspielt.«

Schweren Herzens stimmte Julien zu, nicht weil dies die erhoffte Genugtuung war, aber er wusste nun, dass er mehr von Loubet nicht bekommen würde. Wenn man kein Fiasko heraufbeschwören wollte, das in einer Militärdiktatur enden konnte, war der Vorschlag akzeptabel. Es blieb die Hoffnung, dass Mercier ihn doch noch zum Duell fordern würde. Aber Julien wusste, dass die Wahrscheinlichkeit nicht sehr hoch war. Mercier war zu klug, um ein solches Risiko einzugehen. Seine Ehre bestand nur aus dem, was er geworden war. General, Kriegsminister und Idol des *Libre Parole.*

»Einverstanden?«, fragte Loubet und reichte ihm die Hand.

»Was ist mit dem Gerücht, dass er bei den nächsten Wahlen zum Staatspräsidenten kandidiert?«

»Dahinter steckt Drumont. Mercier ist der Prätendent der Ultrakonservativen. Ich werde an den richtigen Stellen ausstreuen, dass er für das höchste Amt wenig Eignung hat. Mit der Zeit wird dies Wirkung zeigen. Ich bin dann obendrein einen Rivalen los. Es kommt zu keiner Kandidatur, das verspreche ich Ihnen.«

»Ich habe wohl kaum eine andere Wahl«, sagte Julien und ergriff die Hand. »Sonst geht es mir noch wie dem Grafen von Monte Christo im Chateau d'If.«

»Ja, unser Dumas erzählt die tollsten Geschichten, aber sehr oft ist er dicht an der Wahrheit. Es gilt also: Keine Kopien an die Zeitungen, weder an *L'Aurore* noch an andere Gazetten.«

»Es gilt.«

Es war nicht der Sieg, den er sich erhofft hatte, aber er hatte wenigstens die Genugtuung, dass die beiden wissen würden, wem sie ihre Schmach verdankten.

»Dies ist ein guter Tag für Frankreich!«, sagte der Staatspräsident pathetisch zum Abschied. »Ich kann nicht anders handeln, Fürst!«, fuhr er eindringlich fort. »Es ist der einzige Weg, um Frankreich vor schweren Verwerfungen zu bewahren. Glauben Sie mir, besonders gut fühle ich mich auch nicht in meiner Haut.«

Wenige Tage später brachten die Zeitungen, dass General Auguste Mercier mit großem Zeremoniell in den Ruhestand verabschiedet worden sei. Ausdrücklich hoben die Zeitungen hervor, dass dies aus gesundheitlichen Gründen und auf eigenen Wunsch erfolgt war. Der Staatspräsident rühmte in einem Communiqué seine Verdienste um das Vaterland. Natürlich rätselten einige Zeitungen, ob sein Abschied etwas mit der Dreyfus-Affäre zu tun habe, aber die meisten Kommentare liefen darauf hinaus, dass man nun in die Zukunft schauen müsse.

Von dem Prozess gegen du Paty de Clam hörte man nichts. Nur *La Libre Parole* sprach von einer jüdischen Verschwörung. Man hätte Mercier unbedingt halten müssen, denn auch ein kranker Mercier könne viel für Frankreich tun. Mercier zog sich auf sein Weingut bei Saumur zurück. Du Paty de Clam nahm nach einem kurzen Urlaub seine Amtsgeschäfte im Kriegsministerium wieder wahr, statt seinen Abschied zu nehmen. In politischen Clubs hetzte er noch galliger gegen die Juden und gewisse linke Kräfte, die die Armee unterminieren würden.

Dass er noch andere gefährliche Feinde hatte, erfuhr Julien von Leon Flamboyant, dem einstigen Abbé.

»Es waren nicht du Paty de Clam und Mercier, die dir die Mordbuben auf die Champs Elysées geschickt haben.«

»Rede keinen Unsinn. Selbst die Zeitungen schrieben, dass sie Kadetten von St. Cyr waren«, herrschte Tessier ihn an, der den einstigen Abbé immer noch nicht mochte und in ihm einen unnützen Schmarotzer sah, der sich angeblich um die Bibliothek kümmerte, aber meistens in irgendwelchen undurchsichtigen Geschäften unterwegs war.

»Der wird uns noch einmal in Schwierigkeiten bringen. Was wissen wir denn, was der so treibt!«, lag er Julien in den Ohren.

Doch Julien sagte dazu immer ungerührt: »Ohne ihn hätte ich weder Sokrates noch Platon kennengelernt. Er brachte mir die Basis bei, damit ich mich damals auf der Ecole nicht blamierte.«

Im Gegensatz zu Tessier nahm er Flamboyants Nachricht sehr ernst. »Erzähle!«, forderte er ihn auf.

»Du weißt, dass die Loge des höchsten Wesens immer noch existiert. Wir haben überall unsere Anhänger, sogar in der Zeitung Drumonts. Er hat die Kadetten aufgestachelt und bezahlt und du Paty de Clam hat für das Geld und die Rückendeckung gesorgt. So sieht's aus!«

»Wie können wir dem beikommen?«, fragte Julien nachdenklich. »Die beiden könnten mir jetzt noch einmal ihre Anhänger auf den Hals schicken.«

»Sie sollen es nur wagen! Ich werde ihnen die Bekanntschaft mit einer argentinischen Bullenpeitsche verpassen!«, warf Tessier grimmig ein.

»Drumont ist die Spinne im Hintergrund«, sagte Julien nachdenklich. »Er ist noch gefährlicher als du Paty de Clam. Wie finanziert er sich eigentlich? Seine Zeitung verkauft sich doch immer schlechter. Jemand muss ihn mit Geld versorgen. Es wäre gut zu wissen, wer das ist.«

»Es gibt genug Judenhasser im Großbürgertum und in der Aristokratie. Schon Rothschild ist für manche ein rotes Tuch«, erwiderte Flamboyant.

»Wir sollten wissen, wer Geld in sein zweifelhaftes Blatt steckt. Das ist doch ein Fass ohne Boden.«

»Ich kümmere mich darum«, schlug Flamboyant eifrig vor, der sich nach den Wechselfällen seines Lebens gut im Palais Almeria eingelebt hatte und gern unter Beweis stellen wollte, dass er für Julien nützlich sein konnte.

»Mit Hilfe der Loge des höchsten Wesens?«, fragte Julien amüsiert.

»Natürlich. Der Schrei nach Gerechtigkeit wird immer lauter. Seit Marx und Engels ihr wunderbares Manifest veröffentlicht haben, wollen immer mehr bei uns eintreten. Trotzdem prüfen wir genau, wen wir bei uns aufnehmen. Der Wunsch nach einer klassenlosen Gesellschaft reicht dafür nicht. Man muss auch aktiv für unsere Ideale Freiheit, Gleichheit und Brüderlichkeit eintreten wollen.«

»Freiheit, Gleichheit und Brüderlichkeit? Oh ja. Davon habe ich einstmals auch geträumt. Eine schöne Utopie, nicht wahr? Doch bedenke, du bist nun Bibliothekar bei einem Bourgeois.«

»Engels ist auch kein armer Mann. Er verschafft Marx die Möglichkeit, seine großartigen Ideen zu entwerfen.«

»Also bin ich freigesprochen. In Ordnung. Mach dich an die Arbeit«, erwiderte Julien lachend.

»Siehst du, wofür mein alter Lehrer nützlich ist«, sagte Julien schmunzelnd, als er gegangen war.

»Ich mag ihn trotzdem nicht«, knurrte Tessier.

Julien vergaß dieses Gespräch bald, denn ein Brief von Atheneés Bruder erinnerte ihn an sein Versprechen.

Lieber Fürst, schrieb er, *wenn Ihnen an meiner Schwester etwas liegt, dann sollten Sie schnellstens nach Rom kommen. Athenée ist dabei eine große Dummheit zu begehen. Sie hat sich mit Assuncio verlobt. Sie erinnern sich sicher an ihn. Ich weiß jedoch, dass sie nur Eure Exzellenz liebt. Athenée würde in dieser Ehe todunglücklich werden. Gewiss, Assuncio ist standesgemäß und ein ehrenwerter Mann, aber reicht das? Sie ist dabei, ihr ganzes Leben zu ruinieren.*

»Wir reisen nach Rom. Unverzüglich!«, rief Julien Tessier zu.

Dieser verdrehte die Augen. »Glaubst du wirklich, dass diese eingebildete Aristokratin die richtige Frau für dich ist?«

»Du bist wohl nie mit meinen Frauen einverstanden?«

»Stimmt nicht! Mit Antonia war ich sehr einverstanden.«

»Weil Antonia die sanfteste Frau war, die je gelebt hat. Sie kam jedem, selbst einem so bärbeißigen Kerl wie dir mit Zuneigung entgegen.«

»Ja, sie wickelte mich um den Finger. Aber diese Athenée ist so hart wie ein Diamant. Du wirst nach ihrer Pfeife tanzen!«

»Wir fahren morgen!«, befahl Julien kategorisch.

Vier Tage später fuhren sie über die Piazza del Popolo in Rom ein. Er hatte sein Palais in der Via del Babuino behalten. Das Personal war zwar reduziert worden, seit er in Paris wohnte, aber der Haushofmeister hielt mit zwei Dienern und zwei Mädchen das Palais wohnlich. Die Zeitungen meldeten seine Ankunft und er erhielt sofort Einladungen zu Soireen und Bällen. Doch erst als der Fürst Colonna ihn einlud, sagte er zu, da ihm dieser rangmäßig ebenbürtig war und zu einem Ball einlud, der die Saison eröffnete und an dem jeder Römer von Rang teilnahm. Wie erwartet, waren auch Assuncio und Athenée anwesend. Sie trug ein weißes Kleid mit tiefem Rückenausschnitt und hatte einen Kranz weißer Magnolien im Haar.

Mein Gott, ist sie schön, dachte er, als er sie wiedersah. Unter all den herrlichen Frauen Roms ist sie die schönste.

Als der Haushofmeister dem Ballsaal seinen Eintritt verkündete, wurde es still. Colonna eilte ihm mit ausgebreiteten Armen entgegen.

»Wie schön, Sie wieder in Rom zu wissen.«

»Ich wollte mich mal wieder dem Zauber der Heiligen Stadt hingeben.«

»Wer in Rom lebt, erlebt die ganze Welt«, sagte Colonna mit einer Verbeugung. »Wir Colonnas können uns keine andere Stadt vorstellen, in der es sich zu leben lohnt. Nicht umsonst sagt man, dass alle Wege nach Rom führen.«

Julien bemerkte aus dem Augenwinkel, dass Assuncio direkt auf ihn zusteuerte und Athenée ihm nur äußerst widerstrebend folgte.

»Ich freue mich, Eure Exzellenz wiederzusehen«, sagte d'Assuncio mit einer leichten Verbeugung. Athenée schaute kühl an Julien vorbei.

»Meine Verlobte Athenée Mercini kennen Sie ja. Wenn ich mich recht erinnere, seid ihr befreundet.«

»Nein. Wir kennen uns nur«, korrigierte Athenée mit hochmütigem Kopfnicken.

»Ach, gib es ruhig zu«, sagte Assuncio. »Damals glaubte ich, dass ich gegen den Fürsten den Kürzeren ziehen würde. Aber Gott sei Dank ist es anders gekommen.«

»Sie sind zweifellos ein Glückspilz«, versuchte Julien kühl zu bleiben. Aber er war es nicht, stattdessen war er aufgewühlt und er spürte, dass ihm die Hände zitterten. Es tat ihm weh, Athenée an d'Assuncios Seite zu sehen, der ihr die Hand um die Taille gelegt hatte, wie um zu demonstrieren, dass sie nun zu ihm gehörte.

»Wie man hört, liegen dem Fürsten die schönsten Frauen von Paris zu Füßen. Selbst verflossene Lieben rühmen sich immer noch seiner Gunst«, sagte Athenée. Ihre Stimme war kalt, feindlich und höhnisch. Er glaubte, aus ihr auch Verbitterung herauszuhören.

»Dass sich dumme Träume mit meiner Person verbinden, muss man als öffentliche Person akzeptieren. Ärgerlich ist nur, dass manche sie für die Wahrheit halten.«

»Dumm für Sie ist, dass die Ansprüche um Ihre Person Sie bis nach Rom verfolgen«, erwiderte Athenée schneidend. Ihre Augen flatterten.

Assuncio sah ratlos von Athenée zu Julien und zuckte mit den Achseln.

»Wie dem auch sei. Ich bin mir sicher, dass der Fürst eine Partnerin findet, die seinen Ansprüchen genügt.«

»Es gibt eine Dame, der ich sehr zugetan bin«, erwiderte Julien und sah Athenée an. Diese wurde rot und senkte schnell den Kopf.

»Na also!«, freute sich d'Assuncio. »Schreiten Sie zur Tat und nehmen sich an uns ein Beispiel.«

»Zur Tat? Das sollte ich wirklich tun«, erwiderte Julien.

»Wir haben demnächst vor, wieder die Villa Palagione zu besuchen«, fuhr d'Assuncio fort. »Ricciarelli hat zum Herbstritt eingeladen. Wenn er hört, dass Sie wieder in Rom sind, wird er Ihnen sicher eine Einladung zukommen lassen.«

»Ich werde dabei sein, da ich Ricciarelli ohnehin besuchen wollte, um ihm mehr Pferde abzukaufen«, improvisierte Julien schnell.

»Wie geht es mit Ihrem Gestüt voran?«, fragte Athenée und sah dabei betont gelangweilt an ihm vorbei.

»Bestens. Ich werde im nächsten Jahr mit zwei Pferden in Newmarket und sogar in Ascot antreten.«

»Haben die Pferde Chancen?«, fragte d'Assuncio eifrig.

»Mein guter Freund Tessier ist der Meinung, dass wir in Newmarket für den ersten Rang, in Ascot für den dritten Platz Chancen haben.«

»Es ist also immer noch Ihr Ziel, stets zu siegen?«, stellte Athenée fest.

»Darum geht es schließlich. Doch manchmal, so scheint es, stehe ich mir selbst im Wege.«

»Dann sollten Sie das ändern«, erwiderte Athenée und nickte ihrem Verlobten zu. »Ich möchte tanzen. Wir wollen den Fürsten nicht weiter aufhalten.«

Das Paar ging auf die Tanzfläche. D'Assuncio war ein hervorragender Tänzer. Athenée sah dabei zu ihm herüber und ihre Augen funkelten so kalt wie das Collier um ihren Hals. Athenées Bruder hatte Julien entdeckt, winkte und kam zu ihm.

»Endlich. Es wurde auch Zeit. Im Mai soll Hochzeit sein.«

»Da ist wohl nichts mehr zu machen. Sie sieht mich an, als wäre ich eine Kakerlake zu ihren Füßen. Große Chancen, die Heirat noch zu verhindern, sehe ich nicht.«

»Nein? Und warum habe ich in ihrem Zimmer die Seite aufgeschlagen gefunden, wo die Zeitung Ihre Ankunft in Rom angekündigt hat?«

»Das hat nichts zu bedeuten. Sie wird sich wie ganz Rom Gedanken darüber gemacht haben, warum ich so schnell wieder zurückgekommen bin.«

»Und warum habe ich Tränenspuren auf der Zeitung gefunden? Ich gebe Ihnen mein Wort, dass Athenée Sie nach wie vor liebt. Ich will dem Schicksal einen kleinen Stoß geben. Ich werde Athenée nachher zum Tanz auffordern. Sie fordern ihre Freundin Margot Orsini auf und während des Tanzens wechseln wir unsere Partnerinnen. Einverstanden?«

Margot Orsini war eine typisch italienische Schönheit, üppig, dunkelhaarig mit großen strahlenden dunklen Augen, zudem aus einem der ältesten Adelsgeschlechter Roms und natürlich erfreut, als Julien sie aufforderte. Immerhin galt der Fürst von Almeria als eine der besten Partien des Kontinents. Doch sie war nicht nur eine glänzende Erscheinung, sondern nicht dumm und wusste von der Liaison zwischen Athenée und Julien.

»Ich fühle mich sehr geehrt«, sagte sie amüsiert. »Ihre Aufforderung macht mich für einen Tag zum Gesprächsthema Roms. Wir würden ja auch gut zusammenpassen. Sie haben das Geld und ich bringe fast tausend Jahre Geschichte mit. Aber glauben

Sie nur nicht, dass ich mir Schwachheiten einbilde. Ich habe Sie vorhin mit Athenées Bruder zusammenstehen sehen und nun tanzt er mit seiner Schwester. Es wurde auch Zeit, dass Sie etwas unternehmen, sonst heiratet Athenée noch meinen lieben d'Assuncio, mit dem ich mich gern begnüge. Ich passe zu ihm, nicht jedoch Athenée. Gut, ich spiele mit. Wir Orsinis sind herzlich gern bei jeder Intrige dabei.«

»Sie sind eine wunderbare Frau«, versuchte Julien charmant zu sein.

Die Orsini lachte hell. »Schon gut. Überanstrengen Sie sich nicht. Ich kupple gern.«

Giulio Mercini nickte ihm zu, tanzte heran, ließ seine Schwester los und Julien ergriff ihre Hand und schwenkte sie in die nächste Drehung, während der Bruder mit Margot Orsini weitertanzte.

»Wie kannst du es wagen, mit mir zu tanzen?«, zischte Athenée, hochrot im Gesicht.

»Ich liebe dich nun mal.«

»Ich weiß nur zu gut, wie viel das zu bedeuten hat.«

»Mercedes wollte sich an mir rächen. Ich weiß von dem Brief. Was sie dir schrieb, ist erstunken und erlogen. Ich habe keine Affäre mit ihr. Im Gegenteil, ich verachte sie.«

»Erlogen? Ich glaube dir kein Wort!«

»Warum glaubst du bin ich nach Rom gekommen? Ich will dir meine Liebe beweisen«, beantwortete er selbst die Frage. »Was soll ich tun?«

»Du sollst aus meinen Leben verschwinden.«

»Das will ich nicht und das werde ich nicht.«

Er drückte sie näher an sich heran und sah ihr dabei in die Augen und flüsterte noch einmal, wie sehr er sie liebe. Sie versuchte, den Abstand zwischen ihnen zu vergrößern.

»Willst du hier einen Skandal machen?«, zischte sie.

»Nein. Ich kann mich nur deinem Zauber nicht entziehen.«

»Lass mich sofort los!« Wütend zerrte sie an seiner Hand.

»Jetzt fängst du an, einen Skandal zu machen. Einige von deinen Freunden schauen schon zu uns herüber.«

»Wenn der Tanz zu Ende ist, gehe ich.«

»Ich werde dafür sorgen, dass du mich möglichst oft siehst und vielleicht entdeckst du ja wieder, was du für mich einst empfunden hast.«

Und so geschah es. Auf sämtlichen Soireen, Banketten und Bällen der nächsten Wochen sorgte er mit Hilfe von Atheneés Bruder dafür, dass sie sich begegneten. Sie blieb zwar kühl, konnte aber nicht verhindern, dass er hin und wieder mit ihr tanzte oder sie in ein kurzes Gespräch verwickelte. Aber er hatte nicht das Gefühl, dass sie sich näherkamen. Als er Margot d'Orsini fragte, ob sie mit ihm zur Villa Palagione fahren würde, lachte diese schallend.

»Welch ein Skandal! Ganz Rom wird darüber tratschen. Verstehe. Sie wollen Athenée eifersüchtig machen. Na gut, wir Orsinis sind es gewohnt, dass man über uns lästert. Ich spiele mit. Athenée ist zwar meine Freundin, aber zu ihrem und meinem Wohl bin ich gern auch zu dieser kleinen Intrige bereit.«

Als sie in der Villa Palagione eintrafen, führte dies zu erheblichem Aufsehen. Der Fürst von Almeria und eine Orsini, die Verbindung von Geld und ältestem Adel, war ein Thema, über das sich genussvoll klatschen ließ. Tessier, der Julien nicht aus den Augen ließ, hatte ihm diese Reise vergeblich auszureden versucht.

»Der Versuch, die Heirat zu verhindern, kann doch nur zum Fiasko führen. Athenée bringt nur Unglück über dich!«

Doch Julien hatte ihn eine alte Unke geschimpft.

Baron Ricciarelli war höchst erfreut, als Julien in Aussicht stellte, zwei weitere Pferde seines Gestüts zu kaufen. Christa von Weitersleben empfing ihn mit einem warmen Lächeln. Aber sie ahnte, dass ihn nicht der Kauf neuer Pferde in die Villa Palagione geführt hatte.

»Ich hoffe, Sie wissen, was Sie tun?«, warnte sie ihn. »Fordern Sie das Schicksal nicht zu sehr heraus.«

Er wusste, dass sie es nur gut mit ihm meinte und versuchte, sie mit den Worten zu beschwichtigen, er wisse, dass noch alles gut werden würde. Es beruhigte sie nicht.

Als am Abend unter den Steineichen getanzt wurde, taten die Orsini und Julien sehr vertraut miteinander. Sie drückten sich aneinander und tuschelten wie Verliebte. Als er schließlich Athenée aufforderte, sah sie ihn an, als wäre dies an sich schon eine Beleidigung. Nach einem kurzen Zögern ließ sie sich zu einem dieser neuen Tänze aus Südamerika führen.

»Das ist deine große Liebe zu mir? Noch vor drei Wochen hast du geschworen, nur mich zu lieben und nun schwörst du wohl meiner Freundin die große Liebe.«

»Ach, wir sind nur gute Freunde. Wir verstehen uns sehr gut.«

»Das kann ich mir denken. Hast du mit ihr schon geschlafen?«

»Nein, meine Liebste. Das haben wir nicht. Sie liebt Pferde wie ich, versteht etwas von Geld und schätzt meine Gesellschaft. Wir lachen sehr viel miteinander. Außerdem ist sie so köstlich unkompliziert.«

»Ich kenne Margot. Die Orsinis sind mal wieder klamm und hoffen, sich durch dich zu sanieren. Sie werden dich bald anpumpen.«

»Was kann es Besseres geben, als seinen Freunden zu helfen«, tat Julien gleichmütig.

»Untersteh dich, mit ihr zu schlafen.«

»Du liebst mich also doch noch.«

»Ich bin froh, wenn dieser Tanz vorbei ist.«

»Tessier hat recht. Du bist sehr launisch. Nichts kann man dir recht machen.«

»Bei diesem Rüpel Tessier wundert mich nichts mehr. Was kann man schon von einem ehemaligen Sträfling erwarten? Fordere mich ja nicht mehr zum Tanz auf!«

Nachdem er Athenée wieder zu ihrem Platz geführt hatte, sagte die Orsini säuerlich lächelnd: »Sie kocht vor Eifersucht. Spätestens nächste Woche kann ich mich um meinen lieben verblendeten Carlo kümmern.«

»Ich wollte, es wäre so. Sie hat mir verboten, sie noch einmal zum Tanz aufzufordern.«

»Was nur besagt, dass Sie es doch tun sollten.«

Und so forderte Julien sie zu später Stunde noch einmal auf. Die Lampions um die Tanzfläche verbreiteten eine romantische Atmosphäre. Glühwürmchen umtanzten die Oleanderbüsche zum Park hin. Der Mond verlieh den Zypressen eine geheimnisvolle Aureole. Sie zögerte auf seine Aufforderung einzugehen.

»Tanz doch ruhig noch einmal mit dem Fürsten. Er hat mir gesagt, dass er Rom bald wieder verlässt«, kam ihm Athenées Bruder zu Hilfe.

»Ich sagte dir doch, dass du …«, sagte Athenée, als er sie auf die Tanzfläche führte.

»Ach, Margot sagte mir, dass ich dich noch einmal auffordern soll, damit sie mit d'Assuncio tanzen kann. Sie ist ohnehin in deinen Verlobten verliebt, wusstest du das? Wie wäre es, wenn wir morgen bei der Parforcejagd kneifen und uns treffen? Wir könnten dann einmal in Ruhe miteinander sprechen.«

»Du solltest aus Rom verschwinden!«

»Nicht, ehe ich mit dir vernünftig gesprochen habe.«

»Was soll das bringen? Natürlich weiß ich, dass Margot meinen Verlobten liebt, aber er liebt nun mal mich. Pech für sie.«

»Warum willst du dich selbst bestrafen? Du liebst mich doch?«, sagte er und drückte seinen Schoß gegen ihren.

»Lass das! Ich hasse dich. Du bist ein Scheusal, ein Teufel!«

»Den du liebst.«

»Du bist eingebildet wie ein Pfau. Du meinst, dir müssten alle Frauen zu Füßen liegen, nur weil du der Fürst von Almeria bist.«

»Ich erlaube mir nur, dich zu lieben.«

Zornfunkelnd riss sie sich los, tanzte dann aber mit ihm weiter, um kein Aufsehen zu erregen.

»Bilde dir nur keine Schwachheiten ein!«

Am nächsten Morgen schützte Julien eine Magenverstimmung vor. Als er am Fenster beobachtete, dass sich Athenée auch nicht der Jagdgesellschaft angeschlossen hatte und sich, als die Reiter die Villa Palagione verlassen hatten, im Park erging, lief er zu ihr hinunter. Er traf sie nachdenklich vor einer antiken Göttin.

»Aphrodite wird uns beiden helfen«, sagte er und sie, die ihn nicht hatte kommen hören, drehte sich erschrocken um.

»Ich dachte, du bist …«

»Nein. Ich sagte dir doch, dass ich nicht mit reite.«

»Lass mich in Ruhe, Julien. Du hast genug Unruhe in mein Leben gebracht. Bevor du wieder aufgetaucht bist, war ich mit mir im Reinen und wollte mit Carlo Ruhe finden und dich vergessen.«

»Das wirst du nie!«, sagte er bestimmt.

»Du bist so … arrogant, wie man es den Spaniern nachsagt. Dabei bist du nicht mal ein Spanier, sondern … ach, was weiß ich. Und jetzt benimmst du dich albern. Ich habe mich entschieden. In ein paar Monaten heirate ich.«

»Das wirst du auch. Aber mich!«, sagte Julien, riss sie an sich und küsste sie.

Athenée trommelte mit den Fäusten auf seine Brust, doch er drückte sie weiter an sich und schließlich erschlaffte sie und küsste zurück und dies geschah mit der Wildheit, die er von ihr kannte. Keuchend ließen sie schließlich voneinander ab.

»Bilde dir nur nichts ein!«

»Du liebst mich.«

Tränen traten in ihre Augen und sie schüttelte den Kopf. Er nahm sie erneut in die Arme und drückte sie neben der Statue zu Boden. Sie zerrte an seiner Hose und er schlug ihre Kleider hoch … Schon bald stieg ihr Schrei zu den Zypressen hoch. Ein

Vogel flatterte erschrocken aus der Steineiche. Jemand räusperte sich. Erschrocken fuhren sie hoch. D'Assuncio stand bleich am Eingang des Parks und starrte zu ihnen herüber.

»Was machen Sie denn hier?«, stotterte Julien. Er war sich bewusst, dass er keinen sehr souveränen Eindruck machte, aber mit heruntergelassenen Hosen war dies schwer möglich. Athenée strich sich hastig die Kleider zurecht. Später stellte sich heraus, dass dem Römer das Pferd durchgegangen war und ihn abgeworfen hatte. Er war zur Villa zurückgehumpelt und als er aus dem Park recht eindeutige Laute hörte, war er aus Neugier den Geräuschen nachgegangen und hatte seine Verlobte in einer Situation vorgefunden, die ihm keine andere Wahl ließ, als Julien zu fordern.

»Tut mir leid, Fürst von Almeria, ich glaube, wir werden uns schlagen müssen«, stammelte d'Assuncio. »Und du, Athenée, betrachte unsere Verlobung als gelöst. Ich werde über diesen Vorgang Stillschweigen bewahren. Wer hört schon gern Spott und Mitleid darüber, dass man gehörnt wurde. Fürst, ich hoffe, dass Sie auf meinen Vorschlag eingehen. Ich werde angeben, dass Sie mich beleidigt haben, indem Sie mich einen miserablen Reiter nannten. Da ich der Beleidigte bin, wähle ich den Degen. Meine Sekundanten werden Ihnen Ort und Zeitpunkt mitteilen.« Er drehte sich abrupt um und humpelte zum Herrenhaus.

»Der Arme«, klagte Athenée. »Nun habe ich ihn ins Unglück gestürzt.«

»Du solltest lieber mich beklagen. Ich bin schließlich kein geübter Degenkämpfer.«

»Du wirst dich natürlich nicht mit ihm duellieren.«

»Ich liebe dich.«

»Was soll das jetzt? Ich liebe dich doch auch, du Teufel. Hätte ich mich sonst wie eine läufige Hündin benommen?«

»Natürlich muss ich seiner Forderung nachkommen.«

»Nein, das musst du nicht. Ich weiß, dass Carlo Duelle eigentlich als barbarisch und mittelalterlich verurteilt. Ich werde ihn mit Margots Hilfe daran erinnern.«

Sie trafen sich in der Morgendämmerung im Park – ohne Sekundanten. Die steinerne Göttin lächelte ihnen zu. Irgendwo in den Steineichen schrie ein Käuzchen. Julien sah zur Villa hinüber, wo zwei Frauen an den Fenstern standen und um ihre Geliebten bangten.

»Haben Sie Angst?«, fragte d'Assuncio mit rauer Stimme.

»Nein. Dazu stand ich zu oft im Gefecht. Aber es wäre eine Dummheit sich zu duellieren, da es nichts an der Lage ändert, sondern alles nur noch schlimmer macht. Ich würde mich schämen, einen Mann getötet zu haben, den ich eigentlich schätze.«

»Ja. Mir geht es ebenso.«

»Dann lassen wir das Ganze.«

»Ich habe Sie gefordert. Es ist nun einmal ausgesprochen.«

»Und ich entschuldige mich dafür, Sie verletzt zu haben. Aber ich liebe Athenée.«

D'Assuncio senkte den Kopf. »Ich weiß. Eigentlich wusste ich es die ganze Zeit.«

»Margot Orsini liebt Sie.«

»Ich weiß.«

»Nur vier Menschen wissen von dem Vorfall. Benehmen wir uns wie zivilisierte Menschen und nicht wie Gockel auf einem Hühnerhof.«

»Sie meinen …?«

»Ja. Vergessen wir den Vorfall.«

»Die plötzliche Trennung von Athenée wird einen Skandal auslösen.«

»Der Skandal wäre größer, wenn einer von uns sterben würde.«

»Das ist wahr.« Er stöhnte. »Ich soll auf Satisfaktion verzichten?«

»Niemals könnte ich Sie höher schätzen.«

Er atmete schwer aus. »Gut. Hören wir also auf die Frauen.«

»Richtig. Unsere Frauen sind zu klug, um das Balzen von Gockeln zu schätzen.«

Sie gaben sich nicht die Hand, aber sie verbeugten sich und d'Assuncio ging hoch aufgerichtet die Treppe zum Hof hoch. Julien blieb noch einen Augenblick an der Statue zurück. Er tätschelte der Göttin die Schulter.

»Du hast eben den Beginn einer neuen Zeit erlebt. Die Ehre erklärt sich nicht mehr durch den Degen.«

39 – Im Mordzimmer eines Königs

(Alexandre Dumas erzählt)

Sie trafen sich am Abend wieder bei der steinernen Göttin, die sie als ihre Schutzpatronin ansahen.

»D'Assuncio und Margot sind abgereist. Rom wird von Gerüchten kochen. Es wird der Skandal dieses Jahres sein!«

»Rom hat Messalinas und Agrippinas Skandale erlebt! Was ist dagegen eine Entlobung?«

»Was wird aus uns?«, fragte sie bang.

»Wir werden heiraten«, sagte er schlicht und umarmte sie.

Die Göttin sah zum zweiten Mal zu, wie sie sich vereinigten. Diesmal ohne Hast und im Bemühen, dem anderen die zärtliche Seite der Liebe zu zeigen.

»Wir reisen morgen ab«, sagte er, als sich ihr Atem beruhigt hatte. »Wir heiraten in meinem Palais in der Via del Babuino in Rom. Im angrenzenden Park steht eine kleine Kapelle.«

»Gut. Ich hatte schon Angst, du würdest Notre Dame oder den Petersdom vorschlagen«, neckte sie ihn.

»Nein. Unsere Liebe ist so groß, dass sie keinen bombastischen Rahmen braucht.«

»Ich bin eine Mercini. Für die Hochzeitsfeier sind einige Vorbereitungen zu treffen.«

»Vorher muss ich ohnehin noch einmal nach Paris, um dort eine Endabrechnung zu präsentieren. Schade, dann müssen wir eine Zeitlang ohne einander auskommen.«

»Ja, mein Fürst, so ist es nun einmal. Wenn eine Mercini heiratet, muss ganz Rom mitfeiern. Der Hochadel muss sich auf den Hochzeitstermin einstellen können. Die Schneider Roms werden viel Arbeit bekommen. Ich muss meinen Vater auch noch überzeugen, dass ein Fürst von Almeria standesgemäß ist.

Du bist nun einmal kein Römer. Das ist ein schwerer Schlag für ihn.«

»Dann sind wir unter Umständen wochenlang getrennt?«, resümierte er in gespielter Verzweiflung.

»Übertreib nicht. Du bist bis jetzt ganz gut ohne mich ausgekommen!«

»Wie konnte ich nur?«

Eine Woche später waren Julien und Tessier wieder in Paris. Es verging kein Tag, an dem er nicht an Athenée dachte und er betäubte sich damit, dass er kein Fest, keine Einladung ausließ. Eines Tages trat der Abbé Flamboyant wieder einmal mit aufgeregter Miene in Juliens Arbeitszimmer.

»Ich habe erfahren, dass sich Drumont mit einem geheimnisvollen Kreis im Schloss von Blois trifft. Von Zeit zu Zeit reist er an die Loire und kommt mit einem Koffer voller Geld zurück und seine Zeitung ist wieder eine Zeit lang saniert.«

»Woher weißt du das?«, fragte Julien misstrauisch.

»Die Loge des höchsten Wesens hat ihn nicht aus den Augen gelassen. Wir wissen alles von ihm, wann der Schmierfink aufs Scheißhaus geht, seine Huren besucht und mit seinen Freunden feiert. Er geht immer in das gleiche Bordell auf Montmartre. Er ist sogar an dieser Lasterhöhle beteiligt und bekommt durch die Mädchen so manche Information, die er dann in seinem Schmierblatt zu einem Riesenskandal aufbauscht oder die Bordellgänger damit erpresst.«

»Dann sollten wir ihn uns einmal vornehmen. Wann ist er in seinem Hurenhaus?«

»Jeden Dienstag und Donnerstag. Auf seine Gewohnheiten ist Verlass!«

»Gut. Wir werden diesem widerlichen Antisemiten einmal einen Besuch abstatten. Vielleicht können wir seinem Kampfblatt das ›Blut‹ entziehen. Wir brauchen zehn Mann von deinen Freunden. Kannst du so viele verlässliche Männer auftreiben?«

»Wenn du es willst, kann ich hundert Mann auftreiben. Ha, das wird ein Tanz werden!«, freute sich Flamboyant. »Wie in den glorreichen Tagen der Kommune.«

»Und so einer hat mir mal von der Liebe unter den Menschen gepredigt«, spottete Julien.

»Daran glaube ich immer noch«, erwiderte der Abbé mit zuckendem Mund. »Aber erst, wenn Meister Guillotine im Geist Dantons tüchtig gearbeitet hat.«

Als Julien Tessier davon erzählte, freute sich dieser.

»Ha, endlich passiert mal etwas anderes als eine Pferdekolik.«

An einem der ersten Apriltage, der Regen peitschte die Straßen, machten sie sich spätnachts nach Montmartre auf. Das Bordell lag in einer Straße, die hoch zur Baustelle der Kirche Sacre Coeur führte, ein Triumphbau, der den Sieg über die Kommunarden feiern sollte. Vor dem rot angestrichenen Haus wartete bereits Flamboyant mit seinen Freunden, die alle so aussahen, als würden sie recht bald Bekanntschaft mit dem Bagno machen. Vor dem Eingang des Bordells flackerten in den Gaslaternen unruhig die Flammen, so andeutend, dass sie bald verlöschen würden.

»Abriegeln!«, befahl Julien. »Die Hintertüren mit vier Mann besetzen. Die anderen kommen mit rein.«

Julien nickte Tessier zu und dieser gab den Befehl weiter und alle zogen sich Masken vors Gesicht. Sie betraten das Haus. Eine ältere Frau, die Puffmutter, wollte sie aufhalten. Doch ehe sie loszetern konnte, hielt ihr Tessier das Messer an die Kehle. Flamboyant befahl seinen Männern die Pärchen aus den Separees zu treiben. Da die Mitglieder der Loge des höchsten Wesens lange Knüppel in den Händen hielten, waren die Pärchen bald in einem kleinen Vorraum versammelt. Auch Drumont war unter ihnen, sie finster, aber scheinbar furchtlos musternd.

»Was soll das denn?«, fragte er entrüstet. »Wir stehen unter dem Schutz des Polizeipräsidenten. Ich habe gute Verbindungen zu den höchsten Stellen.«

»Gib ihm mal deinen Knüppel zu spüren«, befahl Julien dem Abbé. »Er soll merken, dass ihm die höchsten Stellen nichts mehr nützen.«

Flamboyant verpasste dem feisten Verleger kräftige Schläge auf Rücken und Hinterteil, was diesem einige Quietschlaute entlockte.

»Zieht eure Hosen aus! Nicht die Damen, die Herren der Gesellschaft sind gemeint«, ergänzte Tessier. Zögernd folgte man seiner Aufforderung.

»Schön. Nun setzt euch mal alle auf den Fußboden und bleibt schön brav. Wenn euch danach ist, könnt ihr euch liebkosen. Nur der große Verleger Drumont kommt mit mir in eines der Separees.«

Tessier zog sein bewährtes Messer heraus, piekste leicht in dessen Wanst und schob ihn in einen der Nebenräume. Durch seinen mächtigen nackten Hängebauch sah Drumont nicht mehr wie der gefürchtete Volkstribun aus, sondern so lächerlich wie auf einer Karikatur von Daumier.

»Wann triffst du dich mit deinen Freunden in Blois wieder?«, fragte Julien.

Drumont bekam seinen Mund nicht zu. »Woher wisst ihr …?«

»Wir wissen es halt. Wer sind die Freunde, die dir Geld zustecken? Dein Scheißblatt wäre doch längst pleite, wenn man dich nicht mit Geld subventionierte.«

»Ich sage kein Wort«, erwiderte Drumont bockig.

Julien nickte Tessier zu und dieser gab dem Verleger einen Schlag ins Gesicht, der ihn zu Boden schleuderte. Seine Nase fing an zu bluten.

»Aber, aber, alter Räuber, musstest du gleich so böse zu ihm sein? Die Prügel haben wir doch erst für die nächste Runde vorgesehen«, tat Julien entrüstet.

»Nein, Patron, in der nächsten Runde ist bereits mein Messer dran.«

»Tja, Drumont, du hast schlechte Karten. Mein Freund macht keine großen Umstände.«

Die Masken ließen nur die Augen frei, so dass ihre Stimmen dumpf wie aus einem Trichter klangen. Drumont starrte ängstlich auf das Messer. Mutig war er nur mit dem Wort. Ihm entfuhr ein kräftiger Furz.

»Nun stinkt's hier noch mehr!«, kommentierte Tessier. Als er nun auch noch mit dem Messer herumwirbelte, rückte Drumont heraus, dass eine Reise nach Blois kurz bevorstünde.

»Schon morgen reise ich ab.«

»Und wer sind deine Mäzene?«

»Ich weiß wirklich nicht, wer die Männer sind. Alle tragen Kapuzen, wie sie bei den Prozessionsteilnehmern in Spanien üblich sind.«

Tessier beugte sich über ihn und hielt ihm das Messer an die Kehle.

»Rede, Freundchen, rede!«, forderte er ihn auf. »Wo findet die Versammlung statt?«

»Im Schloss von Blois, im Zimmer, wo Heinrich III. den Guise von seinen Mignons ermorden ließ. Soldaten bewachen alle Ein- und Ausgänge. Da kommt ihr nie hinein«, fügte er hämisch hinzu.

Tessier lachte und piekste ihm ein wenig in die Hinterbacke.

»Wann ist die nächste Verabredung?«

»In zwei Tagen. Ich brauche Geld für die nächste Auflage meines Buches ›*La France Juive*‹.«

»Gibt es eine Parole für den Einlass?«, fragte Julien.

Drumont krümmte sich zusammen, als hätte er Magenschmerzen. Tessier strich ihm mit dem Messer über seinen mächtigen Bauch.

»Na, du kleiner Schmierfink, willst du wohl reden!«

»Wer sind Sie?«

»Schon mal von Ashaver gehört?«, fragte Julien.

Drumont fuhr zurück, seine Augen rollten, als würde er den Leibhaftigen vor sich sehen.

»Ashaver? Der ewige Jude?«

»Ja, der Wiedergänger«, bestätigte Tessier.

»Die Parole!«, forderte Julien.

Tessier drückte die Messerspitze stärker in seinen Bauch.

»Ja doch. ›Die Merowinger sterben nicht‹«, stammelte er.

»Was soll der Blödsinn nun wieder heißen?«, staunte Tessier.

Drumont bekam wieder Oberwasser. »Sie wissen gar nicht, mit wem Sie sich anlegen. Die ewigen Merowinger wachen über das allerkatholische Frankreich.«

»Das ist genauso verrückt wie sein Buch über das verjudete Frankreich. Was machen wir mit ihm?«, fragte Tessier.

»Unsere Freunde von der Loge werden ihn und seine Kumpane hier bis nach unserem Besuch in Blois bewachen. Bis dahin bleibt der Puff geschlossen.«

»Das Haus erwartet morgen wichtige Gäste«, protestierte Drumont. »Der halbe Generalstab hat sich angemeldet.«

»Dann werden sie sich eben in einem anderen Bordell amüsieren müssen.«

»Es wird auffallen, dass ich morgen Madame Mercier nicht abhole und nach Blois begleite.«

Julien glaubte nicht richtig gehört zu haben. »Die Frau des ehemaligen Kriegsministers Mercier?«

»Genau die. Ihr Gemahl hat sich nach seinem Abschied dem Glücksspiel verschrieben und viel Geld verloren. Er wird von den Freunden Frankreichs unterstützt. Schließlich wird Mercier noch gebraucht.«

»Gut. Wann seid ihr verabredet?«

Drumont verfiel wieder in seinen Trotz. Nachdem ihn Tessier etwas heftiger mit dem Messer gekitzelt hatte, gab er nach.

»Ich hole sie morgen Abend mit der Kutsche ab.«

Julien kam ein Gedanke, der ihm gar nicht gefiel. »Sag mal, was hast du mit Mercedes Mercier zu tun?«

»Sie ist mit ihrem Mann nicht besonders glücklich.«

»Da nimmt sie sich ausgerechnet dich als Liebhaber, den größten Hetzer und das verkommenste Subjekt Frankreichs?«

Julien war tief erschüttert. Mercedes, die einst seine Frau gewesen war, die er geliebt hatte, war so tief gesunken, sich mit diesem grässlichen Kerl einzulassen. Er rief Flamboyant herbei und gab ihm Instruktionen.

»Die Kerle hier und die Bräute dürfen, bis wir zurück sind, auf keinen Fall das Bordell verlassen. Sorge für genügend Lebensmittel. Pass auf, dass deine Leute vor lauter Bumsen nicht in der Wachsamkeit nachlassen. Besonders auf Drumont achtgeben! Der wird versuchen, euch zu entkommen.«

»Dann sorgen wir lieber gleich vor«, brummte Flamboyant und winkte seinen Leuten zu. Drumont wurde sorgfältig verschnürt. Nach den Blicken zu urteilen, die er Julien und Tessier zuwarf, hätten diese tot umfallen müssen.

»Dafür werdet ihr zahlen!«, krächzte er.

Flamboyants Männer sprachen noch Jahre später von den drei verrückten Tagen im Bordell und nannten sie nach Baudelaires Versen »Unsere Zeit mit den Blumen des Bösen«.

Julien wunderte sich über die Gegend, die ihm Drumont genannt hatte, als er in der Kutsche auf Mercedes wartete. Es war eine kleine verschmutzte Gasse. Vor den Häusern lümmelten abgerissene Gestalten. Mit scheelen Blicken musterten sie die Kutsche. Drohende Worte flogen herüber. Dass nicht mehr daraus erwuchs, verdankten sie den beiden Männern, die ihm Flamboyant mitgegeben hatte. Neben dem Kutscher sitzend verbargen sie ihre Knüppel nicht. Der typische Pariser Schnürregen kam vom Himmel. Den ganzen Tag hatte es bereits geregnet. Sie kam gebückt angelaufen und riss die Tür auf, ohne einen Blick auf das Wappen auf der Kutschtür zu werfen.

»Hast du dir ein neues Gespann zugelegt?«, sagte sie und warf sich in die Polster und ihre Augen wurden groß.

»Du? Julien? Was hat das zu bedeuten?«

»Dein Liebhaber kümmert sich gerade um seine Huren.«

»Ich verstehe nicht«, hauchte sie.

»Ich werde dich nach Blois begleiten.« Julien klopfte gegen das Dach und die Kutsche setzte sich in Bewegung.

»Was hast du vor?«, fragte sie ängstlich.

»Zuerst will ich von dir wissen, was du von dieser Merowingergesellschaft weißt.«

»Ich weiß nichts. Gar nichts!«, keuchte sie. Es war offensichtlich, dass sie log. »Julien, was hast du mit mir vor?«

»Ich will nur ein paar Antworten von dir. Warum hilft euch diese Geheimgesellschaft? Dein Mann hat doch im Augenblick keinen großen politischen Einfluss.«

»Oh, er wird wieder zu Ehren kommen. Wenn wir nur nicht diese Geldschwierigkeiten hätten.«

»Er spielt, habe ich gehört.«

Sie nickte.

»Und warum werfen sie für Auguste so viel Geld aus dem Fenster?«

»Weil sie wissen, dass er ihnen noch einmal nützlich sein wird. Die Armee steht immer noch hinter ihm. Selbst der Staatspräsident hat ihm zu verstehen gegeben, dass er eines Tages wieder eine herausragende Rolle in Frankreich spielen wird. Selbst Staatspräsident Loubet, jawohl!«, bekräftigte sie mit einem Nicken. »So, nun weißt du, was ich weiß. Lass mich raus, Julien!«, flehte sie.

»Nicht im Moment.«

»Ach, Julien, denkst du noch manchmal an unseren Nachmittag?«, flüsterte sie und legte ihren Kopf an seine Schulter. »Wie unglücklich ist damals alles gelaufen. Jedes Mal, wenn ich Alexandre angesehen habe, musste ich an dich denken. Ich hasse Auguste. Du ahnst gar nicht, welche Feindschaft zwischen ihm und mir herrscht. Wir streiten den ganzen Tag.«

»Du kannst ihn doch verlassen.«

»Wer bin ich denn dann noch? Es ist ja schlimm genug, dass wir wegen der Spielschulden unser Palais verkaufen mussten. Wir haben nicht mehr als unser Gut und ein kleines Häuschen in der Nähe des Invalidendoms. Seine Pension reicht weder vorn noch hinten. Nur die Zuwendungen aus Blois halten uns über Wasser. Ach, Julien, du bist so unendlich reich, wie man hört. Kannst du mir nicht im Andenken an unsere Liebe mit ein paar hunderttausend Francs helfen? Wir könnten dann unser Palais zurückkaufen.«

»Wer sind diese ominösen ›Merowinger‹? Das war doch ein altes Königsgeschlecht, das schon vor über tausend Jahren ausgestorben ist?«

»Julien, wir waren doch mal verheiratet.«

Sie drängte sich an ihn und glaubte, trotz der wiederholten Zurückweisung immer noch für ihn den Reiz zu haben, den sie einst in einer fernen Vergangenheit für ihn gehabt hatte. Geht das schon wieder los?, dachte Julien und befreite sich von ihr.

»Was wollen diese Gefährten der Merowinger? Wenn du mir alles erzählst, könnte ich mich, in angemessenem Umfang, erkenntlich zeigen.«

»Frankreich der Kirche zurückgeben. Sie kämpfen für das heilige Frankreich. Sie sind die Macht hinter den ›Freunden der nationalen Ehre‹ und anderer Geheimbünde. Unter ihnen soll tatsächlich ein Nachkomme mit dem heiligen Blut der Merowinger sein. So hat es mir jedenfalls Auguste erzählt.«

»Das hört sich alles sehr merkwürdig an. Was wollen sie wirklich?«

»Frankreich von den Fremden und von den Juden befreien und den alten Adel wieder in seine Rechte einführen. Nicht das Königtum der degenerierten Bourbonen soll wieder auferstehen, sondern das wahre Königtum der Priesterkönige, der Merowinger.«

»Das ist doch total verrückt. Man kann doch nicht ins 7. Jahrhundert zurückfallen.«

»Julien, hilf mir und zwischen uns kann es so werden, wie es einmal angefangen hat. Ich weiß, dass wieder alles gut werden kann.«

»Hör endlich damit auf!«, erwiderte Julien angewidert.

»Wie viel gibst du mir, wenn ich dir mehr erzähle?« Sie umklammerte seine Hände.

»Fünftausend Francs«, sagte er und schämte sich für sie.

»Zehntausend Francs«, sagte sie schnell. »Da ich Auguste nichts davon erzählen würde, hätte ich einen Notgroschen.«

Wie dumm ist man doch in seiner Jugend, dachte er. Mit dieser Frau wollte ich mein ganzes Leben verbringen.

»Gut. Siebentausend Francs, mehr gibt es nicht. Basta!«

»Gut. Gib mir das Geld«, sagte sie gierig.

Er holte seine Brieftasche heraus und schrieb eine Anweisung aus. Sie griff schnell danach. Ihre Hände kamen ihm vor wie Klauen.

»Sie wollen die Teilung von weltlicher und kirchlicher Macht beenden. Durch den Laizismus ist Frankreich schwach geworden. Es geht ihnen darum, so Auguste, Voltaire zu beerdigen.«

»Man kann die Zeit nicht zurückdrehen.«

»Ich habe dir gesagt, was ich weiß. Nun lass mich aus der Kutsche.«

»Wer steckt hinter den Haarfetischisten?« Er spielte darauf an, dass die Merowinger sich der Legende nach nicht die Haare scherten.

»Die Inhaber der Stahlwerke, die Militärs, aber auch die ehemaligen Anhänger des Kaisers. Die Elite Frankreichs.«

»Du warst doch öfter im Schloss zu Blois«, überging Julien ihre Forderung.

Sie nickte.

»Ja. Aber man braucht eine Losung, um hereinzukommen. Ich sage sie dir, wenn du mir noch einmal fünftausend Francs gibst.«

»Geschenkt. ›Die Merowinger sterben nicht‹ ist die Losung.«

»Das hat dir Drumont, dieser Feigling, verraten!«, kreischte sie.

»Du schläfst mit diesem widerlichen Antisemiten.«

»Ach, damit habe ich mich nur an Auguste gerächt, der sich schon ganz andere Dinge geleistet hat.«

»Du wirst mich im Schloss zu den Räumen führen, in dem die Verschwörer der Merowinger tagen.«

»Gut. Wenn du es so willst«, erwiderte sie. »Aber das kostet dich etwas und das Geld will ich jetzt.« Er ahnte, was in ihrem Kopf vorging.

»Wenn du denkst mich verraten zu können, wirst du sterben. Ehe die Wachen heran sind, bist du schon tot. Hol dir also nicht dein Todesurteil ab. Und das Geld bekommst du, wenn wir wieder aus Blois heraus sind.«

Sie atmete scharf aus. »Ich werde dich nicht verraten.«

»Du hast es schon einmal getan.«

»Damals war ich ein dummes Ding.«

Er sagte ihr nicht, dass er sie noch für genau so dumm hielt.

Sie nahmen in Chartres ein Hotel und als er zwei Zimmer verlangte, stampfte sie hinter ihm wütend mit dem Fuß auf. Zwei von Flamboyants Männern vor ihrer Tür sorgten dafür, dass sie nicht fliehen konnte.

In Blois brannten bereits die Gaslaternen, als sie am nächsten Tag zum trotzigen Renaissanceschloss fuhren. Er ließ die Kutsche und die Männer zurück und ging mit Mercedes die Schlossstraße hoch. Er hörte, dass ihre Zähne vor Angst gegeneinanderschlugen. Vor dem Reiterstandbild Ludwigs XII. über der Tür wurden sie von zwei Soldaten angehalten. Sie trugen die Uniform der Kadetten von St. Cyr. Junge Burschen, die stolz darauf waren, der Militärelite Frankreichs anzugehören und hier einem Geheimauftrag zu dienen. Als Julien das Losungswort nannte, salutierten sie mit unbewegtem Gesicht und ließen sie anstandslos passieren. Julien und Mercedes eilten zur Wendeltreppe, die als ein architektonisches Kleinod der Renaissance galt. An deren Ende wurden sie diesmal von einem Offizier in Empfang genommen. Auch er salutierte nach dem Losungswort.

»Sind die anderen schon da?«, fragte Julien den Offizier, dessen bleiche und strenge Gesichtszüge ihn an einen Jesuitenpater erinnerten.

»Sie tagen schon seit einer Stunde«, gab er in vorwurfsvollem Ton zurück. In seinen Augen loderte ein Feuer, als erwarte er von dieser Tagung die Offenbarung des Merowingerkönigs. Was hatte man diesem jungen Mann erzählt?

Sie kamen in einen Saal, über dessen Kamin ein Salamander thronte, das Wappentier Franz' I. Mercedes ging zielstrebig weiter und sie befanden sich in den Räumen der Katharina von Medici, wie sie ihm zuflüsterte. Sie öffnete ein kleines, kaum sichtbares Geheimfach und sie konnten in das Zimmer sehen, in dem einst der Herzog von Guise von den Mignons Heinrichs III. ermordet worden war. Dort saßen zwölf Männer, deren Köpfe mit roten Kapuzen bedeckt waren. Keine der Kapuzen unterschied sich von der anderen. Erregt lauschte Julien dem Gespräch.

»Wir werden ihn töten!«, sagte ein hochgewachsener Mann mit sonorer Stimme. »Es ist alles dafür vorbereitet. Dies wird denen eine Warnung sein, die glauben, die Juden verteidigen zu müssen.«

»Was ist mit Drumont? Er müsste doch längst da sein?«, fragte ein anderer. »Er ist doch einer der Pünktlichsten, wenn es ums Geld abholen geht.«

»Er wird schon noch kommen. Das Wetter ist ja auch scheußlich. Drumont wird die ganze Sache publizistisch begleiten. Wir müssen aufpassen, dass die Judenfreunde und Liberalen den Tod unseres Erzfeindes nicht mit uns in Verbindung bringen.«

»Und was ist mit diesem lästigen Fürsten von Almeria?«, fragte eine hohe Falsettstimme.

»Den nehme ich mir vor. Er wird schon bald nicht mehr unsere Kreise stören. Mein Wort darauf!«, rief jemand eifrig aus der Runde.

»Aber Dreyfus? Dreyfus wird davonkommen?«, klagte ein schwergewichtiger Mann mit vielen Ringen an den Händen.

»Auch das ist arrangiert«, sagte der hochgewachsene Mann. Der verrutschte Umhang zeigte die Streifen des Generalstabs.

»Wir sind kurz vor dem Ziel!«, sagte er, erhob sich, nahm das Weinglas auf und alle folgten ihm.

»Wir gehen einer großartigen Zukunft entgegen und nach harter Arbeit und einer radikalen Auslese werden wir Frankreichs Glorie neu begründen, ein gereinigtes, ein stolzes Frankreich! Frankreich den Franzosen!«, rief er pathetisch.

»Frankreich den Franzosen!«, riefen alle im Chor und stürzten den Wein hinunter.

»Wenn der verdammte Quälgeist zu Grabe getragen ist, werden im Trauerzug noch andere interessante Ziele sein«, trumpfte der Hochgewachsene auf.

»Bravo, General Bois…«, lobte jemand.

»Keine Namen bitte!«, zischte ihm sein Gegenüber zu.

»Wo bleibt Drumont denn nur?«, wurde noch einmal gefragt.

»Vielleicht hat sich Madame Mercier verspätet, wie das mit Frauen so ist. Wie lange sollen wir Mercier noch durchfüttern? Er ist doch eine vergangene Größe«, fragte der Schwergewichtige mit den vielen Ringen. Einer davon sah wie ein Bischofsring aus.

»Im Moment. Aber ich kenne ihn. Er wird sich von seiner Niederlage bald wieder erholen. Er kann für uns noch einmal sehr wichtig sein«, erwiderte der mit den Generalstabsstreifen. Dies ermutigte wohl Mercedes, einen schrillen Schrei auszustoßen.

»Zu Hilfe! Wir werden belauscht!«

Sie verriet Julien zum zweiten Mal. Er reagierte sofort. Nicht, indem er sie wie angedroht bestrafte, sondern indem er sie zu Boden schleuderte und flüchtete – durch die Räume zurück in den Kaminsaal jagte und sich zur Freitreppe begab. Dort stieß er auf den so streng aussehenden Offizier und rief diesem zu: »Schnell! Kommen Sie! Die Versammlung wurde durch einen Eindringling gestört. Man braucht Sie dort.«

Der Offizier griff zu seinem Säbel und rannte an Julien vorbei in den nächsten Raum. Julien ging gelassen die Treppe hinunter und über den Hof zu den beiden Soldaten am Eingang und sagte ihnen, dass sie ihrem Offizier zu Hilfe kommen sollten, da es einen Vorfall im Versammlungsraum gegeben habe. Die jungen Offiziersanwärter fragten nicht weiter und liefen auf die Freitreppe zu. Julien ging die Schlossstraße zur Kutsche hinunter und befahl seinen Leuten langsam den Burgberg hinunter zu fahren, um keinen unnötigen Verdacht aufkommen zu lassen. Erst unten in der Stadt, am Loireufer, befahl er Galopp.

Am nächsten Tag konnte er Tessier und Flamboyant von ihrer Wächterrolle im Bordell erlösen. Die Männer von der Loge des höchsten Wesens sahen sehr überanstrengt aus. Die Frauen schienen ihre Arbeit nicht vernachlässigt zu haben.

»Wen will dieser Mann aus dem Generalsstab töten lassen?«, fragte Julien Drumont. »Und wer ist der Mann?«

Doch Drumont zog hämisch grinsend die Schultern hoch und tat so, als habe er keine Ahnung. Selbst als Tessier ihn etwas gröber befragte, blieb er dabei, den Mann nicht zu kennen.

»Ich war doch nicht dabei«, höhnte er. »Also kann ich auch nicht sagen, wen man richten will.«

»Wir werden es herausbekommen und dann wirst du auch die Rechnung mitbezahlen!«, drohte er Drumont.

»Das werden wir noch sehen, wer die Rechnung bekommt. Ich werde diese Demütigung nicht vergessen. Wir kriegen euch! Wir werden schon noch herausbekommen, wer diese Kerle hier befehligt. Auch eure Maske wird dies nicht verhindern.«

Die Drohungen Drumonts beschäftigten ihn nicht sehr, aber das, was er in Blois gehört hatte, ging ihm nicht aus dem Kopf. Flamboyant sorgte dafür, dass rund um das Palais Almeria seine Leute postiert waren. Im *Libre Parole* erschien ein höhnischer Artikel:

Wovor hat der Fürst von Almeria Angst?

Aus der Villa Palagione bekam er ein Schreiben von Athenées Bruder.

Sie werden sicher verwundert sein, aus der Villa Palagione einen Brief von mir zu bekommen. Aber ich bin in Ricciarellis Gestüt eingestiegen. Doch das ist nicht der Grund, warum ich schreibe. Athenée ist schwanger. Aber es ist eine komplizierte Schwangerschaft. Sie darf das Bett nicht verlassen. Ihr müsst eure Hochzeit verschieben. Sie braucht Sie hier. Ihre Anwesenheit wird ihr guttun.«

Julien geriet in Panik. Einerseits freute er sich über die Nachricht, andererseits hatte er Angst sie zu verlieren. Würde das Schicksal ihm wieder eine geliebte Frau nehmen? Er machte sich Vorwürfe, dass er nichts von der Schwangerschaft bemerkt hatte. Er zweifelte keinen Augenblick daran, dass er der Vater war. Warum hatte sie ihm nichts davon gesagt? Hatte sie ihn nicht unter Zugzwang setzen wollen? Er beschloss, sofort nach Italien zu fahren.

Vor der Abreise, auf dem Ball des Herzogs von Orléans, begegnete er Baron Savigny. Als dieser ihn erblickte, breitete er erfreut die Arme aus und kam auf ihn zugehumpelt.

»Lieber Julien, dich habe ich ja schon eine Ewigkeit nicht mehr gesehen.«

»Der Aufbau eines Gestüts kostet viel Arbeit und Zeit. Wie geht es Ihnen? Sie haben Schwierigkeiten mit dem Gehen?«

»Ja, mein Junge, die Gicht. Sie wird immer schlimmer. Aber lassen wir das. Gegen das Alter ist man machtlos. Ich hörte, deine Pferde haben in Longchamps und Newmarket gesiegt.«

»Ja, wir werden in Kürze auch in Baden-Baden in Deutschland starten. Es lässt sich gut an. Was sagen Sie zur politischen Entwicklung? Dreyfus wird vollständig rehabilitiert.«

»Wurde auch Zeit. Nicht, dass ich Dreyfusianer geworden bin. Das nun doch nicht. Aber die ganze Affäre hat die Nation gespalten. Wir sollten uns auf andere Feinde konzentrieren und die sind nicht in Frankreich.«

»Sie meinen Deutschland?«

»Natürlich. Die industrielle Kraft Deutschlands wächst täglich. Wie heißt die Parole? Nicht darüber reden, aber immer daran denken und sich nicht durch interne Affären aufhalten lassen.«

Julien sah auf der anderen Seite des Saales Mercier und Drumont zusammen stehen. Offensichtlich beschäftigte sie das Zusammentreffen des Beraters des Staatspräsidenten mit ihrem Feind. Es schien ihnen Sorgen zu bereiten.

»Drumont trägt mit seinem Hetzblatt dazu bei, dass sich die Franzosen zerstreiten!«

Savigny warf einen ärgerlichen Blick zu dem Verleger hinüber.

»Ja. Er ist eine Schmeißfliege. Irgendwann wird er mit seinen ständigen Aufregern über das Ziel hinausschießen und dann wird man ihn … na ja, im Moment gibt es andere Sorgen. Wir müssen Frankreich einigen. Gut, dass du dich mit dem Staatspräsidenten einigen konntest, nicht an die Öffentlichkeit zu gehen. Ich rechne dir dies hoch an. Es darf an der Integrität des Generalstabs kein Zweifel aufkommen.«

»Es war ein hoher Preis.«

»Du hast Frankreich einen Dienst erwiesen«, lobte Savigny.

Julien war sich dessen nicht so sicher. Das Geschwür, das Frankreich so peinigte, eiterte weiter.

»Sag, hast du von den Schwierigkeiten der italienischen Banken gehört? Die Banco Massimo Italia soll Probleme haben. Der Bankier Filippo Mateotti wird vermisst. Die Tresore sollen leergeräumt sein. Hast du dein Vermögen dort angelegt?«

»Nein. Ich habe meine eigene Bank.« Aber das war nur die halbe Wahrheit. Er hatte dort das Gold aus Argentinien deponiert. Das brauchte Savigny jedoch nicht zu wissen.

»Aber ich habe Anteile an der Bank«, gestand er nun ein.

»Dann würde ich mich an deiner Stelle dringend darum kümmern.«

Es war ein weiterer Grund, schleunigst nach Italien zu reisen.

Als er am nächsten Tag das Juweliergeschäft am Place Vendôme verließ, wo er die Trauringe abgeholt hatte, kam ihm eine Frau entgegen, die ihm bekannt vorkam. Dann erinnerte er sich, welche Rolle sie einst in der Zeit seiner ersten Liebe gespielt hatte. Es war Diane du Plessis, die Freundin von Mercedes. Im Gegensatz zu dieser schien sie kaum gealtert zu sein.

»Diane, bist du es?«, rief er erfreut.

Sie blieb stehen und sah ihn erstaunt an. »Wir kennen uns?«

»In der Tat. Du warst doch die Freundin von Mercedes.«

»Das war ich tatsächlich mal. Aber wir haben uns schon vor langer Zeit zerstritten, weil sie jemandem fürchterlich mitgespielt hat.«

»Ich weiß. Dieser Jemand steht vor dir!«

Ihre Augen wurden nun größer und sie legte die Hand vor den Mund. »Ich begreife. Mein Gott, du bist ... Julien! Wie hast du dich verändert.«

»Du aber kaum. Komm, gehen wir ins Café. Es gibt viel zu erzählen. Du bist verheiratet?«

»Ja. Mit dem Cavaliere Cavalcas aus Neapel. Ich bin nur zu Besuch hier, weil ich meine Konten in Paris auflöse.«

Er führte sie in ein Café und bestellte Schokolade. Sie sahen sich an und suchten gegenseitig in ihren Augen die Vergangenheit.

»Du bist also dem Bagno entkommen? Gut schaust du aus«, staunte sie.

»Und du lebst in Italien?«

»Ja. In der Nähe von Neapel. Wir haben dort Weingüter. Aber uns ist ein Unglück passiert. Wir hatten unser Geld bei der Banco Massimo Italia deponiert. Die Bank ist bankrott. Der Direktor ist spurlos verschwunden.«

»Da sind wir im gleichen Boot. Ich will gerade nach Italien, um mich um die Geschichte zu kümmern. Sieht so aus, dass er mit meinem Gold das Weite gesucht hat.«

»Komm doch zu uns. Mein Mann wird sich freuen, mit dir gemeinsam das Problem angehen zu können.« Sie senkte die

Stimme zu einem Flüstern. »Mein Mann hat schon seine Beziehungen spielen lassen. Er ist in Neapel ein sehr mächtiger Mann. Aus der Zeit des Risorgimento gibt es einen … nennen wir es Club, dessen Mitglieder sich gegenseitig helfen. Mein Mann ist sicher, dass er Mateotti, den Präsidenten der Bank, finden kann.«

Sie unterhielten sich noch über ihre Familienverhältnisse und sie erzählte, dass sie zwei Kinder habe und eine gute Ehe führe. Er beneidete sie um den Stolz, mit dem sie über die Liebe in ihrer Familie sprach.

Das hättest du auch haben können, wenn dein Leben anders verlaufen wäre, dachte er melancholisch. Aber nun hast du durch das Kind eine neue Chance. Verpass sie nicht, mahnte er sich.

»Gut. Wann reist du nach Italien ab?«

»Bald. Sehr bald.«

»Ich werde ebenfalls in den nächsten Tagen abreisen. Ich werde dich besuchen.«

»Dann ist es abgemacht. Wir wohnen im Winter und Frühjahr im Hotel Emanuelle.«

»Ich werde mich spätestens in zehn Tagen bei euch melden.«

Aber so schnell sollte es doch nicht zu einem Wiedersehen kommen. Es geschah etwas, was die ganze Nation bis ins Mark erschütterte und von allen Zeitungen in die Welt hinausgeschrien wurde.

40 – Der Tod des Titanen
(George Sand erzählt)

Flamboyant brachte Julien die Nachricht mit den Worten: »Frankreichs Stimme ist erloschen.« Mit zitternden Händen reichte er Julien die Zeitung.

»Was? Kohlendioxyd? Durch einen verstopften Kamin soll Zola gestorben sein? Zolas Tod ein Zufall? Gestorben durch die Nachlässigkeit eines Kaminkehrers?«

Julien überflog wieder und wieder die dürren Zeilen über den Tod des Titans. Aber sie enthielten keine Aufklärung. Doch nun kamen ihm die Worte im Schloss von Blois in den Sinn: *Wir werden ihn töten. Es ist alles vorbereitet. Dies wird denen eine Warnung sein, die glauben, die Juden verteidigen zu müssen.*

Bestand zwischen diesen Worten und dem Tod Zolas ein Zusammenhang oder war sein Tod tatsächlich ein Unfall, ein närrisches Spiel des Schicksals? Doch einstweilen musste er es so hinnehmen wie alle, die zu Tausenden seinen Sarg begleiteten. Eine dumpfe Wolke lag über der Stadt. Selbst die Kinder schienen der Trauer Rechnung zu tragen und senkten beim Spiel ihre Stimmen.

Er war mit Tessier und Flamboyant am Grab des großen Mannes und hörte den ehrfurchtsvollen Worten zu. Selbst die Militärs wagten nichts anderes als Trauer zu zeigen. Julien verwünschte ihre Heuchelei.

Als er in Rom vor dem Palais der Mercini vorfuhr, schlug sein Herz bis zum Hals. Mit großen Schritten stürmte er das Palais, sodass Tessier kaum zu folgen vermochte. Athenées Vater, ein rüstiger Hagestolz mit der hochmütigen Haltung eines Römers, der seine Ahnen bis zu den Borgias zurückverfolgen konnte, empfing ihn mit eisiger Miene.

»Da sind Sie ja endlich! Sie haben meine Tochter in große Schwierigkeiten gebracht. Aber was kann man auch von einem Spanier verlangen!«

Julien winkte ab. »Wo ist sie?«, fragte er barsch, die Worte des Fürsten missachtend. »Nun reden Sie doch!«

Mercini war über die ungewohnte Behandlung so bestürzt, dass er ihm stotternd den Weg wies. Er fand sie verschwitzt im Bett vor. Ihr Gesicht dünkte ihn so zart und durchsichtig wie chinesisches Porzellan. Sie lächelte, als er ins Schlafzimmer stürzte. Er kniete an ihrem Bett und bedeckte ihr Gesicht mit Küssen.

»Mein Gott, was machst du nur? Warum hast du mir nichts gesagt?«

»Ich … muss dir etwas gestehen. Lange vor deiner Zeit hatte ich … eine Fehlgeburt. Schlimm für dich? Angeblich konnte ich keine Kinder mehr bekommen.«

Er schüttelte den Kopf. »Was redest du? Ich liebe dich.«

»Ich wollte abwarten, ob ich es behalten würde.«

»Und ich habe nichts bemerkt.«

»Nein. Uns Mercini-Frauen sieht man die Schwangerschaft kaum an. Wenn alles gut geht, kommt das Kind in drei Monaten zur Welt. Bis dahin müssen wir warten. Es wird als Bastard zur Welt kommen.«

»Na und? Mit der Hochzeit ist er der legitime kommende Fürst von Almeria.«

»Und es wird eine große Hochzeit werden«, sagte sie trotzig. »Ich bin eine Mercini. Ganz Rom kann ruhig erfahren, dass ich es nicht nötig habe, mich an Konventionen zu halten.«

»Nein. Keine Heimlichkeiten«, bekräftigte Julien und dachte an jene Hochzeitsnacht, die ein Nachmittag gewesen war.

»Was kann ich tun, bis du …?«

»Nichts«, erwiderte sie ruhig. »Wir müssen einfach abwarten, bis es so weit ist. Ich muss strikt die Anweisungen der Ärzte befolgen. Solange brauche ich Ruhe. Es ist lieb, dass du gekommen bist, aber …« Sie seufzte. »Ehrlich gesagt, wenn du hier dauernd rumstehst und mich sorgenvoll ansiehst, komme ich nicht zur Ruhe.«

Schließlich sah er ein, dass er wirklich nichts tun konnte und ihr nur auf die Nerven ging. Er erinnerte sich an Diane du Plessis' Einladung. Am nächsten Tag fuhr er nach Sorrent ab. Athenée atmete erleichtert auf.

Das Hotel, in dem die Cavalcas logierten, lag auf einer Klippe vor dem Golf von Sorrent mit einem traumhaften Blick bis nach Capri hinüber. Julien und Tessier wurden vom Baron mit großer Herzlichkeit empfangen. Ein energisch wirkender Mittvierziger mit einem scharfen Profil, kühlen grauen Augen und entschlossenen Bewegungen.

»Fürst, ich freue mich, Sie kennenzulernen. Meine Frau hat mir so viel von Ihnen erzählt. Doch nun kommen Sie, ich habe mit der Hotelleitung gesprochen und dafür gesorgt, dass Sie die Suite neben uns bekommen. Nachher beim Dinner können wir alles besprechen.«

Die Zimmer waren in türkisfarbenem Ton gehalten. Als sie auf den Balkon traten, war es ihnen, als würden sie wie die Möwen über dem endlosen Blau schweben.

»Wenn wir das gemeinsam anpacken, dann wird alles noch gut werden«, sagte Diane bereits beim Hors d'oeuvre. Wohl, um gegen ihre eigenen Ängste anzukämpfen.

»Wir sind in einer prekären Situation«, gab Cavalcas zu. »Wenn wir uns das Geld nicht zurückholen, müssen wir unsere Weingüter verkaufen, die unsere hauptsächliche Einnahmequelle sind.«

»Haben Sie bereits etwas in Erfahrung bringen können?«

»Mateotti scheint nicht mehr in Italien zu sein. Was wissen Sie über die Carbonari?«

Julien überraschte die Frage und er lehnte sich zurück und überlegte, was er über diesen einst mächtigen Geheimbund wusste. Er hatte während seines ersten Romaufenthaltes d'Assuncio von ihm sprechen hören.

»Haben die Carbonari nicht während der Zeit Napoleons eine gewisse Widerstandsrolle gespielt? Es soll eine Spielart der Freimaurer sein, nur radikaler.«

»Sie sind für einen Franzosen gut informiert. Einst war es eine mächtige Geheimgesellschaft, die 1833 in Mazzinis Volksbewegung ›Giovane Italia‹ aufging. Sie ist aus dem Blick der Öffentlichkeit völlig verschwunden. Aber es gibt sie immer noch, die ›*buoni cugini*‹, sowohl in Italien als auch in Frankreich. Ihre Losung heißt immer noch ›Lustum necare reges Italiae‹. ›Es ist gerecht Italiens Könige zu töten‹. Ableger haben sie auch in Frankreich und opponieren dort gegen die Königstreuen und Bonapartisten.«

»Sie erzählen mir das sicher nicht ohne Grund«, erwiderte Julien, der keinen Zusammenhang zu ihrem Problem erkennen konnte.

»Richtig. Die Carbonari in Frankreich haben herausbekommen, dass dort ein gewisser Geheimbund tätig ist, der einen König aus einer angeblichen Merowingerlinie an die Macht bringen will … mit dem Gold des Fürsten von Almeria.«

»Dann war … ist Filippo Mateotti ein Anhänger dieses Merowinger-Geheimbundes?«, rief Julien erstaunt.

»So ist es. Sie haben nun die Mittel, mit dem sie Leute bestechen und die Geschicke des Landes beeinflussen können.«

»Das werden wir verhindern!«, sagte Julien grimmig und dachte dabei an das belauschte Gespräch in Blois. Oh ja, sie waren dabei, Frankreich zu unterwandern und in eine Autokratie zu verwandeln. Der angebliche Merowinger war doch nur das Aushängeschild, hinter dem sich ein Frankreich versteckte, das nicht den großen Geist Voltaires, Rousseaus und Zolas verkörperte, sondern im Gegenteil das Frankreich des Chauvinismus, das sich an sich selbst berauschte.

»Dieser Merowingergeheimklüngel ist antisemitisch«, erklärte Julien dem Cavalcas und erzählte, was er in Blois erlebt hatte.

»Ich habe keine Erklärung, warum sie ausgerechnet die Juden so hassen.«

»Es gibt eine Erklärung. Sie geben den Menschen, die unzufrieden über ihr Leben sind, einen Grund, jemanden zu hassen, der ihrer Meinung nach an ihrem Unglück schuld ist.«

»Ein unheilvoller Hass, der sich übel auswirken kann.«

»Ja. Antisemitismus ist etwas Verrücktes«, stimmte Cavalcas zu.

»Wo setzen wir an?«, fragte Julien entschlossen und Tessier, der gelangweilt zugehört hatte, straffte sich.

»Wir wissen, wo Mateotti ist«, sagte Cavalcas mit feinem Lächeln.

»Nun spannen Sie mich nicht so lange auf die Folter.«

»Er ist in Toulouse im Languedoc gesehen worden. Dort in der Nähe liegt die Burgruine Montségur, eine Festung der Katharer. Ein gutes Versteck, da es fast unmöglich ist, sich dieser unbemerkt zu nähern.«

»Und dorthin hat er das Gold und Geld aus den Tresoren geschafft?«

»Anzunehmen. Es ist eine Kolonne von zwanzig Mulis gesehen worden, die zum Berg hochzog.«

»Das ist ein Ansatz. Wann machen wir uns zur Burg auf?«

»Nicht so stürmisch. Wir sollten uns Hilfe zusichern. Ich habe einen Brief an die französischen Carbonari geschrieben. Die werden uns vielleicht helfen. Wenn wir die Zusage haben, werden wir losziehen.«

Sie mussten noch eine Woche warten, bis die Nachricht eintraf, dass die Carbonari mitmachen würden, wenn sie einen entsprechenden Anteil von zwanzig Prozent bekämen.

»Die Carbonari waren einmal Räuber, das merkt man heute noch«, kommentierte Cavalcas trocken.

Julien schrieb dem Abbé, dass dieser seine Freunde aktivieren solle. Vier Wochen später waren sie in Toulouse und nahmen im Hotel Opéra Quartier. Dort stießen sowohl Flamboyant als auch France Guitry, der Vertreter der Carbonari in Frankreich, zu ihnen. Es war spät am Abend, als sie alle auf der Terrasse vor dem Hotel gegenüber der mächtigen Kirche saßen und Kriegsrat hielten.

»Was wissen wir?«, fragte Julien.

»Es ist eine alte Festung, aus dem frühen 13. Jahrhundert, die noch einigermaßen erhalten ist. Die Familie de Braque hat in letzter Zeit viel Geld reingesteckt, um sie wenigstens teilweise bewohnbar zu machen«, erläuterte Guitry, ein großer hakennasiger Mann mit einem messerscharfen Schnurrbart auf der Oberlippe, der in seiner straffen Haltung an einen Militär erinnerte. Da auch er Pferde züchtete, verstand sich Julien von Anfang an mit ihm.

»Übrigens, diese Familie de Braque hält sehr auf Tradition und nimmt in Anspruch, von den alten Merowingern abzustammen«, warf Cavalcas blinzelnd ein. »Sie veranstalten jedes Jahr ein Ritterfest im Stil des alten Languedoc.«

War dieser de Braque der angebliche Prätendent der Merowingerfreunde?, fragte sich Julien.

»Wie sicher ist es, dass sich Mateotti dort aufhält?«

»Ziemlich sicher«, bestätigte Guitry. »Einer unserer Freunde, ein Italiener, der ihn aus Rom kennt, hat ihn hier in der Stadt gesehen.«

»Wieviel Mann sind in der Festung?«

»Wir haben nicht mehr als dreißig Mann ausmachen können. Wir dagegen kommen mit unseren Carbonari aus der Umgebung und ihren Männern auf fünfzig Mann.«

»Wissen wir, ob das Gold noch da ist?«

Guitry zuckte mit den Schultern. »Wir wissen nur von den Eseln. Was in den Säcken war, kann nur vermutet werden.«

»Dann sollten wir die Burg näher in Augenschein nehmen.«

Am nächsten Tag mieteten sie sich Mulis, denn das Gelände war sehr unwegsam. Die Festung lag auf einem schrundigen Felsen und sah von Weitem unbezwingbar aus und war doch von den Kreuzrittern bezwungen worden, als diese die Aufforderung des Papstes, die Katharer zu vernichten, fanatisch und mitleidlos befolgten. Guitry gab den Führer ab. In einem Kiefernwäldchen stiegen sie von den Eseln.

»Von hier haben wir einen guten Überblick über Tal und Burg.«

Er reichte Julien sein Fernglas.

»Um da oben hineinzukommen, müssten uns Flügel wachsen«, kommentierte Guitry und strich sich über sein schmales Bärtchen, das seinem Gesicht etwas Verwegenes gab.

»Sehe ich auch so!«, stimmte Tessier zu.

»Was ist mit dem Ritterfest?«, fragte Julien.

»Was soll mit dem sein?«, fragte Guitry.

»Wann findet es statt? Wie läuft so ein Fest ab?«

»Nächste Woche. Es kommen Tausende aus der ganzen Umgebung. Es gibt ein Lanzenstechen sowie Bogen- und Armbrustschießen, Tanzgruppen, Gaukler, viel Kurzweil also. Es wird viel gegessen und getrunken. Den Wein stellen die de Braques kostenlos. Sie halten es sich zugute, die alten Traditionen hochzuhalten und sind deshalb im ganzen Languedoc beliebt. Sie demonstrieren damit, dass sie zumindest hier noch die Herren sind.«

»Das könnte die Achillesferse sein. Wir werden uns verkleiden und unter das Volk mischen. Alle sollen sich als Gaukler, Knappen, Ritter und Minnesänger, was weiß ich, maskieren und in die Burg einschleichen.«

»Sehr gut!«, lobte Guitry. »Wenn das Abschlussfest seinen Höhepunkt erreicht hat, übernehmen wir die Burg. Meine Carbonari werden für die Wälle zuständig sein, Flamboyants Männer kümmern sich um das Innere der Festung.«

»Wir sollten aber einzeln zur Burg hoch und nicht in Gruppen«, schlug Tessier vor.

»Wie ist das mit dem Abtransport? Wir brauchen Mulis, die wir beladen können. Dazu brauchen wir drei Transportwagen, die jeweils in verschiedenen Richtungen das Weite suchen«, entwickelte Julien seinen Plan weiter.

»Guter Vorschlag«, stimmte Guitry zu. »Und in welcher wird das Gold sein?«, setzte er misstrauisch hinzu.

»Das entscheiden wir, kurz bevor wir die drei Lastzüge losschicken.«

Guitry lächelte anerkennend.

»Sie verstehen Ihr Geschäft, Julien de Cordoso.«

Das Fest vermittelte den Eindruck, als sei man tatsächlich ins Mittelalter zurückgefallen. Ritter, Edelfräulein, Knappen und Gaukler marschierten durch die kleine Zeltstadt am Fuße des Burgbergs. Zahlreiche Stände sorgten für das leibliche Wohl und boten Gulasch, Würste und Suppen an. Sogar ein Karussell und Schaukeln, die nicht ganz zum mittelalterlichen Bild passten, luden zur Belustigung ein. Drehorgelspieler sangen ihre Couplets. Mandelgeruch lag in der Luft.

Unbemerkt sickerten sie in die Zeltstadt ein und wandten sich dann der Burg zu, stiegen, was sehr beschwerlich war, die Anhöhe hoch und verteilten sich im Burghof, wo Bänke zum Ausruhen einluden. Als dann die Dunkelheit herabsank und Feuerschlucker die Menschen belustigten, wandten sich die Carbonari, wie es vorgesehen war, den Mauern zu. Flamboyants Männer sicherten die Ausgänge der Burg. Sie warteten ab, bis das Feuerwerk das Ende des Ritterfestes ankündigte und de Braques Männer die Leute aufforderten, die Burg zu verlassen. Als die letzten Feuerstreifen am Himmel verglüht waren und nur noch die Fackeln für etwas Licht sorgten, begannen die Carbonari de Braques Männer zu überrumpeln und sehr unsanft ins Reich der Träume zu befördern. Auch die Posten, die das Innere der Burg sicherten, waren schnell überwunden und zu Paketen verschnürt.

Julien, Tessier, Flamboyant und Cavalcas liefen durch lange Gänge, bis sie in eine Halle kamen, wo die Familie de Braque mit ausgewählten Gästen an einer langen, reich gedeckten Tafel saß. Erstaunt sahen sie hoch, als die vier Eindringlinge die Halle betraten. Cavalcas verneigte sich mit einer karikierenden Verbeugung, was sich etwas seltsam ausnahm, da er in der Linken einen Revolver hielt.

»Lieber Mateotti, wir freuen uns Sie wiederzusehen. Wie ich feststelle, lassen Sie es sich gutgehen.«

Der Bankier stand auf und sah hilfesuchend um sich.

»Wer sind Sie, was wollen Sie hier?«, dröhnte der Hausherr Anatol de Braque, ein breitschultriger Mann, der sein langes graues Haar hinten zu einem Pferdeschwanz zusammengebunden hatte, was darauf schließen ließ, dass er sich tatsächlich für einen Nachkommen der Merowinger hielt.

»Wir wollen nur unser Eigentum zurückholen«, sagte Julien und hob den Revolver.

Am Tisch saßen acht Männer mit ihren Frauen. Neben dem Grafen de Braque und dessen Sohn der Bankier Mateotti und fünf Militärs in goldbetressten Uniformen.

»Was hat das zu bedeuten?«, schrie einer der Offiziere, der mit seinen eingefallenen Wangen und dem spitzen Gesicht ein wenig dem großen Voltaire ähnelte, aber nicht dessen philosophische Gelassenheit zeigte.

Julien beantwortete die Frage nicht, sondern nickte Flamboyant zu, so andeutend, die Frauen in eine der angrenzenden Kammern einzuschließen. Die Frauen schrien auf, doch folgten sie, wenn auch zögernd, den Anweisungen des ehemaligen Abbés.

»Was wollt ihr?«, dröhnte Anatol de Braque mit ungebrochenem Selbstbewusstsein.

»Haben wir das nicht schon gesagt?«, erwiderte Julien kalt. »Wo ist das, was Ihnen der betrügerische Mateotti gebracht hat?«

»Wer verlangt das?«, rief der ranghöchste der Offiziere und zerrte an seinem Spitzbart.

Braque schwieg, schüttelte den Kopf, schien nicht bereit zu sein, das Gold so ohne weiteres herauszurücken. Tessier zog sein Messer und wiegte es in der Hand.

»Lieber de Braque, ich kann Ihnen auch das Haar schneiden und danach eine Rasur verpassen, dass Sie sich nicht wiedererkennen. Und wenn das nicht reicht, werde ich richtig ungemütlich. Wollen wir wetten, dass Sie sich dann nie mehr unter Leute trauen? Ich denke, ein Gesicht ohne Nase sieht recht grauenvoll aus.«

Braque sah ein, dass diese Argumente recht überzeugend waren und nickte schließlich.

»Nein!«, schrie Mateotti auf. »Nicht! Das würde uns der Großmeister niemals verzeihen!«

Aber de Braque nahm lieber den Zorn des Großmeisters in Kauf als sein Haupthaar und sein Gesicht verunstaltet zu wissen.

»Gut. Ich führe euch zu dem Gold.«

»Ich wusste es!«, brüllte der Ziegenbärtige wütend. »Wenigstens zum Fest hätte man es, wie von mir vorgeschlagen, auslagern müssen.«

»De Braque, dafür wird Sie der Meister bestrafen«, kreischte Mateotti.

Tessier gab ihm einen Tritt in den Hintern.

»Los, ihr Hübschen! Führt uns zu unserem Eigentum.«

Flamboyant bekam den Befehl, alle Männer, außer de Braque und Mateotti, zu fesseln und wie die Frauen in einer angrenzenden Kammer einzuschließen.

»Nun zeigt uns mal eure Schatzkammer!«, brummte Tessier und stieß Braque und Mateotti zum Ausgang der Halle. Diese führten sie eine Treppe hinunter in einen langen Gang, der schließlich vor einer Eisentür endete. Einst mochte hier das Verlies gewesen sein. De Braque öffnete sie stöhnend mit einem der vielen Schlüssel, die an seinem Gürtel hingen. Dann standen sie in einem Gewölbe mit vielen Kisten, deren Deckel Cavalcas schnell hochschlug. Einige der Kisten enthielten schön gestapelte Geldscheine in den unterschiedlichsten Währungen, andere Juliens Gold.

»Seht nur, eine der Kisten mit den Goldpesos«, stellte Tessier fest.

»Wir mussten bereits eine Kiste mit Goldpesos nach Paris schicken«, gab de Braque zu, der Tessier dabei einen scheuen Blick zuwarf. Er fügte sich darein, dass er im Moment nichts gegen die Eindringlinge unternehmen konnte. Mateotti dagegen schien einer Ohnmacht nahe zu sein.

»Ich bin dem Großmeister für die Sicherheit des Goldes verantwortlich. Dies ist unsere Kriegskasse für den Umsturz!«, schrie Mateotti verzweifelt.

»Sei still!«, zischte de Braque. »Du redest dich um Kopf und Kragen.«

»Wem habt ihr das Gold geschickt?«, fragte Tessier, packte Mateotti am Kragen, hob ihn hoch und schüttelte ihn. Nachdem Tessier ihm ein paar Backpfeifen verpasst hatte, nannte er eine Adresse. Julien glaubte seinen Ohren nicht zu trauen. Er kannte den Adressaten.

»Nun, dann werden wir uns dort den Rest abholen«, sagte Julien lakonisch.

»Beeilen wir uns«, mahnte Tessier. »Die Kutschen und Lastkarren werden eingetroffen sein.«

»Das sind sie in der Tat!«, sagte hinter ihnen eine Stimme.

France Guitry stand mit zwei Männern im Eingang. Ihre Revolver hielten sie ihnen drohend entgegen, was an ihrer Absicht keinen Zweifel aufkommen ließ.

»Nun werden wir teilen. Zwanzig Prozent für euch, der Rest ist für uns.«

»Umgekehrt war es abgesprochen«, sagte Julien und kam sich bei dieser Antwort wie ein Idiot vor.

»Wir haben die Geschäftsbedingungen verändert«, sagte Guitry grinsend. »Entweder ihr akzeptiert oder ihr erhaltet nichts als den … Tod.«

41 – Sträflingsgeruch verliert man nie
(Victor Hugo erzählt)

»Warum machst du das?«, fragte Julien schockiert. »Man betrügt seine Freunde nicht.«

Er wusste selbst, dass er wie ein kleiner Junge wirkte, dem man sein Spielzeug weggenommen hatte.

»Es ist nicht meine Entscheidung gewesen. Der Rat der Carbonari hat entschieden, sich erst um die italienischen Verhältnisse zu kümmern. Italien ist noch eine unsichere Nation, die aus vielen Einzelteilen besteht. Mit Gold können wir die auseinanderstrebenden Teile wieder zusammenschmieden.«

Tessier winkte angewidert ab. »Du bist ein Dieb, der seine Niedertracht mit großen Worten verklebt!«

Mateotti, den alle ganz vergessen hatten, kreischte wie von Sinnen: »Das Gold gehört Frankreich! Die Merowinger werden einen Autokraten benennen, der für den König als Haushofmeister die Geschicke Frankreichs und Italiens lenken wird. Dafür habe ich ihm das Geld gebracht. Wehe, wenn sich einer an dem Eigentum des Großmeisters vergreift!«

»Du bist doch Italiener, wie kannst du das Geld für einen Franzosen stehlen?«, warf ihm Cavalcas vor.

»Wir sind ein Volk, das einen starken Herrn braucht. Die Savoyer sind eine degenerierte Sippschaft. Nein, wir brauchen einen strengen Herrn mit starker Hand, so wie einst Napoleon.«

»Und dafür brauchen wir ausgerechnet einen Merowinger?«, schäumte Cavalcas. »Verräter!«

»Die Carbonari sind alle Abkömmlinge von Räubern und Traumtänzern«, setzte Tessier grinsend hinzu.

Guitry gab seinen Leuten einen Wink und sie stießen Mateotti zu Boden und misshandelten ihn mit Fußtritten. Als der sich schluchzend am Boden wälzte, befahl Guitry die Kisten hinauszutragen und überließ Julien nur eine Kiste.

»Das ist genug Gold für einen einzelnen Menschen. Es ist blasphemisch, dass ein Einzelner solche Reichtümer besitzt.«

»Und was ist mit mir?«, fragte Cavalcas.

Guitry griff in eine Kiste und warf ihm einige Bündel Geldscheine zu.

»Das wird dich halbwegs entschädigen. Ich tue es nur, weil du uns über Mateottis Gaunerei informiert hast.«

Guitry verbeugte sich grinsend, winkte seinen Männern zu sich zu beeilen und verschwand mit ihnen.

»Na, da hat uns einer kräftig eingeseift!«, platzte Tessier heraus.

Sie nahmen die verbliebene Goldkiste auf und wollten das Verlies verlassen. Mateotti erhob sich taumelnd und schrie: »Das Gold gehört dem Großmeister! Er wird euch alle bestrafen. Alle!«

Tessiers drohender Blick ließ ihn verstummen. De Braque war der Merowingerknoten aufgegangen, das Haar hing ihm nun wirr bis auf die Taille.

»Wir sehen uns wieder und dann gnade euch Gott!«, brüllte er in ohnmächtigem Zorn. Sie verschlossen das Verlies und hetzten die Treppe hinauf und durch die Halle auf den Burghof, wo Guitrys Carbonari gerade unter höhnischen Rufen davonritten. Die Anhänger des Abbés sahen zu ihrem Anführer. Sie waren ratlos, was hier ablief. Flamboyant sah Julien fragend an. Als dieser den Kopf schüttelte, beruhigte er seine Leute.

»Julien de Cordoso weiß, was er tut. Abgerechnet wird zuletzt.«

»Die Merowinger werden uns Reiter hinterherschicken, uns und den Carbonari«, sagte Julien sorgenvoll zu Tessier. »Nehmen wir alle Pferde mit, die in den Stallungen sind. Das Gold hält uns nur auf. Wir sollten die Kiste verschwinden lassen.«

»Ich habe bei der Beobachtung von Montségur eine gute Stelle in der Nähe entdeckt. Flamboyant soll mir zwei vertrauenswürdige Leute mitgeben. Wir werden das Gold vergraben«, schlug Tessier vor.

Der Abbé nickte und winkte zwei Männer heran. Julien musterte sie kritisch.

»Sind sie vertrauenswürdig?«

»Absolut«, versicherte Flamboyant. »Sie sind seit den Tagen der Kommune dabei.«

»Wir treffen uns in Toulouse wieder«, sagte Tessier und warf sich auf eines der Pferde, die sie aus dem Stall geholt hatten und verließ mit dem bepackten Muli und Flamboyants Männern den Burghof.

»Und wir werden uns um Guitry kümmern«, rief Julien den Männern des höchsten Wesens zu. »Er kann nur in Richtung Toulouse geritten sein. Dort wird er die Säcke in Kutschwagen umladen. Die Karren sind zu auffällig.«

Es waren genug Pferde in den Stallungen de Braques, so dass sie sich wohl beritten aufmachen konnten, die Carbonari zu verfolgen. Es wurde ein harter Ritt.

Gegen Mittag erreichten sie Toulouse. Dort hörten sie, dass Guitry bereits die Stadt verlassen hatte. Auch Cavalcas hielt die Zeit für gekommen, sich zu trennen. Er glaubte, allein schneller voranzukommen und gab sich mit dem Geld, das ihm Guitry überlassen hatte, zufrieden.

»Tut mir leid, dass es nicht so gelaufen ist, wie wir es vorgesehen haben. Aber wie konnte ich wissen, was für ein Schuft Guitry ist. Und Sie wissen ja, wenn Sie mich brauchen, Sie haben in Italien gute Freunde.«

»Ist schon in Ordnung. Tessier und ich bleiben Guitry auf den Fersen. Wir pflegen nicht auch die andere Backe hinzuhalten. Das werden Guitry und seine räuberischen Carbonari noch erfahren.« Julien bat ihn, Diane zu grüßen und sie schieden als Freunde.

In Toulouse versorgten sie sich mit neuen Pferden. Am Nachmittag erschien Tessier, jedoch allein. Auf Flamboyants verwunderte Frage, wo denn seine Leute geblieben wären, erzählte Tessier eine wirre Geschichte: Dass ihn de Braques Leute erwischt hätten; es sei zu einem Kampf gekommen, in dem Flamboyants Männer umgekommen wären. Er habe sich selbst nur mit Mühe retten können.

»Und das Gold?«, fragte Flamboyant.

»Verloren«, erwiderte Tessier scheinbar niedergeschlagen.

»Du bist ein schlechter Schwindler«, sagte Julien, als sie allein waren. Er kannte seinen Freund gut genug, um zu wissen, dass dessen Geschichte nicht stimmen konnte.

»Wenn Flamboyant vielleicht dieses Märchen geschluckt hat – ich glaube dir kein Wort!«

Tessier zog grinsend die Schultern hoch. »Gold lockt die Menschen an wie Pflaumenmus die Fliegen. Ich habe das Gold in der Nähe von Arques vor einem Grabmal vergraben. Der Wirt des Hotels hatte mich darauf aufmerksam gemacht. Ein gewisser Nicolas Poussain soll es in einem Bild ›Die Hirten in Arkadien‹ festgehalten haben.«

»Und was ist mit Flamboyants Leuten? Heraus mit der Sprache!«

»Ich sah, wie einer von ihnen sich immer wieder zurückfallen ließ, was mir verdächtig vorkam. Der Kerl markierte die Bäume. Kannst dir ja denken, was die Halunken vorhatten. Es befiel sie danach ein tödliches Unwohlsein.«

»Musste das sein?«, fragte Julien ungehalten.

»Glaub mir, es musste sein. Ich habe es ihren Augen angesehen. Sie hätten sich bei nächster Gelegenheit das Gold geholt.«

»Du hast das Gemüt einer Gottesanbeterin.«

»Wieso?«, tat Tessier entsetzt. »Ich habe seit meiner Kindheit nicht mehr gebetet und damals auch nur, weil mich der Pfarrer dafür belohnte.«

»Mir graust vor dir.«

Trotzdem blieb Tessier der Kamerad, der Freund und Bruder, ein Teil von ihm selbst.

»Werde nur nicht sentimental. Es werden nicht die letzten sein, die wegen des Goldes sterben werden. Gold und Blut, das gehört zusammen.«

Am nächsten Tag folgten sie den Carbonari auf ihrem Weg zurück nach Italien. Es ging an der Küste entlang Richtung Marseille und dann durch kleine Küstenstädtchen in Richtung Monaco. Sie hofften die Carbonari noch vor der Grenze einzuholen. Flamboyant hatte zu Tessiers Schilderung über den Verlust seiner Begleiter nur genickt, doch Julien bemerkte, dass er Tessier immer wieder Blicke zuwarf, die nicht gerade freundschaftlich waren. Aber in seiner Ergebenheit gegenüber Julien ließ er nicht nach. Als sie auf die Grenzstation zukamen, sahen sie, wie vor ihnen Guitry mit seinen Männern durchgewunken wurde. Als sie vor dem Grenzhäuschen hielten, musterte der Zöllner sie unwillig.

»Sind das alles Ihre Männer?«, fragte der Sergeant überflüssigerweise.

»Bedenkt, dass es sich um den Fürsten von Almeria handelt. Seine Exzellenz reitet immer mit großen Gefolge!«, erwiderte Tessier hochmütig.

Der Korporal verschwand mit den Pässen im Zollhäuschen. Plötzlich wimmelte es von Soldaten, die ihre Gewehre auf Julien und sein Gefolge anlegten.

»Sollen wir den Hunden zeigen, dass wir mit den Wilan geritten sind?«, fragte Tessier Julien.

Die Soldaten hatten ihr Gewehr jedoch im Anschlag und bereits entsichert. Julien schüttelte den Kopf. Gut, sie würden einige der Soldaten töten können, aber es waren zu viele und er wollte kein weiteres Blutvergießen verursachen. Ein Colonel stiefelte aus dem Häuschen. Das Gesicht eines Puters. Ein roter dicker Kopf mit einem faltigen Hals und Backen, die er ständig aufblies.

»Monsieur, Graf de Cordoso, Sie sind verhaftet!«

»Wessen bezichtigt man mich?«

»Konspiration mit den Feinden Frankreichs.«

»Welchen Feinden?«, fragte Julien lachend.

»Das wissen Sie selbst am besten!«

»Was für ein Freudenspender!«, spottete Tessier.

Julien hieß ihn zu schweigen und antwortete: »Sie machen einen großen Fehler, der Sie die Streifen kosten kann. Ich bin der Fürst von Almeria. Setzen Sie sich in Paris mit dem Staatspräsidenten in Verbindung. Man wird Ihnen bestätigen, dass gegen mich nichts vorliegt.«

»Mit dem Staatspräsidenten? Tut mir leid, Graf de Cordoso. Vom Kriegsministerium kam Befehl, Sie in Haft zu nehmen.«

Sie mussten absteigen und wurden hinter dem Zollhaus zu einer Staatskutsche geführt. Man hatte sie also erwartet. Sie wurden entwaffnet und die Soldaten gingen dazu über, allen Handeisen anzulegen. Doch der Abbé, in Erinnerung an die Erfahrungen aus der Kommunezeit, wollte sich nicht wehrlos ergeben und dann abschlachten lassen. Er gab seinen Männern ein Zeichen und diese holten ihre Revolver hervor. Die Soldaten hatten nur darauf gewartet. Eine Salve streckte fast alle Männer Flamboyants nieder. Nur dem Abbé selbst gelang es mit zwei Männern zu entkommen. Danach ging der Korporal die Reihen der Verwundeten ab und gab jedem den Fangschuss.

»Wenigstens ist Flamboyant entkommen«, flüsterte Julien Tessier zu.

Seine Gedanken überschlugen sich. Wer steckte hinter dieser Mordaktion? Hatten diese sogenannten Merowinger bereits solche Macht, dass sie eine Mordtruppe hierher beordern konnten?

Man brachte Julien und Tessier in der schwarzen Kutsche der Polizei nach Marseille zum Marinefort am Hafen. Sie waren also Gefangene der Armee. Dort, in den Kasematten wurden sie getrennt in Zellen gesperrt, die denen im Bagno nicht viel nachstanden. Dunkle nasse Wände. Graffiti, die die Hoffnungslosigkeit der ehemaligen Insassen verrieten.

Irgendwie sind wir wieder in die unseligen Tage von Cayenne zurückgefallen, sagte sich Julien in bitterer Hoffnungslosigkeit. Er erwartete, nun von irgendwelchen Staatsanwälten befragt zu werden, eine Anklage zu hören, aber nichts geschah. Das Essen bestand aus einem Napf mit Grütze und einer Scheibe Brot. Die Zelle enthielt zwar ein Lager und einen wackligen Tisch mit Stuhl, aber das Fenster erreichte er nur, wenn er auf den Tisch stieg. Um seinen Geist anzuregen, stieg er mehrmals am Tage auf den Tisch und sah hinaus auf das Meer, beobachtete das wandernde Licht, die Veränderung des Meeres von grün bis schwarz. So vergingen die Tage. Er hatte im Bagno Schlimmeres erlebt, aber diese jähe Veränderung seines Lebens machte ihm schwerer zu schaffen als damals die Zeit in den Kasematten auf der Teufelsinsel.

Doch dann brachte eine Elster Abwechslung in die Ödnis der Tage. Sie war fasziniert von seinem goldenen Armreif, als er die Hand durch das Gitter aus dem Fenster gestreckt hatte, um sich frische Luft zuzufächeln. Von dem Gold wie hypnotisiert, ließ sie sich auf dem Sims nieder und beobachtete die wedelnde Hand. Er begann mit dem Vogel zu sprechen, nannte ihn Jeanne d'Arc und hoffte, dass er sein Gefährte und ein Zeichen kommender Freiheit sein würde. Die Elster bestätigte diese Hoffnung und kam jeden späten Nachmittag, wenn die ersten Winde einsetzen, auf den Sims und er unterhielt sich mit ihr und sie lauschte, als verstünde sie ihn. Dass dies nicht ganz ohne Hintersinn geschah, wurde offenbar, als er einmal einschlief und dadurch erwachte, dass Jeanne d'Arc eifrig dabei war, an seinem Armreif zu zerren. Sie war nicht sehr beeindruckt, als er sie ausschimpfte. Als er das Armband losgeworden war, weil er sich den Wärter geneigt machen wollte, blieb der Vogel trotzdem sein Gefährte und er war ihm dankbar dafür. Das Geschäft mit dem Wächter erwies sich als sehr nützlich. Er bekam einen Kassiber von Athenées Bruder. Er habe von Cavalcas erfahren, dass er inhaftiert sei, was dieser wiederum von Guitry erfahren habe. Julien fand, dass sich Guitry, der ihn so reingelegt hatte, nun erstaunlich anständig verhielt.

Atheneés Bruder schrieb, dass er sich zusammen mit Cavalcas darum kümmern würde, ihn aus dem Gefängnis herauszuholen. Athenée sei mit einem gesunden Buben niedergekommen. Sie sei natürlich in großer Sorge um ihn. Sie wären bereits in Marseille und würden an einem Plan zu seiner Befreiung arbeiten. Der Wächter würde fortan als Bote dienen.

Der Wärter sah zwar aus wie eine lachende Hyäne, aber er hatte wohl viel Geld bekommen, denn er erfüllte eifrig die Aufgabe des Boten. So erfuhr Julien, dass die Order, ihn zu inhaftieren, tatsächlich vom Kriegsminister gekommen war und kein Staatsanwalt und Gericht sich um ihn und Tessier kümmerte und wohl auch nie kümmern würde. Als der Wärter gegenüber dem Gefängniskommandanten darüber seine Verwunderung aussprach, habe dieser nur mit den Schultern gezuckt und gemurmelt: »Unglückliche, die den hohen Herren in Paris missfallen. Also Schwamm drüber.« Was nichts anderes hieß, als dass man in Paris hoffte, ihn hier in den Kasematten des Forts vermodern zu lassen.

Viele Tage lang geschah nichts. Der Sommer ging in den Herbst über und der Winter drohte, in dem die Zellen sich in Eislöcher verwandeln würden.

Eines Tages öffnete Gilbert, der Wächter, mit einem falschen Grinsen die Tür, das zwar aufmunternd gemeint war, diesen aber wie immer gemein und lauernd aussehen ließ. Anatol de Braque erschien hinter ihm in einem vornehmen dunklen Rock und war so recht ein Gegensatz zu Julien, dessen Kleider in Lumpen vom Körper hingen und dessen Gesicht von einem zotteligen Bart verdeckt war.

»Na, mein lieber Fürst, hat man Ihnen den Hochmut ausgetrieben?«

»Was wollen Sie?«, tat Julien unbeeindruckt.

»Ein Geschäft vorschlagen.«

»Sie wollen wissen, wo das Gold geblieben ist?«

»Ja. Um es auf einen einfachen Nenner zu bringen: Freiheit für Gold.«

»Und wer sagt mir, dass Sie sich daran halten?«

»Der Großmeister ist der Garant. Ohne seine großzügige Haltung wären Sie schon längst tot. Nur weil er seine Hand über Sie hält, leben Sie noch.«

Julien dachte nicht daran, darauf einzugehen, wollte aber für sich und Tessier einige Vorteile herausschlagen.

»Darüber muss ich nachdenken. Als Beweis für die Macht eures Großmeisters verlange ich, dass man mich und meinen Freund Tessier zusammen in eine trockene Zelle verlegt. Außerdem ordentliche Kleidung, bessere Verpflegung und mindestens einmal am Tag Hofgang.«

»Oho, der Fürst stellt Bedingungen.«

»Daran erkenne ich, ob sich das Geschäft für mich lohnt und euer Patron mich tatsächlich aus diesem Gefängnis entlassen kann.«

»Gut. Ich rede mit ihm. Es wird ein paar Tage dauern.«

»Beeilen Sie sich. Wenn ich weiter in dieser Zelle vegetieren muss, werden Sie vielleicht gar nichts mehr erfahren, weil ich dann in einer Holzkiste liege.«

Nach einer Woche waren Julien und Tessier endlich in einer trockenen Zelle vereint. Tessier umarmte Julien unter Tränen. Nun sprachen sie sich gegenseitig Mut zu und versicherten einander, doch Schlimmeres erlebt zu haben. Sie durften sich waschen und bekamen saubere Kleidung. Beide wurden rasiert, bekamen die Haare geschnitten und so fühlten sie sich wieder wie Menschen.

Als dann ein weiterer Kassiber von Cavalcas eintraf, konnten sie nur mit Mühe ihre Freude zügeln. Man hätte einen Weg gefunden, sie herauszuholen. Es würde bald passieren.

Sie durften nun im Hof des Forts, bewacht von Soldaten, frische Luft schnappen, wobei sie feststellten, dass sie nicht die einzigen Gefangenen im Fort waren. Zehn Häftlinge durften mit ihnen im Gänsegang durch den Hof marschieren. Mit einem hochgewachsenen Gascogner freundete sich Julien bereits beim ersten Hofgang an und sie gewöhnten sich aneinander und schließlich tauschten sie sich auch über ihr Schicksal aus.

»Warum bist du hier?«, fragte er den Gascogner, der Guy Vilard hieß.

»Ich habe einen Riesenscheiß gebaut und mich auf etwas eingelassen, was ich besser nicht getan hätte.«

»Hört sich nach einem tollen Ding an.«

»War es auch. Ich war Schornsteinfeger in Paris. Ich habe dafür gesorgt, dass dieser Dichter Zola an Rauchvergiftung starb.«

»Du hast was?«, rief Julien erschrocken. Ihm war, als würde ihm das Herz still stehen. Er hatte Mühe, dem ehemaligen Schornsteinfeger nicht an die Gurgel zu gehen.

»Ja, Kumpel, war ein schlechtes Geschäft, wie du siehst. Ich habe, wie mir von höchster Stelle befohlen wurde, den Kamin verstopft. Sollte ja wie ein natürlicher Unfall aussehen und die Polizei hat dies auch so akzeptiert.«

»Und das ist nicht herausgekommen?«

»Natürlich nicht. Doch mein Auftraggeber hat wohl Angst, dass ich was ausplaudere. Ich wurde wegen Diebstahls angeklagt, angeblich hat man in meiner Wohnung Diebesgut gefunden und man hat mich hier nach Marseille verfrachtet. Warum wohl? Ich befürchte, sie werden mir irgendwann den Hals umdrehen.«

»Wer ist der Auftraggeber gewesen?«, fragte Julien erregt.

»Ich habe ihn nur einmal gesehen. Die beiden Männer trugen Kapuzen, die ihre Gesichter verdeckten. Genaue Anweisungen und eine Menge Geld, von dem ich nun nichts habe, bekam ich von einem, der einmal während des Gesprächs, wohl versehentlich, de Braque genannt wurde. Dieser Braque war aus dem Languedoc, was ich am Dialekt erkannte.«

»Und warum erzählst du mir das?«

»Wenn man mich abmurkst, kennt noch jemand das Geheimnis von Zolas Tod. Vielleicht kannst du was daraus machen. Dir hat man ja auch übel mitgespielt.«

»Dann soll ich dich rächen?«

»Rächen? Nun ja, vielleicht kannst du etwas herausschlagen.«

Als sie in der Zelle zurück waren, debattierten Julien und Tessier noch lange, was sie mit dieser Information anfangen sollten.

»Der Kerl ist noch stolz darauf, was er angestellt hat. Soll ich ihn umbringen?«, fragte Tessier.

»Er ist unwichtig, nur das Werkzeug. Kümmern wir uns um die, die gesagt haben: ›Tue es!‹«

»De Braque.«

»Schon besser. Aber der hat auch noch jemanden über sich. Erinnere dich, Mateotti faselte doch dauernd was von einem Großmeister.«

»Und was sagen wir morgen dem Scheißkerl Braque?«

»Wir müssen Zeit herausschinden. Im letzten Kassiber war die Rede davon, dass sie uns bald hier herausholen.«

Braque begann beim nächsten Besuch mit einer Drohung.

»Ihr habt gesehen, welche Macht hinter mir steht. Wenn ich heute nichts erfahre, lasse ich euch wieder in die alten Zellen sperren.«

»Wir würden ja gern das Geschäft mit dir machen. Aber so einfach geht das nun mal nicht.«

»Na, dann will ich gleich mal dem Festungskommandanten sagen, dass er euch in die Eislöcher zurück verfrachtet«, erwiderte Braque und machte Anstalten zu gehen.

»Es fehlt uns ja nicht an gutem Willen. Wir müssen mit unseren Freunden in Italien Kontakt aufnehmen, um zu hören, wo sich Guitry mit dem Gold versteckt.«

»Und die wissen, wo der Kerl steckt?«, fragte Braque misstrauisch und sichtlich irritiert über diese Eröffnung.

»Oh ja, Cavalcas weiß es bestimmt. Ihr habt ihn ja auf Montsegur kennengelernt.«

Die Lüge war so groß wie ein Loireschloss. Aber für einen Verschwörer wie de Braque hörte sie sich sehr glaubwürdig an.

»Wir würden ihm eine Nachricht zukommen lassen, dass er uns Guitrys Versteck mitteilt.«

»Und dieser Cavalcas wird euch bestimmt helfen?«, fragte de Braque begierig.

»Natürlich!«, sagte Julien im Brustton der Überzeugung. »Er hat doch die besten Kontakte zu den Carbonari. Durch ihn haben wir uns doch deren Unterstützung versichern können.«

»Gut. Dann schreibt ihm. Wir sorgen dafür, dass ihm der Brief schnellstens zugestellt wird. Ich werde dem Großmeister in Paris Bescheid geben, dass man noch ein wenig Geduld haben muss. Man wird darüber nicht erfreut sein. Wehe, wenn ihr versucht, mich reinzulegen!«, verabschiedete sich de Braque.

So hatten sie einige Wochen gewonnen und hofften, dass dies reichte, sie aus dem Gefängnis zu befreien. Wenige Tage später erhielten sie einen weiteren Kassiber. Mit zitternden Händen entfaltete Julien ihn.

»Unser Plan wurde verraten. Die Wachen in der Festung sind verdoppelt worden«, schrieb Cavalcas.

»Mein Gott, es ist vorbei«, sagte Julien mutlos.

»Wir sind im Arsch?«

»Sieht so aus. Doch warte … ich habe eine Idee. Wir müssen de Braque auf unsere Seite ziehen.«

»Was soll der Blödsinn?«

»Wir müssen ihn zwingen, unsere Freilassung zu erwirken.«

»Und wie soll das gehen?«

»Wir lassen uns von der Hyäne Papier, Tinte und Feder geben und Guy Vilard soll ein Geständnis schreiben.«

»Und dann?«

»Konfrontieren wir de Braque damit. Mal sehen, ob ihn das nicht dazu bringt uns freizulassen.«

»Ob das funktioniert?«, zweifelte Tessier.

Zwei Tage später nahmen sie Guy in die Mitte und gingen mit ihm in die Wäschekammer, wo sie ihn aufforderten ein Geständnis zu schreiben. Er weigerte sich natürlich. Tessier überzeugte ihn mit ein paar kräftigen Fausthieben.

»Du wirst jetzt ein Geständnis schreiben, dass du auf Befehl de Braques und der Loge der Merowinger Zola getötet hast«, befahl Julien und hielt ihm Papier und Feder hin.

»Das wäre mein Todesurteil. Dann kann mich dein Freund gleich umbringen«, heulte Guy.

»Möglich. Tessier, erfülle ihm den Wunsch.«

Tessier holte aus. Guy Vilard krümmte sich jammernd und fand es dann doch besser, noch ein paar Tage zu leben und schrieb, was ihm Julien diktierte. Tessier und Julien beglaubigten dies mit ihrer Unterschrift.

»Das Ganze noch einmal. Ich brauche noch ein Geständnis in der Hinterhand. Doppelt hält besser! Man weiß nie, wozu das gut ist.« Schniefend schrieb Guy noch einmal, wie es zu dem Mord an Zola gekommen war.

Sie ließen de Braque eine Nachricht zukommen, dass sie ihn zu sprechen wünschten. Als sie ihm das Geständnis zeigten, wurde er zwar blass, fing sich aber bald wieder.

»Was soll das? Das Geständnis ist nichts wert. Alle Welt glaubt, dass Zola an einer Kohlendioxydvergiftung gestorben ist. Wer glaubt schon einem Schornsteinfeger, einem Kleinkriminellen? Er wird ohnehin nicht mehr lange leben.« Er zerriss das Geständnis mit höhnischem Grinsen.

»Was wolltet ihr damit erreichen? Eure einzige Chance, hier herauszukommen besteht darin, dass wir das Gold zurückbekommen.«

»Das war ja ein toller Einfall!«, höhnte Tessier, als sie wieder allein waren. »Jetzt wird de Braque mit Sicherheit danach trachten, dass wir auf jeden Fall hier das Leben beschließen.«

»Ein Versuch war es wert. Also bleibt nur die Hoffnung, dass Cavalcas ein neuer Plan einfällt.«

Am nächsten Tag fand man Guy Vilard mit durchgeschnittener Kehle tot in seiner Zelle. Als sie Gilbert befragten, wie und wer das bewerkstelligt hatte, zuckte dieser nur grinsend mit den Schultern.

»Hier gibt es viele, die sich gern ein Stück Geld verdienen.«

Julien sah interessiert auf.

»Könntest du einen kleinen Gefängnisaufstand organisieren? Nichts Großes, sondern nur ein paar Minuten Chaos.«

»Damit ihr beiden verduften könnt? Wäre möglich, ich müsste nur einigen schlimmen Typen etwas Geld zustecken. Aber warum soll ich meine Kuh schlachten, die mir eifrig Milch gibt?«, erwiderte er grinsend.

»Weil wir dich mit so viel Geld zuschmeißen, dass du dir bis ans Ende deiner Tage eine ganze Kuhherde anschaffen kannst.«

»Wäre eine Überlegung wert«, gab Gilbert zu.

Julien schrieb einen Kassiber, was er vorhatte und bat Gilbert, diesen Cavalcas zu übergeben.

»Wenn ihr mir die vielen dicken Milchkühe beschafft, warum nicht?«

Als sie allein waren, sagte Tessier sorgenvoll: »Hoffentlich klappt das besser als dein Plan mit dem Geständnis.«

»Man muss alles versuchen. Wir müssen heraus, ehe de Braque die Nachricht aus Neapel bekommt, dass Cavalcas dort nicht auffindbar ist.«

Sie hatten nicht mehr viel Zeit, sich in Sicherheit zu bringen.

42 – Die Macht aus dem Schoß einer Frau

(George Sand erzählt)

Cavalcas und Athenées Bruder hatten im Grandhotel Provençal am Hafen Quartier bezogen. Was Julien und Tessier nicht wussten, auch Athenée war mit dem Kind eingetroffen. Sie war eine Römerin, eine Mercini dazu, mit dem Stolz eines Geschlechts, das den Borgia widerstanden hatte. Den Gedanken, dass der Vater ihres Kindes für immer in einer Kasematte verschwinden sollte, konnte sie nicht ertragen. Für sie war es eine Selbstverständlichkeit, dem Geliebten zu Hilfe zu eilen. Der kleine Giovanni sollte nicht ohne Vater aufwachsen. Fieberhaft wartete sie auf die Kassiber aus der Festung, atemlos und mit Herzklopfen entfaltete sie die kleinen Briefchen. Der Gedanke peinigte sie, dass Julien schmutzig und elend in der Zelle lag und hier war das Kind, das sie anlächelte und den Vater noch nicht gesehen hatte. Mit jedem Tag, der verging und besonders nach dem gescheiterten Plan, Julien mittels einiger Gefängnisinsassen, die vor der Entlassung standen, mit falschen Papieren herauszuholen, wurde ihre Befürchtung größer, dass man ihn niemals aus den Kasematten herausholen könnte.

Juliens Kassiber ließ wieder Hoffnung aufkommen. Auch Cavalcas war schließlich der Meinung, dass man es versuchen könne. Man hatte ja nichts mehr zu verlieren.

Gilbert, der Wachmann, bekam also von ihnen genug Geld, die seine Gier nach vielen Milchkühen befriedigte, und er überzeugte, ohne sich zu sehr zu exponieren, die Sträflinge mit einigen Geldscheinen davon, dass sich dies auch für sie lohnen würde.

Es gab ein riesiges Tohuwabohu. Plötzlich entstand Streit zwischen den Häftlingen und sie fingen an sich zu prügeln. Als die Wachmänner sie auseinandertreiben wollten, gingen die Sträflinge auf die Wächter los. Steine flogen. Die Wachleute eröffneten das Feuer. Erstaunlicherweise nur Schüsse in die Luft. Julien und Tessier starteten einen Lauf quer über den Hof zur Mauer, wo drei Männer übereinanderstanden und eine Räuberleiter bildeten. Sie krochen an den Männern hoch und balancierten auf der Mauer entlang. Nun versuchten andere Häftlinge, ihnen zu folgen. Die Wachleute schossen erneut … in die Luft. Cavalcas und Giulio hatten Leiter auf der anderen Seite an die Mauer gelehnt. Auf diesen kletterten die beiden hinunter. In der Festung ging nun die Sirene los.

»Los! Los! Schneller!«, rief ihnen Cavalcas zu, der drei Pferde am Zügel hielt. Doch ehe sie sich auf die Pferde schwingen konnten, kamen nun Soldaten aus der Festung und schossen scharf. Cavalcas und Giulio blieb nichts anderes übrig, als sich auf die Pferde zu schmeißen und zu verschwinden. Julien und Tessier wurden umzingelt, zu Boden geworfen und mit Kolbenschlägen traktiert. Wie sie von Gilbert später erfuhren, hatte ein mit Geld unzureichend bedachter Häftling den Ausbruchsversuch verraten. Man wusste, dass der Ausbruchsversuch ohne Massaker zu vereiteln war. Nachdem auch dieser schöne Plan gescheitert war, machte sich bei beiden große Mutlosigkeit breit. Als Quittung für den Ausbruchsversuch wurden sie wieder getrennt und in die alten Zellen zurückgebracht.

Cavalcas und der junge Giulio Mercini diskutierten über die wahnwitzigsten Pläne. Doch keiner enthielt, so stellten sie selbst fest, große Chancen auf ein Gelingen.

»Es muss etwas passieren! Braques Kuriere können jeden Tag eintreffen«, schrie Athenée die beiden Männer an. Doch dann war sie es, die die Idee zur Befreiung der beiden Männer hatte.

De Braque logierte wie sie im vornehmen Hotel Provençal am Hafen. Des Mittags pflegte er auf der Sonnenterrasse zu sitzen und auf das Meer und den Hafen hinüberzuschauen, wo ständig neue Segler eintrafen, die ent- oder beladen wurden. Athenée frequentierte nun zur gleichen Zeit die Terrasse und ließ sich dort Schokolade servieren. Als ausnehmend schöne Frau war sie natürlich de Braque gleich aufgefallen. Da er sie so allein sitzen sah, kam ihm die verwegene, gleichwohl verständliche Idee, die offensichtliche Einsamkeit der Frau auszunutzen. Als Athenée sich unwillig nach einem Sonnenschirm umsah, da die Sonne trotz des Wintertages bereits wieder Kraft genug hatte, sprang er auf, brachte ihr einen Sonnenschirm und spannte ihn auf.

»Sie sind sehr liebenswürdig, Monsieur.«

Athenée schenkte ihm ein Lächeln, das de Braque das Blut in den Kopf steigen ließ.

»Darf ich Ihnen ein wenig Gesellschaft leisten? Ich sehe Sie seit Tagen hier ganz allein sitzen.«

»Ach, mein Gemahl ist in Geschäften unterwegs und kann sich nicht um mich kümmern.«

»Gestatten, mein Name ist Baron de Braque«, stotterte dieser und setzte sich zu ihr. »Sie sind Italienerin? Nicht, dass man dies hört, aber so wie Sie stelle ich mir eine Römerin vor. So schön, so stolz und charmant.«

»Sie sind ein Schmeichler, lieber Baron. Aber mit Rom liegen Sie gar nicht falsch. Und Sie sind aus dem Languedoc?«, fragte sie. »Man hört es am Dialekt.«

»Ja richtig. Sind Sie oft in Frankreich?«

»Oh ja, deswegen konnte ich auch gleich erraten, woher Sie sind. Aber Ihre Haartracht kannte ich noch nicht.«

»Ach, Sie meinen den langen Zopf. Das ist ein Geheimnis meiner Familie«, sagte er und senkte dabei die Stimme. »Wenn wir uns näher kennen, werde ich es Ihnen verraten.«

»Sie machen mich neugierig«, bekannte Athenée und machte große Augen, die bedeutungsvoll etwas versprachen, wie de Braque meinte.

»Sie sind auch in Geschäften hier?«, fragte Athenée.

»Ich bin in einer sehr delikaten Angelegenheit in Marseille, die mit Sträflingen in der Festung am Hafen zu tun hat.«

Sie legte, scheinbar erschrocken, die Hand vor den Mund.

»Und das ist auch ein Geheimnis?«

»Nein. Es sind Diebe und Räuber, die ihrer gerechten Strafe entgegensehen werden, wenn sie uns erst mal verraten haben, wo sie ihre Beute versteckt haben.«

Um ihr zu imponieren, beschrieb er Julien und Tessier als gewalttätige Verbrecher, die sich seines Familienvermögens bemächtigt hätten. Er konnte sich nicht versagen zuzugeben, dass er die Verbrecher, wenn er erst einmal das Gold zurück hätte, in den Kasematten vermodern lassen würde.

»Sie sind aber ein strenger Herr«, sagte Atheneé und drohte schelmisch mit dem Finger und de Braque gab sich Mühe, sehr streng und doch charmant zu wirken.

Atheneé tat so, als würde sie gerade diese Mischung amüsant finden und legte ihm wie unbeabsichtigt die Hand auf den Arm, was de Braque noch mehr durcheinanderbrachte. Sollte diese wunderbare Frau tatsächlich seinem Charme erlegen sein?, fragte er sich. Schließlich war er kein Pariser, sondern ein Mann vom Land, der wusste, dass er auch nicht gerade eine Schönheit war, aber diese verwöhnte Römerin schien gerade dies anzuziehen. Er war zwar verheiratet, aber seine Ehe war aus Gründen der Mitgift arrangiert worden und sollte sich hier ein kleines Abenteuer entwickeln, so war er gern bereit, darauf einzugehen. Am Ende des Nachmittags war er davon überzeugt, dass er das Zeug zu einem großen Verführer hatte.

»Ich kann Ihnen ja so schlecht widerstehen«, hauchte Atheneé und nahm seine Einladung zur Oper am nächsten Abend an.

»Was für ein Gimpel!«, sagte sie Cavalcas am Abend. »Eitle Männer sind so furchtbar langweilig. Aber es muss sein. Wir werden ihm eine hübsche Überraschung bereiten.«

Dann erläuterte sie den beiden Männern ihren Plan und Cavalcas staunte, wie durchtrieben und kaltblütig die Principessa Atheneé Mercini sein konnte. Giulio, der seine Schwester kannte, feixte über dessen Verwunderung.

»Römerinnen sind Meister der Intrige. Sie haben darin seit Jahrtausenden Übung.«

Aber für die Ausführung brauchten sie noch ein paar Gauner und diese engagierte Cavalcas mit Gilberts Hilfe, der sich ihnen bereits mehr verpflichtet fühlte als der Gefängnisverwaltung des Forts.

Atheneé traf sich also mit de Braque in der Halle der Oper. Man gab *Carmen* von Bizet und bei der feurigen Musik – sie saßen neben der Loge, die sonst dem Präsidenten oder König vorbehalten war – fasste de Braque den Mut, ihre Hand zu berühren und als sie dies zuließ, brannten bei ihm sämtliche Sicherungen durch und er betatschte ihre Schenkel. Als sie aufstöhnte, aber nicht einschritt, glaubte er, auch mehr von ihr erhalten zu können. Er sah dies als Freibrief an und berührte ihre Brüste, die sie sehr freizügig dekolletiert zeigte, was nun wohl der Kühnheit zu viel war.

»Aber, lieber Baron, warum solche Eile? Warten Sie doch ab, wie sich der Abend entwickelt.«

Aber sie schritt nicht ein, als er ihr die nackte Schulter und den Hals küsste. Er sah dies als Versprechen an und bekam von der Musik oder Handlung überhaupt nichts mehr mit und fieberte dem Ende der Oper entgegen. Als sie von dem Opernhaus zur Kutsche schritten, sagte sie mit mutwilligem Lachen, dass sie überhaupt nicht müde sei.

»Dieses Marseille soll ja ein sehr verruchtes Nachtleben haben. Mein Gemahl wollte es mir natürlich nicht zeigen. Ob Sie vielleicht so mutig sind?«

Es läuft also noch besser, als ich gedacht habe, sagte sich de Braque. Sie ist ein heißblütiges Mädchen, das etwas erleben will. Man hat ja schon viel von den schamlosen Römerinnen gehört. Ihm lief also schier das Wasser im Munde zusammen und er beeilte sich sofort zu bestätigen, dass er als Mann von Welt natürlich einige Etablissements kenne, die die Lasterhaftigkeit Marseilles bestätigten.

»Ach, lieber Anatol, ich darf Sie doch Anatol nennen, Sie werden mich doch nicht verraten? Ich habe vom *Crocodile rouge* gehört, in dem es sehr gewagt zugehen soll.«

Er tat so, als wenn er dies kannte, mehr noch, als ob er dort ständiger Gast war. Es war bereits nach Mitternacht, als sie in einer Seitenstraße vor dem Hafen ankamen.

»Ich bin ja so aufgeregt«, flüsterte sie ihrem Begleiter zu, dessen Hände sich schon während der Fahrt ständig verirrt hatten und den sie mit einem »Später, lieber Baron!« nur halbwegs hatte bändigen können.

Le Crocodile rouge war gut besucht. De Braque wusste ja nicht, dass an den Tischen um ihn herum die Freunde von Gilbert Platz genommen hatten, Galgenvögel, die für gutes Geld zu jeder Schandtat bereit waren. Natürlich war einiges Geld geflossen. Es war ein plüschig eingerichtetes Lokal mit viel Samt, so rot wie das Schild vor der Bar. Auf einer kleinen Bühne bemühten sich einige Mädchen wie Griechinnen auszusehen, was aber nur den Grund abgab, viel Fleisch zu zeigen, damit einige Jünglinge mit Lorbeerkranz im Haar sie betatschen konnten. Sie stellten verschiedene mythologische Bilder dar, auf einem Pappstier lag eine entblößte Europa, die von einem alten Zausel heftig bedrängt wurde, der wohl Zeus darstellen sollte. De Braque hatte Champagner bestellt und seine Stimmung wurde immer ausgelassener und er ließ seine Hand nicht mehr von Atheneés Schenkeln. Um seinen Übermut zu dämpfen, musste sie ihm einige Male einen leichten Schlag mit dem Fächer verpassen.

»Baron, Sie sind ja ein ganz Schlimmer!«

Was de Braques Fieber aber nicht abkühlte, sondern ihn noch mutiger werden ließ, so dass sich seine Hand wieder in ihr Dekolletee verirrte.

»Aber so warten Sie doch, lieber Baron«, flüsterte sie und sehnte ein Ende herbei.

Wie abgesprochen, trat endlich der Wirt an ihren Tisch.

»Wir haben hier auch Separees, wohin sich die Herrschaften zurückziehen können«, flüsterte er.

De Braque sah Athenée gierig an. Diese tat so, als sei auch sie hinreichend animiert und zierte sich nur der Form nach.

»Ich weiß nicht …«

»Bitte, Göttliche. Bitte. Ich werde Ihnen in allen Dingen gehorchen und Ihr Diener sein. Sie haben nichts zu befürchten.«

Athenée musste an sich halten, um nicht herauszulachen.

»Sie werden doch zu einem unschuldigen Mädchen aus Rom die Form wahren, nicht wahr, lieber Baron?«, tat sie keusch, was in Anbetracht des Angebots eines Separees und nach den eindeutigen Vorstellungen auf der Bühne mehr als fragwürdig war und ihn eigentlich hätte warnen müssen. Doch er hatte genug getätschelt und wollte nun das Äußerste erleben und legte dem Wirt genügend Francs auf den Tisch, so dass dieser insgeheim den Nachmittag lobte, als ihm Cavalcas den Plan vorgetragen hatte. Schnell drängte er de Braque und Athenée zu den Separees und de Braque hatte es so eilig, dass er die spöttischen Blicke der anderen Gäste nicht bemerkte.

Das Separee war so schwülstig wie ein Serail des türkischen Sultans. Rote Tapeten, Spiegel an der Decke und ein herzförmiges Bett, dessen Größe für einen ganzen Harem ausgereicht hätte. Der Kellner stellte den Champagner auf den Tisch, goss die Gläser voll und verneigte sich, während der Wirt des Etablissements noch einmal betonte, dass man nur zu klingeln brauche, wenn man noch andere Wünsche habe. Er sei auch bei den ausgefallensten Einfällen behilflich, sagte er mit Augenzwinkern. Mit einer Handbewegung scheuchte de Braque die beiden hinaus. Er trachtete nur noch danach, endlich zum Ziel zu kommen. Athenée setzte sich auf die äußerste Kante der roten Chaiselongue. Kaum waren sie allein, da stürzte sich de Braque vor ihr auf die Knie mit dem offensichtlichen Bemühen, zur Tat überzugehen und ihren Rock hochzuschlagen, um sich die sehnlich erwartete Lust zu verschaffen.

Es war nicht die zarte Hand Athenées, die in seinen Haarschopf griff, den Zopf umfasste und ihn zurückriss. Cavalcas und Giulio waren unbemerkt eingetreten und Cavalcas spielte wie abgesprochen den erbosten Ehemann. Er hielt dem Liebestrunkenen einen Revolver unter die Nase, doch mehr noch ernüchterten de Braque Giulios harte Schläge ins Gesicht. De Braque begriff, dass ihm nur noch die Flucht blieb und wandte sich »Mörder!« brüllend der Tür zu, fand sie aber verschlossen. Fassungslos glaubte er, dem rasenden Ehemann ausgeliefert zu sein.

»Zu Hilfe! Überfall!«, kreischte er, was nicht viel brachte, da die Türen aus anderen Gründen dick genug waren und außerdem im Lokal genug *Copains* Gilberts saßen, die sich über den Gimpel köstlich amüsierten.

»Ich bringe dich um!«, brüllte Cavalcas und fuchtelte mit dem Revolver vor de Braques Nase herum. Dieser fragte sich nicht, warum der Ehemann noch nicht abgedrückt hatte, sondern krümmte sich wimmernd zusammen.

»Ich entschuldige mich«, stammelte er. »Sagen Sie, wie ich Ihnen Genugtuung geben kann. Sie könnten ein Vermögen verdienen, wenn wir uns einigen.«

Athenée saß, die Beine übereinandergeschlagen, immer noch auf der Chaiselongue und beobachtete die Szene mit Verachtung. Was für ein Wicht, dachte sie.

»Ich denke nicht an Geld, sondern an ein anderes Geschäft«, sagte Cavalcas und gab de Braque einen Tritt.

»Geschäft?«, fragte dieser begierig. »Was für ein Geschäft?«

»Du sorgst dafür, dass Julien Cordoso und Tessier freikommen!«

»Was? Wie? Was gehen Sie die beiden Übeltäter an?«

»Das geht dich wiederum nichts an! Entweder du gehst auf mein Angebot ein oder du endest hier mit einer Kugel im Bauch.«

»Wie soll das geschehen? Selbst wenn ich wollte, kann ich nicht helfen. Sie sind auf Weisung des Kriegsministeriums in Gewahrsam.«

Cavalcas, der durch Juliens Kassiber über den tatsächlichen Sachverhalt im Bilde war, schlug dem Elenden den Revolverknauf auf die Nase, was ein hässliches Geräusch verursachte. Da verlor de Braque völlig die Gewalt über sich und machte sich in die Hosen, was durch den Geruch genügend belegt wurde, aber nicht zu den verführerischen Düften eines Separees gehörte.

»Lüg nicht! De Cordoso und Tessier sind auf Weisung eures sogenannten Großmeisters in den Kasematten. Kein Richter, kein Staatsanwalt weiß davon. Du hast für ihre Einweisung gesorgt, nun sorgst du für ihre Entlassung.«

»Schneide ihm doch seinen Schniedelwutz ab, dann wird dem geilen Kerl schon etwas einfallen«, sagte Athenée mit kalter Stimme, die keinen Zweifel ließ, dass sie es ernst meinte. Dies und das Blut auf seiner Hemdbrust brachten ihn heulend zum Einlenken.

»Gut! Gut. Ich könnte ein entsprechendes Papier ausstellen. Papier mit dem Siegel des Kriegsministeriums habe ich im Hotel.«

»Er will uns täuschen. Schneid ihm den Schniedelwutz ab«, wiederholte Athenée. »Er glaubt, dass er uns auf dem Weg ins Hotel noch entkommen kann.«

»Nein. Ich meine es ehrlich. So glaubt mir doch«, wimmerte de Braque.

»Das werden wir sehen«, sagte Cavalcas und beförderte ihn mit einem Schlag auf die Schläfe ins Reich der Träume. Er öffnete die Tür und pfiff Gilbert heran, der sich mit seinen Freunden an der Theke auf Cavalcas' Kosten köstlich amüsiert hatte.

»Hol ein paar Decken. Wir müssen unseren Freund ins Hotel transportieren. Gibt es einen Hinterausgang?«

Gilbert nickte, winkte dem Wirt zu und beide halfen, de Braque unbemerkt nach draußen zu schaffen, wo sie ihn in eine Kutsche bugsierten. Dem Kutscher gaben sie an, dass ihr Freund zu viel getrunken hätte. Im Galopp ging es zum Hotel. De Braque kam wieder zu sich und Cavalcas machte ihm klar, dass er sich ruhig verhalten solle. Sie nahmen ihn in die Mitte und er gab ja mit seinen wackligen Beinen einen trefflichen Betrunkenen ab. Sie schleppten ihn durch die Lobby die Treppe zu seinem Zimmer hoch. Dem Concierge rief Giulio zu, dass sich de Braque im Suff das Gesicht aufgeschlagen habe, so dass wegen der blutigen Hemdbrust kein Verdacht aufkam.

»Mein Kavalier hat wohl eine Flasche Champagner zu viel getrunken!«, rief Athenée den beiden Männern an der Rezeption zu, was diese kopfschüttelnd zur Kenntnis nahmen. Wie konnte man sich in Begleitung einer solchen Dame nur so besinnungslos betrinken?

In der Suite brachte Cavalcas den Baron mit ein paar Watschen und einem nassen Waschlappen wieder zur Besinnung.

»Hallo, bist du wieder ansprechbar? Wo sind denn nun die Papierchen?« Braque stöhnte, erhob sich und taumelte zu einem kleinen Sekretär, riss die Schublade auf und fand dort, was er suchte. Papier mit dem Staatswappen des Kriegsministeriums.

»Nun schreib mal schön, dass die beiden mit sofortiger Wirkung freizulassen sind … Was ist denn das?«

Cavalcas entdeckte in der Schublade eine Einladung zu einem Ball in der Rue Bugeaud. Dass dies nicht irgendeine Balleinladung war, zeigte sich dadurch, dass die Einladung das Wappen der Merowinger aufwies.

»Eigentlich eine schöne Schrift für so einen miesen Charakter«, kommentierte Athenée, als sie de Braque die Entlassungspapiere abnahm.

Giulio hielt ihm ein Glas Cognac hin: »Trink!«

»Ich will nicht. Ich habe genug.«

Der Revolver von Cavalcas zwang ihn, das Glas mit einem Zug auszutrinken. Schon bekam er es wieder gefüllt. Dies ging so lange, bis er zusammensank. Cavalcas nickte grinsend.

»Giulio, du musst auf ihn aufpassen. Er muss den ganzen nächsten Tag auf dem Zimmer bleiben.«

»Gut. Ich werde ihn bis morgen Nachmittag bewachen. Dann sammelt mich am Hafen ein.«

»Cavalcas, du willst tatsächlich allein zum Fort?«, sorgte sich Athenée.

»Natürlich. Ein Offizier des Kriegsministeriums kann doch nicht mit einer Frau im Fort auftauchen.«

»Dann werde ich in der Kutsche vor dem Fort auf euch warten.«

»Na, meinetwegen. Ist ja dein Plan, den wir hier durchziehen und bisher scheint er zu klappen.«

Cavalcas betrat am nächsten Morgen in der Uniform, die ihm Gilbert besorgt hatte, mit blasierter Miene das Zimmer des Kommandanten und legte die Entlassungspapiere auf den Tisch. Der Kommandant überflog sie nur oberflächlich.

»Sie sind freizulassen? Na schön. Ich bin froh, dass ich die beiden loswerde. Die Sache ist ohnehin faul, da bisher keine Anklage erfolgte. Was die in Paris sich wieder ausgedacht haben, geht mich nichts an.« Tabakkauend wischte er sich Krümel von seiner Uniform.

»Ich kann dazu nichts sagen. Ich gehorche nur Befehlen«, erwiderte Cavalcas gelangweilt.

»Die beiden sind die reinste Pest. Zwei Ausbruchsversuche, und die meisten meiner Wärter reißen sich darum, ihnen zu Diensten zu sein und das ist nicht gut für die Disziplin. Die Kerle scheinen Geld wie Heu zu haben. Nehmen Sie also die beiden und kommen Sie nie wieder.«

Die beiden Gefangenen wurden unter Bewachung des grinsenden Gilbert an Cavalcas übergeben und diese hatten Mühe, ihre Überraschung nicht zu erkennen zu geben. Sie wurden in die Ankleidekammer geführt, bekamen ihre alten Kleider zurück und wurden, von vier Soldaten begleitet, zur Pforte geführt.

Julien, Tessier und Cavalcas mussten sich Zwang antun, um auf der Brücke nicht auf die Kutsche zuzulaufen. Sie rissen jauchzend die Tür auf, stiegen ein und Athenée lag in Juliens Armen.

»Oh, Geliebter! Endlich!«

»Das hast du der Principessa zu verdanken. Es war ihr Plan«, sagte Cavalcas und stieß mit dem Degen gegen die Decke der Kutsche, um dem Kutscher die Abfahrt zu signalisieren.

»Wohin?«, fragte Cavalcas.

»Nach Rom!«, sagte Athenée.

»Nach Rom!«, bestätigte Julien und küsste zärtlich ihr Haar. »Aber vorher machen wir einen Umweg. Wir haben in Paris eine Rechnung für die letzten Wochen zu präsentieren.«

»Ist das klug?«, mahnte Tessier. »Sollten wir es nicht langsamer angehen lassen? Die Kälte der Zelle nagt immer noch in meinen Knochen.«

»Man soll essen, wenn die Suppe noch heiß ist.«

»Vielleicht kannst du das hier gebrauchen?«, fragte Cavalcas und reichte ihm die Einladung. Das Merowingerwappen zeigte König Childerich mit der Strahlenkrone. Nachdenklich sah Julien auf die Einladung.

»So schließt sich der Kreis. Ich habe in der Straße meine Kindheit verlebt und meine erste Liebe kennengelernt. In der Einladung steht etwas von der Wiedergeburt Frankreichs, dem Fest der Ankunft Maria Magdalenas in der Provence.«

»Was hat denn das zu bedeuten?«, fragte Athenée verblüfft.

»Die Merowinger hatten die Legende in die Welt gesetzt, dass sie von Maria Magdalena abstammen und manche haben sich dazu verstiegen, dass sie die Frau Jesu gewesen sei und das Kind …«

»So ein Unfug!«, schnaubte Tessier.

»Da steckt mehr dahinter als ein verrückter Merowingerprätendent. Wir werden die Einladung annehmen.«

»Ich weiß, worum es dir geht«, brummte Tessier. »Du willst dem Großmeister die Rechnung präsentieren.«

»Julien, ich habe mich nicht von de Braque betatschen lassen, damit du dich wieder in neue Gefahren begibst.«

»Ach, so ist das gelaufen?«, sagte Julien süßsäuerlich. Den Gedanken daran mochte er gar nicht. Hatte sich Athenée für seine Freilassung geopfert und sich mit de Braque eingelassen? Sie erzählten ihm, wie es abgelaufen war und er entspannte sich.

»So einfach ging das also und unsere heroischen Fluchtversuche sind alle geplatzt!«

»Die Principessa ist schon eine bemerkenswerte Frau«, lobte Cavalcas. »Eine wie sie gibt es kein zweites Mal in Rom.«

»Heute Nachmittag wird man einen immer noch sturzbesoffenen de Braque vorfinden. Er dürfte einige Tage brauchen, bis er einen klaren Gedanken fassen kann«, ergänzte Athenée und fügte trotzig hinzu: »Lass uns nach Rom fahren. Frankreich hat dir genug angetan.«

»Das werden wir auch. Nur über einen kleinen Umweg.«

»Scheint mir ein gefährlicher Umweg zu sein!«

Julien drückte sie an sich.

»Nachdem diese Merowingerbande uns so hasserfüllt verfolgt hat, wird sie es weiter tun. Sie brauchen das Gold und wir sind ihrer Meinung nach der Schlüssel zur Schatztruhe. Wenn wir sie nicht vernichten, werden sie uns nie in Ruhe lassen, stimmt's, Tessier?«

»Ja doch«, gab dieser zu. »Aber gegen eine kleine Pause, um Atem zu schöpfen, hätte ich nichts.«

»Du wirst danach noch Zeit genug haben.«

Athenée schüttelte verzweifelt den Kopf. »Wenn es für euch dann noch ein Danach gibt.«

»Nach allem, was wir bereits ausgestanden haben, wird es ein gutes Ende für uns geben«, erwiderte Julien optimistisch. Er hatte seine Zuversicht wiedergefunden.

»Glaube nur fest daran«, sagte Athenée bitter.

Als er ihre Hand drückte, schwand ihr Zorn. Sie nahm sich vor, daran zu glauben, dass doch noch alles gut enden würde.

Balzac trat ans Fenster, sah in den Park hinaus und seufzte.

»Ein feiner Lichtstreifen ist bereits am Himmel. Wir müssen uns bald trennen.«

»Das wird hart. Ich habe mich an unsere Stunden im Palast der Unsterblichkeit gewöhnt«, klagte Victor Hugo.

Flaubert sah fordernd zu Balzac hinüber.

»Zu einer großen Geschichte gehört ein Finale. Zeigen wir noch einmal die schönsten Blumen der Fantasie.«

»Wir brauchen für das Ende eine Überraschung. Man kann unsere Geschichte nicht einfach ausplätschern lassen«, forderte Dumas und fügte mit herausforderndem Blick hinzu: »Wer ist denn nun der Großmeister dieser verdammten Merowinger?«

Zola schüttelte den Kopf.

»Es ist ohnehin ein aus der Zeit gefallener Verein. Sie wollen einen göttlich legitimierten König? Über so eine Chimäre sind zweitausend Jahre Geschichte hinweggegangen. Außerdem nimmt der Papst eine ähnliche Legitimation für sich in Anspruch. Das kann nur schiefgehen.«

»Ist auch nichts Neues«, brummte Hugo. »Göttliche Legitimation haben auch Kaiser und Könige angemeldet.«

»Immer dann, wenn religiöse und weltliche Macht vermengt werden, entstehen unmenschliche Gewaltherrschaften«, meldete sich Zola bestimmt.

»Ich dachte, dich gibt es gar nicht mehr!«, frotzelte Dumas.

»Ist ja gut. Nachdem ihr meinen Tod geschildert habt, habe ich mich ja auch zurückgenommen. Ein Toter kann nicht dauernd reinquatschen. Obwohl …«

»Du hast doch einen interessanten Gedanken. Raus damit!«, ermunterte ihn Flaubert.

»Also, wenn sie tatsächlich glauben, durch Maria Magdalena von Jesus abzustammen, dann bekommt ihr Hass gegen die sogenannten Gottesmörder, also die Juden, eine gewisse Logik. Wahnwitzig, ich weiß. Nicht die Juden, sondern die Römer haben Jesus getötet.«

»Keine dumme These!«, stimmte Dumas zu. »Nannten die Jünger Jesus nicht auch Meister?«

»Zum Schluss kommt ihr noch einmal richtig in Fahrt, was?«, freute sich Flaubert. »Aber ich glaube, ihr wollt nur das Ende noch ein wenig hinauszögern und euch die Geschichte auf der Zunge zergehen lassen und den letzten Saft heraussaugen. Soll George weitererzählen?«

»Nein. Die Ehre gebührt Zola«, widersprach Balzac energisch.

»Natürlich. Es ist nun am Schluss seine Geschichte geworden«, stimmte Hugo zu.

Dickens rollte mit den Augen.

»Es dämmert bereits«, sagte Balzac und kehrte zum Tisch zurück. »Also, Zola, schwing noch einmal den Taktstock und lass uns das Ende unserer Saga hören.«

43 – Zurück zum Anfang des Weges
(Émile Zola erzählt)

Julien bezog diesmal nicht sein Palais. Keine Zeitung berichtete, dass der Fürst Almeria wieder in der Stadt sei. Er zog still und heimlich bei seinen Eltern ein, die froh waren, ihren Sohn wiederzusehen und natürlich war ihre Freude noch größer, dass sie Großeltern geworden waren und ihr Sohn mit einer so schönen Frau, einer italienischen Principessa, verheiratet war. Dass die Ehe noch nicht Brief und Siegel hatte, verschwiegen die beiden wohlweislich, um die Freude der Alten nicht zu trüben. Es wurde recht beengt in dem kleinen Haus, da nicht nur Tessier, sondern auch Atheneés Bruder sowie Cavalcas sich verpflichtet fühlten, Julien bei der Endabrechnung zu helfen. Da man annehmen konnte, dass zumindest Giulio den Merowingerbrüdern nicht bekannt war, übernahm dieser anfangs die Überwachung des Palais, in dem sich die Merowinger treffen wollten.

Nun stieß auch Flamboyant zu ihnen. Gerührt schloss Julien seinen alten Lehrer in die Arme.

»Du kannst weiter mit uns rechnen«, bot er an. »Die Anhänger des höchsten Wesens sind noch zahlreich genug.«

»Wir können jeden Mann gebrauchen. Du nimmst wieder deine alte Kammer im Dachgeschoss ein und bleibst bei uns.«

Schon am Morgen des Balltages gab es ein großes Kommen und Gehen im Garten des Palais. Karren der Bäckereien, der Fischhändler, der Patisserien erschienen und luden ihre Waren ab. Am Nachmittag kamen die Köche, die man aus den besten Hotels ausgeliehen hatte. Am frühen Abend fuhren die ersten Kaleschen vor. Julien hatte sich entschlossen, gemeinsam mit Tessier auf dem Ball zu erscheinen. Atheneé hätte sie nur zu gern begleitet. Aber er verwies auf das Kind und sie fügte sich schließlich. Julien rechnete mit dem Schlimmsten. Das Kind sollte wenigstens die Mutter behalten. Flamboyant befahl er, mit seinen Männern in der Nähe des Palastes Stellung zu beziehen.

Am Abend präsentierte Julien dem Kadetten am Eingang die Einladung de Braques, sodass sie ohne Schwierigkeiten eingelassen wurden. Die Festhalle war mit weißen Rosen geschmückt, die sich die Empore hochrankten und in einem riesigen mannshohen Blumenbouquet endeten. Die Tische bogen sich unter den Köstlichkeiten Frankreichs. Eine Kapelle spielte in den Kostümen des 18. Jahrhunderts Vivaldi und Albinoni.

Für einen richtigen Ball hatte das Fest nur ein Manko: Es waren zu wenig Frauen anwesend. Es mochten sich fast fünfzig Männer hier versammelt haben. Alle blickten ernst und es wurden Cognac und Armagnac gereicht. Eine Rauchwolke waberte über den Köpfen, denn die Herren hielten mehrheitlich Zigarren in den Händen. Auch Auguste Mercier und Armand du Paty de Clam waren unter den Gästen. Als sie Julien erblickten, gingen die beiden heftig gestikulierend zu einem großen backenbärtigen Mann, der ihnen besorgt nickend zuhörte und schon bald zu Julien und Tessier eilte.

»Mein Name ist Émile de Felfe, Adjutant des Kriegsministers. Wie ich hörte, hat man Sie nicht eingeladen. Ich darf Sie bitten, das Haus unverzüglich zu verlassen.«

»Das verstehe ich nicht! Ein Affront!«, erwiderte Julien bewusst arrogant. »Hier ist meine Einladung. Und wissen Sie nicht, dass ich der Fürst von Almeria bin, den der Staatspräsident in den Rang eines Offiziers der Ehrenlegion erheben wird? Sicher hat uns Baron Mercier verleumdet. Nun, er musste unter merkwürdigen Umständen demissionieren. Urteilen Sie selbst, wer dem Haus zur Ehre gereicht.«

»Sie sind also für die Herstellung der französischen Ehre?«

»Unbedingt!«, stieß Julien aus. »Frankreich zuerst!«

»Dann bin ich glücklich, den Fürst von Almeria zu unseren Freunden zu zählen«, sagte de Felfe, beglückt darüber, dass sich das Missverständnis geklärt hatte.

Eine sehr schlanke Frau mit einem verblühten Gesicht, einer sehr weißen Haut und immer noch blondem Haar trat zu ihnen.

»Darf ich Ihnen Lady Hawkett vorstellen, die Gastgeberin«, sagte de Felfe eifrig und stellte auch Julien vor.

»Der Fürst von Almeria in unserem Haus«, sagte sie mit großer Herzlichkeit. »Ich bin eine Freundin des glorreichen Frankreichs und stelle gern mein bescheidenes Haus der großen Sache zur Verfügung«, hauchte sie. Für eine Engländerin nahm sich diese Erklärung seltsam an. Aber man wusste ja, dass der englische Hochadel etwas exzentrisch war. »Wir haben das Palais von Madame Mercier erworben«, fuhr sie fort. »Ich wusste gar nicht, dass Sie zu unseren Freunden gehören. Umso mehr freue ich mich.«

Doch ehe sich eine lange Unterhaltung entwickeln konnte, entschuldigte sich de Felfe, schritt zur Empore und stellte sich auf die Treppe. Die Musik verstummte und der Geräuschpegel sank zusammen.

»Liebe Freunde der nationalen Ehre. Unser Dank gilt zuerst unserer Gastgeberin Lady Hawkett, die so treu zu unserer Sache steht und es uns ermöglicht, uns hier zu versammeln. Ihre Ladyschaft hat nie vergessen, dass die Wurzeln der Familie Hawkett einst in der Normandie lagen und ist deshalb eine glühende Verfechterin unserer Bewegung.«

Alles klatschte. Die Gastgeberin verneigte sich mit rotglühendem Gesicht, sich nicht bewusst, dass sie nur benutzt wurde. Niemand würde vermuten, dass sich in ihrem Palast, dem Haus einer zugereisten Engländerin, Menschen versammelten, die einen Umsturz planten.

»Doch nun zum Zweck unserer Zusammenkunft«, fuhr de Felfe fort. »Die Gefahr des Sozialismus wird immer größer. Überall werden Vereine gegründet, die sich auf die Thesen von

Marx und Engels berufen. Ein Gespenst geht um in Europa, fürwahr! Wir müssen jetzt das Ruder übernehmen, wenn das Schiff Frankreich nicht an den Klippen zerschellen soll. Wir müssen die Nation retten und unser Eigentum schützen.«

»Sehr wohl! Ganz richtig! Tod den Feinden Frankreichs!«, applaudierte die Versammlung.

»Wir alle wissen, von wem die Gefahr ausgeht«, fuhr de Felfe fort. »Es sind die Juden, die mit Geld die roten Banditen unterstützen. Unser Freund Drumont wird mit der nächsten Ausgabe seiner Zeitung eine Kampagne starten, die das Übel, das Frankreich bedroht, demaskiert. Ein Übel, das bereits zu Fäulnis in der Armee geführt hat. Jeder ist jetzt aufgerufen, an seinem Platz dem Übel entgegenzutreten. Machen Sie Ihren Freunden, Bekannten, Kollegen und Geschäftspartnern klar, dass die Stunde gekommen ist, für Frankreich einzutreten. Wir brauchen eine Verdoppelung des Militärhaushaltes, wir brauchen mehr ehemalige Soldaten in den leitenden Funktionen des Staates und … wir brauchen eine straffe Führung! Der Tag ist nah, an dem allein die Ehre der Nation der Maßstab des Handelns sein wird.«

Alle klatschten frenetisch. Die Kapelle spielte die Marseillaise und alle sangen aus voller Kehle mit. Man war nun in Stimmung.

Als nächstes schritt Drumont zur Treppe der Empore und wiederholte dort seine unseligen Tiraden, die man bereits aus seiner Zeitung kannte. Er hetzte also gegen die Juden und die Linke und es endete damit, dass er ein Tribunal forderte.

»Alle müssen Rechenschaft für ihr Tun ablegen!«

»Was für ein Kretin!«, stöhnte Julien.

»Gut, dass er uns noch nicht entdeckt hat.«

»Gott sei Dank. Aber ein anderer könnte uns gleich entdecken.«

Baron Savigny hatte sie tatsächlich soeben entdeckt und grüßte mit einem Lächeln. Er unterhielt sich eine Weile mit Drumont und kam dann mit einem Glas Cognac in der Hand zu ihnen herüber gehumpelt.

»Lieber Julien, dich habe ich schon lange nicht mehr in Paris gesehen. Bist du nun vernünftig geworden und hast dich den Freunden der nationalen Ehre angeschlossen?«

»Wenn das Vaterland in Gefahr ist ...«, erwiderte Julien recht vage.

»Das ist es. Wir müssen uns zu einer Faust zusammenschließen. Retten wir Frankreich, wie einst Cincinnatus Rom rettete. Gehen wir der Zukunft entgegen. Wir haben harte Arbeit vor uns. Aber es ist eine geschichtliche Notwendigkeit, ein neues Frankreich zu bauen, eine Nation ohne Fremde und Juden.«

Julien zuckte zusammen und mit einem Mal fiel es ihm wie Schuppen von den Augen. Es tat weh wie ein Peitschenschlag. Nun wusste er, wen er vor sich hatte. Der, der ihn gefördert hatte, den er einst verehrte, der seinen Eltern in der Not geholfen hatte, der als Berater der Präsidenten hinter den Kulissen galt, war ... der Großmeister. Und dann hatte er, der gute Baron Savigny, auch den Tod Zolas zu verantworten. Nur mühsam konnte er sich bezwingen, nicht gleich zum Dolch zu greifen.

»Was ist mit dir, Julien? Du bist ganz bleich geworden.«

»Vielleicht ist es der gute Brandy. Ich bin es nicht mehr gewohnt, puren Schnaps zu trinken.«

»Oh ja, nach den Tagen in den Kasematten kann ich das verstehen«, sagte er mit falschem Lächeln.

Er spielt mit mir, sagte sich Julien. Er weiß durchaus, dass ich keiner von ihnen bin. Er weiß, was in Marseille passiert ist. Was hat er vor?

»Genieße noch einmal den Abend, Julien. Ich hatte so viel mit dir vor. Aber du wurdest zu einer herben Enttäuschung. Doch jetzt muss ich mich um meine anderen Gäste kümmern. Wir sprechen uns noch.« Er entfernte sich mit einem unheilvollen Lächeln.

»Du hast es gehört. Er hat sich enttarnt«, flüsterte Julien seinem Freund zu.

»Oh ja. Es hat nicht viel gefehlt und ich hätte ihn mit dem Messer gekitzelt. Er ist es, der Zola …!«

»Ja, der den Befehl gab: ›Tu es!‹«

»Dann wissen wir, was wir zu tun haben?«

»So oder so. Schleich dich hinaus und sage Flamboyant Bescheid. Seine Freunde sollen die Kadetten vor dem Palais unschädlich machen und auf unser Zeichen warten.«

»Du willst jetzt die Endabrechnung?«

»Haben wir eine Wahl? Du glaubst doch nicht, dass uns Savigny nach den Enthüllungen noch schonen wird?«

»Nein. So dumm ist er nicht. Aber warte, bis ich wieder bei dir bin.«

»Beeil dich.«

»Mach nichts Unüberlegtes.«

Julien hörte dies schon nicht mehr und drängte sich in die erste Reihe vor der Empore. Savigny ging mit seiner Entourage nach oben, mit Auguste Mercier, Armand du Paty de Clam und Drumont. Sie verschwanden hinter einer mächtigen Eichentür und Julien wollte ihnen nach. Ein Offizier hielt ihn auf.

»Hier können Sie nicht hoch.«

»Seine Exzellenz Savigny sprach doch eben mit mir. Haben Sie das nicht gesehen? Er bat mich, ihm zu folgen. Ich bin der Fürst von Almeria.«

Hatte er Julien tatsächlich mit Savigny zusammen gesehen oder war es der Titel, der ihn veranlasste Julien durchzulassen? Julien ging in einen Seitenraum neben der großen Tür. Die Tür zum Nebenzimmer war nur angelehnt, so dass er gut verstehen konnte, was nebenan gesprochen wurde. Er öffnete die Tür einen Spalt weiter, so dass er hineinsehen konnte. Sie saßen um einen schweren runden Eichentisch. Diesmal trugen sie keine Kapuzen. Es war Savigny, der auch hier das Sagen hatte und die Befehle gab. Julien war sich nun sicher, dass er auch damals in Blois der Mann gewesen war, der das große Wort führte.

»Ich weiß nicht, was in Marseille passiert ist«, sagte Savigny und man hörte die Wut darüber heraus. »Jedenfalls ist er den Kasematten entkommen und wir haben nur eine verworrene Nachricht von Braque und wissen auch nicht, wo das Gold geblieben ist. Braque ist auf dem Weg nach Paris und wird vielleicht noch heute Abend eintreffen. Aber wir kommen auch ohne den Langhaarigen aus. Wir haben im Augenblick die Aufgabe, Julien Morgon auszuschalten.«

»Sehr richtig«, stimmten Mercier und du Paty zu.

»Vermutlich weiß er mehr, als wir glauben«, fuhr Savigny fort. »Vielleicht hat er längst erkannt, dass die Merowingersache nur eine Scharade ist, ein Mummenschanz, hinter dem sich die Blut-Frankreich-Ritter, Freunde der nationalen Ehre verbergen. Ich habe Julien bisher aus lauter Sentimentalität geschont, aber nun wird er zu gefährlich. Er muss umgehend …, ihr wisst schon.«

»Umgehend?«, fragte du Paty freudig. »Aber es sind dann viele Mitwisser hier«, gab er zu bedenken.

»Na und? Es sind alles Freunde.«

»Was bezweckt er mit seinem frechen Auftauchen?«, warf Mercier nachdenklich ein. »Julien ist nicht der, den wir einst aus der Ecole kannten. Er ist ein gefährlicher Mann geworden.«

»Umso wichtiger ist es, ihn jetzt zu eliminieren. Haben wir den richtigen Mann dafür?«

»Durchaus«, sagte Armand du Paty de Clam eifrig. »Unten ist Marcon Babuet, ein Normanne, absolut königstreu und außerdem der beste Schütze der Armee und … er hat schon oft schwierige Aufträge für uns erledigt.«

»Gut. Hol ihn hoch. Halt. Weiß er von uns?«

»Er weiß nicht, wer wir sind, aber er weiß, dass es uns gibt.«

»Dann versprich ihm, dass er in den engsten Führungskreis aufsteigen wird, wenn er Julien Morgon zur Hölle schickt.«

Du Paty de Clam lief hinaus und Savigny wandte sich an Mercier. »Die Armee steht zu uns?«

»Ja. Sie wartet darauf, dass sie losschlagen kann und die Juden aus der Armee entfernt werden. Sie brennt darauf, den Sieg der Dreyfusianer umzukehren.«

»Gut. Wir brauchen eine Elite, die auf uns eingeschworen ist. Eine Avantgarde von Soldaten für Frankreichs Ehre. Offiziere, die genau wissen, dass unsere Befehle wie ein Gesetz sind. Wir werden keine schlappe Demokratie dulden, sondern ein Konsulat errichten, das das katholische Frankreich mit den Patrioten zusammenführt. Ein Spiegelbild dessen, was der Korse mit dem Pöbel einführte – nur wird es statt des Pöbels die Elite Frankreichs sein. Neben dem Konsul installieren wir eine Art Priesterkönig, der aber nur repräsentative Funktion hat. Drumont, du sorgst dafür, dass man die alten Merowinger wieder entdeckt. Wegen mir kannst du auch die alte Nachkommenslegende ausgraben. Je verrückter so etwas ist, desto glaubwürdiger. Mythische Schwurbelei, heiliges Blut und so was.«

Du Paty kam wieder und präsentierte einen hochgewachsenen feingliedrigen Mann.

»Meine Herren, Marcon Babuet, ein Mann von Ehre, der sich dem Vaterland verpflichtet fühlt.«

Babuet verbeugte sich. »Wir Babuets waren schon immer für König und Kirche«, erklärte er mit großem Pathos.

»So soll es sein!«, bekräftigte Savigny. »Das ist unser Ziel, unsere heilige Aufgabe – die Vereinigung von Kirche und weltlicher Macht. Aber unter uns sind Verräter und Judenfreunde.«

»Gottesmörder? Hier unter Freunden?«

»Ein Julien Morgon, nennt sich Julien de Cordoso, Fürst von Almeria, hat sich eingeschlichen. Er ist sofort zu eliminieren.«

Unten hörte man es rumoren und dann Schreie und plötzlich Schüsse. Tessier hatte wohl die Geduld verloren und das Angriffssignal gegeben. Savigny sah Mercier unwillig an.

»Was geht da vor? Ich denke, Sie haben für unseren Schutz gesorgt?«

»Wir haben unten Kadetten aus St. Cyr postiert!«

»Ist unsere Versammlung verraten worden?«, keuchte du Paty.

»Ach was. Vielleicht hat man noch einige andere Freunde Juliens entdeckt, was weiß ich«, wehrte Mercier ab.

»Eben. Ihr wisst es nicht«, zischte Savigny. »Wir müssen uns Gewissheit verschaffen.«

Sie drängten zu einer Tür gegenüber. Julien verließ nun ebenfalls das Nebenzimmer und eilte zur Treppe. Von Savigny und den anderen war nichts zu sehen. Ein seltsames Bild bot sich Julien.

Flamboyants Männer hatten mit Pistolen im Anschlag die Verschwörer in der Mitte des Saals zusammengedrängt. Einige lagen blutend am Boden. Tessier hatte sich wohl erinnert, wie wirksam es gewesen war, als sie im Bordell Drumont und dessen Freunde gezwungen hatten, sich auszuziehen. Es war kurios anzusehen, wie die meisten dem Befehl nachkamen und sich ihrer Kleider entledigten und ihre spillrigen nackten Beine zeigten. Julien lief die Treppe hinunter.

»Wo treibst du dich denn herum?«, rief Tessier Julien vorwurfsvoll zu. »Ich habe dir doch gesagt …«

Plötzlich fielen von der Empore Schüsse. Flamboyants Männer erwiderten diese, was Chaos auslöste. Entsetzte Schreie. Stürzende Körper. Rauch zog durch die Halle.

»Zielt auf Julien Morgon!«, schrie jemand.

Flamboyants Männer jagten nun zur Empore. Da sie entschlossener waren, keine Skrupel kannten und Ausfälle in Kauf nahmen, gelang es ihnen, die Gruppe um Savigny gefangen zu nehmen.

»Die Aufforderung sich auszuziehen, gilt auch für euch!«, brüllte Tessier den Gefangenen zu.

»Niemals!«, schrie Savigny.

Tessier war mit zwei Schritten bei ihm und hielt ihm das Messer an den Hals.

»Nun? Fällt es dir jetzt leichter, dich auszuziehen?«

Zähneknirschend zog auch er die Frackjacke aus.

»Und was machen wir, wenn sie im Adamskostüm dastehen?«, fragte Cavalcas.

»Wir treiben sie auf die Straße. Alle, bis auf Savigny.«

Giulio trat nun ein und rief prustend: »Was für Hühnerbrüste! Draußen warten die Zeitungen, wie du verlangt hast.«

»Gut. Die ganze Welt wird über die Freunde der nationalen Ehre lachen.«

Savigny hatte nun seine völlige Niederlage erkannt. Plötzlich, ohne auf die auf ihn gerichteten Pistolen oder Tessiers Messer zu achten, stürzte er dem Ausgang zu. Der Marseiller hob das Messer zum Wurf.

»Nicht! Ich will ihn lebend«, schrie Julien.

Savigny erreichte eine Seitentür, die nicht bewacht war, und verschwand.

»Wohin führt die Tür?«, schrie Julien.

»In den Park«, schrie Flamboyant, der sich über die Örtlichkeit vorausschauend kundig gemacht hatte.

Julien und Tessier folgten dem Flüchtenden hinaus in den Park. Sie hatten Savigny, der humpelnd nur langsam vorankam, fast erreicht. Der Baron lief auf die Straße. Aus der Dunkelheit rauschte es heran, das Verhängnis, die Nemesis, der Ratschluss der Götter, in Gestalt von vier Rappen vor einer mächtigen schwarzen Kutsche, in rasender Fahrt, und erfüllte das Schicksal. Mit einem Schrei geriet Savigny unter die Hufe und wurde hin und her geschleudert. Die Räder überrollten ihn und dann war die Kutsche fort, zum Etoile hin. Der Baron lag regungslos auf der Straße vor dem Palais der Familie Hawkett. Julien lief zu ihm und beugte sich über den, der so lange Zeit für ihn der gute Baron gewesen war. Savignys Augen waren offen. Ein Lächeln lag um seinen Mund. Auf den Lippen glänzte ein Blutstropfen.

»Ich wusste immer, dass in dir etwas steckt, Julien! Schon damals. Deswegen habe ich dich … Du hättest ein großer

Mann … in Frankreich werden können. Aber nun bist du …« Sein Kopf fiel zur Seite.

Tessier legte Julien die Hand auf die Schulter. »Er ist tot. Das ist gut so. Wer weiß, ob du in der Lage gewesen wärst, ihn zu töten. Doch nun ist alles zu Ende. Er hat die Rechnung für das Bagno und Zolas Tod und für noch anderes präsentiert bekommen.«

»Ich habe ihn einst verehrt und nun empfinde ich … nichts. Weder Trauer noch Befriedigung.«

»Es ist zu Ende«, wiederholte Tessier.

Die teilweise nackten, teilweise halb ausgezogenen Anhänger der Merowinger und der Freunde der nationalen Ehre drängten aus dem Park und liefen ohne den toten Savigny zu beachten die Straße hinunter zum Etoile hin.

»Lasst sie ruhig laufen«, rief Julien Flamboyant zu. »Diese lächerlichen Figuren sind nun führerlos und werden sich schon morgen schämen, an die Merowingergeisterei geglaubt zu haben.«

»Diese Kerle machen mir auch keine Sorgen mehr«, sagte Flamboyant. »Aber es leben noch genug Verschwörer in den Palästen der Bourgeoisie. Und sie haben Angst, etwas von ihrem Reichtum abgeben zu müssen. Sie werden weiter wühlen und hetzen und Minderheiten zu Feinden erklären und eine starke Armee fordern, die sie beschützt. Der Kampf geht weiter!«

Nein. Für mich ist er zu Ende, dachte Julien. Ich bin angelangt. Er dachte an Athenée, seinen Sohn und an die Toskana. Er würde einen Besitz kaufen wie die Villa Palagione und dort Ruhe im Schatten der Zypressen finden.

Und während er glaubte, am Ende seines Feldzuges angelangt zu sein, fiel aus der vorbeiströmenden Menge ein Schuss. Babuet hatte seinen Auftrag nicht vergessen. Tessier sah sich jäh um, jagte auf den Mann mit dem Revolver zu und warf ihm das Messer in die Kehle. Mit einem Schrei stürzte dieser zu Boden. Doch Tessier kümmerte sich nicht um ihn, sondern lief mit tränenden Augen zu Julien zurück und beugte sich über ihn, tätschelte seine Wangen.

»Halt aus, Julien!«, brüllte er wie von Sinnen und dieser sah ihn ruhig an, sah aber anderes, sah wieder den Anfang, die Tage auf der Ecole, die Kommune und die Hochzeitsnacht mit Mercedes an einem Nachmittag, den Verrat von Auguste, Armand und den anderen, die Jahre im Bagno, die Zeit mit Antonia, sah sich nach Frankreich als Fürst von Almeria zurückkehren und das Lächeln des Kindes in Athenées Armen. War das ein Abschied? Ein letztes Wahnbild noch?

Dann war Athenée bei ihm und strich ihm über die Stirn.

»Das ist noch nicht das Ende, Julien. Du hast noch ein Leben«, flüsterte sie.

Der Putsch blieb aus. Die Armee blieb in den Kasernen. Das Untersuchungsergebnis der Vorfälle in der Rue Bugeaud wurde auf Befehl des Staatspräsidenten nie veröffentlicht. In den Zeitungen erschien ein spöttischer Bericht über eine lächerliche Veranstaltung der Merowingerschwärmer. Von diesen und den »Freunden der nationalen Ehre« hörte man nie wieder. Frankreich wurde von Arbeiterunruhen erschüttert, aber das war nichts Neues. Auf Zolas Grab im Pantheon lagen rote Rosen.

44 – Gehabt Euch wohl, meine Dame und meine Herren

Sie standen alle am Fenster.

»Die Nacht ist zu Ende«, sagte Balzac.

Ein roter Lichtstreifen drängte sich durch die Wolken. Flaubert öffnete die Fenster. Ein Wind fuhr herein und kühlte ihre Gesichter. Vögel lärmten in den Büschen. Balzac streckte sich, stöhnte und atmete tief die frische Luft ein.

»Schade, dass es zu Ende ist«, sagte George Sand.

»Zu Ende? Was ist das für ein Ende?«, fragte Dumas. »Für mich ist er nicht tot.«

»Das kann jeder für sich zu Ende erzählen«, meldete sich Zola und fuhr sich stöhnend über das Gesicht. Der Schluss schien ihn angestrengt zu haben.

»Ich bin mit dem Ende einverstanden«, bekannte Hugo.

»Dann sehen wir uns morgen Nacht wieder? Gleicher Ort, gleicher Raum, hier im St. James Palast?«, fragte Dickens.

»Und was erzählen wir uns?«, fragte Zola. »Wie der Fürst von Almeria doch noch zu seinem Gold gekommen ist?«

»Das wäre zu banal. Vielleicht laden wir dazu meinen Sohn ein«, schlug Dumas vor. »Der arbeitet an einer spannenden Geschichte über eine Kokotte … und steht mir in seiner Fantasie nicht viel nach. Er könnte sicher großartige Vorschläge einbringen. Wie wäre es mit einer Geschichte über die große Revolution 1789 und den Aufstieg Napoleons?«

»Oh, Dumas!«, stöhnte George Sand. »Du bist stets der Größte, nicht wahr?«

»Was denn? Das Leben ist eine Komödie, die Tränen auslöst, nicht wahr, Balzac?«

»Ich könnte einen Gentleman aus England einladen, den ehrenwerten Thackeray, der hat eine famose Geschichte über einen Barry Lyndon

erzählt. Würde gut zu uns passen. Bei seinen Geschichten weiß man auch nicht, ob man lachen oder weinen soll.«

»Bei einer guten Geschichte gehören Tränen dazu. Nun muss ich aber los. Sonst bekomme ich Ärger mit Madame Hanska«, schloss Balzac die Diskussion.

Die Freunde verließen lachend den Raum.

45 – Epilog

Das Mädchen stieß den Jungen an.

»Komm, Gaston. Es ist schon hell. Unsere Freunde sind weg. Du musst nach Hause!«

Der Junge rieb sich die Augen. »Was für ein Traum.«

»Ein Traum?«, fragte sie, nahm ihn bei der Hand und sie gingen aus der Bibliothek mit den tausenden von Büchern die Wendeltreppe hinunter durch den Saal in den Park. Sie hörten die Vögel in den Büschen lärmen.

»Ist das wirklich alles passiert? Haben uns Balzac, Zola und die anderen Geschichten erzählt? Sie sind doch schon längst tot.«

»Tot? Nein. Sie sind in dir«, widersprach das Mädchen und gab ihm einen Kuss auf die Wange. »Und du kannst sie, wann immer du es willst, aus deinem Kopf holen und mit ihnen träumen. Balzac, Zola und die anderen sterben nie und ihre Geschichten hast du für immer. Niemand kann sie dir nehmen.«

»Sie sind in meinem Kopf«, wiederholte der Junge, immer noch in dem Traum gefangen. »Ich werde also niemals ohne sie sein.«

»Komm morgen wieder. Ich werde auf dich warten«, sagte das Mädchen.

»Und werden die Dichter auch da sein?«

»Sie werden immer für dich da sein.«

»Schön, sich das vorzustellen«, sagte der Junge und lief aus dem Park.

Das Mädchen winkte ihm vom Eingang des Parks noch einmal zu, wandte sich um und war fort.

»Sie werden immer für mich da sein«, flüsterte der Junge und rieb sich die Augen.

Ein Auto kam heran und hupte, und er glaubte, in der großen Limousine die Dichter zu sehen. Auch sie winkten ihm zu.

Sie sind meine Freunde. Ewiglich, dachte er.

Danksagung

Mein Interesse für Literatur begann in jungen Jahren mit Balzac, Hugo, Zola und vor allem ganz früh mit Alexandre Dumas. Sie befeuerten meine Fantasie und ihre Geschichten begleiten mich bis heute. Diese großen französischen Geschichtenerzähler möchte ich mit diesem Roman feiern.

Aber noch anderen gehört mein Dank, dass dieser Roman nun an die unsterblichen Geschichten anknüpfen kann. Da wäre als erstes meine Frau, die mein fast unleserliches Manuskript in den Computer schrieb, da wäre Daniela Sechtig, die klug und einfühlsam lektorierte und es möglich machte, trotz einiger Kürzungen die Handlung stringent zu erhalten. Und dann wäre auch der großartige Verleger Björn Bedey zu nennen, der bereit war, ein so umfangreiches Manuskript zu verlegen. Auch muss ich die Grafikerin Annelie Lamers erwähnen, die ich mit meinen Ansprüchen und Wünschen gequält habe. Sicher ist auch dem Rest des acabus Teams zu danken, der das Buch in die richtige Form brachte.

Nun lege ich das Werk meinen Lesern ans Herz und hoffe, dass es auch sie „verzaubert“ und spannende und vergnügliche Lesestunden bereitet.

H.-J. S.

Weitere Titel von Heinz-Joachim Simon im acabus Verlag

Heinz-Joachim Simon

Echnatons Bruder.
Der Pharao und der Prophet

Buch-ISBN: 978-3-86282-569-1
668 Seiten, Klappenbroschur
13,8 x 21 cm

Tauchen Sie ein in die Zeit der Pharaonen!

Was 1350 vor Chr. begann, bestimmt noch heute unser Leben. Am Anfang stand der geheimnisvolle Amenhotep IV., der sich Echnaton nannte. Er verehrte die Sonnenscheibe Aton als einzigen Gott. Für ihn baute er die Stadt Achet-Aton und lebte dort abgeschieden vom Volk. Als er starb, verfielen seine Tempel, man verfluchte ihn und tilgte seinen Namen. Aber da kam einer, der sich sein Bruder nannte und seine Idee bewahrte. Dieser Mann, ein ägyptischer Prinz, hieß Thotmes. Die Israelis riefen ihn Moses.

Moses wuchs am Hof des Pharao auf, wurde zu dessen Schwertarm, schlug gewaltige Schlachten und musste doch verfemt in die Wüste flüchten. Dort begegnete er Gott und kehrte zurück, kämpfte gegen Haremhab, den neuen Pharao, dem er schließlich ein Volk entriss und aus Ägypten führte. Vom Berg Sinai brachte er der Menschheit die Regeln zu einem sittlichen Leben.

Heinz-Joachim Simon

Che.
Der Traum des Guerillero

Buch-ISBN: 978-3-86282-488-5
524 Seiten, Klappenbroschur
13,8 x 21 cm

„Finde Che Guevara!“

Diesen Auftrag bekommt Marc Mahon, Journalist, Kriegsreporter und ein Jugendfreund Ernesto Che Guevaras. Die ganze Welt rätselt, wo er geblieben ist. Marc Mahon macht sich auf die Suche und erinnert sich dabei an ihre gemeinsame Jugendzeit in Córdoba, an ihre ersten Lieben, an seine Zeit in Mexiko, wo Che Fidel Castro begegnete. Wie in einem Film tauchen die Bilder der Vergangenheit auf: Seine Zeit mit Che in der Sierra Maestra, Ches Triumph über die Batista-Übermacht in Santa Clara. Bis die Toten in der Festung La Cabaña die Freunde entzweien. Aber nun erfährt Marc von Fidel Castro, dass Che in Bolivien ist, in einem Land, wo die Bedingungen für eine Revolution nicht gegeben sind.

Vor Ort gelingt es Marc Mahon nicht, Che zur Aufgabe zu zwingen. Sie werden gefangen genommen und Ernesto wird ermordet – und doch bewirkt sein Tod eine Macht, einen Mythos, der in Südamerika eine christusähnliche Verehrung auslöst. Che lebt – seine Idee.

Heinz-Joachim Simon

Der Tod der Kaiser.
Die geheime Geschichte der Caesaren

Buch-ISBN: 978-3-86282-392-5
380 Seiten, Paperback
14 x 20,5 cm

Sie nannten sich Caesar Augustus, ließen sich als Gott verehren und wähnten sich auf dem Höhepunkt der Macht. Doch durch die Straßen Roms gingen bereits die Rächer Jerusalems und große Feldherren starben. Niemand weiß, wer hinter den Morden steckt. Martial, der berühmte Epigrammschreiber, wird mit seinem Freund Gaius Flavius Sabinus in eine gefährliche Intrige verstrickt.

Gelingt es ihnen zu enthüllen, wer den plötzlichen Tod der Kaiser Vespasianus und Titus verursachte?

Ein gewaltiges Historiengemälde vor dem Panorama römischen Lebens in einer dramatischen Zeit, als im Kolosseum die Löwen brüllten, Pompeji beim Ausbruch des Vesuvs unterging, orgiastische Feste gefeiert wurden und Kaiser unerwartet ihr irdisches Leben beendeten.

Heinz-Joachim Simon

Der Enkel des Citizen Kane.
Die Geschichte des Sternenjägers

Buch-ISBN: 978-3-86282-289-8
244 Seiten, Paperback
14 x 20,5 cm

Ein Schlüsselroman? Man könnte es annehmen, wenn man verfolgt hat, dass in London gerade ein Zeitungstycoon angeklagt wurde, weil seine Zeitungen hemmungslos Prominente und Gewaltopfer ausspionierten und Politiker manipulierten. Zweifellos hat der Kampf um Sensationen zu bedenklichen Auswüchsen geführt. Doch dieser Roman zeigt, wie die eigenen Ziele Menschen die einstigen Ideale vergessen lassen. Was Orson Welles in seinem berühmten Film Citizen Kane so einzigartig geschildert hat, wiederholt sich in den Etagen der Finanzwelt, der Industrie und beim Kampf der Medien gegeneinander. Man wird nicht ohne Schuld zum Sternenjäger. Der Preis der Macht ist oft die Deformierung der eigenen Persönlichkeit. Davon erzählt dieser Roman in dramatischen, oft erschütternden Bildern, über einen mythisch anmutenden Kampf zwischen Vätern und Kindern.

Heinz-Joachim Simon

Der Mann aus Hamburg.
Die Vatikanverschwörung

Buch-ISBN: 978-3-86282-389-5
352 Seiten, Paperback
14 x 20,5 cm

„Diese Geschichte sprengt den Vatikan in die Luft …“, stellt der Hamburger Anwalt Dieter Prätorius fest, als ihm sein Freund, der Hamburger Ermittler Serge Christiansen das Vatikanprotokoll diktiert. Christiansen ist dem größten Geheimnis der katholischen Kirche auf der Spur. Er wird beauftragt, einen verschwundenen Padre zu finden, der sich der Mission verschrieben hat, die Machenschaften der Vatikanbank zu durchkreuzen. Der Mann aus Hamburg stößt auf die Verschwörung eines faschistischen Geheimbundes, der Mafia und reaktionärer Kurienkardinäle … zusammen mit der Vatikanbank.

Als Johannes Paul I. Papst wird, hofft die Welt auf eine Reformation der Kirche. Er stirbt jedoch nach nur 33 Tagen unter mysteriösen Umständen. Der Mann aus Hamburg wird zum gefürchteten Gegenspieler der Drahtzieher hinter den Kulissen. Doch die Mafia hat längst einen Killer nach Rom geschickt. Kann Christiansen der Gerechtigkeit zum Sieg verhelfen und den Mörder entlarven?

Heinz-Joachim Simon

Der Schrei der Zypressen.
Ein Provence-Umwelt-Krimi

Buch-ISBN: 978-3-86282-286-7
252 Seiten, Paperback
14 x 20,5 cm

Die Gier droht Châteauromain zu vernichten. Ein idyllischer Ort in der Provence. Die Zikaden lärmen, die Zypressen bewegen sich leicht im Wind. Im Schatten vor dem Bistro sitzt man bei einem Pastis und diskutiert über die Zeitläufe. So war es seit Generationen – und so soll es bleiben, denken einige junge Leute.

Aber der Bürgermeister hat anderes im Sinn und will neben dem Ort ein Luxusresort bauen lassen. Die Ruhe des kleinen Ortes ist jäh vorbei, als einer der Umweltschützer erschossen wird. Und dies bleibt nicht der einzige Tote. Eine Tragödie von archaischer Wucht bahnt sich an. Zwei Frauen nehmen den Kampf gegen die Geschäftemacher auf. Die Situation eskaliert.

Der Privatdetektiv Peter Gernot aus Berlin wollte nur seinem Freund beim Renovieren seines Ferienhauses helfen und gerät unfreiwillig in den Sog der Ereignisse. Durch seine Liebe zur schönen Ismene wird er immer tiefer in das komplizierte Geflecht der Dorfgemeinschaft hineingezogen.

Heinz-Joachim Simon

Das Evangelium der Grabtuchräuber

Buch-ISBN: 978-3-86282-192-1
288 Seiten, Paperback
14 x 20,5 cm

Ein Thriller so schwarz wie ein Film noir. Was wäre, wenn eine Sekte nicht nur Menschen und Industrieunternehmen in ihre Gewalt bekommt, sondern einen ganzen Staat? Eine geheimnisvolle Sekte plant einen zweiten Finanzcrash, der die europäische Wirtschaft ruinieren soll. Der Großkyros, der Sektenführer, will sich und seinen obskuren Glauben als Rettung anbieten. Um seiner Gruppe – er sieht sich als Wiedergänger des Messias – einen religiösen Anstrich zu geben, lässt er das Turiner Grabtuch rauben.

Der Berliner Privatdetektiv Peter Gernot stößt bei einem Entführungsfall auf die Sekte der Marsianer und gerät in Lebensgefahr. Von Turin geht es nach Paris, Rom, Istanbul und Rio de Janeiro. Eine Hetzjagd, ein erbarmungsloser Kampf. Was hat es mit den „Sieben Siegeln der Erneuerung" auf sich? Hat Gernot überhaupt eine Chance? Der Großkyros hat ihn zum Tode verurteilt. Peter Gernot tanzt die Samba des Todes.

Heinz-Joachim Simon

Der Picassomörder.
Huntinger und das Geheimnis des Bösen

Buch-ISBN: 978-3-86282-097-9
268 Seiten, Paperback
14 x 20,5 cm

Können die Werke des großen Picasso Mordlust auslösen? Eine geheimnisvolle Mordserie hält die Kunstwelt und die Öffentlichkeit in Atem. Es beginnt in Berlin. In der Nationalgalerie wird die Kuratorin tot aufgefunden. Ein Bild von Picasso aus der Minotaurus-Serie fehlt. Bald stößt Hauptkommissar Huntinger auf einen ähnlichen Mord in der Nähe von Dachau. Es beginnt eine atemlose Jagd durch die Museen Europas. Stets sind Frauen die Opfer. Immer wieder stehen die Verbrechen mit den Minotaurus-Bildern in Verbindung. Es sind Bilder voller Gewalt. Stiermenschen, die sich die Frauen unterwerfen. Der Serienmörder tötet und belohnt sich dafür mit einem Picassobild.

Die Zeit wird knapp. Der Ursprung dieses Falles liegt in der Vergangenheit des Dritten Reiches, in der Erziehung der Kinder. Das Zusammentreffen mit dem Mörder auf dem Berghof Hitlers wird zum dramatischen Höhepunkt eines außergewöhnlichen Krimis.

Unser gesamtes Verlagsprogramm
finden Sie unter:

www.acabus-verlag.de
http://de-de.facebook.com/acabusverlag